思想与文学
中国文学史及其周边

国家社科基金重点项目（17AZW0004）阶段性成果
教育部人文社科重点研究基地安徽师范大学中国诗学研究中心专项课题成果

巩本栋 著

北京大学出版社

图书在版编目(CIP)数据

思想与文学：中国文学史及其周边/巩本栋著.—北京：北京大学出版社,2021.11
（博雅文学论丛）
ISBN 978-7-301-32559-9

Ⅰ.①思… Ⅱ.①巩… Ⅲ.①中国文学—文学史 Ⅳ.①I209

中国版本图书馆 CIP 数据核字(2021)第 198485 号

书　　　名	思想与文学：中国文学史及其周边 SIXIANG YU WENXUE: ZHONGGUO WENXUESHI JI QI ZHOUBIAN
著作责任者	巩本栋　著
责 任 编 辑	徐　迈
标 准 书 号	ISBN 978-7-301-32559-9
出 版 发 行	北京大学出版社
地　　　址	北京市海淀区成府路 205 号　100871
网　　　址	http://www.pup.cn　新浪微博:@北京大学出版社
电 子 信 箱	pkuwsz@126.com
电　　　话	邮购部 010-62752015　发行部 010-62750672 编辑部 010-62752022
印 刷 者	三河市北燕印装有限公司
经 销 者	新华书店
	965 毫米 × 1300 毫米　16 开本　35 印张　476 千字 2021 年 11 月第 1 版　2021 年 11 月第 1 次印刷
定　　　价	98.00 元

未经许可，不得以任何方式复制或抄袭本书之部分或全部内容。
版权所有，侵权必究
举报电话: 010-62752024　电子信箱: fd@pup.pku.edu.cn
图书如有印装质量问题，请与出版部联系，电话: 010-62756370

目 次

绪 言 ··· 1

第一章 屈原的心路历程及其文化背景 ························· 23
  一、问题的提出 ··· 23
  二、"退将复修吾初服"与"就重华而陈词"：
      屈原的心灵变化 ·· 25
  三、"退修初服"与"陈词重华"的文化心理背景 ········ 30

第二章 楚宗庙祠堂壁画与《九歌》的创作 ··················· 37
  一、从《九歌》之名谈起 ······································ 37
  二、对前人诸说的分析 ·· 39
  三、王逸《天问章句叙》的启示 ····························· 46
  四、先秦两汉的壁画遗存 ····································· 49
  五、"诗中有画"：《九歌》的图像分析 ····················· 55
  六、"着壁成绘"：从后世《九歌》题材的
      绘画反观《九歌》 ·· 67
  七、结语 ··· 69

第三章 战国纵横家与汉大赋的起源 ··························· 71
  一、"赋者，古诗之流也" ······································ 71
  二、"皆好辞而以赋见称" ······································ 74
  三、"诗人之赋丽以则，辞人之赋丽以淫" ················ 75

四、"聘问歌咏不行于列国","而贤人失志之赋作矣" …… 79
　　五、汉大赋源于战国纵横家的游说进谏之辞 …………… 80

第四章　魏晋"才性论"与刘勰《文心雕龙》"风骨论" …… 93
　　一、"才性论"溯源 …………………………………………… 93
　　二、"风骨论"与曹丕"文气论"和刘劭《人物志" ………… 101
　　三、"风骨论"的理论内涵 ………………………………… 108
　　四、"选文以定篇" ………………………………………… 113

**第五章　《文心雕龙·程器》篇主旨和
　　　　　文人"不护细行"的论辩** ………………………… 121
　　一、"于文外补修行立功":《文心雕龙·程器》篇的主旨 …… 121
　　二、"不护细行"与文人的自觉 …………………………… 125
　　三、"不护细行"与后世的文学批评 ……………………… 133

第六章　盛唐的政治、社会与诗歌创作的繁荣 …………… 141
　　一、《河岳英灵集》:一部唐人选唐诗的代表作 ………… 141
　　二、盛唐诗歌与"盛世"的暌离 …………………………… 143
　　三、殷璠兼重古、近二体的"声律说" …………………… 157

第七章　兵家思想与唐五代诗格中的"势"论 …………… 162
　　一、从地势之"势"到兵家之"势" ………………………… 163
　　二、兵家之势与魏晋的书论和文论 ……………………… 168
　　三、唐五代诗格中"势"论的内涵 ………………………… 172

第八章　宋初政治与"四大书"的编纂 …………………… 182
　　一、崇儒重文与《太平御览》的编纂 ……………………… 183
　　二、"兄终弟及"与《太平广记》的编纂 …………………… 188
　　三、《文苑英华》的编选 …………………………………… 194
　　四、《册府元龟》对太宗朝图书编纂的纠正 ……………… 196

第九章　北宋党争与梅尧臣的诗歌创作 ………………… 205

一、"梅穷独我知,古货今难卖" ……………………… 205

二、"近诗尤古硬,咀嚼苦难嘬" ……………………… 215

三、"作诗三十年,视我犹后辈" ……………………… 224

第十章　"诗穷而后工"说的历史考察 ………………… 232

一、"诗穷而后工"说的提出 …………………………… 232

二、庆历党争与"诗穷而后工"说 …………………… 237

三、"诗穷而后工"说的接受 …………………………… 238

第十一章　欧阳修的经学与文学 ………………………… 247

一、欧阳修经学的起点、观念与方法 ………………… 247

二、欧阳修经学的特色和成绩 ………………………… 251

三、从欧阳修经学看北宋疑经风气的兴起 …………… 264

四、欧阳修的经学与文学 ……………………………… 269

第十二章　苏轼的思想学术与文学创作 ………………… 282

一、苏轼自幼所受的教育 ……………………………… 283

二、抚视三书,"即觉此生不虚过":苏轼的思想学术 ………… 285

三、"性命自得"与自然为文 …………………………… 297

四、"出新意于法度之中,寄妙理于豪放之外":
　　苏轼的诗歌 ……………………………………… 301

五、"常行于所当行,常止于所不可不止":苏轼的文章 ……… 305

六、"指出向上一路":苏轼的词 ……………………… 311

第十三章　"作为诗文,寓物托讽,庶几流传上达":

"乌台诗案"新论 ……………………………………… 318

一、"吾穷本坐诗":"乌台诗案"的来龙去脉 …………… 319

二、"坐观不救亦何心":《乌台诗案》
　　所反映的诗人对百姓疾苦的同情 …………………… 323

三、"不可以合,又不可以容":《乌台诗案》
　　　　所反映的苏轼心态 ……………………………………… 331
　　四、"人间便觉无清气":东坡"乌台诗案"的再评价 …… 336

第十四章　北宋党争与清真词的创作 ……………………… 343
　　一、周邦彦的思想性格 ……………………………………… 344
　　二、新旧党争与《清真词》创作 …………………………… 351

第十五章　辛弃疾南归后心态平议 ………………………… 360
　　一、"无说处,闲愁极" ……………………………………… 360
　　二、"蛾眉曾有人妒" ………………………………………… 365
　　三、"待学渊明,酒兴诗情不相似" ………………………… 376
　　四、"功名只道,无之不乐,那知有更堪忧" ……………… 384

第十六章　辛弃疾南归前期的词作 ………………………… 399
　　一、南归之初的词作风格 …………………………………… 400
　　二、南归之初词风的成因 …………………………………… 406

第十七章　南宋文化"绍兴"与《宋文鉴》的编纂 ……… 412
　　一、《宋文鉴》编纂始末 …………………………………… 413
　　二、《宋文鉴》的编纂宗旨 ………………………………… 416
　　三、《宋文鉴》编选的思想倾向 …………………………… 419
　　四、《宋文鉴》的编选与吕氏理想政治 …………………… 425
　　五、《宋文鉴》的编纂与北宋党争 ………………………… 430
　　六、《宋文鉴》对北宋文学面貌的呈现 …………………… 439
　　七、《宋文鉴》与南宋文化"绍兴" ………………………… 443

第十八章　《唐宋八大家文钞》的编选及其文学史意义 … 449
　　一、从《古文关键》到《唐宋八大家文钞》 ……………… 449
　　二、茅坤编纂《唐宋八大家文钞》的
　　　　理论新创及其思想背景 ……………………………… 455

三、《唐宋八大家文钞》与唐宋八大家地位的确立 …………… 460
四、《唐宋八大家文钞》的嗣响 ……………………………………… 469

第十九章 《宋诗钞》的编纂及其诗学史意义 ………………… 477
一、明末清初江浙藏书之风与《宋诗钞》的编纂 …………… 478
二、晚明潘是仁所编《宋元诗集》及其与
　　《宋诗钞》的关系 ………………………………………… 484
三、《宋诗钞》编选倾向新探 ……………………………………… 495
四、《宋诗钞》编纂的诗学史意义 ………………………………… 503

附录一 "与其过而废也，毋宁过而存之"
　　——也谈《四库全书存目丛书》的
　　　编纂出版 ……………………………… 程千帆、巩本栋/510
附录二 领域的拓展与方法的更新
　　——论《中国思想家评传丛书》的思想史意义 ………… 519
征引书目 ………………………………………………………………… 535
后　记 …………………………………………………………………… 553

绪　言

在现代大学讲坛上,中国文学史的研究和教学,虽然早在 20 世纪初就开始了,与之相配合的《中国文学史》,如林传甲、黄人的两种《中国文学史》,也很早就出版了①,然而,对中国文学史教学和研究的理论与方法的自觉,则要到 20 世纪 40 年代后期才逐渐萌芽,尤其是 1949 年以后,中国国内的许多高校的中文系,在课程的设置上,除了有早就确立的"中国文学史"等课程之外,又陆续增加了"文学原理"等课程。一些古代文学研究者,借着这个思想、学术发展的大势,开始接触西方尤其是马克思主义的文学理论,并试图运用这些理论来指导中国文学史的研究。在有关报刊上发表的学术论文和陆续出版的多种中国文学史著作中,我们可以看到他们的目标和在这方面所作的努力。

即就文学史的编撰方面来说,在 1962 年 7 月由中国科学院文学研究所中国文学史编写组编写、人民文学出版社出版的《中国文学史》中,就曾明确地提出:

> 我们编写这一部分(指从上古到鸦片战争为止的文学)的时

---

① 最早的中国文学史著作,是由俄国汉学家王尔德撰写的,早在 1880 年,在圣彼得堡就出版了他的《中国文学史纲要》(参李明滨《世界第一部中国文学史》,《文史知识》2003 年第 1 期)。其后,由日本学者撰写的中国文学史在明治时期开始大量出现(参陈广宏《中国文学史之成立》,上海古籍出版社,2016 年)。1901 年,英国学者翟里斯的《中国文学史》出版,则又在其后了。

候,力图遵循马克思列宁主义的观点,比较系统地介绍中国古代文学的发展过程,并给古代作家和作品以较为恰当的评价。①

次年,在由游国恩、王起、萧涤非、季镇淮和费振刚主编,同样由人民文学出版社出版的《中国文学史》中,也开卷便说:

> 本书的编者力图遵循马克思列宁主义、毛泽东思想的原则来叙述和探究我国文学历史发展的过程及其规律,给各个时代的作家和作品以应有的历史地位和恰当的评价。②

这些提法,都反映出当时学术界对运用马克思主义文艺理论研究中国文学史的普遍认识。

在中国古代文学的研究中,原有知人论世之法的传统。自19世纪以来,欧美学术界出现的诸多文艺批评方法和理论日益东渐。马克思主义的文艺学,即属于社会批评的一派。文学社会批评理论的概念,初由法国文艺批评家丹纳提出。他主张"要了解一件艺术品,一个艺术家,一群艺术家,必须正确的设想他们所属的时代的精神和风俗概况。这是艺术品最后的解释,也是决定一切的基本原因"③。时代、种族和社会环境,成为其文学艺术社会批评中的基点。由马克思、恩格斯所创立的辩证唯物主义和历史唯物主义学说,在人类历史上第一次全面、深刻地揭示了社会存在与社会意识、经济基础与上层建筑的关系,科学地阐明了社会的内部结构及其客观的规律性,以及各种社会意识形态之间的相互关系,从而也为揭示文学艺术的本质、特点和基本规律奠定了

---

① 中国科学院文学研究所中国文学史编写组编写:《中国文学史·编写说明》,人民文学出版社,1962年,第1册,第1页。
② 游国恩、王起、萧涤非、季镇淮、费振刚主编:《中国文学史·说明》,人民文学出版社,1963年,第1册,第1页。
③ 〔法〕丹纳:《艺术哲学》,傅雷译,人民文学出版社,1963年,第7页。

坚实的科学基础。恩格斯说:"正象达尔文发现有机界的发展规律一样,马克思发现了人类历史的发展规律,即历来为繁茂芜杂的意识形态所掩盖着的一个简单事实:人们首先必须吃、喝、住、穿,然后才能从事政治、科学、艺术、宗教等等;所以,直接的物质的生活资料的生产,因而一个民族或一个时代的一定的经济发展阶段,便构成为基础,人们的国家制度、法的观点、艺术以至宗教观念,就是从这个基础上发展起来的,因而,也必须由这个基础来解释,而不是象过去那样做得相反。"①按照这个观点,每个时代文学的发展演变,归根结底,都是由经济基础决定和制约的。同时,文学的发展,也有其自身的规律,并受到上层建筑的政治及其他意识形态的影响。

将上述马克思主义的文学观念和方法运用到中国文学史的研究中,学者们取得了显著的成绩,特别是在中国文学史发展演进过程的描述中,我们可以看到这一贯穿整个研究的红线。比如,在中国科学院文学研究所编《中国文学史》第二册第一章"唐代文学的繁荣"中,有一段对盛唐社会背景与文学关系的论述。曰:

> 开元天宝时代,唐朝一方面是国势的强大和经济的繁荣都达到了顶点,另一方面是在这强盛繁华的背后却潜伏着衰落的危机:在政治上既从开元的比较开明时期转入天宝年间的黑暗和腐败;上层统治阶级也日趋骄横自满和荒淫无耻,加强对人民的剥削以满足他们穷奢极欲的享受;对外却又大好喜功,不时发动开边拓土的战争,消耗国力,贻害人民;这样就加深了统治阶级内部、统治阶级和人民之间以及汉族和他族之间的矛盾。这些矛盾的集中表现就是安史之乱的爆发。在这样错综复杂的时代里,同时并存的各

---

① 〔德〕恩格斯:《在马克思墓前的讲话》,中共中央马克思、恩格斯、列宁、斯大林著作编译局编《马克思恩格斯选集》第3卷,人民出版社,1972年,第574页。

家思想既得到充分发展的条件,各个阶级和阶层也必然会对现实采取不同的态度,提出不同的要求。诗人们为了反映丰富而多采的社会现实生活,为了表现各种愿望和理想,就在初唐的基础上把诗歌艺术继续推向前进,在创作实践中发展了各种体裁和形式,开创了众多的流派、众多的风格,而蔚为诗国上万紫千红、百花齐放的壮观。这是一个名家辈出、诗体大备的时代。社会各方面的现实生活,都在诗人的笔下以各种体制和风格得到充分的反映,从而形成我国古典诗歌发展史中的极繁荣的时代,即文学史家一向所羡称的"盛唐"。①

一方面是国势的强大和经济的繁荣,另一方面是在这种强盛繁荣的背后潜伏并不断加剧着的矛盾和危机,这就是盛唐诗人们所面临的一个重大的现实存在。面对错综复杂的现实,诗人们作出了各自不同的反应,并从不同的角度、创造性地推动了盛唐诗歌的发展进程。这个判断,是很有见地的。

然而,在这一时期的文学史著作中,学者们对马克思主义文学原理的运用,还不免简单和机械。例如用浪漫主义和现实主义来划分文学流派,用是否具有人民性来判断作品的价值和文学史地位,等等,都是如此。还比如,在对某一时代文学发展的把握中,将社会政治现实的背景、思想学术的变化,与文学的发展直接联系起来,也显得有些生硬。游国恩等先生主编的《中国文学史》,谈到汉代辞赋的发展,指出:"阶级矛盾的缓和,社会经济的恢复和繁荣,以及统治阶级骄奢享乐风气的形成,也引起了封建文士社会生活和思想感情的变化。因而辞赋的思想内容也不免多少引起了变化,即由抒发个人的强烈感情变为铺张宣扬统治阶级的华贵和享乐生活,由严峻的讽刺责斥变为温和的讽喻劝

---

① 中国科学院文学研究所中国文学史编写组编写:《中国文学史》第2册,第326页。

戒。辞赋思想内容的变化，必然引起体裁、形式的逐渐变化。"①又说："随着伟大帝国的出现和百家论争的最后结束，以及物质条件的日益具备，总结古代以来的历史文化并从而给大一统局面以哲学和历史的解释，就成为统治阶级迫切的现实要求。伟大的《太史公书》即《史记》，'亦欲以究天人之际，通古今之变，成一家之言'，就是这种要求最充分的一种表现形式。"②这些论述，似乎并没有什么明显的不妥，但"社会经济的恢复和繁荣，以及统治阶级骄奢享乐风气的形成"，何以就会引起文士"社会生活和思想感情的变化"，进而带来辞赋内容和形式的变化；"伟大帝国的出现和百家论争的最后结束，以及物质条件的日益具备"，又何以会向统治阶级提出总结历史、"给大一统局面以哲学和历史的解释"的迫切要求，何以会有《史记》的出现，实际上都并没有给出令人信服的答案。

所以，20世纪80年代以来，随着中国古代文学研究的不断发展和深入，随着方法论问题的日益被重视，重写文学史也被提上了议事日程。在文学史撰写的理论、观念、方法、形式和构架以及文学史学史等方面，学术界都曾作过很多讨论，尤其令人兴奋的是，许多学者并未满足于怎样写文学史的讨论，而是更进一步开始了各自撰写文学史的有益尝试。比如，在通史方面，有中国社科院文学研究所主持、多所学校参与修纂的多卷本《中国文学史》，章培恒、骆玉明先生主编的《中国文学史新著》，程师千帆先生与程章灿先生撰写的《程氏汉语文学通史》，袁行霈先生主编的《中国文学史》，等等；在断代史或分体文学史方面，有江苏古籍出版社策划出版的"中国分体断代文学史"系列著作、王钟陵先生的《中国中古诗歌史》、程千帆先生与吴新雷先生合撰的《两宋

---

① 游国恩、王起、萧涤非、季镇淮、费振刚主编：《中国文学史》第1册，第106页。

② 同上书，第107页。

文学史》等等,应该说是很有成绩的。这些成绩,不但表现在对文学史研究的范围、性质、特点和文学史发展的阶段、线索的认识更加清晰(如袁行霈先生主编的《中国文学史》),研究的内容更加深入(如程千帆先生与吴新雷先生合撰《两宋文学史》等),研究的角度更具有个性化特色(如章培恒、骆玉明先生主编《中国文学史新著》、程千帆先生与程章灿合撰《程氏汉语文学通史》等),而且在研究方法上也将马克思主义文艺学的理论与中国文学史的发展实际结合得更加自然、更加密切了。这种结合,使文学愈益回归本位,愈益回归到中国传统思想文化的大背景之中。

袁行霈先生在其主编的《中国文学史·总绪论》中说:

> 背景研究很重要,这是深入阐释文学创作的一把必不可少的钥匙。但社会政治、经济背景的研究显然不能成为文学史著作的核心内容,不能将文学史写成社会发展史的图解。①
>
> 我们不但不排斥而且十分注意文学史与其他相关学科的交叉研究,从广阔的文化学的角度考察文学。文学的演进本来就和整个文化的演进息息相关,古代的文学家往往兼而为史学家、哲学家、书家、画家,他们的作品里往往渗透着深刻的文化内涵。因此,借助哲学、考古学、社会学、宗教学、艺术学、心理学等邻近学科的成果,参考他们的方法,会给文学史研究带来新的面貌,在学科的交叉点上,取得突破性的进展。例如,先秦诗歌与原始巫术、歌舞密不可分;两汉文学与儒术独尊的地位有很大关系;研究魏晋南北朝文学不能不关注玄学、佛学;研究唐诗不能不关注唐朝的音乐和绘画;研究宋诗不能不关注理学和禅学;保存在山西的反映金元戏曲演出实况的戏台、戏俑、雕砖、壁画是研究金元文学的重要资料;

---

① 袁行霈主编:《中国文学史》第一卷,高等教育出版社,1999年,第3页。

明代中叶社会经济的变化所带来的新的社会环境和文化气氛,是研究那时文学的发展决不可忽视的。凡此等等,都说明广阔的文化学视角对于文学史的研究是多么重要!有了文化学的视角,文学史的研究才有可能深入。①

袁先生的这些论述,无疑是十分正确的。我们在袁先生主编的这套文学史中,也不难看到他和其他分卷主编在这方面所作出的努力。不过,这些关于文学背景的论述,几乎没有例外地都设置在各卷各编的绪论部分,属于对一个时代文学发展的宏观背景和总体创作倾向的把握。

然而,文学史的发展往往是十分复杂的,即使是在同一历史条件和文化背景之下,由于主客观方面的原因,文学家们所受到的文学内部和外部背景因素的影响的程度,仍是千差万别的,因此才使得文学创作的发展异彩纷呈。所以,就当代的中国古代文学研究现状来看,对某一时期文学创作发展及其背景的宏观把握,应该建立在对这一时期文学创作的独特性及其相关背景的具体深入的分析和探讨之上。从关涉中国文学史发展的若干具体问题出发,从不同的角度和方面探索中国文学史发展背后的文化动因,从而阐释和揭示在文学史发展的不同阶段所形成的不同的文学面貌和特点,或者能从新的研究层面更加贴近和进一步加深我们对中国文学史的认识。

所谓文化视野下的文学史研究,具体地说,就是把中国古代文学的研究,放到一个更为宽广的思想文化背景下来展开。因为,无论是从中国古代文学创作还是研究的实际来看,这样做都有助于我们更好地理解中国古代文学的内涵,有助于我们更准确地把握中国文学史的总体面貌、特征以及发展演进的规律。

---

① 袁行霈主编:《中国文学史》第一卷,第5页。

文化视野下的中国文学史研究的目的和意义,不在于说明背景与文学之间是否存在联系,而在于指出在多种纷繁复杂的背景因素中,究竟是哪些因素,从哪些方面,通过何种渠道和在多大程度上影响了文学史的发展。文化背景的研究,从学理上说,属于中国传统的知人论世之法,也与西方19世纪风行的社会-历史学派的批评方法相近。在这种研究中既要十分注意思想文化背景对文学的影响,又不能将文学本身的特点湮没,而是要将其特点更加突出地显示出来,兼采中西文学批评传统之长,而又尽去其弊。基于此,本书的撰写,从一开始就试图从中国文学的本身出发,从文学史教学和研究的实际出发,着眼于思想学术、时世政治、文士交往、书法绘画等文化背景因素与文学的关系,提出问题,解决问题,而不作理论预设,不追求体系的完整和结构的整齐划一。本书的研究目的决定了在研究方法上,我也尽可能地努力把文艺学与文献学(包括目录学、哲学、史学以及其他文艺学之外的诸种方法)方法结合起来,以期更好地解决中国文学史研究中遇到的问题。

兹将本书的研究和思考略述如下:

先秦两汉时期,文学与其他思想学术融而未分,因此,这一历史时期的文学研究,必定是文化视域下的研究。

《楚辞》是中国文学史发展的重要源头之一。在研读《离骚》的过程中,我注意到它在思想艺术上有一个非常鲜明的特点,即《离骚》的前半部分眷念追悔,悲愤怨嗟,萦回复沓,势不能隐,流露出对楚国前途与命运的深广的忧患意识和责任感;而后半则结想宏富,情境阔大,意象瑰丽,奇特绚烂,反映出诗人高远的政治理想追求以及卓异不凡的才情。带来这种变化和将前后两部分联系起来的关键,就在于诗人的"退将复修吾初服"和"就重华而陈词"。正是通过退修初服和陈词重华,诗人才摆脱了心理上的困境,并由此给全诗的抒写带来了如上的重要变化。屈原之所以伟大,《楚辞》之所以不朽,不仅在于诗人抒写了自己虽"独穷困乎此时",却仍然"忍而不能舍"的伟大的爱国情怀,而且,还在于诗中具体形象地展现了诗人忧怨徘徊的心理困境,以及其怎样试图从这种困境中摆脱出来、继续上下求索的全过程。那么,屈原何以会选择退修初服和陈词重华这两条途径?其背后是否还有更深的思想根源和时代背景,而这一特定的思想文化背景,又是怎样影响了屈原的创作心态的呢?因撰第一章"屈原的心路历程及其文化背景"。

《九歌》是屈原最为瑰丽多彩的诗歌作品之一,历来对它的异说也最多。我在研读《九歌》时,联想到另一首奇特的诗歌:《天问》。《天问》一诗,是屈原观"先王之庙及公卿祠堂"图画后,"因书其壁,何而问之",给世人留下的杰作。这些壁画的内容,按王逸的说法,是相当丰富的。其中既有"琦玮僪佹"的"天地山川神灵",也有"古贤圣怪物行事"。然我们读《天问》,从混沌初开的洪荒时代,到屈原所处的楚国现实社会;从日月星辰何所来、天地山川何所安、何以天不足西北地不满东南、何以雄虺九首灵蛇吞象等自然现象,到尧、舜、禹、汤、文、武、周公等上古三代以来先圣先王的世代递嬗和种种神奇传说,以及彭祖长寿、王亥服牛、梅伯受醢、箕子佯狂,乃至汤臣伊挚、楚令尹子文之贤、齐桓九合诸侯称霸天下、秦伯兄弟争犬、吴楚少女争桑等种种似真似幻、或庄或谐的传说和故事中,看到的却主要是"古贤圣怪物行事",而几乎看不到"琦玮僪佹"的"天地山川神灵"。那么,王逸所说的"天地山川神灵"的图像若在屈原笔下呈现出来,会在哪里呢?因撰第二章"楚宗庙祠堂壁画与《九歌》的创作"。

在中国文学史上,一种文体的起源和发展,往往有多方面的背景和原因,并经历过较长历史时段的发展演进。然而,在众多的思想文化背景和因素中,总有一些最直接、最重要的背景因素在起作用,而另一些因素则相对影响较小。如果我们能在研究中揭示出那些最重要的背景因素,那么,对我们进一步理清文体发展的来龙去脉,正确认识和评价作家作品及其在文学史上的地位,不用说都是有益处的。

在袁行霈先生主编的《中国文学史》第一卷第二编"秦汉文学"(此卷主编李炳海)中,论述到汉代文学的基本态势,李炳海先生指出:"汉朝经济的繁荣、国力的强盛、疆域的扩展,使那个时代的作家充满胜利的喜悦和豪迈的情怀。反映在文学上,就是古往今来、天上人间的万事万物都要置于自己观照之下,加以艺术的再现。……在大赋中,凡是能够写入作品的东西,都要囊括包举,细大无遗,无远不届。"[1]在论述汉代文学样式的嬗革时,李先生又说:"赋是汉代文学最具有代表性的样式。""汉赋对诸种文体兼收并蓄,形成新的体制。它借鉴楚辞、战国纵横之文主客问答的形式、铺张恣肆的文风,又吸取先秦史传文学的叙事手法,并且往往将诗歌融入其中。"[2]这些关于汉大赋起源和创作背景的论述,很有代表性,当然也是很有道理的,然检讨汉大赋起源诸说,又感觉这些似乎很圆融的说法,并未能真正解决问题。于是,我从升高能赋入手,追寻由赋诗到隐语廋辞的创作,再到战国纵横家的游说进谏的过程,发现这些游说进谏之辞已越来越接近汉大赋。遂撰第三章"战国纵横家与汉大赋的起源"。

研究魏晋南北朝文学和文学理论,很难回避玄学与文学的关系。我对此也作过一些思考。

汉魏以降,人们越来越注意从性格、气质和才情等层面上考察和评价人物,并将这种理论和思维方式移用到其他许多方面。刘勰《文心雕龙》之论为文用心,也不能例外。从先秦诸子的以善恶论人性,到西汉淮南王的人性虚静自然说,东汉王充论人禀气而生,气有厚薄,人的

---

[1] 袁行霈主编:《中国文学史》第一卷,第159—160页。
[2] 同上书,第165—166页。

操行和性格亦有差异,再到汉末魏初的唯才是举和魏晋、南朝清谈话题中的才性之辨,"才性论"的发展经历了一个漫长而复杂的过程。从重视操行到重视才能、辨别才性,实际上在某种程度上所反映的,是士人人格的自觉和个性的凸显以及人对自身认识水平的提高。生活于齐梁之际的刘勰,不但对才性之辨的理论话题十分熟悉,而且将这种才性理论运用到其文章学理论的体系之中。由此来看刘勰的"风骨论",所谓"风",实源于"气"(从创作主体的先天禀赋、才性或性格、气质来说,是"气"),它指的应当是作家禀赋、性格和气质在作品中的自然呈现;而所谓"骨",作为一种语言表达和美学上的要求,是指的"文辞"应具有的准确和生动的表情达意的功能,具体说就是语言表达应准确畅达、简约雅正。合而论之,岂非风骨乎?因撰第四章"魏晋'才性论'与刘勰《文心雕龙》'风骨论'"。

"大上有立德,其次有立功,其次有立言。虽久不废,此之谓三不朽。"①魏晋以来,虽对文章的认识大幅提高,认为它是"经国之大业,不朽之盛事"②,然在"立德""立功"与"立言"之间,在绝大多数士人看来,"立德""立功"仍是首先要追求的。刘勰同样如此。观《文心雕龙·程器》一篇,既非纯粹的作家道德品行论,也未涉及作家道德品行与创作的关系,实际是讨论从政与为文的关系。其主旨在于力倡"贵器用"与尚"骋绩"。而由此篇所论文人"不护细行"说,以及自东汉以来围绕此一问题所展开的讨论,则从一个侧面反映了魏晋士人自身主体意识的增强和文人的自觉。当然,由于对文人不护细行的批评在某种程度上往往带有一定的偏见和局限,也就不免会影响到文学批评的

---

① 杨伯峻编著:《春秋左传注》襄公二十四年,中华书局,1981年,第1088页。
② [三国魏]曹丕:《典论·论文》,[南朝梁]萧统编,[唐]李善注《文选》卷五十二,上海古籍出版社,1986年,第6册,第2271页。

正常开展。因撰第五章"《文心雕龙·程器》篇主旨和文人'不护细行'的论辩"。

在文学史的撰著中,常有这样的情况,即对某一个时代的思想文化背景,大致都有宏观的论述,然这种背景因素如何影响文学创作,却又往往少有具体的论证。而在背景与文学之间,实际的情形要比我们最初所想象的复杂得多。上文曾引述过中国科学院文学研究《中国文学史》第二册中,对盛唐文学与社会背景关系的一段论述,大致谓开元、天宝年间社会的发展繁荣与这种繁荣背后潜藏着的衰落的危机,是盛唐诗歌发展繁荣的政治社会背景。这是我所赞同的。然而,这一背景究竟怎样影响了盛唐诗歌的发展进程,同样需要作进一步的具体论证。

诚然,开元、天宝年间,仍是唐帝国发展的鼎盛时期,但是,我们又不能不看到,在这种鼎盛的背后存在并逐渐不断激化着的各种政治和社会矛盾。唐王朝统治集团主要是由门阀世族与庶族阶层共同构成的,在这二者之间,既有联合,也有矛盾和斗争。科举取士曾为下层士人进入仕途大开了方便之门,但在政治生活中,庶族出身的士人受豪门大族排斥的事也并不少见。再从唐王朝内部政治的变化看,唐玄宗开元八年(720)后,张嘉贞、张说、李元纮、杜暹、张九龄等相继执政,在朝政处置上已时有分歧和矛盾。开元十四年,张九龄罢相,被排斥出朝。开元十八年高力士排斥王毛仲,独揽大权。开元二十二年李林甫为相。此时的唐玄宗已是"在位岁久,渐肆奢欲,怠于政事"[1],李林甫恩宠日甚,政局衰颓,殆成定局。在这种情况下,才智之士不为所用,也就是难免的了。[2] 还有唐代的科举和铨选制度。进士及第,本已不易,及第又

---

[1] [宋]司马光撰,[元]胡三省音注:《资治通鉴》卷二百一十四《唐纪》三十,开元二十四年十一月,标点《资治通鉴》小组校点,中华书局,1956年,第15册,第6823页。

[2] 关于此点,赵昌平《开元十五年前后》一文中有较详细的论述,可参。文载《中国文化》1990年第2期,又收入《赵昌平自选集》,广西师范大学,1997年。

不能马上得官,而得官又多是就辟外府,到开元中期以后,就辟外府者又有多年不迁的,尤其是裴光庭做吏部尚书时,"始奏用循资格,各以罢官若干选而集。官高者选少,卑者选多,无问能否,选满即注,限年蹑级,毋得逾越。非负谴者,皆有升无降,其庸愚沉滞者皆喜,谓之圣书,而才俊之士无不怨叹"①。这无疑也是造成才俊之士沉沦下僚的重要原因之一。

我曾对盛唐时期殷璠所编的《河岳英灵集》作过一番探究,发现被殷璠称为"河岳英灵"的王维、王昌龄等二十四位诗人,大都名位不显。殷璠是以风骨论诗的,然而他所赞赏的诗,实际上又多是士人们抒发怀才不遇的愤懑不平之作,以及迫于这种不得志的处境而另谋出路(如从军边塞)或暂求摆脱(如寄意山林)时的所得,而这些作品,恰恰又是在开元初至天宝中,即盛唐时期才出现的新的现象,也就是说,正是由这些作品构成了盛唐诗歌的宏大殿堂。正是由于诗人的上述经历及其创作,才将盛唐诗歌的发展推向了一个前所未有的高峰。所谓盛唐气象,实应重新认识。因撰第六章"盛唐的社会、政治与诗歌创作的繁荣"。

唐五代诗格中的"势",与"比兴""气""风骨""神韵""境界"等许多术语和概念一样,是中国古代文学理论和批评中的重要范畴之一。其产生既有文学的和非文学的等多种因素,运用范围又极广,内涵也就十分丰富,索解颇为不易。然若从兵家思想与文学的关系上去考察,则似可提出一些新的看法。"势"在先秦通用"执"字,它具有种植(此亦被借用为"六艺"的"艺")和地势两义,其引申遂有技艺、技巧和趋势、态势等含义,并运用于社会和政治生活的各个方面,尤其是被兵家借用

---

① [宋]司马光撰,[元]胡三省音注:《资治通鉴》卷二百一十三《唐纪》二十九,开元十八年四月,第14册,第6789页。

为专门的兵法概念,即兵"形势"和兵"技巧"。东汉以后,兵家的"势"论开始被书家和文论家们引入书法和文论之中,至唐王昌龄撰为《诗格》,认为诗有"四深""三不同","势"即其中之一。同时,他又提出了"十七势"的概念。其取意似主要就来自兵家和书论。因撰第七章"兵家思想与唐五代诗格中的'势'论"。

一个新的王朝建立之后,偃武修文,往往会在政治上采取一些稽古右文的措施,宋朝也不例外。然而,宋初大规模的文献编纂,却不仅仅是简单的稽古右文。比如宋初四大书的编纂,《太平御览》大致是出于宋太宗读书撰文的需要,承三国魏《皇览》以来类书之例而编,同时也是自宋太祖以来实行崇儒重文政策的重要组成部分。《文苑英华》的编纂也略同于《太平御览》。但是,《太平广记》的编纂,就与宋太祖、太宗授受之际的政局有很大的关系了。它实际上寓含着宋太宗利用道教神仙之说,以显示其皇位继承的合法性,并稳固其政权的用意和苦心。《册府元龟》的编纂更是不同于前三书,它是受到田锡的启发,要上承唐魏徵《群书治要》,以前代君臣为鉴戒,扬善惩恶,"用存典刑"为宗旨,具有纠正太宗朝图书编纂失之于博杂的意味。这四部大书的编纂,对有宋一代思想文化,当然也包括了对文学的发展,产生了深远的影响。因撰第八章"宋初政治与'四大书'的编纂"。

研究北宋文学,庆历、熙、丰和元祐党争是一个不能回避的问题。因为,自北宋庆历前后开始,北宋文坛上几乎所有的重要作家都程度不同地卷入了北宋党争,其文学创作自不免受其影响。即如被称为"宋诗开山祖师"的梅尧臣,便为一显例。

梅尧臣一生仕宦不显,一个很重要的原因,就是他在庆历前后自觉不自觉地陷入了以范仲淹和吕夷简为首的新旧两派的斗争之中。在庆历党争中所处的尴尬地位,造成了他仕宦的不得意。他与范仲淹的矛盾,反映了双方思想观念上的分歧,而并非出于个人恩怨。梅尧臣提倡

《诗经》以来诗歌美刺的优良传统,主张诗歌创作应反映政治现实,这不仅使其以诗歌为形式直接介入和反映了北宋党争,而且在艺术上大量运用了托物讽喻和以议论为诗的手法,进而也就影响到其古拙简劲诗风的形成。一般所谓梅诗平淡的看法是不够完整和全面的,且梅诗风格的平淡,原与其唱和应酬多有关系。梅尧臣诗歌创作的远源是《诗》《骚》和汉魏古诗,近源则为韩诗。他也学习晚唐、中唐,但又跨越唐人,走得更远。同时,他受梅询和钱惟演的影响,对西昆派在艺术上的讲究锻炼并不一概反对,从而能以"西昆工夫",造古拙简劲之境,对宋诗的发展起了重要的作用。因撰第九章"北宋党争与梅尧臣的诗歌创作"。

与文学史紧密联系的中国文学批评史,其研究往往也存在着一个思想学术或政治的背景问题。比如,一些文学批评史上的一些重要理论命题,它们的提出,就既有文学自身发展的因素,也有其特定的历史条件和背景,追寻这些原因和背景,对我们进一步认识和理解其理论内涵和发展,对文学史的研究,无疑都是有十分积极的意义的。

"诗穷而后工"说的源头,我们可以追溯得很远。然在中国文学史上,明确提出"诗穷而后工"说的,则是欧阳修。从司马迁的发愤著书之说,到韩愈的志存诗书、搜奇抉怪和不平之鸣的议论,再到欧阳修的"诗穷而后工"的观点,人们对问题的认识无疑更进了一步。因为在欧阳修看来,诗所以能"穷者而后工",不仅在于穷者能专一于文学创作和搜奇抉怪,更在于其在政治上既然不得志,不免"内有忧思感愤之郁积",于是"兴于怨刺","道羁臣、寡妇之所叹,而写人情之难言"①,创作出优秀的文学作品。在这里,"诗穷而后工"与"诗可以怨"首次明确地联系在了一起。有意味的是,欧阳修早年提出的"诗穷而后工"的看

---

① [宋]欧阳修著,洪本健校笺:《欧阳修诗文集校笺·居士集》卷四十二《梅圣俞诗集序》,上海古籍出版社,2009年,中册,第1092—1093页。

法,并非泛泛而谈,而是有其具体指向的,那就是皆为梅尧臣而发。既然梅尧臣不遇的主要原因,是他在庆历前后在以范仲淹和吕夷简为首的新旧两派政治斗争中所处的尴尬地位造成的,是北宋党争影响的结果,而欧阳修诗穷而后工之论又专为梅尧臣而发,则此论的提出,无疑是北宋党争背景下的产物。因撰第十章"'诗穷而后工'说的历史考察"。

宋代士人多集思想家、政治家、史学家、文学家等于一身。如王水照先生所言,"宋代士人的身份有一个与唐代不同的特点,即大都是集官僚、文士、学者三位于一身的复合型人才,其知识结构一般远比唐人淹博融贯,格局宏大"①。像范仲淹、欧阳修、王安石、司马光、"三苏"、陆游、朱熹、吕祖谦等等,皆是如此。即以欧阳修为例,他在经学、史学、金石、谱牒和文学等方面,皆成就突出,开风气之先,影响甚大。故研究欧阳修的文学,不能不关注他的思想学术。

在六经之中,欧阳修深于《易》《诗》和《春秋》。其解经的突出特点,是本之人情常理,自成一家,尤其是疑《周易》之《系辞》《文言》非孔子所作,认为《春秋》"三传"不可尽信,《诗》毛、郑所注多有讹误,《周礼》亦不完之书等,对北宋疑经风气的形成和后代学术的发展,产生了重要的影响,在中国经学史上占有重要地位。他所以能取得如此成就,实与其家世不显、贫寒无所师有着密切的关系。其少无所师,故能学出己见,无所束缚,大胆疑经。这不但为我们解释疑经风气何以会在北宋出现提供了一个切实的例证,而且对于研究他的文学创作,也有重要意义。无论是关于师古应师其意和事信言文观念的提出,还是对言简意深和言简而有法的强调,对纡徐婉转、平易畅达的文学创作风格的追求,都可以从其经学中得到合理的解释。因撰第十一章"欧阳修

---

① 王水照:《情理·源流·对外文化关系——宋型文化与宋代文学之再研究》,《王水照自选集》,上海教育出版社,2000年,第30页。

的经学与文学"。

与欧阳修同样,苏轼既是一位伟大的文学家,也是一位杰出的思想家和政治家。研究他的文学创作,离不开对他思想学术的理解和把握。关于苏轼的思想,一般都认为是杂糅儒、释、道三家,这在学术界几乎没有什么异议。然仔细考察现存苏轼的全部著述,却会发现,苏轼思想中虽杂有儒、释、道三家的因素,但实际上释氏之说在其思想中所占的地位,并不能与儒、道两家相比,简单地说他的思想兼容儒、释、道三家,不符合苏轼思想学术的实际。秦观曾论道苏轼的思想学术。他说:"苏氏之道,最深于性命自得之际。"[①]实已道出了苏轼思想的要害。所谓"性命自得",就是援道入儒,儒道兼融,是"性命论"和"人情论"的统一。它贯注于苏轼一生的思想和言行,也深刻影响了其文学观念和文学创作。因撰第十二章"苏轼的思想学术与文学创作"。

在苏轼的一生中,"乌台诗案"无疑是他政治生涯中所遭受的最沉重的一次打击。苏轼因作诗批评新法,不满和讥刺新党,至被纠弹抓捕,险失性命,这当然是一桩冤案,即所谓"以讽谏为诽谤也"。然我们今天重读那些被列入诗案的作品,重要的却不是要为东坡辩护,而是应客观分析,既指出其讽谏朝政、不满新党的一面,更应看到在讽谏、抨击背后所蕴含的,一位正直的士大夫对下层百姓的同情和党争背景之下其自身矛盾复杂的心态。诗案中的作品,在苏轼诗歌的创作历程和宋诗史上占有重要地位。"东坡乌台诗案"记录了一桩政治冤案,然客观上也为后人解读苏轼诗歌提供了相关"本事",具有重要的文献价值和文学史意义。因撰第十三章"'作为诗文,寓物托讽,庶几流传上达':'乌台诗案'新论"。

[①] [宋]秦观撰,徐培均笺注:《淮海集笺注》卷三十《答傅彬老简》,上海古籍出版社,1994年,中册,第981页。

与北宋党争对当日诗文创作的显著影响相比较,词之创作受党争影响,要隐晦、曲折得多。生活于新旧两党激烈斗争的北宋中后期的周邦彦,既于元丰中上《汴都赋》,颇颂新法,为宋神宗所赞赏,"自太学诸生一命为正",复于绍圣时为宋哲宗召见,重进《汴都赋》陈情,继则于新党执政时循资格而进,续有升迁(虽则此时新政已经变质),他对新法持拥护态度,对新党不无依附,大概是不用怀疑的;而元祐初他遭旧党排斥,至辗转外任,长达十年,自然也不可能没有怨望之心,故在其文学创作,主要是词作中,不能不有所反映。近人陈思撰《清真居士年谱》,已疑清真词别有寄托,罗忼烈先生则在其《周清真词时地考略》《周邦彦清真集笺》等论文和著作中,发前人所未发,明确指出周邦彦《忆旧游》(记愁横浅黛)、《瑞龙吟》(章台路)等词作的党争背景与情感寄托,而刘扬忠先生也曾指出,在为数近二百首的清真词中,多半都打入了作者的一种身世之感①。这些论述无疑都是很富有启发意义的。然我以为,党争对清真词创作的影响,既不宜强作比附,一一将其坐实,而仅仅指出清真词弦外具有"身世之感"似又还不够。可以说,除非确有文献依据可以考实者之外,党争之于清真词,主要地还是一种间接而非直接、隐晦而非显露的影响,而这表现在清真词的创作上,其表是写离别情思、羁旅哀愁,其里是写遭受不平、忧幽怨艾,典丽精工,沉郁顿挫。宋人王灼曾谓:"世间有《离骚》,惟贺方回、周美成时时得之。"②贺铸非本书所论,以《离骚》拟清真词,从北宋中后期激烈的新旧党争之在清真词中能得到如此深婉曲折的反映来看,是并未夸张的。因撰第十四章"北宋党争与清真词的创作"。

若就历史的背景与文学创作的关系来看,研究北宋文学最需注意

---

① 参刘扬忠先生《周邦彦传论》第六章"失意士人多怨歌",陕西人民出版社,1991年。
② [宋]王灼著,岳珍校正:《碧鸡漫志校正》卷二,人民文学出版社,2015年,第28页。

的,当然是北宋党争了,而若研究南宋文学,宋、金关系则最需注意。

社会、政治等背景因素影响文学创作,有时并不是很直接的,个中尚有一中介问题,这个中介就是心态。以辛弃疾为例,他在南归后虽似属仕途顺利,但在他由江阴签判而一方帅臣乃至其后多年的仕宦生涯中,在一些朝廷大臣和士人心目中,他仍不过是一位"归正人"或"忠义人"的身份,由此其所受到的一些或隐或显的轻视、排斥和沮抑,就不能不如阴云一般时时掠过其心头,给他本就因恢复之志难展而忧愁痛苦的心灵,抹上了一层阴影。这样,忧谗畏讥,隐忍怨艾,随着辛弃疾南归地位的逐渐提高,反倒愈益成为其较明显的一种心态,直至他被劾退居上饶。

宋孝宗淳熙八年(1181)末以在湖南建飞虎军事为直接诱因,辛弃疾被弹劾罢官,直至宋光宗绍熙三年(1192)重新被起用,他退居带湖长达十二年之久。这一时期,辛弃疾的生活发生了很大变化,其心态也不能不较前变得更为矛盾和复杂起来:一方面,他要努力用儒家进退出处的传统思想观念去化解心中的郁愤,适应退居的生活环境,所谓进退取适;另一方面,由于他梦寐以求的收复中原的政治理想和愿望未曾改变,所以,他内心因遭谗毁摈斥所产生的痛苦,既不能完全免除,而其刚强自信的性格,又使他对恢复、对自己的东山再起,始终抱着一种坚定的信念,而决不肯轻言放弃。总之,闲适旷放与忧世进取的杂糅,构成了辛弃疾带湖退居时期并不很和谐的心态。

辛弃疾在退居带湖十二年之后,于宋光宗绍熙三年春被重新起用,出任福建提刑,时已五十三岁。这次重出,不到三年,即于绍熙五年秋,由福建安抚使任落职。于是,又开始了他长达九年的退居瓢泉的生活,直到宋宁宗嘉泰三年(1203)夏第三次被起用,出知绍兴府兼浙东安抚使。然亦仅两年,便于开禧元年(1205)夏重又落职。开禧二年再召,次年即病卒。在辛弃疾晚年的这十五年中,就其仕途而言,可以说是数起数落；就其主要心态而言，则是进亦忧，退亦忧，无时而乐了。用辛弃疾自己的话说，就是"功名只道，无之不乐，那知有更堪忧"。因撰第十五章"辛弃疾南归后心态平议"。

以淳熙八年为界限，辛弃疾南归后的词作大致可分为前后两个时期。虽然前期词作的数量只是后期的六分之一强，然而其时间跨度却与后期大约相当。它既是辛词创作发展的一个重要阶段，与后期词作有着密切的联系，又在内容和手法、技巧与风格等方面，显示出与后期辛词的差异。

前已论之，辛弃疾在其南归前期的近二十年中，无论是身处下僚还是跻位帅臣，他所始终萦绕心头的都无非是恢复一事，无非是对国家和民族的前途与命运的忧患意识和强烈的责任感，其词中一切的"愁"或"闲愁"，皆由此而生。只不过这种忧愁和悲哀，由于其"归正人"的身份和处事作风的刚强果毅，连带着所遭受到的一些无端的猜疑、谗毁和沮抑，表现在词的创作中，遂愈显沉重复杂而已。辛弃疾"归正人"的身份既然使其时时处在一种易于被猜疑的地位，时时处在一种忧谗畏讥的心态之中，那么他在词的创作中，也就不能不有所顾忌，不能不将其内心的忧愁怨艾更多地以比兴寄托之法、委婉曲折之笔出之，以避免无端的事非，因为在宋代不但作诗易于罹祸（如东坡"乌台诗案"等），作词有时也是难免获谴的（如胡铨、张元幹等）。辛弃疾这一时期词作的风格，时常以深婉细约的面目出现，而又在深婉细约之中透出一种清疏刚健之气来，实在与其出于某种现实的需要，因而时时要以托志帷房的手法，或借伤春怨别来抒发其政治情怀，大有关系。因撰第十六章"辛弃疾南归前期的词作"。

文学选本是一种重要的文学批评样式，批评家往往通过作品的编选来表达他们的文学观点和倾向。然有的时候，其编选与文学创作同样，并不仅仅受编选者的文学思想观念的支配，所表现的也不完全是其文学观念,而与政局和他们的思想学术有着密切的关系。我在文学史的教学和研究中注意到这种现象,因撰"南宋文化'绍兴'与《宋文鉴》的编纂""《唐宋八大家文钞》的编选及其文学史意义""《宋诗钞》的编纂及其诗学史意义"诸文。

《宋文鉴》的编纂宗旨是"以道为治,而文出于其中",故其所谓"道",实内涵丰富,并不仅限于理学一端;其所谓"治",不仅限于北宋新旧党争的是非恩怨,还寓含着编者对国家社稷的前途与命运的忧患意识;其所谓"文",也不只是论道议政之文,而是主张文质兼备、事辞相称,以选录名家名作为主,而兼及其他,注意保存文献,反映了编者对北宋文学发展整体面貌的认识。因此,《宋文鉴》既体现了吕祖谦以理学为宗而博杂、务实的思想学术倾向,更寄托了他期待南宋朝廷以此来承继、建构和发扬自北宋以来所形成和确立的以文为治、宽大仁厚的政治与思想文化传统的良苦用心。

"唐宋八大家"之名酝酿于宋,而成于明茅坤《唐宋八大家文钞》。茅坤针对明复古派的观点,将道统与文统融合为一,明确提出"文特以道相盛衰,时非所论"的观点,进而认为能文与否取决于人的先天禀赋,文之工拙则取决于作者是否专一。这种对才性气质的强调,深受王阳明心学的影响,而对创作专一的重视,则成为其文章评点的理论依据。茅坤选文以古文为主,而体兼骈散,《唐宋八大家文钞》实是一部以古文为主而兼收四六的文章选本。茅坤的文章评点,从"本色论"出发,充分肯定了八家文的文学史地位。其具体的评点,重视对作品的感悟,多用知人论世和比较之法,并不只是提点照应、勾乙截住的标示。受《唐宋八大家文钞》的影响,晚明以降,各种唐宋八大家文章的选本层出不穷。通过自宋至清的众多文章选本尤其是茅坤所编选的《唐宋八大家文钞》的反复不断的选择和印可,"唐宋八大家"的文章及其在中国文学史上的地位,最终得以确立。在中国文学史上,每一选本的出现,都使得人们对某些文学作品的认识和理解加深一步,唐宋八大家也是如此,尽管其编选宗旨或有不同。

在颇经历了一番世态炎凉之后,宋诗至清初逐渐引起人们的关注,其诗学史地位的认定也终于出现转机。作为这种关注和转机的重要标志的,便是大型宋诗选本《宋诗钞》的编纂和流传。

关于《宋诗钞》的编纂及其相关问题,虽近年来关注渐多,然仍存在不少值得深入探讨的问题。明末清初江浙藏书之风与《宋诗钞》的编纂有密切关系。明末潘是仁所编《宋元诗集》对《宋诗钞》有重要影响。《宋诗钞》的编选,深寓家国民族之感,编者情怀博大,故于所选之人,最重名节、功业和学术,而于所选之诗,各种风格流派兼容并蓄。它的意义,主要是对清初宗宋诗风和唐宋诗之争论辩的兴起,起了积极的推动作用,由此使人们开始重新认识和评价宋诗,为确立宋诗在中国诗学史上的地位,从观念和文献两方面提供了必要条件和准备,并深刻影响了清诗发展的进程。

本书还附录了两篇文章:一篇是笔者与先师程千帆先生合撰的《"与其过而废也,毋宁过而存之"——也谈〈四库全书存目丛书〉的编纂出版》(载《北京大学学报》1997 年第 5 期,未收入《程千帆全集》),另一篇是笔者所撰《领域的拓展与方法的更新——论〈中国思想家评传丛书〉的思想史意义》(载《南京大学学报》2002 年第 5 期)。前一篇由程先生列出提纲,笔者撰写成文,所论涉及盛世修书、《四库全书》修纂的功过等,属于书籍文化史的范围,收入此书,不只是以资纪念的缘故,或可与本书后三章所论相参。后一篇谈已故南京大学老校长匡亚明教授主编的《中国思想家评传丛书》编撰的思想史意义。笔者自博士研究生毕业以后,曾在南京大学中国思想家研究中心工作长达十年之久,亲聆匡老教诲,这对自己学术的发展和学术格局的形成,产生了重要影响。故也收在这里,以明渊源所自。

第一章 屈原的心路历程及其文化背景

一、问题的提出

作为中国文学史上最早的长篇政治抒情诗,屈原的《离骚》在《楚辞》和整个中国古典诗歌发展史上,占有重要的地位。对于《离骚》的创作动机、主旨等,历来的解读者,多无异议,那就是司马迁所指出的:"屈平疾王听之不聪也,谗谄之蔽明也,邪曲之害公也,方正之不容也,故忧愁幽思而作《离骚》。《离骚》者,犹离忧也。夫天者,人之始也;父母者,人之本也。人穷则反本,故劳苦倦极,未尝不呼天也;疾痛惨怛,未尝不呼父母也。屈平正道直行,竭忠尽智,以事其君,谗人间之,可谓穷矣。信而见疑,忠而被谤,能无怨乎?屈平之作《离骚》,盖自怨生也。《国风》好色而不淫,《小雅》怨诽而不乱,若《离骚》者,可谓兼之矣。上称帝喾,下道齐桓,中述汤武,以刺世事。明道德之广崇,治乱之条贯,靡不毕见。其文约,其辞微,其志洁,其行廉,其称文小,而其指极大,举类迩而见义远。其志洁,故其称物芳。其行廉,故死而不容。自疏濯淖污泥之中,蝉蜕于浊秽,以浮游尘埃之外,不获世之滋垢,皭然泥而不滓者也。推此志也,虽与日月争光可也。"①其忠君爱国之心,眷念社稷民生之志,"信而见疑,忠而被谤"之幽怀,皆于诗中得到淋漓尽致的展现。

然而,对这种心志和情怀的抒发特征和曲折变化过程,却少有注意者。如,游国恩先生曾指出:"屈子以旷代轶才,而又楚之懿亲,怵心国难,思有以匡扶之。乃以王之昏庸,群邪壅蔽,窜逐山泽,九年不复,此诚人情所不能忍,故其文忧愁幽思,曲折往复;激楚苍凉,如怨如诉,斯乃迫于情之弗容已,与夫世之无病而呻者异也。"②已涉及其诗中情感抒发的特点,惜未及细论,而对其心灵变化的曲折历程,也并未作进一步追索。

19世纪丹麦文学史家勃兰兑斯曾指出:"文学史,就其最深刻的意义来说,是一种心理学,研究人的灵魂,是灵魂的历史。一个国家的文学作品,不管是小说、戏剧还是历史作品,都是许多人物的描绘,表现了种种感情和思想。感情越是高尚,思想越是崇高、清晰、广阔,人物越是杰出而又富有代表性,这个书的历史价值就越大,它也就越清楚地向我们揭示出某一特定国家在某一特定时期人们内心的真实情况。"③《楚辞》,尤其是《离骚》,为我们所揭示的,正是屈原以及以屈原为代表的中国古代士人忧生忧世的伟大心灵和情怀,探索这种心灵的跃动和情怀,不但可以对屈原的思想和人格有更深入的理解,也是解读《离骚》和研究中国文学史乃至文化史所不可缺少的。

---

① [汉]司马迁撰,[南朝宋]裴骃集解,[唐]司马贞索隐,[唐]张守节正义:《史记》卷八十四《屈原贾生列传》,中华书局,2013年,第8册,第2994页。"《国风》好色而不淫"数句,据东汉班固《离骚章句序》(宋洪兴祖注王逸《离骚章句叙》引)、刘勰《文心雕龙·辨骚》等,当为淮南王刘安语,司马迁引述之。

② 游国恩:《总序》,《离骚纂义》卷首,中华书局,2008年,第4页。

③ [丹麦]勃兰兑斯:《十九世纪文学主流·第一分册 流亡文学》,张道真等译,人民文学出版社,1980年,引言第2页。

二、"退将复修吾初服"与"就重华而陈词"：
屈原的心灵变化

研读《离骚》可以发现，其思想艺术上有一个十分显著的特点，即诗的前半部分眷念追悔，悲愤怨嗟，萦回复沓，势不得隐，流露出一种深广的忧患意识和忧郁哀怨的情绪，真实地揭示出诗人当日所处的楚国社会现实，具有深刻的现实主义创作倾向。而诗的后半部分则结想宏富，场面阔大，意象瑰玮，强烈地反映了诗人对自己政治理想的执着追求，体现出诗人卓异不凡的气质和才情，突出地展示了奇特绚烂的楚文化艺术特征，更多地表现出积极浪漫主义的创作特色。那么，造成这一变化的原因在哪里呢？

我认为肯綮就在"退将复修吾初服"与"就重华而陈词"之中。通过退修初服与陈词重华这两条途径，诗人摆脱了哀怨苦闷、徘徊犹疑的心理困境，继续奋然前行，上下求索，从而给全诗的思想艺术带来了重大转变。

首先，是退修初服给了诗人摆脱心理困境的力量。诗人出身楚国贵族，祖上曾任要职，这使得诗人很容易在心理上产生一种优越、自豪、自信之感，诗人"既有此内美兮，又重之以修能"（所谓"博闻强志，明于治乱，娴于辞令"），加之当时楚国虽不免已内里空虚，但毕竟还算强大，楚怀王也曾信任贤能，诗人才得以官至左徒，"入则与王图议国事，以出号令；出则接遇宾客，应对诸侯，王甚任之"[①]。这更使诗人内心增添了欲有所为的无限信心和力量。然而，这一切优越之感、宏伟之愿、

[①] [汉]司马迁撰，[南朝宋]裴骃集解，[唐]司马贞索隐，[唐]张守节正义：《史记》卷八十四《屈原贾生列传》，第8册，第2993页。

自信之心,在"谗人间之""王怒而疏屈平"的情况下一旦毁灭。昔日的优越感、自信心与热望,迅速转化为失落感、惶恐与失望,犹疑、徘徊,形成了彼时彼地诗人的心理境况。但同时,也正是这种处境,逼着诗人不能不回首瞻顾自己所走过的道路,检讨自己以往的言行,思忖和正视严酷的社会现实;使诗人比以往任何时候都更渴求理解、支持,更期望得到心理上的抚慰、肯定和补偿。

于是,失路彷徨的诗人写道:"进不入以离尤兮,退将复修吾初服。"并进而对自己的"退修"作了一番象征性的描绘:

> 制芰荷以为衣兮,集芙蓉以为裳。不吾知其亦已兮,苟余情其信芳。高余冠之岌岌兮,长余佩之陆离。芳与泽其杂糅兮,唯昭质其犹未亏。忽反顾以游目兮,将往观乎四荒。佩缤纷其繁饰兮,芳菲菲其弥章。民生各有所乐兮,余独好修以为常。虽体解吾犹未变兮,岂余心之可惩。①

经过一番认真的"退修",诗人的心境已逐渐发生转变。比如,诗人说:"不吾知其亦已兮,苟余情其信芳。"这显然已是痛定思痛之后的自解、自慰,其情感决绝,已不同于前之"苟余情其信姱以练要兮,长颔颔亦何伤"。而"芳与泽其杂糅兮,唯昭质其犹未亏"一句,则是诗人从"退修"中再次感到遭忧被疏的责任并不在自己,诗人问心无愧,而且,既然是"唯昭质其犹未亏",那就理所当然地应为所用,能为所用,这也就是后半部分诗中"苟中情其好修兮,又何必用夫行媒"的意思。由此可见,此时的诗人内心重又充满了自信,充满了希望。所以,诗人也才写出了"忽反顾以游目兮,将往观乎四荒"的诗句。王逸注曰:"言己欲进忠信,以辅事君,而不见省,故忽然反顾而去,将遂游目往观四荒之外,

---

① [宋]洪兴祖:《楚辞补注》,白化文、许德楠、李如鸾、方进点校,中华书局,1983年,第17—18页。

以求贤君也。"①王夫之亦曾指出："忠贞之士,处无可如何之世,置心澹定,以隐伏自处,而一念忽从中起,思古悲今,孤愤不能自已,固非柴桑独酌、王官三休之所能知,类若此夫!"②这一变化正预示着诗人将从忧怨彷徨的心理困境中解脱出来,恢复自信,继续坚持自己的理想并为之不懈奋斗,尽管接着诗人又写到女媭"申申其詈予",但他已决不会为其所动了。

退修初服是诗人心理转变的一大关键,但仅仅是"退修",仅仅是情感上的自我审视、肯定和安慰,还不足以使诗人最终摆脱心理困境,他要进而作理性的思索,从思想上求证,即"依前圣以节中",以"得此中正"。这就是要以前代君臣的遇合成败,国家治乱的史实,来检验和评价自己的志行,比照楚国的政治现实,同时也含有司马迁所说"上称帝喾,下道齐桓,中述汤武,以刺世事"的意思,其途径便是"就重华而陈词"。

启《九辩》与《九歌》兮,夏康娱以自纵。不顾难以图后兮,五子用失乎家巷。羿淫游以佚畋兮,又好射夫封狐。固乱流其鲜终兮,浞又贪夫厥家。浇身被服强圉兮,纵欲而不忍。日康娱而自忘兮,厥首用夫颠陨。夏桀之常违兮,乃遂焉而逢殃。后辛之菹醢兮,殷宗用而不长。汤禹严而祗敬兮,周论道而莫差。举贤而授能兮,循绳墨而不颇。皇天无私阿兮,览民德焉错辅。夫维圣哲以茂行兮,苟得用此下土。瞻前而顾后兮,相观民之计极。夫孰非义而可用兮,孰非善而可服。阽余身而危死兮,览余初其犹未悔。不量凿而正枘兮,固前修以菹醢。曾歔欷余郁邑兮,哀朕时之不当。揽

---

① [宋]洪兴祖:《楚辞补注》,第18页。
② [明]王夫之:《楚辞通释》卷一《离骚经》,《船山全书》第14册,岳麓书社,1996年,第223页。

茹蕙以掩涕兮,沾余襟之浪浪。①

在这段慷慨的陈词中,诗人历数夏殷两代君臣逸豫淫乱,倒行逆施,自戕自灭的乱行,称举禹汤文武遵循法度,举贤授能,国家强盛的治绩。褒贬分明,对比强烈,情感愤激。于是,诗人得出了这样的结论:"瞻前而顾后兮,相观民之计极。夫孰非义而可用兮,孰非善而可服。"显然,此时诗人的情感已经超越对楚王的怨嗟、斥责,他是在对整个楚国的黑暗现实进行理性的批判,对自己所处的那个时代不满、不平,同时也是对自己所追求的"美政"的再评价、再肯定。至此,诗人那颗伟大而寂寞的心灵,终于跨越了时空界限,在"唯义为可用,唯善为可行"②的历史规律上,与前修契合了。这样,诗人虽然仍"曾歔欷余郁邑兮,哀朕时之不当",但心里毕竟已"得此中正"了,而这正意味着诗人最终从忧怨、郁抑、彷徨的心理困境中摆脱出来,在更高的情感层次上,即在超现实的想象中,继续进行自己的伟大政治追求。

> 跪敷衽以陈辞兮,耿吾既得此中正。驷玉虬以乘鹥兮,溘埃风余上征。朝发轫于苍梧兮,夕余至乎县圃。欲少留此灵琐兮,日忽忽其将暮。吾令羲和弭节兮,望崦嵫而勿迫。路曼曼其修远兮,吾将上下而求索。饮余马于咸池兮,总予辔乎扶桑。折若木以拂日兮,聊逍遥以相羊。前望舒使先驱兮,后飞廉使奔属。鸾皇为余先戒兮,雷师告余以未具。吾令凤鸟飞腾兮,继之以日夜。飘风屯其相离兮,帅云霓而来御。纷总总其离合兮,斑陆离其上下。吾令帝阍开关兮,倚阊阖而望予。时暧暧其将罢兮,结幽兰而延伫。世溷浊而不分兮,好蔽美而嫉妒。朝吾将济于白水兮,登阆风而绁马。

---

① [宋]洪兴祖:《楚辞补注》,第21—25页。
② [宋]朱熹:《楚辞集注》卷一,蒋立甫校点,上海古籍出版社、安徽教育出版社,2001年,第17—18页。

忽反顾以流涕兮,哀高丘之无女。溘吾游此春官兮,折琼枝以继佩。及荣华之未落兮,相下女之可诒。吾令丰隆乘云兮,求宓妃之所在。解佩纕以结言兮,吾令蹇修以为理。纷总总其离合兮,忽纬繣其难迁。夕归次于穷石兮,朝濯发乎洧盘。保厥美以骄傲兮,日康娱以淫游。虽信美而无礼兮,来违弃而改求。览相观于四极兮,周流乎天余乃下。……巫咸将夕降兮,怀椒糈而要之。百神翳其备降兮,九疑缤其并迎。皇剡剡其扬灵兮,告余以吉故。曰勉升降以上下兮,求榘矱之所同。……和调度以自娱兮,聊浮游而求女。及余饰之方壮兮,周流观乎上下。

灵氛既告余以吉占兮,历吉日乎吾将行。折琼枝以为羞兮,精琼爢以为粻。为余驾飞龙兮,杂瑶象以为车。何离心之可同兮,吾将远逝以自疏。邅吾道夫昆仑兮,路修远以周流。扬云霓之晻蔼兮,鸣玉鸾之啾啾。朝发轫于天津兮,夕余至乎西极。凤皇翼其承旂兮,高翱翔之翼翼。忽吾行此流沙兮,遵赤水而容与。麾蛟龙使梁津兮,诏西皇使涉予。路修远以多艰兮,腾众车使径待。路不周以左转兮,指西海以为期。屯余车其千乘兮,齐玉轪而并驰。驾八龙之婉婉兮,载云旗之委蛇。抑志而弥节兮,神高驰之邈邈。奏《九歌》而舞《韶》兮,聊假日以愉乐。①

或朝发苍梧,夕至县圃;或饮马咸池,总辔扶桑;或朝发天津,夕至西极。有灵氛之吉占,有飞龙之驾、瑶象之车,有望舒、飞廉相随,有百神备降,九疑相迎,其上下求索的场面极其闳阔,想象极其丰富,意象瑰丽,风格奇特。退修初服固然是诗人在"进不入以离尤"的情境下所做出的抉择,是迫不得已之举,但通过退修初服,诗人心中失落了的东西得到了补偿,自我价值再次得到认可,政治理想也更明确坚定;同样,陈词重华

---

① [宋]洪兴祖:《楚辞补注》,第25—46页。

固然是诗人"不周于今之人"而不得不从前修那里汲取力量、寻求支持的心理途径,是诗人命运的悲剧,但经过这番痛切的陈词,诗人"耿然自觉,吾心已得此中正之道,上与天通,无所间隔"①了。从而,诗人在心理上终于完成了由忧怨、抑郁、彷徨向坚定自信、明朗宏阔的转变。这时,诗人情感随之升华,他的内心重又充满了对所抱政治理想的自信和实现理想的希望,由于这种希望在诗人心中凝聚、积淀已久,受到楚国黑暗势力的压迫而难以在现实中实现,所以,一当它再次充溢于诗人心中,也就较前更为强烈、执着和积极。诗人在这种强烈情感的驱使下,在明朗宏阔的心境中,进一步激发出丰富的想象力和卓越的艺术创造力,原先所使用的艺术手法和形式已不足以表现和容纳,在"路曼曼其修远兮,吾将上下而求索"的心灵远征中,诗人把最为生动鲜艳,只有在原始神话中才能出现的那种无羁而多义的浪漫想象,与最为炽热深沉,只有在理性觉醒时刻才能有的个体人格和情操,最完满地融成一有机整体。由是,它开创了中国抒情诗的真正光辉的起点和无可比拟的典范,从而也就构成了全诗思想艺术上的前后变化。

三、"退修初服"与"陈词重华"的文化心理背景

值得进一步探讨的是,在屈原心灵发展转变的过程中,他何以会选择退修初服和陈词重华这两条途径,这种选择何以会给予屈原如此巨大的精神力量?屈原这种选择的现实意义和深层文化心理背景又是什么?

《离骚》的创作是在屈原被楚怀王疏远之后,《史记·屈原贾生列传》曰:"王怒而疏屈平。屈平疾王听之不聪也,谗谄之蔽明也,邪曲之

---

① [宋]朱熹:《楚辞集注》卷一,第18页。

害公也,方正之不容也,故忧愁幽思而作《离骚》。"班固《离骚赞序》、王逸《楚辞章句》也都指出《离骚》作于屈原被疏之后。同时,从《离骚》本身的内容看,诗人称楚王为"灵修""哲王",担忧"皇舆之败绩",希望能重新为楚怀王"道夫先路",这些显然都是诗人被疏后不久,对楚王仍眷眷以顾,抱着很大的期望时的语气,而非被顷襄王所"放","至于江滨,被发行吟泽畔,颜色憔悴,形容枯槁"时的口吻。①

《离骚》作于屈原被疏之时,而屈原被疏的原因,据《史记·屈原贾生列传》所载,主要是由于上官大夫的谗言,即所谓"王使屈平为令,众莫不知。每一令出,平伐其功,以为'非我莫能为'也"。这种谗言显然是对屈原人格的诬蔑和对其行为的歪曲。因此,屈原被疏后心灵的发展变化历程,也很自然地会从"退修初服"开始,进而陈词重华,求证于先圣,以见出自己人格的高尚和所作所为的正确(如其"与王图议国事,以出号令"等等),以期冀得到楚怀王的重新信用。这就是屈原选择退修初服、陈词重华这两条途径的较为直接的原因和现实的意义。

屈原的退修初服和陈词重华,在当日又有着深刻的心理文化背景,即先秦诸子,无论是老庄还是孔墨孟荀,他们一方面无不注重修身——自身的精神修养和锻炼,以期为世所用,在事业上有所成就;另一方面,他们又大多推尊先王,各为所用。由此构成了一种深厚而强大的心理积淀和文化态势。

老子谈"善建""善抱"之道时说:"修之身,其德乃真;修之家,其德有余……修之于天下,其德乃普。"②把修之于身作为修国、修天下的起点和前提。《庄子·外篇·天道》中说,士成绮见老子问如何修身,老

---

① [汉]司马迁撰,[南朝宋]裴骃集解,[唐]司马贞索隐,[唐]张守节正义:《史记》卷八十四《屈原贾生列传》,第8册,第2998页。
② 朱谦之:《老子校释》五十四章,中华书局,1984年,第215页。

子没有正面回答他,却不客气地指出他在修身方面存在的一系列问题,如"而容崖然,而目冲然"等。因为,他主张修身治物必须遵从自然无为之道,所谓"古之明大道者,先明天而道德次之……必分其能,必由其名。以此事上,以此畜下,以此治物,以此修身"①。而士成绮恰恰违背了这一点。这当然也代表着庄子一派的看法。

墨子最注重行,说"士虽有学,而行为本焉",但怎样才能"行"成,实现自己的政治理想,他又认为应从修身开始。他说:"君子察迩而迩修者也,见不修行,见毁,而反之身者也。"②并指出:"今士之用身,不若商人之用一布之慎也。……世之君子欲其义之成,而助之修其身则愠,是犹欲其墙之成,而人助之筑则愠也,岂不悖哉!"③都是强调修身有助于"其义之成"。

当然,相比较而言,诸子中最重修身的还是儒家。因为他们总是自以为"任重而道远",需要特别注意修身自持,否则便难以担负起将来的重任。《论语·宪问》:"子路问君子。子曰:'修己以敬。'曰:'如斯而已乎?'曰:'修己以安人。'曰:'如斯而已乎?'曰:'修己以安百姓。修己以安百姓,尧舜其犹病诸!'"④从修己始,以安百姓终,修己成为实现安百姓的政治理想的基础、必要条件和手段,这与孔子曾反复强调过的"不患人之不己知,患其不能也",都是一个意思,鼓励弟子努力修养锻炼,以求用于世。

孔子之后,孟子、荀子对修身作了更明确、更进一步的论述。孟子提出:"守约而施博者,善道也。……君子之守,修其身而天下平。"⑤

---

① [清]郭庆藩:《庄子集释》卷五中,王孝鱼点校,中华书局,2004年,第471页。
② [清]孙诒让:《墨子间诂》卷一《修身》,孙启治点校,中华书局,2001年,第8页。
③ 同上书卷十二《贵义》,第444页。
④ [宋]朱熹:《四书章句集注·论语集注》卷七《宪问》,中华书局,1983年,第159页。
⑤ [宋]朱熹:《四书章句集注·孟子集注》卷十四《尽心》下,第372—373页。

"古之人,得志,泽加于民;不得志,修身见于世。穷则独善其身,达则兼善天下。"①稍后的荀子,更为重视修身,认为:"以修身自名,则名配尧、禹。"②"请问为国?曰:闻修身,未尝闻为国也。"③"君子务修其内而让之于外,务积德于身而处之以遵道。如是,则贵名起如日月,天下应之如雷霆。"④把修身的作用和重要性提高到了前所未有的高度。

由此可见,注重修身本是先秦诸子共同的思想观念和普遍品格。屈原作为一位曾"入则与王图议政事,以出号令;出则接遇宾客,应对诸侯"的杰出政治家,作为一位处身于这样一种自由活跃的文化氛围中的伟大诗人,当然不能不受其深刻影响(主要是儒家修身思想的影响)。他在《离骚》中多次写道:"扈江离与辟芷兮,纫秋兰以为佩","朝搴阰之木兰兮,夕揽洲之宿莽",对自己的内美修能作了形象极美的描绘(同样的描写还见于《橘颂》《涉江》等作品)。诗人如此反复强调、苦苦追求品行和德才的修养锻炼,自然也是期望为君所用,即蒋骥所云:"所修无已,善行乃日进而不可变。此立身之本,而致君之源也。"⑤尤为可贵的是,当诗人陷于"进不入以离尤"的情境,仍反身自求,"退将复修吾初服",而且通过一番退修初服的心灵磨炼之后,诗人确又奋然前行了。因此,正是从这些地方,诗人向我们表露出其无论穷达都要兼济天下之心;正是这些地方,向我们揭示出退修初服在诗人心灵发展和转变中的重要作用。

先秦诸子多推尊先王的思想影响,则是构成屈原陈词重华的另

---

① [宋]朱熹:《四书章句集注·孟子集注》卷十三《尽心》上,第351页。
② [清]王先谦:《荀子集解》卷一《修身》,沈啸寰、王星贤点校,中华书局,1988年,第21页。王先谦注引王引之,谓"以修身自名"当作"以修身自强"。
③ 同上书卷八《君道》,第234页。
④ 同上书卷四《儒效》,第128页。
⑤ [清]蒋骥:《山带阁注楚辞》卷一,上海古籍出版社,1984年,第34页。

一重要心理动因。《庄子·盗跖》中有尧、舜、禹、汤、文、武"此六子者,世之所高"①的话。这虽是所谓盗跖对孔子的斥责,是异派之间的相互攻击,是对贵古贱今思想的批判,却也说出了尧、舜、禹、汤等先王在世人心目中的地位在当时已经很高(不过,他们心目中的先王概念并不完全一致,此且不论)。所以,墨子主张尚贤,与人论辩就喜欢"考先圣大王之事"②。道家认为古人生活在混茫之中最好,伏羲、黄帝、尧、舜等一代不如一代。其实这仍是一种崇尚先王的反映。法家也崇尚先王圣人,不过这个先王主要是黄帝。至于"祖述尧舜,宪章文武"的儒家之士,更是每事必称先王。这不仅在《论语》《孟子》中多有记载,而且从先秦其他士人的言论中也可看出来。如,《庄子·人间世》托词颜渊说:"成而上比者,与古为徒,其言虽教,谪之实也;古之有也,非吾有也。若然者,虽直而不病。是之谓与古为徒。"成玄英疏:"忠谏之事,乃成于今,君臣之义,上比于古,故与古之忠臣比干等类,是其义也。"又曰:"复古以来,有此忠谏,非我今日独起箴规者也。"③从屈原之陈词重华所表现出的思想情感来看,可以说屈原的思想正与儒家和先秦其他士人推尊先王的观念相通。王国维先生曾指出:"屈子南人而学北方之学者也。……虽南方之贵族,亦常奉北方之思想焉。观屈子之文,可以征之。其所称之圣王,则有若高辛、尧、舜、禹、汤……贤人则有若皋陶、挚说、彭咸、比干、伯夷……暴君则有若夏启、羿、浞、桀、纣,皆北方学者之所常称道。"④"北方之思想"主要应指儒家思想,但又不限于儒家思想,王氏之论可谓有识。

---

① [清]郭庆藩:《庄子集释》卷九下,第997页。
② [清]孙诒让:《墨子间诂》卷九《非命》下,第277页。
③ [清]郭庆藩:《庄子集释》卷二中《人间世》,第143页。
④ 王国维:《屈子文学之精神》,《王国维遗书》第3册《静庵文集续编》,上海书店出版社,1983年,第636—637页。

在上述思想文化背景衬托之下,也由于诗人"明于治乱"的政治家气质,他更易于在思想上与时人称举尧舜的习惯合拍,对历史上君臣离合与国家治乱之迹更敏感熟悉,更有鉴察力。所以,在诗的前半部分,诗人屡屡申言"謇吾法夫前修兮,非世俗之所服","忽奔走以先后兮,及前王之踵武"。退修初服之后,更有了向重华陈词的大段申诉。这样,"法夫前修",不但实际上已成为诗人政治理想中的一个重要组成部分,而且,在与前代圣王贤臣契合的想象中,也融入了诗人期望再为楚王所用的苦衷。由此,这才能给诗人以精神力量,使其最终摆脱心理困境,坚持自己的政治追求。

总之,退修初服与陈词重华,其所以能在诗人的心境转变中起重要作用,如果仅仅归之于表层意义上的诗人好修的思想特征、政治家的气质和生活遭际的逼迫,或者泛泛地归之于爱国主义思想的影响,甚至归之于儒家思想的影响,显然都还不够。因为,不论是退修初服还是陈词重华,其中都深含着先秦士人以道自任、注重自身修养锻炼的思想文化底蕴,铭刻着国家治乱、社会沉浮的前车之鉴对诗人心理影响和支配的印记。正是有赖于这种长期凝聚、积淀的深层心理文化因素,以及其对诗人内心的潜在影响,有赖于对历史发展、民族盛衰的深重的忧患意识,诗人才自觉不自觉地将民族与个人、历史与现实在深层心理上紧密地联系起来。这种深潜意识的巨大力量,在困厄之际支持、推动了诗人心灵的发展,决定了诗人的命运,而退修初服和陈词重华不过是诗人心灵中这一深潜意识的两种表现途径而已。

"诗可以怨","诗穷而后工",自然都是伟论,但假如诗人只是限于写怨写穷,而不能冲出忧怨情感的漩涡,摆脱心理困境的束缚,从忧怨中奋起,从个人穷通中超越出来,开拓心胸,去进行更高情感层次的追求,那就势必如鲁迅先生曾指出过的,"若其怨愤责数之言,则三百篇中之甚于此(指《离骚》)者多矣"①,即使有可资借鉴的南方文化的创作因素,《离骚》也未必能放射出如此"惊采绝艳"的积极浪漫主义的光彩,更不用说什么"衣被词人,非一代也"。屈原之所以伟大,《离骚》之所以不朽,不仅在于诗人抒发了自己虽"独穷困乎此时",却仍然"忍而不能舍"的对理想上下求索的伟大爱国主义思想;不仅在于表现了其虽处"进不入以离尤"之境,仍要"退而复修吾初服",继续奋然前行的可贵品质;也不仅在于诗人创造性地运用浪漫主义手法所作出的那些意象缤纷、风格宏丽的奇特描绘;而且还在于诗人具体生动、深刻鲜明地再现了自己内在心灵中忧怨抑郁、犹疑徘徊的心理困境,以及诗人自己怎样从困境中摆脱出来,继续坚定执着地进行自己伟大追求的全部过程。

---

① 鲁迅:《汉文学史纲要》,《鲁迅全集》第九卷,人民文学出版社,2005年,第384页。

第二章　楚宗庙祠堂壁画与《九歌》的创作

在现存的《楚辞》作品中,屈原的《九歌》也许是最为瑰丽多彩的了,然历来的异说也最多。本文检讨前人诸说,以为《九歌》的创作原委、主旨等问题,似仍可续作探讨,遂搜集相关图像和文献资料,试图提出一些新的看法。

一、从《九歌》之名谈起

《九歌》的名称,据《春秋左传》文公七年载晋郤缺谏赵宣子所引《尚书·夏书》曰:"戒之用休,董之用威,劝之以九歌,勿使坏。"郤缺解释说:"九功之德皆可歌也,谓之'九歌'。六府、三事,谓之'九功'。水、火、金、木、土、谷,谓之'六府';正德、利用、厚生,谓之'三事'。"① 又据《吕氏春秋》卷五《仲夏纪·古乐》:"(禹)于是命皋陶作为《夏籥》九成,以昭其功。"高诱注曰:"九成,九变。昭,明。"②《史记·五帝本纪》:"唯禹之功为大,披九山,通九泽,决九河,定九州,各以其职来贡,

---

① 杨伯峻编著:《春秋左传注》文公八年,第563—564页。这段话在伪古文《尚书·大禹谟》中作:"禹曰:於!帝念哉!德惟善政,政在养民。水火金木土谷惟修,正德、利用、厚生惟和,九功惟叙,九叙惟歌。戒之用休,董之用威,劝之以九歌,俾勿坏。"(《十三经注疏》整理委员会整理:《十三经注疏·尚书正义》卷四,北京大学出版社,1999年,第88—89页。)

② 许维遹:《吕氏春秋集释》卷五,梁运华整理,中华书局,2016年,第106页。

不失厥宜。……于是禹乃兴《九招》之乐,致异物,凤凰来翔。"①皆谓《九歌》是夏禹时创制的古乐,其功用和性质是纪功颂德,且曲调繁复多变,曲风近于雅丽。

然《山海经·大荒西经》却有另外的记载。其曰:"开上三嫔于天,得《九辩》与《九歌》以下。"郭璞注曰:"皆天帝乐名也,开登天而窃以下用之也。《开筮》曰:'昔彼《九冥》,是与帝《辩》同宫之序,是谓《九歌》。'又曰:'不得窃《辩》与《九歌》以国于下。'义具见于《归藏》。"②则认为《九歌》是启从天帝那得来的,且手段还不太光彩。《竹书纪年》中还有帝启十年"帝巡狩,舞《九韶》于大穆之野"③的记载,又增加了《九韶》。这些记载都直接把启与天帝、《九歌》等联系起来,与至高无上的神灵联系了起来,这就给《九歌》染上了一层神秘的色彩。④

屈原显然倾向于《山海经》的记载。他在《离骚》中写道:"启《九辩》与《九歌》兮,夏康娱以自纵。"⑤"奏《九歌》而舞《韶》兮,聊假日以愉乐。"⑥又在《天问》中说:"启棘宾商,《九辩》《九歌》。"⑦皆以为《九歌》为启所创制使用。

而王逸则折中两说。曰:"启,禹子也。《九辩》《九歌》,禹乐也。言禹平治水土,以有天下。启能承先志,缵叙其业,育养品类。故九州

---

① [汉]司马迁撰,[南朝宋]裴骃集解,[唐]司马贞索隐,[唐]张守节正义:《史记》卷一《五帝本纪》,第1册,第50—51页。裴骃注曰:"招音韶,即舜乐《箫韶》。九成,故曰《九招》。"(第52页)
② 袁珂校注:《山海经校注·海经新释》卷十一,上海古籍出版社,1980年,第414页。
③ 王国维:《今本竹书纪年疏证》卷上,《王国维遗书》第8册,第20页。
④ 黄灵庚先生参酌出土文献,对此有进一步论述,参其《楚辞与简帛文献》第五章"出土文献与九歌源流考辨"(人民出版社,2011年,第162—194页)。
⑤ [宋]洪兴祖:《楚辞补注》卷一,第21页。
⑥ 同上书,第46页。
⑦ 同上书卷三,第98页。

之物,皆可辩数,九功之德,皆有次序,而可歌也。"①至南宋时朱熹作《楚辞集注》,既引洪氏之说,而在《楚辞辩证》中反又批评屈原、王逸等,认为:"《九辩》不见于经传,不可考。而《九歌》著于《虞书》《周礼》《左氏春秋》,其为舜禹之乐无疑。至屈子为《骚经》,乃有启《九辩》《九歌》之说,则其为误亦无疑。"②

其实,他们都未能完全理解屈原的用意。《山海经》与《楚辞》,从文化体系上看,同属南方楚文化一系。③ 屈原选择《山海经》中的说法,是完全合乎其思想逻辑和文化背景的,并非偶然。来自天庭的神奇背景和以颂美为主且灵活多变的音乐特色,似乎已预示了《九歌》的创作取向。

二、对前人诸说的分析

最早对《九歌》创作的动因和主旨作出解释的,是王逸。他在《九歌章句叙》中说:

> 《九歌》者,屈原之所作也。昔楚国南郢之邑,沅、湘之间,其俗信鬼而好祠。其祠,必作歌乐鼓舞以乐诸神。屈原放逐,窜伏其域,怀忧苦毒,愁思沸郁,出见俗人祭祀之礼,歌舞之乐,其词鄙陋。

---

① [宋]洪兴祖:《楚辞补注》卷一,第21页。
② [宋]朱熹:《楚辞集注・楚辞辩证》卷上,第174页。
③ 近亦有学者认为《山海经》可能不完全是楚文化。如刘宗迪研究《山海经》,把书中的个别地理描述,落实到了现实实有的地理风貌。他认为书中所写,并非神怪之说,只是不得已的描述让不了解的后人误以为是神怪描写了。他论述了山东半岛邻近海域的地理形势。这让人想到齐国的邹衍学说,以及齐鲁盛鬼怪之说的地域氛围(《〈山海经〉的尺度》,《读书》2019年第6期)。门人葛云波也倾向于认为《山海经》是中原王者(比如大禹)派遣史官考察、收集域内及域外各国资料而编纂的"世界概貌"。当然,《山海经》中有后来窜入流传过程中的改编内容和文字。

> 因为作《九歌》之曲,上陈事神之敬,下见己之冤结,托之以风谏。故其文意不同,章句杂错,而广异义焉。①

中国南方地区信鬼好祀,十分普遍,不只是沅湘之间如此。然下层百姓的祭祀,往往有明确的目的,诸如庆丰收、免灾疫、延寿命、占吉凶、祈福祉等,纵然有歌乐鼓舞,但"其词鄙陋",屈原为作歌曲,却不合以此"神曲",付与一般民众,来祭祀南北神灵。故王逸又说诗中除了表达对神灵的诚敬之外,还有抒发怨愤、以为讽谏的用意,然就中不免扞格难通,于是又以其文意上存在着"章句错杂"的现象加以解释。显然,这个说法存在矛盾,有含混不清的地方。

然而后来的许多解释,便都在此基础上生发出来。比如以朱熹等人为代表的忠君爱国之说的提出。朱熹在其《楚辞集注》中说:

> 原既放逐,见而感之,故颇为更定其词,去其泰甚,而又因彼事神之心,以寄吾忠君爱国眷恋不忘之意。是以其言虽若不能无嫌于燕昵,而君子反有取焉。(此卷诸篇,皆以事神不答而不能忘其敬爱,比事君不合而不能忘其忠赤,尤足以见其恳切之意。)②

此前王逸只是说诗中有讽谏之意,然并未明言其意所在,至朱熹则明确指出屈原《九歌》中所表达的,就是其忠君爱国的思想情感。而清人戴震更将其说一一坐实:"《九歌》,迁于江南所作也。昭诚敬,作《东皇太一》。怀幽思,作《云中君》,盖以况事君精忠也。致怨慕,作《湘君》《湘夫人》,以己之弃于人世,犹巫之致神而神不顾也。正于天,作《大司命》《少司命》,皆言神之正直,而惓惓欲亲之也。怀王入秦不反,而顷襄继世,作《东君》,末言狼、狐,秦之占星也,其辞有报秦之心焉。从

---

① [宋]洪兴祖:《楚辞补注》卷二,第55页。
② [宋]朱熹:《楚辞集注》卷二,第31页。

河伯水游,作《河伯》。与魑魅为群,作《山鬼》。闵战争之不已,作《国殇》。恐常祀之或绝,作《礼魂》。"①然明人汪瑗已对朱熹的看法明确提出过疑问。他说:"屈子《九歌》之词,亦惟借此题目漫写己之意兴,如汉魏乐章乐府之类。固无暇论其僭与不僭也。……其文意与君臣讽谏之说全不相关。旧注解者多以致意楚王言之,支离甚矣。"②蒋骥在《山带阁注楚辞》卷二《九歌序》中也说:"(《九歌》)本祭祀侑神乐歌,因以寓其忠君爱国、眷恋不忘之意,故附之《离骚》。或云楚俗旧有辞,原更定之,未知其然否也。"③然他不同意戴震的过于坐实。其《楚辞余论》中有曰:"《九歌》之托意君臣,在隐跃即离之际,盖属目无形者,或见其意之所存,况睹其形之似者乎。"④《东皇太一序》又说:"《九歌》所祀之神,太一最贵,故作歌者但致其庄敬,而不敢存慕恋怨忆之心,盖颂体也。亦可知《九歌》之作,非特为君臣而托以鸣冤者矣。朱子以为全篇之比,其说亦拘。"⑤其看法已较通达和灵活。王夫之的看法也与此相近,他在《楚辞通释》中说:"熟绎篇中之旨,但以颂其所祠之神,而婉娩缠绵,尽巫与主人之敬慕,举无叛弃本旨,阑及己冤。"⑥大致旧时忠君爱国之说,由王逸之说发展而来,虽与儒家传统的诗教相合,然终不免牵强附会,遂多为后人所质疑。

进入现代以来,学者们便多舍弃忠君爱国之说,而另创新说。讨论

---

① [清]戴震注:《屈原赋注》卷二,商务印书馆,1933年,第12—13页。关于戴震《屈原赋注》的全面评价,可参廖栋梁先生《离词、辩言与闻道——论戴震〈屈原赋注〉》,载其《灵均余影:古代楚辞学论集》,台北,里仁书局,2010年。
② [明]汪瑗:《楚辞集解·九歌卷·九歌集解序》,《四库全书存目丛书》影印明万历四十三年汪文英刻本,齐鲁书社,1997年,集部第1册,第62页。
③ [清]蒋骥:《山带阁注楚辞》卷二,第51页。
④ [清]蒋骥:《山带阁注楚辞·楚辞余论》卷上,第196页。
⑤ [清]蒋骥:《山带阁注楚辞》卷二,第52页。
⑥ [清]王夫之:《楚辞通释》卷二《九歌》,《船山全书》第14册,第243页。

的焦点,则仍在《九歌》的性质上。比如,胡适先生就认为《九歌》是一组民间的宗教歌曲。他在《读楚辞》一文中说:"《九歌》与屈原的传说绝无关系,细看内容,这九篇大概是最古之作,是当时湘江民族的宗教舞歌。"①陆侃如先生干脆说:"从形式上看来,它们显然是楚语古诗与《离骚》间的过渡作品。"②这种蒙上一层西方进化论色彩的说法,似乎有道理,实则不符合《九歌》创作的实际,所谓《九歌》是从越人歌到《离骚》的桥梁,也只是近于理论的推衍,并无有力的证据。从宗教学上看,"神不歆非类,民不祀非族"③。"夫鬼神之所及,非其族类,则绍其同位。是故天子祀上帝,公侯祀百辟,自卿以下,不过其族。"④"山林、川谷、丘陵能出云,为风雨,见怪物,皆曰神。有天下者祭百神。诸侯在其地则祭之,亡其地则不祭。"⑤古人祭祀的范围由其所处的社会政治地位的高下所决定,且《九歌》中的东君、云中君、河伯都是北方地区的神灵,显然也不应由南方楚国的普通百姓来祭祀。

于是,又有《九歌》为楚郊祀歌的看法。闻一多先生在《什么是九歌》中说:

> 东皇太一是上帝,祭东皇太一即郊祀上帝。只有上帝才够得上受主祭者楚王的专诚迎送。其他九神论地位都在王之下,所以

---

① 胡适:《胡适全集》第二卷《胡适文存二集》,郑大华等整理,安徽教育出版社,2003年,第97—98页。

② 陆侃如:《屈原评传》,《陆侃如冯沅君合集》第五卷《〈诗经〉〈楚辞〉及乐府研究集》上,安徽教育出版社,2011年,第126页。

③ 杨伯峻编著:《春秋左传注》僖公十年,第334页。

④ 上海师范大学古籍整理组校点:《国语·晋语》八,上海古籍出版社,1978年,第478页。又,《国语·楚语》下观射父谓楚昭王,亦曰:"天子遍祀群神品物,诸侯祀天地、三辰及其土之山川,卿大夫祀其礼,士庶人不过其祖。"(第567页)

⑤ 《十三经注疏》整理委员会整理:《十三经注疏·礼记正义》卷四十六《祭法》,北京大学出版社,1999年,第1296页。

典礼中只为他们设享,而无迎送之礼。①

根据纯宗教的立场,十一章应改称"楚《郊祀歌》",或更详明点,"楚郊祀东皇太一《乐歌》",而《九歌》这称号是只应限于中间的九章插曲。②

"赵、代、秦、楚之讴"是汉武因郊祀太一而立的乐府中所诵习的歌曲,《九歌》也是楚祭东皇太一时所用的乐曲,而《九歌》中九章的地理分布,如上文所证,又恰好不出赵、代、秦、楚四国的范围,然则我们推测《九歌》中九章即《汉志》(即《汉书·礼乐志》——引者)所谓"赵、代、秦、楚之讴",是不至离事实太远的。③

孙作云承其师说,也认为"《九歌》是楚国国家的祭祀乐章,非平民的祭祀"④。这种观点,从礼制出发,较之民间祭歌说,似更有道理。⑤ 然他立论的出发点,却是从汉代的祭祀制度向前类推到楚国的祀典的,而且,《九歌》中的《东君》等九篇乐歌也不能等同于"赵、代、秦、楚之讴"的乐府诗。

又有汉人所作说,以何天行和朱东润先生为代表。何天行说:"《九歌》中十一篇必同是武帝时的作品,而《国殇》的作期略后,作《东皇太

---

① 闻一多:《什么是九歌》,《闻一多全集》第五卷《楚辞编·乐府诗编》,湖北人民出版社,1993年,第342页。

② 同上书,第344页。

③ 同上书,第349页。

④ 孙作云:《九歌非民歌说——〈九歌〉与汉〈郊祀歌〉的比较》,《孙作云文集》,河南大学出版社,2003年,上册,第287页。

⑤ 桓谭《新论》载楚灵王"骄逸轻下,简贤务鬼,信巫祝之道,斋戒洁鲜,以祀上帝,礼群神,躬执羽绂,起舞坛前。吴人来攻,其国人告急,而灵王鼓舞自若。顾应之曰:'寡人方祭上帝,乐明神,当蒙福祐焉。'不敢赴救。而吴兵遂至。俘获其太子及后姬以下,甚可伤"([宋]李昉等:《太平御览》卷五百二十六《礼仪部》五《祭礼》下,中华书局,1960年,第2389页)。楚王可祭上帝与群神,然这群神是否也包括北方之神、山野精灵和普通民众的魂灵呢?则仍成问题。

一》的时间略前而已。至于这几篇作品的流传,大约要到西汉之末才有人注意它,于是将它收入《楚辞》里面。至于《九歌》的作者,我们推断他是武帝时司马相如等人所作的。"①朱东润也说:"(《九歌》)前八篇所言的八位大神都在秦汉之间开始得到人间的尊崇,和春秋战国之间的楚国不相及,因此也可以使我们约略知道这九篇作品完成的时代。""从《东皇太一》至《河伯》八篇及《礼魂》一篇,大致作于汉武帝时或其后。"②其立论的依据,主要是《九歌》中所涉名物等在汉代文献中常可见到,于是以后例前,得出《九歌》为汉人所作的结论。这种论证方法当然不可取,尤其是他们竟由此否定屈原其人的存在,更是难以令人接受的。

近几十年以来,研究《九歌》的最重要的成果,可以周师勋初先生的《九歌新考》③等为代表。周先生在广泛搜集、研读先秦和秦汉文献的基础上,从宗教学、民俗学和文学等多种角度进行综合研究,对前人诸说详加辨析,对《九歌》中所涉诸神的来源、性质、地区性及其演变等问题,一一作了考察,并得出了许多重要的结论。略引如下:

> 东皇太一一神,是燕齐方士利用道家本体论中的材料构拟出来的。他起先产生于齐国,战国中后期时,大约只是流传在民间。……
>
> 东君、云中君、河伯等神,均为北方的神祇,非楚产。
>
> 各地均祀司命,但《九歌》中作二女神,这大约与楚地原有二女神的传统有关。
>
> 二湘原是湘水中的两个女神,后来才附会到舜与二妃的故事

---

① 何天行:《楚辞作于汉代考》,周膺、何宝康编校《何天行文集》,浙江大学出版社,2014年,第191页。

② 朱东润:《〈离骚〉以外的"屈赋"》,《朱东润文存》,上海古籍出版社,2014年,第654—655页。

③ 是书完成于1959年,而由上海古籍出版社正式出版,则已到了1986年。

上去。配偶神说不足信。

山鬼是南湘之间丛山峻岭中的一种精灵,在神界的地位很低微。

《国殇》之作有其特定的时代背景,其中渗透着屈原的爱国主义精神。

《礼魂》用于祭祀民间善终者,旧说可信。

……………

总的来说,《九歌》中的许多神祇,有非楚人能祀者。因此,《九歌》不是楚国的民间祭歌,不是楚国的郊祀歌,也不可能是汉人的作品。不论从它的形式来看,从它的内容来看,或是从古代有关的记载来看,均应断为屈原的作品。

……………

屈原之所以能够接触这些题材,途径很多。他在出使他国时可能耳闻过北方神祇的故事或目睹过有关的祀典;任左徒而接待宾客时,可能了解到有关各地神祇的传说;南方保留着许多记载各地神话传说的书籍,屈原也有可能通过学习而知悉一切。此外,春秋、战国之时,各国之间的文化交流已很频繁,当时的某些宗教歌舞,已经纯起娱乐的作用,而且传播于各国宫廷和贵族私邸,屈原也有可能通过欣赏歌舞而知道某些神祇的情况。他晚年流落江南,有机会接触本国一些神祇的祀典或听到有关他们的传说。这样,他才有可能根据了解到的各种情况写出《九歌》。①

三代命祀,祭不越望。胡小石先生曾指出:"'九歌'中的'湘君'和'湘夫人'是南方的水神,'河伯'是北方的水神等,也是南、北兼包的。"②

---

① 周勋初:《九歌新考》,上海古籍出版社,1986 年,第 156—157 页。
② 胡小石:《屈原与古神话》,《胡小石论文集》,上海古籍出版社,1982 年,第 11 页。

南人不祭泰山神,北人不祭海神。有天下者祭,非其地不祭。周先生在此基础上,不但详细分析了诸神的来源和性质,而且指出《九歌》中所涉的诸多神灵,既有至高无上的天帝,也有民间普通的善终者;有北方之神,也有南方之神;有出入宫廷的司命之神,也有游荡山野的不入流的精灵。把如此众多的神灵纳入一组祭祀的乐章中,大约也只有屈原这样"博闻强志,明于治乱,娴于辞令,入则与王图议国事,以出号令;出则接遇宾客,应对诸侯"①的人物能够胜任了。这就把前人的研究往前推进了一大步。

王逸所谓"出见俗人祭祀之礼,歌舞之乐,其词鄙陋。因为作《九歌》之曲"的说法既不可取,楚郊祀歌的观点也难以令人信服,沿着周先生所提出的屈原通过耳闻目睹诸神的传说或宗教歌舞而创作出《九歌》的观点继续思考,我们不免会追问,究竟是何种原因促使屈原将这等级不同、地域不同的诸多神灵汇集到一起,创作了这一组祭祀歌曲呢?文学创作的动机和意图,是决定着创作题材和主题的选择以及艺术的表现的,如果我们能明了屈原写作《九歌》的背景和原因,也许在《九歌》的研究上可以得出一些新的结论。

三、王逸《天问章句叙》的启示

对屈原《天问》的创作,历来没有争议;对王逸《天问章句叙》的解读,也一向少有异议。《叙》曰:

> 《天问》者,屈原之所作也。……屈原放逐,忧心愁悴。彷徨山泽,经历陵陆。嗟号昊旻,仰天叹息。见楚有先王之庙及公卿祠

---

① [汉]司马迁撰,[南朝宋]裴骃集解,[唐]司马贞索隐,[唐]张守节正义:《史记》卷八十四《屈原贾生列传》,第8册,第2993页。

堂,图画天地山川神灵,琦玮僪佹,及古贤圣怪物行事。周流罢倦,
休息其下,仰见图画,因书其壁,何而问之,以渫愤懑,舒泻愁思。
楚人哀惜屈原,因共论述,故其文义不次序云尔。①

《天问》一诗,是屈原观"先王之庙②及公卿祠堂"图画后,"因书其壁,何而问之",给世人留下的杰作。这些壁画的内容,按王逸的说法,是相当丰富的。其中既有"琦玮僪佹"的"天地山川神灵",也有"古贤圣怪物行事"。然我们读《天问》,从混沌初开的洪荒时代,到屈原所处的楚国现实社会;从日月星辰何所来、天地山川何所安、何以天不足西北地不满东南、何以雄虺九首灵蛇吞象等自然现象,到尧、舜、禹、汤、文、武、周公等上古三代以来先圣先王的世代递嬗和种种神奇传说,以及彭祖长寿、王亥服牛、梅伯受醢、箕子佯狂,乃至汤臣伊挚、楚令尹子文之贤、齐桓九合诸侯称霸天下、秦伯兄弟争犬、吴楚少女争桑等种种似真似幻、或庄或谐的传说和故事中,看到的却主要是"古贤圣怪物行事",而几乎看不到"琦玮僪佹"的"天地山川神灵"。《天问》展现给人们的,乃是一条古史的谱系;王逸所说的"天地山川神灵"的图画在屈原的笔下或有之,然不在《天问》,而在《九歌》之中。

昔蒙文通先生论古史,"备言太古民族显有三系之分。其分布之地域不同,其生活与文化亦异。六经、《汲冢书》《山海经》三者称道古事各判,其即本于三系民族传说之史固各不同耶!"《天问》《山经》所述,自为楚之史文;《九歌》所咏云中君、少司命之类,乃楚之神鬼耳。而《天问》所陈,雅不涉于《九歌》,《九歌》所颂,复不涉及《天问》,则楚

---

① [宋]洪兴祖:《楚辞补注》卷三,第85页。
② 据彭德考证,楚之先王之庙在今湖北宜城,乃昭王十二年楚之都城由郢迁都时所建,参其《春秋末期楚国宗庙壁画考》,《文艺之窗》1989年第13期。黄灵庚先生亦曾据简帛文献作过进一步考订,参其《楚辞与简帛文献》第七章"《天问》与简帛文献举例",人民出版社,2011年,第231—232页。

人神之与史,其辨本明。持此以验三方传说之殊,傥未为失,推此以寻,则见晋、楚之史,不与邹鲁同科。三系之说明,而古史大略或可求也。"①这里说《天问》《山海经》为楚国古史,《云中君》《东君》等篇所写为楚之神鬼,当然不完全准确,但他从上古民族、文化三系说立论,敏锐地看出了《天问》与《九歌》的内容,一为楚史,一为楚神,二者决不相涉,则恰好可证成本文的上述判断:《天问》所写的,主要是楚先王之庙和公卿祠堂壁画上的"古贤圣怪物行事",而《九歌》所写,才是壁画中的"天地山川神灵"。由此可以推断:《九歌》与《天问》同样都是屈原观楚先王之庙和公卿祠堂壁画之作。

我们知道,图画最初的作用是记载历史人物、事件和传说,或褒或贬,颂扬鉴戒,以教世人。唐人张彦远曰:

> 记传所以叙其事,不能载其容;赞颂有以咏其美,不能备其象。图画之制,所以兼之也。故陆士衡云:丹青之兴,比雅颂之述作,美大业之馨香。宣物莫大于言,存形莫善于画。此之谓也。善哉!曹植有言曰:观画者,见三皇五帝莫不仰戴,见三季异主莫不悲惋,见篡臣贼嗣莫不切齿,见高节妙士莫不忘食,见忠臣死难莫不抗节,见放臣逐子莫不叹息,见淫夫妒妇莫不侧目,见令妃顺后莫不嘉贵。是知存乎鉴戒者,图画也。②

图画的作用是否就超过了记传赋颂,当然可以再讨论,但它确实能以系列的图画来叙事、颂美和鉴戒,也就是说,它往往也可以用形象和色彩尤其是组画的特定形式,来表现各种题材和主题。如周勋初先生所论,屈原应当能够通过出使他国,或接待宾客、欣赏歌舞、阅读典

---

① 蒙文通:《古史甄微自序》,刘梦溪主编《中国现代学术经典·廖平 蒙文通卷》,河北教育出版社,1996年,第337—339页。

② [唐]张彦远:《历代名画记》卷一《叙画之源流》,人民美术出版社,1963年,第3页。

籍等途径,对北方的神祇有所了解,写出《九歌》,但是,能把从诸神到人鬼,等级差别极大且不应同时同地祭祀的天神、地祇、山鬼、凡俗魂灵,统合于一组诗中,更有可能是有所凭依的,这个凭依,就是先王之庙和公卿祠堂中的壁画。因为这些壁画原就是用以教人和示人以鉴戒的,且往往有自己独立的知识谱系,屈原从中感受、学习和吸收借鉴有关知识,受到启发,由图画到诗歌,创作了《九歌》,也许更合乎常情常理。

四、先秦两汉的壁画遗存

那么,楚先王之庙和公卿祠堂壁画上会有《九歌》中所写的诸神吗?回答是肯定的。

王逸既然说壁画中有"天地山川神灵",那就应该包括《九歌》中所写到的天地神灵,且从《天问》本身来看,也已经写到了《九歌》中的部分神灵。河伯即是显例。诗曰:"胡射夫河伯,而妻彼雒嫔?"[①]羿射河伯,壁画上当然有河伯的形象。《天问》中又写道:"尧不姚告,二女何亲?"[②]二女即尧之女、舜之妃,《九歌》中的湘君、湘夫人。王逸《湘君》注曰:"尧用二女妻舜。有苗不服,舜往征之,二女从而不反,道死于沅湘之中,因为湘夫人也。"[③]则湘君、湘夫人也应在壁画中出现过。

图画产生的年代相当早。《世本》曰:"史皇作图。"注:"史皇,黄帝臣也,图谓画物像也。"[④]《左传》宣公三年亦载王孙满谓楚庄王:"昔夏

---

① [宋]洪兴祖:《楚辞补注》卷三,第99页。
② 同上书,第103页。
③ 同上书卷二,第59—60页。
④ [宋]李昉等:《太平御览》卷七百五十《工艺部》七《画》上,第3331页。

之方有德也,远方图物,贡金九牧,铸鼎象物,百物而为之备,使民知神、奸。"杜预注"图物"曰:"图画山川奇异之物而献之。"又注"铸鼎象物"曰:"象所图物,著之于鼎。"①上古左图右史,图画与典籍文献同等重要,历来被认为具有"成教化,助人伦,穷神变,测幽微,与六籍同功"的作用,甚至是"有国之鸿宝,理乱之纪纲",故有"夏之衰也,桀为暴乱,太史终抱画以奔商。殷之亡也,纣为淫虐,内史挚载图而归周"②的记载。

作为图画中的重要类别之一,壁画很早便出现在宫廷和宗庙祠堂中了。比如,孔子入周,"观乎明堂,睹四门墉有尧舜之容、桀纣之像,而各有善恶之状,兴废之诫焉。又有周公相成王,抱之负斧扆,南面以朝诸侯之图焉"③。这些画于宫廷等重要场所墙壁上的圣贤等人的图像,成为劝诫君王的重要方式之一,在当时发挥着其特殊的教化作用。

春秋战国时期,壁画创作在诸侯和公卿士大夫的生活中渐多。屈原《天问》给我们提供了直接和丰富的文献资料,上文已谈到,不再赘述。此外,从考古发现的其他形式的图像遗存,也不难想象战国楚地各类图画创作流行的状况。比如,1949年在长沙陈家大山楚墓发现的战国时期著名的楚帛画《龙凤人物图》(今藏于湖南省博物馆)(见图2–1):

---

① 《十三经注疏》整理委员会整理:《十三经注疏·春秋左传正义》卷二十一,北京大学出版社,1999年,第602页。

② [唐]张彦远:《历代名画记》卷一《叙画之源流》,第1—4页。

③ [三国魏]王肃注:《孔子家语》卷三《观周》,《景印文渊阁四库全书》,台北,台湾商务印书馆,1983—1988年,子部第695册,第26页。

第二章　楚宗庙祠堂壁画与《九歌》的创作

图 2-1　《龙凤人物图》

图上主要位置画一身着长袍、发髻绾起、细腰长身、双手合十、侧面而立的女性,其衣着束身束袖口,却又宽袖筒宽裙摆,显示出其体形修长。衣服上有装饰花纹。似为一位祈祷上天赐福、保佑墓主人的女巫。人的上方另有一龙一凤,凤昂首振羽,奋爪腾起,龙亦舒展,与其相顾,然凤较龙的形象更为生动。整幅图画比例恰当,线条勾勒有力,显示出较高的绘画水平。

又如,1978 年湖北随县发掘的战国早期的曾侯乙墓,出土了大量珍贵文物,其中保存完整、规仿周王室的编钟等乐器、宏大精致的礼器和优美的漆画等,都为世人震惊。这里值得我们注意的,则是乐器、衣箱和棺椁上的装饰性神怪漆画。像下列五弦琴尾端的漆画(今藏湖北省博物馆)(见图2-2)。

图2-2　五弦琴尾端漆画

五弦琴尾端画有人面龙躯或蛇躯之神,头顶长发高竖,分开成卷云状,五官分明,嘴角上翘微笑,头部两侧各有一蛇,上肢由两龙躯构成,显得很粗壮,末端为龙首,下肢较细,不明显,其下为两条双首龙相互缠绕。全图以神的鼻子为中轴线,呈对称图形。《山海经·大荒西经》载:"西南海之外,赤水之南,流沙之西,有人珥两青蛇,乘两龙,名曰'夏后开'。开上三嫔于天,得《九辩》与《九歌》以下。"①与此画中的形象正相吻合。而夏后启正是从天帝之处窃来《九辩》《九歌》的人物。在琴的尾端画上此神,也可见时人对琴曲来源的认识。这幅漆画既具有浓厚的图案装饰性,又有着明显的写实性质,虽较原始,然从中仍可见出贵族生活中绘画创作的普遍性。

西汉景帝时,景帝之子鲁恭王刘馀兴建灵光殿,规模宏伟,雕梁画栋,极为华丽。② 其中

---

① 袁珂校注:《山海经校注》卷十六,第414页。
② 鲁灵光殿至北魏已不存。郦道元《水经注》卷二十五《泗水注》曾记载道:"孔庙东南五百步,有双石阙,即灵光之南阙。北百余步,即灵光殿基。东西二十四丈,南北十二丈,高丈余。东西廊庑别舍,中间方七百余步。阙之东北有浴池,方四十许步。池中有钓台,方十步。台之基岸悉石也,遗基尚整。故王延寿《赋》曰:'周行数里,仰不见日者也。'是汉景帝程姬子鲁恭王之所造也。"(陈桥驿:《水经注校释》,杭州大学出版社,1999年,第448页)

所饰图画,内容亦十分丰富。王延寿《鲁灵光殿赋》描述道:

> 云楶藻棁,龙桷雕镂。飞禽走兽,因木生姿。奔虎攫拏以梁倚,仡奋亹而轩鬐;虬龙腾骧以蜿蟺,颔若动而躨跜。朱鸟舒翼以峙衡,腾蛇蟉虬而绕榱。白鹿孑蜺于欂栌,蟠螭宛转而承楣。狡兔跧伏于柎侧,猿狖攀椽而相追。玄熊舑舕以龂龂,却负载而蹲跠,齐首目以瞪眄,徒眅眅而狋狋。胡人遥集于上楹,俨雅跽而相对,仡欺㥄以雕䀛。鹡頯顡而睽睢,状若悲愁于危处,憯嚬蹙而含悴。神仙岳岳于栋间,玉女窥窗而下视。忽瞟眇以响像,若鬼神之仿佛。

> 图画天地,品类群生,杂物奇怪,山神海灵。写载其状,托之丹青。千变万化,事各缪形,随色象类,曲得其情。上纪开辟,遂古之初。五龙比翼,人皇九头。伏羲鳞身,女娲蛇躯。鸿荒朴略,厥状睢盱。焕炳可观,黄帝唐虞。轩冕以庸,衣裳有殊。下及三后,淫妃乱主。忠臣孝子,烈士贞女。贤愚成败,靡不载叙。恶以诫世,善以示后。①

这段描绘,主要包括了雕梁画栋和大殿壁画上的内容。前者多是飞禽走兽,而后者则涵盖了上自开天辟地洪荒时代的神人伏羲、女娲,下自三代以来的忠臣孝子、烈士贞女等诸多人物形象。真所谓"图画天地,品类群生,杂物奇怪,山神海灵",无所不有;"贤愚成败,靡不载叙。恶以诫世,善以示后",充分反映了壁画在汉代社会生活中的教化作用和发展兴盛的实际状况,足可与屈原《天问》中所载相参。

东汉时壁画的运用更为广泛。比如赵岐,享年颇高,生前自营圹墓,于圹中"图季札、子产、晏婴、叔向四像居宾位,又自画其像居主位,

---

① [南朝梁]萧统编,[唐]李善注:《文选》卷十一,第514—516页。

图 2-3　武梁祠画像石(左室第一石历史人物故事画像局部)

皆为赞颂"①。壁画由现实生活中衍入陵墓,其普遍性可想而知。

始建于东汉桓帝建和元年(147)的山东嘉祥县武梁祠画像石(见图 2-3),内容亦相当丰富。其中不但有东王公、西王母等神灵、祥瑞图画,更有羲和、祝融、神农、尧、舜、禹、汤、文、武、周公、忠臣义士、孝子贤妇等大量的神话传说和历史人物石刻画像,其旁各有小字赞文、识文。这些神灵和历史人物等,也与屈原《天问》中所写相似。其内容以鉴戒为主,在艺术上较之此前的壁画,更贴近下层生活,注重细节,线条熟练流畅,刻画准确,各肖其人,形象也更为精美。

在上述图画尤其是壁画创作的背景之下,屈原既可以观先王之庙和公卿祠堂壁画而作《天问》,也完全可能写出《九歌》。

---

① [南朝宋]范晔撰,[唐]李贤等注:《后汉书》卷六十四《赵岐传》,中华书局,1965 年,第 2124 页。

五、"诗中有画":《九歌》的图像分析

大约自苏轼说了"味摩诘之诗,诗中有画;观摩诘之画,画中有诗"①的话以后,诗、画相同,诗画相通的看法,在中国绘画史和诗画关系的研究上,便逐渐占了上风。张舜民说:"诗是无形画,画是有形诗。"②孔武仲又由诗扩展到文。说:"文者无形之画,画者有形之文,二者异迹而同趋,以其皆能传生写似,为世之所贵珍。"③清人叶燮更直接地说:"摩诘之诗即画,摩诘之画即诗,又何必论其中之有无哉。故画者天地无声之诗,诗者天地无色之画。"④古代西方的诗人和理论家们持此观点者亦多。⑤ 富有诗意的画面和富有画面感的诗歌,在中西的许多理论家看来,是相通的。⑥

---

① 张志烈、马德富、周裕锴主编:《苏轼全集校注·苏轼文集校注》卷七十《书摩诘蓝田烟雨图》,河北人民出版社,2010年,第7904页。苏轼在多处表达了这样的看法。如曰:"诗画本一律,天工与清新。"(《苏轼全集校注·苏轼诗集校注》卷二十九《书鄢陵王主簿折枝二首》其一,第3170页)"少陵翰墨无形画,韩幹丹青不语诗。"(《苏轼诗集校注》卷四十八《韩幹马》,第5551页)

② [宋]张舜民:《跋百之诗画》,《画墁集》卷一,《景印文渊阁四库全书》集部第1117册,第8页。

③ [宋]孔武仲:《东坡居士画怪石赋》,《清江三孔集》卷三,《景印文渊阁四库全书》集部第1345册,第205页。

④ [清]叶燮:《赤霞楼诗集序》,《己畦文集》卷八,《四库全书存目丛书》影印清康熙叶氏二弃草堂刻本,集部244册,第85页。

⑤ 参钱锺书《中国诗与中国画》(文载《旧文四篇》,上海古籍出版社,1979年)、朱光潜《拉奥孔·译后记》([德]莱辛:《拉奥孔》,人民文学出版社,1979年)等。

⑥ 关于诗画关系的讨论,学界已取得很多成果。如钱锺书《中国诗与中国画》(《旧文四篇》,上海古籍出版社,1979年)、邓乔彬《有声画与无声诗》(上海社会科学院出版社,1993年)、陈华昌《唐代诗与画的相关性研究》(陕西人民美术出版社,1993年)、[日]浅见洋二《距离与想象——中国诗学的唐宋转型》(上海古籍出版社,2005年)等,读者可参。

然历来也有不同的看法。如刘勰就说:"绘事图色,文辞尽情。色糅而犬马殊形,情交而雅俗异势。熔范所拟,各有司匠,虽无严郛,难得逾越。"①刘勰的话道出了诗与画在性质、功能和表现手法等方面的区别和差异。西方的诗学和美学家们对此有更细致的区分。古希腊诗学理论家亚里士多德说:"有一些人用颜色和姿态来制造形象,摹仿许多事物……而另一种艺术则只用语言来摹仿。"②德国美学家莱辛指出,画描绘在空间并列的事物,画运用线条和颜色,画着眼整体并展现美的事物。"在永远变化的自然中,艺术家只能选用某一顷刻,特别是画家还只能从某一角度来运用这一顷刻。"③而"诗的范围较宽广,我们的想象所能驰骋的领域是无限的,诗的意象是精神性的,这些意象可以最大量地、丰富多彩地并存一起而不至互相掩盖,互相损害,而实物本身或实物的自然符号却因为受到空间和时间的局限,而不能做到这一点。"④

其实,无论诗画相通还是诗画相异,都是相对的、有条件和有限制的。诗画相通说主要指的是以文人画为主的表现山水景物题材的作品,若是其他题材和主题,就不尽然。诗画相异说则多从二者的表现手段等着眼,诗与画毕竟是两种不同文学艺术形式,其区别亦显而易见。此处不拟对二者关系进行讨论,只是试图从以下的角度去思考,即颜色和姿态、空间与构图等这些绘画艺术中常用的手段和长处,既与诗歌不同,若是这些手段和特色较多地出现在诗歌创作中,那是否可以说明,这些诗歌作品与绘画之间隐约有着某种特殊的联系呢?其间是否存在着一个由图像到诗歌的痕迹呢?

---

① 周勋初:《文心雕龙解析》,凤凰出版社,2015年,第513页。
② 〔古希腊〕亚理斯多德(今译为亚里士多德):《诗学》,罗念生译,人民文学出版社,1962年,第4页。
③ 〔德〕莱辛:《拉奥孔》,朱光潜译,第18页。
④ 同上书,第41页。

《九歌》写诸神,自然会有对神的形象的一些描写,这似乎很正常,然《九歌》中对神灵容姿、体态、服饰和所居处的环境、出行的车马及场面的描写之多,尤其是诗人与神灵的情感交流之多,实已远远超出一般题写人物的诗歌。诗中的这些特点,都从一个侧面启示着我们:《九歌》是一组观画之作,诗人眼中有诸神的群像,而并非空无依傍的想象之辞,虽然诗人并没有告诉我们这一点,正像其《天问》的创作一样。

兹逐一作些分析。

先看《东皇太一》:

> 吉日兮辰良,穆将愉兮上皇。抚长剑兮玉珥,璆锵鸣兮琳琅。瑶席兮玉瑱,盍将把兮琼芳。蕙肴蒸兮兰藉,奠桂酒兮椒浆。扬枹兮拊鼓,疏缓节兮安歌,陈竽瑟兮浩倡。灵偃蹇兮姣服,芳菲菲兮满堂。五音纷兮繁会,君欣欣兮乐康。①

古代庙堂祠神之所的壁画,除了颂扬和鉴戒的作用之外,还有致神的用意。《史记·孝武本纪》载,齐人少翁以方术为汉武帝所宠,其言于武帝:"'上即欲与神通,宫室被服不象神,神物不至。'乃作画云气车,及各以胜日驾车辟恶鬼。又作甘泉宫,中为台室,画天、地、泰一诸神,而置祭具以致天神。"②故《九歌》中时有祭神场面的描写。此是组诗的第一首,诗中大部分内容便是写祭祀的场面,庄严肃穆,奇彩纷呈。值得我们注意的是诗的最后四句。"灵",王逸谓:"巫也。"洪兴祖虽也认为指巫,但又解释说:"古者巫以降神。'灵偃蹇兮姣服',言神降而托于巫也,下文亦曰'灵连蜷兮既留'。"朱熹注此亦同洪氏,然他在《楚辞辩证》中又说:"旧说以灵为巫,而不知其本以神之所降而得名。盖灵者,

---

① [宋]洪兴祖:《楚辞补注》卷二,第55—57页。
② [汉]司马迁撰,[南朝宋]裴骃集解,[唐]司马贞索隐,[唐]张守节正义:《史记》卷十二《孝武本纪》,第2册,第577页。

神也,非巫也。若但巫也,则此云'姣服',义犹可通,至于下章则所谓'留'者,又何患其不'留'也耶?"①并谓:"《九歌》诸篇,宾主、彼我之辞最为难辨,旧说往往乱之,故文意多不属,今颇已正之矣。"②朱熹在《楚辞集注》中,多数情况是将灵解释为神的。我比较赞同朱熹的看法。其实,在这首诗中,不管是把灵理解为神还是神与巫的合体,这后四句都是在描写这位至高无上的神灵。他有着华丽的服饰、曼妙的姿态和怡然自得的神情,这让人不禁想到了陈家山帛画中的巫的图像。至于太一的图像,在 1972 年发掘的长沙马王堆一号汉墓中的《太一将行图》(今藏湖南省博物馆)(见图 2-4)中也可看到。

图 2-4 《太一将行图》

---

① [宋]朱熹:《楚辞集注》,第 180 页。
② 同上书,第 182 页。

此图近于正方形,上端有鹿角状神人,东侧雷公,西侧雨师,巨眼圆睁,怒目,张口吐舌,裸上身,赤红。(太一)跨腿作骑马式,下层有青龙、黄龙各一。又,未公布的南阳汉墓画像石,太一居中,左右有青龙白虎等,又有伏羲、女娲、北斗、南斗星。从现存的图像资料看,这位太一神的形象并不很美妙,壁画上的太一神,其形象可能也与传世图像相近,并不很优雅,也许是这个原因,在屈原的诗歌中,对他的描写也就不得不以巫为原形了。

《云中君》不然。诗曰:

> 浴兰汤兮沐芳,华采衣兮若英。灵连蜷兮既留,烂昭昭兮未央。蹇将憺兮寿宫,与日月兮齐光。龙驾兮帝服,聊翱游兮周章。灵皇皇兮既降,猋远举兮云中。览冀州兮有余,横四海兮焉穷。思夫君兮太息,极劳心兮忡忡。①

云神丰隆在《离骚》中已出现过:"吾令丰隆乘云兮,求宓妃之所在。"就是写的云神。王逸注曰:"言我令云师丰隆,乘云周行,求隐士清洁若宓妃者,欲与并心力也。"②《九章·思美人》中也写道:"愿寄言于浮云兮,遇丰隆而不将。"王逸注:"云师径游,不我听也。"③此诗所写的云神,或安逸地处于宗庙祠堂之中,体态修长,光彩照人;或龙驾帝服,翱游九州,威风八面。后一个场面是在前一场面基础上的想象,一动一静,云神图像,宛在目前。在《九歌》中,诗人所描写的神灵形象往往有两种:一是诗人眼中的神灵,一是诗人心中或想象中的神灵。前者趋于写实,是观画的所得;后者出于想象,寄托着诗人的情感。无论是写实还是想象,诗人与神灵的情感交流都始终贯穿其中,通过这种交流,写

---

① [宋]洪兴祖:《楚辞补注》卷二,第57—59页。
② 同上书卷一,第31页。
③ 同上书卷四,第147页。

实与想象连贯融合为一,同时也从中透露出若干重要信息。"思夫君兮太息,极劳心兮忡忡",即是面对神灵的感喟:这位周游四海的神灵为何总是如此忙碌呢?

再看《湘君》《湘夫人》:

> 君不行兮夷犹,蹇谁留兮中洲,美要眇兮宜修。沛吾乘兮桂舟,令沅湘兮无波,使江水兮安流。望夫君兮未来,吹参差兮谁思。驾飞龙兮北征,邅吾道兮洞庭。薜荔柏兮蕙绸,荪桡兮兰旌。望涔阳兮极浦,横大江兮扬灵。扬灵兮未极,女婵媛兮为余太息。横流涕兮潺湲,隐思君兮陫侧。桂櫂兮兰枻,斲冰兮积雪。采薜荔兮水中,搴芙蓉兮木末。心不同兮媒劳,恩不甚兮轻绝。石濑兮浅浅,飞龙兮翩翩。交不忠兮怨长,期不信兮告余以不闲。鼂骋骛兮江皋,夕弭节兮北渚。鸟次兮屋上,水周兮堂下。捐余玦兮江中,遗余佩兮醴浦。采芳洲兮杜若,将以遗兮下女。时不可兮再得,聊逍遥兮容与。①

> 帝子降兮北渚,目眇眇兮愁予。袅袅兮秋风,洞庭波兮木叶下。登白薠兮骋望,与佳期兮夕张。鸟萃兮蘋中,罾何为兮木上。沅有茝兮醴有兰,思公子兮未敢言。荒忽兮远望,观流水兮潺湲。麋何食兮庭中,蛟何为兮水裔。朝驰余马兮江皋,夕济兮西澨。闻佳人兮召予,将腾驾兮偕逝。筑室兮水中,葺之兮荷盖。荪壁兮紫坛,播芳椒兮盈堂。桂栋兮兰橑,辛夷楣兮药房。罔薜荔兮为帷,擗蕙櫋兮既张。白玉兮为镇,疏石兰兮为芳。芷葺兮荷屋,缭之兮杜衡。合百草兮实庭,建芳馨兮庑门。九嶷缤兮并迎,灵之来兮如云。捐余袂兮江中,遗余褋兮醴浦。搴汀洲兮杜若,将以遗兮远者。时不可兮骤得,聊逍遥兮容与。②

---

① [宋]洪兴祖:《楚辞补注》卷二,第59—64页。
② 同上书,第64—68页。

这两位女神,《山海经·中山经》中也有描写:"洞庭之山……帝之二女居之,是常游于江渊。澧沅之风,交潇湘之渊,是在九江之间,出入必以飘风暴雨。是多怪神,状如人而载蛇,左右手操蛇。"郭璞注:"天帝之二女而处江为神也。"①天帝及其二女,在楚国的神话体系中,后来便被演绎为舜之二妃。屈原笔下的两位女神是极其美丽的:"美要眇兮宜修","目眇眇兮愁予"②。诗中虽没有过多的对图像的刻画,但仅仅是这两句,已传达出多少温婉,给后人留下了无限的想象空间。然而,屈原笔下的这两位女神又是可望而不可即的,故诗中便有了大段的"望君""思君"和远征洞庭的想象,但这种想象所展现的仍是场面。这让人想到《离骚》中"求女"一节的描写:"溘吾游此春宫兮,折琼枝以继佩。及荣华之未落兮,相下女之可诒。吾令丰隆乘云兮,求宓妃之所在。解佩纕以结言兮,吾令蹇修以为理。纷总总其离合兮,忽纬繣其难迁。夕归次于穷石兮,朝濯发乎洧盘。保厥美以骄傲兮,日康娱以淫游。虽信美而无礼兮,来违弃而改求。"③理想不能超越现实,现实中难以实现的,在想象中也会终究归于幻灭。

《大司命》《少司命》继续着这种想象:

广开兮天门,纷吾乘兮玄云。令飘风兮先驱,使涷雨兮洒尘。君回翔兮以下,逾空桑兮从女。纷总总兮九州,何寿夭兮在予。高

---

① 袁珂校注:《山海经校注·山经柬释》卷五,第176页。胡小石先生不同意这种解释。他说:"《九歌》,湘君,湘夫人,自是二神。江湘之有夫人,犹河洛之有宓妃也。此之为灵,与天地并矣,安得谓之尧女?"(参其《〈楚辞〉郭注义征》,《胡小石论文集》,第45页)。周勋初先生在此基础上进一步提出,天帝之二女与湘水二女神的合一,有一个发展演变的过程(参周勋初先生《九歌新考》第六章"楚神杂论"第一、二两节,第87—104页)。

② "愁予",黄灵庚先生引《睡虎地秦墓竹简》,以为与"君不行兮夷犹"句中的"夷犹"同义,解为踌躇、迟疑不进貌(见其《楚辞与简帛文献》,第211页)。可参。

③ [宋]洪兴祖:《楚辞补注》卷二,第30—31页。

>飞兮安翔,乘清气兮御阴阳。吾与君兮齐速,导帝之兮九坑。灵衣兮披披,玉佩兮陆离。壹阴兮壹阳,众莫知兮余所为。折疏麻兮瑶华,将以遗兮离居。老冉冉兮既极,不寖近兮愈疏。乘龙兮辚辚,高驼兮冲天。结桂枝兮延伫,羌愈思兮愁人。愁人兮奈何,愿若今兮无亏。固人命兮有当,孰离合兮可为。①
>
>秋兰兮麋芜,罗生兮堂下。绿叶兮素枝,芳菲菲兮袭予。夫人自有兮美子,荪何以兮愁苦。秋兰兮青青,绿叶兮紫茎。满堂兮美人,忽独与余兮目成。入不言兮出不辞,乘回风兮载云旗。悲莫悲兮生别离,乐莫乐兮新相知。荷衣兮蕙带,儵而来兮忽而逝。夕宿兮帝郊,君谁须兮云之际。与女游兮九河,冲风至兮水扬波。与女沐兮咸池,晞女发兮阳之阿。望美人兮未来,临风恍兮浩歌。孔盖兮翠旌,登九天兮抚彗星。竦长剑兮拥幼艾,荪独宜兮为民正。②

战国之时,司命之神,遍及南北,属职能神,掌管生命年寿,或专司生育,亦称司命,故有二司命。屈原描写大司命,诗中人称颇为混杂,反复体味,诗的前半以神之口吻出之,后半则是诗人自己的情感活动。写神乘玄云或乘龙而行,灵衣飘飘,玉佩陆离,主宰着人类的寿夭。面对这样一幅画面,诗人触物而感,开始思考人世间的生离死别:离别既不可免,若能人生无亏,也就够了。《少司命》中,诗人与神灵的交流更多,尤其是"满堂兮美人,忽独与余兮目成"两句,透露出诗人与壁画上孔盖翠旌、佩长剑拥幼艾的神灵形象面对时的一幕。

再看描写日神的《东君》:

>暾将出兮东方,照吾槛兮扶桑。抚余马兮安驱,夜皎皎兮既

---

① [宋]洪兴祖:《楚辞补注》卷二,第71—73页。
② 同上书,第74—76页。

明。驾龙辀兮乘雷,载云旗兮委蛇。长太息兮将上,心低佪兮顾怀。羌声色兮娱人,观者憺兮忘归。縆瑟兮交鼓,箫钟兮瑶虡。鸣篪兮吹竽,思灵保兮贤姱。翾飞兮翠曾,展诗兮会舞。应律兮合节,灵之来兮蔽日。青云衣兮白霓裳,举长矢兮射天狼。操余弧兮反沦降,援北斗兮酌桂浆。撰余辔兮高驼翔,杳冥冥兮以东行。①

在《天问》中,屈原有"日月安属?列星安陈?出自汤谷,次于蒙汜,自明及晦,所行几里"的疑问,然没有具体的描写。此诗中的"吾",王逸、洪兴祖都理解为日神,朱熹以其为巫,似不可取。诗中以日神的口吻写出了太阳出于扶桑、入乎西方的完整过程和场面。龙车云旗,万众瞩目;青衣白裳,入乎冥茫。诗中写到的"观者",透露出诗人的观赏者身份。而这些描写又都是在祭祀的场景下展开的,观看祭祀者亦即观赏壁画者。

《河伯》又与《东君》不同。诗曰:

> 与女游兮九河,冲风起兮横波。乘水车兮荷盖,驾两龙兮骖螭。登昆仑兮四望,心飞扬兮浩荡。日将暮兮怅忘归,惟极浦兮寤怀。鱼鳞屋兮龙堂,紫贝阙兮朱宫。灵何为兮水中,乘白鼋兮逐文鱼。与女游兮河之渚,流澌纷兮将来下。子交手兮东行,送美人兮南浦。波滔滔兮来迎,鱼邻邻兮媵予。②

这是一幅诗人与河伯携手同游的场景。诗人随着河伯一起登车揽辔,乘龙而行,上登于昆仑,下至于水中,冲风破浪,上下遨游,场景阔大,色彩斑斓。河伯的衣着、车马、居所等,皆具有水神的特色,视觉的感受是很鲜明的。

---

① [宋]洪兴祖:《楚辞补注》卷二,第74—76页。
② 同上书,第76—78页。

再看《山鬼》：

> 若有人兮山之阿,被薜荔兮带女萝,既含睇兮又宜笑,子慕予兮善窈窕。乘赤豹兮从文狸,辛夷车兮结桂旗。被石兰兮带杜衡,折芳馨兮遗所思。余处幽篁兮终不见天,路险难兮独后来。表独立兮山之上,云容容兮而在下。杳冥冥兮羌昼晦,东风飘兮神灵雨。留灵修兮憺忘归,岁既晏兮孰华予。采三秀兮于山间,石磊磊兮葛蔓蔓。怨公子兮怅忘归,君思我兮不得闲。山中人兮芳杜若,饮石泉兮荫松柏,君思我兮然疑作。雷填填兮雨冥冥,猿啾啾兮又夜鸣,风飒飒兮木萧萧,思公子兮徒离忧。①

在《九歌》中,对山鬼的描写也许是众神灵中最细致和最具特色的了。这位来自山野的精灵,从衣着到出行,处处体现出南方山野的风光,而与横空驾临的天神截然不同。"被薜荔兮带女萝,既含睇兮又宜笑,子慕予兮善窈窕。乘赤豹兮从文狸,辛夷车兮结桂旗。被石兰兮带杜衡",这简直就是诗人自己的理想装束。与《离骚》中"扈江离与辟芷兮,纫秋兰以为佩""朝搴阰之木兰兮,夕揽洲之宿莽""畦留夷与揭车兮,杂杜衡与芳芷""揽木根以结茝兮,贯薜荔之落蕊。矫菌桂以纫蕙兮,索胡绳之纚纚"②的装束如出一辙,众多的香草,与姿态优美、脉脉含情、隐有忧怨的美人,融合自然,画面感极强。其情感的表达,较之天神,也更为细腻。诗风婉丽。

《国殇》所写,已离开了神鬼之界,它给我们描绘的是一幅浴血沙场、为国捐躯的战士的群像：

> 操吴戈兮被犀甲,车错毂兮短兵接。旌蔽日兮敌若云,矢交坠

---

① [宋]洪兴祖:《楚辞补注》卷二,第78—81页。
② 同上书卷一,第4、6、10、13页。

兮士争先。凌余阵兮躐余行,左骖殪兮右刃伤。霾两轮兮絷四马,援玉枹兮击鸣鼓。天时坠兮威灵怒,严杀尽兮弃原野。出不入兮往不反,平原忽兮路超远。带长剑兮挟秦弓,首身离兮心不惩。诚既勇兮又以武,终刚强兮不可凌。身既死兮神以灵,子魂魄兮为鬼雄。①

春秋战国时期,崛起于荆湘之地的楚国,至少到楚武王时已很强大,攻城略地,吞并周边小国,不断开疆拓土,与中原地区宋、陈、郑、蔡及秦、齐等国之间的战事十分频繁,楚惠王时灭陈,楚简王时一度攻取郑之榆关。然至楚悼王、宣王时,秦、齐、三晋渐强,楚与北方诸国争战渐失优势。楚怀王时,楚军大败于秦,怀王入秦不返。顷襄王时更是一蹶不振,遂至亡国。长期的南北征战,使楚国君臣上下为此付出了重大代价,阵亡将士之多,可以想见。清人林云铭论曰:"怀王时秦败屈匄,复败唐眛,又杀景缺。大约战士多死于秦,其中亦未必悉由力斗。然《檀弓》谓:死而不吊者三,畏居一焉。《庄子》曰:战而死者,葬不以翣。皆以无勇为耻也。故三闾先叙其方战而勇,既死而武,死后而毅,极力描写。不但以慰死魂,亦以作士气,张国威也。前段言错毂,言左骖,言两轮四马,当日犹重车战耳。"②分析颇细致。在上述背景之下,诗歌为人们展现出一幅令人惊心动魄的两军大规模车战的惨烈悲壮的历史画卷,就中充满了对这些英勇殉国的将士们的颂扬和礼赞。

《九歌》中的最后一首诗是《礼魂》。诗很简短:

成礼兮会鼓,传芭兮代舞,姱女倡兮容与。春兰兮秋菊,长无绝兮终古。③

---

① [宋]洪兴祖:《楚辞补注》卷二,第82—83页。
② [清]林云铭:《楚辞灯》卷二,《四库全书存目丛书》集部第2册,第191页。
③ [宋]洪兴祖:《楚辞补注》卷二,第84页。

相对于天神、地祇和为国捐躯的将士,壁画对一般人生活的描绘自然会放在最后,祭祀的等级,也以此为最低。诗中所礼赞或祭祀的,便是民间一般的百姓。此诗洪兴祖引前人之说,曰:"礼魂,谓以礼善终者。"朱熹同。我也觉得大致是符合实际的。诗仅五句,前三句所写为祭祀的场景。

20世纪20年代初,胡小石先生在北京女子高等师范学校任教时,曾以人神恋爱的新说解释《楚辞》中的许多爱情描写。后来,他的学生苏雪林亦从宗教学的角度,进一步论述了《九歌》中人神恋爱的问题。苏雪林认为《九歌》中有大量的"对神的爱慕"的描写。她说:"无论男女向对方进行恋爱时,常恐对方无情于我;既有情矣,又愁他或她中道变心,故常发生疑怨的心理。人对神的恋爱,到了极热烈时,也是如此。"又认为《九歌》中有许多对"神境的想象"。其曰:"巫师鼓励人与神结婚,如果不将神的家乡说得万分的好,谁愿意听他们的话跑到深山或水里去死呢?"①人神恋爱的看法虽仍可商,然此说充分注意到诗中神鬼形象与诗人之间的关系,注意到诗中对"神境"的描写,角度固与本章不同,然对作品的理解,亦可证成本章关于诗中多有神灵形象及其所处环境的描写,多有神灵与诗人情感交流的解读,而这些解读的指向既与观赏壁画的背景相吻合,也反过来有助于我们对作品本身的理解。

从以上分析,也许还不能遽然断定《九歌》为观楚先王之庙或公卿祠堂壁画所作,然从诗中对神灵形象的描写及其出行场面、所处环境的刻画等大量绘画因素(如形象、神情、色彩、构图等)的出现,从诗人与所写神灵的情感交流,大致已可印证上文的看法,是没有疑问的。

---

① 苏雪林:《〈九歌〉中人神恋爱问题》,《屈赋论丛》,武汉大学出版社,2007年,第93页。

六、"着壁成绘":从后世《九歌》题材的绘画反观《九歌》

唐人殷璠评王维诗曰:"维诗词秀调雅,意新理惬,在泉为珠,着壁成绘。"①敏锐地指出其诗中有画的特点。《九歌》在后世的流传过程中,因其所写为诸神形象,自然容易由诗入画,诗中有画,"着壁成绘",也就出现了很多以《九歌》为题材的绘画作品。

最早以《九歌》入画的,是北宋杰出的画家李公麟。《宣和画谱》称其"平生所长,其文章则有建安风格,书体则如晋宋间人,画则追顾、陆,至于辨钟鼎古器,博闻强识,当世无与伦比"②。在文学艺术上有多方面的成就,而尤以画称。

李公麟的绘画,境界甚高。他曾自谓:"吾为画如骚人赋诗,吟咏情性而已。奈何世人不察,徒欲供玩好耶!后作画赠人,往往薄着劝戒于其间,与君平卖卜谕人以祸福,使之为善同意。"③且其作画,"深得杜甫作诗体制,而移于画。如甫作《缚鸡行》,不在鸡虫之得失,乃在于'注目寒江倚山阁'之时。公麟画陶潜《归去来兮图》,不在于田园松菊,乃在于临清流处。甫作《茅屋为秋风所拔叹》,虽衾破屋漏,非所恤,而欲'大庇天下寒士俱欢颜'。公麟作《阳关图》,以离别惨恨为人之常情,而设钓者于水滨,忘形块坐,哀乐不关其意。其他种种类此"④。既能得诗人之意,又能寓以己意,有所寄托,故李公麟画《九歌图》,也必能会骚人之意,在某种程度上再现《九歌》诸神的形象,而借

---

① [唐]殷璠:《河岳英灵集》卷上,附于李珍华、傅璇琮《河岳英灵集研究》,中华书局,1992年,第148页。
② [宋]佚名:《宣和画谱》卷七,《景印文渊阁四库全书》子部第813册,第109页。
③ 同上。
④ 同上书,第108—109页。

以寓己内心忧怨之情。惜李公麟的《九歌图》，今已不可见。然后人临之者甚多。如元代画家赵孟頫、张渥、钱舜举等。此举张渥所绘《九歌图》（今藏吉林省博物馆）（见图2-5），以见其大概。

图2-5 《九歌图》（局部）

此画笔触流畅飘逸，纯用白描手法，便得之李公麟。明张丑在《清河书画舫》中把李公麟的《九歌图》列为神品，跋云："余不佞，未能窥画学之奥，而愿为检法执鞭者，则以《九歌图》卷板实中有风韵沉着，内饶姿态，其间山水、树石、人物、屋宇，形形色色，事事绝伦。非胸襟丘壑、汪洋如万顷波，胡能为此擅场之笔？"①

我们当然不能以后例前，从后人所画《九歌图》而推断《九歌》乃观壁画而作，然《九歌》本身具有的鲜明的绘画性，既很显然，其最初的创作或由图画而起，也绝非毫无理由的臆断。

明末陈洪绶有《九歌图》，也是精心构思之作，然系其早年所画，笔力稍弱，风格也与宋元人不同，倒是他的《屈子行吟图》，能写出屈原行吟泽畔、形容憔悴、忧心忡忡的形象，后世传播甚广。

---

① ［明］张丑：《清河书画舫》卷八上，《景印文渊阁四库全书》子部第817册，第302—303页。

明末清初萧云从又有《离骚全图》,自云:"吾尊《骚》于经,则不得不尊《骚》而为图矣。"①因推崇《楚辞》,而撰为图画,在前人《九歌图》的基础上,扩大到《离骚》《天问》《九章》等篇,并附《楚辞》原文,图文并茂,足为读《骚》之助,为时人所称,镌刻流传亦广。

后世的《九歌图》与本文所论《九歌》是屈原观壁画所作之间,虽并无必然联系,然后人心目中诸神的形象,却因此而得以鲜明起来。

七、结语

清四库馆臣在论及《天问》时曾说:"楚辞之兴,本由图画而作。"②其所论虽是《天问》,然是否也可推衍到《九歌》呢?近人刘师培在《古今画学变迁论》一文中也说道:"古人象物以作图,后世按图以列说。……若夫所绘之事,亦贵征实。盖古代神祠,首崇画壁。《周礼·春官》云:'凡有神祀者,掌三辰之法,以犹鬼神祇之居,辨其名物。''犹'训为图。复言'辨其名物',则神祠所绘,必有名物可言,与师心写意者不同。楚词《九歌》《天问》诸篇,言多诙诡,盖楚俗多迷信,屈赋多事神之曲,篇中所述,其形态、事实,或本于神祠所图绘。"③刘师培先生所说的"或本于神祠所图绘"是否成立呢?本文作了上述推测。这一推测能否成立,当然可以再讨论,然它或有助于学界对《九歌》的进一

---

① [清]萧云从:《离骚图序》,《钦定补绘萧云从离骚全图》卷首,《景印文渊阁四库全书》集部第 1062 册,第 497 页。

② 《钦定补绘离骚全图》提要,见是书卷首,《景印文渊阁四库全书》集部第 1062 册,第 499 页。然至纪昀删定提要稿,即改作:"是《天问》一篇,本由图画而作。"([清]永瑢等:《四库全书总目》卷一百四十八《钦定补绘离骚全图》提要,中华书局,1965 年,第 1268 页)

③ 刘师培:《左庵外集》卷十三,《刘申叔先生遗书》第 53 册,1923 年宁武南氏印本。刘师培此处疑《九歌》"或本于神祠所图绘",然在《舞法起于祀神考》一文中又说:"《九辨》《九歌》,殆亦歌舞相兼之乐。"(《左庵外集》卷十三)

步理解,则是我所希望的。

《九歌》既然是屈原观楚"先王之庙及公卿祠堂图画"而作,那么,这一组题写"天地山川神灵"的诗歌,就恰好与书写"古贤圣怪物行事"的《天问》一起,构成了一个完整的楚国古史和诸神的体系,也构成了一个融合南北的楚文化的体系。这一体系源于夏、商时代的文化,与中原等其他地区的文化同源同根,又有着自身的鲜明特点。这里要特别指出的是,这一文化竟是通过楚先王之庙和公卿祠堂内壁画的方式而得以展现,并在屈原的楚辞创作中得以长久地保存和传播的。由此,或可使我们对《楚辞》的研究、对图像的作用及其与文学的关系的认识得以深化,使我们对楚文化和中国早期思想文化的形成和演进,有更进一步的理解。

第三章　战国纵横家与汉大赋的起源

汉赋的起源问题，在中国古代文体研究中颇令人迷离恍惚。或以为源于《诗经》，或以为源于《楚辞》，或以为多源，等等，可谓众说纷纭。本章考镜源流，辩证诸说，希望能就此作出一个更为合理的解答。

一、"赋者，古诗之流也"

关于汉赋的起源问题，历来影响之大者莫如赋为古诗之流的说法。

西汉宣帝"讲论六艺群书，博尽奇异之好"，诏王褒作赋，歌颂圣主之得贤臣，并以之待诏金马门，"数从褒等放猎，所幸宫馆，辄为歌颂，第其高下，以差赐帛。议者多以为淫靡不急，上曰：'不有博弈者乎，为之犹贤乎已！'辞赋大者与古诗同义，小者辩丽可喜，辟如女工有绮縠，音乐有郑卫，今世俗犹皆以此虞说耳目，辞赋比之，尚有仁义风谕，鸟兽草木多闻之观，贤于倡优博弈远矣"①。他认为辞赋"大者与古诗同义，小者辩丽可喜"，具有与《诗经》（宣帝所谓"古诗"当指《诗经》）同样的"仁义风谕"功能和作用，虽只是为其好辞赋作辩护，有点故意提高赋的地位的意思，而且也并没有直说赋源于《诗经》，但已隐然逗引了赋

---

① ［汉］班固撰，［唐］颜师古注：《汉书》卷六十四下《王褒传》，中华书局，1962年，第9册，第2821、2829页。

为《诗》之流的观点。

到了东汉,班固便在《两都赋序》中明确地说:

> 或曰:赋者,古诗之流也。昔成、康没而颂声寝,王泽竭而诗不作。大汉初定,日不暇给。至于武、宣之世,乃崇礼官,考文章,内设金马石渠之署,外兴乐府协律之事,以兴灭继绝,润色鸿业。是以众庶悦豫,福应尤盛,《白麟》《赤雁》《芝房》《宝鼎》之歌,荐于郊庙;神雀、五凤、甘露、黄龙之瑞,以为年纪。故言语侍从之臣,若司马相如、虞丘寿王、东方朔、枚皋、王褒、刘向之属,朝夕论思,日月献纳;而公卿大臣,御史大夫倪宽、太常孔臧、太中大夫董仲舒、宗正刘德、太子太傅萧望之等,时时间作。或以抒下情而通讽谕,或以宣上德而尽忠孝,雍容揄扬,著于后嗣,抑亦《雅》《颂》之亚也。故孝成之世,论而录之,盖奏御者千有余篇,而后大汉之文章,炳焉与三代同风。①

这里的"或曰",是不是指汉宣帝说的话,我们不必去细究,但有一点是肯定的,那就是在班固之前,已有赋为"古诗之流"的看法,班固不过认可了这种看法而已。汉宣帝认为赋"有仁义风谕,鸟兽草木多闻之观",班固则以为赋"或以抒下情而通讽谕,或以宣上德而尽忠孝,雍容揄扬,著于后嗣,抑亦《雅》《颂》之亚也"。他们的赋学批评,都是着眼于《诗经》和赋都可以有或讽喻或揄扬的社会政治功能和作用来讲的,是从经学角度所作的赋学批评。因为二者的社会政治功能相同,所以,赋可以看作是"古诗之流",是《诗经》之流脉、旁衍。于是,《诗经》俨然成为汉赋的源头。此后,左思作《三都赋》,其序首引《毛诗大序》中的话:"盖诗有六义焉,其二曰赋。扬雄曰:'诗人之赋丽以则。'班固

---

① [南朝梁]萧统选,[唐]李善注:《文选》卷一,第1册,第1—3页。

曰:'赋者,古诗之流也。'"①显然已接受了赋为《诗》之流的观点。不过,无论是汉宣帝还是班固等人,他们的看法都不具有文体学的意义。从诗到赋,其间没有必然的联系。

沿袭汉人赋为《诗》之流的看法,而从文体特征上对其加以论证的,是晋人挚虞。其《文章流别论》曰:

> 古之作诗者,发乎情,止乎礼义。情之发,因辞以形之;礼义之指,须事以明之。故有赋焉,所以假象尽辞,敷陈其志。古诗之赋,以情义为主,以事类为佐;今之赋,以事形为本,以义正为助。情义为主,则言省而文有例矣;事形为本,则言富而辞无常。文之烦省,辞之险易,盖由于此。夫假象过大,则与类相违;逸辞过壮,则与事相违;辩言过理,则与义相失;丽靡过美,则与情相悖:此四者,所以背大体而害政教。是以司马迁割相如之浮说,杨雄疾辞人之赋丽以淫。②

"以事形为本",由铺陈其志的《诗》"六义"中的赋,直接进入"言富而辞无常"的"今之赋"(指大赋),赋为《诗》之流的看法,被提升到了理论的层面,具有了文体学上的意义。自挚虞以后,赋源于《诗》的观点,逐渐占据了主流地位,直到现代,仍是汉赋起源问题研究中最主要的观点之一,这里不必赘论。然而,"以事形为本",虽易于言富辞繁,但从文体和传播方式上看,在可歌的四言之诗与不歌而诵的散体大赋之间,并无必然联系;而从《诗》"六义"之一的铺陈之法,到赋中铺陈之法的极度运用,也缺少中间环节。

---

① [南朝梁]萧统选,[唐]李善注:《文选》卷四,第1册,第173页。
② [唐]欧阳询:《艺文类聚》卷五十六《杂文部》二"赋",汪绍楹校,上海古籍出版社,1982年,上册,第1018页。

二、"皆好辞而以赋见称"

汉赋源于《楚辞》说,早在司马迁《史记·屈原贾生列传》中已经透露出消息。司马迁说:

> 屈原既死之后,楚有宋玉、唐勒、景差之徒者,皆好辞而以赋见称;然皆祖屈原之从容辞令,终莫敢直谏。①

"皆好辞而以赋见称",司马迁把"辞"与"赋"并称,二者应是同一层面的概念,"辞"不同于"赋","辞"在这里指的应是楚辞。再从宋玉等人的创作来看,也可证明这一点。景差的作品,《汉书·艺文志》已无著录。唐勒作品,《汉书·艺文志》著录四篇,今仅存零篇断章②。而从王逸《楚辞章句》所收宋玉《九辩》《招魂》来看,宋玉最重要的作品也属于楚辞无疑。所以,司马迁说他们"皆好辞"。那么,为什么说他们"皆好辞而以赋见称"呢?我以为这正是汉人的看法,意思是说,宋玉等人虽喜爱、擅长楚辞的创作,但他们的很多作品在汉代却已被习称为赋了。③辞赋混称,在西汉时就已很普遍。司马迁自己也常将"辞"与"赋"混称。比如同样在《屈原传》中,他引屈原的《怀沙》,就称其为

---

① [汉]司马迁撰,[南朝宋]裴骃集解,[唐]司马贞索隐,[唐]张守节正义:《史记》卷八十四《屈原贾生列传》,第 8 册,第 3004 页。

② 在 1972 年山东临沂银雀山出土的竹简中,大致可确定有唐勒作品残篇。参谭家健《〈唐勒〉赋残篇考释及其他》,《文学遗产》1990 年第 2 期。

③ 对司马迁的这句话,学者有不同理解。如曹道衡先生认为,司马迁"把'辞'和'赋'相对称,'辞'本是文辞之通称,但这里所谓'辞'显然是指和'赋'相区别的另一种文学体裁"(《试论汉赋和魏晋南北朝的抒情小赋》,文载其《中古文学史论文集》,中华书局,2002 年,第 5 页)。这与我的看法是相近的,然他没有注意到汉人又常是将辞赋并称的。而骆玉明先生在其《论"不歌而诵谓之赋"》一文中,则注意到了后者,而不认为"辞"与"赋"在这里仍是有区别的,(《文学遗产》1983 年第 2 期,第 38—39 页)。

赋。在《司马相如传》中，说司马相如初事景帝，而"会景帝不好辞赋"①，也是将"辞赋"并称的。后来，班固说扬雄好古乐道，以为"赋莫深于《离骚》，反而广之；辞莫丽于相如，作四赋"②，皆流传于世。更是辞赋互文的典型例子。对于汉人的将辞赋混称或并称，在我们今天看来，其意义不过是反映了他们把楚辞当作汉赋的源头的赋学观念，或者说至少在潜意识中他们已认为汉赋是从楚辞发展来的。

如果说屈原的创作影响了宋玉、唐勒、景差等人，而他们又共同影响了汉代以及汉代以后骚体赋的创作的话，那么，汉人的这种看法是正确的。萧统《文选》所收宋玉《高唐赋》《神女赋》《风赋》等作品，从文体性质上看，大致都属于骚体一类，自不必说。汉贾谊《吊屈原赋》、司马相如《长门赋》、扬雄《逐贫赋》、班固《幽通赋》、张衡《思玄赋》《归田赋》等等，也都是在楚辞影响下创作的以抒情为主的骚体赋。然而，汉大赋却是以言事体物为主的，在以抒情为主的楚辞和以体物为主的汉大赋之间，同样没有直接的联系，虽然汉大赋源于楚辞的观点在后世影响甚大。

三、"诗人之赋丽以则，辞人之赋丽以淫"

扬雄《法言·吾子》篇中有一段我们很熟悉的话：

> 或问："景差、唐勒、宋玉、枚乘之赋也，益乎？"曰："必也淫。""淫则奈何？"曰："诗人之赋丽以则，辞人之赋丽以淫。如孔氏之门用赋也，则贾谊升堂，相如入室矣。如其不用何？"③

---

① ［汉］司马迁撰，［南朝宋］裴骃集解，［唐］司马贞索隐，［唐］张守节正义：《史记》卷一百十七《司马相如列传》，第9册，第2999页。
② ［汉］班固撰，［唐］颜师古注：《汉书》卷八十七下《扬雄传赞》，第11册，第3583页。
③ ［汉］扬雄撰，［晋］李轨注，汪荣宝义疏：《法言义疏》卷三，陈仲夫点校，中华书局，1987年，第49—50页。

扬雄把赋分为"诗人之赋"和"辞人之赋",而且从屈原那里就开始作了划分。承继《诗经》传统的"诗人之赋",即屈原的作品,可谓"丽以则";而宋玉以降的作品,便都已落了下乘,即"辞人之赋丽以淫",贾谊、司马相如也不例外。扬雄既然在这里把赋分为"诗人之赋"和"辞人之赋",那也就意味着在他看来,赋是有两个不同的传统或来源的。此后,班固在《汉书·艺文志·诗赋略序》中亦引此说。① 而到了刘勰,在《文心雕龙·诠赋》篇中,就综合前人诸说,明确指出:"赋也者,受命于诗人,而拓宇于《楚辞》也。"②于是,刘勰的这种说法,便逗引出后世的汉赋多源之说。

比如,清人章学诚即主张赋之多源说。他认为:"古之赋家者流,原本《诗》《骚》,出入战国诸子。假设问对,庄、列寓言之遗也;恢廓声势,苏、张纵横之体也;排比谐隐,韩非《储说》之属也;征材聚事,《吕览》类辑之义也。"③似乎相当全面。今人持此说者亦多,此不赘述。

近人章太炎先生曾指出:"《韩诗外传》说孔子游景山上曰'君子登高必赋'。子路、子贡、颜渊各为谐语,其句读参差不齐;次有屈原、荀卿诸赋,篇章闳肆。此则赋之为名,文繁而不可被管弦也。"④这似乎是说赋源于孔门的言志。然章先生在苏州国学讲习会上,又说过"赋本

---

① 《汉书·艺文志·诗赋略》,是在刘向、刘歆父子《别录》《七略》基础上撰成的,然亦有增删(可参近人孙德谦《汉书艺文志举例》、王国维《〈汉书艺文志举例〉后序》等)。此处引扬雄之说,我认为当为班固所为。
② [南朝梁]刘勰著,詹锳义证:《文心雕龙义证》卷二,上海古籍出版社,1989年,上册,第274页。
③ [清]章学诚撰,叶瑛校注:《文史通义校注》附《校雠通义》卷三《汉志诗赋》第十五,中华书局,1994年,下册,第1064页。
④ 章太炎:《检论》卷二《六诗说》,陈平原编校《中国现代学术经典·章太炎卷》,河北教育出版社,1996年,第177页。

古诗之流"①。则章先生也主张赋多源说。不过,与前人不同,章先生在《国故论衡》中卷《文学·辨诗》一篇中,又提出过一个很重要的看法。他说:

> 《七略》次赋为四家:一曰屈原赋,二曰陆贾赋,三曰孙卿赋,四曰杂赋。屈原言情。孙卿效物。陆贾赋不可见,其属有朱建、严助、朱买臣诸家,盖纵横之变也。……古者诵《诗》三百,足以专对,七国之际,行人胥附,折冲于尊俎间,其说恢张谲宇,紬绎无穷,解散赋体,易人心志。鱼豢称:"鲁连、邹阳之徒,援譬引类,以解缔结,诚文辩之隽也。"武帝以后,宗室削弱,藩臣无邦交之礼,纵横既黜,然后退为赋家,时有解散,故用之符命,即有《封禅》《典引》;用之自述,而《答客》《解嘲》兴。文辞之繁,赋之末流尔也。②

认为纵横家对陆贾赋的产生有影响,这是极富启发意义的。前引章学诚之说,已提到纵横家亦赋家之一源。又,刘师培论文,也认为:"骋词之赋,其源出于纵横家。(如纵横家所言,非徒善辩,且能备举各物之情况,以眩其才。《七发》及《羽猎》等赋,其遗意也。章氏《文史通义》,叙诗赋之源流,已言其出于纵横家矣。)"这与章太炎先生的看法是一致的。但他同时又说:"写怀之赋,其源出于《诗经》。""阐理之赋,其源出于儒、道两家。"③他还说:"秦汉之世,赋体渐兴,溯其渊源,亦为楚辞之别派。"④则仍旧是持多源说。再如,刘咸炘先生也曾说过:"纵横之词,具《战国策》。其铺张形势,引喻物类,即赋家之源。若庄辛之

---

① 王乘六、诸祖耿记:《章太炎先生国学讲演录》,孙世扬校,吴永坤、程千帆重校,南京大学中文系古典文学教研室、《南京大学学报》编辑部编印,第213页。

② 章太炎:《国故论衡》,陈平原导读,上海古籍出版社,2003年,第90—91页。

③ 刘师培:《论文杂记》,朱维铮、李妙根编,朱维铮校《刘师培辛亥前文选》,生活·读书·新知三联书店,1998年,第326页。

④ 同上书,第320页。

引喻,穷极情态。辛本楚人,盖屈、宋之徒也。"①然而他又说:"赋之源出于《诗》《骚》,志情、纪行,乃真《诗》《骚》之遗,郊祀、耕藉、畋猎,出于《雅》《颂》,哀伤出于《国风》。"②后来,万曼先生撰文讨论辞赋的起源,从人类口头语言向书面文字发展的一般规律,谈到辞赋的产生,认为:"在辞赋的时代以前,文学作品多半是口语的记录。辞赋时代以后,文学作品才完全是书面写作。"③语言辞令在战国时代发展到极致,由诗歌到散语,再加上屈原的创造,于是辞赋终于应运而生。上述章学诚、章太炎、刘师培、刘咸炘和万曼等先生的看法,都注意到纵横家对汉赋形成的影响,但同时又都认为赋的产生是多源的。④

另外,朱光潜先生从文字游戏讨论诗歌的起源,也论到赋的起源。他承刘勰之说(详下文),认为隐语"是一种雏形的描写诗",而"中国大规模的描写诗是赋,赋就是隐语的化身。战国秦汉间嗜好隐语的风气最盛,赋也最发达"⑤。把隐语与诗联系起来,触及赋与隐语的关系,又增加了一层影响赋的产生的原因。但朱先生完全把隐语当作诗,把赋当作隐语的后身,且未注意到纵横家与赋的关系,便仍有不妥。周师勋初先生则从辨析登高能赋、赋为"古诗之流"和《诗》六义"与赋的关系入手,指出,由"隐"而到赋诗,赋"是在'隐'的影响下产生的;它的得

---

① 刘咸炘:《文学述林》卷一《辞派图》,黄曙辉编校《刘咸炘学术论集·文学讲义编》,广西师范大学出版社,2007年,第31页。

② 同上书卷一《〈文选序〉说》,第23页。

③ 万曼:《辞赋起源:从语言时代到文字时代的桥》,《国文月刊》第59期,开明书店,1947年。

④ 主张赋多源说者甚多,如,在袁行霈先生主编的《中国文学史》第一卷第二编"秦汉文学"(此编主编李炳海)中,在论述汉代文学样式的嬗革时,李炳海先生说:"赋是汉代文学最具有代表性的样式。""汉赋对诸种文体兼收并蓄,形成新的体制。它借鉴楚辞、战国纵横之文主客问答的形式,铺张恣肆的文风,又吸取先秦史传文学的叙事手法,并且往往将诗歌融入其中。"(第165—166页)可为今之赋学研究者的代表。

⑤ 朱光潜:《诗论》,《朱光潜美学文集》第二卷,上海文艺出版社,1982年,第39页。

名,则由赋诗之事而来"①。进一步讨论了先秦隐语对赋的产生的影响,尤其是指出赋诗的风气对赋体的形成有影响、赋的得名来自赋诗,是很富有启发性的,可以沿此思路继续探讨。

四、"聘问歌咏不行于列国","而贤人失志之赋作矣"

其实,汉人对赋的起源的看法,如果从文体学的角度来看,较之赋源于《诗》《骚》,更值得我们注意的,是赋源于战国行人辞令的看法。

司马迁在《史记·屈原贾生列传》中说了"屈原既死之后,楚有宋玉、唐勒、景差之徒者,皆好辞而以赋见称"之后,紧接着还有一句话是:"然皆祖屈原之从容辞令,终莫敢直谏。"意思是说,宋玉等人师法屈原,学习楚辞,学习他的"从容辞令",至于直言讽谏,那就谈不上了。这里的"从容辞令",就是指的春秋战国公卿士大夫在一些重要的政治和外交场合下的出入应对、游说进谏之辞。从应对和游说进谏的"从容辞令",到屈原的楚辞创作,再到宋玉等人的创作,司马迁似乎已给我们勾勒出了一条汉赋演进的轨迹。

《汉书·艺文志·诗赋略序》云:

> 传曰:"不歌而诵谓之赋,登高能赋可以为大夫。"言感物造耑,材知深美,可与图事,故可以为列大夫也。古者诸侯卿大夫交接邻国,以微言相感,当揖让之时,必称《诗》以谕其志,盖以别贤不肖而观盛衰焉。故孔子曰:"不学《诗》,无以言"也。春秋之后,周道寖坏,聘问歌咏不行于列国,学《诗》之士逸在布衣,而贤人失志之赋作矣。大儒孙卿及楚臣屈原离谗忧国,皆作赋以风,咸有恻隐古诗之义。其后宋玉、唐勒,汉兴枚乘、司马相如,下及扬子云,

---

① 周勋初:《释"赋"》,《周勋初文集》第三卷,江苏古籍出版社,2000 年,第 247 页。

竞为侈丽闳衍之词,没其风谕之义。是以扬子悔之,曰:"诗人之赋丽以则,辞人之赋丽以淫。如孔氏之门人用赋也,则贾谊登堂、相如入室矣,如其不用何!"①

这里,"传曰"两句所表达的,是先秦以来很普遍的一种看法。所谓"不歌而诵谓之赋,登高能赋可以为大夫",所诵、所赋的,当然都是《诗》。这也就是《汉书·艺文志·六艺略》中说的:"诵其言谓之诗,咏其声谓之歌。"②刘向、刘歆和班固叙述汉赋的产生,正是从公卿士大夫交接邻国、当揖让之时的赋《诗》说起的。从交接揖让时的赋《诗》,到聘问歌咏不行于列国之后创作的"有恻隐古诗之义"的"失志之赋"(指屈原的《楚辞》),再到已失去恻隐古诗之义的"侈丽闳衍之词"(指宋玉以下至扬雄的辞赋),虽然刘氏父子和班固所要强调的仍是自《诗经》以来的讽喻传统,而批评那些"没其风谕之义"的"侈丽闳衍之词",但他们在叙述时间上的先后顺序,无形中却告诉我们,讨论汉赋发生、发展的过程,应从春秋战国公卿士大夫交接、揖让之时的"从容辞令"开始。

五、汉大赋源于战国纵横家的游说进谏之辞

在中国文学史上,一种文体的起源和发展,往往有多方面的背景和原因,并经历较长历史时段的发展演进。然而,在众多的背景和因素中,总有一些最直接、最重要的背景和原因在起作用,而另一些因素则相对影响较小。如果我们能在纷繁的历史现象中,揭示出那些最本质、最直接的,尤其是决定着文体形式变化趋向的创作目的、用途和内容因素的话,那么,对我们进一步理清这些文体发展的来龙去脉,正确认识

---

① [汉]班固撰,[唐]颜师古注:《汉书》卷三十,第6册,第1755—1756页。
② 同上书,第1708页。

和评价作家作品及其在文学史上的地位,无疑都是很有益的。在我看来,直接影响了赋体产生的最重要的原因,就是战国纵横家的游说进谏之辞。

讨论仍要从登高能赋说起。

登高能赋,本谓赋诗。《诗经·鄘风·定之方中》毛传曰:

> 建国必卜之,故建邦能命龟,田能施命,作器能铭,使能造命,升高能赋,师旅能誓,山川能说,丧纪能诔,祭祀能语,君子能此九者,可谓有德音,可以为大夫。①

孔颖达疏:"升高能赋者,谓升高有所见,能为诗赋其形状,铺陈其事势也。"②赋即为赋诗。又,《国语·周语》记邵公的一段话说:"天子听政,使公卿至于列士献诗,瞽献曲,史献书,师箴,瞍赋,矇诵,百工谏,庶人传语,近臣尽规,亲戚补察,瞽史教诲,耆艾修之,而后王斟酌焉,是以事行而不悖。"其中的"瞍赋",韦昭注就解释道:"赋公卿列士所献诗也。"③

那么,公卿士大夫所赋或所献之诗的内容有没有分别呢?也是有分别的。《诗经·小雅·常棣》一篇,孔颖达正义释小序引郑玄答赵商,就对赋诗的内容作了区别。郑玄说:"凡赋诗者,或造篇,或诵古。"④诵古即诵《诗》、赋《诗》,造篇谓自作诗而诵之。⑤ 在春秋战国时期,在绝大多数的政治和外交场合下,公卿士大夫们的赋诗,都是赋

---

① 《十三经注疏》整理委员会整理:《十三经注疏·毛诗正义》卷三,北京大学出版社,1999年,上册,第199页。
② 同上书,第200页。
③ 上海师范大学古籍整理组校点:《国语》卷一《周语》上,第9—11页。
④ 《十三经注疏》整理委员会整理:《十三经注疏·毛诗正义》卷九,中册,第568页。
⑤ 汉赋既从赋诗而得名,赋诗即诵诗,则汉人亦每以"赋颂(诵)"混称,故"颂"亦赋也。如《大人赋》又称《大人颂》等。

《诗经》中的成篇,所以孔子会说"不学《诗》,无以言"的话。其例甚多,此姑举一则,《左传》襄公二十七年载:

> 郑伯享赵孟于垂陇,子展、伯有、子西、子产、子大叔、二子石从。赵孟曰:"七子从君,以宠武也。请皆赋,以卒君贶,武亦以观七子之志。"子展赋《草虫》。赵孟曰:"善哉,民之主也。抑武也,不足以当之。"伯有赋《鹑之贲贲》。赵孟曰:"床笫之言不逾阈,况在野乎?非使人之所得闻也。"子西赋《黍苗》之四章。赵孟曰:"寡君在,武何能焉。"子产赋《隰桑》。赵孟曰:"武请受其卒章。"子大叔赋《野有蔓草》。赵孟曰:"吾子之惠也。"印段赋《蟋蟀》。赵孟曰:"善哉,保家之主也。吾有望矣。"公孙段赋《桑扈》。赵孟曰:"'匪交匪敖',福将焉往?若保是言也,欲辞福禄,得乎?"卒享,文子告叔向曰:"伯有将为戮矣。诗以言志,志诬其上而公怨之,以为宾荣,其能久乎?幸而后亡。"叔向曰:"然,已侈,所谓不及五稔者,夫子之谓矣。"文子曰:"其余皆数世之主也。子展其后亡者也,在上不忘降。印氏其次也,乐而不荒。乐以安民,不淫以使之,后亡,不亦可乎!"①

赵武、叔向等人所赋之《诗》,都是"诵古"。至于"造篇",也有些例子,如《左传》隐公元年记郑庄公与武姜在隧道中相见,"公入而赋:'大隧之中,其乐也融融。'姜出而赋:'大隧之外,其乐也泄泄。'"②于是母子和好如初。在上述外交场合下"诵古"的例子中,虽是断章取义,各取所需,然赋诗之人在对《诗》义的理解和以《诗》为话语的运用与交流中,并没有什么障碍。不过,赋《诗》之人要对《诗》义谙熟于心,并能在特定的政治外交场合和情境下,根据彼此的地位、身份等,准确地用

---

① 杨伯峻编著:《春秋左传注》,第1134—1135页。
② 同上书,第15页。

《诗》来表达自己的意见,亦非易事。像鲁僖公二十三年(前637),晋公子重耳在秦,秦穆公要宴请重耳,狐偃自觉礼乐修养和外交辞令不及赵衰,便请赵衰侍从重耳,以不辱君命。而像鲁襄公二十七年(前546),齐庆封出使鲁国,虽所乘车辆十分豪华,然缺乏礼乐文化修养,鲁叔孙豹赋《相鼠》刺之,竟全然不知,只能自辱使命。又,鲁昭公十二年(前530),宋华定出使鲁国,鲁国设宴招待,为赋《蓼萧》,华定也是不晓何意,至被昭子讥为:"宴语之不怀,宠光之不宣,令德之不知,同福之不受,将何以在?"①像狐偃这样跟随晋公子重耳(即晋文公)多年并帮助其返国自立、得成霸业的人,在一些重要的政治外交场合,揖让进退,从容辞令,犹不敢掉以轻心,可见,一方面,固然要求赋《诗》之人需要有很高的礼乐修养和从容辞令的本领;另一方面,通过赋《诗》来表情达意,确也有很大的局限性。

因此,除了"诵古""造篇"之外,其他用于政治和外交场合的表情达意的手段,自然应运而生。隐语廋辞,即为重要一途。隐语的源头当然可以追溯得很远,然而其在政治场合中较为普遍的运用,则应在春秋战国时期。《国语·晋语》曾谈到"秦客廋辞于朝",韦昭注曰:"廋,隐也,谓以隐伏谲诡之言问于朝也。"②《汉书·艺文志·诗赋略》"杂赋类"著录《隐书》十八篇,颜师古注引刘向《别录》谓:"隐书者,疑其言以相问,对者以虑思之,可以无不谕。"③刘勰《文心雕龙·谐隐》篇中也说:"遁辞以隐意,谲譬以指事也。""隐语之用,被于纪传,大者兴治济身,其次弼违晓惑。"④说得很清楚,隐语廋辞就是设譬指事,是公卿士大夫在政治和外交场合下用以进谏、游说的一种委婉巧妙的方式。

---

① 杨伯峻编著:《春秋左传注》,第1332页。
② 上海师范大学古籍整理所校点:《国语》卷十一《晋语》五,第401页。
③ [汉]班固撰,[唐]颜师古注:《汉书》卷三十,第6册,第1753页。
④ [南朝梁]刘勰著,詹锳义证:《文心雕龙义证》卷三,上册,第539、545页。

比如,《韩非子·喻老》载楚庄王即位三年,无所施为,右司马侍坐,说之以隐:"'有鸟止南方之阜,三年不翅,不飞不鸣,嘿然无声,此为何名?'王曰:'三年不翅,将以长羽翼;不飞不鸣,将以观民则。虽无飞,飞必冲天;虽无鸣,鸣必惊人。子释之,不榖知之矣。'处半年,乃自听政。所废者十,所起者九,诛大臣五,举处士六,而邦大治。"①即为一例。

荀子很重视和讲求谈说之术,谓:"谈说之术,矜庄以莅之,端诚以处之,坚强以持之,分别以喻之,譬称以明之,欣欢芬芗以送之,宝之珍之,贵之神之,如是则说常无不受。虽不说人,人莫不贵,夫是之谓为能贵其所贵。传曰:'唯君子为能贵其所贵。'此之谓也。"②今存荀子《赋篇》就是"分别以喻之,譬称以明之"的隐语。③ 如其中的《礼》篇,曰:

> 爰有大物,非丝非帛,文理成章;非日非月,为天下明。生者以寿,死者以葬,城郭以固,三军以强,粹而王,驳而伯,无一焉而亡。臣愚不识,敢请之王。王曰:此夫文而不采者与?简然易知而致有理者与?君子所敬而小人所不者与?性不得则若禽兽、性得之则甚雅似者与?匹夫隆之则为圣人,诸侯隆之则一四海者与?致明

---

① 《韩非子》校注组编写,周勋初修订:《韩非子校注》(修订本),凤凰出版社,2009年,第186—187页。案类似记载,又见于《吕氏春秋·审应览》《史记·楚世家》、《新序·杂事》二,《史记·滑稽列传》则以此为淳于髡说齐威王事。

② [清]王先谦:《荀子集解》卷十八《非相》,第86页。

③ 刘勰论隐语,早已指出:"荀卿《蚕赋》,已兆其体。"(《文心雕龙·谐隐》,《文心雕龙义证》卷三,第550页)又据赵逵夫先生考证,荀子的《赋篇》作于其早年游学齐国时,是上呈齐宣王的,并指出《赋篇》前半部分的性质是隐语,而后半部分的"佹诗"是赋(《〈荀子·赋篇〉包括荀卿不同时期两篇作品考》,载其《屈原与他的时代》,人民文学出版社,2002年)。赵先生对荀子《赋篇》为隐的判断是正确的,然径称"佹诗"为赋,尚有不妥,详下文。

而约,甚顺而体,请归之礼。①

一问一答,如解谜语,全与楚右司马说楚庄王相同。其余如《智》《云》《蚕》《箴》等篇,也都是如此,都是向君王委婉进谏或游说的产物。

揖让周旋,游说进谏,而以赋《诗》或作隐语的方式进行,虽曾在春秋时期兴盛一时(尤其在齐、楚甚盛),但时代愈发展,便愈走向衰微了。观《左传》定公四年(前506)以后便不见记赋《诗》之事,即为一证。道理很简单,这说明当时在一些重要的政治和外交场合中,公卿士大夫们仅仅是依靠赋《诗》或作隐语来讽谏君王或应对诸侯,已不足以准确而充分地表达其情志了。由战国时期各国政治与外交活动的实际情形所决定,士人们需要更恰当和更强有力的表现手段与方式。

于是,战国时期公卿士大夫的游说进谏之辞,极大地丰富起来。

战国时期士人的游说进谏之辞,集中地见于《战国策》一书。比如我们所熟悉的苏秦说齐王合纵:

> 苏秦说齐宣王:"齐南有太山,东有琅邪,西有清河,北有渤海,此所谓四塞之国也。齐地方二千里,带甲数十万,粟如丘山,齐车之良,五家之兵,疾如锥矢,战如雷电,解如风雨,即有军役,未尝倍太山、绝清河、涉渤海也。临淄之中七万户,臣窃度之,下户三男子,三七二十一万,不待发于远县,而临淄之卒固以二十一万矣。临淄甚富而实,其民无不吹竽、鼓瑟、击筑、弹琴、斗鸡、走犬、六博、蹹踘者。临淄之途,车毂击,人肩摩,连衽成帷,举袂成幕,挥汗成雨,家敦而富,志高而扬。夫以大王之贤与齐之强,天下不能当,今乃西面事秦,窃为大王羞之。且夫韩、魏之所以畏秦者,以与秦接界也,兵出而相当,不至十日而战胜存亡之机决矣。韩、魏战而胜

---

① [清]王先谦:《荀子集解》卷十八,第472—473页。荀子又有《成相杂辞》,《汉书·艺文志》置于《隐书》之前,杂论君臣治乱,则应属于楚辞一类。

秦,则兵半折,四境不守;战而不胜,以亡随其后,是故韩、魏之所以重与秦战而轻为之臣也。今秦攻齐则不然,倍韩、魏之地,至阆阳晋之道,径亢父之险,车不得方轨,马不得并行,百人守险,千人不能过也,秦虽欲深入,则狼顾,恐韩、魏之议其后也。是故恫疑虚猲,高跃而不敢进,则秦不能害齐,亦已明矣。夫不深料秦之不奈我何也,而欲西面事秦,是群臣之计过也。今无臣事秦之名,而有强国之实,臣固愿大王之少留计。"齐王曰:"寡人不敏,今主君以赵王之教诏之,敬奉社稷以从。"①

这一段说辞铺陈、夸饰齐国山川形胜之优越、人口之众多、军队之强大、临淄之富庶,以及分析秦、齐两国或战或和的处境等,其语言表达的铺张夸饰、强大的说服力、感染力和气势,较之赋《诗》或用隐语,其差异已不可以道里计。

其他像《战国策·齐策》载邹忌讽齐王纳谏、《楚策》载莫敖子华对楚威王、庄辛说楚襄王、《赵策》载鲁仲连义不帝秦等等,不能胜举,皆铺张排比,纵横捭阖,开汉大赋之先河。又,像《孟子·梁惠王》记孟子为齐宣王讲齐桓、晋文之事等,其铺张扬厉的言辞和气势,也无不尽显战国策士游说进谏之风。总之,战国时期的游说进谏之辞,直接促成了汉大赋的形成。

战国的纵横家在游说进谏方面又有自己的一套理论。刘向《说苑·善说》篇引《鬼谷子》曰:

> 人之不善而能矫之者,难矣。说之不行,言之不从者,其辩之不明也;既明而不行者,持之不固也;既固而不行者,未中其心之所善也。辩之,明之,持之,固之,又中其人之所善,其言神而珍,白而

---

① 缪文远:《战国策新校注》(修订本)卷八《齐策》一,巴蜀书社,1998年,第284—288页。

分,能入于人之心,如此而说不行者,天下未尝闻也。此之谓善说。①

《鬼谷子·捭阖》一篇又云:

> 捭之者,开也、言也、阳也;阖之者,闭也、默也、阴也。阴阳其和,终始其义。故言长生、安乐、富贵、尊荣、显名、爱好、财利、得意、喜欲,为阳,曰始;故言死亡、忧患、贫贱、苦辱、弃损、亡利、失意、有害、刑戮、诛罚,为阴,曰终。诸言法阳之类者,皆曰始,言善以始其事;诸言法阴之类者,皆曰终,言恶以终其谋。
>
> 捭阖之道,以阴阳试之。故与阳言者,依崇高;与阴言者,依卑小。以下求小,以高求大。由此言之,无所不出,无所不入,无所不可。②

《鬼谷子》中其他篇章如《摩篇》《本经阴符七术》《持枢》等,亦有相似的论述,此不赘举。鬼谷子的这些看法,与前引荀子的见解相同,那就是他们不但都讲究游说进谏之术,而且还自重、自神其说。到了司马相如论赋,谓:"合綦组以成文,列锦绣而为质,一经一纬,一宫一商,此赋之迹也。赋家之心,苞括宇宙,总览人物,斯乃得之于内,不可得而传。"③其所谓赋心、赋迹,皆深受战国纵横家游说理论的影响,前后演进之迹,昭然可见。

战国时期,群雄逐鹿,各国使臣不绝于道路,纵横策士朝秦暮楚,折冲樽俎,揖让周旋,故游说进谏之辞亦大盛。进入汉代以后,这种局面

---

① [汉]刘向撰,向宗鲁校证:《说苑校证》卷十一,中华书局,1987年,第266页。刘向所引,今本《鬼谷子》佚。
② 许富宏:《鬼谷子集校集注》卷一,中华书局,2010年,第17—19页。
③ [晋]葛洪集,成林、程章灿译注:《西京杂记全译》卷二,贵州人民出版社,1993年,第65页。

虽不复存在,但汉初立诸侯王,养士之风仍盛,像"吴王濞招致四方游士,(邹)阳与吴严忌、枚乘等俱仕吴,皆以文辩著名"。及吴王不能用邹阳之言,而"景帝少弟梁孝王贵盛,亦待士。于是邹阳、枚乘、严忌知吴不可说,皆去之梁,从孝王游"。① 司马相如"见而说之",亦"客游梁,梁孝王令与诸生同舍,相如得与诸生游士居数岁。乃著《子虚》之赋"②。再像淮南王刘安,其"为人好读书鼓琴,不喜弋猎狗马驰骋",而"阴结宾客"③,编纂《淮南子》,注《离骚》。河间献王刘德,"好儒学,被服造次必于儒者,山东诸儒多从之游"④。这就给战国以来的策士游说进谏之辞的继续发展,提供了有利的条件。

《汉书·艺文志》著录庄夫子赋二十四篇、枚乘赋九篇、淮南王赋八十二篇、淮南王群臣赋四十四篇、长沙王群臣赋三篇、阳成侯刘德赋九篇。其中最值得注意的,当然是枚乘的《七发》。

楚元王太子辟非生病⑤,吴客枚乘前往问候,先分析其病因,以为必是"久耽安乐,日夜无极,邪气袭逆,中若结轖",遂致"精神越渫,百病咸生"⑥。其中分析太子衣食住行,生活不节,多用排比对偶之句,近乎危言耸听,然而却议论风发,气势宏大,完全是纵横家游说进谏的做法。

在吴客看来,太子既是精神之病,那就无须药石针灸,而只要有博

---

① [汉]班固撰,[唐]颜师古注:《汉书》卷五十一《邹阳传》,第8册,第2338、2343页。
② [汉]司马迁撰,[南朝宋]裴骃集解,[唐]司马贞索隐,[唐]张守节正义:《史记》卷一百十七《司马相如传》,第9册,第2999页。
③ 同上书卷一百十八《淮南王传》,第10册,第3082页。司马贞索隐《淮南要略》曰:"安养士数千,高才者八人,苏非、李尚、左吴、陈由、伍被、毛周、雷被、晋昌,号曰'八公'也。"
④ 同上书卷五十八《五宗世家》,第6册,第2093页。
⑤ 枚乘《七发》为楚元王太子辟非而作,据徐兴无教授之说,参其《刘向评传(附刘歆评传)》,南京大学出版社,2005年,第64页。
⑥ [南朝梁]萧统编,[唐]李善注:《文选》卷三十四,第4册,第1559—1573页。

见强识之君子,随侍左右,"承间语事",以"要言妙道","变度易意",便不难抵御"淹沈之乐,浩唐之心,遁佚之志"的侵蚀,恢复健康。于是,接下来吴客从音乐、饮食、车马、游宴、田猎、观涛和谈论等七个方面,铺陈描写,逐层深入,耸其听闻,启其心智。终使太子"据几而起","涊然汗出,霍然病已"。这不能不使我们联想到孟子为齐宣王讲齐桓、晋文之事的情景。孟子问王之所欲:"为肥甘不足于口与？轻煖不足于体与？抑为采色不足视于目与？声音不足听于耳与？便嬖不足使令于前与？王之诸臣皆足以供之,而王岂为是哉？"——排除,逼出王之所欲,进而再说之以儒家之仁政。其游说方式或对枚乘有启发。

《七发》中描写广陵观涛,最为壮观:

似神而非者三:疾雷闻百里,江水逆流,海水上潮,山出内云,日夜不止,衍溢漂疾,波涌而涛起。其始起也,洪淋淋焉,若白鹭之下翔;其少进也,浩浩溰溰,如素车白马帷盖之张;其波涌而云乱,扰扰焉如三军之腾装;其旁作而奔起也,飘飘焉如轻车之勒兵。六驾蛟龙,附从太白,纯驰浩霓,前后络绎。颙颙卬卬,椐椐强强,莘莘将将。壁垒重坚,杳杂似军行。訇隐匈磕,轧盘涌裔,原不可当。观其两傍,则滂渤怫郁,暗漠感突,上击下律,有似勇壮之卒,突怒而无畏,蹈壁冲津,穷曲随隈,逾岸出追,遇者死,当者坏。初发乎或围之津涯,荄轸谷分。回翔青篾,衔枚檀桓,弭节伍子之山,通厉骨母之场。凌赤岸,彗扶桑,横奔似雷行,诚奋厥武,如振如怒,沌沌浑浑,状如奔马;混混庉庉,声如雷鼓。发怒庢沓,清升逾跇,侯波奋振,合战于藉藉之口。鸟不及飞,鱼不及回,兽不及走。纷纷翼翼,波涌云乱。荡取南山,背击北岸,覆亏丘陵,平夷西畔。险险戏戏,崩坏陂池,决胜乃罢。澶汩潺湲,披扬流洒,横暴之极。鱼鳖失势,颠倒偃侧,沈沈湲湲,蒲伏连延。神物怪疑,不可胜言。直使人跻焉,泂暗凄怆焉。此天下怪异诡观也。①

铺张排比,极尽夸张、渲染之能事,正如刘勰所说的:"枚乘摛艳,首制《七发》,腴辞云构,夸丽风骇。"②汉大赋之体,至此业已形成。

有意思的是,战国策士游说进谏的风气,不但在汉初仍然兴盛,以至枚乘会说七事以为刘辟非疗病,而且,这种风气直到汉宣帝的时候,仍在延续着。当时,太子刘奭(即后来的元帝)因爱妾去世,精神恍惚,"苦忽忽善忘,不乐。诏使(王)褒等皆之太子宫虞侍太子,朝夕诵读奇文及所自造作。疾平复,乃归。太子喜褒所为《甘泉》及《洞箫颂》,令后宫贵人左右皆诵读之"③。而汉宣帝正是一个酷爱歌诗赋颂的人。

总之,从春秋时期公卿士大夫在一些特定的政治和外交场合下的赋《诗》言志,到战国时期士人的隐语讽谏和游说进谏,再到汉初枚乘的《七发》,汉赋的萌发、演进之迹,皦然分明,可以无疑矣。至于"赋者,古诗之流也"的说法,不过是用经学的眼光所作的一种赋学批评而已。在我看来,不是《诗》影响了赋,而是赋《诗》的风气促成了汉赋的产生(这也是赋之得名的主要原因。前引周师勋初之文,已明确指出,赋的得名是"由赋诗之事而来")。《诗经》本身,无论如何演进,恐怕也产生不了赋。至于楚辞,原是特定的楚地文化熏染下的抒情诗(所以,历来的目录学著作都将其单独分类),汉以后拟作甚多,加之又受汉赋影响,遂有所谓骚体赋的出现,但在以屈原的作品为主要代表的楚辞与汉大赋之间,却并没有直接的联系。

汉大赋既然出于战国时期策士的游说进谏之辞,则它的创作,无论讽谏或歌颂,都往往有着鲜明的政治动机和目的,而非如诗歌之抒情言

---

① [南朝梁]萧统编,[唐]李善注:《文选》卷三十四,第4册,第1570—1572页。
② [南朝梁]刘勰著,詹锳义证:《文心雕龙义证》卷三《杂文》,上册,第491页。
③ [汉]班固撰,[唐]颜师古注:《汉书》卷六十四下《王褒传》,第9册,第2829页。

志。像司马相如的大赋创作,是在梁孝王处游幕时起步的。其后又作《天子游猎赋》,假托子虚、乌有和无是公之辞,"以推天子诸侯之苑囿。其卒章归之于节俭,因以风谏"①。而班固的《两都赋》,原为反对迁都而作②,张衡写《两京赋》,则是要讽诫朝野上下的奢侈之风。目的都很明确。

为了达到游说进谏的目的,策士们必极尽游说进谏之能事,夸饰扬厉,铺张渲染,纵横捭阖,以耸动人主。而汉大赋的创作亦承战国游说进谏之风,并无二致。只是铺张夸饰过分,讽谏的目的反为之所隐,"劝百讽一",就在所难免了。

至于汉赋又往往体分主客,其实这仍是春秋战国公卿士大夫在对问之际游说进谏遗留下来的痕迹。或以为又受到兵家论说分别主客的

---

① [汉]司马迁撰,[南朝宋]裴骃集解,[唐]司马贞索隐,[唐]张守节正义:《史记》卷一百十七《司马相如传》,第9册,第3002页。

② 缪钺先生有文章专论此事,请参其《〈文选〉赋笺》(载《缪钺全集》,河北教育出版社,2004年,第2卷,第40—42页)。然尚可进一步由此探讨汉大赋发展转变的趋向。班固《两都赋序》曰:"臣窃见海内清平,朝廷无事,京师修宫室,浚城隍,起苑囿,以备制度。西土耆老,咸怀怨思,冀上之眷顾,而盛修长安旧制,有陋雒邑之议。故臣作《两都赋》,以极众人之所眩曜,折以今之法度。"就山川形势来看,东都洛阳并不比长安为优,然班固既主张都洛,而反对迁都,就势必要从其他方面来夸饰东都洛阳的好处,于是,他"究汉德之所由"、"体元立制,继天而作,系唐统,接汉绪,茂育群生,恢复疆宇",大讲"案六经而校德,眇古昔而论功,仁圣之事既该,而帝王之道备矣"。其实,都长安又何尝不可"体元立制,继天而作,系唐统,接汉绪,茂育群生,恢复疆宇"?班固明知洛阳的山川形势不如长安,但仍要夸饰一番,于是也不得不从其他方面入手,说:"且夫僻界西戎,险阻四塞,修其防御,孰与处乎土中,平夷洞达,万方辐凑。秦岭九嵕,泾渭之川,曷若四渎五岳,带河溯洛,图书之渊。建章甘泉,馆御列仙,孰与灵台、明堂,统和天人。太液昆明,鸟兽之囿,曷若辟雍海流,道德之富。游侠逾侈,犯义侵礼,孰与同履法度,翼翼济济也。"还特别强调其所论,"义正乎杨雄,事实乎相如,匪唯主人之好学,盖乃遭遇乎斯时也"。讲"义正"之外,还讲"事实",这就直接影响了左思的《三都赋》。左思《三都赋序》曰"美物者贵依其本,赞事者宜本其实","其山川城邑,则稽之地图,其鸟兽草木,则验之方志。风谣歌舞,各附其俗。魁梧长者,莫非其旧",便都是从班固那里引逗出来的。

形式的影响①,自然也不矛盾。

　　综上,汉赋应直接源于战国纵横家的游说进谏之辞。我不赞同"赋者,古诗之流也"的说法,那不过是汉人用经学的眼光所作的一种赋学批评而已。不是《诗》影响了赋,而是赋《诗》的风气促成了汉赋的产生(这也是赋之得名的主要原因)。我也不赞同赋源于《楚辞》的看法。《楚辞》原是楚文化熏染下的抒情诗,汉以后拟作甚多,加之又受汉赋影响,遂有所谓骚体赋的出现,但在以屈原的作品为主要代表的楚辞与汉大赋之间,却并没有直接的联系。至于汉赋多源之说,实未说出汉赋产生的源头究在何处,也是我所不能同意的。

---

① 临沂银雀山汉墓出土《孙膑兵法》,有《客主人分》:"兵有客之分,有主人之分。客之分众,主人之分少。客负(倍),主人半,然可敌也。……客者,后定者也,主人按地抚势以胥。"(银雀山汉墓竹简整理小组:《临沂银雀山汉墓出土〈孙膑兵法〉释文》,《文物》1975年第1期)马王堆汉墓出土《伊尹·九主》等,亦对话体。《汉书·艺文志》杂赋类著录有《客主赋》。故《文心雕龙·诠赋》云:"遂客主以首引,极声貌以穷文,斯盖别《诗》之原始,命赋之厥初也。"(《文心雕龙义证》卷二,第277页)

第四章　魏晋"才性论"与刘勰《文心雕龙》"风骨论"

关于刘勰《文心雕龙》"风骨论"的研究,学术界已有丰富的积累,然刘勰所论"风骨",内涵究竟如何,历来众说纷纭,迄今并无一致的看法。① 此章拟从"才性论"入手,探讨其理论来源和内涵,证之以相关作品。或有同于旧谈者,非雷同也;有异于前人者,亦非故求其异,希望能推动这一问题的进一步深入讨论。

一、"才性论"溯源

中国古代文学理论和批评史上的许多概念,往往都有其产生的理论来源,刘勰的"风骨论"也不例外。而欲论风骨,必先明才性。

先秦诸子谈人性多而谈才智少。孔子虽然说过"性相近也,习相远也"②,也说过"唯上智与下愚不移"③,"如有周公之才之美,使骄且吝,其余不足观也已"④,但才性问题还是谈得很少⑤。孟子、告子等对

---

① 陈耀南先生曾列出 10 组 57 种对风骨的不同解释,参其《〈文心〉"风骨"群说辨疑》,〔日〕户田浩晓等著,曹顺庆编《文心同雕集》,成都出版社,1990 年。
② [宋]朱熹:《四书章句集注·论语集注》卷九《阳货》,第 175 页。
③ 同上书,第 176 页。
④ 同上书卷四《泰伯》,第 105 页。
⑤ 子贡曰:"夫子之文章,可得而闻也;夫子之言性与天道,不可得而闻也。"([宋]朱熹:《四书章句集注·论语集注》卷三《公冶长》,第 79 页)

人性的讨论很多,然很少谈到人才问题。告子主张性无善恶,谓:"生之谓性。""性犹湍水也,决诸东方则东流,决诸西方则西流。人性之无分于善不善也,犹水之无分于东西也。"孟子则批评告子的看法,说:"水信无分于东西,无分于上下乎?人性之善也,犹水之就下也。人无有不善,水无有不下。今夫水,搏而跃之,可使过颡;激而行之,可使在山。是岂水之性哉?其势则然也。人之可使为不善,其性亦犹是也。"①他从自然之性和伦理道德两方面来看待人性,认为人性原本是向善的。②倒是荀子既关注人性问题,又论及人才。在人性问题上,荀子不赞同孟子的看法,他提出:"人之性恶,其善者伪也。今人之性,生而有好利焉,顺是,故争夺生而辞让亡焉;生而有疾恶焉,顺是,故残贼生而忠信亡焉;生而有耳目之欲,有好声色焉,顺是,故淫乱生而礼义文理亡焉。"于是他又认为:"必将有师法之化,礼义之道,然后出于辞让,合于文理,而归于治。"③但荀子并不认为人性的恶是完全不可改变的,因为人性既有伦理道德的属性,那就是可以改变的。荀子特别重视人的后天的学习和教育,主张"学不可以已",以为只要通过学习和努力,人在才性上的不足便可以得到弥补。比如他说:"蹞步而不休,跛鳖千里;累土而不辍,丘山崇成;厌其源,开其渎,江河可竭;一进一退,一左一右,六骥不致。彼人之才性之相县也,岂若跛鳖之与六骥足哉?然而跛鳖致之,六骥不致,是无他故焉,或为之,或不为尔。"④荀子甚至还以后天修养和努力的程度来论人才性的高下。他说:"志不免于曲私而

---

① [宋]朱熹:《四书章句集注·孟子集注》卷十一《告子》上,第325页。
② 孟子偶尔也谈到人才的问题。比如他说:"富岁,子弟多赖;凶岁,子弟多暴。非天之降才尔殊也,其所以陷溺其心者然也。"([宋]朱熹:《四书章句集注·孟子集注》卷十一《告子》上,第329页)他这里说的"才",其实也是"性"的意思。
③ [清]王先谦:《荀子集解》卷十七《性恶》,第434—435页。
④ 同上书卷一《修身》,第32页。

第四章　魏晋"才性论"与刘勰《文心雕龙》"风骨论"

冀人之以己为公也,行不免于污漫而冀人之以己为修也,其愚陋沟瞀而冀人之以己为知也,是众人也。志忍私然后能公,行忍情性然后能修,知而好问然后能才,公修而才,可谓小儒矣。志安公,行安修,知通统类,如是则可谓大儒矣。大儒者,天子三公也。小儒者,诸侯大夫士也。众人者,工农商贾也。"①这些看法对后世都产生了很大的影响。

汉初,淮南王刘安及其僚属杂糅黄老儒墨名法等多家学说,撰为《鸿烈》(《淮南子》)二十一篇,其论人性曰:"人生而静,天之性也;感而后动,性之害也。"②又曰:"原人之性,芜濊而不得清明者,物或堁之也。羌、氐、僰、翟,婴儿生皆同声,及其长也,虽重象狄鞮,不能通其言,教俗殊也。今三月婴儿,生而徙国,则不能知其故俗。由此观之,衣服礼俗者,非人之性也,所受于外也。……人之性无邪,久湛于俗则易。易而忘本,合于若性。故日月欲明,浮云盖之;河水欲清,沙石濊之。人性欲平,嗜欲害之。"③这与告子的看法相似,都主张人性自然,本无善恶,后天染习,遂有差异。但其以"静"论性,又将"衣服礼俗"排除在人性之外,显然又融合了道家的说法。书中又论及人才,以为尧、舜、禹、文王、皋陶、契、羿、苍颉等,皆为圣贤才俊,生而知之,而中人以下,若无其才质,便"弃学而循性",那就如同"释船而欲蹠水也"。君子"闲居静思,鼓琴读书,追观上古,及贤大夫,学问讲辩,日以自娱,苏援世事,分白黑利害,筹策得失,以观祸福,设仪立度,可以为法则,穷道本末,究事之情,立是废非,明示后人,死有遗业,生有荣名。如此者,人才之所能逮。然而莫能至焉者,偷慢懈惰,多不暇日之故"④。这又与荀子论才

---

① [清]王先谦:《荀子集解》卷四《儒效》,第145页。
② 刘文典:《淮南鸿烈集解》卷一《原道训》,冯逸、乔华点校,中华书局,1989年,第10—11页。
③ 同上书卷十一《齐俗训》,第352页。
④ 同上书卷十九《修务训》,第647—648页。

性的观点相近,都特别强调后天学习的重要性,认为只有经过学习和锻炼,才能成为品德高尚和有才能的人。这里讲"穷道本末,究事之情"等,也有道家思想的因素。

东汉的王充在《论衡》中讨论才性问题较多。按他的说法,"临事知愚,操行清浊,性与才也"①。这与前人并没有什么不同,然而在解释才性的形成和差异上,他引入了"气"的概念,用自然的原因,说明人性的善恶,增加了新的思想因素。同时,他所说的"性",又明显地包含了人的性格因素。他认为,人禀气而生,"禀气有厚泊,故性有善恶也"。"豆麦之种,与稻粱殊,然食能去饥。小人君子,禀性异类乎?譬诸五谷皆为用,实不异而效殊者,禀气有厚泊,故性有善恶也。残则授[不]仁之气泊,而怒则禀勇渥也。仁泊则戾而少愈,勇渥则猛而无义,而又和气不足,喜怒失时,计虑轻愚。妄行之人,罪故为恶。……西门豹急,佩韦以自缓;董安于缓,带弦以自促。急之与缓,俱失中和,然而韦弦附身,成为完具之人。能纳韦弦之教,补接不足,则豹、安于之名可得参也。"②性之善恶贤愚,虽由禀气之厚薄所决定,然人性或有缺陷和不足,后天仍可设法弥补。故又谓:"凡人君父审观臣子之性,善则养育劝率,无令近恶;近恶则辅保禁防,令渐于善。善渐于恶,恶化于善,成为性行。"③譬如"蓬生麻间,不扶自直;白纱入缁,不染自黑。此言所习善恶,变易质性也。儒生之性,非能皆善也,被服圣教,日夜讽咏,得圣人之操矣"④。如同人性的各有善恶,人才也有高下之别,而且这种差别同样也是通过后天的学习和锻炼可以弥补的。"儒生之所以过文吏

---

① 黄晖校释:《论衡校释》卷一《命禄》,中华书局,1990年,第1册,第20页。
② 同上书卷二《率性》,第1册,第81页。
③ 同上书,第68页。此谓中人之性,然若中人以上或中人以下,则是不能变易的,参其《本性》篇。
④ 同上书卷十二《程材》,第2册,第545页。

者,学问日多,简练其性,雕琢其材也。故夫学者所以反情治性,尽材成德也。材尽德成,其比于文吏,亦雕琢者,程量多矣。"①从"尽材成德"和"材尽德成"的话可以看出,王充在才与性的关系问题上,是主张才与性合,即以才辅德(性)的。汉末的荀悦大致也持此种看法。其《申鉴·杂言下》曰:"古之所以谓才也本,今之所谓才也末也。然则以行之贵也,无失其才,而才有失。先民有言:'适楚而北辕者,曰:"吾马良,用多,御善。"'此三者益侈,其去楚亦远矣。遵路而骋,应方而动,君子有行,行必至矣。""或问:'圣人所以为贵者,才乎?'曰:'合而用之,以才为贵。分而行之,以行为贵。'"②德行(性)为首,其次是才,如能德才兼备,自是理想人格。

东汉以察举、征辟取士,士风以名行相高,所以王充等论人性亦以德行持论,而以才学辅之。至东汉末,社会政治变乱,以往以德行取士的标准随之动摇,而强调人才的重要和以才取士,则在学理上和实际政治生活中逐渐成为一种新的风气。倡导此风气的代表便是曹操。他虽然一方面仍在慨叹"丧乱已来,十有五年,后生者不见仁义礼让之风,吾甚伤之"③;但另一方面,仅据《三国志·魏书》卷一《武帝纪》的记载,从建安八年(203)到二十二年的十五年间,他就多次颁布求才令,如建安八年下令曰:"议者或以军吏虽有功,德行不足堪任郡国之选,所谓'可与适道,未可与权'。管仲曰:'使贤者食于能则上尊,斗士食于功则卒轻于死,二者设于国则天下治。'未闻无能之人,不斗之士,并受禄赏,而可以立功兴国者也。故明君不官无功之臣,不赏不战之

---

① 黄晖校释:《论衡校释》卷十二《量知》,第 2 册,第 546 页。
② [汉]荀悦撰,[明]黄省曾注,孙启治校补:《申鉴注校补·杂言》下,中华书局,2012 年,第 183—187 页。
③ [晋]陈寿撰,[南朝宋]裴松之注:《三国志》卷一《魏书·武帝纪》,陈乃乾校点,中华书局,1982 年,第 24 页。

士。治平尚德行,有事赏功能。论者之言,一似管窥虎欤?"①又,建安十五年令曰:"自古受命及中兴之君,曷尝不得贤人君子与之共治天下者乎?及其得贤也,曾不出闾巷,岂幸相遇哉?上之人不求之耳。今天下尚未定,此特求贤之急时也。'孟公绰为赵、魏老则优,不可以为滕、薛大夫。'若必廉士而后可用,则齐桓其何以霸世!今天下得无有被褐怀玉而钓于渭滨者乎?又得无盗嫂受金而未遇无知者乎?二三子其佐我明扬仄陋,唯才是举,吾得而用之。"②这种"治平尚德行,有事赏功能"和"唯才是举"的策略,在政治上产生了重要的影响。

曹氏统治集团中的士人无疑是重才智的。比如徐幹《中论·智行》篇便论道:"或曰:苟有才智,而行不善,则可取乎?对曰:何子之难喻也?……管仲背君事仇,奢而失礼,使桓公有九合诸侯、一匡天下之功。仲尼称之曰:'微管仲,吾其被发左衽矣。'召忽伏节死难,人臣之美义也,仲尼比为匹夫匹妇之为谅矣。是故圣人贵才智之特能立功、立事,益于世矣。如愆过多,才智少,作乱有余而立功不足,仲尼所以避阳货而诛少正卯也。何谓可取乎?汉高祖数赖张子房权谋,以建帝业。四皓虽美行,而何益夫倒悬?此固不可同日而论矣。"③在徐幹看来,真正有才智的人必能行善立功,而才智不足则更谈不到行善。立功、立事成了判断才性的标准。再如刘劭,更以实立名,因名取人,撰为《人物志》,由"性"而统驭德、才,进而辨别各类人才的禀赋、特征等,为当时的官吏考课提供了理论依据。

然而,承东汉以来传统观念者亦不乏其人。如卢毓,"于人及选举,先举性行,而后言才。黄门李丰尝以问毓,毓曰:'才所以为善也,

---

① [晋]陈寿撰,[南朝宋]裴松之注:《三国志》卷一《魏书·武帝纪》裴松之注引《魏书》,第24页。

② 同上书卷一《魏书·武帝纪》,第24页。

③ [三国魏]徐幹撰,孙启治解诂:《中论解诂·智行》,中华书局,2014年,第151页。

故大才成大善,小才成小善。今称之有才而不能为善,是才不中器也。'丰等服其言"①。就与曹操唯才是举的法令不合。②

这种对才性关系的讨论,在魏晋时期成了士人清谈的重要内容之一。《世说新语·文学》篇"锺会撰《四本论》始毕"条刘孝标注引《魏志》:"(锺)会论才性同异,传于世。'四本'者,言才性同、才性异、才性合、才性离也。尚书傅嘏论同,中书令李丰论异,侍郎锺会论合,屯骑校尉王广论离。"③以异同离合论才性者,当然还不止《魏志》所载的这四个人。魏晋之际的袁准,即属于才性同一派。其所撰《才性论》,有谓:"曲直者,木之性也;曲者中钩,(直)者(中)绳,轮桷之材也。贤不肖者,人之性也;贤者为师,不肖者为资,师资之材也。然则性言其质、才名其用明矣。"④

才性的异同离合,在东晋仍为清谈的重要话题。据《世说新语·文学》篇载,殷浩就是一位擅长谈辩"才性四本"的能手,或称其"虽思虑通长,然于才性偏精,忽言及'四本',便若汤池铁城,无可攻之势"⑤。其他像阮裕、谢万等人,谈论才性,亦"精义入微,闻者皆嗟味之"⑥。甚至到了南朝以后,才性论仍是"言家口实"。《南史》卷七十五《顾欢传》载:"会稽孔珪尝登岭寻欢,共谈'四本'。欢曰:'兰石危而密,宣国

---

① [晋]陈寿撰,[南朝宋]裴松之注:《三国志》卷二十二《魏书·卢毓传》,第3册,第652页。

② 在"才性论"问题上的不同看法,也反映了其政治上的不同企向,详参陈寅恪先生《书世说新语文学类锺会撰四本论始毕条后》,载《金明馆丛稿初编》,生活·读书·新知三联书店,2001年,第47—54页。

③ [南朝宋]刘义庆著,[南朝梁]刘孝标注,余嘉锡笺疏:《世说新语笺疏》(修订本),上海古籍出版社,1993年,第195页。

④ [唐]欧阳询:《艺文类聚》卷二十一《人部》五"性命",第386页。

⑤ 《世说新语·文学》"殷中军虽思虑通长"条。徐震堮:《世说新语校笺》,中华书局,1984年,第120页。

⑥ [唐]房玄龄等:《晋书》卷四十九《阮裕传》,中华书局,1974年,第5册,第1368页。

安而疏,士季似而非,公深谬而是。总而言之,其失则同;曲而辩之,其涂则异。何者?同昧其本而竞谈其末,犹未识辰纬而意断南北。群迷暗争,失得无准,情长则申,意短则屈。所以四本并通,莫能相塞。夫中理唯一,岂容有二?四本无正,失中故也。'于是著《三名论》以正之。尚书刘澄、临川王常侍朱广之,并立论难,与之往复,而广之才理尤精诣也。"①

从先秦诸子的以善恶论人性,到西汉淮南王的人性虚静自然说和东汉王充论人禀气而生,气有厚薄,人的操行和性格亦有差异,再到汉末魏初的唯才是举和魏晋、南朝清谈话题中的才性之辨,"才性论"的发展经历了一个漫长而复杂的过程。从重视操行到重视才能、辨别才性,实际上在某种程度上所反映的,是士人人格的自觉和个性的凸显以及人对自身认识水平的提高。② 生活于齐梁之际的刘勰,不但对才性之辨的理论话题十分熟悉,而且,事实上已自觉地将这种才性理论运用到了其文章学理论的体系之中。

刘勰《文心雕龙》中有《才略》一篇,以才略历评秦汉以来的作家作品,且全书讨论为文之用心,多从作家和文学创作、文体发展的实际出发,而既从具体的作家作品去论证和建构其理论体系或树立范畴,凡所举证,也就往往是由人性而及才、气,由才、气而及文章的,"盖沿隐以至显,因内而符外者也"③。比如他论体性,由人而及文,说"因性以练才","才有庸俊,气有刚柔,学有浅深,习有雅郑,并情性所铄,陶染所凝","触类以推,表里必符,岂非自然之恒资,才气之大略哉",说"八体屡迁,功以学成,才力居中,肇自血气;气以实志,志以定言,吐纳英华,

---

① [唐]李延寿:《南史》卷七十五,中华书局,1975年,第6册,第1875页。

② 关于汉晋士人的自觉,可参余英时《汉晋之际士之新自觉与新思潮》,载其所著《士与中国文化》,上海人民出版社,1987年。

③ 此借用《文心雕龙·体性》篇语,见周勋初《文心雕龙解析》,第475页。

莫非情性";①论才略,说"才难然乎,性各异禀"②;论养气,说"率志委和,则理融而情畅;钻砺过分,则神疲而气衰:此性情之数也"③;论情采,说"铅黛所以饰容,而盼倩生于淑姿;文采所以饰言,而辩丽本于情性"④;等等,皆是其例。自然,刘勰论风骨也不能例外。至于他所说的才性的涵义,于前人尤其是王充等人之说,原多所吸取。他所谓"性",多是指人的自然之性;所谓"才",指人的先天禀赋和才质;而所谓"气",则主要是指人的气质和性格。他不但主张人性自然,而且也是认为才、气出于人性自然,文章出于人性自然的。

二、"风骨论"与曹丕"文气论"和刘劭《人物志》

刘勰的"风骨论"尚有其他来源,那就是曹丕的《典论·论文》和刘劭的《人物志》。它与曹丕的"文气说"既有着密切的联系,同时也吸收了以刘劭《人物志》为代表的魏晋以后的人物品评理论。

其实,刘勰在《文心雕龙·风骨》篇中已透露了这一消息。在对风骨的概念作了具体论述后,刘勰紧接着就说:

> 故魏文称:"文以气为主,气之清浊有体,不可力强而致。"故其论孔融,则云"体气高妙"。论徐幹,则云"时有齐气"。论刘桢,则云"有逸气"。公幹亦云:"孔氏卓卓,信含异气,笔墨之性,殆不可胜。"并重气之旨也。⑤

---

① 以上俱见《文心雕龙·体性》篇,周勋初《文心雕龙解析》,第479—481页。
② [南朝梁]刘勰:《文心雕龙·才略》,周勋初《文心雕龙解析》,第768页。
③ [南朝梁]刘勰:《文心雕龙·养气》,周勋初《文心雕龙解析》,第654页。
④ [南朝梁]刘勰:《文心雕龙·情采》,周勋初《文心雕龙解析》,第526页。按:以上所引之文多并言"情性",虽较前人论"性"为宽泛(增加了"情"的因素),然仍是偏于性的。
⑤ [南朝梁]刘勰:《文心雕龙·风骨》,周勋初《文心雕龙解析》,第491—492页。

显然,刘勰是把曹丕的"文气说"作为自己论说的直接依据的。所以,清人黄叔琳对这段话的批语是:"气是风骨之本。"而纪昀又纠正之,曰:"气即风骨,更无本末。此评未是。"①二者虽看法仍有差别,然都注意到气与风骨的密切联系,这对后人无疑是有启发的。

刘勰所引的曹丕的话是我们所熟悉的。曹丕在《典论·论文》中说:"文以气为主。气之清浊有体,不可力强而致。譬诸音乐,曲度虽均,节奏同检,至于引气不齐,巧拙有素,虽在父兄,不能以移子弟。"又评:"王粲长于辞赋;徐幹时有齐气,然粲之匹也。如粲之《初征》《登楼》《槐赋》《征思》,幹之《玄猿》《漏卮》《圆扇》《橘赋》,虽张、蔡不过也。然于他文未能称是。琳、瑀之章表书记,今之隽也。应玚和而不壮。刘桢壮而不密。孔融体气高妙,有过人者,然不能持论,理不胜词,以至乎杂以嘲戏,及其所善,杨、班俦也。"②曹丕所谓的"气",主要是指作家的性格、气质、才能等先天的禀赋;由于作家自身的"气"或曰"齐",或曰"高妙",等等,各不相同,反映到文章中,也就会形成不同的面貌。

曹丕在其他文章中也曾用到"气"的概念。如他在《玉玦赋》和《玛瑙勒赋》中写道:

---

① 黄霖编著:《文心雕龙汇评》,上海古籍出版社,2005年,第100页。黄季刚先生认为黄叔琳之说"未为大缪,盖专以性气立言也。纪氏驳之谓气即风骨,更无本末"(黄侃:《文心雕龙札记》,中华书局,1962年,第101页)。又,敏泽先生采取纪昀的看法,认为刘勰之所谓"风"就是"气"(参其《中国美学思想史》,齐鲁书社,1987年,第532—533页),然未展开论述。汪涌豪先生撰《风骨的意味》,讨论诗歌风骨的生成机制,则较细致地论述了气与风骨的联系,认为刘勰所谓气是指被"生命本原所鼓荡,而导致周流于胸中的充沛亢进的精神动力",它与"风骨"有着内在的逻辑联系,因为二者"都有取充沛亢进、奋发昂扬的品格",而作品的精神风貌,"正来自这种精神性'气'的激发"(《风骨的意味》,百花洲文艺出版社,2001年,第216页)。然他合风骨而论之,刘勰本意非如此。

② [南朝梁]萧统编,[唐]李善注:《文选》卷五十二,第6册,第2270—2271页。

第四章　魏晋"才性论"与刘勰《文心雕龙》"风骨论"

> 有昆山之妙璞，产曾城之峻崖。潄丹水之炎波，荫瑶树之玄枝。包黄中之纯气，抱虚静而无为。应九德之淑懿，体五材之表仪。①

> 有奇章之珍物，寄中山之崇冈。禀金德之灵施，含白虎之华章；扇朔方之玄气，喜南离之炎阳；歊中区之黄采，曜东夏之纯苍。苞五色之明丽，配皎日之流光。②

认为玉玦之所以美，也像杰出的人才一样，是具有先天禀赋的"纯气"；同样，玛瑙勒所以美，也是吸纳了东西南北中的天地之气的结果。这里表现出的思想很驳杂，有儒家思想，也有道家、阴阳五行家的思想。如果我们再去追溯曹丕"文气说"的来源，则又是直接来自东汉王充的"元气论"。③ 曹丕的贡献，在于他不但吸收了王充的自然"元气论"，而且将其引入到文论之中。而刘勰则一方面承继了曹丕《典论·论文》中的观点，另一方面又从刘劭的《人物志》中汲取营养，从而进一步发展了曹丕的"文气论"。

刘劭《人物志·九征》有云：

> 盖人物之本，出乎情性；情性之理，甚微而玄，非圣人之察，其孰能究之哉？凡有血气者，莫不含元一以为质，禀阴阳以立性，体五行而著形（刘昞注：骨劲筋柔，皆禀精于金木）。苟有形质，犹可即而求之。

> 凡人之质量，中和最贵矣。中和之质，必平淡无味，故能调成

---

① ［清］严可均编：《全上古三代秦汉三国六朝文·全三国文》卷四，中华书局，1958年，第2册，第2148页。

② 同上书，第2149页。

③ 关于此点，李泽厚、刘纲纪先生在其《中国美学史》第三编"魏晋南北朝美学思想"第一章第二节"曹丕的《典论·论文》"（安徽文艺出版社，1999年，第24—55页）中曾有论述，此不赘。

五材,变化应节……

若量其材质,稽诸五物,五物之征,亦各著于厥体矣。其在体也,木骨、金筋、火气、土肌、水血,五物之象也。五物之实,各有所济。是故骨植而柔者,谓之弘毅。弘毅也者,仁之质也。气清而朗者,谓之文理。文理也者,礼之本也。体端而实者,谓之贞固。贞固也者,信之基也。筋劲而精者,谓之勇敢。勇敢也者,义之决也。色平而畅者,谓之通微。通微也者,智之原也。五质恒性,故谓之五常矣。

五常之别,列为五德。是故温直而扰毅,木之德也(刘昞注:温而不直则懦,扰而不毅则挫)。刚塞而弘毅,金之德也。愿恭而理敬,水之德也。宽栗而柔立,土之德也。简畅而明砭,火之德也(刘昞注:简而不畅则滞,明而不砭则翳)。虽体变无穷,犹依乎五质……

夫容之动作,发乎心气,心气之征,则声变是也。……是故直而不柔则木,劲而不精则力,固而不端则愚,气而不清则越,畅而不平则荡。是故中庸之质,异于此类。……性之所尽,九质之征也。然则平陂之质在于神,明暗之实在于精,勇怯之势在于筋,强弱之植在于骨,躁静之决在于气,惨怿之情在于色,衰正之形在于仪,态度之动在于容,缓急之状在于言。其为人也,质素平澹,中睿外朗,筋劲植固,声清色怿,仪正容直,则九征皆至,则纯粹之德也。九征有违,则偏杂之材也。①

又,《人物志·八观》曰:

(八观者,三曰观其至质)何谓观其至质,以知其名?凡偏材

---

① 李崇智:《〈人物志〉校笺》卷上,巴蜀书社,2001年,第15—34页。

之性,二至以上,则至质相发,而令名生矣(刘昞注:二至,质气之谓也。质直气清,则善名生矣)。是故骨直气清,则休名生焉(刘昞注:骨气相应,名是以美);气清力劲,则烈名生焉(刘昞注:气既清矣,力劲则烈)。……是故观其所至之多少,而异名之所生可知也。①

在刘劭看来,人禀元气(元气又分阴阳)而成性、体五行而成形。"物生有形,形有神精"②,由五行(木、金、火、水、土)所化生的人的五质(骨、筋、气、肌、血)③,是分别反映着人的"才性"("五质恒性,故谓之五常":仁、义、礼、信、智)禀赋和修养的程度与特征的。最理想的人格,是"质素平澹,中睿外朗,筋劲植固,声清色怿,仪正容直",九征皆至,道德纯粹的圣人,否则便是偏杂之才。比如,即使是禀得木、金之德的人,骨骼端直而柔韧,性格仁厚弘毅;禀得火德的人,气质清纯而明朗,比较温文尔雅,"骨直气清",可获称美名了,然若与圣人相比,仍属于偏杂之才。可见,刘劭在这里所谈的"气、骨",仍主要是人的先天禀赋和才性、气质问题。至于其理论的来源,大致与曹丕一样,也是杂糅儒、道、阴阳五行等各家的思想,并深受东汉王充影响的。

刘勰《文心雕龙·风骨》篇讨论风骨,其提出问题、思考问题的方式和角度,同样是人的先天禀赋、性格和气质。这一点,刘勰原本就讲得很清楚。在具论风骨并引据曹丕的"文气论"之后,接下来他有一段话:

> 夫翚翟备色,而翾翥百步,肌丰而力沈也。鹰隼乏采,而翰飞戾天,骨劲而气猛也。文章才力,有似于此。若风骨乏采,则鸷集

---

① 李崇智:《〈人物志〉校笺》卷中,第165—166页。
② 同上书卷上《九征》,第29页。
③ 加"色、仪、容、言"则为"九质"。

翰林;采乏风骨,则雉窜文囿。唯藻耀而高翔,固文章之鸣凤也。①明以翚翟的"肌丰而力沉"和鹰隼的"翰飞戾天,骨劲而气猛"反正言之,以比喻和说明文章的创作应有"才力",应有"风骨"("文章才力,有似于此")。像刘勰在《才略》篇中评李尤所作赋、铭,有曰:"志慕鸿裁,而才力沉膇,垂翼不飞。"也与此一致。惜这些论述往往为人们所忽略了。

正因为刘勰所论"风骨"是从作家的"才力"上着眼的,所以在《文心雕龙·风骨》篇的最后,他又说道:

> 若夫镕铸经典之范,翔集子史之术,洞晓情变,曲昭文体,然后能孚甲新意,雕画奇辞。昭体故意新而不乱,晓变故辞奇而不黩。若骨采未圆,风辞未练,而跨略旧规,驰骛新作,虽获巧意,危败亦多。岂空结奇字,纰缪而成经矣。《周书》云:"辞尚体要,弗惟好异。"盖防文滥也。然文术多门,各适所好:明者弗授,学者弗师。于是习华随侈,流遁忘反。若能确乎正式,使文明以健,则风清骨峻,篇体光华。能研诸虑,何远之有哉!②

纪昀评此一节,指出作家"才锋既隽,往往纵横逾法,故又补此段,以防其弊"③。极有见地。刘勰这里的论述,正是从作家才力的角度进行的。他认为,对作家来说,纵使你很有才华,也应从各类典范之作中汲取营养,因情为文,依体制辞,以达到"风清骨峻,篇体光华"的理想创作境界。所以,在《风骨》篇赞语中,刘勰又总结道:"情与气偕,辞共体并,文明以健,珪璋乃聘。蔚彼风力,严此骨鲠,才锋峻立,符采克炳。"显然,没有"才锋"的"峻立",也就谈不到文章的"风力"和"骨鲠"。

---

① [南朝梁]刘勰:《文心雕龙·风骨》,周勋初《文心雕龙解析》,第492页。
② 同上书,第494页。
③ 黄霖编著:《文心雕龙汇评》,第101页。

第四章 魏晋"才性论"与刘勰《文心雕龙》"风骨论"

此外,《文心雕龙·风骨》篇的言说方式和话语,也多承自曹丕"文气说"和刘劭的《人物志》。① 例如:"辞之待骨,如体之树骸;情之含风,犹形之包气。结言端直,则文骨成焉;意气骏爽,则文风清焉。""若瘠义肥辞,繁杂失统,则无骨之征也;思不环周,索莫乏气,则无风之验也。"皆是如此。又如,《文心雕龙·宗经》篇论体有六义,有"风清而不杂","事信而不诞","义贞而不回"云云,《辨骚》篇论《楚辞》曰"骨鲠所树,肌肤所附",《体性》篇谓"辞为肌肤,志实骨髓"等等,也都是将曹丕的文气说和魏晋以来的人物品评理论挪移到论文中来的例子。只不过这种挪移,有的时候是直接的,如"缀虑裁篇,务盈守气","思不环周,索莫乏气","翰飞戾天,骨劲而气猛"等等,而更多的时候则是间接的,即刘勰将曹丕、刘劭所谓的"气",转换成了"风"这一概念,而又与"骨"字连用。然不管是直接还是间接的运用,从曹丕的"文气论"和刘劭的人物识鉴理论,到刘勰的"气""风"与"风骨",其间的内在联系是显而易见的;那就是他们都是从人的先天禀赋或情性、气质的层面上提出和认识问题的。

刘勰把曹丕的"气论"和魏晋人物品评理论成功地运用到文章理论中来,并构建起一套完整的"风骨论"话语和理论体系,而不是像魏晋以来的书画理论家们那样,虽然也从人物品评理论中吸取了某些理论要素,却大多不成体系。② 再者,刘勰所论的"气",虽略同于曹丕、刘劭,然他所论的"风",却比前人的"气"论有了重要的发展,而不仅仅是

---

① 刘勰颇称道刘劭之才,如《文心雕龙·时序》篇,述魏明帝时文章之士,即举到刘劭,谓:"何、刘群才,迭相照耀。"(周勋初《文心雕龙解析》,第691页)《才略》篇又评"刘劭《赵都》,能攀于前修"(周勋初《文心雕龙解析》,第757页)。

② 当然,我们并不排除刘勰从书画理论中所受到的启发。此点,学者论之已多(如汪涌豪《风骨的意味》),此处不赘。

在"风"的概念中有意无意地杂糅了儒家诗教的内涵。① 至于刘勰所论的"骨",也是为曹丕所未及的。

三、"风骨论"的理论内涵

先讨论"风"。

刘勰所说的"风",实源于"气",或者说就是"气"。从创作主体的先天禀赋、才质或性格、气质来说,是"气";而从作品,从作家禀赋、性格和气质在作品中的体现或反映来讲,即谓"风"。由"气"到"风","盖沿隐以至显,因内而符外者也"。②

关于"气",刘勰在《文心雕龙》中所论实多,其意大抵偏于人之先天禀赋、性格和气质。比如,《乐府》一篇,叙述乐府发展的历史,称:"魏之三祖,气爽才丽。"③"气"与"才"互文见义。再如,在《体性》篇中,刘勰由人之才性论文体风格,并用"才"与"气",可知二者都属于一种先天的禀赋,很难截然分开。像"才有庸儁,气有刚柔,学有浅深,习有雅郑,并情性所铄,陶染所凝";像"辞理庸儁,莫能翻其才;风趣刚柔,宁或改其气";④像"才力居中,肇自血气。气以实志,志以定言,吐纳英华,莫非情性";像"仲宣躁锐,故颖出而才果;公幹气褊,故言壮而

---

① 像《文心雕龙·风骨》篇中所谓"《诗》总六义,风冠其首,斯乃化感之本源,志气之符契也",就与《毛诗序》所说的"风,风也,教也。风以动之,教以化之。……上以风化下,下以风刺上,主文而谲谏,言之者无罪,闻之者足以戒,故曰风"(《十三经注疏·毛诗正义》卷一,第6、13页)已有不同。

② 范文澜先生已注意到此点,曾谓《风骨》篇"以风为名,而篇中多言气","盖气指其未动,风指其已动"(参其《文心雕龙注》卷六,人民文学出版社,1958年,第516页)。惜限于体例,未及深论。

③ [南朝梁]刘勰:《文心雕龙·乐府》,周勋初《文心雕龙解析》,第133页。

④ [南朝梁]刘勰:《文心雕龙·体性》,周勋初《文心雕龙解析》,第475页。

第四章　魏晋"才性论"与刘勰《文心雕龙》"风骨论"

情骇";①等等,都是例证。又如,在《风骨》篇中,刘勰说道:"意气骏爽,则文风清焉。"②"意气"即情性、才情或气质、气韵。又说:"缀虑裁篇,务盈守气。"③这里所谓"守气",与《养气》篇中所论:"夫耳目鼻口,生之役也;心虑言辞,神之用也。率志委和,则理融而情畅;钻砺过分,则神疲而气衰:此性情之数也。""是以吐纳文艺,务在节宣,清和其心,调畅其气。烦而即舍,勿使壅滞,意得则舒怀以命笔,理伏则投笔以卷怀,逍遥以针劳,谈笑以药倦,常弄闲于才锋,贾余于文勇,使刃发如新,凑理无滞,虽非胎息之万术,斯亦卫气之一方也。"④可以相互参证,都是强调对"才锋""情性"的合理运用。还比如,《杂文》一篇,有曰:"智术之子,博雅之人,藻溢于辞,辞盈乎气,苑囿文情,故日新殊致。宋玉含才,颇亦负俗,始造'对问',以申其志,放怀寥廓,气实使之。"⑤逞才造作,使气放怀,"才"与"气"皆在同一层面。又,《才略》之篇,刘勰遍评历代作家,其出发点即是"才略",而就中的一些具体评论,也是"才""气"互文见义的。像他称赞"贾谊才颖,陵轶飞兔,议惬而赋清,岂虚至哉?枚乘之《七发》,邹阳之《上书》,膏润于笔,气形于言矣"⑥。一曰"才颖,陵轶飞兔",一曰"气形于言","气"即指性格、气质和才情。又称"孔融气盛于为笔,祢衡思锐于为文,有偏美焉"⑦。而《书记》篇中则举"祢衡代书,亲疏得宜,斯又尺牍之偏才也"⑧。可知称孔融"气盛"或祢衡"思锐",也都还属于"偏才"。

---

① ［南朝梁］刘勰:《文心雕龙·体性》,周勋初《文心雕龙解析》,第479页。
② ［南朝梁］刘勰:《文心雕龙·风骨》,周勋初《文心雕龙解析》,第488页。
③ 同上书,第489页。
④ ［南朝梁］刘勰:《文心雕龙·养气》,周勋初《文心雕龙解析》,第654—658页。
⑤ ［南朝梁］刘勰:《文心雕龙·杂文》,周勋初《文心雕龙解析》,第217页。
⑥ ［南朝梁］刘勰:《文心雕龙·才略》,周勋初《文心雕龙解析》,第749页。
⑦ 同上书,第752页。
⑧ ［南朝梁］刘勰:《文心雕龙·书记》,周勋初《文心雕龙解析》,第426页。

"风"与"气",在《文心雕龙》一书中,常常是相提并论的。其意大致皆谓"风"源于"气",是作家的性格、气质和才情在作品中的体现。在《文心雕龙·风骨》篇中,刘勰一开始就说,"风"是"化感之本源,志气之符契"。"风"既是"志气之符契","风"当然是由"气"所决定,合乎"气"(人之性格和才情),与"气"桴鼓相应的。区别只是"风"从作品的角度说,而"气"则是从作家一面来谈的。还是在《风骨》篇中,刘勰论文章应有"风",打了个比方,说:"情之含风,犹形之包气。"这就是说,作品之传达、反映人的思想感情应有个性特色("风"),便如同作家生来就各禀天赋、各有才性一样("气")。再如,刘勰在《文心雕龙·才略》篇中,评"嵇康师心以遣论,阮籍使气以命诗;殊声而合响,异翮而同飞"。又论"刘琨雅壮而多风,卢谌情发而理昭,亦遇之于时势也"①。"师心""使气",当然都是从人的才情和性格上说的,能师心使气,所作便能"异翮而同飞",即有"风"。而刘琨的诗"雅壮而多风",则显然与他能"仗清刚之气"密切相关②。又如,在《体性》篇中,刘勰论述诗文的风格与人的个性的关系,有"风趣刚柔,宁或改其气"③之谓,虽是说作品的风格("风趣")与作家先天的性格、气质("气")一致,与单说"风"尚微有差别,然也是包含着"风"的。

那么,作为一种美学追求,刘勰理想中的文"风"是什么样的呢?简而言之,就是要个性鲜明。在《风骨》篇中,刘勰提出,如果一位作家能够"意气骏爽",那么其"文风"就可以达到"清"的要求("文风清焉")。个性秀拔鲜明("骏爽"),文章的特色自然也是明晰省净的

---

① [南朝梁]刘勰:《文心雕龙·才略》,周勋初《文心雕龙解析》,第757、761页。
② 锺嵘《诗品序》有曰:"郭景纯用隽上之才,变创其体;刘越石仗清刚之气,赞成厥美。"([南朝梁]锺嵘著,曹旭集注:《诗品集注》,上海古籍出版社,1994年,第28页)"清刚之气",在《诗品中》则称"清拔之气"(《诗品集注》,第241页)。
③ [南朝梁]刘勰:《文心雕龙·体性》,周勋初《文心雕龙解析》,第475页。

("清")。这也就是刘勰所说的"深乎风者,述情必显",是"风清而不杂"①。刘勰又说,作家在创作的时候("缀虑裁篇"),应当很重视保持、培养自己的个性和才学("务盈守气"),只有这样,其创作才能做到特色鲜明("刚健既实,辉光乃新")。而反过来,若是"思不环周,索莫乏气",则所写作品也就谈不到有"风"了。所以,刘勰又论述道:"情与气偕,辞共体并,文明以健,珪璋乃聘。蔚彼风力,严此骨鲠,才锋峻立,符采克炳。"②"情与气偕""才锋峻立",是从作家角度讲的,而"文明以健""蔚彼风力,严此骨鲠",则是从文章本身说的。作家的"才锋"得到了充分的展现,文章自然能特色鲜明。

再看刘勰所论之文"骨"。

"骨"的含义似乎比较容易理解。如前文所论,刘劭《人物志》所论的"骨",既然是指构成人体的骨骼,那么将"骨"字移于文章,自然也是与构成文章的最基本的要素,即文辞或语言密不可分的。黄季刚先生曾谓:"骨即文辞。"说:"文之有辞,所以抒写中怀,显明条贯,譬之于物,则犹骨也。""辞之于文,必如骨之于身,不然则不成为辞也。"③指出不能脱离"辞"来谈"骨",是很有道理的。然观《风骨》篇曰:"辞之待骨,如体之树骸";"沉吟铺辞,莫先于骨";"练于骨者,析辞必精";等等,则"骨"又不能简单地等同于"辞"。因此,"骨"作为一种语言表达和美学上的要求,是指的"文辞"应具有的准确和生动的表情达意的功能,具体说就是语言表达应准确畅达、简约雅正。如果说"风"偏于人先天的禀赋和性格、气质在作品中的表现的话,那么"骨"更偏于作家后天学习的积累、修养和锻炼。因为在刘勰看来,文章的语言表达是应

---

① [南朝梁]刘勰:《文心雕龙·宗经》,周勋初《文心雕龙解析》,第35页。
② [南朝梁]刘勰:《文心雕龙·风骨》,周勋初《文心雕龙解析》,第495页。
③ 黄侃:《文心雕龙札记》,第99页。

该不断地学习揣摩、反复锻炼和琢磨推敲的,这样才能达到文章有"骨"的要求。①

刘勰说:"辞之待骨,如体之树骸。""沉吟铺辞,莫先于骨。"意谓文章措辞,应首先考虑的,是如何才能准确生动地表达出作者的主观情性。作家能明白这一道理,文辞必然精到("练于骨者,析辞必精")。而刘勰所认为的最理想的文辞,是准确畅达、简约雅正的文辞,即"结言端直,则文骨成焉",即"捶字坚而难移";"若瘠义肥辞,繁杂失统,则无骨之征也"②。像屈原的《楚辞》,"文辞丽雅",是符合文辞应有"骨"的要求的,故刘勰称"其骨鲠所树,肌肤所附,虽取镕经意,亦自铸伟辞"③。司马相如的《难蜀父老》,"文晓而喻博",刘勰便称赞它"有移檄之骨焉"④。而如果有些作品的文辞片面追求华丽,不加锻炼,"逐末之俦,蔑弃其本",那么虽然用力很多,也只能是"愈惑体要,遂使繁华损枝,膏腴害骨"⑤。像陆机的《晋书限断议》,似很有才华,然"腴辞弗剪",也是"颇累文骨"⑥的。

"风"与"骨",其意既然约略如上所述,那么,"风骨"合为一词,也就是要求文章应当以准确畅达、简约雅正的语言,鲜明生动地表达出作家的才情和个性。《风骨》篇中反复所论:"结言端直,则文骨成焉;意气骏爽,则文风清焉。""确乎正式,使文明以健,则风清骨峻,篇体光华。""情与气偕,辞共体并,文明以健,珪璋乃聘。蔚彼风力,严此骨

---

① 如《封禅》篇中评扬雄的《剧秦美新》,认为它虽不免"诡言遁辞",但因其模仿司马相如《封禅文》,措辞颇用心思,所以仍能称得上是"骨制靡密,辞贯圆通"。
② [南朝梁]刘勰:《文心雕龙·风骨》,周勋初《文心雕龙解析》,第488—489页。
③ [南朝梁]刘勰:《文心雕龙·辨骚》,周勋初《文心雕龙解析》,第86页。
④ [南朝梁]刘勰:《文心雕龙·檄移》,周勋初《文心雕龙解析》,第336页。
⑤ [南朝梁]刘勰:《文心雕龙·诠赋》,周勋初《文心雕龙解析》,第150页。此亦《议对》篇所谓"属辞枝繁"(周勋初《文心雕龙解析》,第409页)。
⑥ [南朝梁]刘勰:《文心雕龙·议对》,周勋初《文心雕龙解析》,第409页。

鲠,才锋峻立,符采克炳。"皆是此意。又如《章表》篇中所说"章以造阙,风矩应明;表以致禁,骨采宜耀"等等,也与《风骨》篇所论大体一致。

四、"选文以定篇"

"选文以定篇"①,是刘勰自道的《文心雕龙》上篇撰写的方法和体例之一,其实,下篇创作论、批评论等篇的论证方式,也往往是从实际作品入手的。《风骨》篇的论述,就是理论阐述与代表作品的列举相结合的。上文已经讨论了风骨论的理论内涵,下面再结合刘勰所举作品略作疏证。

刘勰曰:

> 昔潘勖锡魏,思摹经典,群才韬笔,乃其骨髓峻也。相如赋仙,气号"凌云",蔚为辞宗,乃其风力遒也。能鉴斯要,可以定文,兹术或违,无务繁采。②

"潘勖锡魏",指的是建安十八年(213)汉献帝策命曹操为魏公,加九锡,潘勖奉诏作《册魏公九锡文》之事。"相如赋仙",则是指司马相如见汉武帝好仙道因作《大人赋》以讽谏之事。刘勰认为潘勖的文章,是具有"骨"力的典范之作;而司马相如的《大人赋》,则是文"风"遒劲的佳作。为分析的方便,先将潘勖《册魏公九锡文》引录如下:

> 制诏:使持节丞相领冀州牧武平侯:朕以不德,少遭闵凶,越在西土,迁于唐、卫。当此之时,若缀旒然,宗庙乏祀,社稷无位,群凶

---

① [南朝梁]刘勰:《文心雕龙·序志》,周勋初《文心雕龙解析》,第809页。
② [南朝梁]刘勰:《文心雕龙·风骨》,周勋初《文心雕龙解析》,第489页。

觊觎，分裂诸夏，一人尺土，朕无获焉。即我高祖之命，将坠于地。朕用夙兴假寐，震悼于厥心。曰：惟祖惟父，股肱先正，其孰恤朕躬？乃诱天衷，诞育丞相，保乂我皇家，弘济于艰难，朕实赖之。今将授君典礼，其敬听朕命。

　　昔者董卓初兴国难，群后失位，以谋王室，君则摄进，首启戎行。此君之忠于本朝也。后及黄巾，反易天常，侵我三州，延于平民，君又讨之，剪除其迹，以宁东夏。此又君之功也。韩暹、杨奉，专用威命，又赖君勋，克黜其难，遂建许都，造我京畿，设官兆祀，不失旧物，天地鬼神，于是获乂。此又君之功也。袁术僭逆，肆于淮南，慑惮君灵，用丕显谋，蕲阳之役，桥蕤授首，棱威南厉，术以陨溃。此又君之功也。回戈东指，吕布就戮，乘辕将反，张扬沮毙，眭固伏罪，张绣稽服。此又君之功也。袁绍逆常，谋危社稷，凭恃其众，称兵内侮，当此之时，王师寡弱，天下寒心，莫有固志，君执大节，精贯白日，奋其武怒，运诸神策，致届官渡，大歼丑类，俾我国家，拯于危坠。此又君之功也。济师洪河，拓定四州，袁谭、高幹，咸枭其首，海盗奔迸，黑山顺轨。此又君之功也。乌丸三种，崇乱二世，袁尚因之，逼据塞北，束马悬车，一征而灭。此又君之功也。刘表背诞，不供贡职，王师首路，威风先逝，百城八郡，交臂屈膝。此又君之功也。马超、成宜，同恶相济，滨据河潼，求逞所欲，珍之渭南，献馘万计，遂定边城，抚和戎狄。此又君之功也。鲜卑、丁令，重译而至，箄于、白屋，请吏帅职。此又君之功也。君有定天下之功，重之以明德，班叙海内，宣美风俗，旁施勤教，恤慎刑狱，吏无苛政，民不回慝，敦崇帝族，援继绝世，旧德前功，罔不咸秩，虽伊尹格于皇天，周公光于四海，方之蔑如也。

　　朕闻先王并建明德，胙之以土，分之以民，崇其宠章，备其礼物，所以蕃卫王室，左右厥世也。其在周成，管、蔡不靖，惩难念功，乃使邵康公锡齐太公履,东至于海,西至于河,南至于穆陵,北至于无棣,五侯九伯,实得征之。世胙太师,以表东海,爰及襄王,亦有楚人不供王职,又命晋文登为侯伯,锡以二辂,虎贲、铁钺,秬鬯、弓矢,大启南阳,世作盟主。故周室之不坏,繄二国之是赖。今君称丕显德,明保朕躬,奉答天命,导扬弘烈,绥爰九域,罔不率俾。功高乎伊、周,而赏卑乎齐、晋,朕甚恧焉。朕以眇身,托于兆民之上,永思厥艰,若涉渊冰,非君攸济,朕无任焉。今以冀州之河东、河内、魏郡、赵国、中山、钜鹿、常山、安平、甘陵、平原凡十郡,封君为魏公。使使持节御史大夫虑,授君印绶册书,金虎符第一至第五,竹使符第一至第十。锡君玄土,苴以白茅,爰契尔龟,用建冢社。昔在周室,毕公、毛公,入为卿佐;周、邵师保,出为二伯,外内之任,君实宜之。其以丞相领冀州牧如故。今更下传玺,肃将朕命,以允华夏,其上故传武平侯印绶,今又加君九锡,其敬听后命。以君经纬礼律,为民轨仪,使安职业,无或迁志,是用锡君大辂戎辂各一,玄牡二驷。君劝分务本,啬民昏作,粟帛滞积,大业惟兴,是用锡君衮冕之服,赤舄副焉。君敦尚谦让,俾民兴行,少长有礼,上下咸和,是用锡君轩悬之乐,六佾之舞。君翼宣风化,爰发四方,远人回面,华夏充实,是用锡君朱户以居。君研其明哲,思帝所难,官才任贤,群善必举,是用锡君纳陛以登。君秉国之均,正色处中,纤毫之恶,靡不抑退,是用锡君虎贲之士三百人。君纠虔天刑,章厥有罪,犯关干纪,莫不诛殛,是用锡君铁钺各一。君龙骧虎视,旁眺八维,掩讨逆节,折冲四海,是用锡君彤弓一、彤矢百、玈弓十、玈矢千。君以温恭为基,孝友为德,明允笃诚,感乎朕思,是用锡君秬鬯一卣,珪瓒副焉。魏国置丞相以下群卿百僚,皆如汉初诸王之制。君往钦哉!敬服朕命。简恤尔众,时亮庶功,用终尔显德,对扬我高祖之休命。①

刘勰对潘勖《册魏公九锡文》似乎特别赞赏,在《诏策》篇中即举以为例,称其"典雅逸群",在《才略》篇中,又称其"凭经以骋才,故绝群于锡命"②。而所以赞赏的原因,没有例外,皆在于其命笔措辞能"思摹经典"。南朝梁殷芸也曾论及潘氏此文的特点是,"自汉武已来,未有此制,勖乃依商周宪章,唐虞辞义,温雅与典诰同风。于时朝士,皆莫能措一字"③。与刘勰的看法一致,都是着眼其模仿《诗》《书》《左传》《国语》等经典著作的文辞,因而形成了语言典雅的特色的。可见,"骨"的含义不是别的,就是要求文章的语言准确流畅,简约雅正。

再看司马相如的《大人赋》:

> 世有大人兮,在于中州。宅弥万里兮,曾不足以少留。悲世俗之迫隘兮,揭轻举而远游。垂绛幡之素霓兮,载云气而上浮。建格泽之长竿兮,总光耀之采旄。垂旬始以为幓兮,曳彗星而为髾。掉指桥以偃蹇兮,又旖旎以招摇。揽欃枪以为旌兮,靡屈虹而为绸。红杳眇以眩湣兮,猋风涌而云浮。驾应龙象舆之蠖略逶丽兮,骖赤螭青虬之蚴蟉蜿蜒。低卬夭蟜据以骄骜兮,诎折隆穷蠼以连卷。沛艾赳螑仡以佁儗兮,放散畔岸骧以孱颜。跮踱輵辖容以委丽兮,绸缪偃蹇怵奂以梁倚,纠蓼叫奡蹈以艐路兮,蔑蒙踊跃腾而狂趡。

---

① [南朝梁]萧统编,[唐]李善注:《文选》卷三十五,第4册,第1623—1631页。

② [南朝梁]刘勰:《文心雕龙·才略》,周勋初《文心雕龙解析》,第753页。然刘勰对潘氏的其他文章,则并未有很高的评价,如《铭箴》篇谓"潘勖《符节(箴)》,要而失浅"(《文心雕龙·铭箴》,周勋初《文心雕龙解析》,第188页)。《杂文》篇又谓其连珠,"欲穿明珠,多贯鱼目"(《文心雕龙·杂文》,周勋初《文心雕龙解析》,第227页)。

③ [宋]李昉等:《太平御览》卷五百九十三引殷芸《小说》(原作殷洪,据余嘉锡《殷芸小说辑证》所考,"殷洪"当为"殷芸"之讹。见《余嘉锡论学杂著》上册,中华书局,1963年,第311页),第3册,第2671页。

莅飒卉翕熛至电过兮,焕然雾除,霍然云消。

邪绝少阳而登太阴兮,与真人乎相求。互折窈窕以右转兮,横厉飞泉以正东。悉征灵圉而选之兮,部乘众神于瑶光。使五帝先导兮,反太一而后陵阳。左玄冥而右含雷兮,前陆离而后潏湟。厮征伯侨而役羡门兮,属岐伯使尚方。祝融警而跸御兮,清氛气而后行。屯余车其万乘兮,绰云盖而树华旗。使句芒其将行兮,吾欲往乎南嬉。

历唐尧于崇山兮,过虞舜于九疑。纷湛湛其差错兮,杂沓胶葛以方驰。骚扰冲苁其相纷拏兮,滂濞泱轧洒以林离。钻罗列聚丛以茏茸兮,衍蔓流烂坛以陆离。径入雷室之砰磷郁律兮,洞出鬼谷之崛礨嵬磥。遍览八纮而观四荒兮,揭渡九江而越五河。经营炎火而浮弱水兮,杭绝浮渚而涉流沙。奄息总极泛滥水嬉兮,使灵娲鼓瑟而舞冯夷。时若薆薆将混浊兮,召屏翳诛风伯而刑雨师。西望昆仑之轧沕洸忽兮,直径驰乎三危。排阊阖而入帝宫兮,载玉女而与之归。舒阆风而摇集兮,亢乌腾而一止。低回阴山翔以纡曲兮,吾乃今目睹西王母曤然白首。戴胜而穴处兮,亦幸有三足乌为之使。必长生若此而不死兮,虽济万世不足以喜。

回车揭来兮,绝道不周,会食幽都。呼吸沆瀣兮餐朝霞,噍咀芝英兮叽琼华。嬐侵浔而高纵兮,纷鸿涌而上厉。贯列缺之倒景兮,涉丰隆之滂沛。驰游道而修降兮,骛遗雾而远逝。迫区中之隘陕兮,舒节出乎北垠。遗屯骑于玄阙兮,轶先驱于寒门。下峥嵘而无地兮,上寥廓而无天。视眩眠而无见兮,听惝恍而无闻。乘虚无而上假兮,超无友而独存。①

---

① [汉]司马迁撰,[南朝宋]裴骃集解,[唐]司马贞索隐,[唐]张守节正义:《史记》卷一百十七《司马相如列传》,第9册,第3679—3687页。

刘勰将其推为具有"风力"的代表之作的原因在哪里呢？那就是此赋的撰写，骋才使气，充分展示出了作者非凡的禀赋、才情和气质，"气号凌云，蔚为辞宗"。此赋的本意，如司马迁所概括的，是"相如以为列仙之传居山泽间，形容甚臞，此非帝王之仙意也"。刘勰盛赞其有风力，当然与此无关。而细观此赋之作，取法《楚辞·离骚》《远游》诸篇，超越人世现实，神游天地之间，场面壮阔宏大，景象奇幻瑰丽，铺张排比，纵横开阖，才情充溢，气势飘逸，这才是刘勰称赏的所在。也许是赋中描写会合列仙、周游四海的场面过于夸饰的缘故①，相如的本意，反被湮没，以致好神仙的汉武帝睹赋而大悦，"飘飘有凌云之气，似游天地之间意"。

司马相如在赋的创作上的最大贡献，是树立了汉大赋创作的典范，其铺张扬厉的夸张手法，超迈绝伦的气势，尤为特色。而所以能如此，正在于作者"赋家之心，苞括宇宙，总览人物。斯乃得之于内，不可得而传"②，有超越常人的禀赋、气质、胸襟和才学，骋才任气，遂蔚为大家。司马相如曾为了坚定汉武帝通西南夷的决心而撰有《难蜀父老书》，其中有云："盖世必有非常之人，然后有非常之事；有非常之事，然后有非常之功。非常者，固常人之所异也。"而所谓"非常之人""非常之事"，对汉武帝来说，就是"崇论闳议，创业垂统，为万世规。故驰骛乎兼容并包，而勤思乎参天贰地"③；而对司马相如来说，则是要"控引天地，错综古今"，以其宏大的气魄、非凡的才学和鲜明的品格，来歌颂

---

① 所以，刘勰对司马相如的这种过分的夸饰也有批评，比如在《夸饰》篇中就评论道："相如凭风，诡滥愈甚。故上林之馆，奔星与宛虹入轩；从禽之盛，飞廉与焦明俱获。"（《文心雕龙·夸饰》，周勋初《文心雕龙解析》，第591页）

② ［晋］葛洪：《西京杂记》卷二，《燕丹子 西京杂记》，中华书局，1985年，第12页。

③ ［汉］司马迁撰，［南朝宋］裴骃集解，［唐］司马贞索隐，［唐］张守节正义：《史记》卷一百十七《司马相如列传》，第9册，第3672—3673页。

这种大一统帝国创业垂统的赫赫威势。能做到这一点,其作品自然会有"风力"。

类似于司马相如《大人赋》和潘勖《册魏公九锡文》的具有"风""骨"的作品,刘勰在《文心雕龙》中还举出不少。比如,建安文学"雅好慷慨","梗概而多气"①。在刘勰看来,可谓是有"风力"的代表。其所以"梗概而多气"和有"风力",从时代上讲,是"良由世积乱离,风衰俗怨";而从创作主体上来讲,则在于建安君臣无论是"怜风月,狎池苑",还是"述恩荣,叙酣宴",皆能"慷慨以任气,磊落以使才,造怀指事,不求纤密之巧;驱辞逐貌,唯取昭晰之能"②,充分展现了其"于学无所遗,于辞无所假"的杰出的才能和率性、鲜明的性格与气质。再像刘琨的诗,也被刘勰称之为"雅壮而多风",观刘琨现存《赠卢谌》五言诗,"托意非常,抒畅幽愤"③,正反映了其"少得俊朗之目"④,自以"才生于世,世实须才"⑤的雄豪之气。至于刘勰在《辨骚》篇中,称屈原之作"骨鲠所树,肌肤所附",在《檄移》篇中谓"陈琳之《檄豫州》,壮有骨鲠","相如之《难蜀老》,文晓而喻博,有移檄之骨焉"等等,则又都是从这些作品的措辞用语"辞刚而义辨""言约而事显",因而有典诰之体着眼的。

总之,汉魏以降,人们越来越注意从性格、气质和才情等层面上考察和评价人物,并将这种理论和思维方式移用到其他许多方面。刘勰

---

① [南朝梁]刘勰:《文心雕龙·时序》,周勋初《文心雕龙解析》,第690页。此处所谓"梗概而多气",即慷慨有风力之意也。
② [南朝梁]刘勰:《文心雕龙·明诗》,周勋初《文心雕龙解析》,第115页。
③ [唐]房玄龄等:《晋书》卷六十二《刘琨传》,第6册,第1687页。
④ 同上书,第1679页。
⑤ [南朝梁]萧统编,[唐]李善注:《文选》卷二十五刘琨《答卢谌诗并书》,第3册,1169页。

《文心雕龙》之论为文用心,也不能例外。其"风骨论",就是在王充《论衡》、曹丕《典论·论文》和刘劭《人物志》等诸多理论著述的直接影响下,从作家的先天禀赋、性格和气质的角度展开论述的,其内涵即谓文章写作应以准确畅达、简约雅正的语言,鲜明生动地表达出作家的才情和个性。这就是本章的一个极其简单的结论。

第五章 《文心雕龙·程器》篇主旨和文人"不护细行"的论辩

刘勰曾在《文心雕龙·序志》篇中开宗明义地自道其撰写宗旨,曰:"夫文心者,言为文之用心也。""位理定名,彰乎大《易》之数,其为文用,四十九篇而已。"①然而,第四十九篇《程器》却并没有"言为文之用心",而且在此篇中,虽由文人"不护细行"之辩,论及文人的道德品行,但它既不是一篇纯粹的作家道德品行论,也未涉及文人道德品行与文学创作的关系②,倒是文人的"不护细行"以及其论辩本身,与文学创作和发展及后来的文学批评颇有关系。而这些问题,至今尚未引起研究者应有的注意。因此,对《程器》篇的主旨以及环绕文人"不护细行"的诸问题,作进一步的考察,也就不无意义了。

一、"于文外补修行立功":《文心雕龙·程器》篇的主旨

关于《程器》篇的主旨,清人黄叔琳曾指出:"此篇于文外补修行立

---

① [南朝梁]刘勰:《文心雕龙·序志》,周勋初《文心雕龙解析》,第800、809页。
② 周振甫先生曾指出此篇未涉及文人道德品行与创作的关系,这是很正确的,但他仍与大多数论者一样,只是把《程器》看作是一篇作家道德品行论,又是不够全面的(参其《文心雕龙注释》,人民文学出版社,1981年,第525—533页)。另,刘勰倒是在其他地方谈到过文人道德品行与创作的关系,如《文心雕龙·宗经》中云:"夫文以行立,行以文传,四教所先,符采相济。"(周勋初《文心雕龙解析》,第35页)即是一例。

功,制作之体乃更完密。"①这是很有见地的。只是限于评注体例,黄氏对此未能进一步予以阐明,因而这一评语似乎也未引起人们注意,多数论者仍将此篇视为作家道德论,这就需要作进一步的辨析。②

我认为,《程器》一篇主要论述了士人用世与为文的关系,其主旨在于力倡"贵器用"与尚"骋绩"。《程器》篇一开始就提出:"《周书》论士,方之'梓材',盖贵器用而兼文采也。"③后又反复论述从政与为文的关系,认为"士之登庸,以成务为用","君子藏器,待时而动,发挥事业……摛文必在纬军国,负重必在任栋梁,穷则独善以垂文,达则奉时以骋绩","雕而不器,贞干谁则,岂无华身,亦有光国"④。这里提出的都是封建社会中无可辩驳的原则。值得注意的是,刘勰认为文人不应"务华弃实","不护细行",但同时他又指出,所谓"不护细行","文既有之,武亦宜然"⑤,贫贱低下者是如此,位高名显的人也不能免。因为"人禀五材,修短殊用,自非上哲,难以求备",只不过"将相以位隆特达,文士以职卑多诮"⑥罢了。所以,刘勰对文人"不护细行"问题的论辩,不仅仅在于告诫文人要注重道德品行的修养,更重要的是,讲究道德品行修养的目的,还在于"以成务为用",在于"奉时以骋绩",即使为文,也应为"纬军国","任栋梁"服务,至于"独善以垂文",则是仕途淹

---

① [南朝梁]刘勰著,[清]黄叔琳注,[清]纪昀评,李详补注,刘咸炘阐说,戚良德辑校:《文心雕龙》卷十,上海古籍出版社,2015年,第285页。

② 王元化先生曾指出,《程器》篇"论述了文人的德行和器用,借以阐明学文本以达政之旨",并进而由此论证刘勰出身庶族而非士族(参见王元化《刘勰身世与士庶区别问题》,《文心雕龙创作论》,上海古籍出版社,1979年)。本文对《程器》篇的理解与王先生既有异同,而所论角度则完全不同。

③ 周勋初:《文心雕龙解析》,第789页。

④ 同上书,第797—798页。

⑤ 同上书,第791页。

⑥ 同上书,第796页。

第五章 《文心雕龙·程器》篇主旨和文人"不护细行"的论辩

塞,不得已退而求其次所选择的一条路而已。这就是《程器》篇的主旨所在。

刘勰何以特别要在"文外补修行立功",并把"修行立功"作为人生的最大希望和目标呢?这与他本人的思想、写作背景和心态以及《文心雕龙》一书的理论体系密切相关。

首先,刘勰思想中虽有玄学、佛学的成分,但至少当其撰写《文心雕龙》时,其主要思想倾向属于儒家,这在全书中尤其是《序志》《原道》《征圣》《宗经》等篇中,均有明显的表现。① 不过,这些篇目或是全书总序、总论,或是不出"言为文之用心"的文体论、创作论等,其中表现出的或为对儒家思想的信奉,对圣人作用和儒家经典的推崇、遵从,或是对儒家一些相关话语的引述、申说和发挥,而除此之外,儒家士人在对待立身行事、出处进退、从政与为文、立功与立言等一些基本问题上的原则,则少有涉及。"子曰:弟子入则孝,出则弟,谨而信,泛爱众,而亲仁。行有余力,则以学文。"②"大上有立德,其次有立功,其次有立言。虽久不废,此之谓三不朽。"③"古之人,得志,泽加于民;不得志,修身见于世。穷则独善其身,达则兼善天下。"④这些儒家士人所熟知和信奉的思想原则等,也深刻影响着刘勰的思想和撰著。既然如此,那么在详论"文心"之后,进而论及从政与为文的关系,指出儒家人生观的最高目标;在强调为文应"师乎圣,体乎经"之后,又告诫文人要"贵器

---

① 详参周师勋初《刘勰的两个梦》《〈易〉学中的两大流派对〈文心雕龙〉的不同影响》《刘勰的主要研究方法——"折衷"说述评》《"折衷" = 儒家谱系 ≠ 大乘空宗中道观——读〈文心雕龙·序志〉篇札记》等文章,原载《南京大学学报》等刊物,今皆附于《文心雕龙解析》书末。
② [宋]朱熹:《四书章句集注·论语集注》卷一《学而》,第49页。
③ 杨伯峻编著:《春秋左传注》襄公二十四年,第1088页。
④ [宋]朱熹:《四书章句集注·孟子集注》卷十三《尽心》上,第351页。

用而兼文采",要"奉时以骋绩",这正是其儒家积极入世思想的十分自然的表露,也是完全合乎其思维逻辑的。

其次,从刘勰写作的具体背景和心态看,一方面,在当日儒学衰微、玄风独扇、佛教盛行的情况下,高门世族子弟往往不学无术,"求诸身而无所得,施之世而无所用"①,而文坛上的一般才士也同样脱离现实,"务华弃实",流风所及,至于"离本弥甚,将遂讹滥"②;另一方面,门阀制度沿袭既久,"世胄蹑高位,英俊沉下僚"③的现象,也就司空见惯,比比皆是。世家大族子弟可以"平流进取,坐至公卿"④,而像刘勰这样出身寒门的士人,纵有非凡才华和积极用世之心,要为君王所用,成就一番功业,却并不容易。因此,刘勰之所以要在《文心雕龙》书中设《程器》一篇,于文外"补修行立功",倡言"奉时以骋绩",就不仅是受儒家思想影响的缘故,而且,也是他针对现实的有为而发;不仅是他衡量和评价其他士人的标准和要求,实际上也是他自己内心"待时而动,发挥事业"的理想的一种外在表现形式,是他自觉不自觉地在追求着理想与现实之间的心态平衡的表现。

再次,刘勰在《文心雕龙》中,根据各类文章的实际用途将其区分类别,并详论其特点和写作规律等,可以认为,这部书所展示的理论体系,基本上是一个文章学的理论体系。⑤ 全书论述各类文章多以实用为目的,《程器》之前诸篇又已将"为文之用心"予以阐明,接着再来论

---

① 王利器:《颜氏家训集解》卷三《勉学》,中华书局,1993年,第148页。
② [南朝梁]刘勰:《文心雕龙·序志》,周勋初《文心雕龙解析》,第804页。
③ [晋]左思:《咏史八首》其二,[南朝梁]萧统编,[唐]李善注《文选》卷二十一,第3册,第988页。
④ [南朝梁]萧子显:《南齐书》卷二十三《褚渊王俭传论》,中华书局,1972年,第438页。
⑤ 参蒋寅《关于中国古代文章学理论体系——从〈文心雕龙〉谈起》,《文学遗产》1986年第6期。

述从政与为文的关系,强调"君子藏器,待时而动,发挥事业",强调"摛文必在纬军国",使全书所论更为周密,则正与《文心雕龙》一书本身的理论体系相吻合,因而是顺理成章的。

总之,由于刘勰以儒家思想为旨归,其撰《文心雕龙》又有纠正时人"务华弃实"文风的用意,且此书所展示的文章学理论体系也带有较多的实用色彩,所以,他在《程器》篇中提出"贵器用"、尚"骋绩",也就是完全可以理解的了。

二、"不护细行"与文人的自觉

《程器》篇的主旨虽不在论述文人道德品行,也未涉及文人道德品行与为文的关系,但其中所谈的文人"不护细行"问题及其论辩,却与文学的创作和发展以及文学观念的演进有关系。

从历史上看,魏晋南北朝时期的学者指责文人"不护细行"的很多(唐以后亦然,下文将论及),为论述方便,先略引如下:

最早指责文人"不护细行"而见诸文字的,大概是曹丕。其《与吴质书》曰:

> 观古今文人,类不护细行,鲜能以名节自立。而伟长独怀文抱质,恬惔寡欲,有箕山之志,可谓彬彬君子者矣。①

又,《三国志·魏书·王粲传》裴注引韦诞曰:

> 仲宣伤于肥戆,休伯都无格检,元瑜病于体弱,孔璋实自粗疏,文蔚性颇忿骜。如是彼为,非徒以脂烛自煎糜也,其不高蹈,盖有

---

① [南朝梁]萧统编,[唐]李善注:《文选》卷四十二,第5册,第1897页。"惔",应为"淡"字之讹。

> 由矣。然君子不责备于一人,譬之朱漆,虽无桢干,其为光泽,亦壮观也。①

北魏杨愔对文人的不护细行也曾予以严责。《魏书·温子昇传》载:

> 杨遵彦作《文德论》,以为古今辞人,皆负才遗行,浇薄险忌;唯邢子才、王元景、温子昇,彬彬有德素。②

最为激烈地批评文人的不护细行的,是北齐的颜之推。他在《颜氏家训·文章》篇中说:

> 自古文人,多陷轻薄,屈原露才扬己,显暴君过;宋玉体貌容冶,见遇俳优;东方曼倩,滑稽不雅;司马长卿,窃赀无操;王褒过章《僮约》;扬雄德败《美新》;李陵降辱夷虏;刘歆反覆莽世;傅毅党附权门;班固盗窃父史;赵元叔抗竦过度;冯敬通浮华摈压;马季长佞媚获诮;蔡伯喈同恶受诛;吴质诋忤乡里;曹植悖慢犯法;杜笃乞假无厌;路粹隘狭已甚;陈琳实号粗疏;繁钦性无检格;刘桢屈强输作;王粲率躁见嫌;孔融、祢衡诞傲致殒;杨修、丁廙扇动取毙;阮籍无礼败俗;嵇康凌物凶终;傅玄忿斗免官;孙楚矜夸凌上;陆机犯顺履险;潘岳干没取危;颜延年负气摧黜;谢灵运空疏乱纪,王元长凶贼自诒;谢玄晖侮慢见及。凡此诸人,皆其翘秀者……至于帝王,亦或未免。……自子游、子夏……有盛名而免过患者,时复闻之,但其损败居多耳。每尝思之,原其所积,文章之体,标举兴会,发引性灵,使人矜伐,故忽于持操,果于进取。③

---

① [晋]陈寿撰,[南朝宋]裴松之注:《三国志》卷二十一《魏书·王粲传》,第 3 册,第 604 页。
② [北齐]魏收:《魏书》卷八十五《温子昇传》,中华书局,1974 年,第 1876—1877 页。
③ 王利器:《颜氏家训集解》卷四《文章》,第 237—238 页。

第五章 《文心雕龙·程器》篇主旨和文人"不护细行"的论辩

对于前人这些批评,刘勰的态度如何呢?

刘勰虽然也并不赞成文人的"不护细行",但他对自曹丕以来"后人雷同,混之一贯"这些指责,又颇不以为然。在略举文士之疵后,刘勰辩曰:

> 文既有之,武亦宜然。古之将相,疵咎实多。至如管仲之盗窃,吴起之贪淫,陈平之污点,绛灌之逸嫉,沿兹以下,不可胜数。孔光负衡据鼎,而仄媚董贤,况班、马之贱职,潘岳之下位哉!王戎开国上秩,而鬻官嚣俗,况马、杜之磬悬,丁、路之贫薄哉!……若夫屈、贾之忠贞,邹、枚之机觉,黄香之淳孝,徐幹之沉默,岂曰文士必其玷欤!
>
> 盖人禀五材,修短殊用,自非上哲,难以求备。然将相以位隆特达,文士以职卑多诮,此江河所以腾涌,涓流所以寸折者也。①

刘勰为文人们所作的这番争辩,一方面是衡之以人物品评的通常标准,即对人的评价不应求全责备;另一方面,观"将相"数语,则正如纪昀所指出的,也确是"发愤著书","故郁郁乃尔"的"有激之谈"②。

也许正是从后一角度着眼,鲁迅先生对刘勰的这番辩难特为赞赏,认为是"东方恶习,尽此数言"③。钱锺书先生亦论及此点,他说:"《雕龙》又以'将相'亦多'疵咎'为解,实则窃妻、嗜酒、扬己、凌物等玷品遗

---

① [南朝梁]刘勰:《文心雕龙·程器》,周勋初《文心雕龙解析》,第791—796页。
② 《文心雕龙辑注》卷十引纪昀《程器》篇评语。又,观《文心雕龙·诸子》云"嗟夫,身与时舛,志共道申,标心于万古之上,而送怀于千载之下,金石靡矣,声其销乎"(周勋初《文心雕龙解析》,第289页)。《史传》篇曰:"勋荣之家,虽庸夫而尽饰;迄败之士,虽令德而嗤埋。吹霜煦露,寒暑笔端,此又同时之枉,可为叹息者也。"(周勋初《文心雕龙解析》,第271页)《才略》篇又叹曰:"嗟夫,此古人所以贵乎时也。"(周勋初《文心雕龙解析》,第768页)皆可见刘勰此处所云确是"有激之谈"。
③ 《鲁迅全集》第一卷《坟·摩罗诗力说》,第78页。

行,人之非将非相、不工文、不通文乃至不识文字者备有之,岂'无行'独文人乎哉! ……夫魏文身亦文人,过恶匪少,他姑不论,即如《世说·贤媛》所载其母斥为'狗鼠不食汝余'事,'相如窃妻'较之,当从末减。"①

关于文人的"不护细行"问题,诚如刘勰等人的论辩所云,不必求全责备,不过,对曹丕等人的上述批评,我们还应进一步作些分析。曹丕和杨愔论文人的不护细行虽很严厉,但都是泛论,并未指实,他们的用意,似乎还在从正面推尊诸如"恬淡寡欲"、能自立名节的颜回式的人物徐幹等人,以为士人立则。韦诞也不主张求全责备,但他把"肥戆""体弱"等人的生理缺陷,也视为不自尊重、难以见用的原因,则是很荒唐的。颜之推论文主张"以古之制裁为本,今之辞调为末"②,反对"趋末弃本,率多浮艳"③,反对"标举兴会,发引性灵"④,进而也激烈地反对文人的不护细行,乃至失之于偏激⑤。比如他指责班固"盗窃父史",纯属厚诬古人;指责屈原、贾谊、张衡等人,不过是暴露其识见的低下;再如不仅颜氏批评也多为后人所诟病的扬雄之作《剧秦美新》、潘岳"谄事贾谧",实也已应作重新评价。⑥ 至于赵壹、孔融、祢衡、阮籍、嵇康等东汉以来的一大批文人,其所谓的"不护细行",本有受东汉以来名士之风影响的因素,颜氏不察,多所责备,就更不妥当了。

从上述简略的分析,可以启发我们对另一问题的思考,即赵壹、孔

---

① 钱锺书:《管锥编》,中华书局,1979 年,第 4 册,第 1389 页。
② 王利器:《颜氏家训集解》卷四《文章》,第 268—269 页。
③ 同上书,第 267 页。
④ 同上书,第 238 页。
⑤ 罗根泽先生认为,颜氏的这种论调,"是北朝的特产",与南朝不同。参见《中国文学批评史》(一),上海古籍出版社,1984 年,第 255 页。
⑥ 请参许结《〈剧秦美新〉非"谀文"辨》,《学术月刊》1985 年第 6 期;张国星《潘岳其人与其文》,《文学遗产》1984 年第 4 期。

融等人的"抗竦过度""诞傲致殒""无礼败俗""凌物凶终"等等,不仅是东汉中期以来名士之风的产物,而且也是东汉以来文人的社会政治地位呈现独立趋势的反映①,是文人自身的主体意识增强和追求个性自由的反映,是文人自觉的重要标志和方面,而这种文人的自觉,又促进了文学创作的发展。

东汉中叶以后,宦官外戚争斗激烈,社会黑暗,"逮桓灵之间,主荒政缪,国命委于阉寺,士子羞与为伍,故匹夫抗愤,处士横议,遂乃激扬名声,互相题拂,品核公卿,裁量执政,婞直之风,于斯行矣"②。此所谓"清议"。清议既因政治黑暗而起,起而抗之者多不执政,那么一些仕者与文士因愤世而有矫激之行,自然不为奇怪。又,"清议"风行,士人的出仕问题,仕者官位的升降,都受到影响。加之东汉选举制有"独行"一科,这便易于形成好尚名节的一代士风。风气既行,也不免会有人伪装清高,弄虚作假,此所谓假名士。于是也就有人反其道而行之,不修小节,寻求和抒发内心的真实自然的伦理道德和情感,以与之区别,这同样十分正常。赵翼《廿二史札记》卷五"东汉尚名节"条有云:"盖其时轻生尚气已成习俗,故志节之士好为苟难,务欲绝出流辈,以成卓特之行,而不自知其非也。"③如上述赵壹等人的所谓"不护细行",实则多是在这种士尚名节之风的影响之下,"务欲绝出流辈","而不自知其非"的"卓特之行"。范晔《后汉书·赵壹传》称壹"恃才倨傲,为

---

① 这里的"独立",是相对于西汉以来文人依附于统治者("言语侍从之臣"),以统治者的思想意志为意志,文学创作多模仿、少创造和文学与学术、历史等浑然不可分而言的,实际上,中国封建社会的文人士大夫在政治上或思想上多是依附于统治者的,即道屈从于势;文学与学术等有时也难以绝对区分,这是需要说明的。
② [南朝宋]范晔撰,[唐]李贤注:《后汉书》卷六十七《党锢列传序》,第2185页。
③ [清]赵翼著,王树民校证:《廿二史札记校证》卷五,中华书局,1984年,第104页。

乡党所摈,乃作《解摈》。后屡抵罪,几至死。"①其书《杜笃传》谓笃"少博学,不修小节,不为乡人所礼"②。《范冉传》又载范冉"好违时绝俗,为激诡之行"③。《马融列传》载马融"达生任性,不拘儒者之节"④。至如其书《祢衡传》谓衡"少有才辩,而尚气刚傲,好矫时慢物"⑤,《孔融传》记融被人奏为"不遵朝仪,秃巾微行",与祢衡"跌荡放言"⑥,等等,都可从东汉后期的士风中求得解释。

　　这里还要补充说明一点,那就是东汉后期乃至魏晋士风的变化,从思想史上看,又与东汉以来经学的危机、变革与黄老之学的复兴,名教的破产与人物品评的兴起,有着密切的关系。⑦ 而值得我们注意的是,无论是文人的不护细行,还是对这种不护细行的批评和辩护,也都可溯源到汉魏之际的这种思想丕变。正是在这种思想丕变的背景下,我们从文士的不护细行,卓异超俗,也从上引对文士不护细行的批评和辩解本身,看到了其内心主体意识的增强和对个性自由精神的追求,看到了文人们的自觉。因为对"文人"的批评,当然是以对"文人"概念的认识为前提的。余英时先生曾指出,名士之风"流变所及,则为士大夫之充分发挥其个性,虽虚伪矫情,或时所不免,而个体自觉,亦大著于兹"⑧。文人的自觉,正是如此。

　　东汉中期以后文人的自觉,即文人社会地位的趋向独立和主体意识的增强,促进了文学的自觉,促进了文学创作的发展和繁荣。

---

① ［南朝宋］范晔撰,［唐］李贤注:《后汉书》卷八十下,第 2628 页。
② 同上书卷八十上,第 2595 页。
③ 同上书卷八十一,第 2688 页。
④ 同上书卷六十上,第 1972 页。
⑤ 同上书卷八十下,第 2652 页。
⑥ 同上书卷七十,第 2278 页。
⑦ 请参王晓毅《王弼评传》引论"汉魏之际的学术巨变",南京大学出版社,1996 年。
⑧ 余英时:《汉晋之际士之新自觉与新思潮》,《士与中国文化》,第 310 页。

第五章 《文心雕龙·程器》篇主旨和文人"不护细行"的论辩

西汉至东汉中期的著名作家有司马相如、东方朔、王褒、刘向、枚乘、枚皋等,创作队伍不能不说十分壮大,其以大赋为主要形式的文学创作亦不可谓不十分繁荣,但是,就其身份而言,无论是在朝中还是在地方,无论是公卿幕僚还是文学侍从,他们几乎无不是在"言语侍从之臣"的地位上,尽着"朝夕论思,日月献纳"①的职责,或扮演着"在左右,诙啁而已"②的角色。他们这种"主上所戏弄,倡优所畜,流俗之所轻"③的依附地位,使其自身的主体意识和创作的主动性、创造性,情感表现的独特性,多少被掩盖了起来,这也是汉大赋较少反映现实、常常流于呆板凝滞的原因之一。

东汉中期以后,社会黑暗,清议成风,文人们也愈益不满于对帝王权贵的依附,不满于"言语侍从之臣"的社会地位,不满于充当宫廷玩偶、摆设的命运,不满于歌功颂德、点缀升平、劝百讽一、讽而不止的辞赋创作,而逐渐地追求社会政治地位和内在精神的独立,期求人生价值的实现,希望不受拘束地抒发内心的真实情感,以各自独特的方式观察和反映社会现实。这一切都有力地促进着文学的创作和发展,促进着文学的自觉,产生了像《答客难》《悲士不遇赋》《归田赋》《刺世疾邪赋》《述行赋》《五噫歌》《四愁诗》《赠妇诗》《见志诗》等沉痛悲慨、愤激抗争、抒发个人情感抱负,透露出文学发展新方向的好作品。

魏晋时期,"世积乱离,风衰俗怨"④,这更使一大批文人相应地摆脱了政治上的依附和思想上的拘禁,想说什么便说什么,出现了"仲宣独步于汉南,孔璋鹰扬于河朔,伟长擅名于青土,公幹振藻于海隅,德琏

---

① [汉]班固:《两都赋序》,[南朝梁]萧统编,[唐]李善注《文选》卷一,第1册,第2页。
② [汉]班固撰,[唐]颜师古注:《汉书》卷六十五《东方朔传》,第2863页。
③ [汉]司马迁:《报任少卿书》,[南朝梁]萧统编,[唐]李善注:《文选》卷四十一,第5册,第1860页。
④ [南朝梁]刘勰:《文心雕龙·时序》,周勋初《文心雕龙解析》,第690页。

发迹于此魏,足下(指杨德祖——引者)高视于上京。当此之时,人人自谓握灵蛇之珠,家家自谓抱荆山之玉"①的创作的繁荣局面,出现了许多反映现实、抒发怀抱、风骨凛然的作品。这一时期也就成为著名的"文学的自觉时代"。

由文人自觉带来的文学自觉,还表现在文体和文学表现手法上的创新。东汉中期以后,文坛已不是劝百讽一的皇皇大赋的天下,抒情言志的小赋不断出现,逐渐打破了汉大赋的垄断局面。汉末建安时期大量涌现的文人五言诗,取代了东汉前期"质木无文"的"咏史"之作;从曹丕到鲍照,七言诗开始出现并迅速发展成熟起来;从曹植到沈约、庾信,诗赋文章不只是华丽而且更讲究声韵的美听、辞采的雕饰和用典隶事的巧妙自然。这些都为唐以后文学的发展作了必要的准备。

文学批评和理论是文学创作经验的总结,文人的自觉促进了文学创作的自觉,也直接或间接地促进了文学批评和理论的发展及提高。明显的例子是对文人、文学观念的认识与界定。

文人的概念最早是指有文德之人,即能以礼乐教化治理国家的统治者,《尚书·文侯之命》中说:"追孝于前文人。"②后也指长于文章学术之人,如"文学子游、子夏"③,"君子避三端:避文士之笔端"④,《盐铁论》中说的"文学",王充所说"采掇传书以上书奏记者为文人"⑤,大致也不超越这一范围。但从王充开始,已逐渐注意到文人偏重"述作"的

---

① [三国魏]曹植:《与杨德祖书》,[南朝宋]萧统编,[唐]李善注《文选》卷四十二,第5册,第1901页。
② 《十三经注疏》整理委员会整理:《十三经注疏·尚书正义》卷二十《文侯之命》,第558页。
③ [宋]朱熹:《四书章句集注·论语集注》卷六《先进》,第123页。
④ [汉]韩婴撰,许维遹校释:《韩诗外传校释》卷七,中华书局,1980年,第242页。
⑤ [汉]王充撰,黄晖校释:《论衡校释》卷十三《超奇》,第2册,第607页。

第五章 《文心雕龙·程器》篇主旨和文人"不护细行"的论辩

特点。随着东汉后期至魏晋文士社会政治地位的独立趋势和主体意识的增强,文人多指文章之士便越来越清楚了。如曹丕在《典论·论文》中说:"今之文人,鲁国孔融文举,广陵陈琳孔璋,山阳王粲仲宣,北海徐幹伟长,陈留阮瑀元瑜,汝南应玚德琏,东平刘桢公幹,斯七子者,于学无所遗,于辞无所假,咸以自骋骥䭵于千里,仰齐足而并驰。"①韦诞、杨愔、颜之推、刘勰等人所指责和辩护的"不护细行"的文人,也多指文章之士。到了梁元帝萧绎撰《金楼子·立言》,更从理论上对文人的概念作了概括。他说:

> 古人之学者有二,今人之学者有四。夫子门徒,转相师受,通圣人之经者谓之儒。屈原、宋玉、枚乘、长卿之徒,止于辞赋,则谓之文。今之儒,博穷子史,但能识其事,不能通其理者,谓之学。至如不便为诗如阎纂,善为章奏如伯松,若此之流,泛谓之笔。吟咏风谣,流连哀思者,谓之文。②

有文人始有文人之文,因而萧绎对文人特征的概括,实际上也就近于对文学特性的认识,而这种认识当然是以客观上东汉后期以来文士社会地位的独立和主体意识的增强为前提的。

三、"不护细行"与后世的文学批评

关于文人"不护细行"的争论,既不始于也不止于魏晋南北朝。如果说这一时期文人的不护细行和关于它的争论,与东汉中期以后清议和人物品评之风的影响分不开的话,那么,此后对文人不护细行的指

---

① [南朝梁]萧统编,[唐]李善注:《文选》卷五十二,第6册,第2270页。
② [南朝梁]萧绎撰,许逸民校笺:《金楼子校笺》卷四《立言》,中华书局,2011年,第966页。

责,则多是以儒家传统思想中的伦理道德、礼义节操和等级名分,来衡量和评价文人言行时所发出的。这种批评和指责,往往在某种程度上带着偏见和局限,而这种偏见和局限影响了文学的批评。

孔子早就说过:"有德者必有言,有言者不必有德。"①这是从言与德的关系上讲的,虽未必有指责"有言者"的意思,但这句话应是文人"不护细行"之责的源头。魏晋南北朝以来,对文人"不护细行"的指责颇为流行,唐宋两代尤为明显。如唐骆宾王,"落魄无行,好与博徒游"②。崔颢,史称"有俊才,无士行,好蒲博饮酒"③。王昌龄以"不护细行,屡见贬斥"④。顾况"性诙谐。……以嘲诮能文,人多狎之","为宪司所劾,贬饶州司户"⑤。元稹"素无检操"⑥。李商隐"与太原温庭筠、南郡段成式齐名,时号'三十六'。文思清丽,庭筠过之,而俱无持操,恃才诡激,为当涂者所薄,名宦不进,坎壈终身"⑦。柳永"喜作小词,然薄于操行"⑧。周邦彦,史称其"疏隽少检,不为州里推重"⑨。陆游为范成大参议官,"以文字交,不拘礼法,人讥其颓放,因自号放翁","晚年再出,为韩侂胄撰《南园阅古泉记》,见讥清议"⑩。都是很明显的例子。

从孔子、孟轲、董仲舒到朱熹,儒家思想自身的发展,随着时代的变

---

① [宋]朱熹:《四书章句集注·论语集注》卷七《宪问》,第149页。
② [后晋]刘昫等:《旧唐书》卷一百九十上,中华书局,1975年,第5006页。
③ 同上书卷一百九十下,第5049页。
④ 同上书卷一百九十下,第5050页。
⑤ 同上书卷一百三十,第3625页。
⑥ 同上书卷一百六十六,第4336页。
⑦ 同上书卷一百九十下,第5078页。
⑧ [宋]胡仔:《苕溪渔隐丛话·后集》卷三十九引《艺苑雌黄》,人民文学出版社,1962年,第319页。
⑨ [元]脱脱等:《宋史》卷四百四十四《周邦彦传》,中华书局,1985年,第13126页。
⑩ 同上书卷三百九十五《陆游传》,第12058—12059页。

化、兴衰起落、吸纳变革,逐渐成为整个封建社会的统治思想,并渗透到社会的每一个角落。儒家思想中的一整套的伦理道德、礼义名分观念,始终是统治阶级用以巩固政权、维系人心、规范人们言行的理论武器。"君君、臣臣、父父、子子"①,不得僭越;"君臣、上下、父子、兄弟,非礼不定"②,"非礼勿动"③;"亲亲,尊尊,长长,男女之有别"④,不得违犯;"不登高,不临深,不苟訾,不苟笑"⑤,一切都要循规蹈矩,恪守不违,否则,即使像曹操这样一位曾主张过"夫有行之士,未必能进取;进取之士,未必能有行也。……士有偏短,庸可废乎"⑥的很通达的人物,为了维护其统治,也会以谤讪、狂悖、不孝之名把孔融杀掉。南朝统治者虽多信奉佛教,但儒家思想仍是统治思想,儒家的伦理道德仍需遵从,帝王仍借以维护统治秩序,士人皆不得违犯。⑦诸如司马相如、扬雄、孔融、潘岳以及王昌龄、元稹、温庭筠等,这些被指责为"不护细行"的文学之士,或有媚上之嫌,或有另辟蹊径以求升迁之意,或有傲诞不羁之行,或有违碍名教礼仪之举,恰恰在政治上不利于封建统治秩序的维护,违反了儒家出处进退的名节,在生活上唐突了儒家的伦理道德,那就自然免不了生前受人侧目,仕途不尽如人意,死后还要被以成败论人的史家书上一笔。

---

① [宋]朱熹:《四书章句集注·论语集注》卷六《颜渊》,第136页。
② 《十三经注疏》整理委员会整理:《十三经注疏·礼记正义》卷一《曲礼》上,北京大学出版社,1999年,第14页。
③ [宋]朱熹:《四书章句集注·论语集注》卷六《颜渊》,第132页。
④ 《十三经注疏》整理委员会整理:《十三经注疏·礼记正义》卷三十二《丧服小记》,第966页。
⑤ 同上书卷一《曲礼》上,第29页。
⑥ [晋]陈寿撰,[南朝宋]裴松之注:《三国志》卷一《魏书·武帝纪》,第44页。
⑦ 参周一良《两晋南朝的清议》,《魏晋隋唐史论集》第2辑,中国社会科学出版社,1983年。

因此，传统儒家思想中的伦理道德、礼义名分观念，在封建社会中有维护社会秩序、维系人心的积极的一面，其本身也有不少合乎情理的有益的成分，但我们今天对待这种一味求全责备、指斥文人"不护细行"的"东方恶习"，对这种站在统治阶级利益一方面，用儒家传统的伦理道德标准衡量文人言行的结论，却不能不持谨慎态度，具体情况具体分析。同样，我赞同王国维先生的话："故无高尚伟大之人格，而有高尚伟大之文学者，殆未之有也"，"天才者……而又须济之以学问，助之以德性，始能产真正之大文学"。① 然而，在我们的文学批评和研究中，却不应因为所谓"不护细行"，就对一些颇有成就的文学家求全责备，不应以人废言，而是要对其人其文作全面深入的分析。如扬雄、潘岳、元稹等文学史上的一些著名作家，长期以来，多有笼统地以人论文，因而评价偏低的情况。这是不妥当的。这里不妨以元稹为例略作说明。

元稹在当时和后来被指责为"不矜细行，终累大德"②，其原因有二：一是交结宦官，位至宰相；二是始乱终弃，用情不专。其实，这两条都并不完全符合事实，因而似不足以以此贬低元稹及其创作在文学史上的地位。

关于投靠宦官、位至宰辅，固然有两《唐书》为证，但我认为，元稹虽有投靠宦官之嫌，然并不能因此而推出元稹必定是投靠了宦官才得以升迁的结论。在封建社会中，文人士大夫要想有所作为，必得帝王知遇，否则就可能一事无成。元稹的位至宰辅，其主要原因应在于唐穆宗的知遇，在于其文才为穆宗所赏识，其政治主张与穆宗相符合。

---

① 王国维：《文学小言》（六）（七），姚淦铭、王燕编《王国维文集》，中国文史出版社，1997年，第1卷，第26页。

② ［元］辛文房撰，周本淳校正：《唐才子传校正》卷六《元稹传》，江苏古籍出版社，1987年，第169页。

第五章 《文心雕龙·程器》篇主旨和文人"不护细行"的论辩

《旧唐书》卷一百六十六《元稹传》载：

> 穆宗皇帝在东宫,有妃嫔左右尝诵稹歌诗以为乐曲者,知稹所为,尝称其善,宫中呼为元才子。荆南监军崔潭峻甚礼接稹,不以掾吏遇之,常征其诗什讽诵之。长庆初,潭峻归朝①,出稹《连昌宫辞》等百余篇奏御,穆宗大悦,问稹安在,对曰："今为南宫散郎。"即日转祠部郎中、知制诰。朝廷以书命不由相府,甚鄙之,然辞诰所出,夐然与古为侔,遂盛传于代,由是极承恩顾。……居无何,召入翰林……穆宗愈深知重。河东节度使裴度三上疏,言稹与(知枢密魏)弘简为刎颈之交,谋乱朝政,言甚激讦。穆宗顾中外人情,乃罢稹内职,授工部侍郎。上恩顾未衰,长庆二年,拜平章事。……遂俱罢稹、(裴)度平章事,乃出稹为同州刺史,度守司射。谏官上疏,言责度太重,稹太轻,上心怜稹,止削长春宫使。②

由此可见,元稹长庆初的不断升迁,固然有崔潭峻的推举之力,但其主要原因还在于穆宗的深相"知重",而"知重"的重要因素是爱赏其才。崔氏出稹诗奏御,"穆宗大悦",是因为其在东宫时就称赏元稹诗歌,之后"极承恩顾",也是因为元稹"辞诰所出,夐然与古为侔",加之当时的宰相段文昌"因请亟用兵部郎中薛存庆,考功员外郎牛僧孺"和元稹,所以才有"上然之,不十数日次用为给、舍"。③ 所以,在元稹升迁的问题上,崔氏并非起决定作用者。此其一。

第二,穆宗之知重元稹并擢而为相还有一个重要的原因,那就是在"消兵"问题上与其观点一致。早在元和初年,元稹与白居易应制举

---

① 陈寅恪先生指出,此处《新唐书·元稹传》作"长庆初,潭峻方亲幸"为妥,因崔归朝在长庆之前。参见《元白诗笺证稿》,上海古籍出版社,1978年,第74页。
② [后晋]刘昫等:《旧唐书》卷一百六十六,第4333—4334页。
③ [唐]元稹:《元稹集》卷三十二《叙奏》,冀勤点校,中华书局,1982年,第368页。

时,曾揣摩当日之事作《策林》七十五篇,其中就有《销兵数》一门。及元和末年平定淮西后,元稹可能见到李正封《过连昌宫》诗或韩愈和作,同其题作《连昌宫词》,末云:"老翁此意深望幸,努力庙谋休用兵。"这正与穆宗以及段文昌、萧俛、崔潭峻等人的观点相合。《旧唐书》卷一百七十二《萧俛传》云:

> 穆宗乘章武恢复之余、即位之始,两河廓定,四鄙无虞,而俛与段文昌屡献太平之策……劝穆宗休兵偃武。又以兵不可顿去,请密诏天下军镇有兵处,每年百人之中,限八人逃死,谓之"消兵"。帝……遂诏天下,如其策而行之。①

故陈寅恪先生指出:"《连昌宫词》末章之语,同于萧俛、段文昌'消兵'之说,宜其特承穆宗知赏。"又指出:"然则,'销兵'之说,本为微之少日所揣摩当世之事之一。作《连昌宫词》时,不觉随笔及之,殊不意其竟与己身之荣辱升沉,发生如是之关系。此则当日政治之环境实为之也。"②陈先生此论极为精到,虽则是以"消兵"之史实证《连昌宫词》末章之诗,但亦足为本文观点之有力佐证。

其实,不仅在"消兵"问题上,元稹在其他方面的一些看法也颇为穆宗赏识。如元稹自云为中书舍人时,穆宗"三召与语。语及兵赋洎西北边事,因命经纪之。是后书奏及进见,皆言天下事"③。观《元稹集》,今存《进西北边图状》《进西北图状》等篇,可证其言不虚。

由于元稹的许多政治见解与裴度相左,因而受到裴度的猛烈抨击④;由于元稹的升迁,与交接宦官有关(然则如上文所述主要是受穆

---

① [后晋]刘昫等:《旧唐书》卷一百七十二,第4477页。
② 陈寅恪:《元白诗笺证稿》,第74—75页。
③ [唐]元稹:《元稹集》卷三十二《叙奏》,第368页。
④ 个中当有误会,参《元稹集》卷三十二《叙奏》,第367—369页。

宗知赏),有悖于一般士人出处进退的名节,所以遭到当时及后人的责难,如此而已。

至于元稹用情不专、始乱终弃的问题,也还可以讨论。元稹有《遣悲怀三首》等追悼夫人韦氏,可见其是很重感情的,而所谓的始乱终弃,是指元稹与莺莺事。陈寅恪先生早已指出:"唐代社会承南北朝之旧俗,通以二事评量人品之高下。……凡婚而不娶名家女……为社会所不齿。……则微之所以作《莺莺传》,直叙其自身始乱终弃之事迹,绝不为之少惭,或略讳者,即职是故也。其友人杨巨源、李绅、白居易亦知之,而不以为非者,舍弃寒女,而别婚高门,当日社会所公认之正当行为也。"[①]当然,陈氏考史,可有此一说,我们固不必引此为元氏的始乱终弃辩护,但是否也应当不要因人而废言呢?

中国的文学批评传统讲究"知人论世"之法,所以有时无形中也会因人之"不护细行"而贬低其文学史上的成就。人们对元稹在文学史上地位的评价偏低,一个很重要的原因就在这里。然而,实际上元稹无论是在当时还是后来文学的发展上,都产生过相当积极的影响。他的《唐故工部员外郎杜君墓系铭并序》对白居易的《与元九书》有直接影响,《和李校书新题乐府十二首》更直接启迪了白居易《新乐府五十首》的创作。尤为难能可贵的是,当元稹、白居易都遭贬斥之后,白居易思想渐趋消沉,直接反映社会现实、同情人民疾苦的作品渐少,而元稹却写下了和刘猛、李馀的《乐府古题》,且思想性和艺术性都较其前作为优。直到长庆、大和年间,元稹仍写下了《自责》《树上乌》《旱灾自咎贻七县宰》《遭风二十韵》等不少抨击藩镇割据、关心百姓痛瘼的作品。因而,元稹在中唐现实主义诗歌的创作中,在诗歌语言的通俗自然和诗歌叙事艺术的发展中,无疑是起了重要的推动作用的。此外,如《连昌

---

① 陈寅恪:《元白诗笺证稿》,第112—113页。

宫词》《莺莺传》等作品,不仅在题材上,而且在艺术手法上也都示后人以无数法门。所以,还是如荣格所言:"艺术研究的原理则是,不管这件艺术作品或艺术家本人有什么问题,心灵的创作品本身总是有存在价值的。"①

综上所述,我认为刘勰《文心雕龙·程器》主要论述了从政与为文的关系,其主旨在于力倡"贵器用"与尚"骋绩"。它不是一篇纯粹的作家道德品行论,也未涉及作家道德品行与创作的关系。然而,从文中关于文人"不护细行"的论述,却可以引发我们一些思考。东汉以来文人的不护细行以及围绕这一问题展开的争论,都恰好从一个侧面反映了文士自身主体意识的增强和对个性自由精神的追求,反映了文人的自觉。这种自觉,促进了文学创作的发展和文学观念的确立。同时,由于对文人"不护细行"的批评在某种程度上往往带有一定的偏见和局限,也就不免会影响到文学批评的正常开展。这些,在我们今天的文学研究中,都还应当具体分析。

---

① [瑞士]G. G. 荣格:《探索心灵奥秘的现代人》,黄奇铭译,社会科学文献出版社,1987年,第147页。

第六章　盛唐的政治、社会与诗歌创作的繁荣

一、《河岳英灵集》：一部唐人选唐诗的代表作

关于盛唐诗歌发展繁荣的原因，自20世纪70年代末以来，学界颇多讨论，然多着眼宏观。① 本章不拟从宏观立论，只是想从一部盛唐人所选的盛唐诗歌选本《河岳英灵集》入手，通过对盛唐政治、社会的若干变化痕迹的寻绎，揭示盛唐诗歌发展演变的原因所在。

在现存的十余种唐人选唐诗中，殷璠的《河岳英灵集》无疑是最为后人所称道的了。晚唐诗人郑谷有诗曰："殷璠裁鉴《英灵集》，颇觉同才得旨深。何事后来高仲武，品题《间气》未公心。"②将殷璠所编选的《河岳英灵集》与中唐时期高仲武所编的《中兴间气集》相比较，以为殷璠所选得诗人之旨为多。一扬一抑，褒贬分明。五代人孙光宪则谓：

---

① 这些讨论如余冠英、王水照《唐诗发展的几个问题》(《文学评论》1978年第1期)；梁超然《就唐诗繁荣原因提几个问题——向余冠英、王水照同志求教》(《广西民族学院学报》1978年第3期)；皇甫煃《唐代诗赋取士与唐诗繁荣的关系》(《南京师范学院学报》1979年第1期)；廖仲安《唐代文学繁荣的政治思想背景》(《北京师院学报》1980年第4期)；刘修明、吴乾兑《试论唐代文化高峰形成的原因》(《学术月刊》1982年第4期)；等等。

② ［唐］郑谷著，严寿澂、黄明、赵昌平笺注：《郑谷诗集笺注》卷二《读前集二首》其一，上海古籍出版社，1991年，第262页。

"有唐御宇,诗律尤精,列姓字,掇英秀,不啻十数家,惟丹阳殷璠,优劣升黜,咸当其分,世之深于诗者,谓其不诬。"①也认为在十余种唐人选唐诗中,惟推殷璠《河岳英灵集》选汰精当,可谓赞赏备至。至清代四库馆臣,也称其书"凡所品题,类多精惬"②。他们都从不同的角度,充分肯定了《河岳英灵集》的价值。

当代学术界对殷璠《河岳英灵集》的认识和研究,较之前人,取得了很大成绩③,其中尤以李珍华、傅璇琮两位先生合撰的《河岳英灵集研究》一书最为突出。书中指出:"《河岳英灵集》是唐人所选唐诗的一种,但它不是一部寻常的诗歌选本,在中国诗歌史和文学理论史上,有其特殊的地位。从文献材料上说,由于它的选录,保存了若干唐人的诗。……它的理论上的价值更加明显。它所提出的'兴象说''音律说',鲜明地反映了盛唐时代诗歌高峰期的创作特色和理论特色。殷璠与王昌龄,是开元、天宝时期最具理论系统的诗论家。"④这些论述和书中对殷璠所提出的兴象说、音律说的探讨以及对《河岳英灵集》版本系统的梳理与文字的校勘工作等,都是很细致精到和富有启发意义的。

然而,在我看来,用文献学的方法对殷璠的《河岳英灵集》进行整理校勘,并从文学理论的角度对书中所提出的一些理论观点与术语等进行研究,当然都十分重要,但这些似都还只是我们研究工作中的一部分,《河岳英灵集》在中国文学史上的贡献和价值,还在于它很好地运用了这些理论和观念,从而很好地反映了盛唐诗歌发展的实际。因此

---

① 孙光宪:《白莲集序》,[清]董诰等编《全唐文》卷九百,中华书局,1983年,第9391页。
② [清]纪昀等:《四库全书总目》卷一百八十六《河岳英灵集》提要,第1688页。
③ 如王运熙《释〈河岳英灵集序〉论盛唐诗歌》,《汉魏六朝唐代文学论丛》,上海古籍出版社,1981年;王运熙、杨明《河岳英灵集的编集年代和选录标准》,《唐代文学论丛》第一辑,1982年。
④ 李珍华、傅璇琮:《河岳英灵集研究》,第1页。

我们理应更进一步,以殷璠对盛唐诗歌的认识和理解为参照,或曰透过殷璠《河岳英灵集》为后人提供的这一方窗口,去认识和探寻盛唐诗歌的面貌和特点以及其发展演变的脉络,以丰富我们对殷璠《河岳英灵集》和中国文学史的研究。

二、盛唐诗歌与"盛世"的暌离

为了论述的方便,有必要先将殷璠编选《河岳英灵集》的《叙》和《论》引述如下。其《叙》曰:

> 梁昭明太子撰《文选》,后相效著述者十余家,咸自称尽善,高听之士,或未全许。且大同至于天宝,把笔者近千人,除势要及贿赂者,中间灼然可尚者,五分无二,岂得逢诗辑纂,往往盈帙。盖身后立节,当无诡随,其应诠拣不精,玉石相混,致令众口销铄,为知音所痛。
>
> 夫文有神来、气来、情来,有雅体、野体、鄙体、俗体。编纪者能审鉴诸体,委详所来,方可定其优劣,论其取舍。至如曹、刘诗多直语,少切对,或五字并侧,或十字俱平,而逸驾终存。然挈瓶庸受之流,责古人不辨宫商徵羽,词句质素,耻相师范。于是攻异端,妄穿凿,理则不足,言常有余,都无兴象,但贵轻艳。虽满箧笥,将何用之?自萧氏以还,尤增矫饰。武德初,微波尚在。贞观末,标格渐高。景云中,颇通远调。开元十五年后,声律风骨始备矣。实由主上恶华好朴,去伪从真,使海内词场,翕然尊古,南风周雅,称阐今日。璠不揆,窃尝好事,愿删略群才,赞圣朝之美,爰因退迹,得遂宿心。粤若王维、昌龄、储光羲等二十四人,皆河岳英灵也,此集便以《河岳英灵》为号。诗二百三十四首,分为上下卷,起甲寅,终癸巳,伦次于叙,品藻各冠篇额。如名不副实,才不合道,纵权压梁、

窦,终无取焉。①

其《论》曰:

> 昔伶伦造律,盖为文章之本也。是以气因律而生,节假律而明,才得律而清焉。宁预于词场,不可不知音律焉。孔圣删《诗》,非代议所及。自汉魏至于晋宋,高唱者十有余人,然观其乐府,犹有小失。齐梁陈隋,下品实繁,专事拘忌,弥损厥道。夫能文者匪谓四声尽要流美,八病咸须避之,纵不拈二,未为深缺。即"罗衣何飘飘,长裾随风还",雅调仍在,况其他句乎?故词有刚柔,调有高下,但令词与调合,首末相称,中间不败,便是知音。而沈生虽怪,曹王曾无先觉,隐侯言之更远。璠今所集,颇异诸家,既闲新声,复晓古体,文质半取,风骚两挟,言气骨则建安为俦②,论宫商则太康不逮。将来秀士,无致深憾。③

以声律风骨兼备作为作品的选录标准,首风骨,次声律,重风骨而不废声律,这不但在理论上承继了自刘勰、陈子昂以来以"风骨说"论文的优良传统,而且也能够从六朝尤其是初唐以后诗歌创作的实际出发,把随着诗歌创作发展而走向成熟的声律说,作为自己衡诗论文的重要标准之一④,虽然殷璠对六朝以来过于讲究音律,文风矫饰轻艳的现象也持批评态度。

殷璠以风骨论诗,除了在上述《叙》《论》中有明确表述之外,在对

---

① [唐]殷璠:《河岳英灵集》卷首,李珍华、傅璇琮校点本,附见《河岳英灵集研究》一书中,第117—118页。下文所引《河岳英灵集》内容,如无特别说明皆出自李、傅本。

② "俦",原作"传",此据〔日〕遍照金刚《文镜秘府论》南卷《定位》引改(〔日〕遍照金刚撰,卢盛江校考:《文镜秘府论汇校汇考》,中华书局,2006年,第1533页),李、傅本失校。

③ [唐]殷璠:《河岳英灵集》卷首,第119页。

④ 傅璇琮、李珍华先生认为殷璠所论声律乃指汉魏以来的古体诗的声律,颇有见地,然我以为,书中所论声律又不专指古体,而是兼古、近二体而言的。

所选作家的具体评论中也曾一再论及。比如他论王昌龄诗说:"元嘉以还,四百年内,曹、刘、陆、谢,风骨顿尽。顷有太原王昌龄、鲁国储光羲,颇从厥迹,且两贤气同体别,而王稍声峻。"①又论薛据诗说:"据为人骨鲠,有气魄,其文亦尔。"②论高适诗说:"适诗多胸臆语,兼有气骨,故朝野通赏其文。"③论崔颢诗曰:"晚节忽变常体,风骨凛然。"④殷璠在这里所持以衡诗的"风骨论",实际上主要指的是建安风骨。他在《丹阳集序》中曾说道:"李都尉没后九百余载,其间词人不可胜数。建安末,气骨弥高,太康中体调尤峻,元嘉筋骨仍在,永明规矩已失,梁、陈、周、隋,厥道全丧。盖时迁推变,俗异风革,信乎人文化成天下。"⑤可见其"风骨论"的内涵即刘勰在《文心雕龙·时序》篇中所说的:"观其时文,雅好慷慨,良由世积乱离,风衰俗怨,并志深而笔长,故梗概而多气也。"⑥以"雅好慷慨""志深笔长""梗概多气"的建安文学为鹄的,殷璠所选的作家、作品,便与后人心目中的"盛唐"政治、社会风貌的昌明隆盛,似乎产生了距离。

首先,被殷璠称为"河岳英灵"的王维、王昌龄等二十四位诗人,至少在殷璠编定此集之时,皆名位不显。且不说王季友"白首短褐"⑦,孟浩然"沦落名代,终于布衣"⑧,也不必说李白当初如何兴冲冲地辞亲入京,待诏翰林,然不久就赐金放还,单看那些中了进士或登过制科的士

---

① [唐]殷璠:《河岳英灵集》卷下,第219页。
② 同上书,第197页。
③ 同上书卷上,第180页。
④ 同上书卷下,第191页。
⑤ [宋]陈应行编:《吟窗杂录》卷四十一《杂序》引,王秀梅整理,中华书局,1997年,第1107页。
⑥ [南朝梁]刘勰:《文心雕龙·时序》,周勋初《文心雕龙解析》,第690页。
⑦ [唐]殷璠:《河岳英灵集》卷上,第163页。
⑧ 同上书卷下,第205页。

人又能怎样呢？李颀"惜其伟才,只到黄绶"①;常建"亦沦于一尉"②;王昌龄十年三贬,"再历遐荒,使知音叹息"③;祖咏"流落不偶","以渔樵自终"④;高适"一生徒羡鱼,四十犹聚萤"⑤,天宝八载(749),经张九皋推荐,中制科,授封丘尉,然没几年就辞官出塞,另寻出路;岑参自二十献书阙下,又奔波十年方得一兵曹参军,久而不迁,天宝八载也不得不出塞入高仙芝幕府。储光羲十数年中,断断续续三为县尉;王维年轻时被贬十年,回朝后因张九龄被排挤而连带着遇到许多不愉快,他后来的吃斋奉佛,与此都不能无关。所以,唐人郑处诲就说:"天宝末……王泠然、王昌龄、祖咏、张若虚、张子容、孟浩然、常建、李白、刘眘虚、崔曙、杜甫,虽有文章盛名,皆流落不偶。"⑥《旧唐书·文苑传》也曾记载:"开元、天宝间,文士知名者,汴州崔颢,京兆王昌龄、高适,襄阳孟浩然,皆名位不振。"⑦可见这些士人的仕宦不显,确是事实。

不平则鸣。人皆流落不偶,诗便少不了怨苦之音。王昌龄有云:"是故诗者,书身心之行李,序当时之愤气。气来不适,心事不达,或以刺上,或以化下,或以申心,或以序事,皆为中心不决,众不我知。由是言之,方识古人之本也。"⑧既能道出此埋,也是他的夫子自道。而观殷璠所选,正多此类怨愤不平之作。这就成了《河岳英灵集》显著的

---

① [唐]殷璠:《河岳英灵集》卷上,第173页。
② 同上书,第131页。
③ 同上书卷下,第220页。
④ [元]辛文房撰,周本淳校正:《唐才子传校正》卷一《祖咏传》,第30页。
⑤ [唐]高适:《奉酬北海李太守丈人夏日平阴亭》,[唐]高适撰,刘开扬笺注《高适诗集编年笺注》,中华书局,1981年,第164页。
⑥ [明]胡应麟《诗薮》外编卷三引《明皇杂录》(上海古籍出版社,1979年,第177页),今本《明皇杂录》无此条。又,宋人曾慥《类说》、明胡震亨《唐音癸签》卷二十八引此条,文字稍有出入。
⑦ [后晋]刘昫等:《旧唐书》卷一百九十下,第5049页。
⑧ 《文镜秘府论》南卷《论文意》引,见卢盛江校考《文镜秘府论汇校汇考》,第1329页。

特点。

我们不妨先看王昌龄入选的诗作。王昌龄在《河岳英灵集》中是入选作品最多的一位诗人,也是殷璠以风骨相推许,给予极高评价的一位诗人。然在王昌龄入选的十六首诗中,除了《咏史》和《香积寺礼拜万回平等二圣僧塔》两首诗借咏史怀古以抒怀,表现出"贤智苟有时,贫贱何所论"和"当为时世出,不由天地资"①的不甘沦落于盛世的胸襟之外,其余的十四首可以说几乎都是抒其"中心不决"的诗作。像"晚来常读《易》,顷者欲还嵩。世事何须道,黄精且养蒙"②,是直接抒发内心的愤懑不平。"孤舟微月对枫林,分付鸣筝与客心,岭色千重万重雨,断弦收与泪痕深"③,是寓情于景,凄恻宛转。"海雁时独飞,永然沧洲意。古时青冥客,灭迹沦一尉。吾子踌躇心,岂其纷埃事"④,"子为黄绶羁,余忝蓬山顾","罢酒当凉风,屈伸备冥数"⑤,是以他人之酒浇胸中之块磊。"旷野饶悲风,飕飕黄蒿草。系马倚白杨,谁知我怀抱"⑥,"当昔长城战,咸言意气高,黄尘是今古,白骨乱蓬蒿"⑦,则又是借题发挥,怀古伤今。其内心的哀怨,读之不难察出。

再如集中所选的薛据的十首诗,也是如此。其《怀哉行》一篇写道:

> 明时无废人,广厦无弃材。良工不我顾,有用宁自媒。怀策望君门,岁晏空迟回。秦城多车马,日夕飞尘埃。伐鼓千门启,鸣珂

---

① [唐]殷璠:《河岳英灵集》卷下,第220—222页。
② 同上书卷下《赵十四见寻》,第224页。
③ 同上书卷下《听人流水调子》,第225页。
④ 同上书卷下《綦氏尉沈兴宗置酒南溪留赠》,第222页。
⑤ 同上书卷下《郑县陶大公馆中赠冯六元二》,第227页。
⑥ 同上书卷下《长歌行》,第225页。
⑦ 同上书卷下《望临洮》,第226页。

双阙来。我闻雷雨施,天泽罔不该。何意斯人徒,弃之如死灰。主好臣必效,时禁权必开。俗流实骄矜,得志轻草莱。文王赖多士,汉帝资群才,一言并拜将,片善咸居台。夫君何不遇,为泣黄金台。①

从历史、社会与自然等多方面进行比较,愈是设想现实不应如此严酷,而现实竟是如此严酷,便愈见出诗人悲愤之气难平。

其他像集中所选张渭、王季友、贺兰进明的作品,像李白《行路难》("金罍清酒价十千")、《远别离》《忆旧游寄谯郡元参军》《梦游天姥山别东鲁诸公》,高适《宋中遇陈兼》《送韦参军》《封丘作》《哭单父梁九少府》,孟浩然《归故园作》,常建《鄂渚招王昌龄张偾》,张渭《赠乔林》,李颀《送陈章甫》《东郊寄万楚》,綦毋潜《送储十二还庄城》,王维《寄崔郑二山人》,崔署《送薛据之宋州》《登水门楼见亡友张真期题望黄河作因以感兴》,等等,亦皆属此类。

在诗歌中抒发不得志的怨愤,当然还不等于在现实生活中就完全放弃了自己建功立业的努力,只不过这种努力的途径和方向往往会有所改变,那就是由正常的仕进之途转为从军出塞。明人胡震亨曾指出:"唐词人自禁林外,节镇幕府为盛。如高适之依哥舒翰,岑参之依高仙芝……比比而是。中叶后尤多。盖唐制,新及第人,例就辟外幕,而布衣流落才士,更多因缘幕府,蹑级进身。"②所谓"例就辟外幕",实际上还是不得不就辟外府。至于这些士人从军出塞的结果如何,比如他们是否曾勒石记功,是否蹑级进身,对本文的研究来说,似乎都不甚重要,重要的是因此他们在各自的幕府生涯中,为后人留下的那些丰富多彩的边塞诗。如《河岳英灵集》中所选的高适的《燕歌行》《塞上闻笛》

---

① [唐]殷璠:《河岳英灵集》卷下,第200页。
② [明]胡震亨:《唐音癸签》卷二十七,上海古籍出版社,1981年,第285页。

《营州歌》,崔颢的《赠王威古》《古游侠呈军中诸将》《雁门胡人歌》《辽西》,王昌龄的《从军行》,陶翰的《古塞下曲》《燕歌行》《出萧关怀古》等,虽然可能只是诗人们一窥塞垣的剪影,却无不有着说尽戎旅,风骨凛然的鲜明特点。

正像盛唐诗人的从军出塞为我们留下了许多好的边塞诗一样,由仕途淹蹇转而浪迹江湖,隐遁山林,不管这是一条终南捷径还是一种消极的退避,也不管诗人有无怀才不遇的怨艾不平,在客观上都同样扩大了诗人的视野,使他们写出了很多"既多兴象,复备风骨"①的好作品。像常建的《梦太白西峰》《江上琴兴》《宿王昌龄隐处》《题破山寺后禅院》,李白的《答俗人问》,刘眘虚的《登庐山峰顶寺》《寻东溪还湖中作》,王季友的《杂诗》《山中赠十四秘书山兄》《酬李十六岐》,李颀的《送暨道士还玉清观》《发首阳山谒夷齐庙》《渔父歌》《送卢逸人》,岑参的《终南双峰草堂作》《观钓翁》,崔颢的《赠怀一上人》《黄鹤楼》,薛据的《登秦望山》《出青门往南山下别业》,綦毋潜的《春泛若耶》《题鹤林寺》《若耶溪逢孔九》,孟浩然的《夜归鹿门歌》《夜渡湘江》《渡湘江问舟中人》,王昌龄的《观江淮名山图》,王湾的《江南意》,阎防的《夕次鹿门山作》《百丈溪新理茆茨读书》等,或企羡隐逸,或沉湎山水,有忧愁怨艾,也有摆脱世事、复归自然的愉悦和平淡,展现出一方新的诗境。总之,这些山水诗和前引边塞诗的大量选录,构成了《河岳英灵集》的又一特色。

对于上述这些士人的淹蹇不遇,殷璠是怀着深深的同情的。比如他评常建说:"高才而无贵仕,诚哉是言。曩刘桢死于文学,左思终于记室,鲍昭卒于参军,今常建亦沦于一尉。悲夫!建诗……一篇尽善者,'战余落日黄,军败鼓声死','今与山鬼邻,残兵哭辽水',属思既

---

① 《河岳英灵集》卷上评陶翰语,第166页。

苦,词亦警绝。潘岳虽云能叙悲怨,未见如此章。"①评王季友曰:"季友诗爱奇务险,远出常情之外。然而白首短褐,良可悲夫。"②评李颀:"惜其伟才,只到黄绶,故其论家,往往高于众作。"③评薛据:"据为人骨鲠,有气魄,其文亦尔。自伤不早达,因著《古兴》诗云:'投珠恐见疑,抱玉但垂泣,道在君不举,功成叹何及。'怨愤颇深。"④又评孟浩然曰:"余尝谓祢衡不遇,赵壹无禄,其过在人也。及观襄阳孟浩然,罄折谦退,才名日高,天下籍甚,竟沦落明代,终于布衣,悲夫!"⑤评崔署:"署诗言词款要,情兴悲凉,《送别》《登楼》,俱堪泪下。"⑥清四库馆臣曾指出殷璠此集"所录皆淹蹇之士,所论多感慨之言"⑦,是符合实际的。

对于这些诗人不得志而抒其幽愤,进而或从军边塞,或寄意山林,并由此所带来的诗歌创作上的新变化、新气象,即"文质半取,风骚两挟",风骨声律兼备,殷璠则有着一种难能可贵的敏锐。他努力捕捉着这种盛唐诗坛上出现的新因素,并试图在《河岳英灵集》中将其准确地反映出来。比如他评高适及其诗作,认为:"适性拓落,不拘小节,耻预常科,隐迹博徒,才名自远。然适诗多胸臆语,兼有气骨,故朝野通赏其文。至如《燕歌行》等篇,甚有奇句,且余所爱者,'未知肝胆向谁是,令

---

① [唐]殷璠:《河岳英灵集》卷上,第131页。
② 同上书,第163页。
③ 同上书,第173页。
④ 同上书卷下,第197页。
⑤ 同上书,第205页。
⑥ 同上书,第230页。《送别》《登楼》,指集中所选《送薛据之宋州》和《登水门楼见亡友张真期题〈望黄河作〉因以感兴》二诗。
⑦ [清]纪昀等:《四库全书总目》卷一百八十六《河岳英灵集》提要,第1688页。其实,殷璠本人仕途亦很不得意。史载其为"丹阳人,处士,有诗名"(《嘉定镇江志》卷十八),曾任润州(今江苏镇江)文学,其余已不可详知,然正如四库馆臣所指出的,"其序谓'爰因退迹,得遂宿心',盖不得志而著书者"。又"序称'名不副实,才不合道,虽权压梁、窦,终无取焉'",其宗旨可知也"。

人却忆平原君',吟讽不厌矣。"①上文已经提到,《河岳英灵集》中所选的高适的诗,多是抒愤之作,而这里殷璠恰恰认为其诗有"胸臆语,兼有气骨";《燕歌行》是高适开元末感征戍之事而写的一首揭露将帅轻敌和军中不公正现象的诗作,"未知肝胆"两句诗摘自《邯郸少年游》,则是借邯郸少年之口感慨才士不遇、知音难逢,二者都是有感而发的,亦有不平之气,然殷璠则称其"甚有奇句",倍加赞赏。再像他论崔颢的诗,云:"颢少年为诗,属意浮艳,多陷轻薄,晚节忽变常体,风骨凛然,一窥塞垣,说尽戎旅。至如'杀人辽水上,走马渔阳归。错落金锁甲,蒙茸貂鼠衣',又'春风吹浅草,猎骑何翩翩。插羽两相顾,鸣弓新上弦',可与鲍照、江淹并驱也。"②注意到崔颢诗由"浮艳"到"风骨凛然"的前后变化,并指出其变化的原因在于"一窥塞垣,说尽戎旅"。最能见出选家的眼光。殷璠肯定的往往就是这些在当时诗歌创作中出现的新的东西。再看下列品藻:

> (刘)眘虚诗情幽兴远,思苦词奇,忽有所得,便惊众听。……至如"松色空照水,经声时有人",又"沧溟千万里,日夜一孤舟",又"归梦如春水,悠悠绕故乡",又"驻马渡江处,望乡待归舟",又"道由白云尽,春与清溪长。时有落花至,远随流水香。开门向溪路,深柳读书堂。幽映每白日,清晖照衣裳",并方外之言也。③
>
> (李)颀诗发调既清,修辞亦秀,杂歌咸善,玄理最长。至如《送暨道士》云:"大道本无我,青春长与君。"又《听弹胡笳声》云:"幽音变调忽飘洒,长风吹林雨堕瓦。迸泉飒飒飞木末,野鹿呦呦

---

① [唐]殷璠:《河岳英灵集》卷上,第180页。
② 同上书卷下,第191页。所举诗例,分别出集中所选《赠王威古》《古游侠呈军中诸将》。
③ 同上书卷上,第155页。所举诗例中,"松色"两句,出集中所选《寄阎防》,余皆失题。

走堂下。"足可歔欷,震荡心神。①

（綦毋）潜诗屹崒峭蒨足佳句,善写方外之情。至如"松覆山殿冷",不可多得,又"塔影挂清汉,钟声和白云",历代未有。荆南分野,数百年来,独秀斯人。②

能寓玄理、方外之情于写景之中,在盛唐诗坛上显然是一种创作题材和主题的新的取向。殷璠对此给予了充分的肯定。此外,殷璠还很注意创作的其他方面出现的新因素。比如他评常建等人的诗：

（常）建诗似初发通庄,却寻野径,百里之外,方归大道。所以其旨远,其兴僻,佳句辄来,唯论意表。至如"松际露微月,清光犹为君",又"山光悦鸟性,潭影空人心",此例十数句,并可称警策。③

（王）维诗词秀调雅,意新理惬,在泉为珠,着壁成绘,一句一字,皆出常境。至如"落日山水好,漾舟信归风",又"涧芳袭人衣,山月映石壁","天寒远山净,日暮长河急","日暮沙漠陲,战声烟尘里"。④

（张）谓《代北州老翁答》及《湖中对酒行》,并在物情之外。但众人未曾说耳,亦何必历遐远,探古迹,然后始为冥搜。⑤

（王）季友诗爱奇务险,远出常情之外。……至如《观于舍人西亭壁画山水》诗"野人宿在人家少,朝见此山谓山晓。半壁仍栖

---

① ［唐］殷璠：《河岳英灵集》卷上,第173页。
② 同上书,第203页。所举诗句分别出集中所选《题鹤林寺》和《题灵隐寺山顶院》。
③ 同上书,第131页。所举诗句分别出集中所选《宿王昌龄隐处》和《题破山寺后禅院》。
④ 同上书,第148页。所举诗例,前四句出《蓝田山石门精舍》,"涧芳"两句,即集中所选《淇上别赵仙舟》,"日暮"两句,出《李陵咏》。
⑤ 同上书,第160页。

>岭上云,开帘放出湖中鸟",甚有新意。①
>
>(孟)浩然诗文彩丰茸,经纬绵密,半遵雅调,全削凡体。至如"众山遥对酒,孤屿共题诗",无论兴象,兼复故实。又"气蒸云梦泽,波动岳阳城",亦为高唱。②
>
>储公(储光羲)诗,格高调逸,趣远情深,削尽常言,挟风雅之道,得浩然之气。③

这里所举出的若干诗句,多是诗人们摆脱世事俗情,徘徊山林,放浪江湖,寻幽览胜时的即事抒怀或纯粹写景之作,然而或以玄意悠远,或以语兼诗画,或以感慨至深,或以气象阔大,总之皆能超越"物情""凡体""常境",情景交融,文质参半,风骨两挟,符合殷璠的论诗标准,所以也都得到其高度的评价。

有时候殷璠对新的因素的关注,似乎已成为一种独特的审美情趣。像他评李白等人的诗云:

>白性嗜酒,志不拘检,常林栖十数载,故其为文章,率皆纵逸。至如《蜀道难》等篇,可谓奇之又奇,然自骚人以还,鲜有此体调也。④
>
>(岑)参诗语奇体峻,意亦奇造,至如"长风吹白茅,野火烧枯桑",可谓逸矣。又"山风吹空林,飒飒如有人",宜称幽致也。⑤

于运意、造语皆着眼新奇二字。还有他所作的王昌龄诗的摘句:

---

① [唐]殷璠:《河岳英灵集》卷上,第163页。
② 同上书卷下,第205页。所举诗例,"众山"两句,出集中所选《永嘉上浦馆逢张子容》,"气蒸"两句,出《望洞庭湖赠张丞相》。
③ 同上书,第213页。
④ 同上书卷上,第138页。
⑤ 同上书,第187页。所举诗例分别出《至大梁却寄匡城主人》《暮秋山行》。

> 至如"明堂坐天子,月朔朝诸侯。清乐动千门,皇风被九州。庆云从东来,泱漭抱日流",又"云起太华山,云山互明灭。东峰始含景,了了见松雪",又"楮楠无冬春,柯叶连峰稠。阴壁下苍黑,烟含清江楼。叠沙积为岗,崩剥雨露幽。石脉尽横亘,潜潭何时流",又"京门望西岳,百里见郊树。飞雨祠上来,霭然关中暮",又"奸雄乃得志,遂使群心摇。赤风荡中原,烈火无遗巢。一人计不用,万里空萧条",又"百泉势相荡,巨石皆却立。昏为蛟龙怒,清见云雨入",又"去时三十万,独自还长安,不信沙场苦,君看刀箭瘢",又"芦荻寒苍江,石头岸边饮",又"长亭酒未醒,千里风动地。天仗森森练雪拟,身骑铁骢白鹰臂",斯并惊耳骇目,今略举其数十句,则中兴高作可知矣。①

这里虽然也有歌颂大唐气象的雄浑诗句,但殷璠所欣赏的更多的还是那些写边塞征战生活的严酷和山水景物的奇崛怪变的诗歌,在殷璠看来,正是这些意新语奇、慷慨任气、风骨峻拔的作品代表了盛唐诗的成就,所以他称之为"中兴高作"。不过,有时殷璠也有过分追求新奇的倾向,如集中选常建的《仙谷遇毛女意知是秦时宫人》、王维的《渔山神女琼智祠二首》、李颀的《谒张果老先生》等,就表现出这种倾向。

如上所述,殷璠以风骨论诗,然而他所赞赏的诗实际上多是士人们抒发怀才不遇的愤懑不平之作,以及迫于这种不得志的处境而另谋出路(如从军边塞),或暂求解脱(如寄意山林)时的所得,而这些作品,恰恰又是在开元初至天宝中,即盛唐时期才出现的新的现象,也就是说,

---

① [唐]殷璠:《河岳英灵集》卷下,第219—220页。所举诗例,"明堂"数句出《放歌行》,"云起"数句出《过华阴》,"楮楠"数句出《出郴山口至叠石湾野人室中寄张十一》,"京门"数句出集中所选《郑县陶大公馆中赠冯六元二》,"奸雄"数句失题。"百泉"数句出《小敷谷龙潭祠作》,"去时"数句出《代扶风主人答》,"芦荻"两句失题,"长亭"数句亦失题。

正是由这些作品构成了盛唐诗歌的宏大殿堂。生活在盛唐时期的很多士人,虽然他们在政治上往往有很大的抱负,希望能够成就一番事业,表现在诗歌创作中,也时时充溢着一种自信和高昂明朗的感情基调,但是,当这种抱负、自信和感情屡受挫折和打击时,其内心"明时"沦落的失败感和挫折感也往往很强烈,发为诗歌,便不免由高昂明朗转为慷慨放旷,转为沉郁悲凉,而同是写边塞生活,却多了几分悲壮愤惋;同是写山水自然,也多了几分清幽玄远。总而言之,盛唐诗歌的主要风貌和特征并非如少年式的浪漫不羁和无拘无束,而是充满了走向成熟的深刻和凝重,它有时固然也表现为高昂明朗,但在更多的时候却又是慷慨悲壮的。

殷璠对盛唐诗的这些看法,是否仅仅是他个人的认识呢?不然。比如同是生活于盛唐时代的诗人高适,就也这么认为。殷璠评薛据的诗,以为"怨愤颇深",骨鲠有气魄,高适也有类似的看法,称其:"故交负灵奇,逸气抱謇谔,隐轸经济具,纵横建安作。"①天宝三载,高适作有《宋中别周梁李三子》诗,其中写道:"曾是不得意,适来兼别离。如何一樽酒,翻作满堂悲。"可知这三位不得意的士子必多怨愤之作,然高适却称其"周子负高价,梁生多逸词,周旋梁宋间,感激建安时"②。后来高适遇到与之"心事正堪尽"的侯少府,则又称其诗"性灵出万象,风骨超常伦"③。这些认识也都与殷璠相近。再比如綦毋潜,殷璠称其"屹崒峭蒨足佳句","荆南分野,数百年来,独秀斯人"④。而王维也认为他"盛得江左风,弥工建安体"⑤。其他如岑参在《敬酬杜华淇上见赠

---

① [唐]高适:《淇上酬薛三据兼寄郭少府微》,《高适诗集编年笺注》,第53页。
② [唐]高适:《宋中别周梁李三子》,《高适诗集编年笺注》,第130—131页。
③ [唐]高适:《答侯少府》,《高适诗集编年笺注》,第223页。
④ [唐]殷璠:《河岳英灵集》卷下,第203页。
⑤ [唐]王维撰,[清]赵殿成笺注:《王右丞集笺注》卷四《别綦毋潜》,上海古籍出版社,1984年,第61页。

兼呈熊曜》一诗中,推举杜华的诗"骨气凌谢公",而从诗中所写"怜君独未遇,淹泊在他乡"和"共论穷途事,不觉泪满面"①来看,杜华诗中的怨愤也不会少。南宋时声称要以盛唐诗为法,不做天宝以下人物的严羽曾指出:"唐人好诗,多是征戍、迁谪、行旅、离别之作,往往能感动激发人意。"②这同样可与殷璠及其他盛唐诗人的看法相参。

这里还有一点值得我们思考的就是,造成盛唐时期大批士人淹蹇不遇的原因究在哪里?

诚然,开元、天宝年间,仍是唐帝国发展的鼎盛时期,但是同时我们又不能不看到,在这种鼎盛的背后存在并逐渐激化着的各种政治和社会矛盾。唐王朝统治集团主要是由门阀世族与庶族阶层共同构成的,在这二者之间,既有联合也有矛盾和斗争。科举取士曾为下层士人的进入仕途大开了方便之门,但在政治生活中,庶族出身的士人受豪门大族排斥的事也并不少见。史载苗晋卿向出身于陇西大族的宰相李揆推荐元载,但揆"自恃门望,以载地寒,意甚轻易,不纳,而谓晋卿曰:'龙章凤姿之士不见用,獐头鼠目之子乃求官'"③,即是一例。又,史书每载当时某某傲诞无士行(如陈子昂、萧颖士、崔颢、王昌龄、王翰等等),其实在一定程度上正反映出豪门大族与庶族阶层之间存在的界限和前者对后者的排斥。再从唐王朝内部政治的演变看,唐玄宗开元八年后,张嘉贞、张说、李元纮、杜暹、张九龄等相继执政,在朝政处置上已时有分歧和矛盾。开元十四年,张九龄罢相,被排斥出朝。十八年高力士排斥王毛仲,独揽大权。二十二年李林甫为相。此时的唐玄宗已是"在

---

① [唐]岑参撰,陈铁民、侯忠义校注:《岑参集校注》卷一,上海古籍出版社,1981年,第64页。

② [宋]严羽著,郭绍虞校释:《沧浪诗话校释·诗评》,人民文学出版社,1983年,第198页。

③ [后晋]刘昫等:《旧唐书》卷一百二十六《李揆传》,第3561页。

位岁久,渐肆奢欲,怠于政事"①,李林甫恩宠日甚,政局衰颓,殆成定局。在这种情况下,才智之士不为所用,也就是难免的了。还有唐代的科举和铨选制度,进士及第本已不易,及第又不能马上得官,而得官又多是就辟外府,到开元中期以后,就辟外府者又有多年不迁的,尤其是裴光庭做吏部尚书时,"始奏用循资格,各以罢官若干选而集。官高者选少,卑者选多,无问能否,选满即注,限年蹑级,毋得逾越。非负谴者皆有升无降,其庸愚沈滞者皆喜,谓之圣书,而才俊之士无不怨叹"②。这无疑也是造成才俊之士沉沦下僚的重要原因之一。③

三、殷璠兼重古、近二体的"声律说"

殷璠对诗歌的声律十分重视,这在前引《河岳英灵集》的《叙》《论》之中有明确表述,同时在书中对具体作家作品的品藻中也有所论及。比如他论刘眘虚的诗,就认为其"声律婉态,无出其右"④。论李颀的诗,称其"发调既清,修辞亦秀,杂歌咸善,玄理最长"⑤。而论崔国辅的诗,又认为它"婉娈清楚,深宜讽味,乐府数章,古人不能过也"⑥。这些看法落实在作品的铨选上,便是"既闲新声,复晓古体",是声律和风骨兼备。

---

① [宋]司马光撰,[元]胡三省音注:《资治通鉴》卷二百一十四《唐纪》三十,开元二十四年,第15册,第6823页。
② 同上书卷二百十三《唐纪》二十九,开元十七年,第14册,第6789页。
③ 赵昌平先生曾撰《开元十五年》一文,对唐王朝自开元十五年以后朝野奢侈之风渐起,政治、社会等日渐走下坡路的情况,有较详细的分析,可以参看。文载《赵昌平自选集》,广西师范大学出版社,1997年。
④ [唐]殷璠:《河岳英灵集》卷上,第155页。
⑤ 同上书卷下,第173页。
⑥ 同上书,第209页。

所谓"既闲新声,复晓古体",是说选诗兼重古、近二体。然自元人杨士宏编《唐音》,已认为殷璠所选不过是五古为主,并批评说:"余自幼喜读唐诗,每慨叹不得诸君子之全诗,及观诸家选本,载盛唐诗者独《河岳英灵集》,然详于五言,略于七言,至于律绝,仅存一二。"①李珍华、傅璇琮先生也指出殷璠此集所选是以古体诗为主,并对殷璠在《河岳英灵集》中所讲的古体诗的音律说,有很细致的辨析,认为殷璠所说的"词有刚柔,调有高下,但令词与调合,首末相称,中间不败,便是知音"②,主要是就古体诗的音律而言的,即只要能达到遣词用语的清浊与轻重抑扬的和谐,也就是合乎音律了,不一定都要合乎平仄律才为知音。③ 至于《河岳英灵集》所选多古诗的原因,李、傅二先生则认为,是因为殷璠论诗重风骨,尚直语,而古体诗的形式较之近体,更"适合于叙事和表达充沛、激昂的感情"④,故选古体独多。

然而,我认为对这个问题的讨论应当放在盛唐诗歌发展的总体进程之中,放到集中所选作家诗歌创作的具体背景中去进行,而不能仅从《河岳英灵集》所选古、近体作品的数量,仅从对古体诗的声律分析去判断。事实上,殷璠所说的声律并非单指古体诗,也包含了近体;其在《河岳英灵集》的编纂中,也是贯彻了"既闲新声,复晓古体"的标准的。

我们首先来看《河岳英灵集》入选作品的古、近体诗的比例(见表6-1):

---

① [元]杨士弘编,[明]张震注:《唐音》卷首,《景印文渊阁四库全书》集部第1368册,第175页。
② [唐]殷璠:《河岳英灵集论》,《河岳英灵集》卷首,第119页。
③ 此点请参《河岳英灵集研究》中《〈河岳英灵集〉音律说探索》一文。
④ 李珍华、傅璇琮:《河岳英灵集研究》,第62页。

表6-1 《河岳英灵集》入选作品古、近体一览

作家姓名	入选作品总数(首)	入选古体诗数(首)	入选乐府诗数(首)	入选近体诗数(首)	近体诗所占比例
常建	15	7	0	8	53%
李白	13	5	7	1	8%
王维	15	6	4	5	33%
刘眘虚	11	9	1	1	9%
张谓	6	5	0	1	17%
王季友	6	5	0	1	17%
陶翰	11	9	2	0	
李颀	14	10	2	2	14%
高适	13	7	3	3	23%
岑参	7	4	0	3	43%
崔颢	11	6	2	3	27%
薛据	10	8	0	2	20%
綦毋潜	6	2	0	4	67%
孟浩然	9	1	0	8	90%
崔国辅	11	4		7	64%
储光羲	12	7	4	1	8%
王昌龄	16	10	3	3	19%
贺兰进明	7	2	5	0	
崔署	6	5	0	1	17%
王湾	8	4	0	4	50%
祖咏	6	3	0	3	50%
卢象	7	6	0	1	14%
李嶷	5	0	3	2	40%
阎防	5	4	0	1	20%

从表6-1可以看出,在殷璠所选的二十四位作家中,所选近体诗

占其所选作品的40%以上的有八人,他们分别是常建、岑参、綦毋潜、孟浩然、崔国辅、王湾、祖咏和李嶷,占所选作者总数的三分之一。此其一。就《河岳英灵集》所选作品的总数来看,古体诗确是占多数,但就某些作家——如常建、岑参等人来说,则又古、近体所选相当,其中孟浩然、綦毋潜、崔国辅等人的近体诗的入选量,还超过了其古体诗的入选量。这足以说明殷璠选诗并非只重古体,他所说的声律也不限于古体。此其二。

至于另外三分之二的作者入选的作品以古体诗为多,是否就意味着殷璠选诗没有严格遵守其古近体兼取的体例呢?这也不尽然。

虽然唐代近体诗的发展在南朝声律说和新体诗创作的基础上,自初唐至盛唐,已逐渐走向成熟,但这一时期的诗歌创作的中心,主要还是在宫廷和王公大臣的府邸中,题材多是游览、节物,形式则是应制唱酬,所以对大多数士人来说,五七言律诗似并未成为其创作使用的普遍的样式。况且,一个作家选择什么样的创作体裁和方式来表现生活,除了客观因素以外,还有主观上的兴趣和爱好。在《河岳英灵集》入选的盛唐诗人中,李白作诗倡复古道,素薄声律,不肯受声病约束,所作律诗较少,而于古体诗和乐府诗特为擅长,所以殷璠自然也就不选其律诗。其他像张谓、王季友、陶翰、薛据、储光羲、贺兰进明、卢象、阎防等,现存诗歌都以古体居多,则创作的实际既然如此,纵殷璠选其古体诗较多,也并不能算是违反了其古、近体兼取的选录标准,并不能说明殷璠所讨论和所重视的只是古体诗的声律。

另外,从表6-1中我们还不难看出,殷璠在《河岳英灵集》中也选了不少乐府诗,而这些乐府诗中的一部分,在齐梁时期实际上就是新体诗,到了初唐四杰、刘希夷、沈佺期、宋之问等人手里,更进而演变为律诗,因为它们多半语言浅易,口吻调利,在声律上更易于改进。还有些乐府古题,如《出塞》《从军行》《长门怨》等,在六朝原为古体,到初唐则逐渐演变为律绝。① 殷璠选诗重视乐府诗,从某种意义上说,同样是其决不忽略"新声"的表现之一。

在《河岳英灵集》中,摘句其实也是殷璠选诗的一种方法。殷璠摘句重视风骨之外,亦重声律。像他评常建、綦毋潜、孟浩然、储光羲、王湾等人的诗,所摘诗句,皆为律句。其他如王维、刘眘虚、岑参、薛据、王昌龄等,所摘亦多律句。这无疑也说明了其对近体诗的重视。

所以,尽管殷璠在《河岳英灵集》中所选的古体诗多于近体,但我以为这仍是贯彻了其选诗兼取古近体的标准,是反映了盛唐诗歌发展的实际情况的。

以上对殷璠《河岳英灵集》的分析,大致可以让人得出这样一个认识:在盛唐诗人的笔下,固然时时流露出一种自信明朗、高昂向上的精神,但同时却也在在抒发着"明时"不遇的忧愁愤懑,慷慨激昂,沉郁顿挫。从这个角度看,不管是从军边塞还是隐遁山林,实在都是不得已的所为。然而,正是由于诗人的这种遭遇及其创作,却将盛唐诗歌的发展推向了一个前所未有的高峰。所谓盛唐气象,实应重新认识。② 殷璠的《河岳英灵集》,用风骨、声律兼重的标准衡诗,声律又兼括古、近二体,较之陈子昂,不但在理论上更周全,而且也更符合盛唐诗歌发展繁荣的实际。

---

① 此点请参葛晓音先生《盛唐清乐的衰落和古乐府诗的兴盛》一文,载《社会科学战线》1994 年第 4 期。

② 关于盛唐气象,学术界的认识已有一些变化,如袁行霈先生认为盛唐诗歌应分前后两期(参其《盛唐诗歌与盛唐气象》,《高校理论战线》1998 年第 12 期),傅绍良先生则认为盛唐气象不是文化意义上的盛唐气象(参其《盛唐气象的误读与重读》,《陕西师范大学学报[哲学社会科学版]》1999 年第 1 期),然前者对盛唐气象的主要看法并未有大的改变,后者则似亦有偏颇。

第七章　兵家思想与唐五代诗格中的"势"论

唐五代诗格中的"势"论,与"比兴""气""风骨""神韵""境界"等许多术语和概念一样,是中国古代文学理论和批评中的重要范畴之一。其产生既有文学的和非文学的等多方面的因素,运用范围又极广,内涵也就十分丰富,索解颇为不易,迄今尚无较一致的看法。① 本章在前人研究的基础上,对唐五代诗格中"势"的语义来源、含义及其与兵家、释氏究竟是何种关系等问题,作初步的探讨,希望能有助于对"势"的范畴的进一步理解和认识。

---

① 如饶宗颐先生曾注意到兵家所论之"势"与文学中"势"的关系(参《澄心论萃》,胡晓明编,上海文艺出版社,1996年,第87页)。詹锳先生认为,《文心雕龙·定势》篇所论之"势",源于《孙子兵法》,并谓"《定势》篇的'势',原意是灵活机动而自然的趋势"(参其《〈文心雕龙〉的定势论》,《文学评论丛刊》第5辑,中国社会科学出版社,1980年)。涂光社先生曾较全面地讨论过"势"与中国艺术的关系,他以为刘勰所论之"势","侧重于文学语言的风格特征",而"唐宋人的'诗势'则强调句法的前后安排和结构意象的艺术匠心"(参其《势与中国艺术》,中国人民大学出版社,1990年,第202页)。同门友张伯伟教授亦曾撰《佛学与晚唐五代诗格》一文,认为晚唐五代诗格中的"势","讲的实际是诗歌创作中的句法问题",其基本含义乃是"由上下两句在内容上或表现手法上的互补、相反或对立所形成的'张力'",并对佛学影响唐五代诗格的途径及其若干问题,作过深入的讨论(参其《禅与诗学》,浙江人民出版社,1992年,第22页)。其后汪涌豪先生在讨论中国古代文学批评的范畴时,也曾涉及"势"的诠释问题(参其《范畴论》,复旦大学出版社,1999年,第41页),而萧驰先生则曾将王夫之所论之"势"提升到"以诗境虚涵宇宙的众动之化"的高度(参《船山以"势"论诗和中国诗歌艺术本质》,《中国文哲研究集刊》第18期)。这些论述,对于我们理解中国古代文论中的"势",无疑都有很大的启发和帮助,然就中许多问题仍有进一步讨论的必要。

一、从地势之"势"到兵家之"势"

"势"最初的含义,当是指山川地理形势,即地形和地形的走向。《周易·坤卦·象辞》曰:"地势坤,君子以厚德载物。"唐人李鼎祚《周易集解》引宋衷曰:"地有上下九等之差,故以形势言其性也。"①王弼注:"地形不顺,其势顺。"孔颖达正义:"地势方直,是不顺也;其势承天,是其顺也。"②在这里,宋衷、王弼和孔颖达都是把"势"理解为地形和地势的。又如,在西汉贾谊的《过秦论》中,有这样的话:"秦地被山带河以为固,四塞之国也。自缪公以来,至于秦王,二十余君,常为诸侯雄,岂世世贤哉?其势居然也。"而六国攻秦之所以难以取胜,也是因为其所居"形不利,势不便也"③。文中将"形、势"对举,也是以"势"为地形、地势的意思。

由地形之"势"引申出的含义很多,其最常见的一个义项是指事物所处的位置、地位以及由此种位置或地位进而形成的事物发展的走向、趋势或态势。如《孟子·告子》以水之就下比人之性善,谓:"今夫水搏而跃之,可使过颡;激而行之,可使在山。是岂水之性哉?其势则然也。"④《韩非子·孤愤》篇中说:"处势卑贱,无党孤特。"⑤就是此意。

---

① [清]李道平:《周易集解纂疏》卷二,潘雨廷点校,中华书局,1994年,第75页。
② 《十三经注疏》整理委员会整理:《十三经注疏·周易正义》卷一,北京大学出版社,1999年,第27页。
③ [汉]司马迁撰,[南朝宋]裴骃集解,[唐]司马贞索隐,[唐]张守节正义:《史记》卷六《秦始皇本纪》引,第346页。又,苏轼《形势不如论》谓:"有以地为形势者,秦汉之建都是也。"(张志烈、马德富、周裕锴主编:《苏轼全集校注·苏轼文集校注》卷二,第196页)也是一个认为"势"的含义之一为地势的例证。
④ [宋]朱熹:《四书章句集注·孟子集注》卷十一《告子》上,第325页。
⑤ 《韩非子校注》组编写,周勋初修订:《韩非子校注》,第85页。

当这一义项用于政治等方面的话语中时,更专指"权力""权势""时势"等,如《尚书·商书·仲虺之诰》中"简贤附势,实繁有徒"①,《尚书·周书·君陈》中"无依势作威,无倚法以削"(孔传:"无乘势位作威人上,无倚法制以行刻削之政")②,《孟子·公孙丑》"齐人有言曰:虽有智慧,不如乘势;虽有镃基,不如待时"③,《荀子·正名》曰"今圣王没,天下乱,奸言起,君子无埶以临之,无刑以禁之,故辨说也"④,等等。其例亦甚多。

"势"字又被先秦兵家所借用,成为兵法中的专门术语和概念。其含义有二:一是训练兵士的技巧、技能,类似于现代的某种体育活动;二是随机应变,掌握克敌制胜的主动权。它是常法之外因事制宜的变量。前者的意义是从"埶"("艺",繁体作"藝")到"势"引申出来的,后者则是从地形地势之"势",再到事物所处的位置、地位和发展的态势、趋势,逐渐引申出来的。

"势"本没有"技巧"和"方法"的含义,只是在先秦多借用"埶"字来表达"势"的意思,而"埶"即"艺",由"种植"的本义引申出技巧和方法的义项,所以"势"也有了此义。许慎《说文解字·力部》中有"势"字,他解释说:"势,盛力,权也。从力,埶声。经典通用'埶',舒制切。"⑤可见"势"字稍后起。而"埶"的本义是种植的意思。甲骨文象人持树木栽种之形,金文于木下加土。⑥《说文解字·丮部》:"埶,种

---

① 《十三经注疏》整理委员会整理:《十三经注疏·尚书正义》卷八,第196页。
② 同上书卷十八,第492页。
③ [宋]朱熹:《四书章句集注·孟子集注》卷三《公孙丑》上,第228页。
④ [清]王先谦:《荀子集解》卷十六,第422页。
⑤ [汉]许慎撰,[宋]徐铉校定:《说文解字》,中华书局,1963年,第293页。
⑥ 参罗振玉《殷墟书契前编》、毛公鼎铭文等。

也,从坴、丮,持亟种之。《书》曰:'我埶黍稷。'徐锴曰:坴,土也,鱼祭切。"①"艺"字不见于《说文》,它是后起之字,先秦则借用"埶"字来表达"六艺"的"艺",由此又引申出技能、技巧等含义。这就是"势"字之所以有"技巧"和"方法"含义的来源。

"势"作为训练士兵的技巧和方法,见于《史记·苏秦列传》所载苏秦说齐宣王的一段话,在这段话中,苏秦提到临淄的"蹋鞠",裴骃《集解》引刘向《别录》说:"蹴鞠者,传言黄帝所作,或曰起战国之时。蹋鞠,兵势也,所以练武士,知有材也,皆因嬉戏而讲练之。"②至班固《汉书·艺文志·兵书略》,遂于"兵技巧"十三家中列入蹴鞠二十五篇,并云:"技巧者,习手足,便器械,积机关,以立攻守之胜者也。"颜师古注亦谓:"鞠以韦为之,实以物,蹴蹋之以为戏也。蹴鞠,陈力之事,故附于兵法焉。"③

"势"在先秦兵家著作中释为因利权变,也需略作解释。地理形势是兵家用兵作战要考虑的重要因素之一。《孙子兵法》中有《地形》篇,谓:"夫地形者,兵之助也。料敌制胜,计险厄远近,上将之道也。"④兵家认为,要使自己立于不败之地,又重视敌我双方军队的实力对比。《孙子兵法·形篇》曰:"兵法:一曰度,二曰量,三曰数,四曰称,五曰胜。地生度,度生量,量生数,数生称,称生胜。故胜兵若以镒称铢,败兵若以铢称镒。胜者之战民也,若决积水于千仞之溪者,形也。"⑤在地

---

① [汉]许慎撰,[宋]徐铉校定:《说文解字》,第63页。
② [汉]司马迁撰,[南朝宋]裴骃集解,[唐]司马贞索隐,[唐]张守节正义:《史记》卷六十九,第2728页。
③ [汉]班固撰,[唐]颜师古注:《汉书》卷三十,第1762页。
④ [春秋]孙武撰,[三国魏]曹操等注,杨丙安校理:《十一家注孙子校理》卷下,中华书局,1999年,226页。
⑤ 同上书卷上,第77—79页。

"形"、军"形"这些有具体形态的兵法概念的基础上,产生了兵家理论中的另一重要概念,那就是无形的"势"。如果说地理之"形"和由地形、双方兵力数量对比等因素构成的作战实力,即用兵之"形",都属于常法、定数、不变的因素的话,那么,"势"就是在此基础上根据各种利害关系而决定采取的计谋,是兵法中随时制宜、变动不居的因素。我们且看《孙子兵法·计篇》和《势篇》中对"势"的论述。《孙子兵法·计篇》云:

> 计利以听,乃为之势,以佐其外。势者,因利而制权也。(曹操曰:"制由权也,权因事制也。"李筌曰:"谋因事制。"杜牧曰:"自此便言常法之外。势,夫势者,不可先见,或因敌之害见我之利,或因敌之利见我之害,然后始可制机权而取胜也。"梅尧臣曰:"因利行权以制之。"王晳曰:"势者,乘其变者也。"张预曰:"所谓势者,须因事之利,制为权谋,以胜敌耳,故不能先言也。自此而后,略言权变。")①

又,《孙子兵法·势篇》曰:

> 凡治众如治寡,分数是也;斗众如斗寡,形名是也;三军之众,可使必受敌而无败者,奇正是也;兵之所加,如以碫投卵者,虚实是也。凡战者,以正合,以奇胜。故善出奇者,无穷如天地,不竭如江河。终而复始,日月是也;死而复生,四时是也。声不过五,五声之变,不可胜听也。色不过五,五色之变,不可胜观也。味不过五,五味之变,不可胜尝也。战势不过奇正,奇正之变,不可胜穷也。奇正相生,如循环之无端,孰能穷之?激水之疾,至于漂石者,势也;鸷鸟之疾,至于毁折者,节也。是故善战者,其势险,其节短。势如

---

① [春秋]孙武撰,[三国魏]曹操等注,杨丙安校理:《十一家注孙子校理》卷上,第12页。

弩,节如发机。……故善战者,求之于势,不责于人,故能择人而任势。任势者,其战人也,如转木石:木石之性,安则静,危则动,方则止,圆则行,故善战人之势,如转圆石于千仞之山者,势也。①

仔细体会《孙子兵法》中这两段论述的含义,可以看出,孙子所说的"势",实际上是因事制宜和善于变化的意思。用兵应根据敌我力量和战斗中实际情况的变化,而随时采取相应的对策,使自己处于一种有利的地位,掌握战争的主动权,而非有些论者所谓的"是事物运动显示的能量或者力的积蓄"②。其实,早在班固的《汉书·艺文志》中,已对《孙子兵法》中所论的"势"作过一个很准确恰当的解释,惜皆不为人注意。《汉书·艺文志·兵书略》中,曾著录"兵形势"十一家,并有云:

> 形势者,靁动风举,后发而先至,离合背乡,变化无常,以轻疾制敌者也。③

正道出了兵家这里所说的"形势"的含义,不是别的,就是"变化无常,以轻疾制敌"的意思。

孙武所论之"势",在孙膑那里,又有进一步的阐发。《孙膑兵法·势备》篇曰:"笄作弓弩,以势象之。……何以知弓弩之为势也?发于肩膺之间,杀人百步之外,不识其所道至。故曰:弓弩,势也。"④《威王问》一篇中,又说:"夫权者,所以聚众也;势者,所以令士必斗也;谋者,所以令敌无备也;诈者,所以困敌也。可以益胜,非其急者也。"⑤此外,

---

① [春秋]孙武撰,[三国魏]曹操等注,杨丙安校理:《十一家注孙子校理》卷上,第85—99页。
② 涂光社:《势与中国艺术》,第16页。
③ [汉]班固撰,[唐]颜师古注:《汉书》卷三十,第1759页。
④ 张震泽:《孙膑兵法校理》上编,中华书局,1984年,第79页。
⑤ 同上书,第28页。

在《奇正》篇中,孙膑还论述道:"形以应形,正也;无形而制形,奇也。奇正无穷,分也。"①像用弓弩射杀人一样,以"无形而制形",莫测其神妙,正是兵家"势"论的真谛。

二、兵家之势与魏晋的书论和文论

由"执"的本义到儒家的"六艺"之"艺"和兵家的"兵技巧",由地形地势之"势"到政治、军事话语中的"势",尤其是兵家以"变化无常,以轻疾制敌"和以"无形而制形"的势论,对东汉和魏晋南北朝的书论、画论和文论,都产生了重要的影响。

"兵技巧"和"兵势",首先影响到东汉以后的书论。这种影响,主要体现在两个方面:一是书论多取"势"为名;二是所论之"势"的内涵,大致都是指的字形和字形、运笔的变化所带来的字体结构与笔画之间相互照应、灵活飞动的态势,它包含了书法艺术中静态和动态的美的两个方面。

东汉崔瑗的《草书势》,是现存最早的书法理论文章,其文即取"势"为名。此后蔡邕的《篆势》《九势》、锺繇的《隶势》、成公绥《隶书势》(或作《隶书体》)、卫恒《字势》、索靖《草书势》(或作《草书状》)、旧题王羲之的《笔势论》、刘劭《飞白书势铭》等等,就其内容看,皆论各体书"法",如崔瑗作《草书势》,文中即有"草书之法,盖又简略"云云。然而其所论不题作"法",却径取"势"以为名,显然是受"兵势"一类著作影响的缘故。南朝梁任昉撰《文章缘起》,将文体细分为八十五类,"势"为其中之一种;《隋书·经籍志》把论棋势的文章,归入兵家书目,都反映了自东汉以后各种以"势"名篇的论文大量涌现的事实和此类

---

① 张震泽:《孙膑兵法校理》下编,第193页。

书的命名与兵家的关系。①

东汉、魏晋时期的书法理论著作中"势"的内涵,主要是指书法中字形和运笔的变化。如崔瑗《草书势》曰:

> 草书之法,盖又简略。应时谕指,用于卒迫。兼功并用,爱日省力。纯俭之变,岂必古式。观其法象,俯仰有仪。方不中矩,员不副规;抑左扬右,望之若崎。竦企鸟跱,志在飞移;狡兽暴骇,将奔未驰。或黝黩点驔,状似连珠,绝而不离;畜怒怫郁,放逸生奇。或凌遽惴栗,若据槁临危;旁点邪附,似蜩螗揭枝。绝笔收势,余綖纠结,若杜伯揵毒缘嫩,腾蛇赴穴,头没尾垂。是故远而望之,㠑焉若沮岑崩崖;就而察之,一画不可移。机微要妙,临时从宜。略举大较,仿佛若斯。②

汉字的产生,原是"仰则观象于天,俯则观法于地,视鸟兽之文与地之宜,近取诸身,远取诸物","依类象形"③的产物,是模仿鸟兽虫鱼和自然物象的各种姿态、活动和变化的结果。所以,此处用动物屈伸动静的形象和姿态所加以描绘的,也无不是字体笔画和运笔、布局的变化,以及由此构成的各种美妙的形状和态势,是以有形而成无形和由无形以辅有形的统一。

蔡邕在《篆势》中描摹用笔的变化,也是形容其如飞鸟"延颈胁翼,

---

① 《四库全书总目》卷一百九十五集部诗文评类《文章缘起》提要指出任氏原书至隋已亡,今所见《文章缘起》乃唐人张绩所补(第 1780 页),所论可据,然并不影响本文的观点。又,其批评此书将"势"单列为一种文体,"不足据为典要",似不妥。因为,受兵家之书的影响,东汉以后,不仅论书以"势"名篇,而且论文、论棋、论画等亦皆标以"势"字(如《崇文总目·艺术类》即著录《棋势图》一卷、《棋势》一卷),可知在当时将"势"单列为一种文类,并非无由。

② [唐]房玄龄等:《晋书》卷三十六《卫恒传》引,第 1066 页。

③ [汉]许慎撰,[宋]徐铉校定:《说文解字》,第 314 页。

势似陵云。或轻笔内投,微本浓末,若绝若连,似水露绿丝,凝垂下端;从者如悬,衡者如编。杳杪邪趣,不方不员;若行若飞,跂跂翾翾"①。又在《九势》中列出用笔的九种方法,明确提出:"凡落笔结字,上皆覆下,下以承上,使其形势递相映带,无使势背。"②沈尹默先生解释蔡邕所谓"九势"的意思,认为"是想强调写字既要遵循一定的法则,但又不能死守定法,要在合乎法则的基础上,有所变易,有所活用。有定而又无定,书法妙用,也就在于此"③。可见他也是把"势"理解为字体和用笔的变化的。其他如锺繇在《隶势》中认为,书法"体象有度","修短相副,异体同势,奋笔轻举,离而不绝,纤波浓点,错落其间"④。又,卫恒评汉人杜度书法"杀字甚安,而书体微瘦",崔瑗"甚得笔势,而结字小疏"⑤,称赞本朝书家"错笔缀墨,用心精专;势和体均,发止无间","或引笔奋力,若鸿雁高飞,邈邈翩翩"⑥。卫夫人称道王羲之书法"笔势洞精,字体遒媚"⑦,等等,皆可证其所说之"势",与崔瑗一样,也都是指的字体和运笔的变化以及由此所造成的灵动之势。魏晋南北朝以后,论书法之笔"势"者亦甚多,如唐人张怀瓘《书断》等,其看法大致与此相同。

以"势"论文,在魏晋南北朝时期,以刘勰的《文心雕龙·定势》篇

---

① [唐]房玄龄等:《晋书》卷三十六《卫恒传》引,第1063—1064页。
② 上海书画出版社、华东师范大学古籍整理研究室选编、校点:《历代书法论文选》,上海书画出版社,1979年,第6页。
③ 沈尹默:《历代名家学书经验谈辑要释义》,《书法论丛》,上海教育出版社,1978年,第52页。
④ [唐]房玄龄等:《晋书》卷三十六《卫恒传》引,第1065页。
⑤ 同上书,第1065页。
⑥ 同上书,第1062页。
⑦ [晋]卫铄:《与释某书》,[清]严可均编《全上古三代秦汉三国六朝文·全晋文》卷一百四十四,第4578页。

最为代表。其所论则是合兵家和书家之势论而来。① 刘勰论道：

> 夫情致异区，文变殊术，莫不因情立体，即体成势也。势者，乘利而为制也。如机发矢直，涧曲湍回，自然之趣也。圆者规体，其势也自转；方者矩形，其势也自安。文章体势，如斯而已。是以模经为式者，自入典雅之懿；效骚命篇者，必归艳逸之华；综意浅切者，类乏酝藉；断辞辨约者，率乖繁缛。譬激水不漪，槁木无阴，自然之势也。
>
> 是以绘事图色，文辞尽情，色糅而犬马殊形，情交而雅俗异势。熔范所拟，各有司匠，虽无严郭，难得逾越。然渊乎文者，并总群势，奇正虽反，必兼解以俱通；刚柔虽殊，必随时而适用。若爱典而恶华，则兼通之理偏。似夏人争弓矢，执一不可以独射也；若雅郑而共篇，则总一之势离，是楚人鬻矛誉楯，两难得而俱售也。是以括囊杂体，功在铨别，宫商朱紫，随势各配。章表奏议，则准的乎典雅；赋颂歌诗，则羽仪乎清丽；符檄书移，则楷式于明断；史论序注，则师范于核要；箴铭碑诔，则体制于弘深；连珠七辞，则从事于巧艳。此循体而成势，随变而立功者也，虽复契会相参，节文互杂，譬五色之锦，各以本采为地矣。
>
> ……然文之任势，势有刚柔，不必壮言慷慨，乃称势也。……赞曰：形生势成，始末相承。湍回似规，矢激如绳。因利骋节，情采自凝。枉辔学步，力止寿陵。②

一方面，刘勰受书家结字、运笔成势说的影响，认为文章创作应"因情立体，即体成势"，体决定势，"势"谓"体势"，这就使"势"这一概念具

---

① 詹锳先生认为刘勰所撰《定势》一篇，其主要来源是《孙子兵法》中对"形势"的分析，是很有启发性的，然尚不确切。参其《文心雕龙义证》，第1112—1113页。

② [南朝梁]刘勰：《文心雕龙·定势》，周勋初《文心雕龙解析》，第512—519页。

有了文章风格的涵义;另一方面,他既认为文章因"体"成"势",非常自然,"体"不同,"势"亦随之改变,同时又认为"势"的内涵丰富,作品风格多样,"势有刚柔,不必壮言慷慨,乃称势也",主张作家在创作中应不失本色,而兼容群势。这显然又是从兵家论"势"中所得到的启发。①

至于以"势"论画,自魏晋南北朝以来也有许多论文,其用义多自论书生发,颇有相通。如唐人张彦远《历代名画记》卷二"论顾、陆、张、吴用笔"条曰:"昔张芝学崔瑗、杜度草书之法,因而变之,以成今草,书之体势,一笔而成,气脉通连,隔行不断。唯王子敬明其深旨,故行首之字往往继其前行,世上谓之一笔书。其后陆探微亦作一笔画,连绵不断。故知书画用笔同法。"②已道出其中奥妙,此亦不再费辞。

三、唐五代诗格中"势"论的内涵

弄清楚"势"的渊源和发展,现在可以讨论唐五代人诗格中的"势"论问题了。

唐五代诗格类著作,据同门友张伯伟教授《全唐五代诗格汇考》,现存二十九种③,其中比较集中地论述到诗"势"问题的,主要是王昌龄《诗格》、释皎然《诗议》《诗式》、僧齐己《风骚旨格》和僧神彧《诗格》等数种。他们对"势"的概念的理解和运用,虽有差异,然大致都是沿着

---

① 黄季刚先生在《文心雕龙札记》中论《定势》一篇,已认为刘勰所论,"一言蔽之曰,体势相须而已。为文者信喻乎此,则知定势之要,在乎随体。譬如水焉,槃圆则圆,盂方则方;譬如雪焉,因方为珪,遇圆成璧。焉有执一定之势,以御数多之体;趣捷狭之径,以佩往旧之规,而阳阳然自以为能得文势,妄引前修以自慰荐者乎"(第107页)。所论甚是。然黄先生又引"槔"字说"势",则反嫌深曲。

② [唐]张彦远:《历代名画记》卷二,第23页。

③ 是书收诗格二十九种,然其中僧保暹《处囊诀》、僧景淳《诗评》、旧题梅尧臣《续金针诗格》、佚名《诗评》等四种,大致知是北宋人所为,故似不应列入。

第七章 兵家思想与唐五代诗格中的"势"论

由形到势的思路(像书法中的结体运笔成势,文章的即体成势等),而融以兵家之"势"的因利权变来立论的,具体地说,"势"的含义就是指诗歌的运意用思和含意的流转变化。兹分别讨论如下。

先说王昌龄《诗格》。

王昌龄《诗格》中所列十七势,其取名同于书论,直接承袭兵家之书,讨论作诗的技巧和方法,其用意亦承刘勰文章体势之说和兵家、书家之说,是论诗歌的运思或意脉的流转、向背和变化。① 此点其实王昌龄自己早已道破。在《诗格》"论文意"一节中,王昌龄说:

> 诗本志也。在心为志,发言为诗,情动于中而形于言,然后书之于纸也。高手作势,一句更别起意。其次两句起意。意如涌烟,从地升天,向后渐高渐高,不可阶上也。下手下句弱于上句,不看向背,不立意宗,皆不堪也。②

以立意高下来衡量其"势",特重立意。又,十七势中的"下句拂上句势"(第八)、"含思落句势"(第十)、"理入景势"(第十五)、"景入理势"(第十六)等,在其"论文意"一节,亦曾有所论述。这也可证明王氏所论之"势",应属"文意"的范畴。再看其所举的十七势,像第十一势"相分明势":

> 相分明势者,凡作语皆须令意出,一览其文,至于景象,恍然有如目击。若上句说事未出,以下一句助之,令分明出其意也。如李

---

① 一般认为诗格所涉属句法问题,然句法的概念实较为混乱。它多指句子结构的变化(详《诗格》内容,所论包括起结等多种作诗方法,皆非句法所限。严羽《沧浪诗话·诗辨》曾谓作诗"用工有三:曰起结,曰句法,曰字眼"。将起结与句法并列,可见起结等皆不属句法问题)。不过有时也涉及内容方面的问题。如魏庆之《诗人玉屑》卷四"风骚句法"所列名目,有"独鸟投林(幽居)""孤鸿出塞(旅情)"等。所以我认为这里不宜采用句法的概念。

② [唐]王昌龄:《诗格》卷上,张伯伟编著《全唐五代诗格汇考》,江苏古籍出版社,2002年,第161页。

湛诗云:"云归石壁尽,月照霜林清。"崔曙诗云:"田家收已尽,苍苍唯白茅。"①

认为诗意的表达应当清晰明白。再如第十六势"景入理势":

> 景入理势者,诗一向言意,则不清及无味,一向言景,亦无味。事须景与意相兼始好。凡景语入理语,皆须相惬,当收意紧,不可正言。景语势收之,便论理语,无相管摄。方今人皆不作意,慎之。昌龄诗云:"桑叶下墟落,鹍鸡鸣渚田。物情每衰极,吾道方渊然。"②

以为诗中的议论说理既要与写景相契合,语意分明,又不宜直言,不必相互统摄。也是着眼于命意。其余亦皆大致如此。涂光社先生论述王昌龄《诗格》,曾指出其所列十七势,"涉及格律诗的起句、落句,以及一联上下句之间和整个诗篇前后意蕴的递进、转折、映带、对比、呼应、互补等出意方式"③。是很正确的。惜未明其渊源,又每多参差。④

再看皎然《诗式》中关于"势"的论述:

> 高手述作,如登衡、巫,觌三湘、鄢、郢,山川之盛,萦回盘礴,千变万态(文体开阖作用之势)。或极天高峙,崒焉不群。气腾势飞,合沓相属(奇势在工)。或修江耿耿,万里无波,欻出高深重复之状(奇势互发)。古今逸格,皆造其极妙矣。⑤

> 其华艳,如百叶芙蓉,菡萏照水。其体裁,如龙行虎步,气逸情

---

① [唐]王昌龄:《诗格》卷上,张伯伟编著《全唐五代诗格汇考》,第157页。
② 同上书,第158页。
③ 涂光社:《势与中国艺术》,第190页。
④ 王昌龄《诗格》中还有论及诗"势"之处,然据张伯伟先生考证,当以《文镜秘府论》中所收者较为可靠,故此处只论其十七势。
⑤ [唐]释皎然:《诗式》卷一,张伯伟编著《全唐五代诗格汇考》,第222—223页。

高,脱若思来景遏,其势中断,亦须如寒松病枝,风摆半折。①

　　古今诗中,或一句见意,或多句显情。王昌龄云:"'日出而作,日入而息。'谓一句见意为上。"事殊不尔。夫诗人作用,势有通塞,意有盘礴。势有通塞者,谓一篇之中,后势特起,前势似断,如惊鸿背飞,却顾俦侣。即曹植诗云"浮沉各异势,会合何时谐,愿因西南风,长逝入君怀"是也。②

第一段文字"明势",即明"文体开阖作用之势"。皎然运用山川自然景物的"千变万态",形象地描绘了"文体作用"的开阖变化。所谓"作用",指用以烘托渲染事物的意味、情状、气氛的具体物象。③ 这些物象的运用,千变万化,构成或"极天高峙,崒焉不群",或"修江耿耿,万里无波"的不同意态,即此便是"势"。可见,皎然所说的"势",也是指的诗歌立意、构思与意脉、文势的流动变化以及其所造成的态势。第二段文字认为好作品应当用词与遣意并美。"体裁"的含义是运思裁制。④ 运思裁制应意脉流畅,一气贯注,不落凡俗,纵使意脉转换,前后句意仍要有联系。如皎然所举左思《咏史八首》其三"吾希段干木,偃息藩魏君。吾慕鲁仲连,谈笑却秦军",正属于抒情达意酣畅淋漓的一类。而其所举谢灵运《岁暮》中的两句:"明月照积雪,朔风劲且哀。"则显然落句用意是从两个既有不同("势断")又仍联系("半折")的方面着眼的。第三段文字意思较为显豁。皎然并不完全赞同王昌龄以"或一句见意,或多句显情"的观点来判定诗格的高下,然从其对"势有通塞"的解释和所举例证看,他们对"势"的认识,又是一致的,即都从诗歌的运

---

① [唐]释皎然:《诗式》卷一"品藻",张伯伟编著《全唐五代诗格汇考》,第240页。
② [唐]释皎然:《诗式》卷二"池塘生春草""明月照积雪",张伯伟编著《全唐五代诗格汇考》,第261页。
③ 参张伯伟《禅与诗学》,第46页。
④ 参汪涌豪《范畴论》,第84页。

思的变化来论势。

皎然在论述"诗有四深","三不同"时,曾将"势"与"意"并举。他说:"气象氤氲,由深于体势;意度盘礴,由深于作用。"①又说后人学习前贤,有"偷语""偷意""偷势"②三种不同。似乎"意"与"势"为两个不同的概念,其实,二者是既相区别而更有联系的。"意"主要指诗歌中所要表达的意蕴、内涵,而"势"则说的是如何很好地表达这些意蕴和内涵。对烘托渲染事物情状、气氛的物象有深入的体悟,算是"意度盘礴";如果能进而把这种"意度"再加以巧妙地裁制,并将其顺畅地表达出来,便能够营就氤氲的诗歌气象。再看他所举的"三不同"的例子。"偷意",主要指内容上的因袭。唐人沈佺期《酬苏味道》诗中的两句:"小池残暑退,高树早凉归。"取意于南朝梁柳恽《从武帝登景阳楼》诗"太液沧波起,长杨高树秋",同写暑去秋来景致。"偷势",则偏重学习前人表情达意的手法。嵇康《赠秀才入军》诗:"目送归鸿,手挥五弦。俯仰自得,游心太玄。"塑造了一位高情逸致、洒脱绝尘的名士形象。"目送归鸿,手挥五弦",直接用来表现人物形象。王昌龄《独游》诗:"手携双鲤鱼,目送千里雁。悟彼飞有适,嗟此罹忧患。"③是通过鱼贪饵食罹患与鸿雁高飞免祸的对比描写,悟出不应为功名仕宦所羁的道理。二者取意不同,然都从归鸿以见人、见理的思路或脉络则又是一致的。

现在我们来看僧齐己《风骚旨格》中的"势"论。其论"诗有十势"曰:

---

① [唐]释皎然:《诗式》卷一"诗有四深",张伯伟编著《全唐五代诗格汇考》,第224页。
② [唐]释皎然:《诗式》卷一"三不同:语、意、势",张伯伟编著《全唐五代诗格汇考》,第238页。
③ 以上俱见[唐]释皎然《诗式》卷一"三不同:语、意、势",张伯伟编著《全唐五代诗格汇考》,第239页。

> 狮子返掷势。诗曰:"离情遍芳草,无处不萋萋。"
> 猛虎踞林势。诗曰:"窗前闲咏鸳鸯句,壁上时观獬豸图。"
> 丹凤衔珠势。诗曰:"正思浮世事,又到古城边。"
> 毒龙顾尾势。诗曰:"可能有事关心后,得似无人识面时。"
> 孤雁失群势。诗曰:"既不经离别,安知慕远心。"
> 洪河侧掌势。诗曰:"游人微动水,高岸更生风。"
> 龙凤交吟势。诗曰:"昆玉已成廊庙器,涧松犹是薜萝身。"
> 猛虎投涧势。诗曰:"仙掌月明孤影过,长门灯暗数声来。"
> 龙潜巨浸势。诗曰:"养猿寒嶂叠,擎鹤密林疏。"
> 鲸吞巨海势。诗曰:"袖中藏日月,掌上握乾坤。"①

张伯伟先生指出,晚唐五代诗格中的"势"论,曾受到禅宗思想的影响。因为齐己本人出自沩仰宗,而仰山门风的特点就是以若干势以示学人的。再者,佛教讲家论势,也偏于上下语的搭配。② 这当然是有道理的。然而,我们似乎还可对此作进一步的思考。

齐己以"势"论诗,尤其是以"狮子返掷""猛虎踞林""丹凤衔珠""龙凤交吟"和"鲸吞巨海"等禅宗话头名"势",是受禅宗的影响,这是没有问题的。然禅宗所谓"势",实是"状"的意思,即指人物的某种动作、架式、姿态等,借以破执悟道,启迪僧人。如所谓"接泥势""进泥势""吃饭势""洗衣势""脱帽势""覆钵势""拔剑势""弯弓势""背抛势""修罗掌日月势"③等等,既非限于沩仰一宗,其名目也不一而足。而之所以称作"势",如果追溯其渊源,显然也出自兵家势论中的技巧、

---

① [唐]僧齐己:《风骚旨格》,张伯伟编著《全唐五代诗格汇考》,第403—404页。
② 参张伯伟《禅与诗学》,第34—44页。
③ [宋]释普济:《五灯会元》卷九《百丈海禅师法嗣》《沩山祐禅师法嗣》,苏渊雷点校,中华书局,1984年,第520—542页。

方式或样式一义。

"狮子返掷"等名目本身,其含义在禅宗话语中也并不复杂,多是取其字面而已。如"狮子返掷",意谓"南北东西且无定止"①。"毛吞巨海,芥纳须弥",是说佛法的"神通妙用"②。"踞地狮子",形容威力巨大。③ "龙衔海珠,游鱼不顾"④,"龙吟""虎啸"⑤等,似亦无甚深意。这些名目都只是在特定的禅宗语境中才具有扭转心机,使人顿然颖悟的作用。

因此,就禅宗之"势"与诗家之"势"的关系看,前者对后者有影响,但这种影响似并不深刻。故对齐己等人以"势"论诗的索解,借助于释氏语本身的含义,固然不失为一条探索之路,但我认为更应该从"势"这一理论范畴本身发展的进程去进行,即从诗思的构成和意脉的流转方面去认识。

如上文所引,"狮子返掷"有"南北东西且无定止"的意思,再验之以齐己所举"离情遍芳草,无处不萋萋"的诗句,二者意旨正相契合,且后句又为前句之补充,照应前一句,皆形容离情别绪之多,如同遍及天涯海角的芳草,无处不在,无时不有。再看"猛虎踞林势"。"猛虎踞林"本与"狮子踞地"相近,形容威猛,然用于论诗歌之"势",又增加了一层有志而赋闲的意思。齐己所举之诗,一句写闲,一句写用世之心,因而此一"势"也着眼于诗意。"正思浮世事,又到古城边",意脉衔接而下,如丹凤衔珠,故以之名"势"。"毒龙顾尾势",观齐己所举诗例,

---

① [宋]释普济:《五灯会元》卷十二《琅邪慧觉禅师》,第706页。
② [宋]释普济:《五灯会元》卷十一《临济义玄禅师》,第649页。
③ 如《五灯会元》卷十九《华严祖觉禅师》僧问:"如何是一喝如踞地师子?"师曰:"惊杀野狐狸。"(第1293页)
④ [宋]释普济:《五灯会元》卷六《洛浦元安禅师》,第317页。
⑤ [宋]释普济:《五灯会元》卷十四《芙蓉道楷禅师》,第884页。

乃是一问句,将出仕后与出仕前相较,前后相应,"势"名与诗意也相合。"既不经离别,安知慕远心",也是一问句,独处之怨颇深,故以"孤雁失群"状之。"洪河侧掌势","洪河侧掌"本谓水流峻急,势如侧掌。故此势所举诗例"游人微动水,高岸更生风",上句写游人"动水",而下句竟至高岸"生风",想象奇特,句意跳动也很大。"龙凤交吟势",谓诗意一句写人,一句属己,故称"交吟"。"仙掌月明孤影过,长门灯暗数声来",是杜牧《早雁》诗中的名句。以失群离散的孤雁,喻边地百姓流落异乡。月明灯暗,影孤啼哀,气氛极为清冷孤寂,与"猛虎投涧"的悲哀相近。"龙潜巨浸势"和"鲸吞巨海势",其名目与所举诗例的语意都显相切合,此不再具论。

五代徐夤的《雅道机要》和僧神彧的《诗格》,分别论及诗之九势、十势,然大多杂取王昌龄、皎然和齐己所论,较少新见,然神彧曾举一诗而论四势,与他人有所不同。其"论诗势"条曰:

> 《贻潜溪隐者诗》:"高情同四皓,高卧翠萝间。"此破题,是龙潜巨浸势也。"大国已如镜,先生犹恋山。"此颔联,是龙行虎步势也。"钓矶苔色老,庭树鸟声闲。"此颈联,是惊鸿背飞势也。"未省开三径,何人得往还。"此断句,是狮子返掷势也。观此一诗,凡具四势,其他可以类推矣。①

首联开门见山,点出隐逸者的高情逸志,如龙潜巨浸。颔联承上,进一步抒写潜溪隐者的超尘脱俗,而所取"势"名,用《宋书·武帝纪》所载高祖"龙行虎步,视瞻不凡"之语,正与此切合。颈联意脉变化,由写人转为写景,烘托渲染,诗意相对,恰如惊鸿背飞。尾联则以问句收束全诗,照应开头,又似狮子返掷。可见神彧这里所论四势,已涉及整首诗

---

① [五代]僧神彧:《诗格》"论诗势",张伯伟编著《全唐五代诗格汇考》,第494页。

的运思和章法。

其实,明清之际的王夫之已意识到"势"与"意"的关系。《姜斋诗话》卷二《夕堂永日绪论内编》有云:"把定一题、一人、一事、一物,于其上求形模,求比似,求词采,求故实,如钝斧子劈栎柞,皮屑纷霏,何尝动得一丝纹理?以意为主,势次之。势者,意中之神理也。唯谢康乐为能取势,宛转屈伸以求尽其意;意已尽则止,殆无剩语:夭矫连蜷,烟云缭绕,乃真龙,非画龙也。"①又论五言绝句曰:"论画者曰:'咫尺有万里之势。'一'势'字宜着眼。若不论势,则缩万里于咫尺,直是《广舆记》前一天下图耳。五言绝句,以此为落想时第一义。唯盛唐人能得其妙。如'君家住何处,妾住在横塘。停船暂借问,或恐是同乡',墨气所射,四表无穷,无字处皆其意也。李献吉诗:'浩浩长江水,黄州若个边?岸回山一转,船到堞楼前。'固自不失此风味。"②而其论诗,恰是最重"意"的,曾谓:"无论诗歌与长行文字,俱以意为主。意犹帅也,无帅之兵,谓之乌合。李杜所以称大家者,无意之诗十不得一二也。"③故从"势者,意中之神理",到"无字处皆其意",无不着眼于诗歌创作的用意运思。

总之,"势"在先秦通用"执"字而具有种植(此亦被借用为"六艺"的"艺")和地形、地势两义,其引申遂有技艺、技巧和趋势、态势等等含义,并运用于社会和政治生活的各个方面,尤其是被兵家借用为专门的兵法概念,即兵"形势"和兵"技巧"。东汉以后,兵家的"势"论开始被书家和文论家们引入书法和文论之中,有《草书势》《飞白书势》《四体书势》等多种论书法的名目和刘勰的《文心雕龙·定势》,其意义皆由

---

① [清]王夫之撰,戴鸿森笺注:《姜斋诗话笺注》卷二,人民文学出版社,1981年,第48页。
② 同上书,第138页。
③ 同上书,第44页。

体(字体和文体)到势而分别指结体的形状、结体的态势和文章的风格。至唐皎然撰为《诗式》,认为诗有"四深""三不同","势"即其中之一。同时,他又提出了十七势的概念。其取意皆来自兵家、书家和《文心雕龙·定势》,而意义则为诗歌创作中的运思和用意的流转变化。至皎然《诗式》、齐己《风骚诗格》、僧神彧《诗格》等,虽借用禅宗话头,巧立名目,然其所谓"势"论,也大抵与王昌龄相近,而与禅学中的"势"并无深层关系。

第八章　宋初政治与"四大书"的编纂

宋初文献编纂的规模很大。宋敏求在《春明退朝录》中记载："太宗诏诸儒编故事一千卷,曰《太平总类》;文章一千卷,曰《文苑英华》;小说五百卷,曰《太平广记》;医方一千卷,曰《神医普救》。《总类》成,帝日览三卷,一年而读周,赐名曰《太平御览》。又诏翰林承旨苏公易简、道士韩德纯、僧赞宁集三教圣贤事迹,各五十卷。书成,命赞宁为首坐。其书不传。真宗诏诸儒编君臣事迹一千卷,曰《册府元龟》。不欲以后妃妇人等事厕其间,别纂《彤管懿范》七十卷。又命陈文僖公衮历代帝王文章为《宸章集》二十五卷,复集妇人文章为十五卷,亦世不传。"[1]在宋初官修的这些著述中,又以《太平御览》《太平广记》《文苑英华》和《册府元龟》这"四大书"[2]最为重要,也影响最大。对于这四部大书的编纂原因和宗旨,前人多有讨论,然修书以困老降臣之说既与事实不符[3],点缀升平、未必有何深意的说法又过于简单化,

---

① ［宋］宋敏求:《春明退朝录》卷下,诚刚点校,中华书局,1980年,第46页。

② 宋初"四大书"的说法,至少在清人编《四库全书》时已提出,见《四库全书总目》卷一百八十六《文苑英华》提要(第1691页),后人遂沿袭此称。

③ 如宋人王明清《挥麈后录》卷一引朱敦儒云:"太平兴国中,诸降王死,其旧臣或宣怨言。太宗尽收用之,置之馆阁,使修群书,如《册府元龟》《文苑英华》《太平广记》之类,广其卷帙,厚其廪禄赡给,以役其心,多卒老于文字之间云。"(《挥麈录》,上海书店出版社,2001年,第42页)然南宋李心传已指出其与史实不符(参其《旧闻证误》卷一,中华书局,1981年,第9页),近人聂崇岐驳之尤力(参其《太平御览引得序》,《太平御览引得》卷首,哈佛燕京学社,1935年,第6—7页)。

而稽古右文或文德致治之说则亦失之于泛①。因此,其间似仍有许多待发之覆。

一、崇儒重文与《太平御览》的编纂

《太平御览》是类书。类书的编纂,源于战国时期的抄撮之学②,而始于三国魏文帝曹丕时"诸儒撰集经传,随类相从"③,编为《皇览》。古人读书,贵博而要。帝王政务繁多,读书撰文,无暇翻检,于是令人旁搜博览,汇集多种文献,择其精要,分类编排,以便观览。《皇览》的编纂,便是出于这种需要,由刘劭、缪袭、王象等人领衔编成的。④ 开卷有益,就中当然也有进德修业、治国理政的作用。

---

① 如聂崇岐先生即谓:"愚意以为太宗之敕修群书,不过为点缀升平欲获右文令主之名,其用南唐遗臣,亦仅以其文学优赡,初不必有若何深意。"(《太平御览引得序》,《太平御览引得》卷首,第7页)郭伯恭先生亦同意此说(参其《宋四大书考》,商务印书馆,1940年,第3—4页)。周生杰博士认为:"《御览》编纂的真正原因是与宋代'文德致治'的国策相一致的。"(见其《太平御览研究》,巴蜀书社,2008年,第79页)
② 按《隋书·经籍志》"子部杂家类"已将《皇览》列于《杂事钞》《杂书钞》《子抄》等书之后。近人张涤华撰《类书流别》,论其缘起,更追溯至战国楚铎椒的《铎氏微》(修订本,商务印书馆,1985年,第7页)。铎椒事见[汉]司马迁撰,[南朝宋]裴骃集解,[唐]司马贞索隐,[唐]张守节正义《史记》卷十四《十二诸侯年表序》,第2册,第642页。其曰:"铎椒为楚威王傅,为王不能尽观《春秋》,采取成败,卒四十章,为《铎氏微》。"可参。又,唐虞世南于在隋时所编类书称《北堂书钞》,唐崔融《代皇太子请修书表》谈到前代类书,也说:"近代书钞,实繁部帙。至如《华林园遍略》《修文殿御览》《寿光书苑》《长洲玉镜》及国家以来新撰《艺文类聚》《文思博要》等,并包括弘远,卒难详悉。亦望错综群书,删成一部。"([清]董诰等编:《全唐文》卷二百十七,第3册,第2198页)亦可为类书源于书钞之证。
③ [晋]陈寿撰,[南朝宋]裴松之注:《三国志》卷二《魏书·文帝纪》,第88页。
④ 《三国志》卷二十一《魏书·刘劭传》载曹丕令刘劭等搜讨"五经群书",编为《皇览》(第3册,第619页)。

《皇览》分"四十余部,部有数十篇,通合八百余万字"①。这四十余部的内容究竟如何,如何划分,因齐梁时屡经删节合并,至唐代又大半佚失,今天已难详知。然从今存《皇览》佚文如"逸礼""冢墓记"等类目来看,它的文献来源应是相当广泛的。② 只是博则有余,精似未必。其后流风所被,虽也有个人编纂如隋虞世南编《北堂书钞》、唐白居易编《白氏经史事类六帖》等,然大多数类书当为敕编。像南朝梁刘杳等编《寿光书苑》、徐勉等编《华林遍略》、刘孝标编《类苑》、北朝齐祖珽等编《修文殿御览》、隋虞绰等编《长洲玉镜》、杜公瞻撰《编珠》、唐欧阳询等编《艺文类聚》、魏徵等编《群书治要》、高士廉等编《文思博要》、张昌宗等编《三教珠英》、徐坚和张说等编《初学记》等等,都是应帝王读书和撰文即"御览"的需要而编,而且也大多是承《皇览》之例,以博为务的。

宋太宗诏群臣编《太平御览》,也不例外。他对读书撰文的爱好,并不逊于前代的许多帝王。治政之外,凡观书有得、佳时节庆、君臣宴饮、行幸游赏、进士取士、征讨庆贺等,他往往都会吟诗作赋。雍熙元年(984)春,他召宰相近臣后苑赏花,次年又增钓鱼一项,张乐设宴,谓之赏花钓鱼宴,与近臣诗歌唱和酬答,遂成惯例。据王应麟《玉海》卷二十八"圣文"门载,宋真宗时整理太宗集,就有"《太宗御集》四十卷《目》一卷、《朱邸集》十卷《目》一卷、《至理动怀篇》一卷、《文明政化》十卷、《逍遥咏》十卷、《缘识》五卷、《秘藏诠》三十卷、《禅枢要》三卷、《莲花心轮回文偈颂》二十五卷、《心轮图》一卷、《注金刚经疏宣演》六卷、《回文诗》四卷、《君臣赓载集》三十卷《目》二卷、《棋谱图》三卷、

---

① [晋]陈寿撰,[南朝宋]裴松之注:《三国志》卷二十三《魏书·杨俊传》裴松之注引《魏略》,第3册,第664页。

② 参[清]孙冯翼辑《皇览》,《丛书集成初编》本,商务印书馆,1937年。

《琴谱》二卷、《九弦琴谱》二十卷、《五弦阮谱》十七卷,凡百一十九部,总二百一十八卷"①。其作品和撰述数量在两宋帝王中仅次于宋真宗。所以,他"阅前代类书,门目纷杂,失其伦次,遂诏修此书(《太平御览》)"②,其目的,首先也是出于其自身读书撰文的需要,这一点不应忽略。

同时,是书的编纂,又有益于治国理政,是自宋初以来崇儒重文国策的组成部分。这要从宋太祖说起。据李焘《续资治通鉴长编》的记载,宋太祖虽起于介胄之中,然"性严重寡言,独喜观书,虽在军中,手不释卷。闻人间有奇书,不吝千金购之。显德中,从世宗平淮甸,或潜上于世宗曰:'赵某下寿州,私所载凡数车,皆重货也。'世宗遣使验之。尽发笼箧,唯书数千卷,无他物。世宗亟召上,谕曰:'卿方为朕作将帅,辟封疆,当务坚甲利兵,何用书为?'上顿首曰:'臣无奇谋上赞圣德,滥膺寄任,常恐不逮,所以聚书,欲广见闻,增智虑也。'世宗曰:'善!'"③从此事的记载看,太祖聚书、读书的目的很明显,那就是要"广见闻,增智虑",胜任膺寄,其在政治上所表现出的远大志向,实已超越凡俗,不可限量。

太祖黄袍加身之后,首用判太常寺窦俨之言,重修禘享雅乐,继命大礼使范质讲求礼乐仪制,命刘温叟、李昉等重定《开元礼》,薛居正等修《五代史》,又诏有司增葺国子监学舍,"塑绘先圣、先贤、先儒之像,

---

① [宋]王应麟:《玉海》卷二十八《圣文》门"御集"类"祥符太宗御制御书目录"条(《景印文渊阁四库全书》子部第943册,第673页)。其诗文今存者,《全宋诗》卷二十二至三十九编为十八卷,《全宋文》卷六十三至七十八编为十五卷。

② [宋]李昉等:《太平御览》卷首引《国朝会要》,第3页。

③ [宋]李焘:《续资治通鉴长编》卷七乾德四年五月,上海师范大学古籍整理研究所、华东师范大学古籍整理研究所点校,中华书局,2004年,第1册,第171页。又,《宋史·太祖本纪》亦谓其"好读书","重儒者",见《宋史》卷三,第50页。

上自赞孔、颜,命宰臣、两制以下分撰余赞,车驾一再临幸焉"①。开始进行全面的礼乐文化建设。而太祖自己好聚书、读书的习惯也有增无减。平西蜀,征南唐,他都命专人收罗其书籍舆图,以充三馆。听政之余,他常常派人从史馆中取书来读,并劝赵普读书,明确提出:"宰相须用读书人。"②又说:"帝王之子,当务读经书,知治乱之大体。"而且要求"今之武臣,亦当使其读经书,欲其知为治之道也"③。从上述一系列修订礼乐制度,搜罗书籍舆图,倡导尊孔读经,乃至提出"宰相须用读书人"的措施中所表现出的,已不仅仅是一种个人的爱好和读书的需要了,它与当日朝廷所采取的其他措施一样,都体现出一种鲜明的崇儒重文用意和思想政治导向。这对于整个有宋一代文化昌盛局面的形成,对于杜绝唐末五代以来将帅擅权至与朝廷分庭抗礼现象的再次出现,起了十分重要的作用,并由此成为此后宋朝历代帝王所奉守的"祖宗家法"之一。

宋太宗喜爱读书,更超过太祖。④ 宋真宗称其"崇尚文史"⑤。《宋史》载其"性嗜学。宣祖总兵淮南,破州县,财物悉不取,第求古书遗帝,恒饬厉之。帝由是工文业,多艺能"⑥。可见一斑。在崇儒重文风气的提倡上,宋太宗与太祖是一致的。他曾命臣下广收图书,三馆之外复置秘阁,并谓:"夫教化之本,治乱之源,苟无书籍,何以取法?"⑦又

---

① [宋]李焘:《续资治通鉴长编》卷三建隆三年六月,第1册,第68页。
② [宋]李焘:《续资治通鉴长编》卷七乾德四年五月,第1册,第171页。
③ [宋]司马光:《涑水纪闻》卷一,邓广铭、张希清点校,中华书局,1989年,第20、15页。
④ 据《涑水纪闻》卷一载,宋太祖与秦王赵德芳的侍讲说了"帝王之子,当务读经书,知治乱之大体"一番话后,接着又说:"不必学作文章,无所用也。"(第20页)
⑤ [清]徐松辑:《宋会要辑稿·崇儒》四《勘书》,刘琳、刁忠民、舒大刚、尹波等点校,上海古籍出版社,2014年,第5册,第2815页。
⑥ [元]脱脱等:《宋史》卷四《太宗本纪》,第53页。
⑦ [宋]李焘:《续资治通鉴长编》卷二十五雍熙元年正月,第2册,第571页。

曰:"国家勤求古道,启迪化源,国典朝章,咸从振举,遗编坠简,宜在询求,致治之先,无以加此。"①并明确提出:"王者虽以武功克敌,终须以文德致治。朕每日退朝,不废观书,意欲酌先王成败而行之,以尽损益也。"②因此,他即位不久,就开始了大规模的图书修纂工作。他诏李昉等先后编《太平御览》《太平广记》和《文苑英华》,诏陈鄂等详定《玉篇》《切韵》,命徐铉等校订《说文》,令医官集《太平圣惠方》,等等,都表现出明显的崇儒重文倾向。从表面上看,太宗起初诏群臣编《太平御览》,不过是因为其"阅前代类书,门目纷杂,失其伦次,遂诏修此书";编《文苑英华》,是因为"诸家文集其数至繁,各擅所长,蓁芜相间"③,似无多少深意。然实际上从宋初文献编纂和文化建设的总体上来看,《太平御览》等书的编纂,就不仅仅是缘于他对文学的极大兴趣和爱好了,就中更包含着一种读书以有益治道的自觉意识,充分体现了自太祖以来朝廷崇儒重文的国策和思想政治倾向,它是宋廷崇儒重文政策的一部分。④ 所以,书既编成,因其"包罗万象,总括群书",一方面固然可为诗文创作提供丰富的材料;另一方面,又可"广见闻,增智虑","援引谈论",观"历代之兴亡","可资风教","以示劝诫"。⑤ 其作用是多方面的,影响亦极其深远。

---

① [清]徐松辑:《宋会要辑稿·崇儒》四《求书、藏书》,第5册,第2824页。
② [宋]李攸:《宋朝事实》卷三"圣学",《景印文渊阁四库全书》史部第608册,第30页。
③ [宋]王应麟:《玉海》卷五十四《艺文》门"总集文章"类"雍熙《文苑英华》"条引《会要》,《景印文渊阁四库全书》子部第944册,第442页。
④ 所谓崇儒重文,主要指的是对以儒家为中心的知识、思想文化体系建设的重视,而并不一定意味着对佛、道思想的排斥,观宋太宗命僧人译经、编书、修建寺观,并撰写大量有关佛、道的诗文可知。
⑤ 《太平御览》卷首引《国朝会要》,第3页。

二、"兄终弟及"与《太平广记》的编纂

《太平广记》一书,我们今天都视为笔记小说的渊海,这当然没有问题。然而,就其书编纂的性质、体例来看,它与《太平御览》一样,仍应属于类书或专题性类书。北宋馆阁之臣编《崇文总目》时,已将二书同置于类书一类。① 南宋郑樵、王应麟也都是把《太平广记》看作类书的。比如郑樵就认为:"《太平广记》者,乃《太平御览》别出《广记》一书,专记异事。"它们的体例都是"博采群书,以类分门"②。自三国魏文帝曹丕"使诸儒撰集经传,随类相从",编为《皇览》,将不同典籍中的文献资料,以类系事,分门汇纂,便成为后世类书编纂所依循的主要体例;虽然唐初欧阳询编《艺文类聚》兼取事、文,又有新创。《太平御览》全书分五十五大部类,五千四百多小类,上至天文,下至地理,人物事件、典章制度、神鬼灵异、僧道隐逸,乃至宫室器物、花鸟虫鱼,无所不包。《太平广记》亦然。全书分一百一十余大类,一百五十多小类,其体例

---

① [宋]王尧臣等:《崇文总目》卷六,《景印文渊阁四库全书》史部第674册,第72页。
② [宋]郑樵:《通志》卷七十一《校雠略》一《泛释无义论》,《景印文渊阁四库全书》史部第374册,第489—490页。按郑樵主张书目编撰应能辨章学术,考镜源流,故认为书目中的附注或提要,非必要则可省略。他举《崇文总目》著录《太平广记》的例子批评道:"古之编书,但标类而已,未尝注解。其著注者,人之姓名耳。盖经入经类,何必更言经?史入史类,何必更言史?但随其凡目,则其书自显。惟《隋志》于疑晦者则释之,无疑晦者则以类举。今《崇文总目》出新意,每书之下必著说焉。据标类自见,何用更为之说,且为之说也已自繁矣,何用一一说焉。至于无说者,或后书与前书不殊者,则强为之说。使人意意。且《太平广记》者,乃《太平御览》别出《广记》一书,专记异事,奈何《崇文》之目所说不及此意,但以谓博采群书,以类分门。凡是类书皆可博采群书,以类分门,不知《御览》之与《广记》又何异?《崇文》所释,大概如此。举此一条可见其他。"其论自高,不免偏激,故颇遭后人非议,如清人朱彝尊、清四库馆臣等都对其持批评态度(详参四库馆臣所作的提要和按语)。然而,从文献上说,郑樵的批评实有见地,虽然他对《太平广记》编纂的真正用意亦未能细察。

大致如《太平御览》,只是在具体材料的分划上,它采取了以人系事的方法,这也是《太平广记》的一个创新。郑樵说《太平广记》"专记异事",大致是符合实际的。从其所分类别看,像神仙、女仙、道术、方士、异人、异僧、报应、征应、定数、感应、幻术、妖妄、神、鬼、妖怪、精怪、灵异、再生、悟前生等,占了全书类别的近三分之一,而这三分之一的类别,更占了全书五分之三以上的篇幅。因此,如果说《太平御览》是百科性的类书的话,《太平广记》则是其中神怪灵异类内容的扩大版,是一部专题性的类书。

《太平御览》,是宋太宗即位之初即太平兴国二年(977)三月下诏编纂的。①《太平广记》的编纂与其同时。据李焘《续资治通鉴长编》太平兴国二年三月戊寅记事,太宗"命翰林学士李昉等编类书为一千卷、小说为五百卷"。李焘注引《宋朝要录》载:"诏李昉、扈蒙等,以《御览》《艺文类聚》《文思博要》及前代类书,分门编为(《太平总类》)一千卷,野史、传记、故事、小说编为(《太平广记》)五百卷。"②以前代"类书门目纷杂"③,遂诏修《太平御览》,宋太宗的这一做法是可以理解的。然而,同时又以"野史、传记、故事、小说编为(《太平广记》)五百卷",就似乎不太好理解了。因为,立国不久,即位之初,国之大事,何啻千百,太宗竟郑重其事地下诏令群臣编纂一部野史小说集,这就难怪言官要上书批评了,以至于不但此书甫一编成便搁置起来,而且三年后"诏

---

① 宋太祖开宝九年(976)十月去世,太宗十二月就改元太平兴国,故下诏编书距其即位尚不到半年。

② [宋]李焘:《续资治通鉴长编》卷十八太平兴国二年三月,第1册,401页。

③ [宋]王应麟:《玉海》卷五十四《艺文》门"承诏撰述·类书""太平兴国《太平御览》《太平广记》"条引《会要》,《景印文渊阁四库全书》子部第944册,第453页。

令镂版",又因为"言者以为非学者所急,墨板藏太清楼"①,不得不再次束之高阁。那么,此事的动议,真的是出于宋太宗的偶发奇想、轻率下诏吗?显然不是。它与当日的政治、与道教有密切关系。

宋太祖与宋太宗的皇位授受,在历史上似乎永远是一个难解的谜。像太祖驾崩和太宗即位这样的大事,据李焘的考索,北宋《国史》《实录》竟然都不载,而王禹偁《建隆遗事》、司马光《涑水纪闻》、释文莹《湘山野录》、蔡惇《夔州直笔》等书所记,亦参差不明。李焘虽于诸书有取有舍,仍然不能不留下许多疑窦。② 正如邓广铭先生所指出的,"宋太祖夺后周的天下于孤儿寡妇之手,却不料他的天下也被别人在儿子、夫人的手中劫夺了去。当宋太祖开国之后,曾用尽心计,立定了许多防微杜渐的政策,却也不料'季孙之祸,不在颛臾,而在萧墙之内'。劫夺的人非他,即太祖的介弟赵光义,庙号称为太宗者是"③。后人的这些看法是有理由的。

然太宗的劫夺,也有他相当的道理。太祖、太宗之母杜太后于太祖陈桥兵变、黄袍加身之初,就喜忧参半地说过:"吾闻为君难。天子置身兆庶之上,若治得其道,则此位可尊;苟或失驭,求为匹夫不可得,是吾所以忧也。"④表现出对皇权能否稳固的担心。又据李焘《续资治通鉴长编》载,杜太后临终时曾告诫太祖,认为他所以能做皇帝,"政由柴氏使幼儿主天下,群心不附故耳",他日"当传位汝弟。四海至广,能立长君,社稷之福也"⑤。于是有所谓"金匮之盟"。这条材料虽然出自有

---

① [宋]王应麟:《玉海》卷五十四《艺文》门"承诏撰述·类书""太平兴国《太平御览》《太平广记》"条引《会要》,《景印文渊阁四库全书》子部第944册,第453页。
② 参李焘《续资治通鉴长编》卷十七宋太祖开宝九年十月,第1册,第377—382页。
③ 邓广铭:《邓广铭治史丛稿》,北京大学出版社,1997年,第478页。
④ [元]脱脱等:《宋史》卷二百四十二《后妃传》上,第8607页。
⑤ [宋]李焘:《续资治通鉴长编》卷二建隆二年六月,第1册,第46页。

疑点的《太祖实录》，然在很大程度上也反映了当日的历史真实，那就是赵氏在"变家为国"、君临天下之际对皇权维持和承继的忧虑。关于皇权的稳固问题，在杜太后去世的次月，宋太祖就以杯酒释兵权的方式，轻而易举地就解决了；而皇位的继承问题，太祖既不曾立嗣，一旦辞世，为解决皇位继承问题、稳定国家社稷，在当时除了兄终弟及之外，似并无更妥善的办法。宋太宗的所作所为，在道义上虽难逃后人的谴责，然在客观上，却使得宋初的政治局面得以稳固，赵宋王朝的统治得以延续，皇权更迭可能带来的动荡得以避免。

宋太宗之所以能兄终弟及而登大位，当然是做了许多准备和铺垫的①，其中之一便是对道教的利用。李焘《续资治通鉴长编》据《国史·符瑞志》等载："初，有神降于盩厔县民张守真家，自言：'我天之尊神，号黑杀将军，玉帝之辅也。'守真每斋戒祈请，神必降室中，风肃然，声若婴儿，独守真能晓之，所言祸福多验。守真遂为道士。上不豫，驿召守真至阙下。壬子，命内侍王继恩就建隆观设黄箓醮，令守真降神。神言：'天上宫阙已成，玉锁开。晋王有仁心。'言讫不复降。上闻其言，即夜召晋王，属以后事。"②黑杀将军云云，当然不可信，必是宦官王继恩密奉太宗之命虚构出来，以为太宗袭位来制造舆论的。至太平兴国六年，太宗又"诏封太平宫神为翊圣将军，从道士张守真之请也"③。仍

---

① 如交结太祖近臣田重进、宦官王继恩等，详参邓广铭《宋太祖太宗皇位授受问题辨析》《试破宋太宗即位大赦诏书之谜》，《邓广铭治史丛稿》，第478—516页。
② [宋]李焘：《续资治通鉴长编》卷十七宋太祖开宝九年十月，第1册，第377—378页。
③ [宋]李焘：《续资治通鉴长编》卷二十二宋太宗太平兴国六年十一月，第1册，第506页。直到宋真宗时，仍在不断抬高这位将军的地位，而真宗正是一位更为热衷道教的皇帝。真宗大中祥符七年十一月，"加号翊圣将军曰'翊圣保德真君'"（《续资治通鉴长编》卷八十三，第4册，第1900页）。大中祥符九年十月，王钦若编撰《翊圣保德真君传》三卷上呈，真宗制序（《续资治通鉴长编》卷八十八，第4册，第2023页。此传并序见[宋]张君房编《云笈七签》卷一百三）。

不过是虚张声势,掩人耳目。

皇权授受之际,太宗不但令人召来了张守真,而且还利用了另一位名声更大的隐士陈抟。雍熙元年十月,太宗又诏见陈抟,并告诉宰相宋琪说,抟"在华山已四十余年,度其年当百岁。自言经五代乱离,幸天下承平,故来朝觐。与之语,甚可听"。宋琪等与之交谈,抟不言神仙之事,却正色道:"主上龙颜秀异,有天人之表,博达今古,深究治乱,真有道仁圣之主也。正是君臣协心同德,兴化致治之秋,勤行修炼,无出于此。""琪等表上其言,上益喜。甲申,赐抟号希夷先生,令有司增葺所止台观。"① 其招徕道士隐逸的用意显而易见。

宋太宗位登大宝后,即大赦天下,诏告臣民。在宋人彭百川所编的《太平治迹统类》中保存了这篇赦书的主要部分。② 其曰:

> 先皇帝勤劳启国,宵旰临朝,万机靡倦于躬亲,四海方成于开泰。念农民之疾苦,知战士之辛勤。氛祲尽平,生灵永逸。而寒暄或厉,寝疾弥留。方臻偃革之期,遽抱遗弓之叹。猥以大宝,付与冲人。宜覃在宥之恩,俾洽维新之泽。可大赦天下,常赦所不原者咸赦除之。令缘边禁戢戍卒,毋得侵挠外境。群臣有所论列,并许实封表疏以闻;必须面奏者,阁门使即时引对。
>
> 风化之本,孝弟为先。或不顺父兄,异居别籍者,御史台及所在纠察之。
>
> 先皇帝创业垂二十年,事为之防,曲为之制,纪律已定,物有其

---

① [宋]李焘:《续资治通鉴长编》卷二十五雍熙元年十月,第2册,第588页。

② 此篇大赦诏在《宋大诏令集》卷一、李攸《宋朝事实》卷二和李焘《续资治通鉴长编》卷十七中也有录,然据邓广铭先生所考,此诏在前两种书中行文仓促,而《续资治通鉴长编》和《太平治迹统类》所录则为改定稿。今辑本《续资治通鉴长编》漏辑诏书中许多文字,故此据《太平治迹统类》引(参邓广铭先生《试破宋太宗即位大赦诏书之谜》《对有关〈太平治迹统类〉诸问题的新考索》,《邓广铭治史丛稿》,第506—516、349—380页)。

常。谨当遵承,不敢逾越。咨尔臣庶,宜体朕心。①

诏书中特别提出"风化之本,孝弟为先"一点,潜台词无非是说,兄终弟及合乎儒道,而且,现在要做的,就是萧规曹随。这个"规"就是:"事为之防,曲为之制。"对于这八个字的治国方略,宋太宗接下来只要恪守秉持即可,所谓:"纪律已定,物有其常。谨当遵承,不敢逾越。"这种逆取顺守的政治局面,也使得宋太宗在思想上与道家、道教走得更近了。

比如,与大臣论为政,太宗就标举黄老无为之道,曰:"清静致治,黄、老之深旨也。夫万务自有为以至于无为,无为之道,朕当力行之。至如汲黯卧治淮阳,宓子贱弹琴治单父,此皆行黄、老之道也。"参知政事吕端等马上附和,说:"国家若行黄、老之道,以致升平,其效甚速。"宰臣吕蒙正则曰:"老子称'治大国若烹小鲜'。夫鱼挠之则溃,民挠之则乱,今之上封事议制置者甚多,陛下渐行清静之化以镇之。"②再如谈到用兵,太宗又说:"朕每议兴兵,皆不得已,古所谓王师如时雨,盖其义也。今亭障无事,但常修德以怀远,此则清静致治之道也。"吕蒙正曰:"古者以简易治国者,享祚长久。陛下崇尚清静,实宗社无疆之休也。"③还比如处理日常政务,太宗常抓大略小,吕蒙正赞之曰:"水至清则无鱼,人至察则无徒。小人情伪,君子岂不知?盖以大度容之,则庶事俱济。昔曹参以狱市为寄,政恐奸人无所容也。陛下如此宣谕,深合黄、老之道。"④其他像谈到生活有节,动静有度,太宗亦引老子之语,谓:"我命在我不在天。全系人之调适。卿等亦当留意,无自轻于摄养

---

① [宋]彭百川:《太平治迹统类》卷二《太祖太宗授受之懿》,《景印文渊阁四库全书》史部第408册,第45页。
② [宋]李焘:《续资治通鉴长编》卷三十四淳化四年十月,第2册,第758页。
③ [宋]李焘:《续资治通鉴长编》卷三十四淳化四年十一月,第2册,第759页。
④ [宋]李焘:《续资治通鉴长编》卷三十四淳化五年二月,第2册,第775页。

也。"①而开秘阁与大臣观书,他又"诏史馆尽取天文、占候、谶纬、方术等书五千一十卷……悉令藏于秘阁"②,这些都可见出宋太宗登上皇位后强调无为而治的思想倾向。

所以,他执政之初就令人编《太平广记》,网罗前代神仙传记、野史小说殆尽,表面上说是"六籍既分,九流并起,皆得圣人之道,以尽万物之情",既"博综群言",又"不遗众善",③编为此书,却原来自有其深衷苦心。

此外,从文献使用上来看,宋太宗之所以命诸臣编为此书,在客观上也是自汉魏六朝以来笔记小说、杂史、杂传记类著述大量涌现的结果。以常理推之,诸儒在编纂《太平御览》(初名《太平总类》)的过程中,原拟将诗文之外的各种文献网罗殆尽,然数量庞大的野史、传记、小说文献又难以分系,于是恰好可另成一书。从二书的材料来源看,《太平御览》引书除前代类书外,多为儒家经典、先秦子书和《史记》《汉书》等正史中的文献资料,而《太平广记》所引则偶有此种文献,它的绝大部分材料确是取自"野史、传记、小说",二者适可互补。因为《太平广记》的材料来源较为单一和集中,所以次年八月书就编成,仅用了一年半不到的时间,而《太平御览》要到太平兴国八年十二月才全部编成,用时达六年半之久。因此,可以说《太平广记》是对《太平御览》的补充,它与《太平御览》是一个整体,二者合观,方才完整。

三、《文苑英华》的编选

《文苑英华》编纂的原因比较简单。宋太宗既喜爱文学,于类事之

---

① [宋]李焘:《续资治通鉴长编》卷二十五雍熙元年十月,第 2 册,第 588 页。
② [宋]李焘:《续资治通鉴长编》卷三十一淳化元年八月,第 2 册,第 705 页。
③ [宋]李昉等编:《太平广记表》中语,《太平广记》卷首,中华书局,1961 年,第 1 册,第 1 页。

书外,又诏群臣编纂诗文总集《文苑英华》,是很自然的。据《宋会要·崇儒》五载:"太平兴国七年九月,命翰林学士承旨李昉、学士扈蒙、直学士院徐铉、中书舍人宋白、知制诰贾黄中、吕蒙正、李至、司封员外郎李穆、库部员外郎杨徽之、监察御史李范、秘书丞杨砺、著作佐郎吴淑、吕文仲、胡汀、著作佐郎直史馆战贻庆、国子监丞杜镐、将作监丞舒雅,阅前代文集,撮其精要,以类分之,为千卷。雍熙三年十二月书成,号曰《文苑英华》。昉、蒙、蒙正、至、穆、范、砺、淑、文仲、汀、贻庆、镐、雅继领他任,续命翰林学士苏易简,中书舍人王祐,知制诰范杲、宋湜与宋白等共成之。帝览之称善,降诏褒论。① 以书付史馆,赐器币各有差。"②所以要编《文苑英华》,即在于太宗认为前代"诸家文集,其数实繁,虽各擅所长,亦榛芜相间,乃命翰林学士宋白等精加铨择,以类编次,为《文苑英华》一千卷"③。

此书的编纂,自太平兴国七年九月下诏(时《太平御览》尚未最后成书),雍熙三年十二月编成,用时四年有余。全书一千卷,上继萧统《文选》,以类分之,收入自南朝梁至五代的作家近两千两百位,作品约两万篇。其中,隋唐五代的作家作品占了绝大多数。从文献来源看,《太平御览》《太平广记》引书多属于经、史、子三部,《文苑英华》则取材前代文集,三者合观,才能构成一个较为完整的知识体系。尤为难得的是,宋初书籍罕见,有些作家的文集,"印本绝少。虽韩、柳、元、白之文,尚未甚传。其他如陈子昂、张说、九龄、李翱等诸名士文集,世尤罕

---

① 王应麟《玉海》卷五十四"总集文章""雍熙《文苑英华》"条引《宋会要》兼《宝训》,其下有"诏答曰:'近代以来,斯文浸盛。虽述作甚多,而妍媸不辨,遂令编缉止取菁英。所谓摘鸾凤之羽毛,截犀象之牙角。书成来上,实有可观'"云云。《景印文渊阁四库全书》子部第944册,第443页。

② [清]徐松辑:《宋会要辑稿·崇儒》五《编纂书籍》,第2835页。

③ [宋]李焘:《续资治通鉴长编》卷二十七雍熙三年十二月,第625页。

见。修书官于宗元、居易、权德舆、李商隐、顾云、罗隐辈,或全卷收入"①。于是,像卢思道、沈佺期、宋之问、张说、张九龄、李商隐、周繇等许多作家的诗文多赖此以传。

  《文苑英华》的文体分类,虽上承《文选》,大致分赋、诗、歌行、杂文等三十八类,然已有了新的发展和变化,且每类之中,又依题材内容分出许多细目。如"赋"类一百五十卷,下分"天象、岁时、地、水、帝德、京都、邑居、宫室、苑囿、朝会、禋祀、行幸、讽谕、儒学、军旅、治道、耕籍(附:田、农)、乐、钟鼓、杂伎、饮食、符瑞、人事、志、射、博奕、工艺、器用、服章、图画、宝、丝帛、舟车、薪火、畋渔、道释、纪行、游览、哀伤、鸟兽、虫鱼、草木"四十二类,而每类之中往往又细分若干小类。如"天象"之下,就又分出"日、月、星、斗、天河、云、风、雨、露、霜、雪、雷、霹雳、雹、霞、雾、虹、天仪、大衍、律管、气象、空、光、明、骄阳"等。这种编排的方式,与《太平御览》等书是一致的,即参照了类书的分类办法,虽不甚严密,不够合理,却反映了时人普遍的认识水平,而这种分类方式,在宋代各类文献的编纂中方兴未艾。② 其后随着文学创作的发展,不但总集编纂常用分类编排的方式,别集编纂亦一如总集,且分类方式又有新变,然若溯其渊源,一时风气,仍直接受宋初四大书的影响。

四、《册府元龟》对太宗朝图书编纂的纠正

  对崇儒重文的"祖宗家法",宋真宗是恪守不移的。他曾对龙图阁直学士陈彭年说:"朕每念太祖、太宗丕变衰俗,崇尚斯文,垂世教人,

---

① [宋]周必大:《文苑英华序》,[宋]李昉等编《文苑英华》卷首,中华书局,1966年,第1册,第8—9页。
② 此一问题,笔者另有《〈文苑英华〉的文体分类及意义》一文(《中山大学学报[社会科学版]》2015年第6期),此不赘述。

实有深意。朕谨遵圣训,绍继前烈,庶警学者。"①而《册府元龟》的编纂,正是要上继太祖、太宗的既定国策的,只不过他对"垂世教人"之旨的重视和强调,已超过太祖太宗。

宋真宗即位后,曾下诏大规模刊印经史,认为"恶以戒世,善以劝后。善恶之事,《春秋》备载","君臣善恶,足为鉴戒"。② 体现出他对著书以示劝诫的重视。这种认识,在《册府元龟》的编纂中表现得更为明确和具体。宋真宗在《册府元龟序》中说道:

> 太宗皇帝始则编小说而成《广记》,纂百氏而著《御览》,集章句而制《文苑》,聚方书而撰《神医》。次复刊广疏于"九经",校阅疑于"三史",修古学于篆籀,总妙言于释老。洪猷丕显,能事毕陈。朕逖遵先志,肇振斯文,载命群儒,共司缀缉。粤自正统,至于闰位,君臣善迹,邦家美政,礼乐沿革,法令宽猛,官师论议,多士名行,靡不具载,用存典刑。凡勒成一千一百四门,门有小序,述其指归;分为三千一部,部有总序,言其经制。凡一千卷。③

宋太宗时编书,主要是提出一种崇儒重文的思想政治导向,其益治政、资风教、示劝诫或某种特别的政治意图,虽寓含其中,然并未特别强调。而宋真宗就不同了。此前,他曾一再提醒编修官的编纂工作,应"以惩劝为本",而批评篇序的撰写,"援据经史,颇尽体要,而诫劝之理,有所

---

① [宋]李攸:《宋朝事实》卷三"圣学"条,《景印文渊阁四库全书》史部第608册,第31页。
② [宋]李焘:《续资治通鉴长编》卷五十六景德元年七月,第3册,第1248页;卷六十景德二年五月,第3册,第1333页。
③ [宋]王应麟:《玉海》卷五十四《艺文》门"承诏撰述·类书"类"景德《册府元龟》"条引,《景印文渊阁四库全书》子部944册,第455页。"分为三千一部","千"应为"十"字之讹。

未尽也"。① 这里又明确提出,编纂《历代君臣事迹》的宗旨,就是要劝善惩恶,"用存典刑"②。其用意很明显,所谓劝惩,是要通过对历代君臣事迹的搜讨、编录,从中汲取治国理政可资借鉴的经验和教训,总结、传承和扬弃前代的礼乐文物、典章制度中合理的因素,参酌前贤名儒的鸿篇大论,表彰、仿效其嘉言善行。总之,是要有益于社会人心和宋王朝的长治久安。

宋真宗这样做,既有前代类书编纂的影响,又是直接受到了田锡的启示,并由其所纂的《御览》和《御屏风》发展而来的。③

唐太宗贞观初年下诏编《群书治要》,其宗旨就是要"采摭群书","以备劝戒"。魏徵在序中说:

> 近古皇王,时有撰述,并皆包括天地,牢笼群有。竞采浮艳之词,争驰迂诞之说。骋末学之博闻,饰雕虫之小伎。流宕忘反,殊涂同致。虽辩周万物,愈失司契之源;术总百端,乖得一之旨。皇上以天纵之多才,运生知之睿思,性与道合,动妙几神。……以为六籍纷纶,百家踳驳,穷理尽性,则劳而少功;周览泛观,则博而寡要。故爰命臣等采摭群书,翦截淫放,光昭训典,圣思所存,务乎政术,缀叙大略,咸发神衷,雅致钩深,规摹宏远,网罗治体,事非一目。若乃钦明之后,屈己以救时;无道之君,乐身以亡国。或临难

---

① [宋]王应麟:《玉海》卷五十四《艺文》门"承诏撰述·类书"类"景德《册府元龟》"条引,《景印文渊阁四库全书》子部第944册,第455页。

② 周师勋初先生指出,宋真宗编纂《册府元龟》的目的,"是要统一人们的政治标准,树立符合宋代政权需要的价值观念"(《〈册府元龟〉前言》,[宋]王钦若等编纂,周勋初等校订《册府元龟》[校订本],凤凰出版社,2006年,第4—5页)。这是很正确的。由劝善惩恶而"用存典刑",二者正相一致。

③ 此文撰成,见台湾学者方师铎先生《传统文学与类书之关系》一书,其书第六章"论类事"中已谈到《册府元龟》"可能是从田锡所编的《咸平御览》和《咸平御屏风》上头得来的灵感"(天津古籍出版社,1986年,第213页)。甚有见地,惜未深论。

> 知惧,在危而获安;或得志而骄居,业成以致败者,莫不备其得失,以著为君之难。其委志策名,立功树惠,贞心直道,忘躯殉国,身殒百年之中,声驰千载之外;或大奸巨猾,转日回天,社鼠城狐,反白仰黑,忠良由其放逐,邦国因以危亡者,咸亦述其终始,以显为臣不易。其立德立言,作训垂范,为纲为纪,经天纬地,金声玉振,腾实飞英,雅论徽猷,嘉言美事,可以宏奖名教,崇太平之基者,固亦片善不遗,将以丕显皇极。至于母仪嫔则,懿后良妃,参徽猷于十乱,著深诫于辞辇。或倾城哲妇,亡国艳妻,候晨鸡以先鸣,待举烽而后笑者,时有所存,以备劝戒。爰自六经,讫乎诸子,上始五帝,下尽晋年。凡为五帙,合五十卷。本求治要,故以《治要》为名。但《皇览》《遍略》,随方类聚,名目互显,首尾淆乱,文义断绝,寻究为难。今之所撰,异乎先作。总立新名,各全旧体。欲令见本知末,原始要终,并弃彼春华,采兹秋实。一书之内,牙角无遗;一事之中,羽毛咸尽。用之当今,足以鉴览前古;传之来叶,可以贻厥孙谋。①

宋真宗所强调的区别善恶,"用存典刑"的劝诫之旨,与唐太宗所重视的"政术""治要"和"弘奖名教"以及"作训垂范",一脉相承。尤其值得注意的是魏徵对前代典籍编纂中所存弊端的批评。他不但反对前人所编类书的博而寡要、迂诞浮艳,而且认为其体例上的分类系事也是不可取的。

宋真宗咸平四年(1001),从知泰州任上回到京城的田锡,召对言事,曾奏请重修一部可供真宗"御览"的书籍。据《续资治通鉴长编》载:

> (田锡)奏曰:"陛下治天下以何道? 臣愿以皇王之道治之。

---

① [唐]魏徵等:《群书治要》卷首,[清]阮元辑《宛委别藏》本,江苏古籍出版社,1988年,第73册,第1—3页。

旧有《御览》，但记分门事类。臣愿钞略四部，别为《御览》三百六十卷。万几之暇，日览一卷。又采经史要切之言，为《御屏风》十卷，置宸坐之侧，则治乱兴衰之事常在目矣。"上善其言，诏史馆以群书借之。仍免其集贤校雠之职。每成数卷即先进内。锡言："臣所撰书，每五日具草一卷，检讨舛互，写为净藁，已七八日，大率十年绝笔。臣虑朝廷俾臣莅事，或委一郡、授一职，不若使臣常以皇王之道致主于尧舜也。陛下春秋鼎盛，好古不倦，若师皇王之道，日新厥德，十年之内，必致太平。臣虽衰迈，得见其时，私幸足矣。"即先上《御览》三十卷、《御屏风》五卷。手诏褒答之。①

可与李焘的记载相参的，有田锡的《御览序》。在《御览序》中，田锡对其编撰宗旨有更具体、细致的说明。他说："臣闻圣人之道，布在方策。六经则言高旨远，非讲求讨论，不可测其渊深；诸史则迹异事殊，非参会异同，岂易记其繁杂；子书则异端之说胜，文集则宗经之辞寡，非猎精以为鉴戒，举要以观会同，可为日览之书，资于日新之德，则虽白首未能穷经，矧王者万机之暇乎？臣每读书，思以所得上补达聪、可以铭于坐隅者，书于御屏；可以用于帝道者，录为《御览》。经取帝王易晓之意，史取帝王可行之事，子或总于杂录，集或附之逐篇。悉求切当之言，用达精详之理，俾功业可与尧舜等，而生灵亦使跻仁寿之域。臣区区之忠，不胜大愿。"②在《御屏风序》中，他又说："唐黄门侍郎赵(弘)智为高宗诵《孝经》，曰：'天子有诤臣七人，虽无道，不失其天下。微臣敢以此言上献。'宪宗采汉史、三国以来经济要事，撰书十四篇，曰《前代君臣事迹》，书之屏风。臣每览经史子集，因取其语要，总一卷，辄用进献，可

---

① [宋]李焘：《续资治通鉴长编》卷四十九咸平四年六月，第2册，第1065—1066页。
② [宋]王称：《东都事略》卷三十九《田锡传》引，《景印文渊阁四库全书》史部第382册，第253—254页。

书于屏,置之御坐之右焉。"①田锡生平"耿介寡合,严恭好礼","慕魏徵、李绛之为人"②,于太宗、真宗两朝,最为诤臣。他不满意《太平御览》的分类系事,泛无所归,要从经史子集四部书中,采其精要,编为《御览》,供真宗披览,期望甚高。这既是他一贯的忠鲠风格,也是直接受到魏徵编纂《群书治要》和唐宪宗时编《前代君臣事迹》的影响。虽然田锡两年后就去世了,《御览》终未完成,但宋真宗于田锡去世两年后下诏编《历代君臣事迹》,且体例也不同于太宗朝所编诸书,就中当有采纳田锡的意见或受到田锡多次奏请编书的启发,并受到其编纂思想影响的因素。由此看来,真宗下诏编《历代君臣事迹》,似又有要纠正太宗朝类书编纂的微意。

正是基于对"垂世教人"的惩劝宗旨的强调,宋真宗对《册府元龟》的编纂表现出异乎寻常的重视,事实上,可以说他是自始至终地主持了此书的编纂。他不但选择当时颇负声望的王钦若、杨亿等人具体负责编修此书,给予他们极为优厚的生活待遇,而且,从编修原则到具体材料的去取,他都一一要进行过问。编纂之初,他先"令(钱)惟演等各撰篇目,送钦若暨亿参详。钦若等又自撰集上进。诏用钦若等所撰为定,有未尽者奉旨增之"③。此后又多次察看诸臣所修书稿,"遍阅门类,询其次序。王钦若、杨亿悉以条对。有伦理未当者,立命改之。谓侍臣曰:'朕此书盖欲著历代事实,为将来典法,使开卷者动有资益也。'"④一再强调:"编修君臣事迹官,皆出遴选。朕于此书,匪独听政之暇,资

---

① [宋]王称:《东都事略》卷三十九《田锡传》引,《景印文渊阁四库全书》史部第382册,第254页。"赵智",应作"赵弘智",见《旧唐书》卷一百八十八《赵弘智传》。此文《全宋文》失收。
② [宋]李焘:《续资治通鉴长编》卷五十五咸平六年十二月,第3册,第1220页。
③ 同上书卷六十一景德二年九月,第3册,第1367页。
④ 同上书卷六十二景德三年四月,第3册,第1394页。

于披览,亦乃区别善恶,垂之后世,俾君臣父子有所监戒。"并下令"起今后,自初修官至杨亿,各依新式,递相检视,内有脱误,门目不类,年代、帝号失次者,并署历,仍书逐人名下,随卷奏知。异时比较功程,等第酬奖,庶分勤惰。"①从中皆可见其编纂宗旨和对此书的重视。

惩恶劝善、垂世教人的宗旨,决定了在史料的选择上,必是重经史而排斥异端小说。洪迈《容斋四笔》卷十一"《册府元龟》"条,载杨亿上书言:

> 近代臣僚自述扬历之事,如李德裕《文武两朝献替记》、李石《开成承诏录》、韩偓《金銮密记》之类,又有子孙追述先德叙家世,如李繁《邺侯传》《柳氏序训》《魏公家传》之类,或隐己之恶,或攘人之善,并多溢美,故匪信书。并僭伪诸国,各有著撰,如伪《吴录》、《孟知祥实录》之类,自矜本国,事或近诬。其上件书,并欲不取。余有《三十国春秋》《河洛记》《壶关录》之类,多是正史已有;《秦记》《燕书》之类,出自伪邦;《殷芸小说》《谈薮》之类,俱是诙谐小事;《河南志》《邠志》《平剡录》之类,多是故吏宾从述本府戎帅征伐之功,伤于烦碎;《西京杂记》《明皇杂录》,事多语怪;《奉天录》尤是虚词。尽议采收,恐成芜秽。②

> 止以《国语》《战国策》《管》《孟》《韩子》《淮南子》《晏子春秋》《吕氏春秋》《韩诗外传》与经史俱编。历代类书《修文殿御览》之类,采撼铨择。③

---

① [宋]李焘:《续资治通鉴长编》卷六十七景德四年十二月,第3册,第1509页。
② [宋]洪迈:《容斋随笔》,上海古籍出版社,1978年,下册,第742—743页。此段文字,原作编修官上言,据王应麟《玉海》卷五十四《艺文》门"承诏撰述·类书"类"景德《册府元龟》"条,应为杨亿上书。
③ [宋]王应麟:《玉海》卷五十四《艺文》门"承诏撰述·类书"类"景德《册府元龟》"条,《景印文渊阁四库全书》子部第944册,第454页。

真宗对此十分赞同,并明确指示:"所编君臣事迹,盖欲垂为典法,异端小说,咸所不取。"①从这些话来看,《册府元龟》的编纂,也确有纠正前朝类书编纂中材料使用博杂不实倾向的意味。

在具体的编纂过程中,宋真宗还时时秉持劝善惩恶的原则,提出意见,纠谬正误。他曾举出唐刘栖楚直言切谏的例子,认为不应以史载其为奸相李逢吉党羽,便轻易地否定了这一历史人物。"今所修君臣事迹,尤宜区别善恶,有前代褒贬不当如此类者,宜析理论之,以资世教。"②馆臣即遵照其旨意,将刘栖楚直谏事收入《册府元龟》卷五百四十八《谏诤部·强谏门》。又曾谓编修官,书稿《崇释教门》中,"有布发于地,令僧践之,及自剃僧头徼福利,此乃失道惑溺之甚者,可并刊之"③。还以手札示编修官,曰:"张杨为大司马,下人谋反,辄原不问。乃属之《仁爱门》。此甚不可者。且将帅之体,与牧宰不同,宣威禁暴,以刑止杀。今凶谋发觉,对之涕泣,愈非将帅之事。春秋息侯伐郑,大败。君子以为不察有罪,宜其丧师。今张杨无威刑,反者不问,是不察有罪也。可即商度改定之。"④今书中《仁爱门》即不载此事。

正如王钦若所说,在此书的编纂过程中,"自缵集此书,发凡起例,类事分门,皆上禀圣意,授之群官。间有凝滞,皆答陈论";"每烦乙夜之览观,率自清衷而裁定"。⑤宋真宗确为《册府元龟》的编纂花费了大量的心血。所以,他很看重此书,书编成后不久他就下令制版,并先后

---

① [宋]王应麟:《玉海》卷五十四《艺文》门"承诏撰述·类书"类"景德《册府元龟》"条,《景印文渊阁四库全书》子部第 944 册,第 455 页。
② [宋]李焘:《续资治通鉴长编》卷六十五景德四年四月,第 3 册,1452 页。
③ 同上书卷六十七景德四年十一月,第 3 册,第 1504 页。
④ 同上书卷七十三大中祥符三年五月,第 3 册,第 1670 页。
⑤ [宋]王应麟:《玉海》卷五十四《艺文》门"承诏撰述·类书"类"景德《册府元龟》"条引,《景印文渊阁四库全书》子部第 944 册,第 455 页。

赐与辅臣和御史台。其间的用意,当然不只是为了"御览"了,就中更有要为政治服务的目的。

　　总之,宋初四大书的编纂,《太平御览》原是出于宋太宗读书撰文的需要,承三国魏《皇览》以来类书之例而编,同时也是自宋太祖以来实行崇儒重文政策的重要组成部分。《文苑英华》的编纂略同于《太平御览》。《太平广记》的编纂,则与宋太祖、太宗授受之际的政局有很大的关系,寓含着其利用道家和道教以强调其政权合法性、稳固其政权的用意和苦心;从文献上看,也是对《太平御览》一书的补充。《册府元龟》的编纂则不同于前三书,它实是受田锡的启发,上承唐魏徵《群书治要》,以扬善惩恶,"用存典刑"为宗旨,具有纠正太宗朝图书编纂或失之于博杂的意味。

第九章　北宋党争与梅尧臣的诗歌创作

梅尧臣是北宋著名的诗人,他的诗歌创作以及其在中国文学史上的地位,虽然人们一般多给予较高评价,认为他是宋诗的开山祖师,但同时也还存在一些有争议的问题。比如他与范仲淹的关系、梅诗风格的演变和主要特征以及其在宋诗发展中究竟起了何种作用等,似都还可作进一步讨论。本章拟从北宋党争的角度,对梅尧臣其人其诗进行探讨,希望能就上述问题求得一些新的认识。

一、"梅穷独我知,古货今难卖"

梅尧臣生平仕宦不显。他年轻时多次应进士试均不中,二十六岁左右以叔父梅询的门荫,补太庙斋郎,出任桐城县主簿。其后辗转任河南县、河阳县主簿,知建德、襄城县、监湖州盐税。宋仁宗庆历五年(1045),受知许州王举正之辟,赴许昌任签书判官,三年后,又受晏殊聘命,签书陈州镇安军节度判官。皇祐三年(1051),梅尧臣召试学士院,赐同进士出身,改太常博士,次年监永济仓。嘉祐元年(1056),翰林学士赵概与欧阳修等共荐梅尧臣补国子直讲,至嘉祐五年,迁尚书都官员外郎,同年卒。

对梅尧臣的仕宦遭际,他的好友欧阳修曾屡致慨叹。如庆历元年,梅尧臣将赴湖州任监盐税之职,欧阳修置酒相送,并作《圣俞会饮》诗,其中写道:"吾交豪俊天下选,谁得众美如君兼。……关西幕府不能辟,陇山败将死可惭。嗟余身贱不敢荐,四十白发犹青衫。"①庆历六年,在《梅圣俞诗集序》中,欧阳修又进一步写道:"予友梅圣俞,少以荫补为吏,累举进士,辄抑于有司,困于州县,凡十余年。年今五十,犹从辟书,为人之佐,郁其所畜,不得奋见于事业。"②梅尧臣的长期"困于州县","累举进士,辄抑于有司",固然是一个原因,因为进士科在北宋时亦略承唐代,向为人所重视,是否进士出身在一定程度上会影响士人的仕途,然而,梅尧臣何以"关西幕府不能辟"?又何以"嗟余身贱不敢荐"?个中更主要的和深层次的原因,便不能不归结于宋仁宗庆历年间及其前后在统治阶层内部发生的那场激烈的思想政治斗争——庆历党争了。梅尧臣在庆历党争新旧两派之间所处的尴尬地位,最终决定了他一生穷困不遇的命运。

以范仲淹、吕夷简分别为首的统治阶层内部自然形成的两个不同派别之间的这场斗争,不仅涉及维护君权和宋王朝国家总体利益的问题,而且深刻地反映出以名节志气相尚,试图变革图新、强邦固本与宽忍优容、因循守旧两种不同的士风、政风之间的冲突和斗争。当统治阶层中的有识之士们面临社会阶级矛盾和民族矛盾逐渐激化的局面,亟欲起而兴利除弊,缓和内外矛盾的时候,他们首先所遇到的困难和障碍,并非某一个人的反对,而是这种因循保守的政风、士风。即如景祐三年(1036)范、吕之争,欧阳修以书怒责高若讷而被贬夷陵,在他途中

---

① [宋]欧阳修著,洪本健校笺:《欧阳修诗文集校笺·居士集》卷一,上海古籍出版社,2009年,上册,第25页。

② 同上书卷四十二,中册,第1093页。梅尧臣最后一次应进士试在景祐元年(1034),是年他三十三岁(欧阳修集中有书简《与谢舍人绛》,题曰"宝元元年",夏敬观、朱东润两先生皆以其为景祐元年之误,可从。参[宋]梅尧臣著,朱东润编年校注《梅尧臣集编年校注》卷八,上海古籍出版社,1980年,上册,第113页),此后如果他再去应试,未必没有考取的机会。

写给尹洙的信中就说道:"五六十年来,天生此辈,沉默畏慎,布在世间,相师成风。忽见吾辈作此事,下至灶门老婢,亦相惊怪,交口议之。不知此事古人日日有也。但问所言当否而已。又有深相赏叹者,此亦是不惯见事人也。"①范氏三谏以三贬告终,稍后的庆历革新也不能成功,其主要原因大抵即在于此。

在范仲淹、吕夷简等人之间的矛盾和冲突表面化的时候,梅尧臣的职务不过是一知县,且远在建德(今浙江建德东),他并未也不可能直接参与到这一冲突和斗争中去。然而,早在梅尧臣以叔父梅询门荫出仕任桐城县主簿,继而任满转河南县(与河南府同治洛阳)主簿时,他与在西京洛阳任留守推官的欧阳修,其妻兄通判谢绛,知河南府伊阳县尹洙,尹洙之兄尹源,户曹参军杨子聪,签书河阳判官富弼以及陈州通判范仲淹等一批意气风发的士人皆过往较密。作为他们中的一员或曰诗友,梅尧臣在政治态度上明显地倾向于范仲淹、欧阳修等人一边,只不过这种倾向主要是通过他的诗赋创作来加以表现的。在范仲淹二谏失败出知睦州后,梅尧臣写下了《清池》等诗,在范仲淹与吕夷简发生正面冲突而第三次被贬出朝廷之后,梅尧臣又写下了《彼鸳吟》《啄木》和《灵乌赋》等作品。这些诗文,用梅尧臣自己的话说,是托物喻人,"闵尔之忠","作赋以吊汝",②用范仲淹的话说,则是"矫首赋灵乌,拟彼歌沧浪"③,它们都形象地表达了诗人梅尧臣对范仲淹等人的同情和对吕夷简之辈排斥贤能的不满与抨击。及至庆历三年,宋仁宗用范仲

---

① [宋]欧阳修著,洪本健校笺:《欧阳修诗文集校笺·居士外集》卷十七《与尹师鲁第一书》,下册,第1793页。

② [宋]梅尧臣著,朱东润校注:《梅尧臣集编年校注》卷十五《灵乌后赋》,中册,第322页。

③ [宋]范仲淹:《鄱阳酬泉州曹使君见寄》,傅璇琮、孙钦善、倪其心、陈新、许逸民主编《全宋诗》卷一百六十五,北京大学出版社,1991年,第3册,第1871页。

淹、富弼革新弊政,时梅尧臣在湖州监税,现在没有文献明确记载他对这场革新的态度,然次年秋他任满回到京城,改革实已失败,范仲淹、富弼亦相继离京外任,不满新政的王拱辰等人,又借进奏院以卖故纸钱会客事,大做文章,将与宴的苏舜钦、王益柔等十余人贬斥净尽,梅尧臣曾作《杂兴》《送逐客王胜之不及遂至屠儿原》《邺中行》《送苏子美》等诗,对友人苏舜钦、王益柔等人的不为当局所容,"纷然射去如流矢"①,深表同情。由此可见,梅尧臣在当时之难以为旧派和旧风气的代表人物所用,是可以想见的。

然而遗憾的是,梅尧臣也并不真正属于以名节、志气相尚的新风气、新派别中的人物,他在思想观念上与范仲淹等人是有隔膜的。

梅尧臣的思想兼受其父梅让和叔父梅询的影响。

梅让世为宣城(今属安徽)人,居乡务农,终生不肯仕进,以为"士之仕也,进而取荣禄易,欲行其志而无愧于心者难。吾岂不欲仕哉?居其官不得行其志,食其禄而有愧于其心者,吾不为也"②。这位宁终生不仕亦不屈其志的人物,既颇近于孔子所谓"有所不为"的"狷者"③,也是与主张全身适性的道家多有联系的。梅尧臣自幼生活在其父身边,虽十二三岁后随梅询离乡辗转于州府官舍,然在他接受儒家思想教育的同时乃至其走上仕途以后,恐怕仍不能不受到其父影响而于道家思想多所汲取,虽则其思想的主要倾向仍属儒家。观其早年在西京洛阳所作诗《伤白鸡》及《和杨子聪会董尉家》,后所作《陪淮南转运魏兵部游濠上庄生台》,尤其是《灵乌赋》,在对范仲淹深寄同情之外,又区分贤、智,以麟、龙、凤为贤,驹、龟、乌则为智,认为乌虽灵而"不若凤之

---

① [宋]梅尧臣著,朱东润校注:《梅尧臣集编年校注》卷十四《邺中行》,上册,第255页。

② [宋]欧阳修著,洪本健校笺:《欧阳修诗文集校笺·居士集》卷三十一《太子中舍梅君墓志铭》,中册,第833页。

③ [宋]朱熹:《四书章句集注·论语集注》卷七《子路》,第147页。

时鸣,人不怪兮不惊。龟自神而剖壳,驹负骏而死行,智鹜能而日役,体劬劬兮丧精"①。这些作品中所蕴含的情愫,显然也可从道家所谓"死生存亡,穷达贫富……是事之变,命之行也"②,以及"安时而处顺"③,"行事尚贤"④等观点中,找到其根源。

范仲淹对梅尧臣在《灵乌赋》中所表露出的同情和劝慰,自然不会不理解,但范与梅在思想上的不同也是显而易见的。范仲淹自幼而孤,发奋苦学,服膺儒术,尤长于《易》,并力主崇儒家名教以奖劝天下。故《宋史》本传谓:"仲淹泛通六经,长于《易》。学者多从质问,为执经讲解,亡所倦","每感激论天下事,奋不顾身,一时士大夫矫厉尚风节,自仲淹倡之"。⑤ 因此,梅尧臣所表现出的道家思想倾向,也就与范仲淹主张积极入世的政治态度和对先天下之忧而忧的强烈忧患意识和责任感的强调,与范仲淹所大力倡导的以儒家名教、气节相尚的士人风尚,具有明显的分歧和差异。范仲淹作《灵乌赋》和梅尧臣,"请臆对而心谕"曰:"彼希声之凤皇,亦见讥于楚狂;彼不世之麒麟,亦见伤于鲁人。凤岂以讥而不灵,麟岂以伤而不仁。故割而可卷,孰为神兵;焚而可变,孰为英琼。宁鸣而死,不默而生。……君不见仲尼之云兮,予欲无言,累累四方,曾不得而已焉;又不见孟轲之志兮,养其浩然,皇皇三月,曾何敢以休焉。此小者优优,而大者乾乾。我乌也勤于母兮自天,爱于主兮自天,人有言兮是然,人无言兮是然。"⑥又作《答梅圣俞〈灵乌赋〉》诗曰:

---

① [宋]梅尧臣著,朱东润校注:《梅尧臣集编年校注》卷六,上册,第97页。
② [清]郭庆藩:《庄子集释》卷二下《德充符》,第212页。
③ 同上书卷二上《养生主》,第128页。
④ 同上书卷五中《天道》,第469页。
⑤ [元]脱脱等:《宋史》卷三百一十四《范仲淹传》,第10267—10268页。
⑥ [宋]范仲淹:《灵乌赋》,曾枣庄、刘琳主编《全宋文》卷三百六十七,巴蜀书社,1990年,第18册,第7、8页。

"危言迁谪向江湖,放意云山道岂孤。忠信平生心自许,吉凶何恤赋灵乌。"①其"感物之意"虽同,然起懦警顽,与原作"殊途",殆无可疑。

梅尧臣的叔父梅询,字昌言,宋太宗端拱二年(989)进士及第,是一位有文才辞辩而卞急好进的人物,与梅让不同。他在宋真宗时曾屡上书为朝廷言西北边事,颇著声名。宋仁宗时官至翰林侍读学士,迁给事中、知审官院。梅尧臣自十二岁起就跟随梅询学习,后又以梅询之荫出仕,故其一生思想行事受梅询的影响是相当深刻的。最明显的例子是梅尧臣一如其叔父,亦喜论兵,并注《孙子兵法》十三篇。在《依韵和李君读余注孙子》一诗中,梅尧臣便把自己注解《孙子》的缘起、对兵家思想的认识、注解本身的特点以及对自己研习兵法或将为世所用而引起的感奋,讲得很清楚。② 由此可知,梅尧臣之注《孙子》并非偶然,而是自有其因缘的,至于这种因缘的结成,则当与梅询的影响密不可分。

然而,梅尧臣对《孙子兵法》的爱好,也与范仲淹异趣。范仲淹既然向以"敦奖名教,以激劝天下"③为己任,则不但对道家思想予以排斥,而且于兵家之说亦有所不取。范仲淹出任陕西经略安抚副使时,少喜谈兵的张载曾上书谒见④,主张对西夏用兵,而范则劝其读《中庸》,并告诫他说:"儒者自有名教可乐,何事于兵?"⑤从此事看,他对梅尧臣

---

① 傅璇琮、孙钦善、倪其心、陈新、许逸民主编:《全宋诗》卷一百六十九,第3册,第1918页。

② 梅尧臣对《孙子》的注解,现存于《十一家注孙子》之中,其特点还可参欧阳修为梅氏所撰《孙子后序》所言:"(梅)尝评武之书曰:'此战国相倾之说也,三代王者之师,司马九伐之法,武不及也。然亦爱其文略而意深,其行师用兵,料敌制胜亦皆有法。其言甚有次序,而注者汩之,或失其意。乃自为注,凡胶于偏见者皆抉去,傅以己意而发之,然后武之说不汩而明。'"(《欧阳修诗文集校笺·居士集》卷四十二,中册,第1090页)

③ [宋]范仲淹:《近名论》,《全宋文》卷三百八十六,第18册,第412页。

④ 晁公武《郡斋读书志》"兵家类"即著录张载注《尉缭子》一卷。

⑤ [元]脱脱等:《宋史》卷四百二十七《张载传》,第12723页。

的谈兵未必首肯,是可以想见的。事实上,梅尧臣在注《孙子》中所表现出来的才能,也并未得到朝廷的重视,虽然梅尧臣奏上其所注《孙子》之时,正是宋与西夏关系紧张,沿边互市既已断绝,元昊官爵亦被削去,宋仁宗多次下诏命近臣举方略材武之士和诏许京朝官、选人、三班使臣有文武器干者自陈的时候。①

朋党是中国古代社会中的一种很普遍而又颇为复杂的政治现象。在朋党问题的观念和认识上,梅尧臣与范仲淹等革新派也有着明显的差距。

范仲淹大力倡导儒家名节,在当时曾得到许多士大夫的响应和支持,一时蔚成风气。为此一风气所化之士人,在政治上多能持积极进取的态度,对宋王朝所面临的内外矛盾日渐激化的局面,多抱着一种深切的忧患意识,希望能兴利除弊,强国固本,因而在实际的政治生活中,他们往往会不期然而然地显示出相同或相近的政治倾向性和采取一些较为一致的行动。而这种倾向性和行为,在当时是被反对或保守派指斥为所谓私相交结的朋党的。

那么,范仲淹等新风气中人是如何看待朋党问题的呢?

首先,他们坚决反对以私利相结、于国家有害的朋党行为,而认为自己的所作所为与一般所谓朋党并无相似之处,两者界限分明,不可称为朋党。即如范、吕之争,范仲淹抨击吕夷简执政进用人才多出私门,就是认为其有朋党之嫌。在范仲淹自饶州移知润州后所上谢表中,他仍坚持自己的意见,认为:"前代国家,或进退群臣,听决大事,若出于君上,则中外自无朋党,左右皆为腹心;若委于臣下,则威福集于私门,

---

① [宋]晁公武撰,孙猛校证《郡斋读书志校证》卷十四"兵家类"《王晳注孙子三卷》提要云:"仁庙时,天下承平久,人不习兵。元昊既叛,边将数败,朝廷颇访知兵者,士大夫人人言兵矣。故本朝注解孙武书者,大抵皆当时人也。"(上海古籍出版社,1990年,第634页)可与此相参。现存北宋仁宗时士人所注《孙子》尚有王晳注,今亦见《十一家注孙子》。

祸衅积于王室。"①即使如欧阳修这位曾撰为《朋党论》力辨君子、小人之党,似乎是并不在乎被别人指为朋党的新派人物,实际上也并非如此。康定元年(1040),时任陕西安抚副使的范仲淹曾写信给欧阳修,欲聘他为节度掌书记,但被他谢绝了。其主要原因,就是避朋党之名。欧阳修在给梅尧臣的信中说道:"亲老,求官南方,此理当然。安抚见辟不行,非惟奉亲、避嫌而已,从军常事,何害奉亲?朋党,盖当世俗见指,吾徒宁有党耶?直以见召掌笺奏,遂不去矣。"②奉亲、避嫌、掌笺奏末事,三者都是欧阳修不肯应聘的原因,而衡量三者,不能不以避嫌为最主要的原因。

然范仲淹等人既皆为崇尚名节、期冀革新的新风气中人,思想政治观念较为一致,处事又多不避讳,因而在行迹上也就不免会授人以所谓朋党的口实。对此,他们的看法则是:如果以道义相许、为国事相合算是朋党的话,那这种君子之党但有无妨。庆历四年四月,宋仁宗曾就君子、小人之党的分别问题询问身边的大臣,范仲淹回答说:"臣在边时,见好战者自为党,而怯战者亦自为党,其在朝廷,邪正之党亦然,唯圣心所察耳。苟朋而为善,于国家何害也?"③而欧阳修亦持此论。这些看法虽然是在新派被指为朋党的既定现实下所发的,仍不可不谓是惊人之论。

梅尧臣也认为友朋相交应以道义相同为原则,这是没有问题的。他在《异同》一诗中说:"吾闻圣贤心,不限亲与疏,义殊目前乖,道同异代俱。"但同时他又反对"河滨捧土人,海畔逐臭夫"之类"同趣即尔徒"④的做法,他认为"同趣"与"同道"的意义并不相同,"同趣"未必"同道",而"同道"不必"同趣",也就是说"同道"不妨"异论""异趣"。

---

① [宋]范仲淹:《润州谢上表》,《全宋文》卷三百六十九,第18册,第48页。
② [宋]欧阳修:《与梅圣俞书》(十二),《全宋文》卷七百一十,第33册,第317页。
③ [宋]李焘:《续资治通鉴长编》卷一百四十八庆历四年四月,第6册,第3580页。
④ [宋]梅尧臣著,朱东润校注:《梅尧臣集编年校注》卷十四《异同》,上册,第256页。

范仲淹、欧阳修等是梅尧臣早年在西京洛阳就结识的朋友,在范、吕之争中,梅尧臣也是站在范仲淹等人一边的,并且由于在文学上的共同爱好,梅与欧阳修的关系还要更深一些。然而,对于范仲淹、欧阳修等人在思想、政治上自觉不自觉地保持着统一的步调,梅尧臣却大有看法,甚而明确认为他们的行为是结党。例如,景祐三年范仲淹等人与吕夷简发生冲突,梅尧臣在《灵乌赋》中虽对范寄予同情,但在赋的结尾却说道:"同翱翔兮八九子,勿噪啼兮勿睥睨,往来城头无尔累。"[①]对诸人的一致行动似已不以为然。在次年所作的《谕乌》诗中,梅又写道:"乌时来佐凤,署置且非良,咸用所附己,欲同助翱翔。"[②]在《灵乌后赋》中他还指责"主人"醒悟后,翩然归来的灵乌,"复憎鸿鹄之不亲,爱燕雀之来附。既不我德,又反我怒。是犹秦汉之豪侠,远己不称,昵己则誉"[③]。诗中的矛头,都是对着范仲淹等人的所谓朋党行为的。直到梅尧臣的晚年,他仍未改变自己的看法。在《次韵答黄介夫七十韵》中,他写道:"鄙性实朴钝,曾非傲公卿。昔随众一往,或值谤议腾。曰我非亲旧,曰我非门生,又固非贤豪,安得知尔名。是时闻此言,舌直目且瞠。俄然我有答,贤相持权衡。喜士同周公,其德莫与京。"[④]对自己的遭受排斥特为愤懑,视范仲淹等人的行动为朋党,而从中亦透露出梅尧臣与范仲淹等人的分歧的产生,并非因为某一具体的人事,而在于两者思想观念上存在着相当的差异。

梅尧臣既然在思想观念上与范仲淹等人存在明显差异,那么他与范仲淹一派的分歧与矛盾迟早便会出现。宝元二年(1039)三月,时宋与西夏关系紧张,范仲淹以韩琦荐知永兴军,未至改陕西都转运使,七

---

① [宋]梅尧臣著,朱东润校注:《梅尧臣集编年校注》卷六,上册,第97页。
② 同上书卷十五,上册,第291页。
③ 同上书卷十五,中册,第322页。
④ 同上书卷二十八,下册,第1017页。

月又除龙图阁直学士、陕西经略安抚副使。范仲淹上任后,陆续荐用欧阳修(未应聘)、张方平、滕宗谅、许渤等人,却没有荐用曾注《孙子》,又十分渴望从军边塞建功立业的梅尧臣(所谓"关西幕府不能聘"),尽管欧阳修在《答陕西安抚使范龙图辞辟命书》中还曾委婉地暗示,希望他能任用一些像梅尧臣那样的"慷慨自重"的士人。① 以此事为媒介,梅尧臣与范仲淹等人(主要是范)之间的矛盾表面化起来。梅尧臣对自己的不能为范氏所用极为不满,甚而这种不满还发展到对庆历革新中范仲淹等人推行的一些政治举措有意见。这种不满和意见,从其陆续写下的《桓妒妻》《醉中留别永叔子履》《次韵答黄介夫七十韵》《送刘郎中知广德军》等诗文中,可以看得很清楚。其实,平心而论,范仲淹之不用梅尧臣,正能见出范氏在用人问题上是出于公心,并非朋党。周煇《清波杂志》卷四"辟置幕属"条记范仲淹语:"幕府辟客,须可为己师者乃辟之,虽朋友亦不可辟。盖为我敬之为师,则心怀尊奉,每事取法,庶于我有益耳。"② 即可见出此点。而梅尧臣因此对范仲淹耿耿于怀,反不免显出自己的偏激和狭隘来。世传梅尧臣曾作《碧云騢》,对当时许多朝廷大臣颇多讥刺,今虽尚不能遽断其为有,亦并非完全事出无因。③

总之,梅尧臣既不满意吕夷简等旧派人物的所作所为,亦与范仲淹

---

① 欧阳修《答陕西安抚使范龙图辞辟命书》曰:"伏见自至关西,辟士甚众。……今奇怪豪俊之士,往往蒙见收择,顾用之如何尔。然尚虑山林草莽,有挺特知义、慷慨自重之士,未得出于门下也,宜少思焉。"(《欧阳修诗文集校笺·居士集》卷四十七,中册,第1165页)从中可以略见范仲淹、欧阳修与梅尧臣三人之间的关系。

② [宋]周煇撰,刘永翔校注:《清波杂志校注》卷四,中华书局,1994年,第178页。

③ 《碧云騢》作者问题,向有争议,或以为梅尧臣所作,或以为魏泰所作而嫁之梅尧臣,尚待考实。详参叶梦得《避暑录话》卷上、邵博《邵氏闻见后录》卷十六、张邦基《墨庄漫录》卷二、周煇《清波杂志》卷四、李心传《旧闻证误》卷二、晁公武《郡斋读书志》卷六、陈振孙《直斋书录解题》卷二十一、周紫芝《太仓稊米集》卷六十七、马端临《文献通考》卷二百十七等。

等新风气中人物在思想观念和行为方式上有分歧,这种处于新旧两派之间的尴尬地位,决定了他既不能为旧派人物所用,也难以为新派人物如范仲淹等所理解,其不遇实是势在必然。他与范仲淹的矛盾并非源于个人之间的恩怨或人事之争,①而是庆历前后复杂的思想政治斗争、新旧士风之争或曰"党争"形势下的产物。

二、"近诗尤古硬,咀嚼苦难嚼"

诗穷而后工。处在北宋庆历前后新旧两派斗争夹缝中的梅尧臣,虽为此付出了沉重的政治代价,但这场斗争同时也玉成了这位宋代诗歌创作和发展的开山祖师。

梅尧臣是一位诗人,他对诗人和诗歌创作在社会生活中应扮演的角色和发挥的作用,有着自己明确的认识。在其《答韩三子华韩五持国韩六玉汝见赠述诗》中,他说道:"圣人于诗言,曾不专其中。因事有所激,因物兴以通。自下而磨上,是之谓国风。《雅》章及《颂》篇,刺美亦道同。不独识鸟兽,而为文字工。屈原作《离骚》,自哀其志穷。愤世嫉邪意,寄在草木虫。迩来道颇丧,有作皆言空。烟云写形象,葩卉咏青红。人事极谀诡,引古称辨雄。经营唯切偶,荣利因被蒙。遂使世上人,只曰一艺充。以巧比戏弈,以声喻鸣桐。嗟嗟一何陋,甘用无言终。"②明确

---

① 梅尧臣的叔父梅询与吕夷简有一层特殊关系。梅询知濠州时,吕夷简为州通判,"询待遇特厚。其后援询于废斥中,以至贵显,夷简之力也"(《续资治通鉴长编》卷一百二十四仁宗宝元二年八月,第 5 册,第 2919 页)。梅询与夏竦亦有旧。康定元年,夏竦为陕西经略安抚使,梅尧臣曾代询作《寄永兴招讨夏太尉》。然梅尧臣与吕夷简关系并不亲近,甚而已成敌对,且今亦无材料可证梅尧臣与夏竦关系相近。故范仲淹似不会以梅询之故乃疑梅尧臣而不用,纵或范仲淹有疑,亦绝非其不用梅的主要原因。

② [宋]梅尧臣著,朱东润校注:《梅尧臣集编年校注》卷十六,中册,第 336 页。

主张诗人应积极投身于现实生活之中,诗歌应该反映现实,因事而发,有为而作,反对仅以诗人自居和单是涂抹风月、抒写儿女之情的作品。在这种理论和认识的指导下,当诗人以极大的热情倾注于政治现实生活,并试图作出一番事业而又无形中陷入庆历前后革新与守旧两派之争,终不能不希望破灭的时候,他对时政的种种意见和看法,他内心的种种愤懑不平,也就会很自然地以文学,主要是诗歌的形式表现出来。因此,庆历党争之影响梅尧臣的诗歌创作,是直接而非间接的。欧阳修曾谓其是"自以其不得志者,乐于诗而发之"①,正道出了这一事实。而观上节所举出的许多作品,也正可以清楚地看出梅尧臣是怎样以诗歌为形式积极反映社会现实,直接介入那场激烈的派别斗争的。

文学作品是文学家对生活的独特审美体验的反映,它的价值和意义,不仅在于表现什么,而且在某种意义上更在于怎样表现,即用以表现作家对生活审美体验的形式和手法究竟如何。梅尧臣在生活中对社会现实、对新旧两派斗争的关注与自觉不自觉地介入,影响到其诗歌创作的艺术表现手法和形式,是托物讽喻和以议论为诗之法的大量运用。

庆历前后的党争相当激烈,任何不慎的言行都可能招致政治上的打击。在这种情况下,梅尧臣以诗歌为形式表达自己对庆历党争的看法,自然宜用比兴寄托之类较为隐晦曲折的手法,而不能过于直露。此外,梅尧臣诗歌创作的艺术渊源,又可以追溯到《诗经》和《楚辞》,他对自《诗经》以来的美刺的诗歌传统,对比兴寄托和讽喻手法,十分尊崇。因而,在庆历党争十分激烈的情况下,更多地运用托物讽喻的艺术手

---

① [宋]欧阳修著,洪本健校笺:《欧阳修诗文集校笺·居士集》卷四十二《梅圣俞诗集序》,中册,第1093页。

第九章　北宋党争与梅尧臣的诗歌创作

法,也就很容易成为其诗歌创作的一个突出的特点。比如,景祐元年梅尧臣曾作《清池》一诗,诗曰:

> 泠泠清水池,藻荇何参差。美人留采掇,玉鲔自扬鬐。波澜日已浅,龟鳌日复滋。虾蟆纵跳梁,得以缘其涯。竟此长科斗,凌乱满澄漪。空有文字质,非无简策施。仙鲤勿苦羡,宁将麤蛤卑。徒剖腹中书,悠悠谁尔知。聊保性命理,远潜江海湄。泚泚曷足道,任彼蛙黾为。①

朱东润先生即认为:"此诗疑有所托。"考前一年(明道二年)底,在是否废郭后的问题上,范仲淹等与吕夷简发生冲突,结果范仲淹贬知睦州,上书支持范仲淹的富弼也因此出为绛州通判。梅尧臣有诗《彦国通判绛州》送富弼赴任。又,他在同一时期所作的《赋秋鸿送刘衡州》诗中,也是把在朝比作"遂止天泉池"②,把出知衡州的刘沆比作南归衡阳的秋鸿,与《清池》诗相参,可知后者确是有比兴寄托的。跳梁的蛤蟆,日复滋长的龟鳌,是比把持朝政的吕夷简等人,而远潜江海湄的仙鲤,则当指范仲淹、富弼等,同时也应包括他自己在内。

至于梅尧臣在其后写下的许多反映庆历党争的诗歌中,托物讽喻手法就有着更多和更纯熟的运用。像《彼鸳吟》和《啄木》中,以"猛觜"啄"圬蝎"的啄木鸟比猛烈批评吕夷简和抨击时政的范仲淹,后又在《日蚀》《谕乌》中以乌比范仲淹③,在《猛虎行》中以"当途食人肉,所获乃堂堂"的猛虎拟容不得忧时伤世、敢言朝政之人的吕夷简④,又以

---

① [宋]梅尧臣著,朱东润校注:《梅尧臣集编年校注》卷四,上册,第62、63页。
② 同上书,第62页。
③ 苏轼在《仇池笔记》中即谓:"梅圣俞作《日蚀》诗,云食日者三足乌也。此因俚说以寓意也。"(《仇池笔记》卷上,华东师范大学出版社,第204页)
④ [宋]梅尧臣著,朱东润校注:《梅尧臣集编年校注》卷六,上册,第96页。

凌霄花比趋附执政之人①,以桓温妾自比②,等等,皆为此一手法。至如所作《灵乌赋》《灵乌后赋》等,亦同,更近乎一种寓言体。

除了运用托物讽喻之法刺美时政之外,庆历党争影响到梅尧臣诗歌创作的表现手法,又形成以议论为诗的特点。以议论为诗的传统,当然也可以追溯到《诗三百篇》,而且这一手法的运用,既非梅诗中所专有(如在欧阳修、苏舜钦等人的诗歌创作中也同样有以议论为诗的现象),也并不只出现在梅尧臣的那些反映党争题材的诗作中,但毫无疑问,在梅尧臣的此类题材的诗歌创作中,以议论为诗的手法,是运用得更早也更为频繁的。

梅尧臣景祐元年以前的诗作,据朱东润先生《梅尧臣集编年校注》,现存一百二十七首,编为三卷。其中除《伤白鸡》《和杨子聪会董尉家》两首诗于篇末加以议论外,余皆极少涉及理语。然自景祐元年,尤其是景祐三年以来,梅尧臣诗歌创作中以议论为诗的成分却明显地增加了。像"附炎人所易,抱义尔惟难。宁作沉泥玉,无为媚渚兰"③,称赞尹洙以道义而甘愿与范仲淹同贬;"盛怒反为喜,哀矜非始图,嫉忌尚服美,伤哉今亦无"④,讽世之忌才今不如古;"莫如且敛翮,休用苦不量,吉凶岂自了,人事已交相"⑤,刺范仲淹有朋党行为,不如适时而退,皆是其例。而像《聚蚊》《寓言》《感遇》《醉中留别永叔子履》《杂兴》《异同》《梦登河汉》《日蚀》等等,或通篇议论,或议论与抒情、描写交织,亦皆作于景祐三年以后,直接而形象地反映了当日激烈的党争。

---

① [宋]梅尧臣著,朱东润校注:《梅尧臣集编年校注》卷十七《和王仲仪二首》其二,中册,第402页。同卷又有《凌霄花赋》(中册,第422页)。

② 同上书卷十一《桓妒妻》,上册,第180页。

③ 同上书卷六《闻尹师鲁谪富水》,上册,第94页。

④ 同上书卷十一《桓妒妻》,上册,第180页。

⑤ 同上书卷十五《谕乌》,中册,第291页。

第九章 北宋党争与梅尧臣的诗歌创作

此外,在梅尧臣后期创作的其他题材的诗歌中,尤其是五古、七古长篇中,以议论为诗手法的运用更是相当普遍。其所以形成如此特点,把它归因于庆历党争的影响,恐怕与事实相差不远。

党争题材的选择、为表现这一题材而对托物讽喻以及以议论为诗手法的大量运用,又进而影响到梅尧臣诗歌创作风格的发展变化及其主要特征的形成。

梅尧臣自幼学诗,本多得其叔父梅询指导。梅询在真宗时颇有诗名,为时人所称。① 今所存诗虽仅二十八首,然用典贴切,风格清丽,可见一斑。从梅尧臣早年在西京洛阳的存诗来看,受梅询影响的痕迹尚较为明显,讲究用典的工稳,音节的流畅,也注意藻饰,其风格大致属于清丽闲淡一派。其时,梅尧臣先后任职河南、河阳县主簿,西昆派的重要人物钱惟演恰为西京留守,谢绛、欧阳修、杨子聪、尹洙、富弼、王复、尹洙、尹源等亦多任职西京。在钱惟演这位西昆派首领的提倡和奖掖下,梅尧臣与谢绛、欧阳修和尹洙等人于公务之余,游宴唱和,切磋琢磨,相互争竞,在诗歌创作艺术手法和风格上,已出现新的变化。这种变化可从两方面看:一方面,由于钱惟演及梅询的影响,梅尧臣对西昆派是持扬弃态度的。他既看出西昆派过于讲究用事、辞藻、对偶,脱离现实的弊病,然又不完全反对其在用意和用事用语上颇下功夫的创作倾向,而是对所谓"昆体工夫"有所学习和继承(梅询作诗亦与西昆派相近)。所以,他曾明确主张作诗应追求"意新语工"的境界,并以诗歌"语涉浅俗"为"可笑"②;另一方面,在尹洙、尹源兄弟与欧阳修、谢绛等人积极主张文以致用倡为古道、写作古文的时候(梅尧臣对此也十

---

① 参杨亿《杨文公谈苑》、欧阳修《翰林侍读学士给事中梅公墓志铭》及刘攽《中山诗话》等。梅询今存诗见《全宋诗》卷九十九。

② [宋]欧阳修:《六一诗话》,郑文校点,人民文学出版社,1962年,第9、11页。

分赞成,他自己的古文还屡得欧阳修推奖),梅尧臣也开始在诗歌创作领域里另辟一途。他不仅学习韩愈,将古文手法带入诗歌创作实践,同时又跨越韩愈,开始自觉地向《诗经》《楚辞》和汉魏古诗学习,因而其诗风亦逐渐发生变化。观其当日所作《黄河》《希深惠书言与师鲁永叔子聪幾道游嵩因诵而韵之》等,即可见其中消息。多年后,梅尧臣回忆起这段生活时说道:"还思二十居洛阳,公侯接迹论文章。文章自此日怪奇,每出一篇争诵之。其锋虽锐我敢犯,新语能如夏侯湛。于今穷困人已衰,不见悬金规《吕览》。"①这一夫子自道应当是可信的。

景祐元年,梅尧臣应进士举下第,而前一年底,范仲淹、孔道辅因在废郭后的问题上与吕夷简冲突被贬出知,这都不能不引起梅尧臣的怨愤和同情,表现在诗歌创作上,他写了《西宫怨》《聚蚊》《清池》等许多作品,忧愁愤懑,风格已绝非闲肆平淡所能概括。及至景祐三年以后,以范、吕冲突为主要表现的新旧两派之间的斗争激化,梅尧臣自觉不自觉地介入其中,依违于两派之间,而终不能为其中任何一派所用,其诗风更为之一变,"古硬"的特征渐至明显。庆历四年,也就是范仲淹等人所主持的政治革新刚刚失败之后,欧阳修在《水谷夜行寄子美圣俞》中评梅诗,有"近诗尤古硬,咀嚼苦难嚼。初如食橄榄,真味久愈在"②云云。所谓"近诗尤古硬",正是指梅尧臣自景祐年间至庆历初托物讽喻,刺美现实,"骂讥笑谑",抒写其不得志的"穷愁感愤"③的作品,而造成梅氏"穷愁感愤"进而也是造成梅诗风格由清丽闲淡向古拙简劲转变的主要原因,如上所述,不是别的,正是北宋庆历前后激烈的党派

---

① [宋]梅尧臣著,朱东润校注:《梅尧臣集编年校注》卷二十六《依韵答吴安勖太祝》,下册,第879页。
② [宋]欧阳修著,洪本健校笺:《欧阳修诗文集校笺·居士集》卷二,上册,第46页。
③ 同上书卷三十三《梅圣俞墓志铭并序》,中册,第881页。

斗争。①

所谓"古硬"或"苦硬"的含义，欧阳修称之为"琢刻以出怪巧，然气完力余，益老以劲"，称之为"咀嚼苦难嘬"，又称之为"古健写奇秀"②。梅尧臣亦以其所说为是。他曾自道作诗"涤心洗腑强为答，愈苦愈拙徒兴嗟"③，"复为苦硬句，酬报强把笔"④，又在《偶书寄苏子美》中将自己与苏舜钦相比，谓："吾交有永叔，劲正语多要。尝评吾二人，放检不同调。其于文字间，苦硬与恶少。虽然趣尚殊，握手幸相笑。"⑤验之以梅尧臣的诗作，尤其是五古七古，我们大致可以知道，所谓"古硬"，包含着用意的独特和深刻，用语的简约锻炼与朴拙古淡，音节与用韵的顿挫和清切等多层含义，这与他诗歌题材的选择、艺术表现手法的托物讽喻和以议论为诗、以文为诗等都密切相关。比如他作于景祐三年的《猛虎行》，托物讽喻，对极力排斥、打击范仲淹等新派力量的吕夷简的蛮横逻辑进行了强烈的抨击。⑥ 诗中运用拟人手法、议论手法，从反面落笔，音节铿锵顿挫，将吃人猛虎的丑恶嘴脸揭露无遗，风格是古拙简劲的。再如他庆历五年写下的《梦登河汉》（原注：六月二十九日），以

---

① 梅尧臣古硬诗风的形成，当然亦有其本身的因素。他曾屡言："窃常恃赋禀，平直如劲箭。是以五十年，长甘守贫贱。"（《梅尧臣集编年校注》卷二十五《依韵公择察推》，下册，第812页）"所禀介且拙，尝耻朋比为。皎皎三十年，半语未曾欺。"（《梅尧臣集编年校注》卷十八《责躬诗》，中册，第501页）他之与范仲淹有隙，并在诗歌创作方面走上古硬一路，当与他这种耿介的性格不无关系。

② [宋]欧阳修著，洪本健校笺：《欧阳修诗文集校笺·居士集》卷一《忆山示圣俞》，上册，第21页。

③ [宋]梅尧臣著，朱东润校注：《梅尧臣集编年校注》卷二十五《晏成绩太祝遗双井茶五品茶四枚近诗六十篇因以为谢》，下册，第813页。

④ 同上书卷二十六《答宣阗司理》，下册，第826页。

⑤ 同上书卷十四，上册，第251页。

⑥ 参朱东润校注《梅尧臣集编年校注》卷首叙论一《梅尧臣诗的评价》（上册，第1—31页）及卷六补注（上册，第96页）。

天上的星宿徒具虚名而无实用,来讽刺世上的统治者尸位素餐、只知欺压下民,是《诗经·小雅·大东》中就出现过的主题,唐代韩愈作《三星行》,承之而寓己意。梅尧臣此诗亦承《诗经》及韩诗而来,然想象更为丰富,形象地反映了当日激烈的思想政治斗争。他同时所作的另一首诗《日蚀》,其中写到当权者把持朝政,有"有人见之如不见,谁肯开口咨天公"①两句,即为此诗注脚。旧派何以嚣张,言官何以不言,当权者又何以无能,就中有诗人的困惑,更充满了诗人的愤慨,情感较《猛虎行》为复杂。全诗以对话出之,虽多议论却能口语化,虽神奇怪谲仍根于现实,古典与今典融合,想象奇特,笔法苍劲,音节顿挫,也是古拙简劲一派。

梅尧臣这种古硬的诗风,不仅突出地表现在他的古体诗中,而且也同样体现在他的五七言律诗的创作中。像《和永叔中秋夜会不见月酬王舍人》《画真来嵩》《和欲雪二首》《建溪新茗》《送张景纯知邵武军》《送徐君章秘丞知梁山军》《答高判官和唐店夜饮》《送刁景纯学士使北》等等,多能切近所写人与事物的特点,着眼大处,旧题翻新,以古拙简劲之笔,写平易率常之情,劲而不放,易而不俗,用古而不冷僻,朴拙而不生涩,确是自具特色,与当日许多人不同。宋人邵博曾将梅尧臣与黄庭坚比较,以为"鲁直诗到人爱处,圣俞诗到人不爱处"②。近人夏敬观先生也指出梅尧臣的诗能够"熟意炼生,生意炼熟";"熟辞炼生,生辞炼熟";"熟调炼生,生调炼熟",即"人人用正面写的,他却用反面写;人人用反面写的,他却用正面写,人人爱说的意思,他却不说;人人不说的,他却要说";"人人整用的,他太半打碎了用;人人零用的,他却整叠的用",又"往往挪移前后次序,使章法变换,不见其首,不见其尾,令人捉摸不定"③。这些话都

---

① [宋]梅尧臣著,朱东润校注:《梅尧臣集编年校注》卷十五,中册,第305页。
② [宋]邵博:《邵氏闻见后录》卷十九,中华书局,1983年,第149页。
③ 夏敬观:《梅尧臣诗导言》,《梅尧臣集编年校注》迻录十五,下册,第1177页。

第九章 北宋党争与梅尧臣的诗歌创作

深刻地指出了梅诗在内容、手法上所下的功夫之多,因而在风格上也显示出其自身的独特之处,而这种独特性,在我看来,正是其诗风的古拙简劲。

梅尧臣的诗风,欧阳修亦曾谓之"其初喜为清丽闲肆平淡"[1],后受庆历党争等因素影响,演为古拙简劲,其中仍不免古淡或平淡的成分,然而这种平淡自从得到当时晏殊等人的赞赏后,似乎被一些论者片面地强调了。如南宋胡仔就说:"圣俞诗工于平淡,自成一家。"[2]刘克庄亦有"世之学梅诗者,率以为淡"[3]之语。明清以来论及梅诗者如陈俊、许学夷、翁方纲等,虽兼及梅诗风格中苦硬和平淡的两种因素[4],而多数人如贺裳、吴之振、王士禛、纪昀等则多以旨趣平淡或古淡论之[5]。

对于以平淡论梅诗,朱东润先生在《梅尧臣诗的评价》一文中曾详加辩驳,他认为梅诗是古硬一派,而"把尧臣作品归结为平淡,不但不符合梅诗的实际情况,也是违反尧臣的主观要求的"[6],并分析人们称梅诗平淡时往往引以为据的梅尧臣自己所说的一些话,如"因吟适情性,稍欲到平淡"[7],"作诗无古今,唯造平淡难"[8]等,不过是在特定场合下对他

---

[1] [宋]欧阳修著,洪本健校笺:《欧阳修诗文集校笺·居士集》卷三十三《梅圣俞墓志铭并序》,中册,第881页。

[2] [宋]胡仔:《苕溪渔隐丛话》后集卷二十四,第175页。

[3] [宋]刘克庄:《后村诗话》前集卷二,王秀梅点校,中华书局,1983年,第22页。

[4] 参陈俊《万历刻宛陵集后序》、许学夷《诗源辩体》后集《纂要》卷一、翁方纲《石洲诗话》卷三等。

[5] 参宋仪望《万历重刻宛陵梅圣俞诗集序》、贺裳《载酒园诗话》、吴之振《宋诗钞·宛陵诗钞序》、王士禛《带经堂诗话》卷一、纪昀等《四库全书总目》卷一百五十三《宛陵集》提要等。

[6] [宋]梅尧臣著,朱东润校注:《梅尧臣集编年校注》卷首叙论一《梅尧臣诗的评价》,上册,第29页。

[7] 同上书卷十六《依韵和晏相公》,中册,第368页。

[8] 同上书卷二十六《读邵不疑学士诗卷杜挺之忽来因示之且伏高致辄书一时之语以奉呈》,下册,第845页。

人看法和诗作的评价,不应就认为是梅尧臣自己的论诗主张。读者可以参见。我很赞同朱先生的看法,并认为应当进一步指出,梅尧臣谈及平淡问题的那种特定的具体语言环境,实际就是中国古代士人交往和文学史上十分常见的唱和应酬现象。由于唱和应酬之作的性质是同题共作,所以和作要顾及原唱,这不但在某种程度上限定了唱酬双方语意表达的内容和分寸,而且也影响到唱和应酬作品本身的风格。① 梅尧臣上述关于平淡问题的看法和他自己诗风中平淡的倾向,都可由此加以解释。

三、"作诗三十年,视我犹后辈"

梅尧臣的诗歌创作,主要有远、近两个源头:一是《诗经》《楚辞》和汉魏古诗,一是韩诗。他直接承继了自《诗经》以来的诗歌创作的美刺传统、讽喻精神和比兴手法,自觉从《诗》《骚》和汉魏古诗中汲取营养。同时,他又十分重视向中唐以来的诗人尤其是韩愈诗歌的学习。此外,从师承关系上看(请参上文),他对西昆派又持扬弃态度,对西昆工夫并不轻视。因而他能够超越北宋初年以来诗学晚唐的一般风尚,能够师法前人而又加以变化,逐渐形成自己独特的古硬诗风,并对宋诗风貌的形成和宋诗的发展产生了重要影响。

梅尧臣对《诗经》的学习用功很深,对《楚辞》和汉魏晋宋的古诗颇致推崇。欧阳修在《梅圣俞墓志铭序》中曾谓梅尧臣"长于《毛氏诗》",并撰有《毛诗小传》二十卷(今已佚)②。梅尧臣自己在诗文中也

---

① 参拙撰《论唱和诗词的渊源、发展及特点——唱和诗词研究之一》,《中国诗学》第一辑,南京大学出版社,1991年。

② 王安石曾向梅尧臣索借此书。《梅尧臣集编年校注》卷二十七《得王介甫常州书》云:"勤勤问我《诗小传》,《国风》才毕《葛屦》章。昔ト许我到圣处,且避俗子多形相。未即寄去慎勿怪,他时不惜倾箱囊。"(下册,第983页)

第九章　北宋党争与梅尧臣的诗歌创作

一再地谈到这一点,而且,他还曾自道学诗经历说:"我于文字无一精,少学五言希李陵,当时巨公特推许,便将格力追西京。"①由此都可见梅尧臣对自《诗经》以来的美刺传统和比兴寄托的手法以及汉末建安风骨的学习和继承,是具有某种理论上的自觉的。而这种自觉,亦体现在梅尧臣的诗歌创作中。

上文已谈到梅尧臣是怎样以诗歌为形式对庆历党争,对现实生活进行反映的。从他诗歌中所表现出的那种强烈的现实主义精神和爱憎分明的情感以及大量运用的托物讽喻手法,自然都可以很清楚地看出其诗与《诗经》《楚辞》的渊源关系。此外像《梦登河汉》等直接承袭《诗经·小雅·大东》的题材而更丰富和形象,《丞相》《来梦》《闵逸狡》等主要用四言句式而又有变化,《汴之水》等多用杂言,《送王平甫拟离骚》《谢师厚归南阳效阮步兵》《拟咏怀》《效阮步兵一日复一日》《夜坐》《拟陶潜止酒》等诗作,则从语言到用意、从手法到风格都明显是向屈原、阮籍、陶渊明等人学习的例子,至于梅尧臣在诗歌创作中颇多化用《诗经》、汉魏古诗中的典故,袭取其诗意,学习其朴拙的语言风格等,那更是在在有之的。比如他著名的《汝坟贫女》诗:虽然与同时所作的《田家语》一样都是写实,都真实地反映了康定元年宋廷一方面要防边备战,另一方面又担忧内乱于是不得不大量征发丁壮,从而给百姓带来极大痛苦的社会现实。然而,他表现这一现实的角度和手法,却明显受到《诗经·周南·汝坟》中描写的启发。再比如梅尧臣另一首更为著名的诗《田家》,将汉人杨恽的诗"田彼南山,芜秽不治。种一顷豆,落而为萁"②,与三国魏曹植的诗句"煮豆持作羹,漉豉以为汁,其在

---

① [宋]梅尧臣著,朱东润校注:《梅尧臣集编年校注》卷二十六《依韵答吴安勖太祝》,下册,第879页。

② 逯钦立辑校:《先秦汉魏晋南北朝诗·汉诗》卷二《歌诗》,中华书局,1983年,第113页。

釜下然,豆在釜中泣"①,巧妙地联系起来,来写百姓的贫苦和遭受的自然灾害,古朴自然而又刻意出新。这种努力向汉魏古诗学习,又不失其自身特色的做法,应该说是很富有创造性和很成功的。学习《诗》《骚》和汉魏古诗,当然是中国古代诗人的较普遍的传统,但在诗学中、晚唐成为一般风尚的北宋初期,梅尧臣的有意识地向《诗》《骚》学习,便不能不显示出了其独特性。

梅尧臣对韩诗的学习继承,前人也曾见及。如清叶燮《原诗》内篇曰:"韩愈为唐诗之一大变。其力大,其思雄,崛起特为鼻祖。宋之苏、梅、欧、苏、王、黄,皆愈为之发其端,可为极盛。"②夏敬观先生《唐诗说·说韩》亦云:"宋人学退之诗者,以王荆公为最。王逢原长篇亦有其笔。欧阳永叔、梅圣俞亦颇效之。诸公皆有变化,不若荆公之专一也。"③关于欧阳修、苏轼等人之受韩愈影响,前人谈之已多,这里不必赘论。需要指出的是,韩愈的诗歌本有奇崛险怪与本色、自然两方面的特征,正如清人赵翼所说的:"其实昌黎自有本色,仍在文从字顺中,自然雄厚博大,不可捉摸,不专以奇险见长。恐昌黎亦不自知,后人平心读之自见。若徒以奇险求昌黎,转失之矣。"④就欧阳修来说,他更多的是沿着韩愈"文从字顺,自然雄厚博大"的路子走的(当然亦有变化);而梅尧臣则不仅学韩诗的"文从字顺",更较多地接受了韩愈以文为诗、以议论为诗和韩诗奇崛风格的影响。上文所一再谈到的梅尧臣的以议论为诗(当然此法亦为欧阳修等人普遍所接受),以及梅诗的古硬作风(尤其是其古体诗),就都与韩诗有着较为直接的艺术传承关系。此外,在诗歌创作的题材取向上,梅尧臣也是步武韩愈的。欧

---

① 逯钦立辑校:《先秦汉魏晋南北朝诗·魏诗》卷七《七步诗》,第460页。
② [清]叶燮:《原诗》内篇上,霍松林校注,人民文学出版社,1979年,第8页。
③ 夏敬观:《夏敬观著作集》,傅杰主编,复旦大学出版社,2019年,第8册,第401页。
④ [清]赵翼:《瓯北诗话》卷三,霍松林、胡主佑校点,人民文学出版社,1963年,第28页。

阳修曾指出韩愈作诗能"资谈笑,助谐谑,叙人情,状物态,一寓于诗而曲尽其妙"①,而他论梅尧臣诗,亦明确指出:"其体长于本人情,状风物,英华雅正,变态百出。哆兮其似春,凄兮其似秋,使人读之可以喜,可以悲,陶畅酣适,不知手足之将鼓舞也。"②其间两者的承继关系,不难窥知。

然而,梅尧臣之学韩愈,亦能加以发展变化,自具面目。梅尧臣论文,本就主张同道异趣,体现个性。这与他在思想和生活态度上的主张同道不妨异趣是一致的。他曾盛赞"韩子于文章,所贵不相效,譬彼古今人,同心不同貌"③,又谓"孟、卢、张、贾流,其言不相昵,或多穷苦语,或特事豪逸,而于韩公门,取之不一律"④,便都反映了他的这种主张。梅尧臣既然主张文学创作要体现作者的个性,反对千人一面,那么他对韩愈的学习,自然也就并非随人作计,而是能入乎其内而出乎其外,发展变化,自成面目了。比如,在诗歌创作题材的开拓上,梅尧臣与韩愈一样,都能够"叙人情,状物态",曲尽其妙,但较之韩诗,梅诗的题材范围更为扩大,对日常社会生活的反映更为广泛,以至于有时不免走得过远,甚而将一些并不美妙的事物写进了诗中⑤。又如,在诗歌艺术手段上,梅尧臣学习韩愈以文为诗、以议论为诗的手法(尤其在古体诗的创作中),对韩诗的好押险韵也颇为欣赏,但他同时又能运以比兴之法,托物讽喻;讲究意新语工,不弃"昆体工夫"。所以,他的诗虽写得并不

---

① [宋]欧阳修:《六一诗话》,第16页。
② [宋]欧阳修著,洪本健校笺:《欧阳修诗文集校笺·居士外集》卷二十三《书梅圣俞稿后》,下册,第1907页。
③ [宋]梅尧臣著,朱东润校注:《梅尧臣集编年校注》卷二十五《依韵和宣城张主簿见赠》,下册,第778页。
④ 同上书卷十八《别后寄永叔》,中册,第468页。
⑤ 如《扪虱得蚤》《八月九日晨兴如厕有鸦啄蛆》等。

像韩诗那么奇崛拗峭,却能古拙简劲,自具一格。

梅尧臣在艺术上法乎《诗》《骚》、汉魏诗歌及韩诗的做法以及其古硬的诗风,尽管在当时尚不能完全为人所接受和认同,①但后来他对宋诗风貌和特色的形成与发展,却产生了十分重要的影响,其中对梅诗特为推重并受其影响较大而又能以其自身的创作在宋诗发展中占有重要地位的人物,则当数欧阳修、王安石和苏轼、陆游等人。

欧阳修虽在政治上和文坛中的地位远较梅尧臣为高,但与长他四岁的梅尧臣却交往颇深,并在诗歌创作上对梅尧臣推崇备至,而且,这种推崇绝非出于私情或应酬,因为欧阳修不但对梅诗有着相当深刻的体认,同时也是对梅尧臣的文学观点和创作持一种赞成和学习的态度的,甚而其论诗及创作也都曾受到梅尧臣不同程度的影响。即如欧阳修的《六一诗话》,是现存我国古代最早的一部诗话,共二十八则,其中记梅尧臣论诗语或有关梅尧臣的轶事便有八则,超过全书的四分之一。欧阳修集中今存《猛虎》《和圣俞聚蚊》《憎蚊》《鸣鸠》《啼鸟》《斑斑林间鸠》等诗歌,托物讽喻,则都是学习梅诗的明证。②

王安石的诗歌创作也曾受到梅尧臣的一定影响。庆历二年,王安石考取进士,此时欧阳修与梅尧臣等在政坛、文坛上已有大名。王安石通过曾巩与欧阳修相识,大约同时或稍后又得以与梅尧臣相识。庆历

---

① 梅尧臣《答宣阗司理》写道:"风赋义趣深,传训或得失,后人语虽浅,辨识犹百一。欧阳最我知,初时且尚窒,比以为橄榄,回甘始称述。老于文学人,尚不即究悉。宜乎与世士,横尔遭诉唧。誓将默无言,负暄方抱膝。非非孰是是,都莫答问诘。"(《梅尧臣集编年校注》卷二十六,下册,第826页)由此可见,一种新诗风的出现,并不是马上就能为人所认可的。

② 关于欧阳修在诗歌创作上多向梅尧臣学习,陈尚君先生在《欧阳修与北宋文学革新的成功》一文中曾经论及(《研究生论文选集·中国古代文学分册》,江苏人民出版社,1983年),又,王水照先生《北宋洛阳文人集团与宋诗新貌的孕育》(《中华文史论丛》第48辑,1991年)亦予指出,请参。

七年,王安石调知鄞县(今宁波东南),梅尧臣便有诗送行。嘉祐二年,王安石出知常州,梅尧臣又作诗勉励他体恤民情,治州有绩。王安石至常州后亦有信给梅尧臣,梅尧臣作诗《得王介甫常州书》相答,诗中说道:"勤勤问我《诗小传》,《国风》才毕《葛屦》章。昔时许我到圣处,且避俗子多形相。未即寄去慎勿怪,他时不惜倾箱囊。知君亦欲从此事,君智自可施庙堂,何故区区守黄卷,蠹鱼尚耻亲芸香。"①从中不仅可见王安石对梅十分推崇,而且他已准备也像梅尧臣那样,为《诗经》重新作注。再联系到梅尧臣在《送王介甫知毗陵》中说到的"学《诗》闻已熟,爱棠理岂无"②,可知王安石对《诗经》的学习钻研,所以用功甚多,当与梅尧臣的影响不无关系。王安石作诗注重炼字、炼句和深妙工致,对高古简劲诗风的十分推崇。如称赞张籍的诗"看似寻常最奇崛,成如容易却艰辛"③两句,实际这既可视为他自己的一种审美追求,也可用以概括梅尧臣的诗风,王安石晚年集句多取梅诗,又喜李商隐诗,并时称西昆体。将此与梅尧臣相对照,恐怕并不难发现两者的相似之处及前者对后者的某种承袭和学习。

苏轼与梅尧臣谊属晚辈,嘉祐二年,苏轼、苏辙、曾巩等同榜登进士第,此年知贡举的便是欧阳修,而梅尧臣则为参详官。苏轼对梅尧臣颇为敬重,对梅诗也很爱好,据陆游记载:"苏翰林多不可古人,惟次韵和陶渊明及先生(指梅尧臣——引者)二家诗而已。"④苏轼天姿纵横,对前人的创作成就自是无不汲取,然对梅尧臣诗歌本人情、状风物,无所

---

① [宋]梅尧臣著,朱东润校注:《梅尧臣集编年校注》卷二十七,下册,第983页。
② 同上书,第946页。
③ [宋]王安石著,[宋]李壁笺注:《王荆文公诗笺注》卷四十五《题张司业诗》,高克勤点校,上海古籍出版社,2010年,第1189页。
④ [宋]陆游著,马亚中、涂小马校注:《渭南文集校注》卷十五《梅圣俞别集序》,浙江古籍出版社,2015年,第2册,第141页。

不写、无所不入的题材取向,对梅尧臣与苏舜钦和欧阳修等人所开始大量运用的以文为诗、以议论为诗和以才学为诗的艺术手法,则是直接承袭并极大地加以拓展了的。也很显然,苏门弟子黄庭坚、陈师道等人对梅尧臣的诗也很喜爱并曾受到一定的影响。《王直方诗话》载:"山谷尝称圣俞'声喧釜豆裂,点疾盎茧立'之句,谓追古作者。陈无己喜圣俞诗,独诵其两句云:'胡地马牛归陇底,汉人烟火起湟中。'"①观黄庭坚及江西诗派中人作诗追求用意的深刻、讲究词句锻炼以及瘦硬生新的诗风,与梅尧臣讲求"意新语工"的创作倾向以及诗风的古硬当不无联系。

至如南宋伟大的爱国主义诗人陆游,对梅尧臣更是推崇备至。他曾称梅尧臣"天资卓伟,其于诗非待学而工,然学亦无出其右者。方落笔时,置字如大禹之铸鼎,练句如后夔之作乐,成篇如周公之致太平,使后之能者欲学而不得,欲赞而不能,况可得而讥评去取哉?"②又两作《读宛陵先生诗》,评梅诗曰:"欧、尹追还六籍醇,先生诗律擅雄浑。导河积石源流正,维岳崧高气象尊。玉磬潧潧非俗好,霜松郁郁有春温。向来不道无讥评,敢保诸人未及门。"③"李、杜不复作,梅公真壮哉。岂惟凡骨换,要是顶门开。锻炼无遗力,渊源有自来。平生解牛手,余刃独恢恢。"④陆游是从江西诗派的影响下走出来的人,他后来虽然明确提出过"工夫在诗外"的观点⑤,并不赞成一味地讲究用典和藻饰,但对

---

① 胡仔《苕溪渔隐丛话》前集卷三十一引此(第216页),并指出"胡地"两句非陈师道诗,而是王安石《次韵元厚之平戎庆捷》中的诗句,是正确的。然陈师道爱好梅诗仍属可信。
② [宋]陆游著,马亚中、涂小马校注:《渭南文集校注》卷十五《梅圣俞别集序》,第2册,第141页。
③ [宋]陆游著,钱仲联校注:《剑南诗稿校注》卷十八《读宛陵先生诗》,第3册,上海古籍出版社,1985年,第1451页。
④ 同上书卷六十《读宛陵先生诗》,第7册,第3464页。
⑤ 同上书卷七十八《示子遹》,第8册,第4263页。

江西诗派的重视用事,讲求音律和字句锻炼,却仍是继承了的。因而,他以"学亦无出其右者"推重梅尧臣,指出其在宋诗发展中的地位,并向其学习,也很自然。今《剑南诗稿》中标明效宛陵体的诗作即有八首,可见其对梅诗的欣赏,而从陆游诗歌的古淡而又不乏工致来看,就中也不无梅诗影响的因素。

综上所述,梅尧臣一生仕宦不显主要是由于他在庆历新旧两派的斗争中所处的尴尬地位所造成的,他与范仲淹的矛盾反映了双方思想观念上的分歧,而并非出于个人恩怨。梅尧臣重提自《诗经》以来诗歌美刺的优良传统,主张诗歌创作反映现实,体现个性,不仅以诗歌为形式直接介入和反映了北宋党争,而且在艺术上大量运用托物讽喻和以议论为诗的手法,进而也影响到其古拙简劲诗风的形成,一般所谓梅诗平淡的看法是不够完整和全面的,且梅诗风格的古淡,原与其唱和应酬多有关系。梅尧臣诗歌创作的远源是《诗》《骚》、汉魏古诗,近源则为韩诗,他也学中唐、晚唐,但又跨越唐人走得更远,同时,他受梅询和钱惟演的影响,对西昆派在艺术上的讲究锻炼并不一概反对,从而能以"西昆工夫",造古拙简劲之境,对宋诗的发展起了重要的作用。

第十章 "诗穷而后工"说的历史考察

"诗穷而后工"说是中国文学批评史上重要的理论命题之一,其说的提出,既有文学自身发展的因素,也有其特定的历史条件和背景,追寻这些原因和背景,对我们进一步认识和理解"诗穷而后工"说及其他相关的文学理论和观念,无疑都有十分积极的意义。①

一、"诗穷而后工"说的提出

"诗穷而后工"说的源头,我们可以追溯得很远。孟子说:"人之有德慧术知者,恒存乎疢疾,独孤臣孽子,其操心也危,其虑患也深,故达。"②这里虽还只是泛论道德心志,然无疑已启后人发愤著书之旨。③司马迁《报任少卿书》曰:"古者富贵而名摩灭,不可胜记,唯倜傥非常

---

① 关于"诗穷而后工"的问题,张健先生在其所撰《欧阳修之诗文及文学评论》(台北,台湾商务印书馆,1973年)、《宋金四家文学批评研究》(台北,联经出版事业公司,1975年)中,曾有所论述。如,他认为:"自宋初欧阳修主倡以来,应和者不绝于途。""如梅尧臣、张耒、曾巩、王安石、苏舜钦诸人,都是欧阳修的呼应者。但仔细的观察,这种说法自唐人白居易《与元九书》以来,素有流裔:一为诗能穷人;一为人穷而后诗工。陈师道颇有意于另辟蹊径,但实际上也未能脱出这个大范围。"(《宋金四家文学批评研究》,第243页)所论颇具启发性,然尚未注意此问题产生的特定历史条件和原因等。

② [宋]朱熹:《四书章句集注·孟子集注》卷十三《尽心》上,第353—354页。

③ 钱锺书先生已指出此点,参其《管锥编》,第3册,第936页。

之人称焉。盖文王拘而演《周易》;仲尼厄而作《春秋》;屈原放逐,乃赋《离骚》;左丘失明,厥有《国语》;孙子膑脚,《兵法》修列;不韦迁蜀,世传《吕览》;韩非囚秦,《说难》《孤愤》;《诗》三百篇大底圣贤发愤之所为作也。此人皆意有郁结,不得通其道,故述往事,思来者,乃如左丘无目,孙子断足,终不可用,退而论书策,以舒其愤,思垂空文以自见。"①同样的意思,司马迁在《史记·太史公自序》中也有类似的表述。其所以反复发为此论,无疑主要是缘于遭遇李陵之祸、"身毁不用"的严酷现实。所谓发愤著书,是因为不得志,故抒其愤懑,"思垂空文以自见",即著书以见其志。不过,这里司马迁提出发愤著书说的思想基础,显然是儒家的"三不朽"观念。既然不能立德、立功,退而求其次,立言才成为其所追求的目标。所以,发愤与著书之内容的关系,少有涉及。

到了唐代,韩愈在为裴均、杨凭所作的《荆潭唱和诗序》中论道:

> 夫和平之音淡薄,而愁思之声要妙;欢愉之辞难工,而穷苦之言易好也。是故文章之作,恒发于羁旅草野;至若王公贵人气满志得,非性能而好之,则不暇以为。今仆射裴公开镇蛮荆,统郡惟九;常侍杨公领湖之南壤地二千里;德刑之政并勤,爵禄之报两崇。乃能存志乎诗书,寓辞乎咏歌,往复循环,有唱斯和,搜奇抉怪,雕镂文字,与韦布里间憔悴专一之士较其毫厘分寸,铿锵发金石,幽眇感鬼神,信所谓材全而能巨者也。②

这里固然有受司马迁发愤著书说影响的因素,但韩愈所论的角度却有不同。他更多地强调了著书的内容,即"易好"的是"穷苦之言",而非

---

① [南朝梁]萧统编,[唐]李善注:《文选》卷四十一,第5册,第1864、1865页。
② [唐]韩愈撰,马其昶校注:《韩昌黎文集校注》卷四,马茂元整理,上海古籍出版社,1986年,第262、263页。

"欢愉之辞"。不过,之所以"穷苦之言易好",似乎并非因为发愤,而主要是"韦布里闾憔悴"之士往往能够"专一"于创作的缘故,所以,发为诗歌才能"铿锵发金石,幽眇感鬼神",即使达官显宦如裴均、杨凭,只要"能存志乎诗书",也是可以"与韦布闾里憔悴专一之士较其毫厘分寸"的。至于因穷愁而发愤著书这一面,韩愈仅在《送孟东野序》中有所论述。其曰:"大凡物不得其平则鸣。草木之无声,风挠之鸣;水之无声,风荡之鸣,其跃也或激之,其趋也或梗之,其沸也或炙之。金石之无声,或击之鸣。人之于言也亦然,有不得已者而后言,其歌也有思,其哭也有怀,凡出乎口而为声者,其皆有弗平者乎?"①这里的"物不得其平则鸣",便有发愤著书的意思。然而,这话说得也很宽泛,凡为外物所动,有所感发,作诗撰文,等等,都属于不平之"鸣"。因为"善鸣"者既可以"自鸣其不幸",也是可以"鸣国家之盛"的。韩愈在送孟郊前往溧阳任职时说这话,自然是劝他的朋友不必以外任县尉为意,因为谁能说这就一定是坏事、一定不可以"鸣国家之盛"呢?

在中国文学史上,明确提出"诗穷而后工"说的,是欧阳修。其《梅圣俞诗集序》曰:

> 予闻世谓诗人少达而多穷,夫岂然哉?盖世所传诗者,多出于古穷人之辞也。凡士之蕴其所有而不得施于世者,多喜自放于山巅水涯,外见虫鱼、草木、风云、鸟兽之状类,往往探其奇怪;内有忧思感愤之郁积,其兴于怨刺,以道羁臣、寡妇之所叹,而写人情之难言。盖愈穷则愈工。然则非诗之能穷人,殆穷者而后工也。予友梅圣俞,少以荫补为吏,累举进士,辄抑于有司,困于州县凡十余年,年今五十,犹从辟书,为人之佐,郁其所畜,不得奋见于事业。其家宛陵,幼习于诗,自为童子,出语已惊其长老。既长,学乎六经

---

① [唐]韩愈撰,马其昶校注:《韩昌黎文集校注》卷四,第232、233页。

仁义之说。其为文章，简古纯粹，不求苟说于世，世之人徒知其诗而已。然时无贤愚，语诗者必求之圣俞，圣俞亦自以其不得志者，乐于诗而发之。故其平生所作，于诗尤多。世既知之矣，而未有荐于上者。昔王文康公尝见而叹曰："二百年无此作矣！"虽知之深，亦不果荐也。若使其幸得用于朝廷，作为雅颂，以歌咏大宋之功德，荐之清庙，而追商周鲁《颂》之作者，岂不伟欤！奈何使其老不得志，而为穷者之诗，乃徒发于虫鱼物类、羁愁感叹之言。世徒喜其工，不知其穷之久而将老也，可不惜哉！①

在《梅圣俞墓志铭序》中，他再次重申了自己的看法：

> 圣俞为人仁厚乐易，未尝忤于物，至其穷愁感愤，有所骂讥笑谑，一发于诗，然用以为欢，而不怨怼，可谓君子者也。……余尝论其诗曰："世谓诗人少达而多穷，盖非诗能穷人，殆穷者而后工也。"②

从司马迁的发愤著书之说，到韩愈的志存诗书、搜奇抉怪和不平之鸣的议论，再到欧阳修的诗"穷而后工"的观点，人们对问题的认识无疑更进了一步。因为在欧阳修看来，诗所以能"穷者而后工"，不仅在于穷者能专一于文学创作和搜奇抉怪，更在于其在政治上既然不得志，不免"内有忧思感愤之郁积"，于是"兴于怨刺"，"道羁臣、寡妇之所叹，而写人情之难言"，创作出优秀的文学作品。"穷"而专一精思，穷而"感激发愤""兴于怨刺"，文学创作上才会有成就。这就是欧阳修"诗穷而后工"论的内涵。在这里，"诗穷而后工"与"诗可以怨"首次明确地联系在了一起。③

---

① 曾枣庄、刘琳主编：《全宋文》卷七百十六，第 17 册，第 425、426 页。
② 同上书卷七百五十五，第 18 册，第 93、94 页。
③ 关于"诗可以怨"，钱锺书先生曾有专文论述，见其《七缀集·诗可以怨》（修订本，上海古籍出版社，1994 年，第 119—136 页），此不赘。

欧阳修晚年还曾对这一问题作过解释。他说:"君子之学,或施之事业,或见于文章,而常患于难兼也。盖遭时之士,功烈显于朝廷,名誉光于竹帛,故其常视文章为末事,而又有不暇与不能者焉;至于失志之人,穷居隐约,苦心危虑而极于精思,与其有所感激发愤惟无所施于世者,皆一寓于文辞,故曰穷者之言易工也。"①仍认为士人之"失志""穷居隐约"以及其"感激发愤",是"穷者之言易工"的重要原因。这与他早期的论述大致是一脉相承的。

细加考察,我们不难发现,欧阳修早年提出的"诗穷而后工"的看法,都并非泛泛而谈,而是有其具体指向的,那就是皆为梅尧臣而发。我们再看他的几首赠梅尧臣的诗,就更明白了。

《水谷夜行寄子美圣俞》:

> 文词愈清新,心意虽老大。……梅穷独我知,古货今难卖。②

《读蟠桃诗寄子美》:

> 韩孟于文词,两雄力相当。……孟穷苦累累,韩富浩穰穰。穷者啄其精,富者烂文章。……郊死不为岛,圣俞发其藏。患世愈不出,孤吟夜号霜。霜寒入毛骨,清响哀愈长。玉山禾难熟,终岁苦饥肠。③

《寄圣俞》:

> 凌晨有客至自西,为问诗老来何稽。京师车马曜朝日,何用扰扰随轮蹄。面颜憔悴暗尘土,文字光彩垂虹霓。空肠时如秋蚓叫,

---

① [宋]欧阳修:《薛简肃公文集序》,《全宋文》卷七百一十七,第17册,第439页。
② 傅璇琮、孙钦善、倪其心、陈新、许逸民主编:《全宋诗》卷二百八十三,第6册,第3596页。
③ 同上书,第3601页。

苦调或作寒蝉嘶。语言虽巧身事拙,捷径耻蹈行非迷。①

《别后奉寄圣俞二十五兄》:

> 君老忘卑穷,文字或缀缉。……谁云已老矣,意气何橐发。惜哉方壮时,千里足常馽。②

一方面以孟郊比梅尧臣,极言其"穷",并对其有志而不得伸展的遭遇深致慨叹③;另一方面则极力称赏其作诗能"披霜掇孤英,泣古吊荒冢。琅玕叩金石,清响听生悚"④。"穷"似乎与梅尧臣这位被宋人誉为本朝诗开山祖师的人物⑤,有着难解之缘。

二、庆历党争与"诗穷而后工"说

梅尧臣长期困于州县的原因,欧阳修曾为我们提供过一个寻绎的线索。庆历元年,梅尧臣将赴湖州监盐税,欧阳修置酒相送,并作《圣俞会饮》诗,诗中说道:"吾交豪俊天下选,谁得众美如君兼。……关西幕府不能辟,陇山败将死可惭。嗟余身贱不敢荐,四十白发犹青衫。"⑥何以"关西幕府不能聘"?又何以"嗟余身贱不敢荐"?当我们对庆历及其前后的历史进程,尤其是对发生在统治阶层内部的那场激烈的思

---

① 傅璇琮、孙钦善、倪其心、陈新、许逸民主编:《全宋诗》卷二百八十六,第6册,第3626页。
② 同上书卷二百八十五,第6册,第3615、3616页。
③ 而且是既"穷"且贫,如欧阳修又有诗道:"念子京师苦憔悴,经年陋巷听朝鸡。儿啼妻噪午未饭,得米宁择秕与稊。"(《再和圣俞见答》,《全宋诗》卷二百八十六,第6册,第3627页)
④ [宋]欧阳修:《秋怀二首寄圣俞》其二,《全宋诗》卷二百八十四,第6册,第3611页。
⑤ 刘克庄《后村诗话》前集卷二即称:"本朝诗惟宛陵为开山祖师。"(第22页)关于梅尧臣诗歌创作的成就和文学史地位,请参第九章"北宋党争与梅尧臣的诗歌创作"。
⑥ 傅璇琮、孙钦善、倪其心、陈新、许逸民主编:《全宋诗》卷二百八十二,第6册,第3591页。

想政治斗争——庆历党争作了比较深入的了解之后,我们会发现,梅尧臣在庆历党争中所处的位置,实际上不属于新、旧任何一派,这种依违于新、旧两党之间的尴尬状态,最终决定了他穷困不遇的命运(参见前一章所述)。

总之,梅尧臣既不满意吕夷简等旧派人物的所作所为,也与范仲淹等新风气中人物在思想观念和行为方式上有分歧,这种处于新、旧两党夹缝之间的尴尬位置,决定了他既不能为旧派所用,也难以为新派所接纳,其穷困不遇,实在是势所必然的。

梅尧臣的穷困不遇既然主要是北宋党争影响的结果,欧阳修"诗穷而后工"之论又专为梅尧臣而发,则此论的提出,无疑是北宋党争背景下的产物。

三、"诗穷而后工"说的接受

诗穷而后工论自欧阳修明确提出来以后,便在中国文学批评史上确定下来,往后就是如何为人们所接受的问题了。

首先是对欧阳修的"梅尧臣论"的接受。比如王安石就在《哭梅圣俞》诗中对欧阳修的看法作了呼应。他写道:"真人当天施再流,笃生梅公应时求。颂歌文武功业优,经奇纬丽散九州。众皆少锐老则不,公独辛苦不能休。惜无采者人名遒。贵人怜公青两眸,吹嘘可使高岑楼。坐令隐约不见收,空能乞钱助饎馏,疑此有物司诸幽。栖栖孔孟葬鲁邹,后始卓荦称轲丘。圣贤与命相楯矛,势欲强达诚无由。诗人况又多穷愁,李杜亦不为公侯。公窥穷厄以身投,坎轲坐老当谁尤。吁嗟岂即非善谋,虎豹虽死皮终留。"① 既称其诗,复怜其穷而叹其命,显然受到

---

① [宋]王安石撰,[宋]李壁注:《王荆文公诗笺注》卷十三,上册,第323、324页。

欧阳修看法的影响。再像陈师道,他很喜欢梅尧臣的诗,论梅尧臣大致也赞同欧阳修的看法。他说:"欧阳永叔谓梅圣俞曰:'世谓诗能穷人,非诗之穷,穷则工也。'圣俞以诗名家,仕不前人,年不后人,可谓穷矣。"①至清初,宋荦为重刻的《宛陵集》作序,对欧阳修的看法似乎又有进一步的理解,序曰:

> 宋梅圣俞先生工于诗……世欲知先生之诗,读欧阳公之文而可知也已。虽然,欧公谓世所传诗者多出于古穷人之辞,则学者不能无疑焉。《诗》三百篇,如武王、周公、成王、宣王、召康穆公、尹吉甫、卫武公之伦,其所赋诗皆目为古穷人之辞可乎?非穷人也,而遂疑其诗有未工也而可乎?且"康哉"之歌,载于《虞书》,舜、皋陶岂穷而工者,乃曰"愈穷则愈工"。世之学者求其说而不得,必且以《采薇》《天保》《清庙》《閟宫》之作,谓反不如《桑柔》《菀柳》《北门》《中谷》之感愤而悲凉,是欧公斯言滋之惑矣。何也?先生既系官于朝而为尚书都官员外郎,则非沉沦泯庶也。史称西南夷布弓衣皆织其诗,名重于时如此,岂穷哉?然则,欧公奚以云?盖尝闻诸孔子曰:"君子通于道之谓通,穷于道之谓穷。"凡位不配德,任不展才,是皆所为不得志而穷焉者之事也。故欧公曰:"若使其幸得用于朝廷,作为雅颂而追商周之作者,岂不伟与。奈何使其老不得志而为穷者之诗也。"观于是而欧公之言明,先生之意得矣。②

对"穷"的含义理解更为通达。然而,无论是王安石、陈师道还是宋荦,当其讨论梅尧臣的"穷"和"诗穷而后工"的命题时,都已有意无意地离

---

① [宋]陈师道:《后山集》卷十一《王平甫文集后序》,《景印文渊阁四库全书》集部第1114册,第615页。

② [宋]宋荦:《宛陵文集序》,《梅尧臣集编年校注》移录十四,下册,第1173页。

开了欧阳修发为此论的特定背景和原因。

离开了问题讨论的具体背景,欧阳修的"诗穷而后工",成了一种带有普遍意义的文学批评,也成了劝慰政治上不得意之人的常用的措辞。比如王安石以诗答陆经,有谓:"高位纷纷谁得志,穷途往往始能文。"①苏轼赠诗释仲殊,有曰:"秀语出寒饿,身穷诗乃亨。"②又曰:"非诗能穷人,穷者诗乃工。此语信不妄,吾闻诸醉翁。"③后来贺铸也说:"诗岂穷人穷者工,斯言闻诸六一翁。"④诸人所论虽也都有各自特定的原因,然审视问题的角度,无疑都与欧阳修相同,承继了欧阳修的看法。以后大致也不例外,此无须赘述。⑤

离开了问题讨论的具体条件和背景,也就会有人不赞同"诗穷而后工"之说。如,南宋周必大即以宋祁为例提出了这一问题。其《跋宋景文公墨迹》曰:"柳子厚作司马、刺史,词章殆极其妙,后世益信穷人诗乃工之说。常山景文公出藩入从,终身荣路,而述怀感事之作径逼子厚。赠杨凭等诗,自非机杼既殊,经纬又至,安能底此?殆未可以穷论也。"⑥葛胜仲亦举陈与义为例,以为此说不可据。⑦ 清人袁枚承前人之说在《高文良公味和堂诗序》中写道:"诗始于皋夔,继以周召,而大畅于尹吉甫、鲁奚斯诸人。此数人者,皆诗之至工者也,然而皆显者也。

---

① [宋]王安石撰,[宋]李壁注:《王荆文公诗李壁注》卷三十五《次韵子履远寄之作》,中册,第898页。

② [清]王文诰辑注:《苏轼诗集》卷三十三《次韵仲殊雪中游西湖二首》其一,孔凡礼点校,中华书局,1982年,第6册,第1750页。

③ 同上书卷十二《僧惠勤初罢僧职》,第577页。

④ [宋]贺铸:《题诗卷后》,《全宋诗》卷一千一百十,第19册,第12594页。

⑤ 即如宋人刘挚《忠肃集》卷十《文莹师集序》、李之仪《姑溪居士后集》卷十五《跋东坡诸公追和渊明归去来引后》、李纲《梁溪集》卷一百三十八《五峰居士文集序》、程珌《洺水集》卷八《曹少监诗序》等等。

⑥ [宋]周必大:《文忠集》卷十六,《景印文渊阁四库全书》史部第1147册,第148页。

⑦ 参[宋]葛胜仲《陈去非诗集序》,《全宋文》卷三千七十一,第142册,第343页。

自君子道消,乃有《考槃》《衡门》诸作,毋乃穷而后工之说,其亦衰世之言乎?"①从世道盛衰立论,认为诗穷而后工说并不周全。钱大昕《李南涧诗集序》亦云:"韩子之言曰:'物不得其平则鸣。'吾谓鸣者,出于天性之自然。金石丝竹匏土革木,鸣之善者,非有所不平也。鸟何不平于春,虫何不平于秋,世之悻悻然怒、戚戚然忧者,未必其能鸣也。欧阳子之言曰:'诗非能穷人,殆穷者而后工。'吾谓诗之最工者周文公、召康公、尹吉甫、卫武公,皆未尝穷;晋之陶渊明穷矣,而诗不常自言其穷,乃其所以愈工也。若乃前导八驺,而称放废;家累巨万,而叹窭贫,舍己之富贵不言,翻托于穷者之词,无论不工,虽工奚益!"②则对韩愈和欧阳修的观点都不赞成,而以为诗乃出于天性自然,志趣所之、不得不发为工。离开了讨论的特定背景和语境,问题似乎又回到了原来的出发点。

　　清初的吴兆骞还曾以自己的不幸遭遇为例,反对"诗穷而后工"说。其曰:"古今文章之事,或曰穷而后工,仆谓不然。古人之文自工,非以穷也。彼所谓穷,特假借为辞,如孟襄阳之不遇,杜少陵之播迁已尔;又其甚者,如子厚柳州,子瞻儋耳已尔;至若蔡中郎髡钳朔塞,李供奉长流夜郎,此又古人困厄之尤者。然以仆视之何如哉?九州之外而欲引九州之内之人以自比附,愈疏阔矣。同在覆载之中,而邈焉如隔夜泉,未知古人处此当复云何。以此知文莫工于古人,而穷莫甚于仆;惟其工,故不穷而能言穷,惟其穷,故当工而不能工也。万里冰天,极目惨沮,无舆图记载以发其怀,无花鸟亭榭以寄其兴,直以幽忧惋郁无可告语,退托笔墨以自陈写,然迁谪日久,失其天性,虽积有篇什,亦已潦倒溃乱,不知其所云矣。《诗》曰:'已焉哉!天实为之',谓之何哉?夫知

---

① [清]袁枚:《小仓山房文集》卷十,《续修四库全书》影印乾隆刻本,上海古籍出版社,2002年,第1432册,第102页。

② [清]钱大昕:《潜研堂文集》卷二十六,《续修四库全书》影印嘉庆刻本,第1438册,第681页。

其当已而不能自已于吟者,此仆此日之心也。"①这些话当可以理解,因为吴兆骞曾以顺治十四年(1657)科场案被遣戍漠北宁古塔二十三年,其内心的愤懑哀苦可想而知。这是一个特例。然而他在这里也说出了另一个道理,即穷困不遇也应有限度,否则穷而且贫,如鲁迅先生所说,陶渊明所以能作诗是因为他还有酒喝,假如他真得饿昏了,恐怕也无此雅兴的。②

  诗是如此,或以为词则不然。比如朱彝尊《紫云词序》曰:"昌黎子曰:'欢愉之言难工,愁苦之言易好。'斯亦善言诗矣,至于词,或不然。大都欢愉之辞工者十九,而言愁苦者十一焉耳。故诗际兵戈俶扰,流离琐尾,而作者愈工;词则宜于宴嬉逸乐,以歌咏太平。此学士大夫并存焉而不废也。"③从词的音乐属性来看,自有其道理。不过,像吴锡麒就不同意他的前辈的话。他说:"昔欧阳公序圣俞诗,谓穷而后工,而吾谓惟词尤甚。盖其萧寥孤寄之旨,幽复独造之音,必与尘事空交,冷趣相洽,而后托么弦而徐引,激寒吹以自鸣,天籁一通,奇弄乃发。若夫大酒肥鱼之社,眼花耳热之娱,又岂能习其铿锵,谐诸节奏?"④这可以说是诗穷而后工说在词学中的运用。⑤

  穷达与文学创作的题材、主题的选择与工拙究竟有无必然的联系?

---

① [清]吴兆骞:《秋笳集》卷首《与徐健庵书》,《续修四库全书》影印雍正四年吴振臣刻本,第1412册,第222页。

② 尚有反对"诗穷而后工"说,而又赞同诗能穷人说者,如袁宏道《谢于楚历由草序》([明]袁宏道著,钱伯城笺校:《袁宏道集笺校》卷三十五,上海古籍出版社,1981年,下册,第1112—1113页)中所论。

③ [清]朱彝尊:《曝书亭集》卷四十,《景印文渊阁四库全书》集部第1318册,第106页。

④ [清]吴锡麒:《有正味斋骈体文》卷八《张渌卿露华词序》,《续修四库全书》影嘉庆十三年刻本,第1459册,第664页。

⑤ 后世还有人认为画也是穷而后工的,参[明]董其昌《画禅室随笔》卷二"题画赠朱敬韬"条,印晓峰点校,华东师范大学出版社,2012年,第96页。

怨愤讥刺、悲愁凄婉的作品是否一定比歌功颂德之作更易于成功？当然是可以讨论的。在今天看来，逆境往往可以使作者更为客观地面对现实，更真实地反映现实和抒写自己的心灵，更专力于诗文的创作，因而往往能写出更好的作品，但是，在穷达与工拙之间，并无必然的联系，也是显而易见的。因为决定作品的好坏和工拙的，还有很多其他方面的因素。

穷达与工拙的联系既非一端，就又有跳出穷达与诗文工拙的关系来立论的。如张耒就不同意"世之文章多出于穷人，故后之为文者，喜为穷人之词"的做法，他认为："古之所谓儒者，不主于学文，而文章之工，亦不可谓其能穷苦而深刻也。发大议，定大策，开人之所难感，内足以正君，外可以训民，使于四方，邻国寝谋；言于军旅，敌人听命，则古者臧文仲、叔向、子产、晏婴、令尹子文之徒，实以是为文，后世取法焉。其于文也，云蒸雨降雷霆之震也，有生于天地之间者实赖之，是故系万物之休戚于其舌端之语默。嗟夫！天地发生，雷雨时行，子独不闻之，而从草根之虫，危枝之翼，鸣呼以相求，子亦穷矣。"①不以文人自命，也不赞成一味作穷人之词，可谓议论正大。然离开本章的论题已较远了。

坎坷兴怨，发愤著书，穷而后工；然或出于同情，或聊以自慰，或借他人之酒自浇块垒，遂又有"诗穷而后工"的逆命题：人以诗而穷。如苏轼即谓：

> 贵、贱、寿、夭，天也。贤者必贵，仁者必寿，人之所欲也。人之所欲，适与天相值实难，譬如匠庆之山而得成镰，岂可常也哉。因其适相值，而责之以常然，此人之所以多怨而不通也。至于文人，其穷也固宜。劳心以耗神，盛气以忤物，未老而衰病，无恶而得罪，鲜不

---

① [宋]张耒：《张耒集》卷四十八《送秦观从苏杭州为学序》，李逸安、孙通海、傅信点校，中华书局，1990年，下册，第752、753页。

以文者。天人之相值既难,而人又自贼如此,虽欲不困,得乎?①

这里无疑有为朋友鸣不平的缘故,然兼容儒道,识见较为通达,自可见苏轼思想的本色。

受苏轼的影响,其弟子也多持此说。如晁补之认为:"文学,古人之余事,不足以发身。……其用以发身,亦不足言,至于诗,又文学之余事。始汉苏、李流离异域困穷忾别之辞,魏晋益竞,至唐家好而人能之。然为之而工,不足以取世资,而经生法吏咸以章句刀笔致公相,兵家斗士亦以方略膂力专斧钺,诗如李白杜甫,于唐用人安危成败之际,存可也,亡可也。故世称诗人少达而多穷。"②诗文不足以发身,其实也就是人以诗而穷的意思。后来贺铸云:"端惭少作老更拙,不废汝诗吾固穷。"③"诗解穷人未必工,苦调酸声效梁父。"④另,朱熹亦云:"放翁之诗,读之爽然,近代唯见此人为有诗人风致。……近报又已去国,不知所坐何事,恐只是不合做此好诗,罚令不得做好官也。"⑤其意皆同。至于明人王世贞承前人之说,衍为"文章九命"⑥,更是把"诗能穷人"的

---

① [宋]苏轼撰,[明]茅维编:《苏轼文集》卷十《邵茂诚诗集叙》,孔凡礼点校,中华书局,1986年,第320页。

② [宋]晁补之:《鸡肋集》卷三十四《海陵集序》,《景印文渊阁四库全书》集部第1118册,第662—663页。

③ [宋]贺铸:《题诗卷后》,《全宋诗》卷一千一百十,第19册,第12594页。

④ [宋]贺铸:《留别僧讷》,《全宋诗》卷一千一百二,第19册,第12502页。

⑤ [宋]朱熹:《答徐载叔》二首其一,《晦庵先生朱文公文集》卷五十六,朱杰人、严佐之、刘永翔主编《朱子全书》,上海古籍出版社、安徽教育出版社,2010年,第23册,第2649页。按,周必大的看法与朱熹不同,他在《跋陆务观送其子龙赴吉州司理诗》中说:"吾友陆务观,得李杜之文章,居严徐之侍从,子孙众多如王谢,寿考康宁如乔松。诗能穷人之谤,一洗万古而空之。"(《文忠集》卷五十一)视角不同,结论也不一样。

⑥ 所谓文章九命,即:"一曰贫困,二曰嫌忌,三曰玷缺,四曰偃蹇,五曰流窜,六曰刑辱,七曰夭折,八曰无终,九曰无后。"参[明]王世贞著,罗仲鼎校注《艺苑卮言校注》卷八,齐鲁书社,1992年,第389页。

看法夸张到了极点,未免偏颇。

"诗能穷人"也有其反命题,即"诗能达人"。例如,陈师道在《王平甫文集后序》中,由梅尧臣论及王安国,发了如下一番议论:

> 王平甫,临川人也。年过四十始名,荐书群下士,历年未几,复解章绂归田里,其穷甚矣!而文义蔚然,又能于诗,惟其穷愈甚,故其得愈多,信所谓人穷而后工也。虽然,天之命物,用而不全,实而不华,渊者不陆。物之不全,物之理也。盖天下之美,则于贵富不得兼而有也。诗之穷人又可信矣。方平甫之时,其志抑而不伸,其才积而不发,其号位、势力不足动人,而人闻其声,家有其书,旁行于一时,而下达于千世,虽其怨敌不敢议也。则诗能达人矣,未见其穷也。夫士之行世,穷达不足论,论其所传而已。①

陈师道并不反对"诗穷而后工",也不反对"诗能穷人",然换从"经国之大业,不朽之盛事"的角度思考,此时之穷,又何尝不是彼时之达,故谓诗亦能达人。这固然是旷达之论,然个中的哀怨无奈也是显而易见的。

有意思的是,受中国古代士人的影响,"诗穷而后工"说在域外也颇为诗人们所关注。例如朝鲜士人就对此进行过争论。难能可贵的是,他们尚能注意到"诗穷而后工"说是欧阳修有为而发的,然而他们又多不赞同"诗穷而后工"说。因为在其看来,欧阳修之说既是有激而云,则无论是"穷者而后工"还是其逆命题"诗能穷人"等,就都不够妥当。如车天辂认为,诗之"工拙,才也;穷达,命也。才者在我,而工拙之分天也;命之在天,而穷达之数,夫岂人力也哉?"所以,"工者自工,

---

① [宋]陈师道:《后山集》卷十一《王平甫文集后序》,《景印文渊阁四库全书》集部第1114册,第615、616页。

拙者自拙,穷者自穷,达者自达"①。李德寿也认为"诗之工不工,系乎才,不系乎位,岂必穷之尽才,而通之尽不才乎?"故"非天之穷其诗也,穷其才也;非穷乎古也,穷乎今也"②。与中国古代士人的不同在于,他们认为诗的工拙更多的是与人的才能大小密切相关的,而穷达则无与于诗。至于金锡胄、张维等人以为,文章既为不朽之盛事,那么达者之达,不过"达于一时,其穷也穷于万世;此之穷,穷于一时,其达也达于万世"③。"若其所传乎远者,怨仇不敢议其短,君相不能夺其誉,掩之而愈彰,磨之而益光,残膏剩馥,足以沾丐百代。"④则又与陈师道一致了。

总之,在中国文学批评史上,某种文学理论和观点的提出,当然有文学自身发展的原因,但往往也有其产生的具体的历史条件和背景。离开了这些条件和背景,恐怕我们不但不易理解某种理论提出的真正原因,也难以完全把握它的内涵。"诗穷而后工"说适为其一例而已。

---

① 〔朝鲜〕车天辂:《五山集》卷五《诗能穷人辨》,《韩国文集丛刊》第61册,首尔,景仁文化社,1993年,第433页。
② 〔朝鲜〕李德寿《西堂私载》卷四《诗能穷人辨》,《韩国文集丛刊》第186册,首尔,景仁文化社,1997年,第264页。
③ 〔朝鲜〕金锡胄:《息庵遗稿·别稿》卷上《诗能穷人赋》,《韩国文集丛刊》第145册,首尔,景仁文化社,1995年,第559页。
④ 〔朝鲜〕张维《溪谷集》卷三《诗能穷人辨》,《韩国文集丛刊》第92册,首尔,景仁文化社,1994年,第63页。

第十一章　欧阳修的经学与文学

在中国历史上,欧阳修是拥有政治家、思想家、史学家、文学家、金石学家等多种桂冠,享有很高声誉,影响深远的人物。历来对欧阳修的研究,不为不多,尤其是近几十年,可谓成果众多,积累丰富。对欧阳修经学的研究,自然也有很多收获,取得了很多成绩①,然相对说来,仍显得很不够。其经学对文学的影响如何,学界似亦关注较少。本章对此试作探讨。

一、欧阳修经学的起点、观念与方法

关于欧阳修经学的渊源,其实不必远求,因为,他的经学原就无所师承,按他自己的话说,是"少无师传,而学出己见"②。

欧阳修是吉州永丰(今江西永丰)人,其远族中虽出现过像欧阳

---

① 如刘子健先生《欧阳修的治学与从政》(香港,新亚研究所,1963年)、裴普贤先生《欧阳修诗本义研究》(台北,东大图书公司,1981年)、刘若愚先生《欧阳修研究》(台北,台湾商务印书馆,1982年)、黄进德先生《欧阳修评传》(南京大学出版社,1998年)、蔡世明先生《欧阳修的生平与学术》(台北,文史哲出版社,2003年)、顾永新先生《欧阳修学术研究》(人民文学出版社,2003年)等,都对欧阳修的经学有所论述。
② [宋]欧阳修著,洪本健校笺:《欧阳修诗文集校笺·居士集外集》卷十七《回丁判官书》,下册,第1803页。

询、欧阳通那样著名的人物,但其余则多仕宦不显。其曾祖郴、祖父偃仕于南唐,父欧阳观"少孤力学,咸平三年进士及第,为道州判官,泗、绵二州推官,又为泰州判官,享年五十有九"①。欧阳修生于绵州(今四川绵阳),其父在泰州军事判官任上去世时,他仅有四岁。其母郑氏不得已携其远赴随州(今属湖北),依靠时任随州推官的欧阳修的叔父欧阳晔生活。

郑氏出身江南名族,恭俭仁爱,此时虽生活处境窘迫,然而却能"守节自誓,居穷,自立于衣食"②,含辛茹苦,养育其子,希望他能长大成人,有所成就。郑氏以荻画地,教其习字学诗,读书作文,更以欧阳观为人的孝悌仁义,为官的仁厚廉洁,对其进行教育,常以"居于家,无所矜饰","养不必丰,要于孝;利虽不得博于物,要其心之厚于仁"③的话勉励他。郑氏的这些教育和熏陶,使欧阳修自幼就树立了儒家士人的远大志向。他后来之所以能成为一代道德文章宗师,与其母郑氏的教育,是断不可分的。

欧阳修聪颖好学,勤奋苦读。随州无学者,家中无藏书,欧阳修就从邻人家里借书、抄书,故虽学无所师,学业却不断长进,后果然不负其母所望。他十七岁应举随州,作文即有奇警之句。二十二岁以文谒汉阳军胥偃,深为其所赏,留置门下。二十三岁试国子监第一,补广文馆生,继又得国学解试第一。次年(宋仁宗天圣八年,1030年),应礼部进士试第一,殿试以第十四名及第,试秘书省校书郎,充西京留守推官,从此进入仕途。

从欧阳修的身世和经历,我们固然可见其仁爱性格、聪颖天资和读

---

① [宋]欧阳修著,洪本健校笺:《欧阳修诗文集校笺·居士集》卷二十五《泷冈阡表》,中册,第701页。

② 同上书,第700页。

③ 同上书,第701页。

书向学心志的养成与磨砺,然由此也可知其自幼生活的艰辛。这种艰难的生活和学无所师的经历,成就了他后来的功业,也在很大程度上规定着其思想学术的方向。

圣人所作为经。学无所师,尚友古人,使欧阳修在经学观念上主张将圣人所作之经与后儒的传疏,加以区分,"众辞淆乱质诸圣"①。重经轻传,先经后传,尊经疑传,对前代儒家经师的经传注疏绝不迷信。欧阳修说:

> 事有不幸出于久远而传乎二说,则奚从?曰:从其一之可信者。然则安知可信者而从之?曰:从其人而信之可也。众人之说如彼,君子之说如此,则舍众人而从君子。君子博学而多闻矣,然其传不能无失也。君子之说如彼,圣人之说如此,则舍君子而从圣人。此举世之人皆知其然,而学《春秋》者独异乎是。②

不作任何辨析,仅据人情常理进行判断,就把圣人与君子、经与传区分开来。比如《周易》,欧阳修就认为除卦爻辞等为文王所作外,其余多是"讲师之言"。在《易童子问》中,他以问答的方式,对此大胆地提出了自己的看法。"童子问曰:《系辞》非圣人之作乎?"曰:"何独《系辞》焉,《文言》《说卦》而下,皆非圣人之作。而众说淆乱,亦非一人之言也。昔之学《易》者杂取以资其讲说,而说非一家,是以或同或异,或是或非,其择而不精,至使害经而惑世也。然有附托圣经,其传已久,莫得究其所从来,而核其真伪。故虽有明智之士,或贪其杂博之辩,溺其富丽之辞,或以为辩疑是正,君子所慎,是以未始措意于其间。若余者,可谓不量力矣。邈然远出诸儒之后,而学无师授之传,其勇于敢为,而决

---

① [宋]欧阳修著,洪本健校笺:《欧阳修诗文集校笺·居士集》卷四十八《武成王庙问进士策二首》其一,中册,第1188页。

② 同上书卷十八《春秋论》上,上册,第545—546页。

于不疑者,以圣人之经尚在,可以质也。"①再如《春秋》与"三传",欧阳修认为,"孔子,圣人也,万世取信,一人而已",《春秋》既为孔子所作,当然可信。而公羊高、穀梁赤、左丘明三人虽"博学而多闻",然"其传不能无失";"孔子之于经,三子之于传,有所不同,则学者宁舍经而从传,不信孔子而信三子,甚哉!其惑也"②。

学无所师,使欧阳修在经学方法上以人情常理为理解、衡量和判断经传旨义及其异同的标准。例如他解读《周易》:

> 孔子之文章,《易》《春秋》是已。其言愈简,其义愈深,吾不知圣人之作,繁衍丛脞之如此也。虽然,辨其非圣之言而已,其于《易》义尚未有害也,而又有害经而惑世者矣。《文言》曰:"元者,善之长也。亨者,嘉之会也。利者,义之和也。贞者,事之干也。是谓乾之四德。"又曰:"乾元者,始而亨者也。利贞者,性情也。"则又非四德矣。谓此二说出于一人乎,则殆非人情也(此谓二者矛盾,不合逻辑——引者)。《系辞》曰:"河出图,洛出书。圣人则之。"所谓图者,八卦之文也。神马负之,自河而出,以授于伏羲者也。盖八卦者非人之所为,是天之所降也。又曰:"包羲氏之王天下也,仰则观象于天,俯则观法于地,观鸟兽之文与地之宜,近取诸身,远取诸物,于是始作八卦。"然则八卦者是人之所为也,河图不

---

① [宋]欧阳修:《文忠集》卷七十八《易童子问》三,《景印文渊阁四库全书》集部第1102册,第611页。

② [宋]欧阳修著,洪本健校笺:《欧阳修诗文集校笺·居士集》卷十八《春秋论》上,上册,第546页。当然,欧阳修也并非一概否定三传,只是在经传地位上认为应先经后传。如他在《春秋或问》中就说:"或问:'予于隐摄、盾、止之弑,据经而废传,经简矣,待传而详,可废乎?'曰:'吾岂尽废之乎?夫传之于经勤矣,其述经之事,时有赖其详焉,至其失,传则不胜其戾也。其述经之意,亦时有得焉,及其失也,欲大圣人而反小之,欲尊经而反卑之,取其详而得者,废其失者可也;嘉其尊大之心,可也;信其卑小之说,不可也。'"(《欧阳修诗文集校笺·居士集》卷十八,上册,第556、557页)

与焉。斯二说者,已不能相容矣,而《说卦》又曰:"昔者圣人之作易也,幽赞于神明而生蓍,参天两地而倚数,观变于阴阳而立卦。"则卦又出于蓍矣。八卦之说如是,是果何从而出也。谓此三说出于一人乎,则殆非人情也(此亦谓矛盾,不合逻辑——引者)。人情常患自是其偏见,而立言之士莫不自信,其欲以垂乎后世,惟恐异说之攻之也,其肯自为二三之说,以相抵牾而疑世,使人不信其书乎。故曰非人情也(此谓常理——引者)。①

他否定《文言》《系辞》和《说卦》等是圣人之作,原因就在于所举三说自相矛盾,不合乎人情常理。这种看法,后人已证明是正确的。又如他释《易》"谦"卦象辞"天道亏盈而益谦,地道变盈而流谦,鬼神害盈而福谦,人道恶盈而好谦",说:"圣人,急于人事者也,天人之际罕言焉。惟谦之象,略具其说矣。圣人,人也,知人而已。天地鬼神不可知,故推其迹人可知者,故直言其情,以人之情而推天地鬼神之迹,无以异也。然则修吾人事而已,人事修则与天地鬼神合矣。"②天意本不可测,然人情却可知,且天意并非无迹可寻,以人情推知天地之理,以探求天与人的相互契合之处,并不是不可能的。所以,以人情常理解《易》,自然成为欧阳修《易》学同时也是其经学的突出特色。

二、欧阳修经学的特色和成绩

欧阳修于经学最深于《易》《诗》《春秋》。因为,在他看来,《周易》是"文王之作也。其书则经也,其文则圣人之言也,其事则天地、万物、

---

① [宋]欧阳修:《文忠集》卷七十八《易童子问》三,《景印文渊阁四库全书》集部第1102册,第612、613页。
② 同上书卷七十六《易童子问》一,第604页。

君臣、父子、夫妇、人伦之大端也"①。《春秋》是"上揆之天意,下质诸人情,推至隐以探万事之元,垂将来以立一王之法者"②。而《诗》则在六经中颇为特殊,它不同于其他五经,但又关乎五经,"而明圣人之用"③,因此与其他儒家经典同样重要。

以人情常理治《易》的内涵,极为丰富。举凡"天地、万物、君臣、父子、夫妇、人伦之大端"④,以及生活常识、风俗习惯、语言逻辑等,皆属于人情常理。例如《周易》,它虽是卜筮之书,有筮占作用,但其最主要的旨义,却在于人事。所以,自王弼以来,以人事说《易》,成为《易》学的主流。然欧阳修所谓人事,具体地说,就是人情常理。《易》讲阴阳变化,但这种变化,也是符合天地和人情常理的。所谓"物无不变,变无不通,此天理之自然也","阴阳反复,天地之常理也"⑤。这些,都体现在他对《易》义的阐释中。像《周易》"乾"卦象辞"天行健,君子以自强不息",原就是以人事解读卦象。欧阳修进一步解释说:"盖圣人取象,所以明卦也。故曰'天行健'。乾而嫌其执于象也,则又以人事言之。故曰'君子以自强不息'。六十四卦皆

---

① [宋]欧阳修著,洪本健校笺:《欧阳修诗文集校笺·居士集》卷十八《易或问三首》其一,上册,第535页。

② [宋]欧阳修著,洪本健校笺:《欧阳修诗文集校笺·居士外集》卷十《石鹢论》,下册,第1584页。欧阳修所论,实本于汉董仲舒对策。董仲舒曰:"孔子作《春秋》,上揆之天道,下质诸人情,参之于古,考之于今,故《春秋》之所讥,灾害之所加也;《春秋》之所恶,怪异之所施也。书邦家之过,兼灾异之变,以此见人之所为。其美恶之极,乃与天地流通,而往来相应,此亦言天之一端也。"([汉]班固撰,[唐]颜师古注:《汉书》卷五十六《董仲舒传》,第8册,第2515页。)

③ [宋]欧阳修著,洪本健校笺:《欧阳修诗文集校笺·居士外集》卷十《诗解统序》,下册,第1597页。

④ [宋]欧阳修著,洪本健校笺:《欧阳修诗文集校笺·居士集》卷十八《易或问三首》其一,上册,第535页。

⑤ 同上书卷十八《明用》,第542、543页。

然也。"①由此推及其他卦象亦然。如,他解释"豫"卦象辞:"雷出地奋,豫。先王以作乐崇德,殷荐之上帝,以配祖考",曰:"于此见圣人之用心矣。圣人忧以天下,乐以天下。其乐也,荐之上帝、祖考而已,其身不与焉。众人之豫,豫其身耳,圣人以天下为心者也。是故以天下之忧为己忧,以天下之乐为己乐。"②原辞是以人事解《易》,然此处欧阳修则以"圣人用心"释之,并将其推衍至天下国家,所显示出的,实是宋儒"先天下之忧而忧,后天下之乐而乐"的博大情怀。还比如,欧阳修释"困"卦象辞:"困,亨者,困极而后亨,物之常理也。所谓易穷则变,变则通也。困而不失其所亨者,在困而亨也,惟君子能之。其曰'险以说'者,处险而不惧也。惟有守于其中,则不惧于其外;惟不惧,则不失其所亨。谓身虽困而志则亨也,故曰'其惟君子乎'。"③物极则变,是事之常理,而守中处外,身困志亨,则又包含着贬官夷陵的欧阳修自己的切身经历和体验了。同样,欧阳修释"艮"卦象辞:"君子以思不出其位",说:"艮者,君子止而不为之时也。时不可为矣则止,而以待其可为而为者也。故其象曰:'时止则止,时行则行。'于斯时也,在其位者宜如何?思不出其位而已。然则位之所职,不敢废也。《诗》云'风雨如晦,鸡鸣不已',此之谓也。"④也是从人情常理上进行解读,一方面注意到思不出其位,另一方面又注意到不废其职,这就更细致、全面了。《易·文言》有所谓君子"四德",欧阳修认为不可据。因为这话早在鲁襄公九年(前564)就为穆姜(襄公之祖母)所引述了,时孔子尚未出生。这当然不成立。"彼左氏者胡为而传《春秋》,岂不欲其书之信于

---

① [宋]欧阳修:《文忠集》卷七十六《易童子问》一,《景印文渊阁四库全书》集部第1102册,第603页。

② 同上书,第604—605页。

③ 同上书卷七十七《易童子问》二,第608页。

④ 同上书,第609页。

世也？乃以孔子晚而所著之书，为孔子未生之前之说，此虽甚愚者之不为也。盖方左氏传《春秋》时，世犹未以《文言》为孔子作也，所以用之不疑。然则谓《文言》为孔子作者，出于近世乎？"①先后时间不合，孰是孰非，很容易作出判断。这也是一种人情常理。

作为一代文学宗师的欧阳修，以人情常理治《易》，又常常从语言表达的方式上去认识和解读《周易》。他认为，经典应是言简意深、平易通达，如果言辞烦琐，新奇怪僻，前后矛盾，那么，它是否为圣人所作，便大可怀疑。"其言愈简，其义愈深，吾不知圣人之作，繁衍丛脞之如此也。"在《易童子问》中，欧阳修就是根据语言是否简要而平正，对经义进行解读的。他说道：

> 夫谕未达者，未能及于至理也，必指事据迹以为言。余之所以知《系辞》而下非圣人之作者，以其言繁衍丛脞而乖戾也。盖略举其易知者尔，其余不可以悉数也。其曰"原始反终，故知死生之说"，又曰"精气为物，游魂为变，是故知鬼神之情状"云者，质于夫子平生之语，可以知之矣。其曰"知者观乎象辞，则思过半矣"，又曰"八卦以象告，爻象以情言"云者，以常人之情而推圣人，可以知之矣。②

圣人言辞简要，《系辞》语言烦琐；孔子不语乱力怪神，《系辞》言之，则其必非圣人所作。

欧阳修治经，尤重《春秋》，他甚至以为："若乃上揆之天意，下质诸人情，推至隐以探万事之元，垂将来以立一王之法者，莫近于《春秋》矣。"③

---

① [宋]欧阳修：《文忠集》卷七十八《易童子问》三，《景印文渊阁四库全书》集部第1102册，第613页。
② 同上书，第615页。
③ [宋]欧阳修著，洪本健校笺：《欧阳修诗文集校笺·居士外集》卷十《石鹢论》，下册，第1584页。

至于"三传",非出圣人之手,"予非敢曰不惑,然信于孔子而笃者也。经之所书,予所信也;经所不言,予不知也"①。

以人情常理治《春秋》,突出地表现在欧阳修的《春秋论》中。

孔子所以作《春秋》,目的是"正名以定分,求情而责实,别是非,明善恶"②。就《春秋》书鲁隐公之事称"公",而"三传"以为"摄"的问题,以人情常理推之,假如有人"能好廉而知让,立乎争国之乱世,而怀让国之高节,孔子得之",必不会"失其本心,诬以虚名,而没其实善"。何况"孔子于名字、氏族不妄以加人,其肯以'公'妄加于人而没其善乎?以此而言,隐实为'摄',则孔子决不书曰'公',孔子书为'公',则隐决非'摄'"③。孔子不没人善。同样,以常理推之,亦不会无故而加人以恶。以《春秋》鲁宣公二年(前607)书"晋赵盾弑其君夷皋"为例,"三传"皆谓弑君者赵穿而非赵盾,然以赵盾逃不越境,君被弑而盾又不讨贼,故史官书盾弑君。欧阳修辨"三传"之说不可信,曰:"据三子之说,初灵公欲杀盾,盾走而免。穿,盾族也,遂弑,而盾不讨,其迹涉于与弑矣。此疑似难明之事,圣人尤当求情责实以明白之。使盾果有弑心乎,则自然罪在盾矣,不得曰为法受恶而称其贤也。使果无弑心乎,则当为之辨明,必先正穿之恶,使罪有所归,然后责盾纵贼,则穿之大恶不可幸而免,盾之疑似之迹获辨,而不讨之责亦不得辞。如此则是非善恶明矣。今为恶者获免,而疑似之人陷于大恶,此决知其不然也。若曰盾不讨贼,有幸弑之心,与自弑同,故宁舍穿而罪盾,此乃逆诈用情之吏矫激之为尔,非孔子忠恕、《春秋》以王道治人之法也。孔子患旧史是非错乱而善恶不明,所以修《春秋》,就令旧史如此,其肯从而不正之乎?其

---

① [宋]欧阳修著,洪本健校笺:《欧阳修诗文集校笺·居士集》卷十八《春秋论》上,上册,第546页。
② 同上书卷十八《春秋论》中,上册,第549页。
③ 同上书,第549—550页。

肯从而称美,又教人以越境逃恶乎？此可知其缪传也。"①事远难辨,欧阳修亦无从判断这段史事究竟如何,然而他却从反面以《春秋》"别是非,明善恶"的义法推之,不书弑君首恶赵穿,不辨赵盾弑君的疑似之事,则弑君者必是赵盾,而"三传"所书不可信。

在六经之中,欧阳修认为《诗经》是与他经不同的。他说:"《易》《书》《礼》《乐》《春秋》,道所存也。《诗》关此五者,而明圣人之用焉。习其道,不知其用之与夺,犹不辨其物之曲直,而欲制其方圆,是果于其成乎？"②五经为体,《诗经》为用,《诗》既要贯五经之"道",而又有着自身的特点,不同于五经对圣人之志的直接表达。这是典型的文学角度的解读。由此决定他治《诗》的方法,便是求其本而舍其末,求诗人之意,以明圣人之志。在《诗本义》中,他这样说:

> 诗之作也,触事感物,文之以言,美者善之,恶者刺之,以发其揄扬怨愤于口,道其哀乐喜怒于心,此诗人之意也。古者国有采诗之官,得而录之,以属太师,播之于乐,于是考其义类而别之,以为《风》《雅》《颂》而比次之,以藏于有司,而用之宗庙、朝廷,下至乡人聚会,此太师之职也。世久而失其传,乱其《雅》《颂》,亡其次序,又采者积多而无所择。孔子生于周末,方修礼乐之坏,于是正其《雅》《颂》,删其繁重,列于六经,著其善恶,以为劝戒,此圣人之志也。……何谓本末,作此诗,述此事,善则美,恶则刺,所谓诗人之意者,本也。正其名,别其类,或系于此,或系于彼,所谓太师之职者,末也。察其美刺,知其善恶,以为劝戒,所谓圣人之志者,本

---

① [宋]欧阳修著,洪本健校笺:《欧阳修诗文集校笺·居士集》卷十八《春秋论》下,上册,第552—553页。
② [宋]欧阳修著,洪本健校笺:《欧阳修诗文集校笺·居士外集》卷十《诗解统序》,下册,第1597页。

也。求诗人之意,达圣人之志者,经师之本也。讲太师之职,因其失传,而妄自为之说者,经师之末也。今夫学者得其本而通其末,斯尽善矣;得其本而不通其末,阙其所疑可也。"①

诗人感物而发,意在美刺;太师以类编排,用于宗庙朝廷;圣人明其善恶,将诗人之意揭示给世人,以为劝诫。本末分明,所论通达。由诗人之意,通圣人之志,是《诗经》研究应达到的目标。

上文说到,欧阳修治经尤重《春秋》,而他又认为《诗》之本义在于美刺,惩恶劝善,故论《诗》颇与《春秋》相通。以《春秋》之法论《诗》,以求诗人美刺善恶之意,通圣人褒贬之志,成为其《诗》学的特点之一。我们看他解释《王风》:

> 六经之法,所以法不法,正不正。由不法与不正,然后圣人者出,而六经之书作焉。周之衰也,始之以夷、懿,终之以平、桓,平、桓而后,不复支矣。故《书》止文侯之命,而不复录。《春秋》起周平之年,而治其事。《诗》自《黍离》之什,而降于风。绝于《文侯之命》,谓教令不足行也;起于周平之年,谓正朔不足加也;降于《黍离》之什,谓《雅》《颂》不足兴也。教令不行,天下无王矣;正朔不加,礼乐遍出矣;《雅》《颂》不兴,王者之迹息矣。《诗》《书》贬其失,《春秋》悯其微,无异焉尔。然则诗处于《卫》后,而不次于"二南",恶其近于正而不明也。其体不加周姓而存王号,嫌其混于诸侯而无王也。近正则贬之不著矣,无王则绝之太遽矣。不著云者,《周》《召》"二南",至正之诗也。次于至正之诗,是不得贬其微弱,而无异"二南"之诗尔。若然,岂降之乎?太遽云者,《春秋》之法,书王以加正月,言王人虽微必尊于上,周室虽弱不绝其王。苟

---

① [宋]欧阳修:《诗本义》卷十四《本末论》,《景印文渊阁四库全书》经部第70册,第290—291页。

绝而不与,岂尊周乎? 故曰:王号之存,黜诸侯也;次卫之下,别正变也。桓王而后,虽欲其正风不可得也。《诗》不降于厉、幽之年,亦犹《春秋》之作,不在惠公之世尔。《春秋》之作,伤典诰之绝也;《黍离》之降,悯《雅》《颂》之不复也。幽、平而后,有如宣王者出,则礼乐征伐不自诸侯,而《雅》《颂》未可知矣。奈何推波助澜、纵风止燎乎?①

完全以《春秋》褒贬善恶的义法说《诗》,以至认为《诗》三百篇皆寓有褒贬善恶、明辨是非之意。诗人作《商颂》,是为了"大商祖之德","予纣之不憨"和"明武王、周公之心"②。《鲁颂》,"非《颂》也,不得已而名之也","贬鲁之强,一也;劝诸侯之不及,二也"③。而《风》诗,当"天子诸侯当大治之世,不得有《风》。《风》之生,天下无王矣"④。至于十五国风的编排次序,也认为是两两相对,以寓褒贬。《周南》《召南》为正风,而正风分圣贤,有浅深。⑤ 其他如《卫》《王》以世爵比也,《郑》《齐》以族氏比也,《魏》《唐》以土地比也,《陈》《秦》以祖裔比也,《邶》《曹》以美恶比也,《豳》能终之以正,故居末焉。浅深云者,《周》得之深,故先于《召》。世爵云者,《卫》为纣都,而纣不能有之。周幽东迁,无异是也。加《卫》于先,明幽、纣之恶同,而不得近于正焉。姓族云者,周怯尊其同姓,而异姓者为后。《郑》先于《齐》,其理然也。土地云

---

① [宋]欧阳修著,洪本健校笺:《欧阳修诗文集校笺·居士外集》卷十《王国风解》,下册,第1602—1603页。
② 同上书卷十《商颂解》,下册,第1612页。
③ 同上书卷十《鲁颂解》,下册,第1610页。
④ 同上书卷十《二南为正风解》,下册,第1599页。
⑤ 此据郑玄《诗谱》说,其后欧阳修撰《时世论》,则看法又有改变。谓:"今诗所述,既非先公之德教,而'二南'皆文王、大姒之事,无所优劣,不可分其圣贤。所谓文王、大姒之事,其德教自家刑国,皆其夫妇自行之,以化其下,久而变纣之恶俗,成周之王道,而著于歌颂尔。"(《诗本义》卷十四,第288页)

者,魏本舜地,唐为尧封,以舜先尧,明晋之乱非魏褊俭之等也。祖裔云者,陈不能兴舜,而襄公能大于秦,子孙之功,陈不如矣"。所以,"两而合之,分其次以为比,则贤善者著而丑恶者明矣"。① 这种从《诗》中抉发微言大义的做法,我们现在当然已难以赞同,然由此亦可略见其《春秋》学与《诗》学的联系。

以美刺褒贬说《诗》,必重时世。在欧阳修看来,《诗经》的解读之所以众说纷纭,在很大程度上就是因为时世背景不明的缘故。"盖自孔子没,群弟子散亡,而六经多失其旨。《诗》以讽诵相传,五方异俗,物名字训往往不同,故于六经之失,《诗》尤甚。《诗》三百余篇,作非一人,所作非一国,先后非一时,而世久失其传,故于《诗》之失时世尤甚。周之德盛于文、武,其诗为《风》、为《雅》、为《颂》,《风》有《周南》《召南》,《雅》有《大雅》《小雅》,其义类非一,或当时所作,或后世所述,故于《诗》时世之失,周诗尤甚。自秦汉已来,学者之说不同多矣,不独郑氏之失也。"②所以,欧阳修解《诗》,很注意从时世背景上进行探讨。这里可以《诗经·周南·关雎》为例,略作说明。欧阳修论曰:

> 昔孔子尝言《关雎》矣,曰:"哀而不伤。"太史公又曰:"周道缺,诗人本之衽席,而《关雎》作。"而齐、鲁、韩三家皆以为康王政衰之诗,皆与郑氏之说其意不类。盖常以哀伤为言。由是言之,谓《关雎》为周衰之作者,近是矣。周之为周也远,自上世积德累仁,至于文王之盛,征伐诸侯之不服者,天下归者三分有二。其仁德所及,下至昆虫草木,如《灵台》《行苇》之所述。盖其功业盛大,积累

---

① [宋]欧阳修著,洪本健校笺:《欧阳修诗文集校笺·居士外集》卷十《十五国次解》,下册,第1604—1605页。
② [宋]欧阳修:《诗本义》卷十四《时世论》,《景印文渊阁四库全书》经部第70册,第288页。

> 之勤，其来远矣。其威德被天下者，非一事也。大姒、贤妃又有内助之功尔，而言《诗》者过为称述，遂以《关雎》为王化之本，以谓文王之兴，自大姒始。故于众篇所述，德化之盛，皆云后妃之化所致，至于天下太平，麟趾与驺虞之瑞，亦以为后妃功化之成效。故曰：《麟趾》，《关雎》之应；《驺虞》，《鹊巢》之应也。何其过论欤。夫王者之兴，岂专由女德，惟其后世因妇人以致衰乱，则宜思其初，有妇德之助以兴尔。因其所以衰，思其所以兴，此《关雎》之所以作也。其思彼之辞甚美，则哀此之意亦深，其言缓，其意远。孔子曰"哀而不伤"，谓此也。司马迁之于学也，虽博而无所择，然其去周、秦未远，其为说必有老师宿儒之所传。其曰"周道缺而《关雎》作"，不知自何而得此言也，吾有取焉。①

孔子、司马迁、三家《诗》说，皆以《关雎》为周王室衰落时的作品，毛、郑则以为文王之化，后妃之德。欧阳修倾向于前者，认为此诗的主旨，在于思古以刺今，而非写后妃之德。这是从时世背景所作的判断。

欧阳修是文学家，所以，他对时世背景的判断和对诗人美刺之意的探求，总是与对诗歌本身的理解结合在一起的。他既重背景，着眼圣人之志，又十分注意从文本本身出发，衡之人情常理，对《诗》义进行阐发。他说："古诗之体，意深则言缓，理胜则文简。然求其义者，务推其意理，及其得也，必因其言、据其文以为说，舍此则为臆说矣。"②态度很明确。他又总结《诗经》的写作类型有四："《诗》三百篇，大率作者之体不过三四尔。有作诗者自述其言以为美刺，如《关雎》《相鼠》之类是也；有作者录当时人之言以见其事，如《谷风》录其夫妇之言、'北风其

---

① [宋]欧阳修：《诗本义》卷十四《时世论》，《景印文渊阁四库全书》经部第70册，第288—289页。

② 同上书卷八《小雅·何人斯》，第237页。

凉'录去卫之人之语之类是也;有作者先自述其事,次录其人之言以终之者,如《溱洧》之类是也;有作者述事与录当时人语杂以成篇,如《出车》之类是也。然皆文意相属以成章。"①这都是从文学角度所作的归纳和总结。

仍以《关雎》为例,其曰:

> 为《关雎》之说者,既差其时世,至于大义亦已失之。盖《关雎》之作,本以雎鸠比后妃之德,故上言雎鸠在河洲之上,关关然雄雌和鸣,下言淑女以配君子,以述文王、太姒为好匹,如雎鸠雄雌之和谐尔。毛、郑则不然。谓诗所斥淑女者,非太姒也。是太姒有不妒忌之行,而幽闺深宫之善女皆得进御于文王。所谓淑女者,是三夫人九嫔御以下众官人尔。然则上言雎鸠,方取物以为比兴,而下言淑女,自是三夫人九嫔御以下,则终篇更无一语以及太姒,且关雎本谓文王、太姒,而终篇无一语及之,此岂近于人情。古之人简质,不如是之迂也。②

从文意上看,既然如毛、郑之说,《关雎》是写后妃之德,诗中不应不着一笔,只写三夫人九嫔,故毛、郑之说不可取,而所谓美后妃之德,也是"因其所以衰,思其所以兴,此《关雎》之所以作也。其思彼之辞甚美,则哀此之意亦深,其言缓,其意远"。这才合乎诗人创作的情理。

再如他解读《邶风·静女》:

> 据《序》言:"《静女》,刺时也。卫君无道,夫人无德。"谓宣公与二姜淫乱,国人化之,淫风大行。君臣上下、举国之人皆可刺,而难于指名以遍举。故曰"刺时"者,谓时人皆可刺也。据此乃是述

---

① [宋]欧阳修:《诗本义》卷二《野有死麇》,《景印文渊阁四库全书》经部第70册,第192页。

② 同上书卷一《关雎》,第183页。

卫风俗男女淫奔之诗尔。以此求诗,则本义得矣。古者针笔皆有管,乐器亦有管,不知此彤管是何物也。但彤是色之美者,盖男女相悦,用此美色之管相遗以通情结好尔。①

据《毛诗》小序解读此诗的"刺时"之意,又说它是男女淫奔之诗,而以"彤管"之意证之,正好说明了他说《诗》的兼顾时世和文本。

再看他解读《周南·汉广》:

> 南方之木,高而不可息;汉上之女,美而不可求。此一章之义明矣。其二章云:薪刈其楚者,言众薪错杂,我欲刈其尤翘翘者。众女杂游,我欲得其尤美者。既知不可得,乃云之子既出游而归,我则愿秣其马。此悦慕之辞,犹古人言,虽为执鞭,犹忻慕焉者是也。既述此意矣,末乃陈其不可之辞。如汉广而不可泳,江永而不可方尔。盖极陈男女之情,虽有而不可求,则见文王之政化被人深矣。②

逐章解读,对诗意的阐释极为平实和准确,"见文王之政化被人深"的颂美,也就有了文本的基础。

又解《郑风·野有蔓草》,曰:

> 民穷于兵革,男女失时,思不期而会也。其诗曰:"野有蔓草,零露漙兮。有美一人,清扬婉兮。邂逅相遇,适我愿兮。"此诗文甚明白。是男女昏娶失时,邂逅相遇于野草之间尔,何必仲春时也。《周礼》言仲春之月会男女之无夫家者,学者多以此说为非。就如其说,乃是平时之常事。兵乱之世,何待仲春。郑以蔓草有露为仲春,遂引《周礼》会男女之礼者衍说也。③

---

① [宋]欧阳修:《诗本义》卷三《静女》,《景印文渊阁四库全书》经部第70册,第198页。
② 同上书卷一《周南·汉广》,第187页。
③ 同上书卷十三《一义解》,第280页。

也是将诗歌文义和"民穷于兵革,男女失时"的背景结合起来加以阐释的例子。

欧阳修不信毛、郑①,常常批评其解诗有误,其所依据的,往往都是文义上的是否平正通达与合理。这更反映出一位文学家的眼光。像他论《小雅·鸿雁》,说:"诗所刺美,或取物以为喻,则必先道其物,次言所刺美之事者多矣。如'关关雎鸠,在河之洲。窈窕淑女,君子好逑'。又如'维鹊在梁,不濡其翼。彼其之子,不称其服'者是也。诗非一人之作,体各不同,虽不尽如此,然如此者多也。《鸿雁》诗云:'鸿雁于飞,肃肃其羽。之子于征,劬劳于野。'以文义考之,当是以鸿雁比之子。而康成不然,乃谓鸿雁知辟阴就阳,喻民知就有道,之子自是侯伯卿士之述职者。上下文不相须,岂成文理?郑于三章所解皆然,则一篇之义皆失也。"②这是从以物为喻的手法上所作的反驳。再像《小雅·何人斯》一篇,他论道:"郑于《何人斯》为苏公之刺暴公也。不欲直刺之,但刺其同行之侣,又不欲斥其同侣之姓名,故曰何人斯。然则首章

---

① 欧阳修说《诗》,取毛、郑亦多。如解《邶风·绿衣》,谓:"卫庄姜伤己也,言妾上僭,夫人失位也。(此据《毛诗》小序——引者)其诗曰:'绿兮衣兮,绿衣黄里。'毛谓'绿,间色;黄,正色'者,言间色贱,反为衣,正色贵,反为里,以喻妾上僭,而夫人失位,其义甚明。而郑改'绿'为'褖',谓褖衣当以素纱为里,而反以黄先。儒所以不取郑氏于诗改字者,以谓六经有所不通,当阙之,以俟知者,若改字以就己说,则何人不能为说,何字不可改也?况毛义甚明,无烦改字也。当从毛。"(《诗本义》卷十三《取舍义》,第284页)是从毛舍郑的例子。再如解《郑风·出其东门》,曰:"《出其东门》,闵乱也。郑公子互争,兵革不息,男女相弃,思保其室家焉。(此据《毛诗》小序——引者)其诗曰:'出其闉闍,有女如荼。'毛谓:'荼,英荼也。言皆丧服也。'郑谓:'荼,茅秀。物之轻者,飞行无常。'考诗之意,云'如荼'者,是以女比物也。毛谓丧服,疏矣,且弃女不当丧服。而下文云'虽则如荼,匪我思且',言女虽轻美,匪我所思尔。以文义求之,不得为丧服。当从郑。"(《诗本义》卷十三《取舍义》,第284页)此又是从郑舍毛的例子。

② [宋]欧阳修:《诗本义》卷六《小雅·鸿雁》,《景印文渊阁四库全书》经部第70册,第223—224页。

言'维暴之云'者,是直斥暴公,指名而刺之,何假迂回以刺其同侣,而又不斥其姓名乎?其五章、六章,义尤重复。郑说不得其义,诚为难见也。今以下章之意求之,则不远矣。"①以文本为基础,从语言与诗意表达之关系进行分析,指出郑玄所论不确。又像《卫风·氓》,欧阳修的看法是:"据《序》是卫国淫奔之女色衰,而为其男子所弃困,而自悔之辞也。今考其诗,一篇始终皆是女责其男之语。凡言子、言尔者,皆女谓其男也。郑于'尔卜尔筮',独以谓告此妇人曰,我卜汝宜为室家。且上下文初无男子之语,忽以此一句为男告女,岂成文理?据诗所述,是女被弃逐,怨悔而追序与男相得之初,殷勤之笃,而责其终始弃背之辞云。"②这则是根据上下文意所作出的解释。其他如谈及《郑风·女曰鸡鸣》,批评郑玄"因以'宜言饮酒,与子偕老',亦为宾客。斯又泥而不通者也。今遍考《诗》诸风言偕老者多矣,皆为夫妇之言也,且宾客一时相接,岂有偕老之理。是殊不近人情,以此求诗,何由得诗之义"③。同样是从诗歌文本的理解上作出的判断。至于论《王风·扬之水》,批评"郑氏泥于不抚其民,而不考诗之上下文义也"④,论《王风·兔爰》,指出"郑氏于诗其失非一,或不取序文,致乖诗义;或远弃诗义,专泥序文;或序与诗皆所无者,时时自为之说"⑤,其例甚多,此不赘述。

三、从欧阳修经学看北宋疑经风气的兴起

宋人疑经风气甚盛,已是经学界所熟知的事实。如乐史疑《仪礼》

---

① [宋]欧阳修:《诗本义》卷八《小雅·何人斯》,《景印文渊阁四库全书》经部第70册,第237页。
② 同上书卷三《卫风·氓》,第201页。
③ 同上书卷四《郑风·女曰鸡鸣》,第206页。
④ 同上书卷三《王风·扬之水》,第202页。
⑤ 同上书卷三《王风·兔爰》,第203页。

非周公作,欧阳修疑《周易》"十翼"非圣人所作,李觏、司马光疑《孟子》,晁补之、郑樵疑《诗序》,叶梦得疑《左传》,朱熹疑《尚书》孔安国传,等等。现代学者论之亦渐多。如屈万里先生《宋人疑经的风气》①、叶国良先生《宋人疑经改经考》②、杨新勋先生《宋代疑经研究》③等,皆有成绩。然论及宋人疑经风气形成的背景和原因,则或追溯至唐人,或以为与北宋政局密切相关,虽有见地,然少有从北宋士人主体角度进行考察者,而在我看来,北宋疑经风气的兴起,实在不过是由于当日士人多出于庶族,而学无所师,故无所拘执所造成的。

宋朝文治最盛,君王"与士大夫治天下"④,对儒学也就大力提倡。宋太祖倡武臣读书⑤,用读书人⑥,已显示出崇儒倾向。宋太宗增修国子监,组织儒学之士大规模修书,崇儒意向也很明显。宋真宗撰《崇儒术论》,谓"儒术污隆,其应实大,国家崇替,何莫由斯。故秦衰则经籍道息,汉盛则学校兴行。其后,命历迭改,而风教一揆"⑦,以提倡儒学。宋仁宗即位,更是大力兴学。不仅国子学、太学、四门学招生的范围有极大的扩展,而且地方上的官学也所在多有,庆历四年,他下诏"诸路转运司,令辖下州、府、军、监应有学处,并须拣选有文行学官讲说,不得因循废罢"⑧。同年,他又下诏说:"儒者通天、地、人之理,明古今治乱之原,可谓博矣。然学者不得骋其说,而有司务先声病章句以拘牵之,

---

① 屈万里:《书佣论学集》,台北,台湾开明书局,1969年。
② 叶国良:《宋人疑经改经考》,台北,台湾大学出版委员会,1980年。
③ 杨新勋:《宋代疑经研究》,中华书局,2007年。
④ [宋]李焘:《续资治通鉴长编》卷二百二十一熙宁四年三月引文彦博语,第9册,第5370页。
⑤ 参《续资治通鉴长编》卷三建隆三年二月壬寅条(第1册,第62页)等。
⑥ 参《续资治通鉴长编》卷七乾德四年五月乙亥条(第1册,第171页)等。
⑦ [宋]李焘:《续资治通鉴长编》卷七十九大中祥符五年十月,第3册,第1798—1799页。
⑧ [清]徐松辑:《宋会要辑稿·崇儒》二《郡县学》,第2763页。

则吾豪隽奇伟之士,何以奋焉?士有纯明朴茂之美,而无教学养成之法,使与不肖并进,则夫懿德敏行,何以见焉?此取士之甚敝,而学者自以为患。夫遇人以薄者,不可责其厚也。今朕建学兴善,以尊子大夫之行;更制革敝,以尽学者之才。有司其务严训导,精察举,以称朕意,学者其进德修业,无失其时。其令州若县皆立学,本道使者选部属官为教授,员不足,取于乡里宿学有道业者。""由是州郡奉诏兴学而士有所劝","士之服儒术者不可胜数"①。这都是与最高统治者的提倡分不开的。

北宋士人群体的特征,明显不同于晚唐五代,已为学界所注意。如,孙国栋先生曾在对晚唐五代北宋人物阶层的出身家世进行细致的统计分析后,指出:"唐代以名族贵胄为政治、社会之中坚。五代以由军校出身之寒人为中坚。北宋则以由科举上进之寒人为中坚。所以,唐宋之际,实贵胄与寒人之一转换过程,亦阶级消融之一过程。深言之,实社会组织之一转换过程也。"②故自宋初以来,士大夫业儒者虽渐多,然以处五代儒学、士风衰落之后,学子出身庶族士大夫家庭以至寒门,"少无师传,而学出己见"的情况,十分普遍。此以欧阳修最为显例。上文已谈到,他认为《周易》的《系辞》《文言》非孔子所作,《春秋》"三传"不可信,《诗》毛、郑所注多有讹误,"今之所谓《周礼》者,不完之书也"③,并禀《春秋》义法,修《唐书》《五代史》等等。其所以如此大胆地疑经改经,正是因为其"少无师传,而学出己见","世无师矣,学者当师经"④的缘故。

---

① [元]脱脱等:《宋史》卷一百五十七《选举》一,第3658—3659页。
② 孙国栋:《唐宋之际社会门第之消融——唐宋之际社会转变研究之一》,《唐宋史论丛》(增订本),香港,商务印书馆(香港)有限公司,2000年,第285页。
③ [宋]欧阳修:《诗本义》卷十四《豳问》,《景印文渊阁四库全书》经部第70册,第292页。
④ [宋]欧阳修著,洪本健校笺:《欧阳修诗文集校笺·居士外集》卷十八《答祖择之书》,下册,第1821页。

第十一章　欧阳修的经学与文学

宋初儒士,多半也与欧阳修相似,家世不显,贫寒无所师。如宋初撰《易论》三十三卷、"以注疏异同,互相诘难,蔽以己意"的王昭素①,曾隐居乡里,"聚徒教授以自给"②。振起有宋一代士风、倡为庆历革新的范仲淹,史称其"泛通六经,长于《易》(其撰有《易义》等——引者)。学者多从质问,为执经讲解,亡所倦。尝推其奉以食四方游士,诸子至易衣而出,仲淹晏如也。每感激论天下事,奋不顾身,一时士大夫矫厉尚风节,自仲淹倡之"③。然观其身世,却甚为艰难。"二岁而孤,母夫人贫无所依,再适长山朱氏。既长,知其世家,感泣去之南都。入学舍,扫一室,昼夜讲诵,其起居饮食,人所不堪,而公自刻益苦。居五年,大通六经之旨。"④再有作为"宋初三先生"之一的胡瑗,著有《周易口义》十二卷、《洪范口义》二卷、《皇祐新乐图记》三卷等,其"尤患隋唐已来仕进尚文词而遗经业,苟趋禄利。及为苏、湖二州教授,严条约,以身先之,虽大暑,必公服终日,以见诸生,设师弟子之礼。解经至有要义,恳恳为诸生言其所以治己而后治乎人者。学徒千数,日月括劘,为文章皆傅经义,必以理胜。信其师说,敦尚行实。后为太学,四方归之,庠舍不能容,旁拓步军居署以广之。五经异论,弟子记之,自为胡氏《口义》"⑤。在当时影响既大,对宋学的兴起产生了重要作用,然看其身世,少时因家贫无以自给,往泰山,与孙复、石介为友,攻苦食淡,夜以继

---

① [宋]晁公武撰,孙猛校证:《郡斋读书志校证》卷一,第27页。
② [元]脱脱等:《宋史》卷四百三十一《王昭素传》,第12808页。
③ 同上书卷三百十四《范仲淹传》,第10267—10268页。
④ [宋]欧阳修著,洪本健校笺:《欧阳修诗文集校笺·居士集》卷二十《资政殿学士户部侍郎文正范公神道碑铭序》,上册,第587页。其生平行事略参[宋]富弼《范文正公仲淹墓志铭》、[宋]杜大珪《名臣碑传琬琰之集》中集卷十二等。
⑤ [宋]蔡襄:《蔡襄全集》卷三十三《太常博士致仕胡君墓志》,陈庆元、欧明俊、陈贻庭校注,福建人民出版社,1999年,第729页。其生平行事又可略参《欧阳修诗文集校笺·居士集》卷二十五《胡先生墓表》等。

日,后来方有成就。其他像孙复,"少举进士不中,退居泰山之阳,学《春秋》,著《尊王发微》。鲁多学者,其尤贤而有道者石介,自介而下,皆以弟子事之。……先生治《春秋》,不惑传注,不为曲说以乱经。其言简易,明于诸侯、大夫功罪,以考时之盛衰,而推见王道之治乱,得于经之本义为多"。然而其家世寒微,竟"年逾四十,家贫不娶,李丞相迪将以其弟之女妻之"。① 石介,"尧、舜、禹、汤、文、武、周公、孔子、孟轲、扬雄、韩愈氏者,未尝一日不诵于口",而"世为农家"。② 周尧卿,世称其"为学不惑传注,问辨思索,以通为期。其学《诗》,以孔子所谓'《诗》三百,一言以蔽之,曰:思无邪',孟子所谓说《诗》者,'以意逆志,是为得之',考经指归,而见毛、郑之得失。曰:毛之传欲简或寡于义理,非一言以蔽之也;笺欲详或远于情性,非以意逆志者也。是可以无去取乎? 其学《春秋》,由左氏记之详,得经之所以书者,至'三传'之异同,均有所不取。曰:圣人之意,岂二致耶?"③然不闻其何所师,"家贫,不事生产,喜聚书"④而已。还有苏洵,少喜游荡,其父亦纵而不问,至二十七始发奋读书,"大究六经、百家之说,以考质古今治乱成败、圣贤穷达出处之际,得其粹精",而观其家世,"三世皆不显"。⑤ 至于宋初疑《仪礼》非周公所作的乐史,撰《易证坠简》、疑《系辞》非孔子所作的范谔昌⑥,前

---

① [宋]欧阳修著,洪本健校笺:《欧阳修诗文集校笺·居士集》卷二十七《孙明复先生墓志铭序》,中册,第746—747页。

② 同上书卷三十四《徂徕石先生墓志铭序》,中册,第896—897页。

③ [宋]王称:《东都事略》卷一百十三《周尧卿传》,《景印文渊阁四库全书》史部第382册,第739页。

④ [宋]欧阳修著,洪本健校笺:《欧阳修诗文集校笺·居士集》卷二十五《太常博士周君墓表》,中册,第692页。

⑤ 同上书卷三十四《故霸州文安县主簿苏君墓志铭》,中册,第902页。

⑥ 宋人陈振孙谓其"辨《系辞》非孔子命名,止可谓之赞,系今《爻辞》乃可谓之《系辞》。又重定其次序。又有补注一篇,辨周、孔述作,与诸儒异。"([宋]陈振孙:《直斋书录解题》卷一《易证坠简》解题,徐小蛮、顾美华点校,上海古籍出版社,1987年,第8页。)

者"好著述,然博而寡要。以五帝、三王皆云仙去,论者嗤其诡诞"①,后者生平行事今已不详,从他序中所言任毗陵从事,闲退著书看②,可知二者家世既非显赫,学问亦无所师,治学自然少有约束。

清人评价欧阳修的《诗》学,谓:"自唐以来,说《诗》者莫敢议毛、郑,虽老师宿儒,亦谨守小序。至宋而新义日增,旧说几废。推原所始,实发于修。"③这个看法亦可移用于对欧阳修经学史地位的总体认识,而欧阳修不但对北宋疑经风气的兴起产生了重要作用,而且他也以其自身的学术经历,为我们解读这种疑经风气形成的原因,提供了启发和重要的参证。

四、欧阳修的经学与文学

欧阳修的经学对其文学有着深刻的影响。

欧阳修在经学方面既有心得,对文学亦必有自己的见解。他认为六经皆文。"《诗》《书》《易》《春秋》,皆善载事而尤文者,故其传尤远。"④又说:"昔孔子老而归鲁,六经之作,数年之顷尔。然读《易》者如无《春秋》,读《书》者如无《诗》。何其用功少而至于至也。"⑤都是把六经看作天下之至文的。不过,这里更值得我们注意的,是他对六经皆文的解释。他说:

---

① [元]脱脱等:《宋史》卷三百六《乐黄目传》,第10112页。
② 参《直斋书录解题》卷一《易证坠简》解题等。
③ [清]永瑢等:《四库全书总目》卷十五《诗本义》提要,第121页。
④ [宋]欧阳修著,洪本健校笺:《欧阳修诗文集校笺·居士外集》卷十七《代人上王枢密求先集序书》,下册,第1777页。
⑤ [宋]欧阳修著,洪本健校笺:《欧阳修诗文集校笺·居士集》卷四十七《答吴充秀才书》,中册,第1177页。

> 言以载事，而文以饰言。事信言文，乃能表见于后世。《诗》《书》《易》《春秋》，皆善载事而尤文者，故其传尤远。……事信矣，须文，文至矣，又系其所恃之大小，以见其行远不远也。《书》载尧舜，《诗》载商、周，《易》载九圣，《春秋》载文武之法，荀、孟二家载《诗》《书》《易》《春秋》者，楚之辞载《风》《雅》，汉之徒各载其时主声名、文物之盛以为辞。后之学者荡然无所载，则其言之不纯信，其传之不久远，势使然也。至唐之兴，若太宗之政、开元之治、宪宗之功，其臣下又争载之以文，其词或播乐歌，或刻金石，故其间巨人硕德，闳言高论，流铄前后者，恃其所载之在文也。故其言之所载者大且文，则其传也章；言之所载者不文而又小，则其传也不章。[①]

六经所以为天下之至文，在这里主要已不是因为其出于圣人之手，而是因为它"事信言文"，因为其"言之所载者大且文"。所谓"事"，相对于"言"而说，指一切外物、实事，范围极其广泛；所谓"大"，即事要关乎君王治政的贤明、国家社稷的兴盛、道德风尚的养成、名山事业的创制等重要问题。既重内涵的信实重大，又重文采，而非有所偏颇，事信言文，成为认识六经、衡量文章的标准。

欧阳修也说过"大抵道胜者文不难而自至"[②]的话，但六经既为天下之至文，他的意思也就并非简单地以道取代文。上文曾谈到，欧阳修认为六经之中，五经为体，《诗经》为用，《诗》既要贯五经之"道"，而又有着自身的特点，不同于五经对圣人之志的直接表达，这种对文与道关

---

① ［宋］欧阳修著，洪本健校笺：《欧阳修诗文集校笺·居士外集》卷十七《代人上王枢密求先集序书》，下册，第1777—1778页。
② ［宋］欧阳修著，洪本健校笺：《欧阳修诗文集校笺·居士集》卷四十七《答吴充秀才书》，中册，第1177页。

系的看法是很周全的。他又说:"学者当师经,师经必先求其意。意得则心定,心定则道纯,道纯则充于中者实,中充实则发为文者辉光,施于事者果毅。三代、两汉之学,不过此也。"①师法六经,然又不像一般儒生解经那样局限于传注,而是强调"求其意",把握六经的内核和精神,意得心定,不为外物所惑,便达到了"道纯"(即"道胜")和自我充实的境界,文章就写得好。由"意得"到"心定",由经学到文学,是很自然的事。这是一方面。另一方面,欧阳修所说的"大抵道胜者文不难而自至",似还有另一层含义,即"师经求意"还要根据自己情性的实际去体贴,这里有个心与意的关系问题。心与意二者自然相合,才能真正做到内心充实,然后"发为文者辉光"。他说道:

> 古人之学者非一家,其为道虽同,言语文章未尝相似。孔子之系《易》,周公之作《书》,吴斯之作《颂》,其辞皆不同,而各自以为经。子游、子夏、子张与颜回同一师,其为人皆不同,各由其性而就于道耳。今之学者或不然。不务深讲而笃信之,徒巧其词以为华,张其言以为大。夫强为则用力艰,用力艰则有限,有限则易竭。又其为辞,不规模于前人,则必屈曲变态以随时俗之所好,鲜克自立,此其充于中者不足,而莫自知其所守也。②

六经为道虽一,其内容和文辞却各有特点,后人师之,当然也应根据各自情性的不同作出选择,心与道合,才是真正的内在充实,也才能"发为文者辉光",特色各具。

师法六经,不仅要师其道,也包括师法其"言语文章"。

通过学习儒家经典,自觉地从中汲取营养,有益于文学创作,是历

---

① [宋]欧阳修著,洪本健校笺:《欧阳修诗文集校笺·居士外集》卷十八《答祖择之书》,下册,第1821页。

② 同上书卷十九《与乐秀才第一书》,下册,第1849页。

来儒家有识之士的共识。如唐柳宗元就明确说过:"始吾幼且少,为文章,以辞为工。及长,乃知文者以明道,是固不苟为炳炳烺烺、务采色、夸声音而以为能也。凡吾所陈,皆自谓近道,而不知道之果近乎,远乎?吾子好道而可吾文,或者其于道不远矣。故吾每为文章,未尝敢以轻心掉之,惧其剽而不留也;未尝敢以怠心易之,惧其弛而不严也;未尝敢以昏气出之,惧其昧没而杂也;未尝敢以矜气作之,惧其偃蹇而骄也。抑之欲其奥,扬之欲其明,疏之欲其通,廉之欲其节,激而发之欲其清,固而存之欲其重,此吾所以羽翼夫道也。本之《书》以求其质,本之《诗》以求其恒,本之《礼》以求其宜,本之《春秋》以求其断,本之《易》以求其动,此吾所以取道之原也。参之穀梁氏以厉其气,参之《孟》《荀》以畅其支,参之《庄》《老》以肆其端,参之《国语》以博其趣,参之《离骚》以致其幽,参之《太史公》以著其洁,此吾所以旁推交通而以为之文也。"①这当然是经验之谈,只是他学习的范围更加广泛。

经典之所以为经典,其特征之一,就是言简意深。上文谈到,欧阳修认为,"孔子之文章,《易》《春秋》是已。其言愈简,其义愈深,吾不知圣人之作,繁衍丛脞之如此也"。六经之中,欧阳修对《春秋》最为推崇,研治亦深。《春秋》为后人重视,主要在于其春秋笔法,秉笔直书,褒贬善恶,而从其文字上看,则记事极为简略,本身似并无多少文学价值。然在欧阳修看来,《春秋》言虽简而意则深,正是文章创作师法的典范。比如他论《尹师鲁墓志铭》就说:"《春秋》之义,痛之益至,则其辞益深,'子般卒'是也。"②也就是说,文章写作要言简而意深,正像《春秋》鲁庄公三十二年(前662)记鲁子般被杀事一样。子般为庄公

---

① [唐]柳宗元:《柳宗元集》卷三十四《答韦中立论师道书》,中华书局,1979年,第873页。

② [宋]欧阳修著,洪本健校笺:《欧阳修诗文集校笺·居士外集》卷二十三《论尹师鲁墓志》,下册,第1917页。

之子,庄公卒,子般即位,庆父(子般叔父)使人杀子般,立闵公。本来已即位的子般,因庄公去世后尚未安葬,故虽被杀,亦无名位,而不书"弑""杀"或"薨",仅以"子般卒"书之,显然是讳其事。种种深曲,都不明讲,然惩恶之意必在其中,如欧阳修所说,真是"痛之益至,则其辞益深"了。

为文要做到言简意深,就需要"有法",仅仅是言简,是难以达到意深的目标的。欧阳修认为:"'简而有法',此一句,在孔子六经,惟《春秋》可当之。"①故其文学创作,受其经学尤其是《春秋》学的影响甚大。所谓"简而有法",就是既要言简意深,寓意褒贬,又要选材精当,详略分明,善于裁剪。早在宋仁宗明道元年(1032),欧阳修任西京留守推官时,仅二十六岁的他,就已和尹洙在古文创作上开始简而有法的创作实践。西京留守钱惟演建双桂楼初成,命二人作记。"永叔文先成,凡千余言。师鲁曰:'某止用五百字可记。'及成,永叔服其简古。"②又建临轩馆,请谢绛、尹洙和欧阳修作记。文成,谢绛用五百字,欧阳修五百余字,而尹洙仅用三百八十余字。然欧阳修"终未伏在师鲁之下,独载酒往之,通夕讲摩","别作一记,更减师鲁文廿字而成之,尤完粹有法"③。由此可见其创作的观念和追求。欧阳修曾撰《尹师鲁墓志铭》一文,又撰《论尹师鲁墓志》,最能见出其为文简而有法的用心。墓志铭极为简洁,为论述的方便,不妨全引如下:

> 师鲁,河南人,姓尹氏,讳洙。然天下之士识与不识,皆称之曰师鲁,盖其名重当世。而世之知师鲁者,或推其文学,或高其议论,

---

① [宋]欧阳修著,洪本健校笺:《欧阳修诗文集校笺·居士外集》卷二十三《论尹师鲁墓志》,下册,第1916页。
② [宋]邵伯温:《邵氏闻见录》卷八,李剑雄、刘德权点校,中华书局,1983年,第81页。
③ [宋]释文莹:《湘山野录》卷中,郑世刚、杨立扬点校,中华书局,1984年,第38页。

或多其材能，至其忠义之节，处穷达，临祸福，无愧于古君子，则天下之称师鲁者，未必尽知之。

师鲁为文章，简而有法，博学强记，通知今古，长于《春秋》。其与人言，是是非非，务穷尽道理乃已，不为苟止而妄随，而人亦罕能过也。遇事无难易，而勇于敢为，其所以见称于世者，亦所以取嫉于人，故其卒穷以死。

师鲁少举进士及第，为绛州正平县主簿，河南府户曹参军，邵武军判官，举书判拔萃，迁山南东道掌书记、知伊阳县。王文康公荐其才，召试，充馆阁校勘，迁太子中允。天章阁待制范公贬饶州，谏官、御史不肯，言师鲁上书，言仲淹臣之师友，愿得俱贬。贬监郢州酒税。又徙唐州。遭父丧，服除，复得太子中允、知河南县。赵元昊反，陕西用兵，大将葛怀敏奏起为经略判官。师鲁虽用怀敏辟，而尤为经略使韩公所深知。其后诸将败于好水，韩公降知秦州，师鲁亦徙通判濠州。久之，韩公奏，得通判秦州，迁知泾州。又知渭州兼泾原路经略部署。坐城水洛，与边臣异议，徙知晋州。又知潞州，为政有惠爱，潞州人至今思之。累迁官至起居舍人、直龙图阁。

师鲁当天下无事时，独喜论兵，为《叙燕》《息戍》二篇行于世。自西兵起，凡五六岁，未尝不在其间。故其论议益精密，而于西事尤习其详。其为兵制之说，述战守胜败之要，尽当今之利害。又欲训土兵代戍卒，以减边用，为御戎长久之策。皆未及施为，而元昊臣西兵解严，师鲁亦去而得罪矣。然则天下之称师鲁者，于其材能亦未必尽知之也。

初，师鲁在渭州，将吏有违其节度者，欲按军法斩之而不果。其后吏至京师，上书讼师鲁以公使钱贷部将，贬崇信军节度副使，徙监均州酒税。得疾，无医药，舁至南阳求医。疾革，隐几而坐。

顾稚子在前,无甚怜之色,与宾客言,终不及其私。享年四十有六以卒。

师鲁娶张氏,某县君。有兄源,字子渐,亦以文学知名。前一岁卒。师鲁凡十年间三贬官,丧其父,又丧其兄。有子四人,连丧其三。女一适人,亦卒。而其身终以贬死。一子三岁,四女未嫁,家无余赀。客其丧于南阳不能归。平生故人无远迩皆往赙之,然后妻子得以其柩归河南。以某年某月某日葬于先茔之次。余与师鲁兄弟交,尝铭其父之墓矣。故不复次其世家焉。铭曰:

藏之深,固之密,石可朽,铭不灭。①

初读此文,甚至会觉得他过于简单,记事也嫌琐碎,然细案此文,参之以作者自道曲折的《论尹师鲁墓志》,则会发现它是简而意深、简而有法的,充分体现了作者的文学观念,用心很深。尹洙的文章、学术、对政治的见解和实际的治事才能,世人皆知,所以墓志铭就说得很简略,只是指出他的文章特点是"简而有法",学术上能通古今、擅《春秋》,论政合于儒道,遇事勇于作为而已。不过,这些方面虽叙述都很简略,但用意却很深。比如称尹洙文"简而有法",这样的评价,是只有孔子的《春秋》才能够承当的;称尹洙学通古今,这话也只有孔、孟能当之;称尹洙议论能符合儒道,那也是非孟子所不能当的。至于历叙尹洙的仕宦经历,尤其是他在西北边地与西夏的战争中的施为,则是要说明其实际的政治才能。把尹洙与儒家圣贤相比,甚而看作是孔、孟式的人物,评价不可谓不高,用意不可谓不深了。然而在欧阳修看来,尹洙的这些优点和长处,还不是最值得表彰的,值得表彰的是尹洙平生的忠义大节,世人未必皆知,故有必要重点加以叙述。然能见出尹洙仁义大节的事很

---

① [宋]欧阳修著,洪本健校笺:《欧阳修诗文集校笺·居士集》卷二十八,中册,第767—769页。

多,是否要一一铺叙呢?当然不是。作者举出二事:一是景祐三年范仲淹批评吕夷简擅权被贬,尹洙上书自请同贬;二是尹洙临终言不及私。景祐三年的范、吕之争,是北宋政治舞台上的一件大事,是庆历革新的前奏,它反映了崇尚名节、革弊图新与恪守祖宗家法、因循守旧,这两种不同的士风、政风之间的矛盾和冲突。尹洙在此事件中鲜明地站在范仲淹等革新派人士一边,欧阳修书之,以此表现尹氏的大节,是很正确的。在现实生活中,一个人的大节,又往往会在面对生死祸福的关键时刻表现出来。尹洙临终之际,言语谈吐,不涉一己之私。其平生忠义大节、志气与心胸,可想而知。故欧阳修要特别书上一笔。从文章选材上看,这是十分精当的,真可谓"简而有法"。文中又述及尹洙被仇人陷害事,并不为之多加辩解。琐琐述及其身后妻子儿女困窘之状,也未多加议论。前者不作辩解,是因为既然上文说到"其穷达祸福无愧古人,则必不犯法,况是仇人所告,故不必区区曲辩也。今止直言所坐,自然知非罪矣"。后者特于文中记述之,是"欲使后世知有如此人,以如此事废死,至于妻子如此困穷,所以深痛死者,而切责当世君子致斯人之及此也"。① 从欧阳修的夫子自道中,我们会恍然大悟,原来他是要以至简之语,深寓褒贬美刺之意,正所谓"《春秋》之义,痛之益至,则其辞益深,'子般卒'是也。诗人之意,责之愈切,则其言愈缓,'君子偕老'是也。不必号天叫屈,然后为师鲁称冤也。故于其铭文,但云'藏之深,固之密,石可朽,铭不灭',意谓举世无可告语,但深藏牢埋此铭,使其不朽,则后世必有知师鲁者。其语愈缓,其意愈切,诗人之义也"②。欧阳修的经学对其文学的影响,于此愈益分明了。至于文中论及尹洙

---

① [宋]欧阳修著,洪本健校笺:《欧阳修诗文集校笺·居士外集》卷二十三《论尹师鲁墓志》,下册,第1917页。

② 同上。

第十一章　欧阳修的经学与文学

喜谈兵一事,既补说其才能,又能见其爱好,使其形象更饱满,也是简而有法的。其他如《杜祁公墓志铭》,重点论其为人廉洁、治事明敏的大节,也是能"纪大而略小"①的经意之作,此不再赘述。

经典之所以为经典,又因其是平易近人的。欧阳修曾多次谈到,"君子之于学也,务为道,为道必求知古,知古明道,而后履之以身,施之于事,而又见于文章而发之,以信后世。其道,周公、孔子、孟轲之徒常履而行之者是也;其文章,则六经所载至今而取信者是也。其道易知而可法,其言易明而可行。及诞者言之,乃以混蒙虚无为道,洪荒广略为古,其道难法,其言难行"②。"道易知",决定了"言易明"。欧阳修主张,文学创作的语言和风格也应是简洁流畅,平易自然的,凡晦涩怪僻者,皆不可取。他赞扬石介的以儒道自任,以天下为忧,但对其文章中"自许太高,诋时太过,其论若未深究其源者"的倾向,则持明确的批评态度,而对其手书的难辨点画,"骇然不可识",更是认为"何怪之甚也"③。宋仁宗嘉祐二年,欧阳修权知礼部贡举,"时举者务为险怪之语,号'太学体'。公一切黜去,取其平澹造理者,即预奏名。初虽怨蘁纷纭,而文格终以复故者,公之力也"④。即是其为文主平易而黜奇险的显例。至于欧阳修本人的文章风格,则苏洵早已言之,"纡余委备,往复百折,而条达疏畅,无所间断;气尽语极,急言竭论,而容与闲易,无艰难劳苦之态"⑤。这与《春秋》一书的"微而显,志而晦,婉而成章,尽

---

①　[宋]欧阳修著,洪本健校笺:《欧阳修诗文集校笺·居士外集》卷十九《与杜诉论祁公墓志书》,下册,第1842页。

②　同上书卷十六《与张秀才第二书》,下册,第1759页。

③　同上书卷十六《与石推官第一书》,下册,第1764页。

④　[宋]韩琦:《安阳集》卷五十《故观文殿学士太子少师致仕赠太子太师欧阳公墓志铭》,《景印文渊阁四库全书》集部第1089册,第540页。

⑤　[宋]苏洵著,曾枣庄、金成礼笺注:《嘉祐集笺注》卷十二《上欧阳内翰第一书》,上海古籍出版社,1993年,第328—329页。

而不污,惩恶而劝善"①,既相吻合,也是与欧阳修平易畅达的文学观念相一致的。此为论者所熟知,可不再赘述。

六经皆文。欧阳修的经论是富有文学色彩的。

这可以《春秋论》为代表。《春秋论》三篇,上篇区分圣人、君子,进而区分经、传,二者相较,经可信而传有疑。欧阳修于此并未进行论述,只是提出在鲁隐公为"公"还是"摄"、赵盾是否弑君、许世子是否弑悼公的问题上(这些问题的提出,并非随意,而是涉及名分、实录的大问题),经可信而传无据。这虽是从经、传作者的角度立论,从人情常理和感性上所作的判断,却有难以辩驳的力量。当然,仅从感性上判断还不够。接下来中篇、下篇便从孔子修《春秋》的宗旨出发立论,认为《春秋》的宗旨,既然是"正名以定分,求情而责实,别是非,明善恶"②,那么,上述问题的衡量和判断,也都应以此为标准。《春秋》书鲁隐公究竟是为"公"还是"摄",这牵涉名分问题,孔子必不会轻易下笔。"自周衰以来,臣弑君、子弑父,诸侯之国相屠戮而争为君者,天下皆是也。当是之时,有一人焉,能好廉而知让,立乎争国之乱世,而怀让国之高节,孔子得之,于经宜如何而别白之?宜如何而褒显之?其肯没其摄位之实,而雷同众君诬以为公乎?"③当褒未褒,于理不应如此,何况"《春秋》辞有同异,尤谨严而简约,所以别嫌明微,慎重而取信。其于是非善恶难明之际,圣人所尽心"④呢?现在的事实是,《春秋》中记鲁隐公事(如盟或蒐),"孔子始终谓之公"⑤,则"三传"以为"摄"而非"公",

---

① 杨伯峻编著:《春秋左传注》成公十四年九月"君子曰",第870页。
② [宋]欧阳修著,洪本健校笺:《欧阳修诗文集校笺·居士集》卷十八《春秋论》中,上册,第549页。
③ 同上。
④ 同上书,第550页。
⑤ 同上书卷十八《春秋论》上,上册,第546页。

当然也就不可信了。至于《春秋》书"赵盾弑其君夷皋""许世子止弑其君买","三传"以为弑晋灵公者非赵盾而是赵穿,弑许悼公者非太子止,止不过是未尝药致悼公病亡也。"弑逆,大恶也,其为罪也莫赎,其于人也不容,其在法也无赦。"如此重大的问题,孔子同样是非常慎重的。欧阳修认为,如果杀晋灵公的人是赵穿,许悼公死于医疗意外,当贬则贬,孔子决不会隐而晦之。即使赵盾、许世子有弑君之嫌,也应首书弑君者赵穿和许世子止,而次及赵盾和为许悼公配药的人。或者,赵盾、许世子止弑君之事,只是疑似难明,孔子也应为其辨明。现在直说弑君者赵盾、许世子止,那后人只能相信孔子所书,而不应信"三传",妄加猜测。欧阳修的上述判断,是整体性的、宏观的,而且符合人情常理,内在的逻辑性也就很强,因而也就有很大的说服力。他并没有对具体的史实作细致的辨析,并没有烦琐考证,因为在他看来,历史久远,文献不足,后人若仅凭着只言片语就作出准确判断,几乎是不可能的。苏轼在《六一居士集叙》中曾说道:"愈之后三百有余年,而后得欧阳子。其学推韩愈、孟子,以达于孔氏著礼乐仁义之实,以合于大道。其言简而明,信而通,引物连类,折之于至理,以服人心,故天下翕然师尊之。自欧阳子之存,世之不说者哗而攻之,能折困其身,而不能屈其言。士无贤不肖,不谋而同曰:欧阳子,今之韩愈也。"[①]《春秋论》虽只是一篇经论文字,但从中所反映的却不仅仅是作者的经学思想,它鲜明地表现了一位敢于疑古、以振起儒道为己任的士大夫的形象和风节。

《春秋论》的文章结构和语言,与欧阳修的其他文章一样,也同样有着鲜明的个性和特点。《春秋》经传历来少有人怀疑、议论,欧阳修大胆提出信经疑传的看法,除了从正面立论之外,还需要对一些传统的

[①] 张志烈、马德富、周裕锴主编:《苏轼全集校注·苏轼文集校注》卷十《六一居士集叙》,第11册,第978页。

观点进行反驳。因此，在结构上便采取了问难的形式。像上篇一开始他提出自己对《春秋》经传的总体看法，就是一问一答。他说："事有不幸出于久远而传乎二说，则奚从？曰：从其一之可信者。然则安知可信者而从之？曰：从其人而信之可也。众人之说如彼，君子之说如此，则舍众人而从君子。君子博学而多闻矣，然其传不能无失也。君子之说如彼，圣人之说如此，则舍君子而从圣人。此举世之人皆知其然，而学《春秋》者独异乎是。"①明确提出在遇到疑信难从的问题时舍君子而从圣人的观点。接下来由信从圣人自然推及从经舍传，是正面立论，而末又举出难者之辞予以反驳，进一步强调自己的观点。结构清晰，层次分明，语言风格则抑扬顿挫、纤徐婉转、平易畅达。中篇、下篇亦然，问答驳难，从容不迫，而又论述有力。欧阳修还多用引物连类之法。像《春秋论》下篇论证《春秋》经所书赵盾弑晋灵、许世子止弑其父事可信，就说道："问者曰：'然则夷皋孰弑之？'曰：'孔子所书是矣。赵盾弑其君也。今有一人焉，父病，躬进药而不尝。又有一人焉，父病而不躬进药。而二父皆死。又有一人焉，操刃而杀其父。使吏治之，是三人者其罪同乎？'曰：'虽庸吏犹知其不可同也。躬药而不知尝者，有爱父之孝心，而不习于礼，是可哀也，无罪之人尔。不躬药者，诚不孝矣。虽无爱亲之心，然未有杀父之意，使善治狱者，犹当与操刃殊科，况以躬药之孝，反与操刃同其罪乎？'此庸吏之不为也。然则许世子止实不尝药，则孔子决不书曰'弑君'。孔子书为'弑君'，则止决非不尝药。"②选取日常生活中的情事，引物比类，于问答之中，来表明自己的看法，平易亲切，而令人信服。

---

① ［宋］欧阳修著，洪本健校笺：《欧阳修诗文集校笺·居士集》卷十八《春秋论》上，上册，第545—546页。

② 同上书卷十八《春秋论》下，上册，第553页。

第十一章 欧阳修的经学与文学

综上,欧阳修在经学上取得了突出的成就。六经之中,他最深于《易》《诗》《春秋》。其解经的突出特点,是本之人情常理,自成一家,尤其是疑《周易》之《系辞》《文言》非孔子所作,《春秋》"三传"不可尽信,《诗》毛、郑所注多有讹误,《周礼》亦不完之书等,对北宋疑经风气的形成和后代学术的发展,产生了重要的影响,在中国经学史上占有重要地位。他所以能取得如此成就,实与其家世不显,贫寒无所师,有着密切的关系。其少无所师,故能学出己见,无所束缚,大胆疑经。这为我们解释疑经风气何以会在北宋出现,提供了一个切实的参证。欧阳修的经学对其文学也产生了深刻的影响。无论是其关于师经应求其意和事信言文观念的提出,对言简意深和言简而有法的强调,还是对纡徐婉转、平易畅达的文学创作风格的追求,都可以从其经学中得到合理的解释。

第十二章　苏轼的思想学术与文学创作

　　宋元间的李淦,是朱熹的再传弟子,其门人辑其论学之语,编成《文章精义》,提出"韩如海,柳如泉,欧如澜,苏如潮"①的看法。这个评价自然是很正确的。不过,清代初年的吴伟业,就曾主张把这个话调过来,易之为"韩如潮,欧如澜,柳如江,苏其如海乎?夫观至于海,宇宙第一之大观也"②。韩诗已是"驱驾气势,若掀雷挟电,奔腾于天地之间,物状奇变,不得不鼓舞而徇其呼吸也"③,说韩文如潮也是很确切的。而东坡的文章,说它如海,好像展现给人们一个汪洋恣肆,漫无涯际的文学艺术世界,蔚为大观,非大海不足以形容它的博大宽广、千汇万状。所以,"苏如海"这个评价,从清代初年以来,大致就已为人们所认可了。④其实,苏轼的文与诗词原有许多共性,可视为一个整体,"苏海"这个概念,用于指称苏轼的全部著作,包括他的思想学术著作和文学艺术创作,也许更为合适。研究苏轼的思想学术和文学艺术创作,则可称为"苏学"⑤。本章即拟对汪洋恣肆、漫无涯际的"苏海"作一蠡测。

---

　　①　[元]李淦:《文章精义》,王水照编《历代文话》,复旦大学出版社,2007年,第2册,第1165页。
　　②　[清]吴伟业:《苏长公文集序》,张溥编《苏长公文集》卷首,明刻本。
　　③　[唐]司空图:《题柳柳州集后序》,[清]董诰等编《全唐文》卷八百七,第8488页。
　　④　参[清]永瑢等《四库全书总目》卷一百九十五《文章精义》提要,第1789页。
　　⑤　清人翁方纲在谈到宋、金思想学术和文学的发展状况时,曾说过"有宋南渡以后,程学行于南,苏学行于北"的话,又说:"程学盛于南,苏学盛于北。"(参《石洲诗话》卷五,人民文学出版社,1981年,第162、153页)苏学,指苏轼的文学创作。

一、苏轼自幼所受的教育

苏轼去世后,他的弟弟苏辙曾为他撰写过一篇墓志铭,即《亡兄子瞻端明墓志铭》。在这篇墓志铭中,他说道:

> 公生十年,而先君宦学四方,太夫人亲授以书。闻古今成败,辄能语其要。太夫人尝读东汉史至《范滂传》,慨然太息。公侍侧。曰:"轼若为滂,夫人亦许之否乎?"太夫人曰:"汝能为滂,吾顾不能为滂母耶?"公亦奋厉有当世志。太夫人喜曰:"吾有子矣。"①

这里,苏辙特别记了其兄少年时代的一件事。苏轼年少时,由其母程夫人亲自教读。有一次读到《后汉书·范滂传》,不禁废书兴叹。于是有如上的一段母子间的对话。范滂是东汉时期一位著名的人物,他品行高洁,为乡里推重,其后任清诏使,欲肃清河北吏治,"登车揽辔,有澄清天下之志"。他在太尉黄琼的幕府中做官,也曾经弹奏过刺史、二千石权豪之党二十余人。范滂后来的死,也是因为得罪的人太多了,反而被别人诬陷为朋党,最后还是死于党锢之祸。临终与其母诀别,以"存亡各得其所"慰之。其母亦深明大义,处之坦然。② 程夫人以范滂之母自期,同时期望苏轼能成为一个范滂式的人物,而苏轼也由此"奋厉有当世志",立志做一个以天下为己任的人物。儒家这种积极用世的思想,对苏轼的影响是十分深刻的。

苏轼的自幼便"奋厉有当世志",我们还可以从另一件事上看出来。苏轼在《范文正公文集叙》中曾自道:

---

① [宋]苏辙:《栾城集·后集》卷二十二,上海古籍出版社,1987年,第1141页。
② [南朝宋]范晔撰,[唐]李贤注:《后汉书》卷六十七《范滂传》,第2203—2207页。

> 庆历三年,轼始总角入乡校。士有自京师来者,以鲁人石守道所作《庆历圣德诗》示乡先生。轼从旁窃观,则能诵习其词。问先生以所颂十一人者何人也。先生曰:"童子何用知之。"轼曰:"此天人也耶,则不敢知;若亦人耳,何为其不可?"先生奇轼言,尽以告之。且曰:"韩、范、富、欧阳,此四人者,人杰也。"时虽未尽了,则已私识之矣。①

时苏轼仅八岁,然已知慕范仲淹、韩琦、富弼和欧阳修等一代名臣的道德、政事与文章,"已有颉颃当世贤哲之意"②。此与苏辙所记同样,皆足见其自幼所接受的良好的儒家思想教育,这种教育,对苏轼的思想学术和文学创作,对其一生行事的积极影响,是怎么估价也不为高的。

苏辙在《亡兄子瞻端明墓志铭》中还记载了一件事。他说:

> 公之于文,得之于天。少与辙皆师先君,初好贾谊、陆贽书,论古今治乱,不为空言。既而读《庄子》,喟然叹息曰:"吾昔有见于中,口未能言,今见《庄子》,得吾心矣。"乃出《中庸论》,其言微妙,皆古人所未喻。尝谓辙曰:"吾视今世学者,独子可与我上下耳。"既而谪居于黄,杜门深居,驰骋翰墨,其文一变如川之方至,而辙瞠然不能及矣。后读释氏书,深悟实相,参之孔老,博辩无碍,浩然不见其涯也。③

这段话不仅清晰地描述了苏轼文章创作发展的历程,而且还告诉我们,除了儒家思想以外,苏轼思想学术的另一个重要来源,是道家思想,而佛学虽也影响到苏轼,但并不占主要地位。苏轼年幼的时候,曾跟随眉

---

① 张志烈、马德富、周裕锴主编:《苏轼全集校注·苏轼文集校注》卷十,第 11 册,第 961 页。
② [元]脱脱等:《宋史》卷三百三十八《苏轼传》,第 10818 页。
③ [宋]苏辙:《栾城集·后集》卷二十二,第 1421—1422 页。

山道士张易简读过三年书,[①]接触道家典籍既早,受其影响亦深,是可以想见的。

总之,从苏轼少年时期的这两件事,也就是东坡所受的教育来看,道家思想的影响,和儒家思想的影响融合在一起,构成了东坡思想学术的最主要的方面,并影响了他的一生。虽然我们知道佛教对东坡也有很大影响,但东坡思想学术的最主要特征或最主要的倾向,不是别的,正是兼容儒道。这是我们认识和理解苏轼思想学术和文学创作的起点。

二、抚视三书,"即觉此生不虚过":苏轼的思想学术

苏轼既是一位伟大的文学家,也是一位杰出的思想家和政治家。关于苏轼的思想,一般都认为是杂糅儒释道三家,这在学术界几乎没有什么异议。然考察现存苏轼的全部著述,就会发现,苏轼思想学术虽融合儒释道三家,但实际上释氏之说在其思想中所占的地位既不能与儒、道两家相比,更不用说其在政治上的极力排斥释氏了。

苏轼贬谪黄州后,承其父苏洵之说,撰成《易传》九卷、《论语说》五卷,并开始撰写《书传》。晚年再贬惠州、儋州,除对前二书不断进行修订之外,最后又撰成《书传》二十卷。对于这三部书,苏轼十分看重,自谓:"抚视《易》《书》《论语》三书,即觉此生不虚过。……其他何足道。"[②]虽然《易传》一书,有苏氏父子合撰的成分[③],但其主要思想观点

---

① [宋]苏轼《众妙堂记》:"眉山道士张易简教小学,常百人,予幼时亦与焉。居天庆观北极院,予盖从之三年。"(《苏轼全集校注·苏轼文集校注》卷十一,第 11 册,第 1142 页)

② 张志烈、马德富、周裕锴主编:《苏轼全集校注·苏轼文集校注》卷五十七《答苏伯固书》四首其三,第 17 册,第 6364 页。

③ 此可参曾枣庄《〈苏氏易传〉和三苏父子的道家思想》,载《道家文化研究》第 12 辑,生活·读书·新知三联书店,1998 年。

属苏轼当无问题;而《论语说》虽现存仅数十条①,然与《易传》《书传》同样,都是我们今天分析东坡思想学术所应首先注意的。

苏轼的思想学术的核心是什么？其门下弟子秦观曾有一个概括。他说:"苏氏之道,最深于性命自得之际。"②这个话说得非常好,它切中了东坡思想学术的要害,那就是兼容儒道。

苏轼思想的兼容儒道,突出地表现在其情性论上。上文谈到,苏辙在为其兄所撰的墓志铭中,说他读到《庄子》后,大为感叹,谓:"吾昔有见于中,口未能言,今见《庄子》,得吾心矣。"接下来,苏辙便举了一个例子"乃出《中庸论》",并对其赞赏备至。这很有意思。它告诉我们,《中庸论》应是反映苏轼在思想上融合儒道的最具代表性的文章之一。

《中庸》是《礼记》中的一篇,至少从中唐的韩愈、李翱开始,便越来越受到儒家士人的重视,被儒家士人认为是传授有序的孔门心法。北宋时许多士人都有专文讨论过《中庸》篇,苏轼之外,胡瑗、司马光、张方平、周敦颐、程颢、程颐、吕大临等,也都有论述或讲解。后来二程之学的传人朱熹把它和《礼记》中的另一篇《大学》,以及《论》《孟》合在一起,重新对它们进行阐释,这就是著名的《四书章句集注》。

摒弃前人所论之虚词,苏轼认为,《中庸》一篇的核心问题之所在,是"性命"问题,"是周公、孔子之所从以为圣人",即圣人之道。故文章分三部分:"其始论诚明之所入,其次论圣人之道所从始,推而至于其所终极,而其卒乃始内之于《中庸》。盖以为圣人之道,略见

---

① 参卿三祥、马德富《苏轼〈论语说〉钩沉》(分别载《孔子研究》1992 年第 2 期、《四川大学学报[哲学社会科学版]》1992 年第 4 期)、舒大刚《苏轼〈论语说〉辑补》(载《四川大学学报[哲学社会科学版]》2001 年第 3 期)。

② [宋]秦观撰,徐培均笺注:《淮海集笺注》卷三十《答傅彬老简》,上海古籍出版社,1994 年,第 981 页。

于此矣。"①先讨论什么是"诚明",再讨论圣人之道的本质,最后将二者统一起来论述。我们看他怎样解释"自诚明谓之性":

> 夫"诚"者,何也?乐之之谓也。乐之则自信,故曰诚。……夫惟圣人,知之者未至,而乐之者先入,先入者为主而待其余,则是乐之者为主也。……乐之者为主,是故有所不知,知之未尝不行。知之者为主,是故虽无所不知,而有所不能行。……人之好恶,莫如好色而恶臭,是人之性也。好善如好色,恶恶如恶臭,是圣人之诚也。故曰"自诚明谓之性"。②

以"乐之"释"诚",可谓独具只眼。"知之者不如好之者,好之者不如乐之者。"本是孔子论学的话。朱熹引尹焞曰"知之者,知有此道也;好之者,好而未得也;乐之者,有所得而乐之也"③。而苏轼援之以论"诚",认为"乐之"则自信,自信就是"诚"。它并不需要外部条件。这就涉及人的本性问题了,圣人之所以为圣人,就在于他天生地以儒道自任,完全是一种天性,这种天性就像人们的好色恶臭一样自然。这里就又有一个潜台词,那就是圣人之道并非深不可测,它是符合人性的自然的。圣人之所以为圣人的原因,正在于他天生地喜欢行善,就像人们总是喜欢美好的事物,而讨厌丑恶的事物一样。所以,要么是认识不到,要么认识了,自然会付诸实践。那么,这就不仅仅"诚"是如同好色恶臭一样的圣人的本性和唯有圣人才能达到的境界,而且,一般之人也应该顺应"诚"这种人的本性。

接下来,他又有一段论述:

---

① 张志烈、马德富、周裕锴主编:《苏轼全集校注·苏轼文集校注》卷二,《中庸论》上,第10册,第227页。
② 同上书,第228页。
③ [宋]朱熹:《四书章句集注·论语集注》卷三《雍也》,第89页。

> 夫圣人之道,自本而观之,则皆出于人情。……今夫五常之教,惟礼为若强人者,何则?人情莫不好逸豫而恶劳苦,今吾必也使之不敢箕踞,而磬折百拜以为礼;人情莫不乐富贵而羞贫贱,今吾必也使之不敢自尊,而揖让退抑以为礼……此礼之所以为强人而观之于其末者之过也,盍亦反其本而思之。今吾以为磬折不如立之安也,而将惟安之求,则立不如坐,坐不如箕踞,箕踞不如偃仆,偃仆而不已,则将裸袒而不顾,苟为裸袒而不顾,则吾无乃亦将病之。夫岂独吾病之,天下之匹夫匹妇莫不病之也,苟为病之,则是其势将必至于磬折而百拜。由此言也,则是磬折而百拜者,生于不欲裸袒之间而已也。夫岂惟磬折百拜,将天下之所谓强人者,其皆必有所从生也。辨其所从生,而推之至于其所终极,是之谓"明"。①

儒家的礼义道德,从根本上说,既是根据人类社会生活的实际和人之常情制定的。比如日常生活中的一些礼仪等等。人都喜欢安闲自得,而不愿意多受辛劳烦扰,如果现在有人总是要让大家困扰在不胜其烦的礼仪活动中,那人们肯定不会乐意;然而如果反过来,你把一切礼仪统统废除掉,甚至连裸袒都不顾,那肯定也行不通。所以,礼仪的制定,要有个度,既不能太烦琐,也不能完全不讲礼义道德。礼义要能顺乎人情自然,无过无不及,这就是中庸了。礼义道德是儒家所强调的,而顺物自然是道家很看重的,顺物自然,成为衡量礼义道德的标准。这种杂糅儒道的做法,正是东坡思想的显著特征。

当然,礼本之人情的看法,并非苏轼的首创,而是儒家士人的传统观念。如《礼记·丧服四制》中说:"凡礼之大体,体天地,法四时,则阴

---

① 张志烈、马德富、周裕锴主编:《苏轼全集校注·苏轼文集校注》卷二《中庸论》中,第10册,第232—233页。

阳,顺人情,故谓之礼。""顺人情",孔颖达疏曰:"下文云'有恩有理,有节有权,取之人情'是也。"①《左传·昭公二十五年》记郑相游吉引子产对礼的解释,云:"子产曰:'夫礼,天之经也,地之义也,民之行也。'天地之经,而民实则之。则天之明,因地之性,生其六气,用其五行。气为五味,发为五色,章为五声。淫则错乱,民失其性,是故为礼以奉之。"②汉初叔孙通制礼,更明说"礼者,因时世人情为之节文者也"③。然而认为"夫礼之初,缘诸人情,因其所安者而为之节文。凡人情之所安而有节者,举皆礼也,则是礼未始有定论也"④,并推而至于六经,以为"六经之道,惟其近于人情,是以久传而不废"⑤,进而将其延伸到政治和社会生活的各个方面,至奉为为人处世的准则,却不能不说是苏轼自己的独特之处。难怪苏辙要赞叹苏轼的《中庸论》,说它"其言微妙,皆古人所未喻"了。

自先秦以来,关于"性""命"和"情"的问题的讨论确实很多。就儒家来说,孔子谈到"命"的时候比较多。如:"伯牛有疾,子问之,自牖执其手,曰:'亡之,命矣夫!斯人也而有斯疾也!'"⑥关于"性",孔子仅说过"性相近也,习相远也"⑦一句。至于"情",孔子则未讨论过。⑧

---

① 《十三经注疏》整理委员会整理:《十三经注疏·礼记正义》卷六十三,第1672页。
② 杨伯峻编著:《春秋左传注》,第1457页。
③ [汉]司马迁撰,[南朝宋]裴骃集解,[唐]司马贞索隐,[唐]张守节正义:《史记》卷九十九《刘敬叔孙通列传》,第8册,第3278页。
④ 张志烈、马德富、周裕锴主编:《苏轼全集校注·苏轼文集校注》卷二《礼以养人为本论》,第200页。
⑤ 此虽为苏辙进论之一(见《栾城集·栾城应诏集》卷四《诗论》,第1613页),然兄弟二人自幼同受教于其父,又同年应制科试,草拟所进策、论五十篇,在礼出于人情的看法上,应是一致的,故此引之。
⑥ [宋]朱熹:《四书章句集注·论语集注》卷三《雍也》,第87页。
⑦ 同上书卷九《阳货》,第175页。
⑧ 在《论语》的《子路》和《子张》两篇中,各提到"情"字一次,然非情性之情。

然这并不等于孔子不重视"情"。"子在齐闻《韶》,三月不知肉味。曰:'不图为乐之至于斯也。'"①"颜渊死,子哭之恸。从者曰:'子恸矣。'曰:'有恸乎?非夫人之为恸而谁为?'"②这些都可看出孔子的重情。

孔子以后,儒家关于这一问题的讨论,主要有"性静情动"和"性善情恶"两说。在子思学派的著述中,有多处谈及性、命、情的问题。如郭店楚墓竹简中的《性自命出》一篇,已说道:"性自命出,命自天降。道始于情,情生于性。""喜怒哀悲之气,性也。及其见于外,则物取之也。""凡动性者,物也。"③这恐怕是最早见于文献记载的关于性、命、情三者的联系以及其与外物的关系的讨论了。由"命"而"性"而"情",源流清楚而无善恶。外物的触动,是由"性"到"情"的环节,而非化生"情"的主要因素。至于这里的"道",指的是"人道"而非"天道"或总括天人在内的"道"④,此可不论。《性自命出》中的这些看法,实是《礼记》等秦汉儒家典籍中"性静情动"说的来源。《礼记·中庸》篇中说的"天命之谓性,率性之谓道,修道之谓教"⑤,正可与此相参。

"孟子道性善,言必称尧舜。"⑥"性善"论是孟子的重要学说。《周易·系辞》中有"天地之大德曰生"⑦,和"一阴一阳之谓道,继之者善也,成之者性也"⑧的话,孟子从人的本心论性,认为天赋人性,其中最

---

① [宋]朱熹:《四书章句集注·论语集注》卷四《述而》,第96页。
② 同上书卷六《先进》,第125页。
③ 荆门市博物馆编:《郭店楚墓竹简》,文物出版社,1998年,第179—180页。
④ 此点参汤一介先生说,见其《"道始于情"的哲学诠释》,《学术月刊》2001年第7期。
⑤ 《十三经注疏》整理委员会整理:《十三经注疏·礼记正义》卷五十二,第1422页。
⑥ 《十三经注疏》整理委员会整理:《十三经注疏·孟子正义》卷五《滕文公》上,第127—128页。
⑦ 《十三经注疏》整理委员会整理:《十三经注疏·周易正义》卷八《系辞》下,第297页。
⑧ 同上书卷七《系辞》上,第269页。

重要的就是道德禀赋,而既然是天赋人性,那人性也就是平等的,为善之心人皆有之,人皆可为尧舜。荀子接受道家自然主义的人性观念,却又否定自然的价值,认为道德是后天的产物。因此,为了强调礼义教化的重要性,荀子提出与孟子相对立的性恶论,连带着也否定了人的许多正常的感情。如《荀子·正论》篇中批评宋子"人之情欲寡"的观点,谓:"然则亦以人之情为欲。目不欲綦色,耳不欲綦声,口不欲綦味,鼻不欲綦臭,形不欲綦佚。此五綦者,亦以人之情为不欲乎?曰:人之情欲是已。"①所以不仅人性恶,人之情亦恶。这种看法直接影响了汉代的性善情恶说的产生。如,《说文·心部》解释"性""情",谓:"性,人之阳气,性善者也。""情,人之阴气,有欲者。"②对情的解释,便加上了明显的价值和道德判断。同时,还有认为性有善有恶等不同的看法。③

庄子主张一切顺应人的本性自然,论性、命、情亦皆是此义。如《庄子·天地》篇中论道:"泰初有无,无有无名;一之所起,有一而未形。物得以生,谓之德;未形者有分,且然无间,谓之命;流动而生物,物成生理,谓之形;形体保神,各有仪则,谓之性。性修反德,德至同于初。同乃虚,虚乃大,合喙鸣;喙鸣合,与天地为合。其合缗缗,若愚若昏,是谓玄德,同乎大顺。"④人和万物在未形成或出现之前已经命定,其内部蕴含的质素和生长法则也是完全由天地造设的,一切都自然而然,而且,遵循人和万物生成的自然法则,就能与天地大道若合符契。再如《庄子·达生》篇吕梁丈夫自道其善游的原因,即云"长于水而安于水,性也;不知吾所以然而然,命也。"⑤《则阳》篇又谓:"圣人达绸缪,周尽

---

① [清]王先谦:《荀子集解》卷十二《正论》,第344页。
② [汉]许慎撰,[宋]徐铉校定:《说文解字》十下,第217页。
③ 参[汉]王充撰,黄晖校释《论衡校释》卷三《本性》等。
④ [清]郭庆藩:《庄子集释》卷五上,第424页。
⑤ 同上书卷七上,第658页。

一体矣,而不知其然,性也。"郭象注曰:"不知其然而自然者,非性如何!"①甚而论及马,"蹄可以践霜雪,毛可以御风寒,龁草饮水,翘足而陆,此马之真性也"②。都认为天道、性命是自然的。"天地故有常矣,日月固有明矣,星辰固有列矣,禽兽固有群矣,树木固有立矣。夫子亦放德而行,循道而趋,已至矣,又何偈偈乎揭仁义,若击鼓而求亡子焉?意,夫子乱人之性也。"③只有放弃这些道德,人类才能回归大道。

中唐尤其是北宋中期以来,士人也喜欢谈道德性命之理,如黄庭坚所说,"今孺子总发而服大人之冠,执经谈性命,犹河汉而无极也"④,以至于"今之学者,耻不言性命"⑤。然而苏轼对前人关于性、命、情的各种论述,似乎都不满意。

在《东坡易传》中,苏轼对儒家历来所讲的情、性和命,给出一个很有意思的解释:

> 世之论性命者多矣,因是请试言其粗。曰:古之言性者,如告瞽者以其所不识也。瞽者未尝有见也,欲告之以是物,患其不识也,则又以一物状之。夫以一物状之,则又一物也,非是物矣。彼惟无见,故告之以一物而不识,又可以多物眩之乎?古之君子患性之难见也,故以可见者言性。夫以可见者言性,皆性之似也。君子日修其善,以消其不善,不善者日消,有不可得而消者焉;小人日修其不善,以消其善,善者日消,亦有不可得而消者焉。夫不可得而

---

① [清]郭庆藩:《庄子集释》卷八下,第880—881页。
② 同上书卷四中《马蹄》,第330页。
③ 同上书卷五中《天道》,第479页。
④ [宋]黄庭坚:《杨概字序》,[宋]黄庭坚著,郑永晓整理《黄庭坚全集辑校编年》,江西人民出版社,2008年,下册,第1509页。
⑤ 张志烈、马德富、周裕锴主编:《苏轼全集校注·苏轼文集校注》卷二十五《议学校贡举状》,第13册,第2848页。

消者,尧舜不能加焉,桀纣不能亡焉,是岂非性也哉。君子之至于是,用是为道,则去圣不远矣。虽然,有至是者,有用是者,则其为道常二,犹器之用于手,不如手之自用,莫知其所以然而然也。性至于是,则谓之命。命,令也。君之令曰命,天之令曰命,性之至者亦曰命。性之至者,非命也无以名之,而寄之命也。死生祸福,莫非命者,虽有圣智,莫知其所以然而然。君子之于道,至于一而不二,如手之自用,则亦莫知其所以然而然矣。此所以寄之命也。情者,性之动也。溯而上,至于命,沿而下,至于情,无非性者。性之与情,非有善恶之别也,方其散而有为,则谓之情耳;命之与性,非有天人之辨也,至其一而无我,则谓之命耳。①

苏轼认为,在人的本性中,总有一些带普遍性的东西是不会消失和改变的,不管你是尧舜还是桀纣,不管你是善人还是恶人。这种普遍性的东西就是儒家传统所说的"性"。这种看法很独特,超越了善与恶的道德判断,但也不完全等同于自然本性说。在"性、命、情"三者之中,在苏轼看来,"性"处在中心位置。"性"之与"情、命",是合而为一的,在三者之间,并无等差、圣贤、善恶分界,亦无须施以道德或价值判断。任"性"而为,便是"情"。任"性"而为到不知其所以然而然的层面,就又是"命"了。就"性"之与生俱来的莫知其所以然而然的先天的禀赋、力量或无为和自然性而言,它已与"道"(自然之道或"天")相近,故可以称为"命";而就其然或"散而有为"来说,它又是"情"。这种观点似乎与儒家的"性静情动"说接近,然而其以无为或不知其所以然而然解释"性",则显然又吸收了道家顺物自然的思想;它以不知其所以然而然释"性",似乎与道家之说相近了,但其又讲有为,讲天人合一或有为与

---

① [宋]苏轼:《东坡易传》卷一释"乾"卦彖辞"乾道变化,各正性命。保合太和乃利贞",上海古籍出版社影印《四库全书》本,1989年,第4—5页。

无为的统一,则仍与儒家之说相联系。对于人的这种本性,应当顺应它,而不是费力地去追求它,这就是两个不同的境界了。总之,苏轼"情、性、命"之论的实质是顺物自然(包括天道、人道),其主要的思想倾向和方法是援道入儒,儒道兼融。

援道入儒,而本之以情性论,是《东坡易传》的突出特色。清四库馆臣论《东坡易传》,谓其"大体近于王弼,而弼之说惟畅玄风,轼之说多切人事。其文辞博辨,足资启发"①。确是如此。再看苏轼《东坡易传》解"坎"卦象辞中"水流而不盈,行险而不失其信"一句:

> 万物皆有常形,惟水不然,因物以为形而已。世以有常形者为信,而以无常形者为不信。然而方者可斫以为圜,曲者可矫以为直,常形之不可恃以为信也如此。今夫水虽无常形而因物以为形者,可以前定也。是故工取平焉,君子取法焉。惟无常形,是以迕物而无伤;惟莫之伤也,故行险而不失其信。由此观之,天下之信未有若水者也。②

从水无常形即水之"性"出发,解释"信",惟水无常形,所以能顺物自然,与物曲折,处险而不失其信。这一解读真是通达之极。

由论水之性还可以推及治道。如其释"涣"卦象辞曰:

> 世之方治也,如大川安流而就下,及其乱也,溃溢四出而不可止。水非乐为此,盖必有逆其性者,泛滥而不已。逆之者必哀,其性必复,水将自择其所安而归焉。古之善治者,未尝与民争而听其自择,然后从而导之。涣之为言天下流离涣散而不安其居,此宜经营四方之不暇。③

---

① [清]永瑢等:《四库全书总目》卷二《东坡易传》提要,第6页。
② [宋]苏轼:《东坡易传》卷三,第54页。
③ 同上书卷六,第109页。

为政如治水,应顺应民情,引导疏通,而不是四处壅塞防范,这样才能国家稳定,百姓安居。

苏轼杂糅儒道、顺物自然的情性论,我们亦可从其《书传》中见出。兹举一例。《尚书·虞书·大禹谟》中帝舜有一段著名的话,曰:"人心惟危,道心惟微,惟精惟一,允执厥中。"苏轼解释道:

> 人心,众人之心也,喜怒哀乐之类是也。道心,本心也,能生喜怒哀乐者也。安危生于喜怒,治乱寄于哀乐,是心之发有动天地、伤阴阳之和者,亦可谓危矣。至于本心,果安在哉?为有耶?为无耶?有则生喜怒哀乐者非本心矣,无则孰生喜怒哀乐者。故夫本心,学者不可以力求,而达者可以自得也,可不谓微乎。舜戒禹曰:吾将使汝从人心乎,则人心危而不可据;使汝从道心乎,则道心微而不可见。夫心岂有二哉?不精故也,精则一矣。子思子曰:"喜怒哀乐之未发谓之中,发而皆中节谓之和。中也者,天下之大本也;和也者,天下之达道也。致中和,天地位焉,万物育焉。"夫喜怒哀乐之未发,是莫可名言者,子思名之曰"中",以为本心之表著。古之为道者,必识此心,养之有道,则卓然可见于至微之中矣。夫苟见此心,则喜怒哀乐无非道者,是之谓"和"。喜则为仁,怒则为义,哀则为礼,乐则为乐,无所往而不为盛德之事。其位天地,育万物,岂足怪哉。若夫道心隐微而人心为主,喜怒哀乐,各随其欲,其祸可胜言哉。道心即人心也,人心即道也,放之则二,精之则一。桀纣非无道心也,放之而已;尧舜非无人心也,精之而已。舜之所谓道心者,子思之所谓中也;舜之所谓人心者,子思之所谓和也。①

苏轼在这里费力讲了许多,其实也还是一个杂糅儒道的情性论。

---

① [宋]苏轼:《书传》卷三,《景印文渊阁四库全书》经部第54册,第503—504页。

人心即情,道心即性。如果说其在《易传》中论情、性、命还有些玄虚的话①,那么此处所论就实在得多了。他所主张和追求的,是情与性、人心与道心、有为与无为的高度统一,是儒与道的有机融合。

苏轼的《论语说》,前人评价亦高。如朱熹就称其"煞有好处"②。惜原书已佚,今仅有今人所辑数十条,然据此我们仍不难看出其杂糅儒道而本之情性自然的理论和观点。此处容不具论。

正因为苏轼的思想以情性为本,兼容儒道,所以,在实际的政治生活中,他也就多能体察民情,故对王安石变法实行过程中出现的问题,也就看得比较清楚。像涉嫌朝廷放贷的青苗法、与民争利的食盐官卖法、鼓励人告密的手实法等等,苏轼都极为反感,并作诗对新法实行过程中的弊端进行讽刺和抨击。但他也与司马光和"二程"又不完全一样,当旧党执政的时候他也会提出一些不同意见。根本原因,就在于他们的思想学术不一样。苏轼对社会、对人生有他自己的独特思考,他在思想学术上与新旧两党都有分歧,政治上自然更不能与两党完全契合,总是不合时宜。③ 如果我们能把握苏轼上述思想学术上兼容儒道的特

---

① 如朱熹一方面表扬苏轼解"乾"卦象辞"最近于理"([宋]朱熹:《杂学辨》,《晦庵先生朱文公文集》卷七十二,《朱子全书》第24册,第3462页),另一方面又批评苏轼此段"欲以其所臆度者言之,又畏人之指其失也,故每为'不可言''不可见'之说以先后之,务为闪倏滉漾不可捕捉之形,使读者茫然,虽欲攻之而无措其辨"(《杂学辨》,《晦庵先生朱文公文集》卷七十二,《朱子全书》第24册,第3460页)。清人亦批评其谈性命之理诸条"诚不免杳冥恍惚,沦于异学"(《四库全书总目》卷二《东坡易传》提要,第6页)。

② [宋]黎靖德编:《朱子语类》卷一百三十,王星贤点校,中华书局,1986年,第3113页。

③ [宋]费衮《梁溪漫志》卷四载:"东坡一日退朝,食罢,扪腹徐行,顾谓侍儿曰:'汝辈且道,是中有何物。'一婢遽曰:'都是文章。'坡不以为然。又一人曰:'满腹都是识见。'坡亦未以为当。至朝云,乃曰:'学士一肚皮不合时宜。'坡捧腹大笑。"(金圆校点,上海古籍出版社,1985年,第46页)虽一时戏谑之言,却颇能道出东坡平生遭际。另外,东坡之所以一生不合时宜,从性格上来说,是与他的真率、任情分不开的,而他身处逆境,仍能从容应对,又与他平易、能容的性格密切相关。此处不赘。

征,也许会对他的政治态度,对他的生平行事,也对他的文学思想和创作,有一个更深入的认识和更全面的理解。

当然,释氏思想对苏轼也有相当的影响。苏轼文章中有多处将儒释道相提并论,也说过"孔老异门,儒释分宫。又于其间,禅律相攻。我见大海,有北南东。江河虽殊,其至则同"①的话,表现出调和三家的倾向。但是,就其思想的主要倾向和方面来看,以援道入儒、儒道兼融而本之于情性论来概括之,也许更接近苏轼思想学术的实际。

三、"性命自得"与自然为文

苏轼论文,受其父苏洵影响②,强调不能不为而文,自然为文。然与苏洵稍有不同的是,他的所谓不能不为、自然为文,更明显地杂糅了儒道两家的思想。如其《南行前集叙》云:

> 夫昔之为文者,非能为之为工,乃不能不为之为工也。山川之有云雾,草木之有华实,充满勃郁而见于外。夫虽欲无有,其可得耶?自少闻家君之论文,以为古之圣人有所不能自已而作者。故

---

① 张志烈、马德富、周裕锴主编:《苏轼全集校注·苏轼文集校注》卷六十三《祭龙井辩才文》,第18册,第7067页。

② 苏洵《仲兄字文甫说》曰:"今夫风水之相遭乎大泽之陂也,纡余委蛇,蜿蜒沦涟,安而相推,怒而相凌,舒而如云,蹙而如鳞,疾而如驰,徐而如徊,揖让旋辟,相顾而不前。其繁如縠,其乱如雾,纷纭郁扰,百里若一。汩乎顺流,至乎沧海之滨,磅礴汹涌,号怒相轧,交横绸缪,放乎空虚,掉乎无垠,横流逆折,溃旋倾侧,宛转胶戾,回者如轮,萦者如带,直者如燧,奔者如焰,跳者如鹭,跃者如鲤,殊状异态,而风水之极观备矣。故曰:'风行水上涣。'此亦天下之至文也。然而此二物者岂有求乎文哉?无意乎相求,不期而相遭,而文生焉。是其为文也,非水之文也,非风之文也,二物者非能为文,而不能不为文也。物之相使而文出于其间也。故曰:此天下之至文也。今夫玉非不温然美矣,而不得以为文;刻镂组绣非不文矣,而不可与论乎自然。故夫天下之无营而文生之者,惟水与风而已。"(《嘉祐集笺注》卷十五,第412—413页)

> 轼与弟辙为文至多,而未尝敢有作文之意。①

这里所体现出的思想,与《东坡易传》中的观点完全一致。他推崇自然为文,这个自然是包括了山川自然和人类社会、主观和客观两个方面的因素的。也就是说,文学创作一是要尊重创作主体情感抒发的自然,二是要尊重客观外界事物的自然。比如,其《思堂记》云:

> 嗟夫,余天下之无思虑者也。遇事则发,不暇思也。未发而思之,则未至;已发而思之,则无及。以此终身,不知所思。言发于心而冲于口,吐之则逆人,茹之则逆余。以为宁逆人也,故卒吐之。君子之于善也,如好好色;其于不善也,如恶恶臭。岂复临事而后思,计议其美恶,而避就之哉?是故临义而思利,则义必不果;临战而思生,则战必不力。若夫穷达得丧,死生祸福,则吾有命矣。②

这一段夫子自道,给我们生动地描绘出一幅苏轼的自画像:没什么心计,遇事辄发,脱口而出,完全不考虑个人利害得失。这并不只是一个个性真率的问题,而且更重要的,他强调的是人对美与善的追求和对人的自然本性或情性的尊重。这反映在文学创作上,就是主张一定要尊重作家、尊重创作主体的情性自然。儒家强调有为,亦讲有所不为;其论文,主张兴观群怨,讽喻寄托,然亦讲温柔敦厚,而苏轼则既讲诗文应有为而作,又认为这种有为是一种顺乎情感抒发自然的有为,是一种有为与无为的辩证统一。其思想基础当然是他杂糅儒道的情性自然论。这是东坡文学思想的一个非常重要的方面。

"物之不齐,物之情也。"苏轼自然为文,顺乎人情自然的主张,首先表现为对作者创作个性的尊重上。比如,他在《答张文潜县丞书》中说:

---

① 张志烈、马德富、周裕锴主编:《苏轼全集校注·苏轼文集校注》卷十,第 11 册,第 1009 页。

② 同上书卷十一,第 11 册,第 1146—1147 页。

> 文字之衰,未有如今日者也。其源实出于王氏(指王安石——引者)。王氏之文,未必不善也,而患在于好使人同己。自孔子不能使人同,颜渊之仁,子路之勇,不能以相移,而王氏欲以其学同天下。地之美者,同于生物,不同于所生。惟荒瘠斥卤之地,弥望皆黄茅白苇,此则王氏之同也。……使后生犹得见古人之大全者,正赖黄鲁直、秦少游、晁无咎、陈履常与君(指张耒——引者)等数人耳。①

自然界和人类社会中的事物千姿百态,千变万化,人的性格、情趣、修养、阅历等千差万别,以自然界和社会的人为反映对象的文学创作,也自然应是各具特色、异彩纷呈的。所以,苏轼一向鼓励门下之士充分发挥其艺术个性,各有成就,使后人得见古人之大全,反对王安石以新学取士,束缚士人才性,致使文章千篇一律的做法。② 陈师道的看法也与苏轼相同。他说:"士之不能自成,其患在于俗学。俗学之患,枉人之材,窒人之耳目。诵其师传造字之说,从俗之文才数万言,其为士之业尽是矣。夫学以明理,文以述志,思以通其学,气以达其文。古之人导其聪明,广其见闻,所以学也。正志完气,所以言也。王氏之学,如脱墼耳,案其形模而出之,不待修饰而成器矣,求为桓璧彝鼎,其可得乎?"③

---

① 张志烈、马德富、周裕锴主编:《苏轼全集校注·苏轼文集校注》卷四十九,第16册,第5322页。

② 《庄子·列御寇》中,云郑人缓为儒,而使其弟为墨,原因即在于"造物者之报人也,不报其人而报其人之天,彼故使彼"。所以,"圣人安其所安,不安其所不安"。郭象注曰:"夫圣人无安无不安,顺百姓之心也。"成玄英疏:"安,任也,任群生之性,不引物从己;性之无者,不强安之,故所以为圣人也。"(《庄子集释》卷十上,第1043—1045页))在《庄子·天下》篇中,"不异"被认为是墨子学派的特点之一。所谓不异,郭象注曰:"既自以为是,则欲令万物皆同乎己也。"(《庄子集释》卷十下,第1072—1074页)从中可见苏轼反对使人同己思想的来源。

③ [宋]陈师道:《后山居士文集》卷十六,上海古籍出版社影印宋刻本,1984年,第729—730页。

更具体指出王安石新学的局限。有意思的是,苏轼和陈师道的话后来遭到了朱熹的批评。朱熹反驳说:"陈后山说,人为荆公学,唤作'转般仓,模画手。致无赢余,但有亏欠'。东坡云:'荆公之学,未尝不善,只是不合要人同己。'此皆说得未是。若荆公之学是,使人人同己,俱入于是,何不可之有?今却说'未尝不善,而不合要人同',成何说话?若使弥望者黍稷,都无稂莠,亦何不可?只为荆公之学自有未是处耳。"① 朱熹在思想学术观点上虽似与王安石相反,然而在思想方法上却正复相同,那就是要将天下思想学术归于一统。从这里我们可以看出苏轼、王安石与朱熹三家思想学术和方法的异同。

苏轼主张自然为文的思想,又表现为尊重客观外界事物的自然,即在对审美客体的反映上,要能随物赋形,充分展现出客观事物的本质特征和变化规律。他说:

> 余尝论画,以为人禽、宫室、器用皆有常形,至于山石、竹木、水波、烟云,虽无常形,而有常理。常形之失,人皆知之;常理之不当,虽晓画者有不知。故凡可以欺世而取名者,必托于无常形者也。虽然,常形之失,止于所失,而不能病其全;若常理之不当,则举废之矣。以其形之无常,是以其理不可不谨也。世之工人,或能曲尽其形,而至于其理,非高人逸才不能办。与可之于竹石枯木,真可谓得其理者矣。如是而生,如是而死,如是而挛拳瘠蹙,如是而条达畅茂,根茎节叶,牙角脉缕,千变万化,未始相袭,而各当其处。合于天造,厌于人意,盖达士之所寓也欤。②

苏轼这里所谓常理,实际就是事物自身的特性和规律,是事物自然的生

---

① [宋]黎靖德编:《朱子语类》卷一百三十,第3099—3100页。
② 张志烈、马德富、周裕锴主编:《苏轼全集校注·苏轼文集校注》卷十一《净因院画记》,第11册,第1159—1160页。

命和情性,是形与神的结合。文同画竹之所以能出神入化,就在于他把握了竹石的本质特性:"与可独能得君之深,而知君之所以贤。雍容谈笑,挥洒奋迅,而尽君之德;稚壮枯老之容,披折偃仰之势,风雪凌厉,以观其操;崖石荦确,以致其节。得志,遂茂而不骄;不得志,瘁瘁而不辱。群居不倚,独立不惧。与可之于君,可谓得其情而尽其性矣。"①只有识得客观外界事物的"常理",才能创作出"文理自然,姿态横生"的好作品。

既尊重创作主体的情性自然,又尊重客观外界事物的规律和自然,我觉得这两个方面,共同构成了东坡文学思想的主要特征与核心。如果能够做到既尊重创作主体的情性自然,又尊重客观外界事物的自然,那么他的创作才有可能会达到一个很高的境界。

四、"出新意于法度之中,寄妙理于豪放之外":苏轼的诗歌

作为一位伟大的文学家,苏轼一生为我们留下了二千七百多首诗歌。如何认识和评价这些诗歌,当然应该从作品本身出发,进行全面细致的研究。这里不妨略举一二作品,细加分析,以说明其诗歌创作的主要特点。

苏轼曾对杜甫的诗、韩愈的文章、颜真卿的书法、吴道子的画作过评价。他说:

> 智者创物,能者述焉,非一人而成也。君子之于学,百工之于技,自三代历汉至唐而备矣。故诗至于杜子美,文至于韩退之,书至于颜鲁公,画至于吴道子,而古今之变、天下之能事毕矣。道子画人物,如以灯取影,逆来顺往,旁见侧出,横斜平直,各相乘除,得

---

① 同上书卷十一《墨君堂记》,第 11 册,第 1120 页。

自然之数,不差毫末。出新意于法度之中,寄妙理于豪放之外。所谓游刃余地,运斤成风,盖古今一人而已。①

苏轼认为,诗歌创作发展到了杜甫,文到了韩愈,书法到了颜真卿,画到了吴道子,可以说已登峰造极,很难超越了,尤其是吴道子的画,更是如影随形,"逆来顺往,旁见侧出,横斜平直,各相乘除,得自然之数,不差毫末","游刃余地,运斤成风",古今独步。其所以能如此,如果要从理论上去概括的话,那就是因为其画既能自"出新意",纵横奔放,又能寓"寄妙理",不失法度。总之,是能得主观情感抒发和客观外界事物描摹的"自然之数",即能达到文学艺术创作中似无法而实有法的最高境界。苏轼对吴道子的这个评价,其实也恰是其文学创作的夫子自道。苏轼在诗歌创作中,多能达到这一境界。

苏轼的诗,各体兼擅,而七古成就尤高,此不妨举其《游金山寺》为例。

> 我家江水初发源,宦游直送江入海。闻道潮头一丈高,天寒尚有沙痕在。中泠南畔石盘陀,古来出没随涛波。试登绝顶望乡国,江南江北青山多。羁愁畏晚寻归楫,山僧苦留看落日。微风万顷靴文细,断霞半空鱼尾赤。是时江月初生魄,二更月落天深黑。江心似有炬火明,飞焰照山栖鸟惊。怅然归卧心莫识,非鬼非人竟何物。江山如此不归山,江神见怪惊我顽。我谢江神岂得已,有田不归如江水。②

这首诗是熙宁四年(1071)写的,也就是朝廷派苏轼到杭州做知州,由

---

① 张志烈、马德富、周裕锴主编:《苏轼全集校注·苏轼文集校注》卷七十《书吴道子画后》,第19册,第7908—7909页。

② 张志烈、马德富、周裕锴主编:《苏轼全集校注·苏轼诗集校注》卷七,第2册,第607页。

北南来,经过镇江时写的。经过镇江的时候是十一月初三,应该是比较冷的时候了。镇江的金山寺,是江南著名的寺院,自然值得游览一番,再加上金山寺的宝觉和尚、圆通和尚等,也都热情邀请苏轼在金山小住几日,盛情难却,苏轼就留了下来,去看江景,看了之后,写了这首记游的诗。

古人认为长江的源头是岷江,岷江流经眉山、乐山,然后汇入长江,所以苏轼说"我家江水初发源"。本来他住在江之头,现在"宦游"到了长江尾,所以清人汪师韩评价这两句诗"将万里程、半生事一笔道尽"①。这两句既高度概括、凝练,又写得非常自然。下面说"闻道潮头一丈高,天寒尚有沙痕在"。又说"中泠南畔石盘陀(中泠是天下第一泉——引者),古来出没随涛波"。说"闻道"、说"古来",是因为季节到农历的十一月初,即使到了江南风景名胜之地,可能也没什么好景致可看。没什么风景可看,要写一首记游的诗,便只能用这种虚晃一枪的办法。这是一个很聪明、很巧妙的写法。再接下来他写"试登绝顶望乡国,江南江北青山多"。又提到了"乡国",联系这首诗一开始的两句,"我家江水初发源",可知便都不是轻易下笔的了。其实,苏轼不是那种家乡观念很强的人,他晚年从海南岛归来,并没有说要回眉山,而是准备归老常州。元丰七年(1084),东坡从黄州到江宁,去看望当时已退居金陵多年的王安石。王安石就劝他也在钟山脚下置办点房产,两人卜邻而居。当然后来东坡并没有这样做,但也可见其并非一个要衣锦还乡的人。这首诗一开始提到他的故乡,中间又"试登绝顶望乡国",好像总有一种乡思、乡愁的情绪萦绕在诗人心头。联系到这首诗的写作背景,必定与宋神宗、王安石变法,与新旧党争有关系。苏轼此番外任,原就是不满于朝政才主动提出的,道不同可以不相为谋,但心

---

① [清]汪师韩:《苏诗选评笺释》卷一,清光绪十二年长沙刻丛睦《汪氏遗书》本。

情却愉快不起来。浓浓的乡情、乡愁背后,隐含着的是对现实政治的忧愤不平。这完全可以理解。

因为有羁旅行役之愁,自然没有心思观景。然苏轼的朋友们似乎没有察觉他的这种心绪,"山僧苦留看落日"。这样"苦留"的结果,倒是看到了一番壮丽的景象,诗也不是像先前"闻道"那样虚写了。"微风万顷靴纹细,断霞半空鱼尾赤。"这两句是写眼前的实景,色彩瑰丽,景象阔大。再接下来的描写,就更新奇了,恐怕那种景象也不是一般人可以遇见的。"是时江月初生魄,二更月落天深黑。江心似有炬火明,飞焰照山栖鸟惊。"这番景象,直到现在,让人觉得仍是一个谜。江心为什么会有一团炬火?苏轼自己也觉得很奇特。怎么来解释呢?诗人反复思考着,给了我们一个更为特奇的解答:那团火焰一定是江神。"江山如此不归山,江神见怪惊我顽。"这是诗人的忽发奇想,但细思处在苏轼当日那种不得意的情况之下,仕途不顺,宦海漂泊,他给出这样一个答案,又完全可以理解。"我谢江神岂得已,有田不归如江水。"不是不愿退归田园,若有可能,我是一定会回去的。既新奇,又非常自然,这就是"出新意于法度之中,寄妙理于豪放之外"了。

诗写到最后,奇特的景象和奇妙的想象与开头所写的乡愁、乡思又融合在一起。这首《游金山寺》的构思,意脉的发展,瑰丽的描写与出人意料的想象,都那么自然妥帖,跟他一贯的文学思想,主张创作主体情感抒发的自然,同时又主张要尊重客观外界事物的规律和自然,完全一致。这是一个很典型的例子。

再看东坡的一首绝句,《饮湖上初晴后雨二首》其二:

> 水光潋滟晴方好,山色空蒙雨亦奇。欲把西湖比西子,淡妆浓抹总相宜。[①]

[①] 张志烈、马德富、周裕锴主编:《苏轼全集校注·苏轼诗集校注》卷九,第2册,第848页。

也许再没有比用西施比喻风景优美的西湖更新奇、更恰当的了。美女与湖水,本没有必然联系,然而,西施一颦一笑都美,这与在或晴或雨等任何情况下都很优美的西湖景象,非常相似。东坡敏锐地抓住这一根本特性,把二者联系起来,从而将西湖形象永久地定格在我们的视野和想象中。诗人选择的形象和所作的比喻是新奇的,然而又完全符合西湖之美的特点和实际,因而是很自然的。这正是这首诗的出彩之处。东坡也很得意自己的这一比喻。他后来在诗中多次重复过自己的这个比喻,如"西湖真西子,烟树点眉目"①,"只有西湖似西子,故应宛转为君容"②等。他还把自己以美女为喻的手法,扩展来评书法,说:"短长肥瘦各有态,玉环飞燕谁敢憎。"③是以杨贵妃、赵飞燕分别来比肥瘦不同的字体。他又品评茶叶,说:"戏作小诗君一笑,从来佳茗似佳人。"④以美女比茶,也是能得所描写事物的实际的。

五、"常行于所当行,常止于所不可不止":苏轼的文章

苏轼文章的成就,早有定评。宋孝宗为苏轼文集作序,由其人论其文,曰:"成一代之文章,必能立天下之大节。立天下之大节,非其气足以高天下者,未之能焉。……苏轼忠言谠论,立朝大节,一时廷臣,无出其右。负其豪气,志在行其所学。放浪岭海,文不少衰。力斡造化,元气淋漓,穷理尽性,贯通天人,山川风云,草木华实,千汇万状,可喜可愕,有感于中,一寓之于文。雄视百代,自作一家。浑涵光芒,至是而大

---

① 张志烈、马德富、周裕锴主编:《苏轼全集校注·苏轼诗集校注》卷三十二《次韵刘景文登介亭》,第5册,第3561页。
② 同上书卷三十三《次前韵答马忠玉》,第6册,第3689页。
③ 同上书卷八《孙莘老求墨妙亭诗》,第2册,第738页。
④ 同上书卷三十二《次韵曹辅寄壑源试焙新芽》,第5册,第3551页。

成矣。"①评价不可谓不高了。

我们今天应该怎样来认识苏轼的文章呢？还是应先看苏轼的夫子自道。他说：

> 吾文如万斛泉源，不择地皆可出。在平地滔滔汩汩，虽一日千里无难，及其与山石曲折，随物赋形，而不可知也。所可知者，常行于所当行，常止于不可不止。如是而已矣，其他虽吾亦不能知也。②

这是一个很自信、很骄傲的说法。这个话东坡在其他地方也说过，比如在《答谢民师书》中也表达过，那是苏轼夸奖谢民师的文章。但是我觉得这话更是苏轼自己文章创作的写照，读其文理应由此入手。

这里姑举其一篇很著名的文章来谈。东坡的表兄文同，曾任湖州知州，特别擅长画墨竹，自成一派，绘画史上称作"文湖州竹派"。文同的竹子画得潇洒有风姿，疑风而动，不笋而成。文同对竹子的品性了解得显然要比一般人要深刻得多，甚至能达到"竹如我，我如竹"的程度。文同曾画过一幅画，叫作《筼筜谷偃竹》，是他在洋州（今陕西洋县）时画的，筼筜谷就在洋州，文同画了赠给东坡。东坡后来写了一篇文章，记这幅画的创作缘由和他与文同的亲密情谊。

他一开始说：

> 竹之始生，一寸之萌耳，而节叶具焉。自蜩腹蛇蚹，以至于剑拔十寻者，生而有之也。今画者乃节节而为之，叶叶而累之，岂复有竹乎？故画竹必先得成竹于胸中，执笔熟视，乃见其所欲画者。

---

① [宋]苏轼撰，[宋]郎晔选注，庞石帚校订：《经进东坡文集事略》卷首，文学古籍刊行社，1957年，第1页。

② 张志烈、马德富、周裕锴主编：《苏轼全集校注·苏轼文集校注》卷六十六《自评文》，第19册，第7422页。

急起从之,振笔直遂,以追其所见,如兔起鹘落,少纵则逝矣。与可之教予如此,予不能然也,而心识其所以然。夫既心识其所以然而不能然者,内外不一,心手不相应,不学之过也。故凡有见于中而操之不熟者,平居自视了然,而临事忽焉丧之,岂独竹乎?①

这一段文字述文同画竹子的理论,苏轼的墨竹画得也很好,就是跟他的表兄文同学的。这一段文章里面特别提到"生而有之"。这个"生而有之",也就是竹子的特性,文同是把握得非常准确的。文同深谙竹子的特性,未画之前已成竹在胸,故纵笔而成,便造高境。如果不掌握、不了解竹子的特征、特性,眼里只有竹子的一枝一叶,"节节而为之",那是难以把竹子画好的。这就是文同"得成竹于胸中"的画竹三昧,也就是画竹子的"义理"和方法。怎样才能掌握这一方法并画出竹子的精神呢?没有诀窍,这与庄子说的庖丁解牛、痀偻承蜩、轮扁斫轮、匠石斫垩一样,都不过是熟能生巧而已。心手不相应,"操之不熟"耳。

记述了文同画竹的理论,苏轼可能觉得仅有自己的记述还不够充分,于是又引苏辙的一段话作为佐证,并引出自己因画竹而与文同交往的线索。他说:

> 子由为《墨竹赋》以遗与可,曰:"庖丁,解牛者也,而养生者取之;轮扁,斫轮者也,而读书者与之。今夫夫子之托于斯竹也,而予以为有道者,则非耶?"子由未尝画也,故得其意而已。若予者,岂独得其意,并得其法。

文同画竹的奥妙,苏辙也体会到了,所以东坡引他弟弟的这段话,说明

---

① 张志烈、马德富、周裕锴主编:《苏轼全集校注·苏轼文集校注》卷十一《文与可画筼筜谷偃竹记》,第 11 册,全文见第 1153—1155 页。

文同确能得画竹之道,也就是能得画竹之意(把握特性、精神,谙熟于心)。但是苏辙并不会画竹子,所以苏轼得意地说,他自己在画竹这方面,不但能得其意,而且能得其法。东坡果能兼得其意和法吗?东坡没有直接回答,这就引出了他与文同交往中的一桩趣事。

> 与可画竹,初不自贵重,四方之人持缣素而请者,足相蹑于其门,与可厌之。投诸地而骂曰:"吾将以为袜材。"士大夫传之,以为口实。及与可自洋州还,而余为徐州,与可以书遗余曰:"近语士大夫,吾墨竹一派,近在彭城,可往求之。袜材当萃于子矣。"书尾复写一诗,其略曰:"拟将一段鹅溪绢,扫取寒梢万尺长。"予谓与可:"竹长万尺,当用绢二百五十匹,知公倦于笔砚,愿得此绢而已。"与可无以答,则曰:"吾言妄矣,世岂有万尺竹哉。"余因而实之,答其诗曰:"世间亦有千寻竹,月落庭空影许长。"与可笑曰:"苏子辩则辩矣,然二百五十匹绢,吾将买田而归老焉。"因以所画《筼筜谷偃竹》遗予。曰:"此竹数尺耳,而有万尺之势。"

"此竹数尺耳,而有万尺之势。"文同讲的是一个艺术的真实的问题,苏轼当然明白,但他却有意地跟文同开玩笑,偷换概念,把它讲成是生活的真实。从这件趣事的记载中,我们不但可以见出东坡与文与可之间的深厚情谊,而且也可以体会到文与可画竹子的意和法,并可以见出东坡也是能得其意和法的。这个意与法就是胸有成竹,咫尺而有万尺之势。

苏轼的故事并未讲完,接下来他又记道:

> 与可尝令予作《洋州三十咏》,筼筜谷其一也。予诗云:"汉川修竹贱如蓬,斤斧何曾赦箨龙,料得清贫馋太守,渭滨千亩在胸中。"与可是日与其妻游谷中,烧笋晚食,发函得诗,失笑喷饭满案。

第十二章　苏轼的思想学术与文学创作

这件事的记述同样很有意思。谈笑之间,既能见出苏轼和文同之间的亲密无间的兄弟之情,仍又点出了胸有成竹的画竹三昧。

最后,东坡讲到了他写这篇文章的缘由。

> 元丰二年正月二十日,与可没于陈州。是岁七月七日,予在湖州,曝书画,见此竹,废卷而哭失声。

> 昔曹孟德祭桥公文有"车过""腹痛"之语,而予亦载与可畴昔戏笑之言者,以见与可于予亲厚无间如此也。

苏轼写这篇文章时,文与可已经去世半年了。苏轼偶尔看到这一幅文与可所画的竹子,不禁想起其表兄,非常伤心。因撰此文。

文同去世时,苏轼在知徐州任上。讣问至徐,轼"气噎悒而填胸,泪疾下而淋衣",即撰文祭之。曰:"呜呼哀哉!孰能惇德秉义如与可之和而正乎?孰能养民厚俗如与可之宽而明乎?孰能为诗与楚词如与可之婉而清乎?孰能齐宠辱、忘得丧如与可之安而轻乎?"①颂其德,美其政,赞其才艺,长歌当哭,悲惋之情,溢于言表。数月之后,忽见文同生前赠物,不禁悲从中来。② 文同生前的音容笑貌,苏轼与其相处无间的往事,一时涌上心头。然拈笔之时,种种往事又从何说起?《三国志·魏书·武帝纪》裴松之注中,讲到曹操年轻时的一桩事。曹操年轻时不事正业,放浪不羁,一般人都不重视他,唯独他的好朋友桥玄很欣赏其才华,所以他们两个人约定,两个人中哪个先去世,另一个经过他的墓前,如果不用"斗酒只鸡"来祭奠对方,那就让他走不出对方的

---

① 张志烈、马德富、周裕锴主编:《苏轼全集校注·苏轼文集校注》卷六十三《祭文与可文》,第18册,第6985页。

② 次年,苏轼已贬黄州,文同之子扶棺西归梓州,路过黄州,苏轼又撰《黄州再祭文与可文》哭之。

坟墓便腹痛。① 这虽是桥玄和曹操开玩笑的话,是生活中的琐屑之事,但从中却足见曹操和桥玄之间的一种亲密无间的关系。读至此我们始知苏轼在构思这篇文章的时候,一定是先想到了《三国志》里面曹操、桥玄的故事,并从中受到了启发,然后才写成此文的。② 历来评价苏文的人都认为他的文章有波澜,我们读了这篇文章,就会充分领略到其文究竟是怎样波澜起伏的。

文中所记,都是苏轼与文同相互交往的、生活中的一些琐碎的小事,但是从这些琐事里既可见出苏轼对文同的思念、感伤之情,又能通过这些记述,把文同画竹子的理论和方法都记载了下来。文章所记皆生活琐事,然又都是"常行于所当行,止于所不可不止",记其所当记,一切都如行云流水,极为自然。

就"记"这种文体来看,是以叙事为主的,但是,文章开头的两节,好像在讲文与可画竹子的理论,都是在说理。这看起来似不符合"记"体文的要求,但其实又不然。就画竹来讲,苏轼是文同的弟子,亲承音旨,在追念文同的时候,还有什么比记述他的绘画理论更重要的事呢?他讲文同画竹子的意也好,讲画竹子的方法也好,都是通过对文同生前说过的那些话的追忆、复述记载下来的,因此他的这种说理,同时就是记事;他的记事中,往往寓含着文同画竹的意和法;而无论叙事与说理,又都饱含着苏轼对其兄的深情。诸写作因素融合为一,感人至深。似乎不符合"记"的要求,实际又更深刻地契合了这一文体要求,这就是"出新意于法度之中,寄妙理于豪放之外"了。苏文之高明正在于此。

---

① 参见[晋]陈寿撰,[南朝宋]裴松之注《三国志》卷一《武帝纪》,第23页。

② 苏轼所以会想到这一典故,所以通过对一些生活趣事的记忆来抒发友情,也与文同的为人处世和性格有关。史载文同"方口秀眉,以学名世,操韵高洁,自号笑笑先生"(《宋史》卷四百四十三《文同传》,第13101页),故苏轼这样写实是很切合文同身份的。又,文同擅楚辞,苏轼祭文皆仿骚体。凡此皆为之得体。

六、"指出向上一路":苏轼的词

一代有一代之文学。宋代最有代表性的文体是词。词是一种音乐文学,它是随着隋唐时期燕乐的兴盛而发展兴盛起来的一种新的文学艺术样式。词在最初的发展阶段,主要是在下层流行,题材广泛,手法多样,风格各异。然而到了中晚唐时期,文人对它越来越感兴趣,开始涉足词的创作。于是,词越写越精致,艺术水平越来越高,然它的题材和主题却越来越狭窄和单一。士大夫们多在花前月下、宴席之上,写了给歌儿舞女们唱,题材一般不出春花秋月、男女之情,风格自然也是雅丽婉约的。到了苏轼,他觉得仅仅是这样写词,不足以充分反映现实生活和自己的思想情感,他认为词是"诗之裔"①,应该像诗一样写作,以诗为词,不要有什么限制,也就是想突破晚唐五代词人的传统作法,给词的创作开一条新路。这对词的发展起了极为重要的推动作用。所以,讨论苏词,大略亦不应离开其诗文,不应离开自然为文和"出新意于法度之中,寄理于豪放之外"。

下面仍举具体的作品来看。

苏轼词《定风波》:

> 三月七日,沙湖道中遇雨。雨具先去,同行皆狼狈,余独不觉。已而遂晴,故作此。
>
> 莫听穿林打叶声,何妨吟啸且徐行。竹杖芒鞋轻胜马,谁怕?一蓑烟雨任平生。　　料峭春风吹酒醒,微冷。山头斜照却相迎。

---

① 张志烈、马德富、周裕锴主编:《苏轼全集校注·苏轼文集校注》卷六十三《祭张子野文》,第18册,第6992页。此虽是就张先诗词的创作而言,然亦可见其对诗词关系的看法。

> 回首向来萧瑟处,归去,也无风雨也无晴。①

这首词写于元丰五年。元丰二年,因为"乌台诗案"苏轼险些被杀。次年贬官到黄州。在黄州数年,他诗文写得很少,却写了很多的词。因为有前车之鉴,写诗若涉及朝政就很危险,但是在文体有高下的宋代,作小词,却可以无大碍。词的小序已把这首词写作的具体时间、地点等,给我们作了清楚的交代,很有情致。词中写了日常生活中极为常见的一幕:先是没有准备,忽然阵雨袭来,随即又雨过天晴。这是人人都会遇到,人人都可以想到的,在词人笔下得到形象的描绘,这很自然。然而,通过这很自然的景象的描绘所要展示的,并不仅仅如此,其中还有苏轼阔大的胸怀和宠辱不惊的心态,有一种似乎已将人世所有的恩怨都泯灭掉、都淡化掉了的境界。这就不是一般人所能达到的了。尤其是如果我们联想到苏轼贬谪黄州后的艰难处境,就会更感到其难能可贵了。这里有老庄委运任化,顺物自然思想的影响,但他面对自然和人生中的风雨、祸福、宠辱的那份坦然,却也有一种儒家士大夫"富贵不能淫,贫贱不能移,威武不能屈",独行其道,不为外物所动的气象。

正因如此,其胸襟坦荡、旷达,就并非与世无争,超然世外,无所臧否。他有牢骚,依然要发。且看其《卜算子·黄州定惠院寓居作》:

> 缺月挂疏桐,漏断人初静。谁见幽人独往来,缥缈孤鸿影。
> 惊起却回头,有恨无人省。拣尽寒枝不肯栖,寂寞沙洲冷。②

词中牢骚愤懑、孤独寂寞的情绪溢于言表。词的过片:"谁见幽人独往来,缥缈孤鸿影。""幽人"是理解这首词的关键。《周易》"履"卦爻辞

---

① 张志烈、马德富、周裕锴主编:《苏轼全集校注·苏轼词集校注》卷一,第9册,第351—352页。

② 同上书,第249页。

中说:"履道坦坦,幽人贞吉。"①高亨先生据《左传》襄公十七年"遂幽其妻",《荀子·王霸》篇"公侯失礼则幽",《吕氏春秋·骄恣》篇"劫而幽之",高诱注"幽,囚也",并据李鼎祚《周易集解》引虞翻曰"在狱中,故称幽人",指出:"幽人谓囚人,今呼为囚徒。"②这里苏轼显然是以幽人自比,他觉得自己现在黄州就像一个囚犯。这个比喻是很恰当的。苏轼贬谪黄州时的身份是检校水部员外郎、黄州团练副使、本州安置,不得签书公事。那就是给他一个虚衔,限定在黄州,不得随意行动,当然很像是一个囚犯,只不过是软禁而已。接下来又有一句"缥缈孤鸿影",承上启下,说这独自往来的幽人就像是天边的孤鸿,引出下片对孤鸿的直接描写。描写用拟人手法,是写孤鸿,又是写幽人,二者已打成一片。整首词用比兴寄托的手法,形象地抒写了词人胸中的幽愤,表现出其初贬黄州时的那种抑郁不平、孤独寂寞的心态。此外,词中用幽人自况似还应有一层含义。"履道坦坦,幽人贞吉。"王弼注曰:"履道尚谦,不喜处盈,务在致诚,恶夫外饰者也。而(九)二以阳处阴,履于谦也。居内履中,隐显同也。履道之美,于斯为盛。故'履道坦坦',无险厄也。在幽而贞,宜其吉。"正义曰:"'履道坦坦'者,坦坦,平易之貌。九二,以阳处阴,履于谦退。己能谦退,故'履道坦坦',平易无险难也。'幽人贞吉'者,既无险难,故在幽隐之人,守正得吉。……'中不自乱者'('象辞曰"幽人贞吉",中不自乱也'),释'幽人贞吉',以其居中,不以危险而自乱也。既能谦退幽居,何有危险自乱之事?"③也就是说,以幽人自比,既有牢骚,也是借此表白心迹,借此自我勉励,只要自己能谦退守正,"中不自乱",就没有克服不了的厄难,虽然这种心迹

---

① 《十三经注疏》整理委员会整理:《十三经注疏·周易正义》卷二,第64页。
② 高亨:《周易古经今注》卷一,中华书局,1984年,第189页。
③ 《十三经注疏》整理委员会整理:《十三经注疏·周易正义》卷二,第64页。

并不一定能为他人所理解。因为以诗讽喻,身陷"乌台诗案",险些丢失性命,苏轼在词中抒发愤懑,是完全可以理解的,然在处境极其窘迫的情况下,仍力图保持"中不自乱"的心态,显示出一位真正儒家士人的本色,也同样是很自然的。

还比如那首脍炙人口的《水调歌头》:

> 明月几时有,把酒问青天。不知天上官阙,今夕是何年。我欲乘风归去,惟恐琼楼玉宇,高处不胜寒。起舞弄清影,何似在人间。
>
> 转朱阁,低绮户,照无眠。不应有恨,何事长向别时圆。人有悲欢离合,月有阴晴圆缺,此事古难全。但愿人长久,千里共婵娟。①

这首词前面的小序说:"丙辰中秋,欢饮达旦,大醉,作此篇,兼怀子由。"交代这是在熙宁九年中秋之夜所写,兼有抒发思念其弟苏辙的用意。其内容十分丰富。词人一开始提了许多问题,"明月几时有,把酒问青天。不知天上官阙,今夕是何年",这些问题提得很正常,因为月亮这样一个形象,自古以来就产生过很多传说,又解释不了,看着它不免会浮想联翩。在问了一系列问题之后,东坡还欲罢不能,甚至想"乘风归去"。当然这是不可能的。词意也就由此转折。真的到了月宫,"琼楼玉宇","高处不胜寒"啊。"起舞弄清影,何似在人间。"据说这首词传到京城中,宋神宗看到之后就说了句:"苏轼终是爱君。"②下片抒发他对子由的思念情绪:"转朱阁,低绮户,照无眠。不应有恨,何事长向别时圆。"先埋怨一番,为什么月亮老是在人们离别的时候圆呢,

---

① 张志烈、马德富、周裕锴主编:《苏轼全集校注·苏轼词集校注》卷一,第9册,第161页。

② [宋]祝穆:《古今事文类聚》前集卷十一引《复雅歌词》,《景印文渊阁四库全书》子部第925册,第176页。

好像不解人意。词人当然知道这种埋怨是没有意义的,于是便又自我开解:"人有悲欢离合,月有阴晴圆缺,此事古难全。"从来如此,人世和大自然中的事哪有让人全都满意的呢。此亦所谓如行云流水,"常行于所当行,止于所不可不止"。最后终于说出了那句充满了现实关爱的祝词:"但愿人长久,千里共婵娟。"表达了人类的美好愿望。这首词通篇情感真挚,抒写自然,表现出苏轼既热爱现实,又疏放旷达的思想品格和境界。

又如苏轼的《洞仙歌》,序云:"仆七岁时,见眉州老尼,姓朱,忘其名,年九十余,自言尝随其师入蜀主孟昶宫中。一日,大热。蜀主与花蕊夫人夜起,避暑摩诃池上,作一词。朱具能记之。今四十年,朱已死久矣,人无知此词者。独记其首两句。暇日寻味,岂《洞仙歌令》乎?乃为足之云。"词曰:

> 冰肌玉骨,自清凉无汗。水殿风来暗香满。绣帘开、一点明月窥人,人未寝、欹枕钗横鬓乱。　　起来携素手,庭户无声,时见疏星渡河汉。试问夜何如?夜已三更。金波淡,玉绳低转。但屈指、西风几时来?又不道流年,暗中偷换。①

此词异说最多。或谓苏轼檃栝五代后蜀孟昶诗而成②,如胡仔《苕溪渔隐丛话》前集卷六十据《漫叟诗话》引杨元素《本事曲》、张邦基《墨庄漫录》卷九、王明清《挥麈余话》卷一等③;或谓续孟昶水殿诗,如姚宽

---

① 此词并序据[宋]傅榦注,刘向荣校证《傅榦注坡词》卷五引(巴蜀书社,1993年,第126、127页),"但屈指、西风几时来"句,则据《苏轼词集校注》卷一,第420页,傅本作"细"。

② [宋]周紫芝谓此词花蕊夫人作,见《竹坡诗话》,[清]何文焕辑《历代诗话》本,中华书局,1981年,第344页。

③ [宋]胡仔:《苕溪渔隐丛话》前集卷六十,第412—413页。《漫叟诗话》,郭绍虞先生疑即李公彦《潜堂诗话》,见其《宋诗话考》,中华书局,1979年,第147—150页。[宋]张邦基《墨庄漫录》卷九作《李公彦诗话》,中华书局,第237页。

《西溪丛语》卷上①。然皆不可据,当以苏轼序为正②。词人想象孟昶与花蕊夫人避暑摩诃池事,词笔雅丽。结句"但屈指、西风几时来?又不道流年,暗中偷换",乃自作议论,为全词"出新意""寄妙理"之的所在,最值得体味。其实这一语意,苏轼早在熙宁五年就在诗作中表达过。他说:"苦热念西风,常恐来无时,及兹遂凄凛,又作徂年悲。"③故宋人叶寘谓此"即补《洞仙歌》结语"④。此数句周汝昌先生有细致分析。他说:"东坡既叙二人之事毕,乃于收煞处,似代言,似自语,而感慨系之:当大热之际,人为思凉,谁不渴盼秋风早到,送爽驱炎?然而于此之间,谁又遑计夏逐年消,人随秋老乎?嗟嗟,人生不易,常是在现实缺陷中追求想象中的将来的美境;美境纵来,事亦随变;如此循环,永无止息。而流光不待,即在人的想望追求中而偷偷逝尽矣!"⑤这是十分精到的。苏轼此词作于元丰五年,然诸集皆不言具体时间,以词意揣之,必作于是年夏天。人于酷暑难耐之时,会盼望秋风早起,极为自然。而一般人动了此念,却绝不会想到秋天既到,则时光已逝这一层含义。苏轼想到了。故今人论此词多拈出此点(如上引周汝昌先生所论)。然而,只注意到这一点仍不够。酷暑盼秋是一念,待到秋至又要叹时光流逝,此又一念。如此循环,人生竟有何意义、有何乐趣?因此,苏轼的内心,实是在表达其于酷暑之中对人生和自然的思考,即不管天热或天凉,都应从容接受;不管人生会遭遇多少艰难困苦,也同样应坦然面对。

---

① [宋]姚宽:《西溪丛语》卷上,孔凡礼点校,中华书局,1993年,第66页。
② 参浦江清先生《花蕊夫人宫词考证》,《浦江清文录》,人民文学出版社,1989年,第47—101页。
③ 张志烈、马德富、周裕锴主编:《苏轼全集校注·苏轼诗集校注》卷八《秋怀二首》其一,第2册,第759页。
④ [宋]叶寘:《爱日斋丛抄》卷三,孔凡礼点校,中华书局,2010年,第77页。
⑤ 周汝昌:《却不道流年暗中偷换——苏轼〈洞仙歌〉》,《诗词赏会》,广东人民出版社,1987年,第60页。

不必夏天盼着秋天,秋来又叹老伤逝。一切顺应自然而已。热能如何?凉又如何?不必强求。词意充分表现出苏轼顺物自然、乐观豁达的胸襟和境界。这也是苏轼之作中的"新意"和"妙理"吧。

总而言之,苏轼既是一位伟大的文学家,同时也是一位思想家、政治家。我们今天研究苏轼,自当将其思想学术与文学创作,将其诗词文章打通了,综合探讨,否则恐很难真正理解这位伟大的历史人物。我在这里作了一些初步的尝试,更深入的研究,有待来日。

第十三章　"作为诗文,寓物托讽,庶几流传上达":"乌台诗案"新论

对于发生在北宋神宗元丰二年的那桩著名的"乌台诗案",学界已有较多的研究积累①。然今日重勘此案,细味其诗,似仍有一些问题值得进一步讨论。以苏轼这样的大文学家而遭受如此严酷的文字狱,历来论者多极力为其鸣不平,这当然可以理解,因为人们热爱东坡。然而,平心而论,在这些被作为东坡讽刺新法证据的诗歌中,虽有一些属于无中生有、捕风捉影的作品,以此加罪于东坡,不免冤屈,但其中多数的作品意在讽谏却也是事实,而且东坡自己对此也并不讳言。多年以

---

① 近三四十年以来,研究成果颇多,像王水照先生的《评苏轼的政治态度和政治诗》(《文学评论》1978 年第 3 期,又收入其《苏轼研究》,河北教育出版社,1999 年)、陶道恕先生的《"乌台诗案"新勘》(《文学遗产增刊》第 14 辑,1982 年)、刘德重先生《关于苏轼"乌台诗案"的几种刊本》(《上海大学学报[社会科学版]》2002 年第 6 期)、日本学者内山精也先生《〈东坡乌台诗案〉流传考——围绕北宋末至南宋初士大夫间的苏轼文艺作品收集热》《"东坡乌台诗案"考——北宋后期士大夫社会中的文学与传媒》(载其所撰《传媒与真相——苏轼及其周围士大夫的文学》,上海古籍出版社,2005 年)、莫砺锋《漫话东坡》第七章"乌台诗案"(凤凰出版社,2008 年)、李裕民先生《乌台诗案新探》(《宋代文化研究》第 17 辑,四川大学出版社,2009 年)、美国学者蔡涵墨教授(Charles Hartman)《1079 年的诗歌与政治:苏轼乌台诗案新论》《乌台诗案的审讯:宋代法律施行之个案》(《中国古典文学研究的新视镜——晚近北美汉学论文选译》,卞东波编译,安徽教育出版社,2016 年)、朱刚先生《"乌台诗案"的审与判——从审刑院本〈乌台诗案〉说起》(《苏轼苏辙研究》,复旦大学出版社,2019 年)等,从不同角度对"乌台诗案"事件本身及所涉作品作了评述,皆可参阅。

第十三章 "作为诗文,寓物托讽,庶几流传上达":"乌台诗案"新论

后(元祐三年),苏轼回忆起此事,曾说道:"昔先帝召臣上殿,访问古今,敕臣今后遇事即言。其后臣屡论事,未蒙施行,乃复作为诗文,寓物托讽,庶几流传上达,感悟圣意。而李定、舒亶、何正臣三人因此言臣诽谤,臣遂得罪。然犹有近似者,以讽谏为诽谤也。"①意思很明白,他是在相关政见未得到朝廷重视的情况下,才又创作诗文,用比兴寄托的方式来讽谏朝政,希望能得到皇帝的关注的。李定、舒亶等人认为他诽谤朝政,并以此追究罪责,虽然是把"讽谏"诬蔑为"诽谤",也并不是完全无中生有。如果我们要全面考察"乌台诗案",那么苏轼的这段话,不能不重视。它是我们认识这些作品的出发点。

一、"吾穷本坐诗":"乌台诗案"的来龙去脉

苏轼"乌台诗案"的始末大致是清楚的。

宋仁宗嘉祐二年,苏轼考取进士,嘉祐六年,又通过贤良方正能言极谏科的考试,授官大理评事、签书凤翔府通判。在进入仕途后的最初几年中,苏轼应该说还是很顺利的。然而从熙宁二年始,情况有所变化。宋神宗是一个很想有所作为的皇帝,他继位后任用王安石为相,主持变法革新。苏轼与王安石政见不合。道不同不相为谋,苏轼便要求到外地去做官,先后在杭州、密州、徐州和湖州任通判或知州。他每到一处,都十分关心百姓疾苦,多方兴利除弊,希望有所作为。在杭州,他率领军民疏浚西湖,兴修水利。在徐州,开采煤矿,抗洪救灾。在密州,抗旱灭虫,救民于厄难。他的这种身先士卒、敢于任事的精神和作风,深受百姓爱戴。在地方官任上,苏轼既能体察民情,对王安石变法实行

---

① 张志烈、马德富、周裕锴主编:《苏轼全集校注·苏轼文集校注》卷二十九《乞郡札子》,第14册,第3216页。

过程中出现的问题,也就看得比较清楚。像涉嫌朝廷放贷的青苗法、与民争利的食盐专卖法、鼓励人告密的手实法等等,东坡都极为反感,于是便作诗对新法实行过程中存在的弊端进行批评和讽谏。

最先把东坡作诗讽刺新法举报给朝廷的,是他的朋友沈括。① 沈括在中国历史上是著名的科学家。他是杭州人,晚年寓居镇江,他的《梦溪笔谈》是一部很了不起的科学著作。但是,他的为人太过严苛。熙宁六年,沈括以检正中书刑房公事的身份到浙江巡查新法实行的情况。沈括去了以后,先与东坡叙旧,接着便问东坡最近有何诗作,东坡就把近期的一些诗作誊录了送给沈括。沈括回去将东坡的诗稿细看了一遍,便随手把里面批评新法的诗句一一挑出来,贴上标签,上交神宗,说这都是诽谤朝政的,应严加处理。这就为东坡后来的被捕遭查,埋下了祸根。② 沈括不是诗人,他曾笑话杜甫的《古柏行》诗"霜皮溜雨四十围,黛色参天二千尺"两句,说"四十围,乃是径七尺,无乃太细长乎"③。可见是不太懂诗的。

元丰二年七月初,负责监察百官的御史台的官员李定、何正臣、舒亶等人,迎合神宗之意,④接连上章弹劾东坡。弹劾的导火索是他们对东坡四月上任湖州知州时上表中的两句话"愚不适时,难以追陪新进;察其老不生事,或能牧养小民",极不满意,认为东坡攻击朝政,反对新法。个中最刺痛神宗和新党一派神经的,是"愚不适时,难以追陪新进"的话。"愚不适时"是不满新法,不满朝廷,宋神宗即位后最大的新

---

① 李裕民先生认为此事不可能是沈括所为(参其《乌台诗案新探》),然我仍认为事出有因。

② 参[宋]李焘《续资治通鉴长编》卷三百一元丰二年十二月庚申引王铚《元祐补录》,第7336页。

③ [宋]沈括:《梦溪笔谈》卷二十三,《景印文渊阁四库全书》史部第862册,第833页。

④ 参李裕民《乌台诗案新探》,《宋代文化研究》第17辑,四川大学出版社,2009年。

第十三章 "作为诗文,寓物托讽,庶几流传上达":"乌台诗案"新论

政就是变法,东坡却把自己放到了与其对立的位置上,神宗自然不悦。而"难以追陪新进",又与在位的朝廷大臣构成了尖锐的对立。自熙宁二年宋神宗任用王安石为参知政事,设三司条例司,推行新法,到元丰二年,时间已过去了十年,反对新法的虽非东坡一人,但像东坡这样,始终明确反对新法,与新派对立的则并不多见。这让神宗及新派人物都大为恼火。故李定等人认为要严加惩处。加之李定诸人为政作风原就近于酷吏,于是,一场政治厄难的发生势在难免了。为了达到其目的,李定等人事先搜集东坡的诗集,四处网罗东坡与他人往来的诗文和证据,只要与东坡有过文字交往的,几乎都不放过,更不用说与东坡有着多方面来往的王诜、王巩等人了。他们确乎不仅仅是要惩罚东坡,而且是想借此机会对所有不满新法的人做一次严厉的清算。①

党争的色彩导致了事件的偏激性,影响了后来的整个审查过程。一得到神宗的许可,他们就派遣悍吏星夜赶赴湖州,抓捕东坡。当时情景极为可怕,据当时在场的代理知州祖无颇对东坡被捕时情景的回忆,是"顷刻之间拉一太守如驱犬鸡"②。东坡自己后来也写道,当时李定等"选差悍吏皇甫遵,将带吏卒,就湖州追摄,如捕寇贼。臣即与妻子诀别,留书与弟辙,处置后事。自期必死。过扬子江,便欲自投江中,而吏卒监守不果。到狱,即欲不食求死,而先帝遣使就狱,有所约敕,故狱吏不敢别加非横"③。他们抓住东坡的一些诗文,大做文章,断章取义,

---

① 有学者认为,此案的动机"还有一种可能,这个案子在某种意义上是想通过敲打王诜,最终指向宣仁圣烈皇后","她赞同旧党的政治态度是众所周知的"(美国学者蔡涵墨教授《1079年的诗歌与政治:乌台诗案新论》,《中国古典文学研究的新视镜——晚近北美汉学论文选译》,第163页)。可以参考。
② [宋]孔平仲:《谈苑》卷一,《景印文渊阁四库全书》子部第1037册,第122页。
③ 张志烈、马德富、周裕锴主编:《苏轼全集校注·苏轼文集校注》卷三十二《杭州召还乞郡状》,第14册,第3375页。

无限上纲,说他反对新政,对抗朝廷,说他对皇帝不恭不敬,必欲置之死地而后快。在狱中的连续数月的严词逼供,使东坡的身心受到极大的摧残。①

一位才华横溢、坦诚正直、积极有为、享誉朝野的士大夫,竟然因为作诗而被拘捕,无论从哪个角度说都难以令人接受。以言治罪,既不符合自古以来儒家传统的诗教,也不符合宋朝立国以仁义治天下的祖宗家法,更不符合人之常情常理。所以,与东坡被捕同时,朝野上下的一些敢言之士站出来为东坡说话的不在少数,其中既有范镇、张方平这些旧党中的人士,也有像吴充、王安礼、章惇等这样的新党人物,东坡的弟弟子由上书表示愿削职为民以保兄长的性命,已退居金陵的王安石也出来替东坡说情,他说:"岂有圣世而杀才士者乎?"②太皇太后曹氏也建议神宗放了东坡。几经周折,东坡遂以"谤讪朝政及中外臣僚"之罪结案,降两官,贬检校水部员外郎、黄州团练副使、本州安置,不得签书公事,以戴罪之身,即日押出国门。其他凡与东坡有往来诗文者,也受到不同的处分。闹得沸沸扬扬的"乌台诗案",到此了结。

然而,对"乌台诗案"中所涉作品的解读,却并未结束。

---

① [宋]苏颂《苏魏公文集》卷十《元丰己未三院东阁作》十四首其五"却怜比户吾兴守,诟辱通宵不忍闻"句下自注:"时苏子瞻自湖守追赴台劾,尝为歌诗,有非所宜言。颇闻镌诘之语。"(中华书局,1988年,第128页)在这种情况下,东坡自觉难以逃过此劫,曾写下了两首绝命之诗。诗曰:"圣主如天万物春,小臣愚暗自亡身。百年未满先偿债,十口无归更累人。是处青山可埋骨,他时夜雨独伤神。与君今世为兄弟,又结来生未了因。""柏台霜气夜凄凄,风动琅珰月向低。梦绕云山心似鹿,魂惊汤火命如鸡。眼中犀角真吾子,身后牛衣愧老妻。百岁神游定何处,桐乡知葬浙江西。"(《苏轼全集校注·苏轼诗集校注》卷十九,第3册,第2092、2094页)与苏辙和妻儿告别,令人不忍卒读。

② [宋]周紫芝:《太仓稊米集》卷四十九《读诗谳》,《景印文渊阁四库全书》集部第1141册,第347页。

二、"坐观不救亦何心":《乌台诗案》所反映的诗人对百姓疾苦的同情

曾给东坡带来祸患的诗文,却引起了当时和后来许多士人的兴趣,流传很广,包括当时御史们搜罗上交的《元丰续添苏学士钱塘集》中的作品和狱中审讯东坡的卷宗,都基本保存下来了。南宋胡仔《苕溪渔隐丛话》前集卷四十二至四十五收了"乌台诗案"中的许多作品,算是节录本。周紫芝见过一种名为《诗谳》的刻本。他说:"予前后所见数本,虽大概相类,而首尾详略多不同。今日赵居士携当途储大夫家所藏以示予,比昔所见加详,盖善本也。"① 周必大《二老堂诗话》中也记载有"当时所供诗案,今已印行,所谓《乌台诗案》是也"②。陈振孙《直斋书录解题》卷十一"小说家类"则著录有:"《乌台诗话》十三卷,蜀人朋九万录东坡下御史狱公案,附以初举发章疏及谪官后表章、书启、诗词等。"③ 蔡正孙《诗林广记》后集卷四亦有所载。明刊《重编东坡先生外集》卷八十六所录本。④ 至清,又有李调元《函海》本《乌台诗案》。张鉴的《眉山诗案广证》⑤,搜罗材料更为丰富。另,《乌台诗案》亦有《丛书集成初编》本等。这都为我们今天研究"乌台诗案"提供了最基本的文献。

---

① [宋]周紫芝:《太仓稊米集》卷四十九《读诗谳》,《景印文渊阁四库全书》集部第 1141 册,第 346—347 页。
② [宋]周必大:《二老堂诗话》,[清]何文焕辑《历代诗话》,中华书局,1981 年,第 667 页。
③ [宋]陈振孙:《直斋书录解题》卷十一,第 330 页。
④ 原书有《四库全书存目丛书》影印浙江图书馆藏本(齐鲁书社,1997 年)等,朱刚先生据明刊《重编东坡先生外集》卷八十六撰《审刑院本〈乌台诗案〉校录》,载其《苏轼苏辙研究》。
⑤ 有清光绪十年江苏书局刊本。

东坡因作诗系狱冤枉不冤枉呢？确有被冤枉的一面。

熙宁五年，东坡在杭州作过两首咏桧诗，即《王复秀才所居双桧二首》。第二首写道："凛然相对敢相欺，直干凌空未要奇。根到九泉无曲处，世间惟有蛰龙知。"此诗《乌台诗案》未录，然据胡仔《苕溪渔隐丛话》后集卷三十记载："东坡在御史狱。狱吏问云：'《双桧诗》："根到九泉无曲处，世间惟有蛰龙知。"有无讥讽？'答曰：'王安石诗："天下苍生待霖雨，不知龙向此中蟠。"（即其《龙泉寺石井》诗——引者）此龙是也。'吏亦为之一笑。"后来东坡被贬黄州后，仍有人以此句诬陷他。王巩《闻见近录》载："王和甫尝言，苏子瞻在黄州，上数欲用之。王禹玉辄曰：'轼尝有此心惟有蛰龙知之句。陛下龙飞在天而不敬，乃反欲求蛰龙乎？'……上曰：'自古称龙者多矣，如荀氏八龙，孔明卧龙，岂人君也？'"①连宋神宗都不以为然的事，居然仍有大臣把它作为东坡对皇帝不敬的把柄，岂不冤枉？

熙宁六年八月，东坡在杭州观潮，写下了一组绝句，其中第四首写道："吴儿生长狎涛渊，冒利轻生不自怜。东海若知明主意，应教斥卤变桑田。"诗后有东坡的自注："是时新有旨禁弄潮。"因为当时屡有邀一时之名或贪图奖赏的年轻人因弄潮而淹死的事情发生，所以皇帝有旨禁止弄潮。东坡的这后两句诗正是为此而发的。他用《神仙传》中麻姑自"接待以来，已见东海三为桑田"的话，意思是说，东海若知朝廷有此旨意，可能就把东海变为桑田了，弄潮之风俗方能根除。这与皇帝的旨意是完全一致的。然监察御史里行舒亶却说这两句是讽刺农田水利法的（在审查中，这种对诗意的理解是"再勘方招"，可见非东坡本意）。传说农田水利法实行之后，便有人向王安石建议，梁山水泊，方圆数百里，若能将泊中水放掉，便可得良田数千亩。安石问，哪里能容

---

① [宋]王巩：《闻见近录》，《景印文渊阁四库全书》子部第1037册，第207页。

得下这么多水呢。刘贡父说,此事容易,只需在梁山泊之旁开凿一个同样大小的水池即可。安石大笑。① 这当然是讽刺王安石的。舒亶可能是联想到了此事,于是认为东坡的诗也是讽刺新法的,这也是冤枉。

这一年初冬,大概杭州的天气较暖,一寺院中有数朵牡丹花开放。知州陈襄作四绝句,东坡亦和作四首。第一首说:"一朵妖红翠欲流,春光回照雪霜羞。化工只欲呈新巧,不放闲花得少休。"②审查中御史认为,"化工"是指朝廷大臣,此诗便是讽刺大臣屡变新法,令小民不得安闲。其实第二首诗中就有"漏泄春光私一物,此心未信出天工"的句子,意思是说,这几朵牡丹花的开放,不过是偶然现象,不太可能是天工造化的结果。否定了上一首"化工只欲呈新巧"的联想,哪里是讽刺朝廷大臣呢?

据宋人朋九万所编的《乌台诗案》,自熙宁二年至元丰二年,东坡诗文中被御史们列为攻击朝政直接罪证的作品,大约诗歌五十首,文十篇。就其主要内容看,所涉无非两类:一是批评新法,二是讽刺朝臣。对于御史们的指责,前面已谈到,东坡并不完全否认,他所不能认同者,"以讽谏为诽谤"也。所以,我们既不必纠结于东坡是否曾批评新法、讽刺朝臣,也无须刻意为东坡辩护。平心而论,东坡的这些作品中固然对新法、对朝中臣僚有尖锐的批评和辛辣的讽刺,但我们从中可以更多地感受到的,还是他对下层百姓的同情和对国家社稷的命运与前途的那份责任感与忧患意识,是他对儒家士大夫志节的坚守和自我心态的调整,以及对谀佞、矫激等不良士风的纠正。这也许是我们今天重新审视东坡"乌台诗案"所尤应关注的吧。

---

① 参[宋]王辟之《渑水燕谈录》卷十(中华书局,1981年,第123页)等。
② 张志烈、马德富、周裕锴主编:《苏轼全集校注·苏轼诗集校注》卷十一《和述古冬日牡丹四首》其一,第2册,第1037页。

最初，苏轼在诗中所表达的，只是一种对朝廷新政的不满，是忠言直谏却不被采纳的牢骚和愤懑，并无具体的批评和指责。像他在《送钱藻出守婺州得英字》所写："吾君方急贤，日旰坐迩英。黄金招乐毅，白璧赐虞卿。子不少自贬，陈义空峥嵘。古称为郡乐，渐恐烦敲搒。临分敢不尽，醉语醒还惊。"①意谓方今正是用人之际，你为何要出守外任呢？何况既是远出为郡，那就将不免鞭笞催督百姓，哪有什么乐趣可言。这里当然对新法有微词，然也只是在表达一种隐隐的担忧而已。他对新派的批评，也并不具体。比如他说："但苦世论隘，聒耳如蜩蝉。"②"异趣不两立，譬如王孙猿。"③"士方在田里，自比渭与莘。出试乃大谬，刍狗难重陈。"④主要还是一种对新进之士的反感。

待到熙宁四年到任杭州之后，苏轼开始触及新法实行过程中存在的一些具体问题，他的批评也变得具体、尖锐起来。虽然他在赴杭任的路上刚说过："我诗虽云拙，心平声韵和。年来烦恼尽，古井无由波。"⑤"作诗聊遣意，老大慵讥讽。"⑥然以苏轼之性格，"我褊类中散，子通真巨源"⑦，面对新法实行中出现的弊端和给百姓带来的痛苦，他是不会视而不见的。比如他在初至杭州所作的《李杞寺丞见和前篇复用元韵答之》中便说道：

> 兽在薮，鱼在湖，一入池槛归期无。误随弓旌落尘土，坐使鞭

---

① 张志烈、马德富、周裕锴主编：《苏轼全集校注·苏轼诗集校注》卷六，第 1 册，第 494 页。
② 同上书卷六《送曾子固倅越得燕字》，第 1 册，第 498 页。
③ 同上书卷六《广陵会三同舍各以其字为韵仍邀同赋·孙巨源》，第 1 册，第 601 页。
④ 同上书卷六《广陵会三同舍各以其字为韵仍邀同赋·刘莘老》，第 1 册，第 604 页。
⑤ 同上书卷六《出都来陈所乘船上有题小诗八首不知何人有感于余心者聊为和之》其八，第 1 册，第 541 页。
⑥ 同上书卷六《广陵会三同舍各以其字为韵仍邀同赋·刘贡父》，第 1 册，第 598 页。
⑦ 同上书卷六《广陵会三同舍各以其字为韵仍邀同赋·孙巨源》，第 1 册，第 601 页。

第十三章 "作为诗文,寓物托讽,庶几流传上达":"乌台诗案"新论

> 棰环呻呼。追胥连保罪及孥(自注:近屡获盐贼,皆坐同保,徙其家),百日愁叹一日娱。白云旧有终老约,朱绶岂合山人纡。人生何者非蘧庐,故山鹤怨秋猿孤。何时自驾鹿车去,扫除白发烦菖蒲。麻鞋短后随猎夫,射弋狐兔供朝晡。陶潜自作五柳传,潘阆画入三峰图。吾年凛凛今几余,知非不去惭卫蘧。岁荒无术归亡逋,鹄则易画虎难摹。①

这里当然有对盐法、保甲等新政的不满,但诗人不肯鞭棰督责,追捕盐贩,收坐同保,甚至想弃官归去,他所"愁叹"的,还在下层百姓的疾苦。

再如《山村五绝》:

> 竹篱茅屋趁溪斜,春入山村处处花。无象太平还有象,孤烟起处是人家。
>
> 烟雨蒙蒙鸡犬声,有生何处不安生。但令黄犊无人佩,布谷何劳也劝耕。
>
> 老翁七十自腰镰,惭愧春山笋蕨甜。岂是闻韶解忘味,迩来三月食无盐。
>
> 杖藜裹饭去匆匆,过眼青钱转手空。赢得儿童语音好,一年强半在城中。
>
> 窃禄忘归我自羞,丰年底事汝忧愁。不须更待飞鸢堕,方念平生马少游。②

这是一首组诗,五首诗是一个整体,自不应断章取义。第一首反用唐牛僧孺"太平亦无象"的话,写出山村平安宁静的自然和生活景象。期盼天下太平,是诗人的美好愿望,也是整首组诗情感抒发的基调和前提。

---

① 张志烈、马德富、周裕锴主编:《苏轼全集校注·苏轼诗集校注》卷七,第 2 册,第 631—632 页。

② 同上书卷九,第 2 册,第 867—870 页。

第二、三两首诗都被指为讽刺盐法。北宋盐业专营,本就是朝廷的一大宗进项。为了保持官营的绝对垄断性,官府禁止私盐,贩盐者有时便武装押运,以抵抗官府。而食盐官卖,销售层层加码,价格上涨,且流通渠道不畅,反使偏远地方的百姓无盐可食。故前一首用西汉龚遂事,说但能盐法宽平,令人不至于带刀带枪地去贩私盐,而是卖刀买犊,从事农耕,哪里还需要派人劝农呢。后一首中"岂是闻韶解忘味,迩来三月食无盐"两句,是更直接地批评盐法。东坡说,哪里是百姓听高雅的音乐听得入迷,连吃东西都分不出什么味道来了呢,分明是几个月没盐吃了。诗中所表现的,是东坡对山村百姓贫困生活的同情,他希望朝廷能改变目前的做法。第四首中"赢得儿童语音好,一年强半在城中"两句,当然也是对青苗法的批评。青苗法的本意或能给农民提供一些小额贷款,帮助生产,但实行过程中官府却只想着赚钱,在一些农家子弟到城里借贷或交税的时候,故意搞些娱乐活动,吸引农民消费,把钱花掉,根本起不到帮助生产的作用,等到秋天还得再连本加利地还给官府。所以东坡在诗中讽刺青苗法的实行,不过是让常常在城里游逛的农家子弟落一个说话口音也像城里人罢了。这也是希望朝廷能纠正新法实行中的弊端。至于第五首诗,虽然有些牢骚,但诗人所忧心的,绝不只是一己的进退,而是国家能否真正太平,农民能否安居乐业,与第一首诗正相照应。

又如,熙宁十年,东坡时在徐州知州任,京东提点刑狱李清臣因天旱去沂山求雨有应,作诗送与东坡,东坡和作一首,题曰《和李邦直沂山祈雨有应》:

> 高田生黄埃,下田生苍耳,苍耳亦已无,更问麦有几。蛟龙睡足亦解惭,二麦枯时雨如洗。不知雨从何处来,但闻吕梁、百步声如雷。试上城南望城北,际天菽粟青成堆。饥火烧肠作牛吼,不知待得秋成否?半年不雨坐龙慵,共怨天公不怨龙。今朝一雨聊自

赎,龙神社鬼各言功。无功日盗太仓谷,嗟我与龙同此责。劝农使者不汝容,因君作诗先自劾。①

在这首诗中,龙神被御史们指为大臣,"半年不雨坐龙慵",是责备朝臣不作为。其实,诗人忧心的是"高田生黄埃","更问麦有几",和"饥火烧肠作牛吼,不知待得秋成否",他要责备的是自己无能为力。

还比如《次韵刘贡父李公择见寄二首》:

> 白发相望两故人,眼看时事几番新。曲无和者应思郢,论少卑之且借秦。岁恶诗人无好语(自注:公择来诗,皆道吴中饥苦之状),夜长鳏守向谁亲(自注:贡父近丧偶)。少思多睡无如我,鼻息雷鸣撼四邻。

> 何人劝我此间来,弦管生衣甑有埃。绿蚁沾唇无百斛,蝗虫扑面已三回。磨刀入谷追穷寇,洒涕循城拾弃孩。为郡鲜欢君莫叹,犹胜尘土走章台。②

这里虽也有对花样翻新的变法的讽刺,但诗人更关注的还是朋友诗中所写的"吴中饥苦之事";虽也有对朝廷过度削减公使钱的不满,然令诗人痛心的还是蝗灾、干旱和弃婴随处可见的凄惨景象。这不能不令人想到诗人此前和贾收的那首《吴中田妇叹》:"今年粳稻熟苦迟,庶见霜风来几时。霜风来时雨如泻,杷头出菌镰生衣。眼枯泪尽雨不尽,忍见黄穗卧青泥。茅苫一月陇上宿,天晴获稻随车归。汗流肩赪载入市,价贱乞与如糠粞。卖牛纳税拆屋炊,虑浅不及明年饥。官今要钱不要米,西北万里招羌儿。龚黄满朝人更苦,不如却作河伯妇。"③两首诗对

---

① 张志烈、马德富、周裕锴主编:《苏轼全集校注·苏轼诗集校注》卷十五,第3册,第1503页。

② 同上书卷十三,第2册,第1304—1306页。

③ 同上书卷八,第2册,第804页。

读,无疑更能见出东坡的悲悯情怀。其忧虑之深、讽刺之辛辣、笔触之尖锐,更甚于他作。这首诗竟然逃过了御史们的审查,我们真应当替东坡庆幸。

即使并非写农村题材的作品,东坡也总是时时表现出对下层百姓的同情。比如东坡的那首《戏子由》:

> 宛丘先生长如丘,宛丘学舍小如舟,常时低头诵经史,忽然欠伸屋打头。斜风吹帷雨注面,先生不愧旁人羞。任从饱死笑方朔,肯为雨立求秦优。眼前勃蹊何足道,处置六凿须天游。读书万卷不读律,致君尧舜知无术。劝农冠盖闹如云,送老齑盐甘似蜜。门前万事不挂眼,头虽长低气不屈。余杭别驾无功劳,画堂五丈容旂旄。重楼跨空雨声远,屋多人少风骚骚。平生所惭今不耻,坐对疲氓更鞭箠。道逢阳虎呼与言,心知其非口诺唯。居高志下真何益,气节消缩今无几。文章小技安足程,先生别驾旧齐名。如今衰老俱无用,付与时人分重轻。①

这首诗被御史们指责颇多。首先是对科举试律令的批评。北宋与唐代一样,进士科举考试是考诗赋。王安石变法,改以经义、策论取士,不擅经义策论的,考律令、《刑统》、判案,也可以入仕。举子们读书的范围越来越小,越来越功利,当然不好,所以东坡作诗讽刺,慨叹不读书就能做官,读书多的反不如读书少的仕途得意。其次是对朝中新进的鄙视。因为无论是对志气不屈的子由的称扬,还是"气节消缩"的自嘲,都是以侏儒、优旃或阳虎等为参照的。然这里值得我们注意的是,诗中对朝廷派遣官员四处察访的讥讽,是以不忍"坐对疲氓更鞭箠"为前提的,在字里行间流露出的,仍是对下层百姓的同情。其他像"居官不任事,

---

① 张志烈、马德富、周裕锴主编:《苏轼全集校注·苏轼诗集校注》卷七,第2册,第642—643页。

第十三章 "作为诗文,寓物托讽,庶几流传上达":"乌台诗案"新论

萧散羡长卿。胡不归去来,滞留愧渊明。盐事星火急,谁能恤农耕。鼛鼛晓鼓动,万指罗沟坑。天雨助官政,泫然淋衣缨。人如鸭与猪,投泥相溅惊。下马荒堤上,四顾但湖泓。线路不容足,又与牛羊争。归田虽贱辱,岂失泥中行。寄语故山友,慎毋厌藜羹"①,虽然是"督役"者的身份,但当诗人完全混迹于泥泞中的劳役人群的时候,早已是"人如鸭与猪",诗人的感情与百姓似乎更接近了,他的反对开凿运盐河耽误农事,与其说是从政治上所作的判断,倒不如说是从其切身的体验出发为百姓作出的呼喊。

三、"不可以合,又不可以容":《乌台诗案》所反映的苏轼心态

中国古代社会的政治制度历来都是以人治为特色的,所以,每一时代的人们总是期盼着圣贤的出现,而当社会政治矛盾比较尖锐的时候,人们的目光自然也会集中到人事问题上。苏轼不满新法,也不满朝廷新进之人。他既不愿依附权臣新贵,也不肯屈己从人,那种矛盾复杂的心态,最是能反映出党争背景下士人进退维谷的尴尬状况。他在诗歌中对新党之士进行讽刺,实际上也正是他自己内心矛盾的自我开释与宽慰。只是这些讽刺有时过于辛辣,便不免得罪者多,这也成了他之所以被御史们特别嫉恨的重要原因之一。

熙宁六年,东坡在杭州任上时曾作《次韵答章传道见赠》一首。诗曰:

> 并生天地宇,同阅古今宙。视下则有高,无前孰为后。达人千钧弩,一弛难再彀。下士沐猴冠,已系犹跳骤。欲将驹过隙,坐待

---

① 张志烈、马德富、周裕锴主编:《苏轼全集校注·苏轼诗集校注》卷八《汤村开运盐河雨中督役》,第2册,第766—767页。

> 石穿溜。君看汉唐主,宫殿悲《麦秀》。而况彼区区,何异壹醉富。鹧鸪非所养,俯仰眩金奏。髑髅有余乐,不博南面后。嗟我昔少年,守道贫非疚。自从出求仕,役物恐见囿。马融既依梁,班固亦事窦。效矉岂不欲,顽质谢镌镂。仄闻长者言,婢直非养寿。唾面慎勿拭,出胯当俯就。居然成懒废,敢复齿豪右。子如照海珠,网目疏见漏。宏材乏近用,巧舞困短袖。坐令倾国容,临老见邂逅。吾衰信久矣,书绝十年旧。门前可罗雀,感子烦屡叩。愿言歌《缁衣》,子粲还予授。①

诗中"马融既依梁,班固亦事窦。效矉岂不欲,顽质谢镌镂"数句,是被御史们拈出作为东坡攻击大臣的重点证据的材料。东坡在供状中解释道:"所引梁冀、窦宪,并是后汉时人,因时君不明,遂跻显位,骄暴窃威福用事,而马融、班固二人皆儒者,并依托之。轼诋毁当时执政大臣,我不能效班固、马融苟容依附也。"②这里当然有牢骚,有不平,但同时又是诗人自我心态的调整和袒露,不完全是要去诋毁别人。诗中先以老庄泯高下、混智愚、齐生死、一古今的思想为说,然后谈到自己出仕前尚能守此自然之道,而出仕后就不免为外物所役了。在现实生活中,诗人的应对方式是既不欲随波逐流,依附权贵,也不愿婢直强项,触其逆鳞。所以,也就只剩忍辱退避的"懒废"一途了。这种情形正反映了北宋党争背景之下士人的可悲心态。

《乌台诗案》中还有一首被御史们作为重要证据的诗,即《径山道中次韵答周长官兼赠苏寺丞》:

> 年来战纷华,渐觉夫子胜。欲求五亩宅,洒扫乐清净。学道恨

---

① 张志烈、马德富、周裕锴主编:《苏轼全集校注·苏轼诗集校注》卷九,第 2 册,第 833—834 页。

② [宋]朋九万:《东坡乌台诗案》,《丛书集成初编》本,商务印书馆,1935 年,第 12 页。

第十三章 "作为诗文,寓物托讽,庶几流传上达":"乌台诗案"新论

日浅,问禅惭听莹。聊为山水行,遂此麋鹿性。独游吾未果,觅伴谁复听。吾宗古遗直,穷达付前定。铺糟醉方熟,洒面呼不醒。奈何效燕蝠,屡欲争晨暝。不如从我游,高论发犀柄。溪南渡横木,山寺称小径(自注:太平寺,俗号小径山)。幽寻自兹始,归路微月映。南望功臣山,云外盘飞磴。三更渡锦水,再宿留石镜。缅怀周与李,能作洛生咏。明朝三子至,诗律严号令。篮舆置纸笔,得句轻千乘。玲珑苦奇秀,名实巧相称。九仙更幽绝,笑语千山应。空岩侧破瓮,飞溜洒浮磬。山前见虎迹,候吏铙鼓竞。我生本艰奇,尘土满釜甑。山禽与野兽,知我久蹭蹬。笑谓候吏还,遇虎我有命。径山虽云远,行李稍可并。颇讶王子猷,忽起山阴兴。但报菊花开,吾当理归榜。①

这首诗也写于熙宁六年。诗中"奈何效燕蝠,屡欲争晨暝"两句,原有本事。东坡此年曾到杭州所辖诸县例行巡查,快到临安县时,县令苏舜举前来迎接。苏舜举本是与东坡同年的进士,十分熟悉。一见面自然无话不说。苏舜举便与东坡讲了自己前些天去州府却被"猫头鹰"押回的事。东坡笑问其故,苏舜举说,我草拟了一个不同人户免役钱交纳的计算条例,上呈州府,结果大家都不以为然,转运副使王庭老反倒着人将我赶出城来。东坡又问这"猫头鹰"的称呼从何而来。舜举说,我听过一个小故事。燕子以日出为早晨,日落为夜晚,蝙蝠则相反,以日落为早晨,以日出为夜晚。二鸟争执不下,便去找凤凰评理。半路遇到一鸟,此鸟告诉燕子说,你们不用去了,今天凤凰休假了,都是猫头鹰代理事务。苏舜举用这个故事讽刺王庭老等不辨事理,东坡也就把它写到了诗里。御史们因此便认为东坡是讽刺朝廷大臣,甚而上纲至"指

---

① 张志烈、马德富、周裕锴主编:《苏轼全集校注·苏轼诗集校注》卷十,第 2 册,第 992—993 页。

斥乘舆",则远离事实了。诗中固有对奉行新法者的不满,然诗人选择的仍是退避。在这首招游诗中,他起笔就说自己近年安贫乐道之心渐渐胜过了驰逐名利之欲,所以才会有此山水之行。众人皆醉,你苏舜举又何必去与他们争竞个晨昏呢,倒不如随我去作山林之游好。其心态的低沉消极令人可悲。

《乌台诗案》中对新进之士的讽刺,常是通过比兴寄托的方式进行的。像《次韵黄鲁直见赠古风二首》其一：

> 嘉谷卧风雨,稂莠登我场。陈前漫方丈,玉食惨无光。大哉天宇间,美恶更臭香。君看五六月,飞蚊殷回廊。兹时不少假,俯仰霜叶黄。期君蟠桃枝,千岁终一尝。顾我如苦李,全生依路傍。纷纷不足愠,悄悄徒自伤。①

此诗"以讥今之小人胜君子,如稂莠之夺嘉谷也",又"言君子小人进退有时,如夏月蚊虻纵横,至秋月息。比庭坚于蟠桃,进必迟；自比苦李,以无用全生"②。虽不免过于坐实,然御史们的解读倒也能切中要害,道出其比兴之义。诗末说："顾我如苦李,全生依路傍。纷纷不足愠,悄悄徒自伤。"心态抑郁、低沉,可以想见。

再像《和钱安道寄惠建茶》：

> 我官于南今几时,尝尽溪茶与山茗。胸中似记故人面,口不能言心自省。为君细说我未暇,试评其略差可听。建溪所产虽不同,一一天与君子性。森然可爱不可慢,骨清肉腻和且正。雪花雨脚何足道,啜过始知真味永。纵复苦硬终可录,汲黯少戆宽饶猛。草茶无赖空有名,高者妖邪次顽犷。体轻虽复强浮泛,性滞偏工呕酸

---

① 张志烈、马德富、周裕锴主编：《苏轼全集校注·苏轼诗集校注》卷十六,第3册,第1773页。

② [宋]朋九万：《东坡乌台诗案》,《丛书集成初编》本,第16页。

第十三章 "作为诗文,寓物托讽,庶几流传上达":"乌台诗案"新论

冷。其间绝品岂不佳,张禹纵贤非骨鲠。葵花玉銙不易致,道路幽险隔云岭。谁知使者来自西,开缄磊落收百饼。嗅香嚼味本非别,透纸自觉光炯炯。秕糠团凤友小龙,奴隶日注臣双井。收藏爱惜待佳客,不敢包裹钻权幸。此诗有味君勿传,空使时人怒生瘿。①

建茶以比君子,草茶则是小人。君子"森然可爱",小人则"体轻浮而性滞泥","乍得权用,不知上下之分,若不谄媚妖邪,即须顽犷狠劣"②。虽用比兴,却界限清楚,一扬一抑,褒贬分明,讽刺辛辣。所以他也有些担心,"此诗有味君勿传,空使时人怒生瘿"。忍不了要说,又不欲人传,在党争情势下的矛盾心态是真实的。

《乌台诗案》中也有较直接地抨击那些道貌岸然的利禄之徒的,像《和刘道原寄张师民》所写的:"仁义大捷径,诗书一旅亭。相夸绶若若,犹诵麦青青。腐鼠何劳吓,高鸿本自冥。颠狂不用唤,酒尽渐须醒。"③自然属之。然东坡对此所表达的,也不过是不愿与之为伍,待其酒尽而醒罢了。而《乌台诗案》中更常见的,还是"独鹤不须惊夜旦""敢向清时怨不容"④式的自洁自怨,是"君不见阮嗣宗臧否不挂口,莫夸舌在齿牙牢,是中惟可饮醇酒。读书不用多,作诗不须工,海边无事日日醉,梦魂不到蓬莱宫"⑤式的自嘲、自毁和自解。幽怨、无奈,心态也十分复杂。

熙丰年间,当大多数诗人的创作都尽量避开新法、新政等敏感话题的时候,东坡却选择了勇敢地面对。杜甫"逢禄山之难,流离陇蜀,毕

---

① 张志烈、马德富、周裕锴主编:《苏轼全集校注·苏轼诗集校注》卷十一,第2册,第1051—1052页。
② [宋]朋九万:《乌台诗案》,《丛书集成初编》本,第29页。
③ 张志烈、马德富、周裕锴主编:《苏轼全集校注·苏轼诗集校注》卷七,第1册,第662页。
④ 同上书卷七《和刘道原见寄》,第1册,第657页。
⑤ 同上书卷六《送刘攽倅海陵》,第1册,第505页。

陈于诗,推见至隐,殆无遗事,故当时号为'诗史'"①。东坡以其对国家社稷的责任感和忧患感,以其坦诚正直的品格和辛辣的诗笔,真实地反映了熙丰变法这一重大的政治和社会题材,取得了独特的成就,不但是苏诗的重要组成部分,而且在宋诗史上也占有重要的地位,它从一个侧面反映了熙丰新法实行的实际状况和实行过程中存在的弊端,因而在某种程度上也同样具有"诗史"的意味。

四、"人间便觉无清气":东坡"乌台诗案"的再评价

如果说《乌台诗案》中的诗作有重要的文学史意义的话,那么,作为一个政治事件的"乌台诗案",则几乎少有可取。

"乌台诗案"是一个政治事件,是北宋党争背景下的产物。孔子曰:"小子何莫学夫《诗》。《诗》,可以兴,可以观,可以群,可以怨。迩之事父,远之事君,多识于鸟兽草木之名。"②在诗歌中讽刺社会政治生活中的丑恶现象,反映现实,以补察时政,原是诗歌创作的重要政治功能,是自《诗经》以来的中国古代诗歌创作的优良传统,是很正常的。然而,在北宋新旧两派的思想政治斗争中,东坡在诗歌中对新法的一些正常的批评,却被上纲上线,深文周纳,成了他反对新法、攻击朝廷大臣的罪证。围绕新法的争竞与以新法为界限的政治派别的对立,二者纠缠在一起,不但险些将东坡置于死地,而且株连了一大批与东坡有交往的士大夫。王诜被追两官、勒停。苏辙贬监筠州(今江西高安)盐酒税,王巩贬监宾州盐酒务,张方平、司马光等以下二十二人分别罚铜三十或二十斤,章传等四十七人则免予处分。自宋初太祖即立碑太庙,立

---

① [唐]孟棨:《本事诗·高逸》,丁福保辑《历代诗话续编》本,中华书局,1983年,第15页。
② [宋]朱熹:《四书章句集注·论语集注》卷九《阳货》,第178页。

第十三章 "作为诗文,寓物托讽,庶几流传上达":"乌台诗案"新论

约盟誓,"不得杀士大夫及上书言事人"①。然东坡竟因作诗批评新法而被拘禁审查,几乎丧命,且连累多人。"祖宗家法"从此被破坏,因政治态度不同引发出政治派别的对立,新旧两党的界限由此而分明,两党之间的恩怨也由此而加深,此皆自"乌台诗案"启之。元丰八年,随着神宗皇帝的去世,宣仁皇后高氏垂帘听政,司马光等旧派执政,尽废新法,章惇等新党中人也一一被排斥外任。观元祐初旧党人士频频上书抨击新党,亦绝不留情,必欲尽逐之可知。待到哲宗绍圣亲政,新党重又上台,倡言绍述,政治翻覆,变本加厉,新党以更严厉的手段打击旧党,新旧党争终不可解。

"乌台诗案"的出现,也不只是在政治上产生了很多负面的影响,在文学史上也开启了一个诗歌讽喻传统被践踏、文学创作可以被横加干涉、无端打击的先例。"乌台诗案"过去仅十年,在北宋政坛上就出现了第二次"乌台诗案"——"车盖亭诗案",只是这次的主角换成了新党中的蔡确。元祐四年四月,知汉阳军吴处厚笺释邓州知州蔡确诗《夏中登车盖亭绝句十首》上呈,以为其中有五篇词涉讥讪,"而二篇讥讪尤甚,上及君亲,非所宜言,实大不恭"②。紧接着谏官吴安诗、刘安世、梁焘等亦接连上疏,要求严惩蔡确。这简直与东坡"乌台诗案"时的情形完全相同。且看吴处厚的两篇笺疏:

> "矫矫名臣郝甑山,忠言直节上元间。钓台芜没知何处,叹息思公俯碧湾。"右此一篇,讥谤朝廷,情理切害,臣今笺释之。按唐郝处俊封甑山公,上元初,曾仕高宗。时高宗多疾,欲逊位武后。处俊谏曰:"天子治阳道,后治阴德。然帝与后犹日之与月,阴之

---

① [宋]陆游:《避暑漫抄》,《丛书集成初编》本据《古今说海》本排印,商务印书馆,1939年,第6页。

② [宋]李焘:《续资治通鉴长编》卷四百二十五元祐四年四月,第17册,第10270页。

与阳,各有所主,不相夺也。若失其序,上谪见于天,下降灾于人。昔魏文帝著令,不许皇后临朝,今陛下奈何欲身传位天后乎?天下者,高祖、太宗之天下,非陛下之天下。正应谨守宗庙,传之子孙,不宜持国与人,以丧厥家。"由是事沮。臣窃以太皇太后垂帘听政,尽用仁宗朝章献明肃皇后故事。而主上奉事太母,莫非尽极孝道;太母保圣躬,莫非尽极慈爱,不似前朝荒乱之政。而蔡确谪守安州,便怀怨恨,公肆讥谤,形于篇什。处今之世,思古之人,不思于它,而思处俊,此其意何也?借曰处俊安陆人,故思之,然《安陆图经》,更有古迹可思,而独思处俊。又寻访处俊钓台,再三叹息,此其情可见也。臣尝读《诗·邶风·绿衣》,卫庄姜嫉州吁之母上僭,其卒章曰:"我思古人,实获我心。"释者谓此思古之圣人制礼者,使妻妾贵贱有序,故得我之心也。今确之思处俊,微意如此。

…………

"喧豗六月浩无津,行见沙洲束两滨。"今闻得安州城下有涢河,每六七月大雨,即河水暴涨,若无津涯;不数日晴明,即涸而成洲。故确因此托意,言此小河之涨溢能得几时,沧海会有扬尘时。又"沧海扬尘",事出葛洪《神仙传》。此乃时运之大变,寻常诗中多不敢即使,不知确在迁谪中,因观涢河暴涨暴涸,吟诗托意如何?①

其捕风捉影,曲意比附,上纲上线,与东坡"乌台诗案"中御史们的做法相比,真是有过之而无不及。

"车盖亭诗案"过去两年,东坡再次被诬陷。早在元丰八年,东坡被批准退居常州,曾作七绝一首,本意在歌吟丰年,而对朝政绝无恶意。

---

① [宋]李焘:《续资治通鉴长编》卷四百二十五元祐四年四月,第 17 册,第 10270—10273 页。

第十三章 "作为诗文,寓物托讽,庶几流传上达":"乌台诗案"新论

诗曰:"此生已觉都无事,今岁仍逢大有年。山寺归来闻好语,野花啼鸟亦欣然。"不料六年以后,却被御史中丞赵君锡、殿中侍御史贾易拈出,作为神宗皇帝去世不久,东坡暗自庆幸的罪证,加以弹劾。其做法与"车盖亭诗案"如出一辙,牵合比附,令人齿冷。①

不过,"乌台诗案"事件在文学史上也不是完全没有意义。因为其中虽有穿凿附会,无限上纲的成分,但毕竟"犹有近似者"。这就在某种程度上为我们了解这些作品提供了一些基本的背景材料,客观上有助于我们理解东坡诗歌创作的内涵和发展。东坡的状词,在后人看来,似乎就等同于东坡诗中的自注,甚至等同于东坡自撰的一部自道创作"本事"和解读诗意的"诗话",于是其文献价值大为上升,至于这部"诗话"产生的御史们严词逼供的背景,却逐渐淡化了。

南宋初赵次公的《东坡先生诗注》称引《乌台诗案》时便称"先生诗话"或"先生诗案"。施元之、顾禧、施宿《注东坡先生诗》引《乌台诗案》,皆作《乌台诗话》。陈振孙《直斋书录解题》卷十一"小说家类"著录此书,亦作《乌台诗话》。既是诗话,为注家所引就很正常了。南宋的苏诗注本、选本,像赵次公《东坡先生诗注》,王十朋《集百家注分类东坡先生诗》,施元之、顾禧、施宿《注东坡先生诗》等注本,凡注东坡熙丰年间的相关诗作,便多引《乌台诗案》。胡仔《苕溪渔隐丛话》前集卷四十二论苏诗,就中即节选《乌台诗案》。蔡正孙《诗林广记》后集卷四选苏诗,亦节录《乌台诗案》。更不用说后世的各种苏诗注本、选本了(如《唐宋诗醇》《宋诗纪事》等)。这些选注者几乎都不约而同地接受了《乌台诗案》中对苏诗的解读,因为他们认为这是诗人的夫子自道。

---

① 参[宋]李焘《续资治通鉴长编》卷四百六十三元祐六年八月所载,第 18 册,第 11055 页。

有些作品,若非《乌台诗案》客观上为后人解读苏诗提供了重要的"本事"和文献数据,则后人难解。如《送杭州杜戚陈三掾罢官归乡》:

> 秋风撼撼鸣枯蓼,船阁荒村夜悄悄。正当逐客断肠时,君独歌呼醉连晓。老夫平生齐得丧,尚恋微官失轻矫。君今憔悴归无食,五斗未可秋毫小。君今失意能几时,月啖虾蟆行复皎。杀人无验中不快,此恨终身恐难了。徇时所得无几何,随手已遭忧患绕。期君正似种宿麦,忍饥待食明年秒。①

《乌台诗案》详载此诗创作缘由。熙宁五年,杭州裴姓家女孩坠井而亡,时裴家女佣夏沉香在井旁洗衣,裴家告至官府。州曹掾杜子房等三人判夏氏杖二十。次年,本路提刑陈睦以为不当,命秀州通判张若济重审此案。张杀夏氏,三曹掾被罢官。东坡以为张若济判案过于严苛,因作此诗。诗中"杀人无验中不快,此恨终身恐难了"两句下,赵次公注就说得很明白。他说:"平时读此诗未痛解,及观先生《诗案》而后释然。盖杭州录事参军杜子房、司户陈珪、司理戚秉道,各为承受勘夏香事,本路提刑陈睦举驳,差张若济重勘上件,三员官因此冲替。'月啖虾蟆行复皎',言陈睦、张若济蒙蔽朝廷。'杀人无验中不快'。《诗案》作'终不决'。意者欲致夏香以死罪,而杜、陈、戚三掾不敢以死处之,则杀人为无凭验,终不决也。"②不但因诗案中材料得解诗意,且以诗案校订了原文。

其他如《次韵周开祖长官见寄》中写道:

> 俯仰东西阅数州,老于岐路岂伶优。初闻父老推谢令,旋见儿

---

① 张志烈、马德富、周裕锴主编:《苏轼全集校注·苏轼诗集校注》卷十,第2册,第1017页。

② [宋]王十朋:《增刊校正王状元集注分类东坡先生诗》卷二十,《四部丛刊初编》影印潘氏藏元务本堂刊本。

第十三章 "作为诗文,寓物托讽,庶几流传上达":"乌台诗案"新论

童迎细侯。政拙年年祈水旱,民劳处处避嘲讴。河吞巨野那容塞,盗入蒙山不易搜。仕道固应惭孔孟,扶颠未可责由求。渐谋田舍犹怀禄,未脱风涛且傍洲。惘惘可怜真丧狗,时时相触是虚舟。揭来震泽都如梦,只有苕溪可倚楼。……①

《乌台诗案》东坡供状曰:"'政拙年年祈水旱,民劳处处避嘲讴。河吞巨野那容塞,盗入蒙山不易搜……'此诗自言迁徙数州,未蒙朝廷擢用,老于道路,并所至遇水旱、盗贼,夫役数起,民蒙其害。以讥讽朝廷政事阙失。并新法不便之所致也。又云'事道故因惭孔孟,扶颠未可责由求',以言已仕而道不行,则非事道也。故有惭于孔孟。孔子责由求云:'危而不持,颠而不扶,则将焉用彼相矣。'颠谓颠仆也。意以讥讽朝廷大臣不能扶正其颠仆。"②若无《乌台诗案》所存案卷,诗意亦恐终嫌模糊不清。

另如《和刘道原寄张师民》《次韵答邦直子由五首》《送钱藻知婺州》《送蔡冠卿知饶州》等等,没有《乌台诗案》提供的材料,其诗意亦未必易解,也是很显然的。③

总之,苏轼因作诗批评新法,不满和讥刺新党,至被纠弹抓捕,虽有冤枉,但也事出有因,所谓"以讽谏为诽谤也"。我们今天重读这些诗作,重要的不是要为东坡辩护,而是应客观分析,既指出其讽谏朝政、不满新党的一面,更应看到在上述讽谏、抨击背后所蕴含的一位正直的士

---

① 张志烈、马德富、周裕锴主编:《苏轼全集校注·苏轼诗集校注》卷十九,第3册,第2050页。
② [宋]朋九万:《乌台诗案》"寄周邠诸诗"条,《丛书集成初编》本,第13—14页。
③ 关于王注和施、顾注苏诗引《乌台诗案》的篇目、数量、异同等具体情况,可参李晓黎博士《百家注和施顾注中的〈乌台诗案〉》一文,《西南交通大学学报(社会科学版)》2016年第2期。

大夫对下层百姓的同情和党争背景之下其自身矛盾复杂的心态,在苏轼诗歌的创作历程和宋诗史上占有重要地位。东坡"乌台诗案"对后世的影响,也确有不好的一面,然而它在客观上也为后人解读苏轼诗歌提供了相关"本事",具有重要的文献价值和文学史意义。

第十四章　北宋党争与清真词的创作

　　与北宋党争对当日诗文创作的显著影响相比较①,词之受党争影响,要隐晦、曲折得多。生活于新旧两党激烈斗争的北宋中后期的周邦彦,既于元丰中上《汴都赋》,颇颂新法,为宋神宗所赞赏,"自太学诸生一命为正"②,复于绍圣时为宋哲宗召见,重进《汴都赋》陈情,继则于新党执政时循资格而进,续有升迁(虽则此时新政已经变质),他对新法持拥护态度,对新党不无依附,大概是不用怀疑的③;而元祐初他遭旧党排斥④,至辗转外任,长达十年,自然也不可能没有怨望之心,故在其文学创作,主要是词作中⑤,不能不有所反映。近

---

①　请参拙撰《北宋党争与文学》,提要载《文献》1991年第4期。
②　[元]脱脱等:《宋史》卷四百四十四《周邦彦传》,第13126页。
③　关于此点,请参罗忼烈先生《拥护新法的北宋词人周邦彦》一文(载罗氏《词曲论稿》,香港,中华书局香港分局,1977年),而王国维先生虽指出《汴都赋》"颇颂新法",却又认为周邦彦"于熙宁、元祐两党均无依附"(《清真先生遗事》,载《王国维遗书》第7册,上海书店出版社,1983年,第133页),则是笔者所不能同意的。
④　请参周策纵先生《诗歌·党争与歌妓:周邦彦〈兰陵王〉词考释》,《中国文哲研究集刊》第4辑,台北,"中研院"中国文哲研究所,1994年。周先生认为,元丰八年末至元祐元年,掌太学管理之职的投机者和旧党人士如国子司业黄隐等,曾在太学禁毁《三经新义》,对倾向于王安石及其新政的太学生员欲绳之以法,以上《汴都赋》而被升任太学正的周邦彦,此时很可能是处在被打击之列的。
⑤　北宋党争激烈,即使是以诗歌为形式来抒发政治情感,也是很可能招致对方的打击的。庆历年间,石介作《庆历圣德颂》,险遭发棺之祸;元丰初,苏轼以诗讽新法系狱,则险遭大祸。故周邦彦亦少在诗歌中发抒愤懑,是可以理解的。

人陈思撰《清真居士年谱》,已疑清真词别有寄托,然又"惜文集久佚,无术探索"①。罗忼烈先生则在其《周清真词时地考略》《周邦彦清真集笺》等论文和著作中,发前人所未发,明确指出周邦彦《忆旧游·记愁横浅黛》《瑞龙吟·章台路》等词作的党争背景与情感寄托,而刘扬忠先生也曾指出,在为数近二百首的清真词中,多半都打入了作者的一种身世之感。② 这些论述无疑都是很富有启发意义的。然我以为,党争对清真词创作的影响,既不宜强作比附,一一将其坐实,而仅仅指出清真词弦外具有"身世之感"似又还不够。可以说,除确有文献依据可以考实者之外,党争之于清真词,主要地还是一种间接而非直接、隐晦而非显露的影响,而这表现在清真词的创作上,是写离别情思、羁旅哀愁其表,写遭受不平、忧幽怨艾其里,典丽精工,沉郁顿挫。宋人王灼曾谓:"世间有《离骚》,惟贺方回、周美成时时得之。"③贺铸非本书所论,以《离骚》拟清真词,从北宋中后期激烈的新旧党争之在清真词中能得到深婉曲折的反映来看,是并未夸张的。

一、周邦彦的思想性格

周邦彦的思想性格比较复杂。他生性多情易感。据吕陶为周邦彦

---

① 陈思:《清真居士年谱》"重和元年戊戌六十一岁"条后,《辽海丛书》第6集,第70页。
② 请参刘扬忠先生《周邦彦传论》第六章"失意士人多怨歌"(陕西人民出版社,1991年)。刘先生此书篇幅虽不大,实是现代以来周邦彦研究的最重要的收获,颇有启发意义,然就此点来说,似还可更进一步研究。清真词中的这种所谓"身世之感",是有其特定内涵的,这种内涵不是别的,正是其对党派倾轧政局和自己遭受排斥的不满与怨愤不平。
③ [宋]王灼撰,岳珍校正:《碧鸡漫志校正》卷二,第28页。

第十四章 北宋党争与清真词的创作

的父亲周原所作的墓志铭称,周原"少居乡党自好,慈祥易感"①。周邦彦自然不会不受其影响。宋人笔记如王灼《碧鸡漫志》、王明清《挥麈余话》、张端义《贵耳集》、周密《浩然斋雅谈》等,多记其与苏州营妓岳楚云、溧水主簿之姬及汴京名妓李师师等,有较密切的交往。这些记载虽经王国维先生考订,多被视为不可信,然而它们多少也从一个侧面反映出周邦彦思想性格中确实存在着易为外物所动,乃至"疏隽少检"②的一面。而且,从清真词中现存大量的言情词作来看,也可见出周邦彦的这种性格。此外,周邦彦性格中还有另一方面,即他又是一位自幼"博涉百家之书"③,且能自树立,对世事人生有着自己的认识和追求,不肯随波逐流的士人。周原的"少居乡党自好",当对他有影响。宋神宗元丰初年,周邦彦经选拔入京为太学生,在当时的政治环境下,受王安石的《三经新义》以及已在朝野上下施行的新法的影响,他对熙丰新政也持拥护的态度。这种态度既没有因元祐更化、自己被排斥外任多年而有所改变,也没有因宋哲宗绍圣后新党执政,自己归朝任职而趋附显贵,俯仰随人。由此亦足见其平居自好的性格。

周原的思想兼受儒家和道教的影响。吕陶《周居士墓志铭》载其"家有藏书,清晨必焚香发其覆拜之。有笑者,辄曰:'圣贤之道尽在是,敢不拜耶。'"又谓其"晚习导引卫生之经,颇能察脉治病"。又

---

① [宋]吕陶:《净德集》卷二十六《周居士墓志铭》,《丛书集成初编》本。按此铭由刘永翔先生最早揭出,见其《周邦彦家世发覆》一文,《华东师范大学学报(哲学社会科学版)》1996年第3期。吕陶《净德集》系清四库馆臣自《永乐大典》中辑出,然文渊阁《四库全书》本《净德集》漏收此篇,文津阁《四库全书》本《净德集》卷二十六收《周居士墓志铭》,周原作"周厚",今上海古籍出版社2008年版《清真集笺注》(修订本)下编所附此篇,已将"厚"改为"原"(中华书局香港分局1985年版《周邦彦清真集笺》下编无此篇)。兹据《清真集笺注》(修订本)引,下编,第574页。

② [元]脱脱等:《宋史》卷四百四十四《周邦彦传》,第13126页。

③ 同上。

曾"遭异人,得秘诀,以奇草化水银为银"。晚年患病,梦与道士赋诗赠答。① 可见其思想一斑。周邦彦在周原的教育与熏陶下长大,虽"博涉百家之书",然对他影响最大的,无疑也是儒、道两家的思想。

周邦彦二十四岁入京为太学生,在他二十岁左右至二十四岁前,必定是有过一段折节苦读的经历的。周邦彦弱冠之时,曾患健忘之疾,因作《祷神文》,自谓:"事关古今,书传孔、姬。《金縢》《豹韬》,鸟迹龙图。联编比简,句枿章离。漫烂五车,参罗是非。匪诵匪习,一念则随。至于识简知陵,探环悟儿。部曲万人,一目谓谁。口存亡书,手覆坏棋。意者魂收其亡,尸录其遗。纳之黄庭,阖以灵扉。以时闭开,以应时用,分曹隶属,各有攸司。""神"亦责其"究思诡奇,乐而忘疲",劝其"九流百家,大道裔余,多积缣蕴,只益自困"②。由此可以想见其二十岁前苦读的情景,而所言健忘之疾,即今之所谓神经衰弱症,正是由于用功过度才造成的。否则,也不易通过州县两级的选拔考试,而以"庶人之俊异者"③的身份进入太学。至于《宋史》本传谓其"疏隽少检,不为州里推重"云云,如上文所说,不过是周邦彦年轻时某一时期的所为和他性格中的一方面而已。他能被推荐入太学,其品行应是符合太学规定的要求的。

太学所学的内容,主要是儒家的经典,自熙宁以后当以王安石《三经新义》为主。自太学外舍、内舍而升入上舍,考较"行、艺",也是看其所言所行是否合乎儒家的经义和行为规范。④ 元丰六年,已入太学四年的周邦彦,作《汴都赋》上呈宋神宗,称颂新政,赞扬新法。其中写

---

① [宋]吕陶:《净德集》卷二十六《周居士墓志铭》,[宋]周邦彦著,罗忼烈笺注《清真集笺注》(修订本)中编,上海古籍出版社,2008年,第574—575页。
② [宋]周邦彦著,罗忼烈笺注:《清真集笺注》(修订本)中编,第554—558页。
③ [元]脱脱等:《宋史》卷一百五十七《选举志》三,第3657页。
④ 《宋史》卷一百五十七《选举志》三载:"行谓率教不戾规矩,艺谓治经程文。"(第3657页)

道:"至若儒宫千楹,首善四方,勾襟逢掖,褒衣博带,盈仞乎其中。士之匿华铲采者,莫不拂巾衽褐,弹冠结绶,空岩穴之幽邃,出郡国之遐陋。南金象齿,文旄羽翮,世所罕见者,皆倾囊鼓箧,罗列而愿售。咸能湛泳乎道实,沛然攻坚而大叩。先斯时也,皇帝悼道术之沉郁,患训诂之荒缪,诸子腾蹋而相角,群贤骀荡而莫守,党同伐异,此妍彼丑。挈俗学之芜秽,诋淫辞而击掊,灭窦突之荧烛,仰天庭而睹昼,同源共贯,开覆发瓿。于是俊髦并作,贤才自厉。造门闑而臻壶奥,骋辞源而驰辨囿。术艺之场,仁义之薮,温风扇和,儒林发秀。宸眷优渥,皇辞结纠。荣名之所作,庆赏之所诱,应感而格,驹行雊响,磨钝为利,培薄为厚,魁梧卓行,拨锋露颖,不驱而自就。复有佩玉之音,笾豆之容,弦歌之声,盈耳而溢目,错陈而交奏。焕烂乎唐虞之日,雍容乎洙泗之风,夸百圣而再讲,旷千载而复觏。又有律学以议刑制,算学以穷九九,舞象舞勺以道幼稚,乐德乐语以教世胄。成材茂德,随所取而咸有。"①从其对朝廷兴建学校、倡导新学,为国家汇聚、培养了大量的人才,纠正、振起学风和士风的铺叙夸张,透露出他对新政新法的态度和思想倾向。周邦彦晚年曾做过卫尉寺卿(掌仪卫、兵械、甲胄之政令),对于文臣而任武职,他似乎并不满意,故忙中偷闲,别辟一书斋。他在诗中写道:"唯应理签轴,偷暇寻孔周。"又谓:"书生本不武,谁言负薪忧。古云不执弓,防患术已偷。《诗》《书》主六艺,中有捍敌谋。至胜不刃血,吾将执其柔。"②同样可见其儒学家风。

北宋真宗、徽宗皆崇尚道教,前者炮制"天书",东封西祀,后者则神化自己,宠信道士,设道学,建道观,上行下效,风靡一时。在这种风气之下,不仅周原深受道教影响,周邦彦受道家和道教思想的影响也十

---

① [宋]周邦彦著,罗忼烈笺注:《清真集笺注》(修订本)中编,第474—475页。
② 同上书,第405页。

分明显。他二十岁时即曾作《祷神文》，以老庄无思无虑、益智全神之说疗治其健忘之疾；在太学时又作《足轩记》，以为："吾于万物，不观其色而观其真，不观其形而观其理。天下之广，山海之富，有形之象，不必目历而物数，故无往而不足。是以清宫洞房，安床弱席，人之所息，足于一寐；熊蹯鲤脍，紫兰丹椒，羞鱼调芼，人之所食，足于一饫。"反对"心为物役"，主张大小齐一，新旧无别，知足常乐，返身内求，"虽景象至微，而意态自足"①。元祐末，周邦彦知溧水（今属江苏南京），写下了《仙杏山》《芝术歌》《宿灵仙观》《赠常熟贺公叔隐士》等许多怀隐羡仙的诗作，在任建"姑射亭""萧闲堂"，"皆取神仙中事揭而名之"②。晚年知真定（今河北正定），作《续秋兴赋并序》，仍是以老庄之说平一己之哀乐得丧；其余如"《磬镜》《乌几》之铭"，正像南宋楼钥所指出的，皆可"知平生之所安"，"可与郑圃、漆园相周旋"③。凡此都可看出道家和道教思想对周邦彦影响之大。故楼钥谓其"学道退然，委顺知命，人望之如木鸡，自以为喜"④云云，确是知人之言。

　　正因为周邦彦的思想中本以儒、道两家思想为主，性格中又兼有修身自好与多情易感、疏隽不羁的因素，所以，当元祐初太皇太后高氏垂帘听政，以司马光为相，尽废新法，当周邦彦这位以上《汴都赋》而闻名遐迩，并被擢升为太学正的人物，不能不因此而遭受到旧党以及其他一些政治投机者的排斥和打击而外任时，一方面，他不会轻易放弃或改变自己的政治主张和见解；另一方面，面对严酷的政治现实，他又会以道

---

① ［宋］周邦彦著，罗忼烈笺注：《清真集笺注》（修订本）中编，第525—526页。
② ［宋］强焕：《题周美成词》，《片玉词》卷首，《景印文渊阁四库全书》集部第1487册，第339页。
③ ［宋］楼钥：《攻媿集》卷五十一《清真先生文集序》，《景印文渊阁四库全书》集部第1152册，第800页。
④ 同上。

家泯灭荣辱、委运任化的思想来自解自慰,以摆脱其心理的困境。而当哲宗亲政、新党掌权、旧党被贬斥,他自己也"归班于朝"的时候,他也是既会黾勉于任,又能超然于党争之外,与已经变质的新政保持着一定距离,而"坐视捷径,不一趋焉"①。同时,也正因为周邦彦思想性格中本有多情易感、疏隽不羁的因素,所以,当其在现实生活中遭到排斥和打击时,当其思想性格中积极进取、修身自好的一面遭到压抑时,他性格中多情易感、疏隽不羁的另一面便显得突出起来,而其内心的忧怨之情也会转移或借助于这后一方面而加以表现。

以老庄之说来应对和解决绍圣以后所处的政局与现实政治生活中的具体问题,周邦彦似乎是成功的。王国维先生在《清真先生遗事》中谓:"其赋汴都也,颇颂新法,然绍圣之中不因是以求进。晚年稍显达,亦循资格得之。其于蔡氏亦非绝无交际,盖文人脱略,于权势无所趋避,然终与强渊明、刘昺诸人由蔡氏以跻要路者不同。此则强焕政事之目,或属谀词;攻媿委顺之言,殆为笃论者已。徽宗时,士人以言大乐颂符瑞进者甚多,楼序、潜志均谓先生妙解音律,其提举大晟府以此,然当大观、崇宁制作之际,先生绝不言乐,至政和末蔡攸提举大晟府,力主田为而排任宗尧,先生提举适当其后,不闻有所建议,集中又无一颂圣贡谀之作,然则弁阳翁所记颇悔少作之对,当得其实,不得以他事失实而并疑之也。"②所论本为说明周邦彦在绍圣以后并未依附新党(实则仍是依附,只是并非趋炎附势之辈而已),然其中指出其于新党并无依附的原因(实则是未趋炎附势的原因),正在于楼钥所云"学道退然,委顺知命"的缘故,而非强焕所谓政事闲暇云云,则又是十分正确的。

---

① [宋]楼钥:《攻媿集》卷五十一《清真先生文集序》,《景印文渊阁四库全书》集部第1152册,第800页。

② 王国维:《清真先生遗事·尚论》三,《王国维遗书》,第7册,第133—134页。

然而,要在元祐或绍圣之后借助道家之说使自己走出因遭受旧党排斥和不满现实政治、忧幽怨艾而导致的心理阴影,周邦彦却似乎并未能做到。他有自己的政治见解和主张,他对现实政治有较多的关注。元丰六年,他所献《汴都赋》,并不仅仅是一篇铺张夸饰京都大赋,就中也鲜明地体现了他对新政新法的拥护态度。《汴都赋》具在,覆按可知。另,元祐初,其离京外任,在与友人书信中说道:"罪逆不死,奄及祥除,食贫所驱,未免禄仕。"①足见其忧怨心态。多年后,在哲宗元符元年(1098)的《重进汴都赋表》中,我们可从其对宋神宗盛业的称颂,从他所自剖心迹的陈情,尤见其遭受旧党排斥、忧怨愤懑的心态和此一事件对其生平经历的影响之大。表曰:

> 臣命薄数奇,旋遭时变,不能俯仰取容,自触罢废,漂零不偶,积年于兹。臣孤愤莫伸,大恩未报,每抱旧稿,涕泗横流。不图于今,得望天表,亲奉圣训,命录旧文。退省荒芜,恨其少作,忧惧惶惑,不知所为。"②

千载之下,情犹可感。楼钥云:"未几,神宗上宾,公亦低徊不自表襮,哲宗始置之文馆,徽宗又列之郎曹,皆以受知先帝之故。以一赋而得三朝之眷,儒生之荣莫加焉。"③所论最为可取。④

徽宗政和年间,周邦彦还曾作《田子茂墓志铭》,称颂吕惠卿而贬

---

① [宋]周邦彦著,罗忼烈笺注:《清真集笺注》(修订本)中编《友议帖》,第530页。
② 同上书,第532页。
③ [宋]楼钥:《攻媿集》卷五十一《清真先生文集序》,《景印文渊阁四库全书》集部第1152册,第799页。
④ 薛瑞生先生《清真集校注前言》认为《汴都赋》乃"泛泛颂扬之作,并没有明显的政治倾向",其"从初入仕途到哲宗元符年间,即四十五岁前都是依官制之常,循资而迁",又谓其"一生仕途的升迁沉浮,与新旧党争无涉"([宋]周邦彦著,孙虹校注,薛瑞生订补《清真集校注》,中华书局,2002年,第10—11页)。所论难以让人信服。

责范纯仁、范纯粹①,亦可见其思想政治态度始终未变②。此外,他描写宋与西夏战事、感慨将军边境归来失意的诗歌《天赐白》和《薛侯马》,以史鉴今、忧心盛衰相继的《开元夜游图》等诗作,也都足以说明他对现实政治的关心。

既然周邦彦无论在元祐还是绍圣时都始终未改变其拥护新政的态度和对现实的关注,那么,在元祐年间新法尽废、他自己也被长期排斥外任的时候,在绍圣尤其是宋徽宗崇宁以后,新法已逐渐变质、政局渐趋衰微,他虽然也可以循资格而进,却对政局不无看法的时候,他内心的忧愁怨愤便都是不言而喻的了。进而,这种忧愁怨愤也不能不在其创作——主要是在其词作而非诗作——中有所流露。③ 当然,这种流露是间接、委婉而非直接的。

二、新旧党争与《清真词》创作

北宋党争究竟是怎样委婉曲折地影响了清真词的创作呢？我以为,它是作为一种影响周邦彦生平仕宦历程和思想、创作心态变化的重要的思想政治背景,而浸润、渗透到清真词的创作中去,并决定着词人情感抒发的基调,影响着其词的创作风格的。周邦彦所关注的题材也

---

① 《清真集笺注》(修订本)中编《田子茂墓志铭》有"(元符)三年,奸臣范纯粹来延,以与吕公有隙,又尝于元祐中与兄纯仁曾有弃地迹状,目鄜延有功,辄生沮意"云云(下册,第566页)。

② 罗忼烈先生认为此文风格与周邦彦其他文章不类,因而怀疑由他人代笔(《清真集笺注》[修订本]中编,第573页),其论似缺少证据。即使此文有他人代笔,亦可见周邦彦的政治态度。

③ 周邦彦对旧党尽废新法的不满,也偶在其诗歌创作中有所反映。罗忼烈先生曾指出周邦彦在《元夕》诗中以祢衡不屈于曹操,自比己之不能俯仰取容于旧党。其说可参。当然,周邦彦的上述怨愤之情更多的是在词而非诗中加以表现的。

许并没有突破一般词人创作的范围,但其反映社会现实及思想情感的深度却已非他人之所能及。清人陈廷焯盛称清真词妙处,"不外沉郁顿挫。顿挫则有姿态,沉郁则极深厚。既有姿态,又极深厚,词中三昧,亦尽于此矣"①。王国维先生谓"以宋词比唐诗……而词中老杜,则非先生不可"②。其所论容或可议,然若从清真词反映当日现实政治的深度来看,将它与号称"诗史"的杜诗相比较,是有足够理由的。

词之发展到北宋中后期,除了苏轼在尝试着冲破词的传统作法和音律的约束,用写诗的方法来写词,创作了许多令人一新耳目的好作品之外,大多数词人的创作仍是遵循着自唐末五代及北宋初以来的传统路数,花间樽前,应歌而作,绮丽婉约。周邦彦先世本属诗礼簪缨之族,他自己又以疏隽不羁的性格,自少及壮先后生活于风景优美、繁华富庶的杭州和北宋政治经济的中心汴京,于是便与音乐,与词这一特具音乐性的文学样式,也与按曲唱词的歌妓,有了一段不可解的因缘。③ 楼钥谓其"乐府播传,风流自命,又性好音律,如古之妙解,'顾曲'名堂,不能自已"④,是合乎实际的。因此,就清真词的题材取向来看,并未超出传统的男欢女爱、离别相思、伤春叹逝、羁旅愁情等题材,而就其词的语言风格来看,也大致仍是沿着花间、南唐以及北宋初年以来的委婉绮丽的道路前进的。然而,透过词人时时流露出的对目下景况的忧愁和对已逝去的美好景物、年华、情感的无限眷念,我们所能够在在感受到的,

---

① [清]陈廷焯著,屈兴国校注:《白雨斋词话足本校注》卷一,齐鲁书社,1983年,第74页。

② 王国维:《清真先生遗事》,《王国维遗书》,第7册,第138—139页。

③ 据周策纵先生考订,周邦彦在太学时,太学附近正是妓馆、瓦舍遍布的繁华游乐区,参其《诗歌·党争与歌妓:周邦彦〈兰陵王〉词考释》。

④ [宋]楼钥:《攻媿集》卷五十一《清真先生文集序》,《景印文渊阁四库全书》集部第1152册,第800页。

第十四章　北宋党争与清真词的创作

却是他对遭受党争排斥和打击的低回不能自抑的忧幽怨艾,以及由此在清真词典雅工丽的风格之外所皴染上的那份沉郁和凝重。

综观今存全部清真词,无疑以抒写离情别绪题材的作品为最多。周邦彦何时成家,今已不可确知,然据其元祐二年春出都外任前所撰致友人书信"此月末挈家归钱唐,展省坟域,季春远当西迈"①云云,则元祐元年以前已成家,并曾携家眷在京。其妻王氏,据周邦彦在后来所作的《祭王夫人文》中所说的"婉静柔嘉","气温色庄,门内谐熙。家肥子良,侍养孔时。凡所可愿,无一或亏"②等赞扬的话来看,是很端庄贤淑的。然在他就任庐州、荆州教授期间乃至回京以后,似并未随带家眷。而所以如此,我推测或与新旧党争的激烈和政局的不稳定,以及周邦彦当时所处环境和仕宦前景的难以预测,有较密切的关系。于是,遭受排斥,连年外任的抑郁幽怨,与对远方亲人的思念和对昔日欢乐时光的怀恋,以及羁旅愁思等种种复杂曲折的感情,便交织、融合在了一起,是此是彼,实已难分。比如他写于庐州的《宴清都》:

> 地僻无钟鼓,残灯灭,夜长人倦难度。寒吹断梗,风翻暗雪,洒窗填户。宾鸿谩说传书,算过尽、千俦万侣。始信得、庾信愁多,江淹恨极须赋。　　凄凉病损文园,徽弦乍拂,音韵先苦。淮山夜月,金城暮草,梦魂飞去。秋霜半入清镜,叹带眼、都移旧处。更久长、不见文君,归时认否。③

这是一首思念其夫人王氏的词作。周邦彦自元祐二年携家出京,先至杭州省亲,随即只身赴庐州上任,此词则似写于初至庐州的深秋。离别相思,本亦常事,然词中写词人所处之环境与心境竟至于如此凄凉,铺张渲

---

① [宋]周邦彦著,罗忼烈笺注:《清真集笺注》(修订本)中编《友议帖》,第530页。
② 同上书,第559页。
③ 同上书,上编,第70—71页。

染,"凄然欲绝"。就中词人不仅自拟司马相如,更与恨极而赋的江淹、去国离家的庾信产生了强烈的共鸣,反复品味,其情感抒发的沉郁凝重,当有在离别相思之外者。清人黄苏谓:"曰文园,曰文君,似为旅宦思家之作,或别有所托亦未可知,而词旨自尔凄然欲绝。"①是令人赞同的。

与《宴清都》不同,《忆旧游》是写其对昔日京师旧好的思念的作品:

> 记愁横浅黛,泪洗红铅,门掩秋宵。坠叶惊离思,听寒螀夜泣,乱雨潇潇。凤钗半脱云鬓,窗影烛光摇。渐暗竹敲凉,疏萤照晚,两地魂消。　迢迢。问音信,道径底花阴,时认鸣镳。也拟临朱户,叹因郎憔悴,羞见郎招。旧巢更有新燕,杨柳拂河桥。但满目京尘,东风竟日吹露桃。②

这首词的作年,罗忼烈先生系于周邦彦元祐二年出都之前,然从词中起笔便说"记愁横浅黛"及下片开始的"迢迢。问音信"来看,断非作于在京师时,而是外任庐州教授之后的作品。关于这首词的作意,罗忼烈先生认为"似有弦外之音"。元祐初,高太后主政,起复旧党,是所谓"旧巢更有新燕";周邦彦于时不能俯仰取容,是所谓"羞见郎招"③。然综观全词,笔者虽同意罗先生认为此词"有弦外之音"的说法,但又以为不宜如此将其一一坐实。词的上片用"记"字领起,全写词人对昔日"旧游"的追忆,而"旧游"的具体内容,词人则撷取了他与所思念之人分别时的一幕,秋宵苦雨,缠绵难舍,读之令人凄然。透过这种凄楚的情境,我们可以感受到思念者与被思念者彼此爱恋的深挚和不得不分

---

① [清]黄苏:《蓼园词选》,[清]黄苏、[清]周济、[清]谭献选评《清人选评词集三种》,尹志腾校点,齐鲁书社,1988年,第116页。
② [宋]周邦彦著,罗忼烈笺注:《清真集笺注》(修订本)上编,第67页。
③ 同上书,第69—70页。

手时的凄怨。正因为被思念者对词人也一往情深,所以词的下片自领句之外,便用透过一层手法,单说对方对自己如何思念和如何情意深切。"时认鸣镳"是直说,"也拟"三句用元稹《会真记》是申说,"旧巢更有新燕"以下仍又是透过一层来说,而情感则由思念、盼望已转为强烈的忧幽怨艾。风尘中人,纵此时"羞见郎招",他日却终不免旧巢将有新燕,东风吹老"露桃"。哀怨之极,刻骨铭心。同样,在这些怨词的背后,仍掺杂着这位风尘人物以及词人自己对造成他们"两地魂消"的现实政治的讥刺和不满。

离别相思的主题中还包括对友人的思念,而对友人的思念中似也同样增添了一层友情之外的愁思。比如他的名作《齐天乐》:

> 绿芜凋尽台城路,殊乡又逢秋晚。暮雨生寒,鸣蛩劝织,深阁时闻裁剪。云窗静掩,叹重拂罗裀,顿疏花簟。尚有綀囊,露萤清夜照书卷。　　荆江留滞最久,故人相望处,离思何限。渭水西风,长安乱叶,空忆诗情宛转。凭高眺远,正玉液新篘,蟹螯初荐。醉倒山翁,但愁斜照敛。①

此词写作的时地及题旨有多种说法,清人周济认为作于周邦彦自庐州改官荆南后,云:"身在荆南,所思在关中,故有'渭水''长安'之句。"②陈洵《海绡说词》以为是周邦彦"晚年重游荆南之作"③。罗忼烈先生同陈洵之说。王国维先生在《清真先生遗事》中认为"作于金陵",然又说:"当在知溧水前后。"④我以为,写作时地,据词意当在周邦彦知溧水

---

① [宋]周邦彦著,罗忼烈笺注:《清真集笺注》(修订本)上编,第176页。
② [清]周济:《宋四家词选》,[清]黄苏、[清]周济、[清]谭献选评《清人选评词集三种》,第211—212页。
③ 陈洵:《海绡说词》,唐圭璋编《词话丛编》,中华书局,1986年,第5册,第4871页。
④ 王国维:《清真先生遗事》,《王国维遗书》,第7册,第134页。

期间,具体时间则不能断在"知溧水前后"。至其题旨,则以曹慕樊先生"在金陵秋日怀念荆州故人"之说①为最确。上片写悲秋,下片写思念荆州故人,词意分明。秋晚引发人秋思,他乡秋晚更令人不免兴悲秋之叹,于他乡秋晚兴叹之外又起离别相思之情,而复又以己度人,想象友人必定也会有秋晚之叹、迟暮之悲,其情感层层递进,愈益凝重,读之令人愈不能堪。周济谓其"胸中犹有块垒"②,倒是能得其实的。

与离别相思紧密联系在一起的是羁旅愁情,在这种羁旅愁情之中,也仍是凝结着沉重的弦外之思。这里亦举出一例,《花犯》:

> 粉墙低,梅花照眼,依然旧风味。露痕轻缀,疑净洗铅华,无限佳丽。去年胜赏曾孤倚,冰盘同宴喜。更可惜、雪中高树,香篝熏素被。　　今年对花最匆匆,相逢似有恨,依依愁悴。吟望久,青苔上、旋看飞坠。相将见、脆丸荐酒,人正在、空江烟浪里。但梦想、一枝潇洒,黄昏斜照水。③

罗忼烈先生疑此词作于绍圣二年(1095)冬或三年初自溧水入京前,其说较妥。而此词的作意,前人所论,多有可从。如宋人黄昇谓:"此只咏梅花,而纡余反复,道尽三年间事。昔人谓好诗圆美流转如弹丸,余于此词亦云。"④清人黄苏又评此词曰:"总是见宦迹无常,情怀落漠耳。忽借梅花以写,意超而思永。言梅犹是旧风情,而人则离合无常。去年与梅共安冷淡,今年梅正开,而人欲远别。梅似含愁悴之意而飞坠,梅子将圆,而人在空江中,时梦想梅影而已。"并谓其"为梅词第一"⑤。陈

---

① 白敦仁主编:《周邦彦词赏析集》,巴蜀书社,1988年,第121页。
② [清]周济:《宋四家词选》,《清人选评词集三种》,第211页。
③ [宋]周邦彦著,罗忼烈笺注:《清真集笺注》(修订本)上编,第131页。
④ [宋]黄昇:《唐宋诸贤绝妙词选》卷七,上海古籍出版社编《唐宋人选唐宋词》,唐圭璋、蒋哲伦、王兆鹏等校点,上海古籍出版社,2004年,第652页。
⑤ [清]黄苏:《蓼园词选》,《清人选评词集三种》,第117页。

第十四章　北宋党争与清真词的创作

廷焯更明确指出:"此词非专咏梅花,以寄身世之感耳。"①遭受党争排斥、积年漂泊外任的忧愁怨艾,周邦彦借助于对梅花的吟咏而加以委婉巧妙的表达,沉郁顿挫,纡徐曲折,难怪黄苏要称其"为梅词第一"了。

如果说周邦彦遭受党争排斥的忧怨,在其外任期间,主要是通过对离情别绪的抒写曲折地流露出来的话,那么,在他绍圣三年初奉调回京任国子监主簿后的一段时间里,则多是通过某种较为直接的感旧伤逝的形式来进行表现的。

十载漂泊,一朝返京,虽有幽怨,然周邦彦内心的喜悦是显然的。即如他在回京途中写下的一首《浣溪沙》:

> 不为萧娘旧约寒,何因容易别长安,预愁衣上粉痕干。
> 幽阁深沉灯焰喜,小炉邻近酒杯宽,为君门外脱归鞍。②

陈思曾指出:"(周邦彦)集中令慢,固儿女情多,然楚雨含情,意别有托,亦复不少。如《浣溪沙》之'不为萧娘旧约寒,何因容易别长安';《夜游宫》之'有谁知,为萧娘,书一纸';其中所指,断非所欢,惜文集久佚,无术探索。"③这是很有见地的。其实,词人既是"儿女情多",我们也就不必遽断"萧娘"之非其所欢,而通过对这一女性形象的反复书写,"楚雨含情",寓托了词人心中难以摆脱的政治情结。即如《夜游宫》一首,云:"叶下斜阳照水,卷轻浪、沉沉千里。桥上酸风射眸子,立多时,看黄昏,灯火市。　古屋寒窗底,听几片、井桐飞坠。不恋单衾再三起,有谁知,为萧娘,书一纸。"④又,《西园竹》词:"浮云护月,未放满朱扉。鼠摇暗壁,萤度破窗,偷入书帏。秋意浓,闲伫立,庭柯影里,

---

① [清]陈廷焯:《云韶集·补词》,晴葭庐钞本。
② [宋]周邦彦著,罗忼烈笺注:《清真集笺注》(修订本)上编,第144页。
③ 陈思:《清真居士年谱》"重和元年戊戌六十一岁"条后,《辽海丛书》第6集,第70页。
④ [宋]周邦彦著,罗忼烈笺注:《清真集笺注》(修订本)上编,第227页。

好风襟袖先知。　　夜何其,江南路绕重山,心知谩与前期。奈向灯前堕泪,肠断萧娘,旧日书辞犹在纸。雁信绝,清宵梦又稀。"①夜不能寐,肝肠寸断,当必有寄托。《浣溪沙》首两句言:"不为萧娘旧约寒,何因容易别长安。"其潜台词无非是说,如果不是被旧党排斥,何至于离京外任、宦海漂浮长达十年?词中设想回京后与旧欢久别重逢的情景,所表达的主要还是宦途漂泊多年后重返京师的兴奋与喜悦,正是"满头聊插片时狂,顿减十年尘土貌"②。

然当词人真的重又回到京城繁华之地以后,抚今追昔,物是人非,涌现在词人心头的就不仅有故地重游的感慨,而且更有一种莫名的悲哀了。如著名的《瑞龙吟·章台路》一词写道:

> 章台路,还见褪粉梅梢,试花桃树。愔愔坊陌人家,定巢燕子,归来旧处。　　黯凝伫。因记个人痴小,乍窥门户。侵晨浅约宫黄,障风映袖,盈盈笑语。　　前度刘郎重到,访邻寻里,同时歌舞,惟有旧家秋娘,声价如故。吟笺赋笔,犹记燕台句。知谁伴、名园露饮,东城闲步。事与孤鸿去,探春尽是,伤离意绪。官柳低金缕,归骑晚,纤纤池塘飞雨,断肠院落,一帘风絮。③

罗忼烈先生指出,此词"看似章台感旧,而弦外之音,实寓身世之感,则又系乎政事沧桑者也。……盖自元祐二年教授庐州,至是十载,十载之中,新旧党争未已。元祐时旧党为政,罢新法,逐新人;绍圣时新党复起,则又复新法,逐旧人,起新人,清真以是召还。词云'还见',又云'重到',指十载之后再来京师,殆无疑义。'定巢燕子,归来旧处'二

---

① [宋]周邦彦著,罗忼烈笺注:《清真集笺注》(修订本)上编,第210页。
② 同上书,第162页。
③ 同上书,第146页。

句,乍看似只写春景,其实亦有寓意。……'前度刘郎重到',取譬更显白"①。是很有见地的。

其他像周邦彦在这一时期写下的《应天长·寒食》《少年游》(檐牙缥缈小倡楼)、《玉楼春》(当时携手城东道)、《玲珑四犯》(秾李夭桃)等,其中也都有如此旧迹不寻也罢的幽怨,"夕阳深锁绿苔门,一任卢郎愁里老"②,便道出了词人此情此境复杂矛盾的心态。

至于周邦彦此后的大部分词作,仍然笼罩在一种浓重的悲凉情绪之中,这是覆按清真词而可知的。然而,这里应指出的是,造成清真词这种情感基调的原因,决不仅仅是以积年游宦、暮年消沉等就能加以解释的,而更应归结于其对已变质的所谓新政的潜在的失望和不满;造成北宋后期如周邦彦之类许多士人仕宦和心理悲剧的原因,也不应只满足于以北宋王朝的末世衰落作解,还应具体指出这种悲剧实是北宋新旧两党激烈斗争背景下的产物。

总之,周邦彦的思想性格比较复杂。他对熙丰新法持赞成态度,故元祐初遭到排斥,绍圣后得以回京,至于其后"坐视捷径,不一趋焉",并不能说明他对新旧两党均无依附,而是因为其受到道家思想影响的缘故。北宋党争之影响清真词的创作,是作为一种思想政治背景和情感抒发的基调间接和委婉曲折地进行的,这就使清真词反映社会现实的深度超越了他同时代的人。王灼所谓"世间有《离骚》,惟贺方回、周美成时时得之",是大致符合事实的。

---

① [宋]周邦彦著,罗忼烈笺注:《清真集笺注》(修订本)上编,第 152 页。
② 同上书,第 161 页。

第十五章　辛弃疾南归后心态平议

辛弃疾生活的时代,是一个悲剧的时代。这一时代决定了辛弃疾毕生致力收复中原的努力最终不能不归于失败,铸就了辛弃疾一生的悲剧,但也玉成了这位伟大的爱国主义词人。那流传至今的六百二十多首辛词,不仅其数量在现存两宋词人的作品中居第一位,而且其内容之丰富,风格之多样,成就之高,在全部宋词中,也是无可置疑地属于第一流的。那么,这一时代究竟是怎样造就了辛弃疾这位伟大的爱国主义词人?南宋偏安苟且的政局,统治阶级内部的派别斗争,朝野上下懦弱萎靡的士风和社会文化思潮等背景因素,究竟又是怎样影响和作用于词人的思想和个性,形成其特定的生活方式和心态以及审美情趣,并进而融入其词的创作之中的呢?作为时代与创作之间的联系中介和环节,词人南归后的心态及其变化究竟如何,无疑便成了我们在深入研究和评价稼轩词时,应当首先加以认真探讨的重要课题。

一、"无说处,闲愁极"

辛弃疾在祖父辛赞的教育和熏陶下,自幼即抱定驱逐金人、恢复中原的志向,文武兼习,并两次利用赴中都应试的机会,考察山川形势,了解金国内部政局的变化,谋划有朝一日揭竿而起,恢复宋朝旧日的河山,以雪靖康之耻。当绍兴三十一年(1161)金主完颜亮率军数十万南下,北方地区人民纷纷揭竿而起、反金拥宋之时,辛弃疾亦聚众数千,投奔耿京,共图恢复。同时,耿京、辛弃疾、王友直诸路义军,也都先后派人与宋廷联系,其目的不只是希望与南宋军队彼此配合,襄成大业,而且也是为了名正言顺地号召人民,扩大力量。况万一其事不济,亦有南归一退路。但是,辛弃疾绝未想到,当他奉表南归、北返山东时,耿京已被叛将张安国所杀。所谓"变生肘腋,事乃大谬"①,以至于他虽能与王世隆等人生擒张安国,日夜兼程,南归复命,英雄壮举,声震朝野,却难以再直接率部冲杀,驰骋疆场,以实现恢复宏愿。如果不发生上述意外,纵然南宋朝廷无意北伐,纵然耿京、辛弃疾等人率领的起义军最终难以独立完成恢复大业,到那时辛弃疾等人再率部南归,也会是另一番情形。当然,这只是一种假设。

"变生肘腋,事乃大谬",使辛弃疾过早地处在了一个全新而对他并不很有利的环境之中,即他无形中成了一位南宋的"归正人"和"忠义人"。何谓"归正人"和"忠义人"？南宋赵升在《朝野类要》卷三中,对此类称呼有一个解释,他说:"归正,谓元系本朝州军人,因陷蕃,后来归本朝。归顺,谓元系西南蕃蛮溪峒头首等,纳土归顺,依旧在溪峒主管职事。归明,谓元系西南蕃蛮溪峒人,纳土出来本朝,补官或给田养济。归朝,谓元系燕山府等路州军人归本朝者。忠义人,谓元系诸军人,见在本朝界内,或在蕃地,心怀忠义,一时立功者。"②赵升的分辨很细,但归正、归顺、归明等诸种称呼,在南宋时往往已不再细加区别,而统称之为"归正人"。显然,这种称呼本身就带有一种轻视的意味,而且实际上归正人所受到的待遇,也是要比其他人低的。因为按南宋朝

---

① [宋]辛弃疾撰,邓广铭辑校审订,辛更儒笺注:《辛稼轩诗文笺注》卷上《美芹十论》,上海古籍出版社,1995年,第1页。

② [宋]赵升编:《朝野类要》卷三"归附等"条,王瑞来点校,中华书局,2007年,第67页。

廷的规定，即使是归正的官员，一般也只是允许添差某官职，而不厘务差遣，即只给一个闲散的官职而不理政事，并无实权。如举城南归的范邦彦，本当超授，也只给了个添差湖州长兴丞的闲职。王友直率军南归，亦仅授复州（今湖北天门）防御使。同样，辛弃疾以"归正"和"忠义"的双重身份，被授以江阴签判的下层文职，也并不奇怪。

辛弃疾未必十分在意个人的得失，但处在一个从八品的江阴签判位置上，却使他几乎不再可能直接参与他不久前还在为之谋划、奋斗的恢复事业。而在此一时期宋金对峙的局面下，宋尚占着较为有利的地位，只是这种有利的形势保持的时间并不长，就以隆兴元年（1163）的符离之败为标志，而告丧失。和议之风重又笼罩朝中，宋金关系也恢复原状。曾一度很有生气的南宋朝政，转瞬又沉寂下来。

宋廷逐渐沉寂的政局，辛弃疾自身的遭际，都不能不给南归之初的辛弃疾心头蒙上一层浓重的阴云。凭辛弃疾之才力，积以时日，致位显达，当是不成问题的，但是，宋廷一旦失去恢复中原的有利时机，尤其是一旦使稍稍振起的士心、军心、民心，重又趋于涣散、松懈、衰颓，恢复之事的实现，无疑又将变得遥遥无期。辛弃疾自幼对恢复家山、报仇雪耻的渴望，以及多年来为此所作的各种努力，也将随之付诸东流。本为恢复而奋然南归的辛弃疾，此时已不能不忧愁和顾虑恢复大业的前景，不能不顾虑国家和民族的命运。忧心悄悄，一片"闲愁"，这种虽处下僚却仍对恢复前途和国家命运的深忧过计，便成了辛弃疾南归前期最主要的心态。

在辛弃疾乾道元年（1165）所作的《美芹十论》中，我们可以清楚地看到辛弃疾的上述心态。辛弃疾在此文中，曾就宋金双方战和利害，国势强弱、兵力多寡，民心向背等问题反复论辩，对"持重以为成谋"的某些大臣,对"徒见胜不可保之为害"的"不识兵者"①,对"南北有定势,吴楚之脆弱不足以争衡于中原"②的保守论者,对以资费换和平的怯懦之辈,对主张"归正人"不可信用的偏狭之人,辛弃疾也一再进行驳难,分析其观点的不足为据,唯恐朝廷以一小败屈己求和,所谓"臣窃谓恢复自有定谋,非符离小胜负之可惩,而朝廷公卿过虑,不言兵之可惜也。古人言:'不以小挫而沮吾大计',正以此耳"③。其中所深深蕴含着的,正是这种对宋廷战和趋向和家国命运的忧虑。

在辛弃疾这一时期的词作中,也同样在在表现出对恢复前景的隐忧。比如,据邓广铭先生考据,在现存可考作年的辛词中,写作时间最早的《汉宫春·立春日》④即写道:

> 春已归来,看美人头上,袅袅春幡。无端风雨,未肯收尽余寒。年时燕子,料今宵梦到西园。浑未办黄柑荐酒,更传青韭堆盘。
>
> 却笑东风从此,便薰梅染柳,更没些闲。闲时又来镜里,转变朱颜。清愁不断,问何人会解连环。生怕见花开花落,朝来塞雁先还。⑤

"西园"本曹操所建邺都名园,曹丕《芙蓉池作诗》有云:"乘辇夜行游,逍遥步西园。"⑥后泛指高贵的园林,这里代指辛弃疾济南所居。以黄

---

① [宋]辛弃疾:《美芹十论·进美芹十论札子》,《辛稼轩诗文笺注》卷上,第2页。
② [宋]辛弃疾:《美芹十论·自治》,《辛稼轩诗文笺注》卷上,第24页。
③ [宋]辛弃疾:《美芹十论·进美芹十论札子》,《辛稼轩诗文笺注》卷上,第2页。
④ 此词写于绍兴三十二年十二月二十二日立春日,详参邓广铭先生《略论辛稼轩作于立春日的〈汉宫春〉词的写作年份和地点——读郑骞教授〈辛稼轩与韩侂胄〉书后》,原载《中国典籍与文化》1992年第2期,又见《邓广铭治史丛稿》,北京大学出版社,1997年。
⑤ [宋]辛弃疾撰,邓广铭笺注:《稼轩词编年笺注》(增订本)卷一,上海古籍出版社,1993年,第5页。
⑥ 逯钦立辑校:《先秦汉魏晋南北朝诗·魏诗》卷四,第400页。

柑荐酒,备青韭之盘,都是宋时士大夫家庭的节俗。立春之日给词人所带来的,不是蓬勃的生机,满怀的希望,相反,却是春光年华从此将慢慢流逝的隐忧,是连绵不断、无人可解的"清愁",而"年时燕子,料今宵梦到西园"和"生怕见花开花落,朝来塞雁先还"两句中所表现的,则并不只是对家园的思念,其中更有对恢复难期的忧虑和愁苦。

再如乾道八年(1172)词人写于滁州任上的《木兰花慢·滁州送范倅》:

> 老来情味减,对别酒,怯流年,况屈指中秋,十分好月,不照人圆。无情水都不管,共西风只管送归船。秋晚莼鲈江上,夜深儿女灯前。　征衫便好去朝天,玉殿正思贤。想夜半承明,留教视草,却遣筹边。长安故人问我,道愁肠殢酒只依然。目断秋霄落雁,醉来时响空弦。①

刚过了而立之年的词人,竟开始叹老伤别了。这当然只能归因于词人那依然故我的"闲愁"。"道愁肠殢酒只依然。目断秋霄落雁,醉来时响空弦。"正道出词人内心空有一腔热血却英雄无用武之地的愤懑。

其他如:

> 庭院静,空相忆。无说处,闲愁极。②
> 我来吊古,上危楼赢得,闲愁千斛。③
> 问嫦娥孤令有愁无? 应华发。④

---

① [宋]辛弃疾:《木兰花慢·滁州送范倅》,《稼轩词编年笺注》(增订本)卷一,第25页。
② [宋]辛弃疾:《满江红·暮春》,《稼轩词编年笺注》(增订本)卷一,第6页。
③ [宋]辛弃疾:《念奴娇·登建康赏心亭,呈史留守致道》,《稼轩词编年笺注》(增订本)卷一,第11页。
④ [宋]辛弃疾:《满江红·中秋寄远》,《稼轩词编年笺注》(增订本)卷一,第14页。

更如今不听尘谈清,愁如发。①

问春归不肯带愁归,肠千结。②

白石冈头曲岸西,一片闲愁,芳草萋萋。③

春色如愁,行云带雨才归。春意长闲,游丝尽日低飞。闲愁几许,更晚风特地吹衣。④

遥岑远目,献愁供恨,玉簪螺髻。……可惜流年,忧愁风雨,树犹如此。⑤

就中所笼罩和弥漫着的,无不是由恢复事业前景未卜所引发出的忧愁,联系《美芹十论》中"官闲心定""越职之罪难逃"诸语,"愁"而曰"闲",都形象、准确地反映了南渡之初辛弃疾位居下僚的处境和虽处此境仍要萦心恢复的坚定信念和品格。

二、"蛾眉曾有人妒"

辛弃疾并没有仅仅停留在对恢复的忧愁过计上,以他刚强果毅的性格和自幼所受到的教育、熏陶,他是绝不会轻易放弃自己的政治理想和追求的,尽管此时他不可能直接参与恢复大计,甚至也几乎没有发表意见的机会,但是他却在时刻关注并设法参与这件事。自南归的绍兴三十二年起,他先后谒见张浚,上书宋孝宗和宰相虞允文,全面阐述自己对宋、金和战以及攻守措置等问题的看法,并因此渐为宋孝宗和朝廷

---

① [宋]辛弃疾:《满江红·中秋》,《稼轩词编年笺注》(增订本)卷一,第15页。
② [宋]辛弃疾:《满江红》(点火樱桃),《稼轩词编年笺注》(增订本)卷一,第16页。
③ [宋]辛弃疾:《一剪梅·游蒋山呈叶丞相》,《稼轩词编年笺注》(增订本)卷一,第28页。
④ [宋]辛弃疾:《新荷叶》(春色如愁),《稼轩词编年笺注》(增订本)卷一,第31页。
⑤ [宋]辛弃疾:《水龙吟·登建康赏心亭》,《稼轩词编年笺注》(增订本)卷一,第34页。

大臣所认识,加之其在知滁州任上的政治实绩,于淳熙二年,被任为江西提刑,去负责解决令朝廷十分棘手的茶商军起义问题。此后,又被命为江陵知府兼湖北安抚使,成为独当一面的帅臣,进入一个"入则导密旨,出则跻执撰,领帅垣"①的时期,直至淳熙八年末他被劾罢官。

由江阴签判而至一方帅臣,尤其对一位自北南归的士人来讲,应该说是辛弃疾在仕途上发展较为顺利的时期。南宋时,牟𪩘曾将其与范邦彦比较,谓范邦彦"由进士出身,为蔡州之新息县,绍兴辛巳十月以其县来归……法当超授以劝,乃仅添差湖州长兴丞,绯衣银鱼,不尽如章也。……改签书镇江军节度使判官厅事,召赴都堂审察,添差通判本府,以寿终于官。……公与辛公弃疾先后来归,忠义相知,辛公遂婿于公。公当审时,陈公俊卿、伍公炎皆知公,而公老矣,不果用,赍志以殁。辛公声名日起,入则导密旨,出则跻执撰,领帅垣。呜呼,公之不遇,命也"②。其实,还不只是范邦彦,辛弃疾的好友周孚,虽世代为济南将家,且早就避乱南迁,中乾道二年进士,然多年后亦仅得一真州教授,卒于任。时人惜其"仕止于一命,寿不登五十"③。与辛弃疾同时或前后南归的将领,除王友直屡立战功,官至殿前指挥使之外,其余如贾瑞、开赵、王义隆等亦皆不显。与他们相比,辛弃疾的境遇似乎确是好得多。

"归正人"是宋、金长期对峙局面下的产物。靖康二年(1127),北宋灭亡后,宋朝的许多命官、士大夫及百姓,陆续地想方设法渡淮过江,归附南宋政权。宋高宗绍兴中、绍兴末以及宋宁宗开禧初宋、金战争期间,也都有一大批先后南归的"归朝官"和"归正人""忠义人"。其南

---

① [宋]牟𪩘:《陵阳集》卷十五《书范雷卿家谱》,《景印文渊阁四库全书》集部第1188册,第137页。

② 同上。

③ [宋]周孚:《蠹斋铅刀编》序,《景印文渊阁四库全书》集部第1154册,第572页。

归的动机,多半是出于对宋廷、对国家的拥戴、眷恋和对金人的愤恨,是出于儒家传统的夷夏之辨等观念的影响和熏陶,也是出于对金人在统治区实行民族歧视和残酷压榨政策的不满与逃避。这些人南归后,在抗金恢复、从事生产和保存、传播中原文献等方面,均作出了努力和贡献。即如在抵抗金人方面,张浚就曾在《论绝归正人有六不可疏》中指出:"国家自南渡以来,兵势单弱,赖陕西及东北之人,不忘本朝,率众归附,以数万计。臣自为御营参赞军事,目所亲见,后之良将精兵,往往当时归正人也。三十余年,捍御力战,国势以安。"①范成大也曾向朝廷呼吁:"乞除归明、归正人,以示一家。"②

"归正人"是宋、金长期对峙局面的产物,因而其为宋廷所拒纳,南归后的境遇,所处地位的高下和所发挥作用的大小,都往往要随宋金战和形势的变化而变化。当宋、金对峙局势紧张,宋廷需要这批人抵御金兵或占据有利形势,恢复呼声高涨时,宋廷对"归正人"多能以优容为主。如绍兴十年九月,宋高宗就曾下诏说:"河北、河东、京东诸路人民,本吾赤子,偶缘沦陷,遂致驱率,与官军斗敌。应今后归正之人,仰诸路帅司并加存抚,有官者还以官爵,仍加优转;军人、百姓愿从军者,优补名目,厚支诸给,如不愿从军者,听令自便,仍给与空闲田土,官借牛种耕种,蠲免役税,各令安业。"③但即使如此,如上节所述,南宋朝廷也对这些人的仕进有许多限制和约束,有许多诸如分散安置,不得自由迁徙之类的防范措施,甚至有出于画疆自保和狭隘心理的猜忌与迫害。早在宋南渡之初,即已出现过这种情况。宋高宗建炎二年(1128)七月

---

① [宋]张浚:《论绝归正人有六不可疏》([明]黄淮、杨士奇等编:《历代名臣奏议》卷八十八,台北,台湾学生书局,1964年,第1232页)。

② [宋]范成大:《〈日抄〉奏札节文》十三,孔凡礼辑《范成大佚著辑存》,中华书局,1983年,第47页。

③ [清]徐松辑:《宋会要辑稿·兵》十五"归正"上,第15册,第8914页。

丁亥,曾"诏诸郡发归朝官赴行在。时所在多囚禁旧朝官,有疑则加残害,一郡戮至千百人。上悯之,故有是命"①。"有疑则加残害",可见宋廷对"归正人"疑忌之甚。当然,"归正人"本身的构成和性质,也是有变化的,这里不拟对其作全面评价②,但有一点恐怕是事实,那就是"归正人"在南归后不仅实际上受到许多限制和约束,而且,他们又往往在心理上承受着来自朝野上下的压力。

因此,辛弃疾南归后虽似仕途顺利,但在他由江阴签判而一方帅臣乃至其后多年的仕宦生涯中,他在一些朝臣和士人心目中的"归正人"和"忠义人"的特殊出身,以及因此而受到的一些或隐或显的轻视、排斥和沮抑,又不能不如阴云一般时时掠过心头,给他本就因恢复之志难展而忧愁痛苦的心灵,更抹上了一层阴影。这样,忧谗畏讥,隐忍怨艾,随着辛弃疾地位的逐渐提高,也愈益成为较明显的一种心态,直至他被劾退居。

其实,辛弃疾在南归初期,似已曾遭到一些猜忌和排斥,并因此不免产生忧谗畏讥的心理,只是由于他素有恢复大志,胸襟开阔,性格刚毅,而又颇具自信,故能时时加以隐忍而已。在淳熙元年周浮代他祝贺新任建康留守叶衡的一封信中,曾这样写道:

> 自惟菅、蒯,尝侍门墙;拯困扶危,韬瑕匿垢。不敢忘提耳之诲,何以报沦肌之恩。兹以卑身,复托大府。虽循墙以省,昔虞三虎之疑;然引袖自怜,今有二天之覆。伫待荧煌之坐,少陈危苦之辞。③

---

① [宋]李心传:《建炎以来系年要录》卷十六,中华书局,1988年,第338页。
② 请参黄宽重先生《略论南宋时代的归正人》,载其《南宋史研究集》,台北,新文丰出版公司,1985年。
③ [宋]周孚:《蠹斋铅刀编》卷十九《代贺叶留守启》,《景印文渊阁四库全书》集部第1154册,第643页。

"菅、蒯",本谓茅草,用以编席或鞋履,此喻人出身和地位的微贱。① "三虎",即三人成虎之义。② "二天",这里是感恩之辞。③ 这段忆及乾道中辛弃疾添差建康通判经历的话,已隐约透露出其当日处境并不很愉快的一面。添差本就是不实际参与政务的闲职,何况再遭人猜忌呢? 邓广铭先生认为,由此可"借知稼轩于乾道四五年内任建康府通判时,处境盖多舛迍,甚至时遭诬枉与谤毁。其时叶氏以总领江东钱粮而治所亦在建康,对稼轩甚多'拯困扶危'之举措,故稼轩深感其有'沦肌之恩'。此可证知稼轩渡江初年,虽尚沉沦下僚,而已屡遭摈挤,惜其具体事节均莫可考知耳"④。这是可以据信的。

辛弃疾不但自己对这些无谓、狭隘的猜忌和摈挤尽量隐忍,而且还曾劝他的朋友、也属"归正人"之畴的周孚,要"痛忍臧否"。据周孚淳熙二年任真州(今江苏仪征)教授之初给友人的信中所云:"辛幼安书中云云,亦愿有向来所传所幸者,有颇不相悦者沮之耳。辛戒小人以'且痛忍臧否',不知是可忍乎?'吐之则逆人,茹之则逆余,以为宁逆人也,故卒吐之。'此东坡平生得力处也,岂可以一官而改耶!"⑤尽管我们今天也已不能详知周孚所言的具体所指为何,但从周氏"仕止于一命"的遭际来看,其愤懑不平的原因,当也与辛弃疾相仿。凡此,已可

---

① 《春秋左传》成公九年引《诗经》佚句:"虽有丝麻,无弃菅蒯;虽有姬姜,无弃蕉萃。"(杨伯峻编著:《春秋左传注》,第846页。)

② 《战国策·秦策》三曰:"三人成虎,十夫揉椎;众口所移,毋翼而飞。"(缪文远:《战国策新校注》[修订本],卷五,第175页。)

③ 《后汉书》卷三十一《苏章传》载苏氏为冀州刺史,其"故人为清河太守,章行部案其奸臧。乃请太守,为设酒肴,陈平生之好。甚欢。太守喜曰:'人皆有一天,我独有二天。'章曰:'今夕苏孺文与故人饮者,私恩也;明日冀州刺史案事者,公法也。"(第1107页)

④ 邓广铭:《辛稼轩年谱》(增订本),上海古籍出版社,1997年,第47页。

⑤ [宋]周孚:《寄解伯时简》,《全宋文》卷五千八百二十,第259册,第26页。其所引乃苏轼《思堂记》中语。(张志烈、马德富、周裕锴主编:《苏轼全集校注·苏轼文集校注》卷十一,第1146页。)

见辛弃疾忧谗畏讥心态的一斑。

我们还可从辛弃疾在南渡初所上之《美芹十论》和《九议》中,看出其上述心态。辛弃疾在《美芹十论》中,曾一再论及"归正人"的问题。比如,他论及争取中原民心,便提出要"存抚新附以诱之,使知朝廷有不忘中原之心"①。论及屯田,则亦直接指出"归正人"南渡后的处境是:"且今归正军民散在江淮,而此方之人例以异壤视之。不幸而主将亦以其归正,则求自释于庙堂,又痛事形迹,愈不加恤,间有挟不平,出怨语,重典已絷其足矣。所谓小名目者,仰奉给为活,胥吏沮抑,何尝以时得?呜呼,此诚可悯也,诚非朝廷所以怀诱中原忠义之术也。"所以他主张:"籍归正军民,厘为保伍,择归正不厘务官,擢为长贰,使之专董其事","内以节冗食之费,外以省转饷之劳","此正屯田非特为国家便,而且亦为归正军民之福"②;至于《美芹十论·防微》一篇,更是他对"归正人"问题的专论。在此篇中,他大声疾呼:"臣愿陛下广含弘之量,开言事之路,许之陈说利害,官其可采,以收拾江南之士;明诏有司,时散俸廪,以优恤归明归正之人。外而敕州县吏,使之蠲除科敛,平亭狱讼,以纾其逃死蓄愤、无所申诉之心。"而在此篇之末,他又引述了《战国策·赵策》三中的一个著名的故事,他说:

> 臣闻之:鲁公甫文伯死,有妇人自杀于房者二人。其母闻之不哭,曰:"孔子,贤人也,逐于鲁而是人不随。今死而妇人为自杀,是必于其长者薄,于其妇人厚。"议者曰:"从母之言,则是为贤母;从妻之言,则不免为妒妻。"今臣之论归正归明军民,诚恐不悦臣之说者,以臣为妒妻也。惟陛下深察之。③

---

① [宋]辛弃疾:《美芹十论·观衅》,《辛稼轩诗文笺注》卷上,第22页。
② [宋]辛弃疾:《美芹十论·屯田》,《辛稼轩诗文笺注》卷上,第36—38页。
③ [宋]辛弃疾:《美芹十论·防微》,《辛稼轩诗文笺注》卷上,第46—47页。

"吐之则逆人,茹之则逆余,以为宁逆人也,故卒吐之。"辛弃疾如此不避嫌疑地屡屡论及"归正人"问题,尤其是这段不无辛酸悲慨的坦言,当然绝不是无的放矢,而是有感而发,真实地反映了辛弃疾那颗志欲恢复而又深恐终遭摈斥、无所作为的矛盾和痛苦的心灵,反映了当日许多南归士民所共同面临的生存窘境。

同样,辛弃疾在《九议》中也表现出这种深深的忧虑。他说:"事有甚微而可以害成事者,不可不知也。朝廷规恢远略,求西北之士,谋西北之事,西北之士固未用事也,东南之士必有悻然不乐者矣。缓急则南北之士必大相为斗。南北之士斗,其势然也。……某欲望朝廷思有以和辑其心者,使之合志并力,协济事功,则天下幸甚。"①南北之士相斗,恢复事业无成,这怎能不让辛弃疾忧心呢!

自淳熙二年以后,辛弃疾忧谗畏讥、隐忍怨艾的心态愈益明显,固然这一时期也是其"入则导密旨,出则跻执撰、领帅垣","声名日起"的时期。淳熙五年,辛弃疾自江西安抚官大理少卿,在同僚送别的宴席上,曾赋《水调歌头》词一首,其词序曰:"淳熙丁酉,自江陵移帅隆兴。到官之三月被召,司马监、赵卿、王漕饯别。司马赋《水调歌头》,席间次韵。时王公明枢密薨,坐客终夕为兴门户之叹,故前章及之。"词云:

> 我饮不须劝,正怕酒尊空。别离亦复何恨,此别恨匆匆。头上貂蝉贵客,苑外麒麟高冢,人世竟谁雄?一笑出门去,千里落花风。
>
> 孙刘辈,能使我,不为公。余发种种如是,此事付渠侬。但觉平生湖海,除了醉吟风月,此外百无功。毫发皆帝力,更乞鉴湖东。②

前面曾谈到,在平商茶军以后的数年中,辛弃疾职任调动甚为频繁,用

---

① [宋]辛弃疾:《九议》其九,《辛稼轩诗文笺注》卷上,第91—92页。
② [宋]辛弃疾:《水调歌头·淳熙丁酉……》,《稼轩词编年笺注》(增订本)卷一,第47—48页。

他自己的话说,是"两分帅阃,三驾使轺"①。这种频繁调遣的本身,似乎就已意味着其处境的不太正常。"此别恨匆匆",词起笔四句,正是对这种似乎并不正常的调遣的牢骚,而这种牢骚之所反映的,则恰恰便是词人忧谗畏讥、隐忍怨艾的心理状态。序中所说王公明,即王炎,公明是其字。王炎,《宋史》无传,据邓广铭先生考订,炎为安阳(今属河南)人,南渡后寓居豫章。② 王炎乾道五年以参知政事之职出任四川宣抚使,在任合利州东西两路为一,宣抚司治所移南郑(今陕西汉中),物色人才(时陆游、章森等皆在幕府),训练军队,积极备战,伺机收复。乾道八年被召回任枢密使,九年正月罢,与祠。淳熙元年出知潭州。二年,以汤邦彦论其有欺君之罪落职。三年,以赦复职自便,当仍居豫章。五年卒。这样一位人物的死,何以使得辛弃疾及其同僚们"终夕为兴门户之叹"呢?邓广铭先生在《稼轩词编年笺注》中,仅引晁武公、虞允文与王炎不协及被汤邦彦弹劾事,而未加解释。我以为,这不协的背后当还有更深刻的内容。据王质《雪山集》卷九《上王参政启》云:"祖宗有训,宰相当用北人。周、汉以来,太平多从西起。惟桑梓之名邦曰相,而衮绣之先达有韩。载生我公,益懋其美。实河朔英豪之彦,有雍梁形势之区。人与地以相当,古至今而莫并。"③这位被王质称为"河朔英豪之彦"的宰相,这位在蜀三年锐意恢复的宣抚大臣,他的最终被排斥,是否与南北士人之间的不相容,与朝廷内部的派别之争即"门户"之见有关系呢?我以为,恐不能排除这一可能,否则这所谓"终夕为兴门户之叹",便终让人无从索解,且词的下片"孙刘辈,能使我,不为公"数句,也成了无稽之谈。"孙刘辈"数句,语出陈寿《三国志·魏书·辛毗

---

① [宋]辛弃疾:《新居上梁文》,《辛稼轩诗文笺注》卷上,第102页。
② 参邓广铭先生《辛稼轩年谱》,第68页。
③ [宋]王质:《雪山集》卷九,《景印文渊阁四库全书》集部第1149册,第434页。

传》。魏明帝时,"中书监刘放、令孙资见信于主,制断时政,大臣莫不交好,而毗不与往来。毗子敞谏曰:'今刘、孙用事,众皆影附,大人宜小降意,和光同尘;不然必有谤言。'毗正色曰:'主上虽未称聪明,不为暗劣。吾之立身,自有本末。就与刘、孙不平,不过令吾不作三公而已,何危害之有?焉有大丈夫欲为公而毁其高节者邪?'"①辛弃疾所以用这一典故,当还有具体所指。检徐自明《宋宰辅编年录》卷十八,淳熙五年三月,史浩自观文殿大学士充醴泉观使兼侍读任右丞相。据《宋会要辑稿·职官》七十二之二十,辛弃疾此年二月尚在安抚使任,并上书劾知兴国军黄茂材"过数收纳苗米"②。因而当史浩的任命发表时,辛弃疾可能还在豫章,正准备离职赴京。就是这位史浩,不但一向反对恢复③,而且也极力拒绝接收"归正人",以至于被劾落职与祠,长达十三年,淳熙初方被重新起用④。在史浩任右相的制词中,有这样的勉励之语:"坚忠实之志,则□□□不革;绝亲党之私,则除授罔不公。"⑤而史浩召对之时,宋孝宗又曾与其论及朋党之事,谓:"叶衡既去,人以王正己为其党,朕固留之。虽衡所引,其人自贤,则知朕不以朋党待臣下也。"⑥史浩回答宋孝宗说:"蒙恩再相,唯尽公道,庶无朋党之

---

① [晋]陈寿撰,[南朝宋]裴松之注:《三国志》卷二十五《魏书·辛毗传》,第698页。
② [清]徐松辑:《宋会要辑稿·职官》七十二之二十,第8册,第4978页。
③ 据《宋史》卷三百八十三《虞允文传》,史浩隆兴元年正月拜相。其"既素主弃地,及拜相,亟行之,且亲为诏,有曰:'弃鸡肋之无多,免狼心之未已。'"(第11795、11796页)其畏惧金人,主张弃地求和,实过于软弱。
④ 据《宋史》卷三百九十六《史浩传》,浩曾谓:"(陈)康伯欲纳归正人,臣恐他日必为陛下子孙忧。"(第12067页)
⑤ [宋]徐自明撰,王瑞来校补:《宋宰辅编年录》卷十八,中华书局,1986年,第1234、1235页。
⑥ [宋]罗濬:《宝庆四明志》卷八《先贤事迹》"王说"条,《宋元浙江方志集成》第7册,杭州出版社,2009年,第3234页。

弊。"①可见史浩在此前任职中,似不免有结党之嫌。所以,辛弃疾这位也曾得叶衡力荐的人物,在此时被调入京,不免心存疑虑,且在词中以三国魏辛毗自比,愤懑不平之气溢于言表,同僚诸人亦大兴"门户之叹",便都是不难理解的了。② 总之,综观全词,词人内心那种忧谗畏讥、隐忍怨艾的情绪是十分明显的。

辛弃疾忧谗畏讥、隐忍怨艾的心态,我们还可以从他这一时期的其他词作中经常看到。如,在《摸鱼儿·淳熙己亥,自湖北漕移湖南,同官王正之置酒小山亭,为赋》一词中,他写道:"长门事,准拟佳期又误。蛾眉曾有人妒。千金纵买相如赋,脉脉此情谁诉?君莫舞,君不见玉环飞燕皆尘土!"在《满庭芳·和洪丞相景伯韵》一词中,他也写道:"倾国无媒,入宫见妒,古来颦损蛾眉。"③直到他淳熙九年退居带湖之后,仍旧不时地在作品中吟诵着"自古蛾眉嫉者多,须防按剑向随何"④,"空谷无人,自怨蛾眉巧"⑤。其忧幽怨艾之情,几不可抑。事实上,就是在辛弃疾退居之后,莫名之摈挤谗毁似也未尝完全绝迹。而辛弃疾退居后的心态虽也已变化,其忧谗畏讥的情绪也仍旧不能完全消失。淳熙十五年,辛弃疾退居带湖已七年之后,奏邸忽有小报传来⑥,说他"以病挂冠"云云。辛弃疾既觉可笑,又觉其可恶,遂作一词曰:

---

① [元]脱脱等:《宋史》卷三百九十六《史浩传》,第12067页。

② 当然,此次辛弃疾奉调回京,似并未受到什么不公正的对待,但如上所述,其内心的忧虑则并非没有理由。

③ [宋]辛弃疾:《满庭芳·和洪丞相景伯韵》,《稼轩词编年笺注》(增订本)卷一,第82页。

④ [宋]辛弃疾:《再用韵》二首其一,《辛稼轩诗文笺注》卷下,第147页。

⑤ [宋]辛弃疾:《蝶恋花·月下醉书雨岩石浪》,《稼轩词编年笺注》(增订本)卷二,第177页。

⑥ 宋门下省每日编纂朝中发生的大事、已行的差除黜罢等命令,由给事中审定,交都进奏院印发全国,称"朝报"或"邸报"。然至南宋,亦有专门打听朝报未报之事,或官员陈乞未行之事等,将其刻印,私相传递,从中谋利,称为"小报"。

第十五章 辛弃疾南归后心态平议

> 老子生平,笑尽人间,儿女怨恩。况白头能几,定应独往;青云得意,见说长存。抖擞衣冠,怜渠无恙,合挂当年神武门。都如梦,算能争几许,鸡晓钟昏。　此心无有亲冤,况抱瓮年来自灌园。但凄凉顾影,频悲往事;殷勤对佛,欲问前因。却怕青山,也妨贤路,休斗尊前见在身。山中友,试高吟楚些,重与招魂。①

梁启超先生曾释此词,谓:"先生落职,本缘被劾,而邸报误为引疾,词中'笑尽儿女怨恩','此心无有亲冤',谓胸中绝无芥蒂,被劾与引退原可视同一律也。'白头能几,定应独往','衣冠无恙,合挂当年神武门。'言早当勇退,不必待劾也。'都如梦,算能争几许,鸡晓钟昏。'言邸奏竟为我延长若干年做官生涯,然所差能几,不足较也。……'却怕青山,也妨贤路。'极言忧谗畏讥,恐虽山居犹不免物议也。'山友重与招魂',言本已罢官,邸奏又为我再罢一次,山友不妨再赋招隐也。"②由此反观辛弃疾淳熙中忧谗畏讥之心态,也许就更为清楚了。难怪他在《淳熙己亥论盗贼札子》中,会有下面如此痛切的话:

> 臣孤危一身久矣,荷陛下保全,事有可为,杀身不顾。况陛下付臣以按察之权,责臣以澄清之任,封部之内,吏有贪浊,职所当问,其敢燀旷,以负恩遇!自今贪浊之吏,臣当不畏强御,次第按奏,以俟明宪,庶几荒遐远徼,民得更生,盗贼衰息,以助成朝廷胜残去杀之治。但臣生平刚拙自信,年来不为众人所容,顾恐言未脱口而祸不旋踵,使他日任陛下远方耳目之寄者,以臣为戒,不敢按

---

① [宋]辛弃疾:《沁园春·戊申岁,奏邸忽腾报谓余以病挂冠,因赋此》,《稼轩词编年笺注》(增订本)卷二,第233页。
② 梁启超:《辛稼轩先生年谱》"十五年戊申四十九岁"条,《梁启超全集》,第9册,北京出版社,1999年,第5177页。

吏,以养成盗贼之祸,为可虑耳。①

"顾恐言未脱口而祸不旋踵",其心态不待言矣。

三、"待学渊明,酒兴诗情不相似"

辛弃疾自淳熙八年末以在湖南飞虎军事为直接诱因,被弹劾罢官,退居带湖,直至宋光宗绍熙三年重新被起用,长达十二年之久。这一时期,辛弃疾的生活发生了很大变化,其心态也不能不较前变得更为矛盾和复杂起来:一方面,他要努力用儒家进退出处的传统思想观念,去化解心中的郁愤,适应退居的生活环境,所谓进退取适;另一方面,由于他梦寐以求的收复中原的政治理想和愿望未曾改变,所以,他内心因遭谗毁摈斥所产生的痛苦,既不能完全免除,而其刚强自信的性格,又使他对恢复、对自己的东山再起,始终抱着一种坚定的信念,而决不肯颓放自弃。总之,闲适旷放与忧世进取的杂糅,构成了辛弃疾带湖退居时期并不很和谐的心态。

辛弃疾自幼即受过良好的儒家传统思想的教育和熏陶,而儒家士大夫所坚持和追求的理想人格与精神境界,所应有的胸怀,便是达则兼济,穷则独善,宠辱不惊,处变泰然。因此一向以"真儒""通儒"自期的辛弃疾,一旦遭劾退居,处变处穷,他所赖以安身立命,用以支持自己面对退居现实的精神支柱,就只能是传统的儒家思想,是儒家对待出处进退的一套办法。他要以此去抚慰自己遭受创伤的心灵,以此去化解心中的郁愤和不平。于是自解自慰、退而取适,成了辛弃疾这一时期所自我追求的一种精神境界,成了此时其心态变化的一个重要方面。

辛弃疾退居之初,曾"集经句"作《踏莎行》一词,题其稼轩,词曰:

---

① [宋]辛弃疾:《淳熙己亥论盗贼札子》,《辛稼轩诗文笺注》卷上,第108页。

第十五章　辛弃疾南归后心态平议

进退存亡,行藏用舍。小人请学樊须稼。衡门之下可栖迟,日之夕矣牛羊下。　去卫灵公,遭桓司马。东西南北之人也。长沮桀溺耦而耕,丘何为是栖栖者。①

这无异于是其被劾退居归耕的一篇宣言。行藏用舍,他如今选择了藏舍;宦海风波险恶,他已退避学稼。虽然我们仍不难从词中感受到辛弃疾内心的郁愤不平之气,但他试图借助儒家思想观念,退而取适的努力却是很显然的。词中所集,皆为《周易》《论语》等儒家经典中的成句,顺手拈来,如同己出,真可谓绝妙之极。

辛弃疾退居带湖以后,在他的心目中和创作里,出现了两位重要的历史人物:一是颜回,二是陶渊明。这两位人物在其作品中的出现,可以说从一定程度上反映了他心态中自解自慰、退而求适的一面。

颜回是孔子弟子中最能洁身自好和最能吃苦的一位,孔子对其也最为赞赏。孔子曾毫不掩饰地盛赞颜回:"贤哉。回也!一箪食,一瓢饮,在陋巷,人不堪其忧,回也不改其乐。贤哉,回也!"②又谓颜渊曰:"用之则行,舍之则藏,唯我与尔有是夫。"③后世因推尊颜回为孔门弟子之首。至宋儒,更对颜回的思想与人格,作了十分具体细致的阐释。如北宋周敦颐就将颜回列为洁身自好的贤人,认为他能以道德为至大至爱至贵,"见其大则心泰,心泰则无不足,无不足则富贵贫贱处之一也"④。程颐、朱熹等也都对孔、颜乐处作过论述,大致皆以颜回能"学

---

① [宋]辛弃疾:《踏莎行·赋稼轩,集经句》,《稼轩词编年笺注》(增订本)卷二,第119页。
② [宋]朱熹:《四书章句集注·论语集注》卷三《雍也》,第87页。
③ 同上书卷四《述而》,第95页。
④ [宋]周敦颐:《通书·颜子》,曾枣庄、刘琳主编《全宋文》卷一千七十四,第25册,第273页。

以至圣人之道"①和安贫乐道、视富贵贫贱如一为可贵。② 因此,颜回的思想与人格,实是中国古代士人的一种理想人格,是他们每于穷愁颠沛之际用以自我精神抚慰的一种良药。辛弃疾此时所取于颜子的,大抵也不出宋儒学颜子之所学的范围,而尤在其用舍行藏的处世态度。在上举辛弃疾《踏莎行·赋稼轩,集经句》中,已用到孔子称颜回的话,后辛弃疾得奇师村周氏泉,又将其命名为"瓢泉",并为之作词多首,其《水龙吟·题瓢泉》曰:

> 稼轩何必长贫,放泉檐外琼珠泻。乐天知命,古来谁会,行藏用舍?人不堪忧,一瓢自乐,贤哉回也。料当年曾问:"饭蔬饮水,何为是,栖栖者?" 且对浮云山上,莫匆匆去流山下。苍颜照影,故应零落,轻裘肥马。绕齿冰霜,满怀芳乳,先生饮罢,笑挂瓢风树,一鸣渠碎,问何如哑。③

不但对颜回行藏用舍的乐天知命态度备极推崇,且以古之著名隐士许由自期,都无非是借以自解自慰而已。

辛弃疾退居带湖后,在他的生活和创作中,开始屡屡以陶渊明自比。④ 陶渊明是一位生于晋宋之际的有独特思想品格的伟大诗人。在政治上,他不满于东晋以来社会动乱、世风日下的现实,不肯违心降志与世俗同流合污,屈仕于代晋而立的刘宋政权;在思想上,他受到其家

---

① [宋]程颐:《颜子所好何学论》,[宋]程颢、[宋]程颐《二程集·河南程氏文集》卷八,王孝鱼点校,中华书局,1981年,第577页。

② 朱熹《论语集注》卷三引程颐:"昔受学于周茂叔,每令寻仲尼、颜子乐处,所乐何事。"又曰:"颜子之乐,非乐箪瓢陋巷也,不以贫窭累其心而改其所乐也,故夫子称其贤。"(《四书章句集注》,第87页)

③ [宋]辛弃疾:《水龙吟·题瓢泉》,《稼轩词编年笺注》(增订本)卷二,第218—219页。

④ 此前辛词中有两次提及陶渊明,见于《新荷叶》(春色如愁)和《西河·送钱仲耕自江西漕移守婺州》,但在词中大量咏及渊明,则显在退居带湖之后。

第十五章　辛弃疾南归后心态平议

世信仰的濡染和魏晋以来玄学思想的影响,融合儒道,委运任化,"惟求融合精神于运化之中,即与大自然为一体"①。陶渊明一生中虽也有过"精卫衔微木,将以填沧海"的雄心和"刑天舞干戚"式的"猛志"②,并曾有数次短暂的因贫而仕的经历,但他最终还是冲破了官场的樊笼,归隐了田园;陶渊明的内心虽也不时地为出处进退、贫富贵贱、生死祸福等矛盾冲突所困扰,并因此而苦闷彷徨,但他毕竟还是参透了人生与自然的真谛,走出了进不足以谋用、退不足以谋生的窘境,最终达到一个"此中有真意,欲辩已忘言"③的浑化境界。因此,这位曾经"猛志逸四海,骞翮思远翥"④,而终究走上了"开荒南野际,守拙归园田"⑤道路的诗人,在后人心目中,便往往具有了平淡静穆与雄迈狂放、节士与高士的双重品格。钟嵘认为陶渊明是"古今隐逸诗人之宗"⑥,司空图说"不疑陶令是狂生"⑦,梅尧臣也说"渊明节本高,曾不为吏屈"⑧。辛弃疾退居带湖时期对陶渊明的认同,则兼有上述平淡静穆与雄豪狂放双重品格。这一方面是因为陶渊明本身有此双重品格,另一方面也是由于此时辛弃疾的心态,尚难以达到"融合精神于运化之中,即与大自然为一体"的进境,他所有取于陶氏的,主要是拘于形迹的表层意义上的归隐,他拟陶学陶的目的,只是为了自我开解,即"我愧渊明久矣,犹借

---

① 陈寅恪《陶渊明之思想与清谈之关系》一文中语,见其《金明馆丛稿初编》,生活·读书·新知三联书店,2001年,第229页。
② 逯钦立校注:《陶渊明集》卷四《读山海经十三首》其十,中华书局,1979年,第138页。
③ 逯钦立校注:《陶渊明集》卷三《饮酒二十首》其五,第89页。
④ 逯钦立校注:《陶渊明集》卷四《杂诗十二首》其五,第117页。
⑤ 逯钦立校注:《陶渊明集》卷二《归田园居五首》其一,第40页。
⑥ [南朝梁]钟嵘著,陈延杰注:《诗品注》卷中,人民文学出版社,1961年,第41页。
⑦ [唐]司空图:《白菊三首》其一,[清]彭定求等编《全唐诗》卷六百三十四,中华书局,1960年,第19册,第7281页。
⑧ [宋]梅尧臣:《送永叔归乾德》,《梅尧臣集编年校注》卷九,上册,第142页。

此翁湔洗,素壁写《归来》"①。比如,他在词中写道:

> 岁月何须溪上记,千古黄花,自有渊明比。②
> 便此地结吾庐,待学渊明,更手种门前五柳。③
> 醉里却归来,松菊陶潜宅。④
> 今宵依旧醉中行。试寻残菊处,中路候渊明。⑤
> 莫怪东篱韵减,只今丹桂香浓。⑥

丹桂香浓便忘却东篱秋菊,虽是送人应试之辞,词人借渊明以自我开解的心态,实也就是如此。

辛弃疾在带湖期间对陶渊明的认同,除了平淡静穆的一面(虽然是形迹上的)之外,更有其雄豪狂放或节士的一面。在《贺新郎》(把酒长亭说)一首词中,他写道:

> 看渊明、风流酷似,卧龙诸葛。⑦

这是称道前来造访的陈亮,也可视为辛弃疾的夫子自道。在辛弃疾的另一首词,《水龙吟·用瓢泉韵戏陈仁和,兼简诸葛元亮,且督和词》

---

① [宋]辛弃疾:《水调歌头·再用韵答李子颖提幹》,《稼轩词编年笺注》(增订本)卷二,第131页。

② [宋]辛弃疾:《蝶恋花》(洗尽机心随法喜),《稼轩词编年笺注》(增订本)卷二,第126页。

③ [宋]辛弃疾:《洞仙歌·访泉于奇师村,得周氏泉,为赋》,《稼轩词编年笺注》(增订本)卷二,第197页。

④ [宋]辛弃疾:《生查子·民瞻见和,复用前韵》,《稼轩词编年笺注》(增订本)卷二,第204页。

⑤ [宋]辛弃疾:《临江仙·醉宿崇福寺,寄祐之弟。祐之以仆醉先归》,《稼轩词编年笺注》(增订本)卷二,第208页。

⑥ [宋]辛弃疾:《朝中措·九日小集,时杨世长将赴南宫》,《稼轩词编年笺注》(增订本)卷二,第295页。

⑦ [宋]辛弃疾:《贺新郎》(把酒长亭说),《稼轩词编年笺注》(增订本)卷二,第236页。

中,我们又看到对其他隐士的类似的比拟:"更想隆中,卧龙千尺,高吟才罢。"①陶渊明既然本有平淡与豪放、高士与节士的双重思想品格,那么拿诸葛亮来比陶,也就没什么不可以,虽然诸葛亮与陶渊明在思想性格和实际的功业成就等方面,都存在很大的不同,何况,以诸葛亮比陶,既不始于也不终于辛弃疾。北宋黄庭坚曾在《宿旧彭泽怀陶令》诗中写道:"潜鱼愿深眇,渊明无由逃。彭泽当此时,沉冥一世豪。司马寒如灰,礼乐卯金刀。岁晚以字行,更始号元亮。凄其望诸葛,肮脏犹汉相。"②元人吴澄在《渊明集补注序》中也说道:"予尝谓楚之屈大夫、韩之张司徒、汉之诸葛丞相、晋之陶征士,是四君子也,其制行也不同,其遭时也不同,而其心一也。"所以,辛弃疾之将诸葛亮与陶渊明相提并论,便不只是在于显示了他别具只眼,而更在于这恰好从一个侧面透露了辛弃疾虽居江湖之上,却仍志在天下的真实心态,透露出他此时对所谓处则渊明,出则诸葛的进退皆适的理想境界的企求。总之,辛弃疾退居带湖期间的师陶,既有师其平淡的一面,也有取其豪迈的成分;平淡是形迹,是表,豪迈才是真情,是里。处则渊明,出则诸葛,与学颜子的"用之则行,舍之则藏"一样,都反映了辛弃疾自我慰藉和进退求适的特定心态,尽管他还难以真正达到这一精神境界。

"东篱多种菊,待学渊明,酒兴诗情不相似。"③辛弃疾的这两句词,正道出了他退居带湖时期的思想和心态的实际。虽然"酒兴诗情不相似",却还要"东篱多种菊,待学渊明",自我抚慰,进退取适,这是其心态的一方面;虽然可以"东篱多种菊,待学渊明",但毕竟掩盖不了"酒

---

① [宋]辛弃疾:《水龙吟·用瓢泉韵戏陈仁和,兼简诸葛元亮,且督和词》,《稼轩词编年笺注》(增订本)卷二,第220页。诸葛元亮,事历不详,当也是一位寓居上饶的有志之士。

② [宋]黄庭坚著,[宋]任渊、[宋]史容、[宋]史季温注:《山谷诗集注》卷一,上海古籍出版社,2003年,第15页。

③ [宋]辛弃疾:《洞仙歌·开南溪初成赋》,《稼轩词编年笺注》(增订本)卷二,第144页。

兴诗情不相似"的思想现实,这又是其心态的另一方面。

于是,我们在辛弃疾的退居生活和创作中,看到了如下的矛盾现象。

他劝人"莫上扁舟访剡溪,浅斟低唱正相宜"①,却又道"莫向空山吹玉笛,壮怀酒醒心惊"②,并拒绝接受友人惠赠之琴,担心"人散后,月明时,试弹《忧愤》泪空垂"③;他曾多次出游博山寺,认为那里的山林景色"比着桃园溪上路,风景好,不争多",甚而表示"白发苍颜吾老矣,只此地,是生涯"④,但当他独宿山中,"布被秋宵梦觉"之时,竟是"眼前万里江山"⑤;他曾自称"并竹寻泉,和云种树,唤做真闲客。此心闲处,未应长借丘壑",但转口便道"休说往事皆非,而今云是,且把清尊酌"⑥;他曾劝辛助,"钟鼎山林都是梦,人间宠辱休惊"⑦,然又勉之以"诗书事业,青毡犹在,头上貂蝉会见。莫贪风月卧江湖,道日近长安路远"⑧。如此等等,皆可见辛弃疾内心壮志难骋的忧愤和纵处逆境亦决不肯放弃恢复信念的坚定和执着。

---

① [宋]辛弃疾:《鹧鸪天·用前韵和赵文鼎提举赋雪》,《稼轩词编年笺注》(增订本)卷二,第152页。

② [宋]辛弃疾:《临江仙·醉宿崇福寺,寄祐之弟。祐之仆醉先归》,《稼轩词编年笺注》(增订本)卷二,第208页。

③ [宋]辛弃疾:《鹧鸪天·徐衡仲惠琴,不受》,《稼轩词编年笺注》(增订本)卷二,第151页。

④ [宋]辛弃疾:《江神子·博山道中书王氏壁》,《稼轩词编年笺注》(增订本)卷二,第168、169页。

⑤ [宋]辛弃疾:《清平乐·独宿博山王氏庵》,《稼轩词编年笺注》(增订本)卷二,第172页。

⑥ [宋]辛弃疾:《念奴娇·赋雨岩,效朱希真体》,《稼轩词编年笺注》(增订本)卷二,第174页。

⑦ [宋]辛弃疾:《临江仙·再用韵,送祐之弟归浮梁》,《稼轩词编年笺注》(增订本)卷二,第209页。

⑧ [宋]辛弃疾:《鹊桥仙·和范先之送祐之弟归浮梁》,《稼轩词编年笺注》(增订本)卷二,第211页。

第十五章　辛弃疾南归后心态平议

这里,我们不妨再看辛弃疾一首词:

> 世事从头减,秋怀彻底清。夜深犹送枕边声,试问清溪底事未能平?　月到愁边白,鸡先远处鸣。是中无有利和名,因甚山前未晓有人行?①

山中夜坐,万事皆不挂心,词人似乎产生了一种从未有过的表里俱澄澈的感觉;月白风清,遥闻鸡鸣,愈显出远离尘世,夜坐山中的静寂。然而,词人还是没能从"愁边"摆脱出来,而涧水也依旧在流淌不息,路人仍照旧未晓奔走。山中静夜不静,正反映出词人的内心不能平静,反映出他难以真正将世事忘怀的矛盾心态。顾随先生在谈到此词上片末两句和下片末两句时,曾慨叹:"不知何以稼轩于事减、怀清之际,乃忍于出此。是殆举'世事'十字'月到'十字所缔造之境界、酿成之空气,尽摧拉之而无余也。"②其实,正是上述无计消除的心理矛盾,才造成了这首词表达的难以回避的不和谐。对辛弃疾来说,矛盾的、不和谐的,恰恰便是真实的。

辛弃疾对世事的不能忘怀和对恢复信念的坚定不移,不仅每每流露于创作之中,更表现在他对一些具体事情的处理上。即如他对退居之地上饶带湖的选择,这本身就很能见出他这种心态。辛弃疾在上饶带湖置地建房,是在淳熙六年他任湖南转运副使的时候。其时,他正处在一种忧谗畏讥、深恐遭人摈挤的情境中。所以,他的经营带湖,本有避祸的意味。而既是避祸,避祸之后,当然希望再出。所以,他选择上饶带湖作寓居之地,其意义就比较明显了。王水照先生曾指出,辛弃疾此举"含有待时而沽的东山之志"③,这是很有见地的。洪迈在《稼轩

---

① [宋]辛弃疾:《南歌子·山中夜坐》,《稼轩词编年笺注》(增订本)卷二,第 214 页。
② 顾随:《顾随文集》上编《稼轩词说》卷下,上海古籍出版社,1986 年,第 97 页。
③ 王水照:《苏、辛退居时期的心态平议》,《文学遗产》1991 年第 2 期。又见《王水照自选集》,上海教育出版社,2000 年,第 326 页。

记》里已说到上饶地理位置的优越,他说:"国家行在武林,广信最密迩基辅。东舟西车,蜂午错出,处势便近。"①或许正由于这一原因,此地便为"士大夫乐寄焉"。叶适即说过,"初渡江时,上饶号称贤俊所聚,义理之宅,如汉许下、晋会稽焉"②。后来刘克庄也曾说"上饶郡为过江文献所聚"③。地理位置优越,号称贤俊所聚,辛弃疾选择此地寓居,其不甘寂寞,再起东山的用心,自可以想见。

四、"功名只道,无之不乐,那知有更堪忧"

辛弃疾在退居带湖十年之后,于宋光宗绍熙三年春被重新起用,出任福建提刑,时已五十三岁。这次重出,不到三年,即于绍熙五年秋,由福建安抚使任落职。于是,又开始了他长达九年的退居瓢泉的生活,直到宋宁宗嘉泰三年夏第三次被起用,出知绍兴府兼浙东安抚使。然亦仅两年,便于开禧元年夏重又落职。开禧二年再召,次年即病卒。在辛弃疾晚年的这十五年中,就其仕途而言,可以说是数起数落;就其主要心态而言,则是进亦忧,退亦忧,无时而乐了。用辛弃疾自己的话说,就是"功名只道,无之不乐,那知有更堪忧"④。

辛弃疾平生萦心恢复,未尝一日忘怀,所谓:"造次必于是,颠沛必

---

① [宋]祝穆:《古今事文类聚》前集卷三十六,《景印文渊阁四库全书》子部第 925 册,第 601 页。

② [宋]叶适:《叶适集》卷十二《徐斯远文集序》,刘公纯、王孝鱼、李哲夫点校,中华书局,1961 年,第 214 页。

③ [宋]刘克庄著,辛更儒笺校:《刘克庄集笺校》卷九十七《赵逢原诗序》,中华书局,2011 年,第 4089 页。

④ [宋]辛弃疾:《雨中花慢·登新楼有怀赵昌甫、徐斯远、韩仲止、吴子似、杨民瞻》,《稼轩词编年笺注》(增订本)卷四,第 479 页。

于是。"①因此,他当然希望出而任责,进求恢复。但当其感到虽仕却于恢复之事无补,甚而要在其位谋其政也很困难时,那么这种出仕与退处相比,也就只能给辛弃疾带来更多的困扰和忧虑,而并无多少乐处可言。辛弃疾时常谈起功名,但他所谈的功名,其实多是有着恢复的具体内涵的,而对于不涉恢复的空谈功名,则并不以为然,尤其是他退居瓢泉以后。比如,庆元四年(1198),辛弃疾复职奉祠,朝廷似已有重新起用之意,故当时亦不免有预言或劝其出仕者,然辛弃疾对此则并不轻加许可,而将其斥之为"俗人"。谓:"俗人如盗泉,照影都昏浊。高处挂吾瓢,不饮吾宁渴。"②又作《夜游宫·苦俗客》,云:"有个尖新底,说底话非名即利。说得口干罪过你。且不罪,俺略起,去洗耳。"③词人不愿谈功名,甚而也不愿出仕。且看他的另一首词:

> 听我三章约(自注:用《世说》语):有谈功谈名者舞,谈经深酌。作赋相如亲涤器,识字子云投阁。算枉把精神费却。此会不如公荣者,莫呼来政尔妨人乐。医俗士,苦无药。 当年众鸟看孤鹗,意飘然横空直把,曹吞刘攫。老我山中谁来伴?须信穷愁有脚。似剪尽还生僧发。自断此生天休问,倩何人说与乘轩鹤。吾有志,在丘壑。④

以司马相如和扬雄之才学,尚不免一涤器市中,一畏官投阁;以词人当年揭竿反金,谋划收复,气吞曹刘之概,亦难免屡遭沮抑,终老山间的厄运。故约法三章,禁谈功名、学问,甚而宣称"自断此生天休问",不愿

---

① [宋]朱熹:《四书章句集注·论语集注》卷二《里仁》,第70页。
② [宋]辛弃疾:《生查子·简吴子似县尉》,《稼轩词编年笺注》(增订本)卷四,第475页。
③ [宋]辛弃疾:《夜游宫·苦俗客》,《稼轩词编年笺注》(增订本)卷四,第476页。
④ [宋]辛弃疾:《贺新郎·韩仲止判院山中见访,席上用前韵》,《稼轩词编年笺注》(增订本)卷四,第473页。

再出仕。这些当然都是愤激之词。实则词人并非真的不愿谈功名,不愿出仕,而是对无关恢复的出仕和功名,并不看重;对空有一腔忧国之志却无从实现,慨然致叹。总之,辛弃疾既然始终是以恢复为政治理想和旨归的,而这种理想事实上又难以实现,则无论出处进退,他都很难真正摆脱那种进亦忧、退亦忧的心理困境。

(一)"富贵非吾事,归与白鸥盟"

退居时期尚难以忘怀恢复的辛弃疾,当其重新出而任事之时,理应对恢复、对功业充满信心和希望。然而,尽管他在实际的治政中从未放弃自己的努力,可一旦他重又置身当日的政局之中,面对依旧宽忍萎弱的士风时,他还是很快就感到了恢复的遥远和功业的艰难,甚而要在其位谋其政,也并不容易。因此,在出处之间的犹疑,对恢复难期和动辄得咎、功业难骋的忧愤,便成了绍熙再出时期辛弃疾的主要心态。

辛弃疾到任不久,便有友人、知信州王自中作词为寿,原词已不可见,辛弃疾和作如下:

> 记取年年为寿客,只今明月相随。莫教弦管便生衣。引壶觞自酌,须富贵何时。　入手清风词更好,细书白茧乌丝。海山问我几时归。枣瓜如可啖,直欲觅安期。①

值得注意的是,下片末两句用《史记·封禅书》安期生事,即所谓"安期生仙者,通蓬莱中,合则见人,不合则隐"②。刚被起用就要学安期生,"合则见人,不合则隐",已透露出词人心存犹疑的隐忧。

在福州任上的其他作品中,辛弃疾的这种心态,随处可见。如,

---

① [宋]辛弃疾:《临江仙·和信守王道夫韵,谢其为寿。时仆作闽宪》,《稼轩词编年笺注》(增订本)卷四,第308页。
② [汉]司马迁撰,[南朝宋]裴骃集解,[唐]司马贞索隐,[唐]张守节正义:《史记》卷二十八《封禅书》,第1657页。

他写道:"鸡豚旧日渔樵社,问先生:带湖春涨,几时归也?"①他游福州西湖,怀念疏浚西湖、为民造福的前任赵汝愚,便联想到旧居上饶的带湖:

> 记得瓢泉快活时,长年耽酒更吟诗。蓦地捉将来断送,老头皮。　　绕屋人扶行不得,闲窗学得鹧鸪啼。却有杜鹃能劝道:不如归!②

平居戏填小词,自解自嘲,更直接宣称:不如归! 辛弃疾自福州被召入京,友人饯别,席上赋词,即预言:"富贵非吾事,归与白鸥盟。"③重回福州帅任,仍不时念起:"莼羹鲈鲙秋风起,问人生得意几何时,吾归矣。"④并开始计划辞职归田。在《行香子·三山作》一次要中他写道:

> 好雨当春,要趁归耕。况而今已是清明。小窗坐地,侧听檐声。恨夜来风,夜来月,夜来云。　　花絮飘零,莺燕丁宁,怕妨侬湖上闲行。天心肯后,费甚心情。放霎时阴,霎时雨,霎时晴。⑤

梁启超先生释此词,多有可取。如曰:"此诗人比兴之旨,意内言外,细绎自见。先生虽功名之士,然其所拳拳者,在雪大耻复大仇,既不得所借手,则区区专阃虚荣,殊非所愿。……及既就职,则任事负责之兴复发,不顾时忌,毅然行其所信,而谤者索瘢不已……谁复能受? 故和卢国华词云:'还自笑,人今老;空有恨,萦怀抱。记江湖十载,厌持旌纛。'盖已知报国夙愿不复能偿,而厌弃此官抑甚矣。度自去冬今春……而朝

---

①　[宋]辛弃疾:《贺新郎》(觅句如东野),《稼轩词编年笺注》(增订本)卷三,第311页。
②　[宋]辛弃疾:《添字浣溪沙·三山戏作》,《稼轩词编年笺注》(增订本)卷三,第316页。
③　[宋]辛弃疾:《水调歌头·壬子三山被召,陈端仁给事饮饯席上作》,《稼轩词编年笺注》(增订本)卷三,第317页。
④　[宋]辛弃疾:《满江红》(宿酒醒时),《稼轩词编年笺注》(增订本)卷三,第325页。
⑤　[宋]辛弃疾:《行香子·三山作》,《稼轩词编年笺注》(增订本)卷三,第328页。

旨沉吟,久无所决,故不免焦急也。"①"功名只道,无之不乐,那知有更堪忧。"梁启超的这些分析,可以说是颇能道出词人进退维谷的心理状态的。

犹疑之外,恢复难期和动辄得咎、功业难骋的忧愤,也是很明显的。比如其《鹧鸪天》(三山道中)云:

抛却山中诗酒窠,却来官府听笙歌。闲愁做弄天来大,白发栽埋日许多。 新剑戟,旧风波。天生予懒奈予何。此身已觉浑无事,却教儿童莫怎么。②

"新剑戟,旧风波"的具体含义为何,我们今天虽难以指实,然可知者,辛弃疾初任福建提刑时,帅臣林枅即与之不和。辛按行州县,亦遭掣肘。林枅病卒,辛弃疾代安抚之职,严于治下,其所施为,又颇与风气不协,至议论纷纭,更不用说其他。十年退居,一朝复出,依旧是处此尴尬境地,词人怎能没有愤懑、牢骚呢?至其又曰:"濩落我材无所用,易除殆类无根潦。"③"吾衰矣,须富贵何时。富贵是危机。暂忘设醴抽身去,未曾得米弃官归。穆先生,陶县令,是吾师。"④"峡束苍江对起,过危楼欲飞还敛。"⑤等等。危苦之辞,忧愤之心,显而易见。

(二)"古来贤者,进亦乐,退亦乐"

瓢泉退居的九年,是辛弃疾心灵极为痛苦的九年。如果辛弃疾在第一次被劾罢官后,尚对他日重出、实现恢复、再展宏图抱着很大的希

---

① 梁启超:《辛稼轩先生年谱》"绍熙五年甲寅五十五岁"条,《梁启超全集》,第9册,第5185页。
② [宋]辛弃疾:《鹧鸪天》(三山道中),《稼轩词编年笺注》(增订本)卷三,第318页。
③ [宋]辛弃疾:《满江红·和卢国华》,《稼轩词编年笺注》(增订本)卷三,第321页。
④ [宋]辛弃疾:《最高楼·吾拟乞归,犬子以田产未置止我,赋此骂之》,《稼轩词编年笺注》(增订本)卷三,第331页。
⑤ [宋]辛弃疾:《水龙吟·过南剑双溪楼》,《稼轩词编年笺注》(增订本)卷三,第337页。

望的话,那么,此次短暂出仕,即被劾落职,愈发使他感到了实现恢复的艰难,因而由此所给他带来的痛苦也就只能是愈益沉重。其忧愤悲怆的心态,较之带湖时期,愈益明显;而其表现形式,也更为复杂和呈现出不同的特点。在带湖退居时期,辛弃疾往往用儒家传统的进退取适的思想观念,来自我开解,以承担和消弭内心的痛苦和忧愤,至退居瓢泉时,则除了借助儒家进退取适的思想之外,还往往要取用道家泯灭荣辱是非、顺物自然的思想观念,以自解自嘲。在带湖时期,辛弃疾对陶渊明的认同,既有平淡静穆的一面,也有豪迈狂放的一面;而至瓢泉,则不但多剩下了前者,且认同的层次也已由形迹转入思想情趣。

首先,儒家思想中穷则独善、箪瓢自乐的观念,仍是辛弃疾承受心灵痛苦的主要精神支柱。退居带湖期间,他曾用这种思想观念自解自慰,对东山再起充满了自信,而此次退归瓢泉,他所用以疗救心灵创伤的良药,自然仍旧离不开这种思想观念。如云:"古人兮既往,嗟予之乐,乐箪瓢些。"① "古来贤者,进亦乐,退亦乐。"②等等。皆可见出此点。但值得我们注意的是,仅此似已不能满足词人的需要了。在他自我慰藉的思想观念中,往往又杂糅了一些道家泯是非、等贵贱、一生死的思想观念。如在《兰陵王·赋一丘一壑》词中,他写道:

> 一丘壑,老子风流占却。茅檐上,松月桂云,脉脉石泉逗山脚。寻思前事错,恼杀,晨猿夜鹤。终须是,邓禹辈人,锦绣麻霞坐黄阁。　　长歌自深酌。看天阔鸢飞,渊静鱼跃,西风黄菊香喷薄。怅日暮云合,佳人何处,纫兰结佩带杜若。入江海曾约。　　遇合。事难托。莫击磬门前,荷蒉人过,仰天大笑冠簪落。待说与穷

---

① [宋]辛弃疾:《水龙吟·用些语再题瓢泉,歌以饮客,声韵甚谐,客皆为之醉》,《稼轩词编年笺注》(增订本)卷四,第355页。

② [宋]辛弃疾:《兰陵王·赋一丘一壑》,《稼轩词编年笺注》(增订本)卷四,第357页。

达，不须疑着。古来贤者，进亦乐，退亦乐。①

辛弃疾本已将自己在铅山期思的寓所叫作瓢泉，可这里分明又称"赋一丘一壑"；词中"古来贤者，进亦乐，退亦乐"等，显是儒家对待进退出处的观点，但其具体出典实则取自《庄子·让王》一篇。这种杂糅儒道思想的自解自慰的做法，与带湖退居相比，已有不同。

再如，辛弃疾除了以"一丘一壑"命名瓢泉居所附近的湖山之外，还以《庄子·秋水》篇名命名他所居住的房子，并以"秋水观"为题②，作过两首《哨遍》词，通篇用《庄子》中语，且第二首犹能见其以庄自释的心态：

> 一壑自专，五柳笑人，晚乃归田里。问谁知，几者动之微。望飞鸿冥冥天际。论妙理，浊醪正堪长醉，纵今自酿躬耕米。嗟美恶难齐，盈虚如代，天耶何必人知。试回头五十九年非，似梦里欢娱觉来悲。夔乃怜蚿，谷亦亡羊，算来何异。　嘻。物讳穷时，丰狐文豹罪皮。富贵非吾愿，皇皇乎欲何之？正万籁都沉，月明中夜，心弥万里清如水。却自觉神游，归来坐对，依稀淮岸江浜，看一时鱼鸟忘情喜，会我已忘机更忘己。又何曾物我相视。非鱼濠上遗意，要是吾非子。但教河伯休惭海若，小大均为水耳。世间喜愠更何其，笑先生三仕三已。③

《庄子·秋水》篇有谓："察乎盈虚，故得而不喜，失而不忧，知分之无常也；明乎坦涂，故生而不说，死而不祸，知终始之不可故也。"成玄英疏曰："天道既有盈虚，人事宁无得丧，是以视乎盈虚之变，达乎得丧之

---

① [宋]辛弃疾：《兰陵王·赋一丘一壑》，《稼轩词编年笺注》（增订本）卷四，第357页。
② "秋水观"即秋水堂，《哨遍·秋水观》词第一首有句"空堂梦觉题秋水"及"此堂之水几何其？但清溪一曲而已"（《稼轩词编年笺注》[增订本]卷四，第423页）。
③ [宋]辛弃疾：《哨遍》（一壑自专），《稼轩词编年笺注》（增订本）卷四，第424页。

理,故傥然而得,时也,不足为欣;偶尔而失,命也,不足为戚也。"①《秋水》一篇,主旨在论大小齐一,盈虚如代,终始无定,得失有分。辛弃疾《哨遍》两首,亦主要是檃栝其意,而最终落脚,则仍在自嘲自释。谓早仕于朝,晚归田里,虽或为人所笑,也是得失有命;而穷通富贵,进退出处,既然都是听天任运,物我是非,喜忧哀乐,乃至"三仕三已",自也应当顺其自然,而不必斤斤计较了。"正万籁都沉,月明中夜,心弥万里清如水"数句,正反映了词人在对庄子所言之妙理作了一番认真的体悟之后,似乎所感受到的一种超然物外的心理上的愉悦和轻松。

其实,对瓢泉退居时期的辛弃疾来说,老庄思想已成了他颇资依赖的重要的心理调适工具之一。他自言"案上数编书,非《庄》即《老》"②,更时时以《庄子》之语入词,以词表达其读《庄》会心,如《卜算子·用庄语》《卜算子·漫兴三首》、《哨遍》(池上主人)等等,都可见其自解自嘲,平抑郁懑的心态。

在带湖退居期间,辛弃疾对陶渊明的认同,可以说尚在归隐形迹的层次,所以他会有"待学渊明,酒与诗情不相似"的感觉,并别具机杼地拈出陶渊明作为节士而"风流酷似,卧龙诸葛"的一面,表现出其退则渊明,进则诸葛的用心。及至瓢泉,辛弃疾对陶渊明的认同,就其主要倾向而言,则似乎不但只剩下了归隐之一义,而且也已由形迹向思想意趣方面深入了。他曾反复说道:

> 须信采菊东篱,高情千载,只有陶彭泽。③
> 一尊遐想,剩有渊明趣。④

---

① [清]郭庆藩辑:《庄子集释》卷六下,第568、570页。
② [宋]辛弃疾:《感皇恩·读庄子,闻朱晦庵即世》,《稼轩词编年笺注》(增订本)卷四,第470页。
③ [宋]辛弃疾:《念奴娇·重九席上》,《稼轩词编年笺注》(增订本)卷四,第459页。
④ [宋]辛弃疾:《蓦山溪·停云竹径初成》,《稼轩词编年笺注》(增订本)卷四,第413页。

> 种豆南山,零落一顷为萁。岁晚渊明,也吟草盛苗稀。风流划地,向尊前采菊题诗。悠然忽见,此山正绕东篱。　　千载襟期,高情想象当时。①
>
> 倾白酒,绕东篱,只于陶令有心期。②

那么,辛弃疾所认同和崇尚的这种"高情"和意趣是什么呢?他又写道:

> 一尊搔首东窗里,想渊明《停云》诗就,此时风味。江左沉酣求名者,岂识浊醪妙理。③
>
> 若教王、谢诸郎在,未抵柴桑陌上尘。④
>
> 记醉眠陶令,终至全乐;独醒屈子,未免沉菑。⑤
>
> 渊明避俗未闻道,此是东坡居士云。身似枯株心似水,此非闻道更谁闻?⑥

辛弃疾此时所认同的,已不只是陶渊明抛却名利、归耕田亩的行为本身,更有这种行为背后的任情遂性、顺物自然的思想根源。于是,昔日

---

① [宋]辛弃疾:《新荷叶·再题傅岩叟悠然阁》,《稼轩词编年笺注》(增订本)卷四,第488页。

② [宋]辛弃疾:《鹧鸪天·重九席上作》,《稼轩词编年笺注》(增订本)卷二,第191页。按此词邓广铭先生系之退居带湖时期,详其词意,似应在"读渊明诗不能去手"的瓢泉时期。

③ [宋]辛弃疾:《贺新郎》(甚矣吾衰矣),《稼轩词编年笺注》(增订本)卷四,第515页。

④ [宋]辛弃疾:《鹧鸪天·读渊明诗不能去手,戏作小词以送之》,《稼轩词编年笺注》(增订本)卷四,第416页。

⑤ [宋]辛弃疾:《沁园春·城中诸公载酒入山,余不得以止酒为解,遂破戒一醉,再用韵》,《稼轩词编年笺注》(增订本)卷四,第387页。

⑥ [宋]辛弃疾:《书渊明诗》,《辛稼轩诗文笺注》卷下,第172页。按杜甫《遣兴五首》其三:"渊明避俗翁,未必能达道。观其著诗集,颇亦恨枯槁。达生岂是足,默识盖不早。有子贤与愚,何其挂怀抱。"([唐]杜甫注,[清]杨伦笺注:《杜诗镜铨》卷五,上海古籍出版社,1980年,第234页。)则此似辛弃疾一时误记。邓广铭辑校审订、辛更儒笺注《辛稼轩诗文笺注》将此诗系于其退居带湖时期,然从辛弃疾心态看,当作于退居瓢泉时期。

"看渊明,风流酷似,卧龙诸葛"的话题,"往日曾论,渊明似胜卧龙些"①,被代之以"岁晚凄其无诸葛,惟有黄花入手"②。从辛弃疾对陶渊明认同取向的转变,我们不难看出其心态的忧愤悲怆和这种心态的日趋凝重,不难看到这位平生萦心恢复的爱国志士,是怎样在屡遭摧抑之后不得不一再退缩,自嘲自解,借以抒发忧愤,维持其心理平衡的悲剧现实。

综上所述,从辛弃疾对道家思想的汲取,对陶渊明认同层次的深入,我们可以清楚地看到其退居瓢泉时期思想和心态演变的轨迹。有时候,我们甚至看到词人似乎已是心灰意冷:

谁识年来心事,古井不生波。③

心似伤弓塞雁,身如喘月吴牛。④

欢多少,歌长短,酒浅深。而今已不如昔,后定不如今。闲处直须行乐,良夜更教秉烛,高会惜分阴。白发短如许,黄菊倩谁簪。⑤

强欲加餐竟未佳,只宜长伴病僧斋。心似风吹香篆过,也无灰。⑥

---

① [宋]辛弃疾:《玉蝴蝶·叔高书来戒酒,用韵》,《稼轩词编年笺注》(增订本)卷四,第467页。
② [宋]辛弃疾:《贺新郎·题傅岩叟悠然阁》,《稼轩词编年笺注》(增订本)卷四,第446页。
③ [宋]辛弃疾:《水调歌头》(万事一杯酒),《稼轩词编年笺注》(增订本)卷四,第452页。
④ [宋]辛弃疾:《雨中花慢·吴子似见和再用韵为别》,《稼轩词编年笺注》(增订本)卷四,第480页。
⑤ [宋]辛弃疾:《水调歌头·醉吟》,《稼轩词编年笺注》(增订本)卷四,第441页。
⑥ [宋]辛弃疾:《添字浣溪沙·病起,独坐停云》,《稼轩词编年笺注》(增订本)卷四,第429页。

然而,辛弃疾还是凭着儒家对进退出处的思想观念,凭着他刚强坚毅的性格,承担起了这份巨大的忧伤。他终究不愿意改变自己的政治理想和追求,终究不肯忘怀现实,自然也不会改变自己的坚强性格。他在《贺新郎·用前韵(指〈题傅岩叟悠然阁〉一首——引者)再赋》词中写道:

> 肘后俄生柳。叹人生不如意事,十常八九。右手淋浪才有用,闲却持螯左手。谩赢得伤今感旧。投阁先生惟寂寞,笑是非不了身前后。持此语,问乌有。　青山幸自重重秀。问新来萧萧木落,颇堪秋否?总被西风都瘦损,依旧千岩万岫。把万事无言搔首。翁比渠侬人谁好,是我常与我周旋久。宁作我,一杯酒。①

萧萧木落,而千岩万岫依旧,人生虽不如意,但理想与人格却不肯改变,这就是辛弃疾的本色所在。庆元四年,辛弃疾复职奉祠,作《鹧鸪天》词曰:

> 老退何曾说着官,今朝放罪上恩宽。便支香火真祠俸,更缀文书旧殿班。　扶病脚,洗衰颜,快从老病借衣冠。此身忘世浑容易,使世相忘却自难。②

虽有感慨和意外,但欣喜之情仍十分明显。世未相忘,而词人也并未真正忘世。然词人的满怀忧愤,也正未有穷期。

(三)"渡江天马南来,几人真是经纶手?"

辛弃疾晚年的第三次被起用,是在宋廷拟对金用兵的背景下进行的。作为一位终生对恢复事业孜孜以求的爱国志士,他深深地希望这

---

① [宋]辛弃疾:《贺新郎·用前韵再赋》,《稼轩词编年笺注》(增订本)卷四,第447页。
② [宋]辛弃疾:《鹧鸪天·戊午拜复职奉祠之命》,《稼轩词编年笺注》(增订本)卷四,第420页。

次正在筹划中的兴师北伐,能够坚定不移、按部就班地进行下去,希望宋廷失去的疆土能够因此得以恢复,希望数十年来徽钦二帝被掳中原惨遭涂炭的奇耻大辱,终得洗雪。但他也深深地忧虑,忧虑宋宁宗和朝廷大臣是否真有意于恢复,忧虑宋、金休战数十年后,宋军的实力恐一时还不能担负起北伐的重责,也忧虑自己能否为朝廷所信赖和久用。同时,他心头也夹杂着一种深深的遗憾,遗憾国家所蒙受的奇耻大辱,遗憾自己数十年的恢复之志,直到年逾六旬之后,始被委以边防重任,得以直接参与和筹划收复之事。此后,则又遗憾和痛惜于这次恢复机会的转瞬即逝。总之,有希望,更有犹疑、忧虑、悲慨与遗憾,这构成了辛弃疾晚年再出的主要心态。

辛弃疾的这种心态,集中地表现在他对"时"和"人"的看法上。

时时关注着宋金时局的辛弃疾,以他军事家的敏感,早就预见了这次宋廷北伐的机会。嘉泰三年,他自铅山瓢泉受命重出时,已六十四岁,然犹能"不以久闲为念,不以家事为怀,单车就道,风采凛然"①,便不能不说是已看到了宋、金政局的变化和可能出现的收复之机。后来自浙东安抚任上召见,他又向宋宁宗进言,曰:"(金国)必乱必亡,愿付之元老大臣,务为仓猝可以应变之计。"②所谓"务为仓猝可以应变之计",实际就是认为此时有"用兵之利",有北伐之机。③而随后他出知镇江,也一直在积极备战。这都很能见出他对收复、对这次难得的北伐之机遇所寄托的莫大希望。然而,在他的《跋绍兴辛巳亲征诏草》中,我们又看到了他对朝廷能否抓住这一时机的深深的忧虑。其曰:"使

---

① [宋]黄榦:《与辛稼轩侍郎书》,《全宋文》卷六千五百三十六,第287册,第507页。

② [宋]李心传:《建炎以来朝野杂记》乙集卷十八《丙寅淮汉蜀口用兵事目》,徐规点校,中华书局,2000年,第825页。

③ [宋]沧州樵叟:《庆元党禁》云:"嘉泰四年甲子春正月,辛弃疾入见,陈用兵之利,乞付之元老大臣。"(《知不足斋丛书》,第36页。此语亦见[宋]佚名《续编两朝纲目备要》卷八。)

此诏出于绍兴之初,可以无事仇之大耻;使此诏行于隆兴之后,可以卒不世之大功。今此诏与此房犹俱存也,悲夫!"①那种对宋廷屡失收复之机的深深遗憾,其实正蕴含了他对此次北伐的深深的忧虑。

辛弃疾起初对执掌朝政的太师韩侂胄也是寄予很大希望的。他曾将韩侂胄比作春秋时存赵救孤的晋将军韩献子,又谓韩能继其曾祖、北伐名将韩琦定策顾命的遗风,希望其"方谈笑,整乾坤。直使长江如带,依前是存赵须韩"②,甚而写道:"维师尚父鹰扬,熊罴百万堂堂。看取黄金假钺,归来异姓真王。"③这些祝词,都反映了辛弃疾希望韩侂胄能真正肩负起收复重责的一番苦心。此外,我们还可以从辛弃疾的其他一些词作中,看到他对能担负时代重任、成就恢复事业的英雄人物的呼唤。如:"天下英雄谁敌手?曹刘。生子当如孙仲谋。"④"千古江山,英雄无觅,孙仲谋处。"⑤"不是望金山,我自思量禹。"⑥等等。但是,这里我们同样不能不联想到辛弃疾的另两句词:"渡江天马南来,几人真是经纶手?"⑦纵得其时,而无其人。纵有其人,而又不得其用,恢复都仍将是一句空话。事实上,这并不是辛弃疾的过虑。如朝廷当时所用枢密都承旨苏师旦、同知枢密院事程松、襄阳帅郑挺、镇江都统李奕等,都难以承担军政大任。辛弃疾在所作诗《感怀示儿辈》诗中曾写道:

---

① [宋]辛弃疾撰,邓广铭辑校审订,辛更儒笺注:《辛稼轩诗文笺注》卷上,第129页。
② [宋]辛弃疾:《六州歌头》(西湖万顷),《稼轩词编年笺注》(增订本)卷五,第562页。
③ [宋]辛弃疾:《清平乐·新来塞北》,《稼轩词编年笺注》(增订本)卷五,第564页。
④ [宋]辛弃疾:《南乡子·登京口北固亭有怀》,《稼轩词编年笺注》(增订本)卷五,第548页。
⑤ [宋]辛弃疾:《永遇乐·京口北固亭怀古》,《稼轩词编年笺注》(增订本)卷五,第553页。
⑥ [宋]辛弃疾:《生查子·题京口郡治尘表亭》,《稼轩词编年笺注》(增订本)卷五,第547页。
⑦ [宋]辛弃疾:《水龙吟·甲辰岁寿韩南涧尚书》,《稼轩词编年笺注》(增订本)卷二,第145页。

"穷处幽人乐,徂年烈士悲。归田曾有志,责子且无诗,旧恨王夷甫,新交蔡克儿。渊明去我久,此意有谁知?"①将自己素所痛恨的徒知议论、不谙实事的王衍之辈与朝中新贵相提并论,他所抒发的,正是对朝廷用非其人的担忧,和自己烈士暮年竟不得不与此类人为伍的悲慨。这是一方面。另一方面,像辛弃疾这样能够承担收复重任的人物,却又是命与时舛,难以为用的。辛弃疾知镇江不过一年,即被劾落职,以至在返归铅山的途中,他写下了"郑贾正应求死鼠,叶公岂是好真龙"②,这样愤慨之情溢于言表的词句。

其实,辛弃疾虽认为宋廷拟议中的北伐不是没有机会,且决不肯放松对恢复的努力,但他自己毕竟已将近暮年,恢复之事又并非一蹴能就;因此,一种难言的悲凉情绪,不免时时笼罩在辛弃疾的心头。"随缘道理应须会,过分功名莫强求。先自一身愁不了,那堪愁上更添愁。"③"百年光景百年心。更欢须叹息,无病也呻吟。"④"种竹栽花猝未休,乐天知命且无忧。百年自运非人力,万事从今与鹤谋。用力何如巧作奏,封侯元自曲如钩!请看鱼鸟飞潜处,更有鸡虫得失不?"⑤平生以功业自许、以恢复自期的辛弃疾,终于感到了人生的命运有时候并不掌握在自己手中,在那个悲剧的时代中,无论进退出处,他都只能愤慨、悲哀、抱憾终生了。

"男儿到死心如铁。"辛弃疾自幼怀抱恢复大志,奋然南归,终生未

---

① [宋]辛弃疾撰,邓广铭辑校审订,辛更儒笺注:《辛稼轩诗文笺注》卷下,第246页。
② [宋]辛弃疾:《瑞鹧鸪·乙丑奉祠归,舟次余干赋》,《稼轩词编年笺注》(增订本)卷五,第556页。
③ [宋]辛弃疾:《瑞鹧鸪》(胶胶扰扰几时休),《稼轩词编年笺注》(增订本)卷五,第552页。
④ [宋]辛弃疾:《临江仙》(老去浑身无着处),《稼轩词编年笺注》(增订本)卷五,第557页。
⑤ [宋]辛弃疾:《丁卯七月题鹤鸣亭》三首其三,《辛稼轩诗文笺注》卷下,第263页。

悔。然而其既处于一悲剧时代之中,理想与现实便不能不发生冲突;进退出处,境遇逆顺,亦曲折坎坷,其心态也随之发生许多曲折变化。辛弃疾在南归之初,虽以"归正人"身份,位处下僚,却萦心恢复,深忧过计,数上奏章,屡陈恢复。忧心悄悄,一片"闲愁",心态却是积极的。宋孝宗淳熙二年后,辛弃疾官职大致在监司、帅臣之列,驭临一方,多有治迹。但其恢复之志已是难展,思想性格及所施为,又与南宋政风、士风多有不合,加之"归正人"的身份,不免屡遭诋毁和沮抑,故而每每处在一种忧谗畏讥、隐忍怨艾的心态之中。淳熙八年,辛弃疾被弹劾落职,退居上饶带湖,则以儒家进退求适的思想观念,自我开解,虽有忧怨,然始终不忘恢复,自信再出有望。这是一种闲适旷放与忧世进取杂糅的不甚和谐的心态,其表现形式为对陶渊明隐士与高士双重思想品格的兼收并蓄。辛弃疾绝未想到,带湖一退,竟长达十年。宋光宗绍熙三年,他被重新起用,然不久又被罢免,再退铅山瓢泉九年,直至晚岁,应诏重出,仍不能为朝廷所用,赍志而殁。在这较长的一段时期中,辛弃疾或出或处,然无论出处,其恢复之志终难实现,随着岁月的流逝,徒增愤惋而已。因此,对辛弃疾来说,此时已是进亦忧,退亦忧,无时而乐了。犹疑彷徨,忧幽愤懑,慨叹遗憾,纵以老庄思想为解,或取陶渊明任情退隐一义,其悲凉心境,终究再无法摆脱。

第十六章　辛弃疾南归前期的词作

作为中国文学史上的一位伟大的爱国主义词人,辛弃疾在词的创作上,似乎从一开始就站到了一个后人难以企及的高度,因为现存的六百二十多首辛词,无例外地都是他南归以后的作品。其实,辛词的创作之所以能取得如此成就,在其南归前既已植下了深厚的艺术创作根柢①,而在其南归后也曾经历过一个发展变化的过程。细心寻绎这一过程会发现,辛弃疾南归后的词作,以宋孝宗淳熙八年为界限,大致可分为前后两个时期。虽然前期词作的数量只占后期的六分之一强,然而其时间跨度却与后期大约相当。前期辛词既是辛词创作发展的一个重要阶段,与后期词作有着密切的联系,又在内容和手法、技巧与风格等方面,显示出与后期辛词的差异。这里拟就其前期词作略作探讨。

辛弃疾南归之初的复杂心态及其作为"归正人"的处境,本书第十五章"辛弃疾南归后心态平议"已有论及,不复赘述。总之,辛弃疾在其南归前期的近二十年中,无论是身处下僚还是跻位帅臣,他所始终萦绕心怀的都无非是恢复一事,无非是对国家和民族的前途与命运的忧患意识和强烈的责任感,其词中一切的"愁"或"闲愁",皆由此而生。正如顾随先生所指出的,在辛弃疾内心深处,"总有一段悲哀种子在那

---

①　如龙榆生先生在《两宋词风转变论》一文中曾指出:"稼轩词格之养成,必于居金国时早植根柢。"(《龙榆生词学论文集》,上海古籍出版社,2009年,第269页)

里作祟","一部《稼轩长短句》,无论是说看花饮酒或临水登山,无论是慷慨悲歌或委婉细腻,也总是笼罩于此悲哀的阴影之中"。① 只不过这种忧愁和悲哀,由于其"归正人"的身份和处事作风的刚强果毅连带着所遭受到的一些无端的猜疑、谗毁和沮抑,表现在词的创作中,遂愈显沉重复杂而已。

一、南归之初的词作风格

一位伟大的作家在认识生活并创造性地回答生活中所提出的问题时,他必然会有一种属于他自己的特有的方式。因而反映到创作中,也必然会显示出其独特的风格或格调与气派,这种风格或气派,也就是他内心世界的准确标志。辛弃疾南归前期的遭际、心态不但直接影响到其词作的情感内涵,而且也影响到其创作的艺术技巧和手法,并由此进而形成一种兼具清疏刚健和深婉细约之美的新的词风。②

比如他的名作《水龙吟·登建康赏心亭》:

> 楚天千里清秋,水随天去秋无际。遥岑远目,献愁供恨,玉簪螺髻。落日楼头,断鸿声里,江南游子。把吴钩看了,栏干拍遍,无人会,登临意。　　休说鲈鱼堪鲙,尽西风季鹰归未? 求田问舍,怕应羞见,刘郎才气。可惜流年,忧愁风雨,树犹如此! 倩何人唤取,红巾翠袖,揾英雄泪?③

---

① 顾随:《稼轩词说》卷上,《顾随全集》第 2 卷,河北教育出版社,2000 年,第 27 页。
② 刘扬忠先生曾指出,辛弃疾"创造出了一种既非一味偾张叫嚣地'放'个不休,也决不软媚香艳,而是熔二美于一体的全新风格"。(《辛弃疾词心探微》,齐鲁书社,1990 年,第 232 页)这是很正确并富有启发意义的结论。然刘先生尚未及深入讨论这种词风与辛弃疾的心态和创作手法之间的关系以及其词风前后期的变化问题。
③ [宋]辛弃疾:《水龙吟·登建康赏心亭》,《稼轩词编年笺注》(增订本)卷一,第 34 页。

此词写于宋孝宗淳熙元年辛弃疾再官建康府时期,离开其初次任职建康已过去了五六年,虽然官职较前略有升迁,恢复的信念也依然如故,然而这种愿望的实现却迁延无日。如今重登建康赏心亭,时光的流逝,忧愁与希望以及这种忧愁和希望并不一定能为多数人所理解的孤独与寂寞,便不免交织在一起,构成了辛弃疾写作此词时的特定心境。在此心境之下,我们看到了词人在构思与手法、写景与抒情等方面的直与曲、刚与柔的自觉不自觉的交替运用。水天无际,秋高气爽,景象的阔大也见出词人胸襟的阔大,自是颇具清疏刚健之力,然以玉簪螺髻,献愁供恨形容远山,乐景转为哀景,既是其复杂心态的写照,也在为下面的抒情言志渲染烘托,笔触可谓极为婉转含蓄。"把吴钩看了"数句,写英雄失志的愤激和无人理解的孤独,情绪愈加愤激而又偏出之以落日断鸿情境之中江南游子的形象,便愈感哀婉。下片写虽是落寞却仍旧怀抱希望,而愈抱希望,反过来也就会愈加担心收复时机的丧失和自己政治理想的能否实现的复杂矛盾心理。"休说"数句,直抒其收复故土、建功立业的坚定信念,酣畅淋漓,清疏刚健,而"可惜流年,忧愁风雨,树犹如此",又透露出其时光易逝,壮志难酬的无奈与惋惜。结拍三句,固然如明人杨慎所称道的,"非千钧笔力未易到此"①,但在英雄失志的孤独与寂寞之中,又还有多少风流蕴藉。整首词直抒胸臆,风格清疏刚健而又不乏婉转之致,横放杰出而又顿挫有节。先师程千帆先生在分析辛弃疾的这首词时曾指出:"体现阳刚之美的作品,有着充溢的张力,读者在对它进行观照之时,这种张力能在瞬间超越主客体的界限,迅速扩展开来,与读者的感情产生交流。而体现阴柔之美的作品,则有着潜在的磁力,使得读者欣赏之时,不知不觉地被它所吸引,沉浸在其内蕴之中,久久地回味。辛弃疾的这首词体现和平衡了这两种不

---

① [明]杨慎:《词品》卷四,岳淑珍导读,上海古籍出版社,2009年,第93页。

同的风格,因而,也就同时将这两种风格特征融为一体,使得读者进行审美观照之时,陷入复杂的感情状态里,而在这曲折的移情过程之中,得到独特的美感享受。"①其看法适可与本文相参证。

再看《青玉案·元夕》:

> 东风夜放花千树。更吹落,星如雨。宝马雕车香满路。凤箫声动,玉壶光转,一夜鱼龙舞。　蛾儿雪柳黄金缕,笑语盈盈暗香去。众里寻他千百度,蓦然回首,那人却在,灯火阑珊处。②

这首辛弃疾写于乾道六七年居官临安时的词,脍炙人口,前人论之已多,惜皆未注意其晚年退居瓢泉时期偶尔忆及这段生活的另一首词——《婆罗门引》。其词有小序曰:"赵晋臣敷文张灯甚盛,索赋,偶忆旧游,末章因及之。"词的下片写道:

> 曲江画桥,记花月,可怜宵。想见闲愁未了,宿酒才消。东风摇荡,似杨柳十五女儿腰。人共柳哪个无聊?③

"举世皆浊我独清,众人皆醉我独醒。"位居下僚而仍要忧心恢复的"闲愁",使他与倾城赏灯、直把杭州作汴州的众人好像格格不入,繁华热闹、花团锦簇也似乎都与词人无缘,"自怜幽独,伤心人别有怀抱"④,词末数句如孤峰突起的冷峻描写,遂将此前种种热闹的场面和情景一扫而空,而词的前半部分艺术手法的铺张与末句的白描,语言的华美与自然,风格的婉媚妩丽与清疏隽爽,至此亦成合璧。

辛弃疾"归正人"的身份既然使其时时处在一种易于被猜疑的地位,

---

① 程千帆:《说辛弃疾〈水龙吟·登建康赏心亭〉》,《古代文学作品鉴赏》,上海古籍出版社,1988年,第508、509页。
② [宋]辛弃疾:《青玉案·元夕》,《稼轩词编年笺注》(增订本)卷一,第19页。
③ [宋]辛弃疾:《婆罗门引》(落星万点),《稼轩词编年笺注》(增订本)卷四,第489页。
④ 梁启超语,见梁令娴《艺蘅馆词选》丙卷,中华书局,1935年,第88页。

第十六章 辛弃疾南归前期的词作

时时处在一种忧谗畏讥的心态之中,那么他在词的创作中,也就不能不有所顾忌,不能不将其内心的忧愁怨艾更多地以比兴寄托之法、委婉曲折之笔出之,以避免无端的是非,因为在宋代不但作诗易于罹祸(如"乌台诗案"等),作词有时也是难免获谴的(如胡铨、张元幹等)。辛弃疾这一时期词作的风格,时常以深婉细约的面目出现,而又在深婉细约之中透出一种清疏刚健之气来,实在与其出于某种现实的需要,因而时时要以托志帷房的手法,或借伤春怨别来抒发其政治情怀,大有关系。

像淳熙年间所写的《祝英台近·晚春》:

宝钗分,桃叶渡,烟柳暗南浦。怕上层楼,十日九风雨。断肠片片飞红,都无人管,更谁劝啼莺声住。　鬓边觑,试把花卜归期,才簪又重数。罗帐灯昏,哽咽梦中语:是他春带愁来,春归何处,却不解带将愁去。①

南宋张端义《贵耳集》卷下载此词本事曰:"吕婆即吕正己之妻,淳熙间姓名亦达天听。……吕婆有女事辛幼安,因以微事触其怒,竟逐之。今稼轩'桃叶渡'词,因此而作。"②虽然目前尚无足够的文献来证明此事之无或有,但从辛弃疾南归前期的心态和全部作品来看,此词恐非为吕正己之女所作,而是另有寄托。南宋张炎已指出此词"皆景中带情,而有骚雅"③。清人张惠言又谓此词"与德祐太学生二词用意相似"④。检南宋末年太学生所作《祝英台近》词:"倚危栏,斜日暮。蓦蓦甚情绪。稚柳娇黄,全未禁风雨。春江万里云涛,扁舟飞渡。那更听、塞鸿

---

① [宋]辛弃疾:《祝英台近·晚春》,《稼轩词编年笺注》(增订本)卷一,第96页。
② [宋]张端义:《贵耳集》卷下,中华书局上海编辑所,1958年,第75页。
③ [宋]张炎:《词源》卷下,[宋]张炎著,夏承焘注《词源注》,人民文学出版社,1963年,第23页。
④ [清]张惠言选录:《茗柯词选》卷二,许白凤校点,江西人民出版社,1984年,第45页。

无数。　叹离阻。有恨落天涯,谁念孤旅。满目风尘,冉冉如飞雾。是何人惹愁来,那人何处。怎知道,愁来不去。"①亡国之音,辞情凄苦,显然是有政治寄托的,而且,其措辞用语也明是效辛词而成。因此大致可以推断,辛词借闺阁幽怨、伤春伤别所寄托的,实是忧心君臣阻隔、恢复无望的政治思想和情感。再按之以辛弃疾的另一首《祝英台近》:"绿杨堤,青草渡,花片水流去。百舌声中,唤起海棠睡。断肠几点愁红,啼痕犹在,多应怨夜来风雨。　别情苦,马蹄踏遍长亭,归期又成误。帘卷青楼,回首在何处?画梁燕子双双,能言能语,不解说相思一句。"②二者用韵相同,词意相近,作年略同,当然不能说它也是为吕氏而作。其实,还不仅此词,辛弃疾这一时期所写《汉宫春·立春日》《满江红·暮春》、《摸鱼儿》(更能消几番风雨)、《惜分飞》(翡翠楼前芳草路)、《满江红》(点火樱桃)等词,皆与此词意境相似,而它们又多是有政治寄托的,这应当有助于我们对《祝英台近》词意的理解。而这些词既然多用比兴寄托之法,托志帷房,词风自然以婉约妩媚为主,然同时又因其毕竟是摧刚为柔,那么在婉媚细约之中,就仍不乏清疏隽爽之气,也同样是很自然的。如《祝英台近·晚春》一词,"鬓边觑,试把花卜归期,才簪又重数"数句,其情感和手法的细腻,已足以令人叹为观止,而同时词中所透露出的词人的那份执着和倔强,至今读之仍不难想见。词通篇写伤春怨别,词情婉约,固属自然,但起笔便连用晋王献之《桃叶歌》、南朝梁陆罩《闺怨》诗和江淹《别赋》三个典故写伤别,接下去由怨而恨,由恨而痴,至有末句的无理之诘问,其情感的强烈和气氛的凝重,就不仅是清疏刚健而更有一种凄怆悲壮的美感在内了。陈匪石先生曾评曰:"细味此词,终觉风情旖旎中时带苍凉凄

---

① 唐圭璋编:《全宋词》,中华书局,1965年,第3419页。
② [宋]辛弃疾:《祝英台近》(绿杨堤),《稼轩词编年笺注》(增订本)卷一,98页。

厉之气。"①确有见地。

由于词人这一时期的创作多借比兴寄托之法来加以表现,所以在其被接受的过程中,不但易于产生一些所谓"本事"(如上述词例),而且也容易造成后人理解上的分歧。比如辛弃疾的名作《念奴娇·书东流村壁》:

> 野棠花落,又匆匆过了,清明时节。划地东风欺客梦,一夜云屏寒怯。曲岸持觞,垂杨系马,此地曾轻别。楼空人去,旧游飞燕能说。　　闻道绮陌东头,行人曾见,帘底纤纤月。旧恨春江流不断,新恨云山千叠。料得明朝,尊前重见,镜里花难折。也应惊问:近来多少华发?②

乍读此词,觉有两不可解。词写于淳熙五年春,辛弃疾离开江西安抚使之任,回京任大理少卿,途经池州东流(今属安徽东至县)时,此前辛弃疾并未到过东流,然词中却有"曲岸持觞,垂杨系马,此地曾轻别"的话。此一不可解。词人南归后,戎马倥偬,然据"楼空人去"以下所写,似乎词人不但曾来过东流,且还有过一段艳情。③ 此又令人难解。其实,如本书第十五章所论,若联系到词人此时忧愁怨艾的心态,我们会发现,词中所谓"旧游",都不过是借他人之酒浇自己胸中块垒而已。惟胸中有此一段孤愤,而又难以直言,且言之亦未必能为世人所理解,于是一旦为外物所触发,便不免不择地而出之。梁启超认为东流村是徽、钦二宗北行所经之地,故此词是写南渡之恨。④ 邓广铭先生不同意

---

① 陈匪石编著:《宋词举》卷上,钟振振校点,金陵书画社,1983年,第57页。
② [宋]辛弃疾:《念奴娇·书东流村壁》,《稼轩词编年笺注》(增订本)卷一,第52页。
③ 吴则虞先生即认为"此乃艳情之作"(吴则虞选注《辛弃疾词选集》,上海古籍出版社,1993年,第56页)。
④ 参《中国韵文里头所表现的情感》(《饮冰室合集》,第4册,第95页)。梁启勋又对此曾有申说(《稼轩词疏证》卷一)。

此说,认为不过是其"江行途中所作",在笺注此词时,他指出东流为当时江行驻泊之所,且富游观之胜。① 我以为,词中"旧游"云云,原是"闻道"之词,正如其次年在湖南安抚使任上于按视州郡路上所作《减字木兰花·记壁间题》一样。此词由今日"闻道"之事而推想昔时"旧游""轻别",抒发"旧恨",又由"闻道"而预测他日"重见"之难堪情景,是为"新恨",这是表层含义。其中容或有本事,然今已不可知。然而词起笔既抒发客中春恨,结尾又颇有感慨,其寓含之深,俱可于言外体会。《念奴娇》词调高亢,此词开头怨春之语,亦无端而起,"大踏步出来,与眉山同工异曲"②,词调与词情正相吻合。然接下去写行役情状,写"旧游",又细致婉约。词中韵脚除下片第一句外,皆用入声,音节拗怒激壮,然每句的平仄安排和上下片所用的两个四言句,又两两相间,音节和谐美听。全词的风格是疏隽和婉媚的。

二、南归之初词风的成因

辛弃疾南归后兼具深婉细约与清疏刚健之美的词风的形成,除了与其心态、艺术手法等密切相关之外,还有其思想性格上的因素和艺术创作的渊源。兹略作述论。

辛弃疾自幼受过良好的儒家与兵家思想的教育和熏陶,文武兼资,同时又兴趣广泛,富有情趣。他推崇的是识得生死之理、名实相副的"圣人儒"③,是能够"平戎万里","用之可以尊中国"的"真儒"④。时

---

① 参邓广铭《辛稼轩〈念奴娇·书东流村壁〉的写作时、地问题》,《北京社会科学》1994年第3期。
② [清]谭献语,见所评周济《词辨》卷二,《清人选评词集三种》,第180页。
③ [宋]辛弃疾:《读语孟》二首其一,《辛稼轩诗文笺注》卷下,第208页。
④ 见《水龙吟·甲辰岁寿韩南涧尚书》、《满江红》(倦客新丰)。

人谓之"诗书帅"①,谓之"文武兼资,公忠自许"②,并非虚誉。《周易》中讲"刚柔相摩,八卦相荡","刚柔相推,而生变化"③。辛弃疾自然熟悉。然尤值得我们注意的是,兵家思想对辛弃疾的影响。兵家讲"气"与"势",并对文学有很大影响。辛弃疾熟谙兵法,在《美芹十论》和《九议》中,均有对兵家气论与势论的很好的发挥。例如他认为:"以气为智勇,是真足办天下之事。""论天下之事者主乎气,而所谓气者又贵乎平。"④论气讲"智"、讲"平",这显然已融入辛弃疾自己的心得。在《美芹十论》中,开篇即是《审势》,专论"形"与"势"的关系,《详战》等篇中,也论及用兵奇正之势。辛弃疾论事主"气"而贵乎"平",倡"勇"而能重"智",用"势"而兼刚柔的兵家思想,影响到他词的创作,便是主张文学创作态度的严谨和艺术表现手法的细密,虽然这种主张并非直接而是间接地从其作品中流露出来的。

他常常在词中这样写道:

> 细看来,风流添得,自家越样标格。⑤
> 只要寻花子细看,不妨草草有杯盘。⑥
> 细数从前,不应诗酒皆非。⑦

---

① [宋]杨炎正:《水调歌头·呈辛隆兴》,《全宋词》,第2111页。
② [宋]罗愿:《鄂州小集》卷五《谢辛大卿启》,《景印文渊阁四库全书》集部第1142册,第514页。
③ 《十三经注疏》整理委员会整理:《十三经注疏·周易正义》卷七《系辞》上,第258、261页。
④ [宋]辛弃疾:《九议》其一、其二,《辛稼轩诗文笺注》卷上,第70、72页。
⑤ [宋]辛弃疾:《永遇乐·赋梅雪》,《稼轩词编年笺注》(增订本)卷四,第526页。
⑥ [宋]辛弃疾:《同杜叔高祝彦集观天保庵瀑布主人留饮两日且约牡丹之饮二首》其二,《辛稼轩诗文笺注》卷下,第225页。
⑦ [宋]辛弃疾:《新荷叶》(春色如愁),《稼轩词编年笺注》(增订本)卷一,第31页。

细思量,古来寒士,不遇有时遇。①

细思丹桂是天香。②

饱饭闲游绕小溪,却将往事细寻思。③

细思量义利,舜跖之分,孳孳者,等是鸡鸣而起。④

我意长松,倒生阴壑,细吟风雨。⑤

试将花品,细参今古人物。⑥

是非得失两茫茫,闲把遗书细较量。⑦

入手清风词更好,细书白茧乌丝。⑧

白发自怜心似铁,风月,使君子细与平章。⑨

细把君诗说,恍余音钧天浩荡,洞庭胶葛。⑩

如此等等,不可备举。其日常思维的习惯和处事的作风以及对外界事物的观察与描摹,可谓无一不细致绵密,笔者认为,这同时也代表了他对文学创作态度和手法的认识,或大致不差。

---

① [宋]辛弃疾:《归朝欢·题赵晋臣敷文积翠岩》,《稼轩词编年笺注》(增订本)卷四,第463页。

② [宋]辛弃疾:《和郭逢道韵》二首其二,《辛稼轩诗文笺注》卷下,第226页。

③ [宋]辛弃疾:《鹤鸣亭绝句》四首其一,《辛稼轩诗文笺注》卷下,第256页。

④ [宋]辛弃疾:《洞仙歌·丁卯八月病中作》,《稼轩词编年笺注》(增订本)卷五,第560页。

⑤ [宋]辛弃疾:《水龙吟·题雨岩……》,《稼轩词编年笺注》(增订本)卷二,第175页。

⑥ [宋]辛弃疾:《念奴娇·赋傅岩叟香月堂两梅》,《稼轩词编年笺注》(增订本)卷四,第449页。

⑦ [宋]辛弃疾:《读书》,《辛稼轩诗文笺注》卷下,第207页。

⑧ [宋]辛弃疾:《临江仙·和信守王道夫韵,谢其为寿。时仆作闽宪》,《稼轩词编年笺注》(增订本)卷三,第308页。

⑨ [宋]辛弃疾:《定风波·再和前韵,药名》,《稼轩词编年笺注》(增订本)卷二,第179页。

⑩ [宋]辛弃疾:《贺新郎·用前韵送杜叔高》,《稼轩词编年笺注》(增订本)卷二,第240页。

第十六章 辛弃疾南归前期的词作

他在具体的词的创作中,也是如此。像前引《汉宫春·立春日》一词,能于尚无春色可写之时,写出"春已归来,看美人头上,袅袅春幡"的词句,便足见其词心的细致巧妙。难怪顾随先生称道说:"近代人论文动曰经济,即此便是经济。动曰象征,即此便是象征。动曰立体描写,即此便是立体描写。古人曰:'状难写之景,如在目前;含不尽之意,见于言外。'亦复即此便是。"①又如《祝英台近·晚春》中对思妇的描写:"鬓边觑,试把花卜归期,才簪又重数。"细腻入微,更是令人叹为观止。清人王鸣盛曾谓:"词之为道最深……大约只一'细'字尽之。"②用以论辛词之道,颇为恰当。

辛弃疾词风的形成,又有其性格方面的因素。辛弃疾性格刚严果毅、豪迈闳阔而又沉稳细密、富有情趣。他青少年时期,能奉其祖父之命,利用赴燕山应试的机会,探察金国内部的政治局势和军事动向,了解山川形势,为起兵反金预作准备,已足见其有胆识、能任事和沉稳细致的性格。南归后,他为政既刚严果毅,赏罚分明,又讲究谋略,张弛有度,所到之处,皆有政绩,亦可见其性格。以往论者多注意其性格中刚强果毅的一面,而忽略了其性格中的另一面,是不全面的。辛弃疾的弟子范开在论及辛词中"清而丽、婉而妩媚"一体时,曾说道:

> 昔宋复古、张乖崖方严劲正,而其词乃复有秾纤婉丽之语,岂铁石心肠者类皆如是耶?③

关于铁石心肠而能道婉媚之辞的问题,前人有许多讨论。④ 其实此一

---

① 顾随:《顾随文集》上编《稼轩词说》,第72页。
② 刘荣平校注:《赌棋山庄词话校注·续编》卷四引,厦门大学出版社,2013年,第351页。
③ [宋]范开:《稼轩词序》,《稼轩词编年笺注》(增订本)附录二,下册,第596、597页。
④ 读者可参皮日休《皮子文薮》卷一《桃花赋序》、计有功《唐宋纪事》卷十四、胡仔《苕溪渔隐丛话》后集卷三十三引吴曾《能改斋漫录》佚文、葛立方《韵语阳秋》卷十六等。

问题不妨换一角度考察,即铁石心肠并非一个人的性格的全部。辛弃疾固然是一位刚强果毅的帅才,但同时也是一位温文儒雅、情感丰富细腻的词人,而正是这二者结合起来,才构成了辛弃疾这一个完整的人,并进而影响到其艺术创作手法和词作的风格。

至于辛词的艺术渊源,我以为辛弃疾在词创作上曾直接受到苏轼、蔡松年的很大影响。辛词的清疏刚健之风可由此得到很好的解释。然而,大致与蔡松年同时而稍早的另一位金国词坛巨擘吴激对辛词的影响,似乎论者还注意不够。吴激,字彦高,号东山,建州(今福建建瓯)人,北宋著名书家米芾之婿,金太宗天会中使金被留北方,官至知深州。吴激今存词仅十首,然即此十首中,如《诉衷情》(夜寒茅店不成眠)、《人月圆·宴北人张侍御家有感》、《满庭芳》(谁挽银河)、《春从天上来·会宁府遇老姬,善鼓瑟,自言梨园旧籍,因感而赋此》等词,不仅流露出深沉强烈的故国之思,而且多组织工稳,音律精妙,婉转蕴藉。金人刘祁曾指出:"彦高词集篇数虽不多,皆精微尽善。"并引其先人语,谓吴激《人月圆》词"思致含蓄甚远,不露圭角,不尤胜宇文自作者哉?"[①]元好问甚至称其"当为国朝第一手"[②]。辛弃疾青少年时期生活于北方,又热爱词的创作,并曾向蔡松年请教,对与蔡氏齐名的吴激的词,当然不会不熟悉。所以,在具体的创作手法和技巧以及风格上受其影响,也是十分自然的。

总之,历来研治辛词者,对辛弃疾南归后词的创作的发展变化,较少注意。实则辛氏南归后,以宋孝宗淳熙八年落职退居为界,词的创作也明显地可分为前后两个时期。前期词作多写其南渡之初的复杂心态

---

① [金]刘祁:《归潜志》卷八,崔文印点校,中华书局,1983年,第84页。
② [金]元好问编:《中州集》一《吴学士激》,中华书局,1959年,第13页。

和身世之感,手法多用比兴,词风兼具深婉细约和清疏刚健之美,而后期则直以词为陶写之具,无施不可,沉郁顿挫,雄奇悲怆。简单地以"豪放"或以词备众体论辛词,既不符合辛词创作发展的实际,也难以涵盖辛词的主要风格。

第十七章　南宋文化"绍兴"与《宋文鉴》的编纂

文学选本是一种重要的文学批评样式,批评家往往通过作品的编选来表达他们的文学观点和审美倾向。然有的时候,其编选与文学创作同样,并不仅仅受编选者的文学思想观念的支配,所表现的也不完全是其文学观念,而与政局和他们的思想学术有着密切的关系。《宋文鉴》即为一显例。

《宋文鉴》是南宋吕祖谦于淳熙年间奉旨编纂,在当时曾引起过激烈争议,而在后世却得到广泛流传的一部诗文总集。其书编纂的背景、缘起和过程如何,在编纂的宗旨、体例上有何特点,其刊刻、流传的情形以及其价值和地位,又应当如何认识等,历来众说纷纭,莫衷一是。[①]

[①]《宋文鉴》甫一编成,即引起激烈争论。吕祖谦自谓:"《文海》奏篇,异数便蕃,一时纷纷,盖因愤激而展转至此。"(《东莱吕太史外集》卷五《与李侍郎仁父》,黄灵庚、吴战垒主编《吕祖谦全集》,浙江古籍出版社,2008年,第1册,第703页。)详参吕祖谦《进编次文海札子》《谢赐银绢除直秘阁表》、崔敦诗《进重删定吕祖谦所编文鉴札子》、《朱子语类》卷一百二十二、叶适《习学记言》卷四十七至五十、吕乔年《太史成公编皇朝文鉴始末》、李心传《建炎以来朝野杂记》乙集卷五《文鉴》条等。然自南宋以后,是书为学者接受,得到广泛流传,刊本甚多,少有争议。至当代,撰文讨论《宋文鉴》的学者主要有王学泰、陈广胜两位先生,所撰之文颇有启发性。前者所撰《〈宋文鉴〉的编刻与时政》一文(《传统文化与现代化》1993年第4期),注意到《宋文鉴》的编纂与南宋孝宗朝政治的关系,然尚未能对是书作全面讨论,而认为"《宋文鉴》是一部为元祐党人翻案的书"的看法,还可商量。后者撰有《吕祖谦与〈宋文鉴〉》一文(《史学史研究》1996年第4期),论述了吕祖谦史学和政治思想等对《宋文鉴》编纂的影响,然过于简略。

第十七章　南宋文化"绍兴"与《宋文鉴》的编纂

这里拟将是书置于南宋绍兴以来的政局和吕氏思想学术的背景之下重新加以考察，对其编纂宗旨等逐一探究，希望能对上述问题有一个新的认识。

一、《宋文鉴》编纂始末

宋孝宗即位后，在政治、军事等方面，曾颇欲有一番作为①，文学上亦然。他性喜诗书，尤好苏轼文章，称其"力斡造化，元气淋漓，穷理尽性，贯通天人。山川风云，草木华实，千汇万状，可喜可愕"，"可谓一代文章之宗也"，至"读之终日，亹亹忘倦。常置左右，以为矜式"②。淳熙四年十一月，宋孝宗先曾命知临安府赵磻老校订、刊印江钿所编《圣宋文海》，赵氏辞不能任，由参知政事王淮推荐，遂改命吕祖谦。然吕祖谦以为《宋文海》原为坊间所刊，选文既不够精当，文字亦多错讹，建议增删修订后再行刊印。③ 宋孝宗同意了吕氏的请求。经过一年多的工作，吕祖谦在江氏原书的基础上，博采旁收诸家文集、传记及其他文献，选汰删定，以类编排，纂成新的《圣宋文海》一百五十卷，目录四卷，上呈宋孝宗。孝宗大为赞扬，除吕祖谦直秘阁，赐银绢三百两

---

① 绍兴三十一年六月，在位三十余年的宋高宗退位，诏太子赵昚即位，是为孝宗。宋孝宗为皇子时即有恢复大志，他一登基，便"诏中外士庶陈时政阙失"，"诏后省看详中外上书，有可采者以闻"（《宋史》卷三十三《孝宗本纪》，第618—619页），同时复胡铨官，追复岳飞原职，以礼改葬。命主战派首要人物张浚为江淮宣抚使，以四川宣抚使吴玠兼陕西、河东路宣抚招讨使，派参知政事汪澈赴湖北、京西巡视诸军，并诏淮南诸州存恤淮北归朝士民，积极准备，并于次年诏张浚统兵北伐。

② 见宋孝宗《御制文集序》，[宋]苏轼撰，[宋]郎晔选注《经进东坡文集事略》卷首，第1、2页。

③ 此据吕祖谦《进编次文海札子》。周必大也认为江钿原书编选未当，应委派馆阁之臣重新编选后再行刊刻，参见李心传《建炎以来朝野杂记》乙集卷五《文鉴》条，第595—597页。

匹,并接受周必大的建议,改书名为《皇朝文鉴》,命周必大作序①,下令刊行。

然事有曲折。宋孝宗要给吕祖谦加官,中书舍人陈骙却不肯起草制词,以为直秘阁乃清要之选,不可轻与;孝宗下诏刊印此书,却又有朝臣上疏启奏,指责书中"所取之诗,多言田里疾苦之事,是乃借旧作以刺今。又所载章疏,皆指祖宗过举,尤非所宜"②,以至于宋孝宗也觉得所选奏疏中,像邹浩的《谏哲宗立刘后疏》,措辞有些过于激烈了。③ 于是,孝宗便又命崔敦诗对书中的奏疏部分进行修订。崔敦诗对原书所选宋仁宗朝以下的奏疏重作调整,"取其缓而不切者删之,别撮要而有体者增之"④,并对部分篇目的文字进行了删节、校正,至于其他部分,则并未改动。由于这些原因,不但是书的刊刻一时延宕下来,而且也引起了朝野上下的许多议论。

议论的焦点,集中在书中所选的奏疏问题上。除有臣僚密奏之外,又有张栻,在其《答朱元晦书》说道:"伯恭近遣人送药与之,未

---

① 据朱熹所说,《宋文鉴》初由丘崈作序。参见《朱子语类》卷一百二十二(第2954页)。然是序已不存。

② [宋]吕乔年:《太史成公编皇朝文鉴始末》,《全宋文》卷六千九百四十,第304册,第95页。

③ 邹浩认为宋哲宗废孟后,立刘妃为后,不免"上累圣德",应"以万世公议为足畏",收回成命。文见《道乡集》卷二十三、李焘《续资治通鉴长编》卷五百十五、王称《东都事略》卷一百等,《宋文鉴》卷六十一收此文。

④ [宋]韩元吉《南涧甲乙稿》卷二十一《中书舍人兼侍讲直学士院崔公墓志铭序》,明谓崔敦诗曾奉诏"更定吕祖谦所编《文鉴》中群臣奏议,其增损去留,率有意义"(《景印文渊阁四库全书》集部第1165册,第346页)。李心传《建炎以来朝野杂记》乙集卷五《文鉴》条,也说孝宗所命修订此书者为崔敦诗。朱熹论《宋文鉴》,亦谈到崔敦诗修订《宋文鉴》事(见《朱子语类》卷一百二十二)。而今本崔敦礼《宫教集》卷五,却收有《进重删定吕祖谦所编文鉴札子》一篇(《景印文渊阁四库全书》集部第1151册,第812页)。《宫教集》为四库馆臣自《永乐大典》中辑出,是书卷四、卷五所收表启奏札等,多为代人之作,故此文或为崔敦诗所作,而误入《宫教集》,或由崔敦礼代敦诗撰,尚不能定。

回。渠爱敝精神于闲文字中,徒自损,何益?如编《文海》,何补于治道?何补于后学?徒使精力困于翻阅,亦可怜耳。承当编此文字,亦非所以承君德。今病既退,当专意存养,此非特是养病之方也。"①这里当然有对友人患病的同情,但对《宋文鉴》一书却是全盘否定。有意思的是,张栻认为此书无补于治道,然肯定此书的人,恰恰是认为它有益于治道,尤其是书中所选的奏疏。宋孝宗最初对校刊《圣宋文海》并没有什么具体要求,只是决定由吕祖谦来重编此书时,他才告诉宰相王淮,"令专取有益治道者"②选入。而当是书编成投进后,宋孝宗称其"采取精详",并对吕祖谦赏赐有加,其中的一个重要原因,也是因为"且如奏议之类,有益于治道","故以宠之"③。后来赵汝愚以为书中所收奏议过于简略,又编《国朝名臣奏议》一百五十卷,得到宋孝宗的赞赏。④朱熹晚年与学者论及此书,也称赞"其所载奏议,皆系一代政治之大节,祖宗二百年规模与后来中变之意思,尽在其间。读者着眼便见。盖非《经济录》之比也"⑤。同样是肯定书中奏疏的编选恰

---

① [宋]张栻:《南轩集》卷二十四,《景印文渊阁四库全书》集部第1167册,第622页。
② [宋]吕乔年:《太史成公编皇朝文鉴始末》,《全宋文》卷六千九百四十,第304册,第95页。
③ [宋]李心传:《建炎以来朝野杂记》乙集卷五《文鉴》条,第596页。吕祖谦既编过《历代奏议》,又编过《国朝名臣奏议》(各十卷),《皇朝文鉴》中的奏议部分,正是在后者基础上编成的,此足见其用心所在。
④ [宋]赵汝愚《进国朝名臣奏议序》"臣仰惟陛下天资睿明,圣学渊懿,顾非群臣所能仰望。而若稽古训,虚受直言,二纪于兹,积勤不倦。尝命馆阁儒臣类《国朝文鉴》,奏疏百五十六篇,犹病其太略。兹不以臣既愚且陋,复许之尽献其书。万机余闲,幸赐绸绎"(《宋名臣奏议》卷首,《景印文渊阁四库全书》史部第431册,第8页)。赵氏所编上呈后,宋孝宗认为可与《资治通鉴》媲美(参王应麟《玉海》卷六十一《艺文》)。在吕祖谦之前,陈确即曾于乾道二年编《名臣奏议》二十卷上呈宋孝宗,受到奖励。此后李壁亦曾编《国朝中兴诸臣奏议》四百五十卷。可见当日君臣对奏议的重视。
⑤ [宋]吕乔年:《太史成公编皇朝文鉴始末》,《全宋文》卷六千九百四十,第304册,第96页。《经济录》,当指赵汝愚所编《皇朝名臣经济奏议》,即《国朝名臣奏议》。

当,有益于治道。

二、《宋文鉴》的编纂宗旨

问题还得从吕祖谦的编纂宗旨谈起。

叶适当日曾专就《宋文鉴》的编纂向吕氏请教,因盛称《宋文鉴》"盖自古类书未有善于此"者,故论此书编纂宗旨,颇得其意。其曰:

> 按上世以道为治,而文出于其中。战国至秦,道统放灭,自无可论,后世可论惟汉唐。然既不知以道为治,当时见于文者,往往讹杂乖戾,各恣私情,极其所到,便为雄长。类次者复不能归一,以为文正当尔。华忘实,巧伤正,荡流不反,于义理愈害而治道愈远矣。此书刊落浩穰,百存一二。苟其义无所考,虽甚文不录;或于事有所该,虽稍质不废。巨家鸿笔,以浮浅受黜;稀名短句,以幽远见收。合而论之,大抵欲约一代治体归之于道,而不以区区虚文为主。余以旧所闻于吕氏又推言之,学者可以览焉。然则谓庄周、相如为文章宗者,司马迁、韩愈之过也。①

叶适所言,既本之于吕祖谦,自然最为可信。吕祖谦编纂《宋文鉴》的指导思想,就是要"以道为治,而文出于其中",或"约一代治体,归之于道",即凡是符合儒家礼义道德、有益于治政的文章,便多在编选之列,而言不及义、无补治政的"虚文",即使具有文采,也弃之不取。

在这个总的指导思想下,吕祖谦又制订了一些编选原则和具体的编选体例。这些体例,据吕祖谦自道以及周必大、吕乔年等人的记述,大致有九:

---

① [宋]叶适:《习学记言序目》卷四十七,中华书局,1977年,下册,第695页。

第十七章　南宋文化"绍兴"与《宋文鉴》的编纂

一、"事辞称者为先,事胜辞则次之"。

二、"文质备者为先,质胜文则次之"。①

三、"国初文人尚少,故所取稍宽。仁庙以后,文士辈出,故所取稍严。如欧阳公、司马公、苏内翰、黄门诸公之文,俱自成一家,以文传世。今姑择其尤者,以备篇帙"。②

四、"或其人有闻于时,而其文不为后进所诵习,如李公择、孙莘老、李泰伯之类,亦搜求其文,以存其姓氏,使不湮没"。③

五、"或其尝仕于朝,不为清议所予,而其文自亦有可观,如吕惠卿之类,亦取其不悖于理者,而不以人废言"。

六、"又尝谓本朝文士,比之唐人,正少韩退之、杜子美。如柳子厚、李太白则可与追逐者,如周美成《汴都赋》亦未能侔国家之盛,止是别无作者,不得已而取之"。④

七、"虽不知名氏,而其文可录者,用《文选·古诗十九首》例,并行编类"。⑤

八、"复谓律赋经义,国家取士之源,亦加采掇,略存一代之制"。⑥

九、"若断自渡江以前,盖其年之已远,议论之已定,而无去取之

---

① [宋]周必大:《文忠集》卷一百四《皇朝文鉴序》,《景印文渊阁四库全书》集部第1148册,第133页。《朱子语类》卷一百二十二亦载:"伯恭《文鉴》,有正编其文理之佳者。"(第2954页)

② [宋]吕乔年:《太史成公编皇朝文鉴始末》,《全宋文》卷六千九百四十,第304册,第95页。

③ 同上书,第96页。[宋]黎靖德编《朱子语类》卷一百二十二曰:"有其文虽不甚佳,而其人贤名微,恐其泯没,亦编其一二篇者。"(第2954页)可参。

④ 同上书,第96页。

⑤ [宋]吕祖谦:《东莱吕太史文集》卷三《进编次文海札子》,《吕祖谦全集》,第1册,第60页。

⑥ [宋]周必大:《文忠集》卷一百四《皇朝文鉴序》,《景印文渊阁四库全书》集部第1148册,第133页。

嫌也"。①

《宋文鉴》的体例,其实尚不止这些。叶适就说:"此书二千五百余篇,纲条大者十数,义类百数。"②比如,书中所选各类文章的编排,大致依作者生活的年代先后为序;少数诗文,吕祖谦选入时有删节等。③ 关于《宋文鉴》编选体例的确定,吕祖谦曾与朱熹讨论过,朱熹不但认为其书"体例甚当",而且还曾提出过一些具体意见,可见吕氏对编纂是书的郑重。④

从上述体例中对文质或事辞兼备的强调来看,吕祖谦虽主张以道为治和文章须有益于治政,主张文辞须服从于事与义,但在他的心目中,最理想的仍是事辞相称、文质彬彬之作,不得以而求其次,才是质胜于文的文章。可见他并不轻视文采。这个看法应该说是比较全面的,它也是对编选宗旨的一个重要补充。吕祖谦编纂是书,虽所悬目标甚高,然而在对具体作家作品的取舍上,他又认为应从创作实际出发,兼顾到不同的时期和不同的类型与体裁,不没其人,不没其作,不以人废

---

① [宋]吕乔年:《太史成公编皇朝文鉴始末》,《全宋文》卷六千九百四十,第304册,第96页。

② [宋]叶适:《习学记言序目》卷五十,第755页。

③ 南宋吴子良《荆溪林下偶谈》卷一曰:"《文鉴》载谢逸《闺恨诗》亦止六韵,削去曼语,一归之正,便霭然有《行露》之风。此亦编集文字之一法也。"(王水照编《历代文话》,第1册,第537页)即为一例。

④ 引文见《晦庵先生朱文公文集》卷三十四《答吕伯恭》。同时,朱熹也提出过一些具体建议。如:"《文海》条例甚当,今想已有次第。但一种文胜而义理乖僻者,恐不可取。其只为虚文而不说义理者却不妨耳。佛老文字,恐须如欧阳公《登真观记》、曾子固《仙都观》《菜园记》(吕氏未选欧阳修此文,卷七十九选曾巩《仙都观三门记》——引者)之属乃可入,其他赞邪害正者,文词虽工,恐皆不可取也。盖此书一成,便为永远传布,司去取之权者,其所担当,亦不减《纲目》,非细事也。况在今日,将以为从容说议、开发聪明之助,尤不可杂置异端邪说于其间也。"(《晦庵先生朱文公文集》卷三十四,《朱子全书》第21册,第1476页)以至南宋周密就说:"吕氏《文鉴》,去取多朱意。"([宋]周密:《浩然斋雅谈》卷上,邓子勉校点,辽宁教育出版社,2000年,第12页。)

言,不强求一律。这些看法,同样是很公允和很通达的,可与其编选宗旨相参。

三、《宋文鉴》编选的思想倾向

宋朝文治最盛,君王"与士大夫治天下"①,对儒学也就大力提倡。宋太祖时已显示出崇儒倾向。宋太宗增修国子监,组织儒学之士大规模修书,崇儒意向也很明显。宋真宗撰《崇儒术论》以提倡儒学,谓:"儒术污隆,其应实大,国家崇替,何莫由斯。故秦衰则经籍道息,汉盛则学校兴行。其后,命历迭改,而风教一揆。"②宋仁宗即位,更是大力兴学。不仅国子学、太学、四门学招生的范围有极大的扩展,而且地方上的官学也所在多有,庆历三年,他下诏"州府军监应有学处,并须拣选有文行学官讲说,不得因循废罢"③。庆历四年,他又下诏说:"儒者通天、地、人之理,明古今治乱之原,可谓博矣。……今朕建学兴善,以尊子大夫之行;更制革敝,以尽学者之才。有司其务严训导、精察举,以称朕意。学者其进德修业,无失其时。其令州若县皆立学,本道使者选部属官为教授,员不足,取于乡里宿学有道业者","由是州郡奉诏兴学,而士有所劝矣","士之服儒术者不可胜数"④。因此,终南北宋一代,儒家士大夫人才辈出,学派众多,成就辉煌,影响深远。

---

① [宋]李焘:《续资治通鉴长编》卷二百二十一,熙宁四年三月戊子引文彦博语,第9册,第5370页。
② 同上书卷七十九大中祥符五年十月,第3册,第1798—1799页。
③ [清]徐松辑:《宋会要辑稿·崇儒》二,第5册,第2763页。
④ [元]脱脱等:《宋史》卷一百五十七《选举》三,第3658页。

吕祖谦为北宋名臣吕夷简之后,有深厚的家学渊源①,思想学术上既承关、洛之统绪,以理学为宗,又经史文章,博通兼擅,折中诸说,自成一家,同时还主张经世致用,不废事功。时与张栻、朱熹齐名,并称"东南三贤"。因而,他编纂《宋文鉴》所提出的"以道为治"的"道",内涵是十分丰富的,并不仅仅限于理学一端,可以说举凡儒家关于天地山川的自然物理,正心诚意的心性学说,格物致知的修养方法,修齐治平的政治理想,以及忠孝节义、师友爱悌、宽厚仁慈、谦恭退让等方面的伦理道德和行为规范,俱在其中。其选诗文,也首重反映和表现上述儒家思想和观念的作品。

吕祖谦在《宋文鉴》中选了程颢著名的《答横渠张子厚先生书》。在此文中,程氏明确提出"性无内外"的观点,并认为"天地之常,以其心普万物而无心;圣人之常,以其情顺万事而无情。故君子之学,莫若扩然而大公,物来而顺应"②。反映了其理学的特点。吕祖谦又选了程颢旨在"正学"的《颜乐亭》诗和程颐的《颜子所好何学论》《视听言动四箴》等。程颐《视箴》曰:"心兮本虚,应物无迹。操之有要,视之为则。蔽交于前,其中则迁;制之于外,以安其内。克己复礼,久而诚矣。"其所讲说的,正是正心诚意,"由乎中而应乎外,制于外所以养其中"的道理。③ 其他如所选吕大临的《克己铭》,也是要说,只要能心存

---

① 按吕氏家族,自吕公著起,入于《宋元学案》者就有十七人,全祖望在《宋元学案·范吕诸儒学案》中说:"考正献子希哲,希纯为安定门人,而希哲自为《荥阳学案》。荥阳子切问,亦见《学案》。又和问、广问及从子稽中、坚中、珊中,别见《和靖学案》。荥阳孙本中及从子大器、大伦、大猷、大同,为《紫微学案》。紫微之从孙祖谦、祖俭、祖泰,又别见《东莱学案》。共十七人,凡七世。"其中尚未包括吕好问。由此可略见其深厚的家学渊源。

② [宋]程颢:《答横渠张子厚先生书》,《皇朝文鉴》卷一百十九,《吕祖谦全集》,第14册,第313页。

③ [宋]程颐:《视听言动四箴》,《皇朝文鉴》卷七十二,《吕祖谦全集》,第13册,第336—337页。

第十七章 南宋文化"绍兴"与《宋文鉴》的编纂

乎诚,便可达到"洞然八荒,皆在我闼。孰曰天下,不归吾仁"①的境界。而张载的《西铭》《东铭》,其所传达的,更是儒者应有的"天地之塞吾其体,天地之帅吾其性,民吾同胞,物吾与也"②的博大胸怀。至于周敦颐《太极图说》、廖偁《洪范论》、欧阳修《泰誓论》、刘敞《士相见义》等,则又往往包含了其对儒家经义的独特理解。而邵雍《闲行吟》所言:"长忆当年扫敝庐,未尝三径草荒芜。欲为天下屠龙手,肯读人间非圣书。否泰悟来知进退,乾坤见了识亲疏。自从会得环中意,闲气胸中一点无。"③则又是抒发他自己学为圣人之道的所得。

然而,书中所选诗文,更多地讲论的还是儒家士人在实际政治和日常生活中所应恪守的礼义道德和行为规范。像晏殊的《几铭》、韩琦的《昼锦堂》等,皆志存"忠与孝"④。种放的《端居赋》,自警"得丧不忘于明圣,颠沛必思于正直"⑤,而向敏中《留别知己序》、贾同《原古》、郑褒《原祭》、陈尧《原孝》、司马光《功名论》、蔡襄《明礼》、张载《鞠歌行》《君子行》、苏舜钦《感兴》、苏轼《劝亲睦》、王令《师说》、王安国《师友》、潘兴嗣《师道》、彭汝砺《沐浴有感》、徐积《濉阳》、谢逸《闺恨》等很多作品,他们所要言说的,也都是儒家伦理纲常中的要目。其中有些作品,文质兼备,多有可取。如陈师道《观充文忠公家六一堂图书》,以"向来一瓣香,敬为曾南丰"⑥,抒发对其师曾巩的敬重之情。而著名的

---

① [宋]吕大临:《克己铭》,《皇朝文鉴》卷七十三,《吕祖谦全集》,第 13 册,第 356 页。
② [宋]张载:《西铭》,《皇朝文鉴》卷七十三,《吕祖谦全集》,第 13 册,第 346 页。
③ [宋]邵雍:《闲行吟》,《皇朝文鉴》卷二十五,《吕祖谦全集》,第 12 册,第 473 页。朱熹认为邵雍还有些说理的好诗,像"天向一中分造化,人从心上起经纶"等,吕祖谦尚未编入,十分可惜。参《朱子语类》卷一百,第 2553 页。
④ [宋]晏殊:《几铭》,《皇朝文鉴》卷七十三,《吕祖谦全集》,第 13 册,第 342 页。
⑤ [宋]种放:《端居赋》:《皇朝文鉴》卷一,《吕祖谦全集》,第 12 册,第 6 页。
⑥ [宋]陈师道:《观充文忠公家六一堂图书》,《皇朝文鉴》卷十九,《吕祖谦全集》,第 12 册,第 354 页。

《妾薄命》,更体现了师生之间的深厚情谊,至为感人。颜太初的《许希》诗,在良医许希与京城名利之徒的扬抑之间,告诫士人不应忘其所本;《东州逸党》,倡为儒学,抨击放荡不拘礼法的所谓东州逸党,同样具有警诫世风的作用。

书中有一些诗文,其所表现的,已不完全属于传统的儒家礼义道德,而是传达了宋儒在思想观念和生活方式上的一种新的追求,一种新的士风。像苏轼的《於潜僧绿筠轩》,即是一例。诗曰:

> 可使食无肉,不可使居无竹。无肉令人瘦,无竹令人俗。人瘦尚可肥,俗士不可医。傍人笑此言,似高还似痴。若对此君仍大嚼,世间那有扬州鹤?①

诗意虽用晋王徽之语生发,但苏轼的阐释,却是宋儒式的,即士不可俗。正如黄庭坚所说:"'士生于世,可以百为,唯不可俗。俗便不可医也。'或问不俗之状。余曰:'难言也。视其平居无以异于俗人,临大节而不可夺,此不俗人也。士之处世,或出或处,或刚或柔,未易以一节尽其蕴,然率以是观之。'"②黄庭坚的阐释,当然又加入了他自己的理解,然主张不俗,却与苏轼一致,而与晋人所追求的风度不同。

儒家士人历来重视教育,宋代兴学之风尤盛,《宋文鉴》中所选诫子和兴学重教一类的作品亦多。典型的如范质的《诫儿侄八百字》:

> 戒尔学立身,莫若先孝悌。怡怡奉亲长,不敢生骄易。战战复兢兢,造次必于是。戒尔学干禄,莫若勤道艺。尝闻诸格言,学而优则仕。不患人不知,惟患学不至。戒尔远耻辱,恭则近乎礼。自卑而尊人,先彼而后己。《相鼠》与《茅鸱》,宜鉴诗人刺(自注:

---

① [宋]苏轼:《於潜僧绿筠轩》,《皇朝文鉴》卷十三,《吕祖谦全集》,第12册,第216页。
② [宋]黄庭坚:《书嵇叔夜诗与侄榎》,《黄庭坚全集》,第1587页。类似的表述,又见于《书缯卷后》,《黄庭坚全集》,第1569页。

《毛诗》,《相鼠》刺无礼。《左传》,《茅鸱》刺不恭)。戒尔勿放旷,放旷非端士。周孔垂名教,齐梁尚清议。南朝称八达,千载秽青史。戒尔勿嗜酒,狂药非佳味。能移谨厚性,化为凶险类。古今倾败者,历历皆可记。戒尔勿多言,多言者众忌。苟不慎枢机,灾危从此始。是非毁誉间,适足为身累。举世重交游,拟结金兰契。忿怨容易生,风波当时起。所以君子心,汪汪淡如水。举世好承奉,昂昂增意气。不知承奉者,以尔为玩戏。所以古人疾,籧篨与戚施。举世重任侠(自注:《史记》,轻死重义曰侠),呼俗为气义。为人赴急难,往往陷刑死。所以马援书,殷勤戒诸子(自注:马援《告儿孙书》,甚非此事)。举世贱清素,奉身好华侈。肥马衣轻裘,扬扬过闾里。虽得市童怜,还为识者鄙。我本羁旅臣,遭逢尧舜理。位重才不充,戚戚怀忧畏。深渊与薄冰,蹈之惟恐坠。尔曹当悯我,勿使增罪戾。闭门敛踪迹,缩首避名势。名势不久居,毕竟何足恃。物盛必有衰,有隆还有替。速成不坚牢,亟走多颠踬。灼灼园中花,早发还先委。迟迟涧畔松,郁郁含晚翠。赋命有疾徐,青云难力致。寄语谢诸郎,躁进徒为耳。①

孝悌、勤学、恭谨、恬淡等等,其所反映的,无非是儒家的传统思想观念。其他像种放《谕蒙诗》、张咏《劝学篇》、向敏中《留别知己序》、晏殊《中园赋》、韩琦《阅古堂记》、文彦博《晁错论》、富弼《与陈都官书》、孙复《谕学》、欧阳修《读书》、邵雍《戒子孙》、张载《女戒》等,和书中大量入选的学记之作(如欧阳修《吉州新学记》、王安石《潭州新学》、曾巩《筠州学记》、李觏《袁州学记》、苏轼《南安军学记》等),也都能体现编选者的倾向。

---

① [宋]范质:《诫儿侄八百字》,《皇朝文鉴》卷十四,《吕祖谦全集》,第12册,第234—235页。

因以儒学为宗,所以对赞颂历史上著名人物和北宋一代名儒的作品,也多加选录。前者如苏轼《屈原庙赋》、宋祁《成都府新建汉文翁祠堂碑》、司马光《河间献王赞》、刘敞《西汉三名儒赞》《朱云》、陈师道《孔北海赞》、曾巩《抚州颜鲁公祠堂记》、狄遵度《杜甫赞》、王禹偁《怀贤诗》三首等;后者如苏轼《表忠观碑文》《王元之画像赞》、黄庭坚《王元之真赞》《故周茂叔先生濂溪》、刘敞《王沂公祠堂记》、李觏《画赞》等,皆是其例。其中尤值得关注的,是那些抒写北宋儒者气象的作品。像范仲淹的《赴桐庐郡至淮上遇风》:

圣宋非强楚,清淮异汨罗。平生仗忠信,尽室任风波。舟楫颠危甚,蛟鼍出没多。斜阳幸无事,沽酒听渔歌。①

像这样的作品,至今读之仍能想见当日这位"平生仗忠信"的士大夫形象,更不用说他著名的《岳阳楼记》了。

有意味的是,吕祖谦所选也并不完全是反映儒家思想的作品,他还选了不少体现老庄尚拙黜巧、委运任命、知足保和等思想的诗文,反映出其思想的博大。例如,周敦颐在《拙赋》中写道:"巧者言,拙者默。巧者劳,拙者逸。巧者贼,拙者德。巧者凶,拙者吉。呜呼!天下拙,刑政彻。上安下顺,风清弊绝。"②此虽是要抑制浮靡轻薄的世风,然已融入老庄之说无疑。王曾有感于矮松以形陋而不夭斤斧,而作《矮松赋》,末曰:"客有系而称曰:材之良兮,梓匠之攸贵;生之全兮,蒙庄之所美。苟入用于钩绳,宁委迹于尘滓。俾其夭性而称珍,曷若存身而受祉?纷异趣兮谁与归?当去彼而取此。"③他如晏殊《列子有力

---

① [宋]范仲淹:《赴桐庐郡至淮上遇风》,《皇朝文鉴》卷二十二,《吕祖谦全集》,第12册,第413—414页。

② [宋]周敦颐:《拙赋》,《皇朝文鉴》卷五,《吕祖谦全集》,第12册,第78页。

③ [宋]王曾:《矮松赋》,《皇朝文鉴》卷一,《吕祖谦全集》,第12册,第14页。

命王充论衡有命禄极言必定之致览之有感》、潘兴嗣《逍遥亭》、贺铸《烛蛾》等,亦可略见老庄思想在宋代在儒家士人思想中的地位。

四、《宋文鉴》的编选与吕氏理想政治

吕祖谦主张"以道为治",在书中选入了一些讲论和体现儒家义理的诗文,但他更为重视的,还是儒学的经世致用,而非空谈义理或拘于经义传注。乾道六年,吕祖谦在上呈宋孝宗的《轮对札子》中就说:"夫不为俗学所汩者,必能求实学;不为腐儒之所眩者,必能用真儒。圣道之兴,指日可俟。"希望宋孝宗能"留意于圣学也。陛下所当留意者,夫岂铅椠传注之间哉,宅心制事,祗畏兢业,顺帝之则,是圣学也;亲贤远佞,陟降废置,好恶不偏,是圣学也;规摹审定,图始虑终,不躁不挠,是圣学也。陛下诚留意此学,日就月将,缉熙光明,实理所在,陛下当自知之而自信之矣"①。其强调经世致用的思想倾向很明显。

所以,他会将那些讲论君臣治政之理、描绘人们心目中理想政治和歌颂美政的作品,收入书中。如王回的《责难赋》《爱人赋》《事君赋》②、王安石的《周公》、程颢的《论君道》《论王霸》、许安世的《公生明赋》、林希的《佚道使民赋》等,所展示的,便是君圣臣贤的理想政治图景。徐铉的《君臣论》《持权论》《师臣论》、田锡的《论军国机要朝廷大体疏》、韩琦的《论时事》、宋祁的《请复唐驮幕之制疏》、司马光的《论治身治国所先》、刘敞的《赏罚论》《患盗论》《贤论》、程颐的《论经筵事》等等,具体讨论的是如何才能达到君圣臣贤、国富民强的目标的问

---

① [宋]吕祖谦:《东莱吕太史文集》卷三《乾道六年轮对札子二首》其一,《吕祖谦全集》,第1册,第54—55页。
② 叶适《习学记言序目》卷四十七载:"闻之吕氏:'读王深父文字,使人长一格。'《事君》《责难》《爱人》《抱关》诸赋,可以熟玩。"(第697页)

题,可谓多"思虑精密,考验深远"①。而苏辙、秦观的《黄楼赋》等,则歌颂的是一方守臣的美政。

他又对反映北宋王朝一代典章制度和盛世的阔大气象的文章,格外留意。宋室南渡,人们渴望中兴,对北宋自太祖、太宗以来的治政和气象乃至昔日帝都的繁荣等,均充满了眷怀之情。编选北宋一代的文章,以为南宋治政的借鉴,自然不能忽略了这一类文章。像刘筠的《大酺赋》,颂有宋盛德,"述海内丰盛,兆庶欢康"②。晏殊的《中园赋》,谓:"眷予生兮曷为,幸亲逢乎盛时。进宽大治之责,退有上农之赍。求中道于先民,乐鸿钧于圣期。"③范仲淹的《明堂赋》,描绘天子明堂:"广大乎天地之象,高明乎日月之章,崇百王之大观,揭三宫之中央,昭壮丽于神州,宣英茂于皇猷,颂金玉之宏度,集人神之丕休。故可祀先王以配上帝,坐天子而朝诸侯者也。"④司马光《交趾献奇兽赋》,则是歌颂宋朝恩德广被,四夷为其所化。而梁周翰的《五凤楼赋》,所赋虽不无讽谏之意,但其中写道:"惟圣皇之受命,应期运而握符。光潜跃于龙德,践元亨于帝衢。道德何师?尊卢赫胥。揖让何比?陶唐有虞。英略神武,威惮八区。封豕必诛,长鲸尽刳。虎皮包刃,鹄板搜儒。坠典皆索,阙政咸铺。成天下之大务,若雷奋而风驱。乃顾京室,时行圣谟。陋宸极之非制,稽紫垣之旧图。且曰不壮不丽,岂传万世!"⑤极颂扬、夸耀之能事,也着实令人向往。杨侃的《皇畿赋》,更是歌颂"大宋畿甸之美,政化之始也"。"王畿之内,易俗移风,以至正南面,居域中,

---

① [宋]叶适:《习学记言序目》卷四十八引吕祖谦评宋祁《请复唐驮幕之制》语,第720页。
② [宋]刘筠:《大酺赋》,《皇朝文鉴》卷二,《吕祖谦全集》,第12册,第31页。
③ [宋]晏殊:《中园赋》,《皇朝文鉴》卷二,《吕祖谦全集》,第12册,第35页。
④ [宋]范仲淹:《明堂赋》,《皇朝文鉴》卷二,《吕祖谦全集》,第12册,第37—38页。
⑤ [宋]梁周翰:《五凤楼赋》,《皇朝文鉴》卷一,《吕祖谦全集》,第12册,第1—2页。

由内及外,化行令从。""汉以宫室壮丽威四夷,宋以畿甸风化正万国。彼尚侈而务奢,此歌道而咏德。"①其他如宋祁《王畿千里赋》、丁谓《大搜赋》、张咏《声赋》、范镇《大报天赋》、刘攽《鸿庆宫三圣殿赋》、张耒《大礼庆成赋》、吕大钧《天下为一家赋》、王仲敷《南都赋》等,皆是一片颂扬之声。而佚名《建隆登极赦文》、王珪《治平立皇太子赦文》、邓润甫《元丰立皇太子赦文》和名臣除授的诏制、谢表之文,尹洙的《皇雅十首》《天监四章》《宪古二章》《帝籍二章》《庶工三章》《帝制五章》《皇治三章》《太平一章》等,也都是能见一代治体和气象的代表作。

他还对劝农、悯农的诗文,特别关注。②《宋文鉴》卷一收录了王禹偁的《籍田赋》。赋中写太宗于东郊行劝耕之仪,"千官景从,风清尘而习习,雨洒道以蒙蒙。时也木德,盛阳气充,春芒甲坼,青青兮葱葱;春土脉起,油油兮溶溶。冠盖蔽野,佩环咽风"。此固是一时盛事,不妨撰文赞颂。然无论举行此种仪式本身或王氏撰文的目的,都更在于"务农桑兮为政本,兴礼节兮崇教资。民乃力穑,岁无阻饥。神农斫木之功,我其申矣;后稷播时之利,我得兼之"③,而非这些礼仪本身。卷五十九收范祖禹《论农事》一疏,谓:"国朝祖宗以来,尤重农穑。"其中引宋太宗语,曰:"耕耘之夫,最可矜闵。春蚕既登,并功纺绩,而缯帛不及其身;田禾大稔,充其腹者,不过疏粝。若风雨乖候,稼穑不登,将如之何?"④吕氏编选的用意很显然,那就是劝农悯农。宋仁宗天圣元

---

① [宋]杨侃:《皇畿赋》,《皇朝文鉴》卷二,《吕祖谦全集》,第12册,第23、24、31页。
② 吕祖谦颇为关心民生疾苦,如《东莱吕太史文集》卷一有《送丘宗卿博士出守嘉禾以视民如伤为韵》(《吕祖谦全集》,第1册,第11页)。
③ [宋]王禹偁:《籍田赋》,《皇朝文鉴》卷一,《吕祖谦全集》,第12册,第4—5页。
④ [宋]范祖禹:《论农事》,《皇朝文鉴》卷五十九,《吕祖谦全集》,第13册,第131页。

年,春寒伤农,钱惟演任西京留守,曾作《春雪赋》,表达了应"以民为心"①的思想。苏轼贬居海南,仍作《和陶渊明劝农》,劝说海南之民勉力耕作,"春无遗勤,秋有后冀"②。尤值得称道。其他同情民生疾苦之作,书中所选甚多。如,张舜民观打麦而写道:"麦秋正急又秧禾,丰岁自少凶岁多,田家辛苦可奈何?"③许彦国望秋雨而叹:"田家黍穗未暇悲,茅屋且为萤火飞。"④久旱得雨,欧阳修作《喜雨》诗道:"及时一日雨,终岁饱丰穰。"⑤见官吏催租,苏轼作《禽言》悯之:"南山昨夜雨,西溪不可渡。溪边布谷儿,劝我脱破裤。不辞脱裤溪水寒,水中照见催租瘢。(自注:土人谓布谷为'脱却破裤')"⑥酷暑难耐,张耒能想到劳苦百姓:"忽怜长街负重民,筋骸长毂十石弩。半衲遮背是生涯,以力受金饱儿女。人家牛马系高木,惜恐牛驱犯炎酷。天工作民良久难,谁知不如牛马福。"⑦而目睹被役使的年迈老人,田昼则沉痛地写道:

> 筑长堤,白头荷杵随者妻。背胁伛偻筋力微,以手置胸路旁啼。老夫七十妪与齐,五尺应门生两儿。夜来春雨深一犁,破晓径去耕南陂。南邻里正豪且强,白纸大字来呼追。科头跣足不得稽,要与官长修长堤。官长亦大贤,能得使者意,正堤驾轺轩,不复问余事。终当升诸朝,自足富妻子。何惜桑榆年,一为官长死。⑧

---

① [宋]钱惟演:《春雪赋》,《皇朝文鉴》卷一,《吕祖谦全集》,第12册,第17页。
② [宋]苏轼:《和陶渊明劝农》,《皇朝文鉴》卷十二,《吕祖谦全集》,第12册,第200页。
③ [宋]张舜民:《打麦》,《皇朝文鉴》卷十三,《吕祖谦全集》,第12册,第222页。
④ [宋]许彦国:《秋雨叹》,《皇朝文鉴》卷十四,《吕祖谦全集》,第12册,第229页。
⑤ [宋]欧阳修:《喜雨》,《皇朝文鉴》卷十五,《吕祖谦全集》,第12册,第255页。
⑥ [宋]苏轼:《禽言》二首其一,《皇朝文鉴》卷十三,《吕祖谦全集》,第12册,第217页。按苏集为《五禽言五首》其二。
⑦ [宋]张耒:《劳歌》,《皇朝文鉴》卷十四,《吕祖谦全集》,第12册,第226页。
⑧ [宋]田昼:《筑长堤》,《皇朝文鉴》卷十四,《吕祖谦全集》,第12册,第232页。

全诗不着一语议论,而他对不堪役使的百姓的同情,对毫无怜悯之心的官吏的讽刺,皆跃然纸上。

他如陈烈《题灯》、文同《织妇怨》、王安石《新田》、刘敞《闵雨》《荒田行》、沈括《江南曲》、晁补之《豆叶黄》、张咏《悼蜀诗四十韵》、范仲淹《四民诗》《江上渔者》、叶清臣《悯农》、梅尧臣《县斋对雪》《送王介甫知毗陵诗》、李觏《哀老妇》、刘攽《检覆郏城旱田示同官及寄河南诸贤》、谢景初《余姚董役海堤有作》、黄庭坚《和孔常父雪》、陈师道《田家》等等,皆反映出对百姓疾苦的同情之心。而欧阳修对造成百姓贫苦原因所作的思考,也值得注意。在《奉答子华学士安抚江南见寄之作》中,他写道:

> 百姓病已久,一言难遽陈。良医将治之,必究病所因。天下久无事,人情贵因循。优游以为高,宽纵以为仁。今日费其小,皆谓不足论。明日坏其大,又云力难振。旁窥各阴拱,当职自逡巡。岁月浸䆒颓,纲纪遂纷纭。坦坦万里疆,蚩蚩九州民。昔而安且富,今也迫以贫。疾小不加理,浸淫将遍身。①

揭示出北宋士风、政风因循不作为的一面。至如刘敞的《古风》诗,则不仅在悯农了,更把锋芒指向了不公正的世风:

> 子欲富矣,何用为富?农不若工,工不若贾。子欲贵矣,何用为贵?德不若名,名不若势。粹兮纯兮,三五之人兮。终窭且贫兮,孰知其珍兮。②

其激烈言辞背后的酸辛,亦可想见。

---

① [宋]欧阳修:《奉答子华学士安抚江南见寄之作》,《皇朝文鉴》卷十五,《吕祖谦全集》,第 12 册,第 256 页。

② [宋]刘敞:《古风》,《皇朝文鉴》卷十二,《吕祖谦全集》,第 12 册,第 192 页。

五、《宋文鉴》的编纂与北宋党争

北宋一代治政,若就宋朝内部而言,最重要的无疑是发生在庆历和熙丰年间的两次激烈的思想和政治斗争了。吕祖谦编《宋文鉴》,自然不能回避。

北宋的历史进程发展到真宗、仁宗之世,其积贫积弱的情况已越来越明显,一种强烈的危机感使宋仁宗、宋神宗和统治集团各个阶层中的有识之士,从维护宋王朝及其国家的根本利益出发,开始酝酿和提出挽救社会危机的设想,希望在思想和政治上进行一番改革。

早在宋仁宗景祐元年二月,知制诰李淑在《上时政十议》中,已向仁宗提出修人事、节开支、重视农业、阅武习兵等建议。① 宝元二年五月,贾昌朝、韩琦都上疏劝宋仁宗要带头节省开支。② 十一月,宋祁又上疏论政,首当其冲的是"三冗三费"。③ 庆历二年五月,欧阳修则上疏专论御兵三弊,主张改革选兵用将和对敌之策。④ 而全面分析北宋面临的内外矛盾,提出具体改革措施的则是范仲淹和王安石,这些已为人们所熟知的史实,无须赘述。这里略举程颢、程颐等人的看法,以见当日变法实在是势在必行。程颐在皇祐二年有《上仁宗皇帝书》,书中认为:"方今之势,诚何异于抱火厝之积薪之下而寝其上,火未及然,因谓之安者乎?"因而建议仁宗"应时而作","出于圣断,勿徇众言,以王道

---

① [宋]李焘:《续资治通鉴长编》卷一百十四景祐元年二月,第5册,第2663—2667页。

② [宋]李焘:《续资治通鉴长编》卷一百二十三宝元二年五月,第5册,第2904—2908页。其后贾昌朝与张方平即受诏主持减省浮费事。

③ [宋]李焘:《续资治通鉴长编》卷一百二十五宝元二年十一月,第5册,第2941—2944页。

④ [宋]李焘:《续资治通鉴长编》卷一百三十六庆历二年五月,第6册,第3251—3259页。

为心,以生民为念,黜世俗之论,期非常之功"。① 到熙丰变法开始的时候,程颢还一度任职三司条例司,具体参与变法措施的制定。熙宁二年,任监察御史里行的程颢,曾连连上书驳斥反对变法的言论,指出:"或谓:'人君举动,不可不慎,易于更张,则为害大矣。'臣独以为不然。所谓更张者,顾理所当耳。其动皆稽古质义而行,则为慎莫大焉。岂若因循苟简,卒致败乱者哉? 自古以来,何尝有师圣人之言,法先王之治,将大有为而返成祸患者乎? 愿陛下奋天锡之智勇,体乾刚而独断,霈然不疑,则万世幸甚!"②显然,二程都认为变法势在必行,并力劝仁宗打消顾虑,放手改革,建立功业。其实,宋仁宗、宋神宗又何尝没有看到国家积贫积弱的局面必须改变呢? 从庆历三年七月始,仁宗就下诏让范仲淹、富弼、韩琦等"讲时政得失","条奏当世务"。③ 庆历革新失败后没多久,庆历八年二月,仁宗又诏诸臣献计献策,以图改革。诏曰:"间者西陲御备,天下绎骚,趣募兵师,急调军食,虽常赋有增,而经用不给,累岁于兹,公私匮乏。如以承平浸久,仕进多门,人浮政滥,员多阙少……思济此务,罔知所从,悉为朕条画之。"④至于神宗,一即位便"慨然兴大有为之志,思欲问西北二境罪"⑤,"奋然将雪数世之耻"⑥。所以,不论是庆历革新,还是继之而起的熙丰变法,当时人人都以为势在必行,正如陈亮所说:"方庆历、嘉祐,世之名士常患法之不变也。"⑦朱熹也说:"新法之行,诸公实共谋之,虽明道先生不以为不是。盖那时

---

① [宋]程颐:《上仁宗皇帝书》,《二程集·河南程氏文集》卷五,第511、515页。
② [宋]程颢:《论王霸札子》,《二程集·河南程氏文集》卷一,第451—452页。
③ 参《续资治通鉴长编》卷一百四十二、一百四十三。
④ [宋]李焘:《续资治通鉴长编》卷一百六十三庆历八年二月,第7册,第3922页。
⑤ [宋]蔡絛:《铁围山丛谈》卷一,中华书局,1983年,第6页。
⑥ [元]脱脱等:《宋史》卷十六《神宗本纪》,第314页。
⑦ [宋]陈亮:《陈亮集》(增订本)卷十二《铨选资格策》,邓广铭点校,中华书局,1987年,上册,第134页。

也是合变时节。……及王氏排众议行之甚力,而诸公始退散。"①确是实情。

关于庆历革新,吕祖谦在《宋文鉴》中选了范仲淹的《答手诏条陈十事》《辨滕宗谅张亢》《近名论》,韩琦《论减省冗费》《论时事》,富弼《论辨邪正》,欧阳修《论杜韩范富》《朋党论》《为君难论》,蔡襄《论增置谏官》,梅尧臣《灵乌赋》,石介《庆历圣德颂》,等等。显而易见,他对庆历革新的认识,与北宋以降大多数士人的看法是一致的,即赞同范仲淹、欧阳修等人的革新,而对庆历革新时因循守旧派(此派恰以吕夷简为首)的政治观点,并不认可。

但对熙丰变法,吕祖谦的看法就不太一样了。其所选奏议书论中,虽收有王安石的《论本朝百年无事》、周邦彦的《汴都赋》等,但反对新法、新党的文章,却占了绝大多数。像韩琦的《论时事》《论青苗》,吕诲《论王安石》,司马光《应诏言朝政阙失》《与王介甫书》,苏洵《辨奸》,程颢《论十事》《论新法》,苏轼《上皇帝书》《吕惠卿责授建宁军节度副使本州安置不得签书公事》,苏辙《上皇帝书》《论吕惠卿》《请分别邪正》,刘挚《论人材》《论分析助役》,郑侠《论新法进流民图》,范祖禹《论听政》,邹浩《谏立后》,陈瓘《论蔡京》,任伯雨《论章惇蔡卞》,刘跂《谢昭雪表》,等等,都是旧党论新法、论王安石等新党人士言辞最激烈的文字。

在变法革新这样的大问题上,议论有异同,原属正常。因为当日诸人虽同朝为官,其政治和思想学术却有不同。比如王安石,他在思想学术上推尊孟子,主张以养心为本,与此相应,在政治上亦提出取法先王,通圣人之心,力行王道,而认为只要能这样去做,就可以不求财利而财利自然随之,就可以达到富国强兵的目的。程颢、程颐的政治理想似乎

---

① [宋]黎靖德编:《朱子语类》卷一百三十,第3097页。

也是要以先王为法,行尧舜之治,但如果细加考察,就会发现他们的侧重点、出发点与王安石并不完全相同。他们所着眼和强调的实为法"先王之学""圣人之言"和圣人之德,并用这些来衡量和规定君王的施政方向,因而往往过于执着行迹。所以,一见王安石那些意在富国强兵的变法措施,他们并未认真地去"审其初",便一概视为兴利,痛加针砭,不留余地,使双方思想政治上的矛盾和隔阂愈益增加。程颐的弟子曾记录过这样一段话:"荆公尝与明道论事不合,因谓明道曰:'公之学如上壁。'言难行也。明道曰:'参政之学如捉风。'"①这段对话十分形象地描绘出王、程两家思想见解和政治理想的异同。再如司马光,他特重天命,又主张中和之道,并把这种天命论、中和论推衍到政治领域,主张一切听从天命,守祖宗法度、循规蹈矩,无过无不及,反对"务求新巧,互陈利病,各事改张,使画一之法日殊月异,久而不定,使吏民莫知所从"②。晁说之曾说:"王荆公著书立言,必以尧舜三代为则,而东坡所言,但较量汉唐而已。"③这是不错的。苏轼所以有这种主张法汉唐之治而不赞同高阔慕古的政治理想,与其思想方法上的情性论有关。与司马光较为接近。在政治生活中,他主张凡事应从人之情性出发,顺乎自然,名副其实,宽猛相济,无过无不及。④

王安石、程颢、程颐、司马光、苏轼诸人的政治理想既然不同,也就必然会造成其在具体措施上,尤其在对待变法问题上的意见分歧,争竞不已,终于导致分党结派。最明显的如王安石与司马光,政治理想不同,施政措施也就不同。王安石曾说:"自议新法,始终言可行者,曾布

---

① 杨遵道录程颐语,见《二程集·河南程氏遗书》卷十九,第255页。
② [宋]司马光:《应诏言朝政阙失事状》,《全宋文》卷一千二百,第55册,第184页。
③ [宋]晁说之:《晁氏客语》,《景印文渊阁四库全书》子部第863册,第143页。
④ 关于诸家思想的主要异同,笔者曾在《北宋党争的再评价及其思想史意义》(《古籍研究》2000年第1期)一文中有较详细的论述,故此处不再赘论,读者可以参考。

也。言不可行者,司马光也。余皆前叛后附,或出或入。"①宋人罗璧也认为王安石与司马光等人的政见是"大体既差,细美莫赎"②。于是,围绕着熙丰变法的问题,形成了分别以王安石、司马光为首的政见完全不同的两大对立派别。再如,王安石与程颢的政治理想有同有异:其同,使程颢不但积极主张变法,而且参与变法措施的制定和推行工作,以致后来程颢虽不肯与王安石合作,王安石也并不深责程颢,甚至官职还略有升迁。③ 其异,使他们在具体的变法措施(如青苗法)上产生分歧和隔阂,终于分道扬镳。还比如,苏轼的政治理想既与王安石、二程不同,又与司马光相异,他的政治见解也不同于王安石、二程和司马光,所以在熙丰年间他遭到排斥贬谪,在元祐时也不得意,以至又有洛蜀之争。

惜元祐年间,旧党上台,尽废新法,原本不同思想政治派别的斗争,掺杂进许多人事、意气之争。绍圣后,新法性质已变,新旧两党,相互倾轧。至蔡京专权,朝政已无可为。而这一切,当日士人多归咎于王安石新学、新法,吕祖谦也认为此种"国是","其年之已远,议论之已定,而无去取之嫌也"④。其实这只是倾向于北宋理学家和旧党一派的观点。

吕祖谦在思想学术和政治上都是不赞同王安石的观点的。比如,王安石要法先王之治,行周公之政,吕祖谦就不以为然。他认为修身养性是学问的根本,学问应从内向外做⑤,应在实处下功夫,应为

---

① [宋]江少虞:《宋朝事实类苑》卷八引《渑水燕谈录》,上海古籍出版社,1981年,第84页。此条今本《渑水燕谈录》不载。

② [宋]罗璧:《识遗》卷九"王荆公"条,《景印文渊阁四库全书》子部第854册,第601页。

③ 参程颢《辞京西提刑奏状》,《二程集·河南程氏文集》卷一,第458—459页。

④ [宋]吕乔年:《太史成公编皇朝文鉴始末》,《全宋文》卷六千九百四十,第304册,第96页。

⑤ 如吕祖谦《左氏传说》卷四云:"大率要得言语动人,须是自里面做工夫出来。"《吕祖谦全集》,第7册,第54页。

有用之学①,"揖先儒淳固悫实之余风,服《大学》'离经辨志'之始教,由博而约,自下而高",方是正途。因而认为王安石之学"高自贤圣"②,殊不可取。据叶适回忆,他曾与吕祖谦谈到前辈士人王曾、欧阳修的高尚志节。吕祖谦说:"王曾既中第。或谓'状元三场,一生吃着不尽'。王正色拒之,以为'平生之志,不在温饱'。后生学者传以为口实。欧阳修既执政,人有贺之者,答以'惟不求而得与既得而不患失'。然余病其侵寻于官职矣。而吕氏嫌此论太高,余亦不敢竟其说而止。"③吕祖谦平生不作高论,于此可见。所以,王安石的一些文章,如《谢宰相表》,或称为"近世第一",然吕祖谦则认为它不过是"大言之尤者,不可为后世法"④,书中便不收。其他像《明妃曲》,欧阳修的和作可以收,而议论大胆的王安石的原作,却不收。对王安石变法的一系列政治施为,吕氏也是反对的。因而,他又会偏于旧党一派,在书中大量选录旧党人士批评新法的文章,以至于书始编成,即为人诟病。其实,在今天看来,思想政治观点不同,原可讨论,编选者要表达自己的思想政治见解,也可以理解。然而像吕祖谦在《宋文鉴》中收吕诲的《论王安石》、苏洵《辨奸论》等涉嫌人身攻击的文章,似乎就不够妥当了。

不过,吕祖谦在《宋文鉴》中还是选了王安石论新法以及其他方面的很多作品,尤其是他的五言古诗、七言律绝和诏、表、制诰、书启

---

① 如说:"百工治器,必贵于有用。器而不可用,工弗为也。学而无所用,学将何为也邪?"(《丽泽论说集录》卷十,《吕祖谦全集》,第2册,第263页)又说:"学者推求言句工夫常多,点检日用工夫常少,此等人极多。"(《丽泽论说集录》卷九,《吕祖谦全集》,第2册,第246页)

② [宋]吕祖谦:《东莱吕太史文集》卷六《白鹿洞书院记》,《吕祖谦全集》,第1册,第100页。

③ [宋]叶适:《习学记言序目》卷五十,第749—750页。

④ 同上书卷四十九,第729页。

等文章。① 又比如,书中还收入了周邦彦的《汴都赋》,而周邦彦正是因为这篇歌颂新法的大赋,才得到宋神宗和宋哲宗、徽宗三朝皇帝的眷顾的。另外一些新党人士(如吕惠卿、蔡确等)的作品,书中也有收录。这些,当然都与吕祖谦虽"以关洛为宗,而旁稽载籍,不见涯涘,心平气和,不立崖异"②的思想学术有关。

值得我们注意的是,吕祖谦在《宋文鉴》中选入了大量的奏议类文章,并不完全是要表达党派之见。叶适在《习学记言》中曾记其览《宋文鉴》所选名臣奏议至"范祖禹《听政疏》言'今四方之民,倾耳而听,拭目而视,乃宋室隆替之本,社稷安危之基,天下治乱之端,生民休戚之

---

① 吕祖谦《东莱吕太史文集》卷七《题伯祖紫微翁与曾信道手简后》曰:"先君子(即吕大器——引者)尝诲某曰:'吾家全盛时,与江西诸贤特厚。文靖公(指吕夷简——引者)与晏公戮力王室。正献公(指吕公著——引者)静默自守,名实加于上下,盖自欧阳公发之。平生交友,如王荆公、刘侍读、曾舍人,屈指不满十。虽中间以国论与荆公异同,元丰末守广陵,钟山犹有书来,甚惓惓,且有绝江款郡斋之约,会公召归,乃止。已而自讲筵还政路,遂相元祐。二刘、三孔、曾子开、黄鲁直诸公,皆公所甄叙也。侍讲(指吕希哲——引者)于荆公乃通家子弟。李泰伯入汴,亦尝讲绎焉。绍圣后,始与李君行游。晚节居党籍。右丞(指吕好问——引者)以管库之禄养亲,虽门可设爵罗,然四方有志之士,多不远千里从公。谢无逸、汪信民、饶德操自临川至,奉几杖,侍左右如子侄。退见右丞,亦卑抑严事,不敢用钧敌之礼。舍人(指吕本中——引者)以长孙应接宾客,三君一见,折辈行为忘年交。谈赏篇什,闻于天下。是时吾家筐笥琐碎,僮仆能言,诸名胜无不谙悉。南渡以来,此事便废。绍兴初,寇贼稍定,舍人与诸父相扶携,出桂岭,竭临川,访旧友,多死生,慨然太息。乃收聚故人子曾益父、裘父辈,与吾兄弟共学,亲指画,孳孳不息。既又作诗勉之,今集中寄临川聚学诸生数诗是也。(自"南渡以来"至此,原集有缺文,可参见《宋元学案补遗》卷三十六)自秦氏专国,风俗日益隘陋,吾几案间无江西书札久矣。盖江西人物之盛衰,观人文者将于此乎考。而吾家江西贤士大夫之疏密,亦门户兴替之一验也。'言毕复蹙然久之。某再拜识之,不敢忘。"(《吕祖谦全集》,第1册,第118—119页)由此可见吕氏家族与王安石等人的关系颇为复杂,吕祖谦对王安石的态度并非一概否定,也是有原因的。汪俊教授曾据此论吕氏家族与江西派的关系,见其所著《两宋之交诗歌研究》第四章"吕氏家族与江西诗派的关系"(旅游教育出版社,2001年),可参。

② [元]脱脱等:《宋史》卷四百三十四《吕祖谦传》,第12874页。

始,君子小人消长进退之际,天命人心去就离合之时也'此十数语,可为涕流。盖国家存亡,从是决矣。余尝与吕氏极论累日,终无救法。"① 可见吕祖谦编纂是书实寓含着一种对国家社稷的前途和命运的忧患意识。

再看游酢的《论士风》。其曰:

> 天下之患,莫大于士大夫无耻。士大夫至于无耻,则见利而已,不复知有他。如入市而攫金,不复见有人也。始则非笑之,少则人惑之,久则天下相与而效之,莫之以为非也。士风之坏,一至于此,则锥刀之末,将尽争之,虽杀人而谋其身可为也,迷国以成其私可为也。草窃奸宄,夺攘矫虔,何所不至,而人君尚何所赖乎?古人有言,礼义廉耻,谓之四维。四维不张,国非其有也。今欲使士大夫人人自好,而相高以名节,则莫若朝廷之上唱清议于天下。士有顽顿无耻,一不容于清议者,将不得齿于缙绅,亲戚以为羞,乡党以为辱。夫然故士之有志于义者,宁饥饿不能出门户,而不敢以丧节;宁厄穷终身不得闻达,而不敢败名。廉耻之俗成,而忠义之风起矣。人主何求而不得哉?惟陛下留意。②

其论士风之与治政的密切关系,极为深刻。再如吕陶的《请罢国子司业黄隐职任》亦谓:"士之大患,在于随时俯仰,而好恶不公,近则隳丧廉耻,远则败坏风俗,此礼义之罪人,治世之所不容也。"③也是切肤之谈。最终导致北宋灭亡的原因,当然非止一端,但其中的一个很重要的

---

① [宋]叶适:《习学记言序目》卷四十九,下册,第727页。
② [宋]游酢:《论士风》,《皇朝文鉴》卷六十一,《吕祖谦全集》,第13册,第171页。《宋名臣奏议集》卷二十四稍有异文。
③ [宋]吕陶:《请罢国子司业黄隐职任》,《皇朝文鉴》卷六十一,《吕祖谦全集》,第13册,第164页。

原因,也许不是熙丰变法,也不是新旧党争本身,而是在新旧党争中尤其是被蔡京之流败坏了的士风。风气既坏,复之甚难。游酢一文是元符三年上呈宋徽宗的,惜不为重视,而北宋的结局,也不幸为游氏所言中。

吕祖谦在书中颇收录了一些理学家的作品。如孙复、李觏、张载、程颢、程颐、邵雍等人的作品,因而被时人指责为虽将"前辈名人之文搜罗殆尽,有通经而不能文词者,亦以表奏厕其间,以自矜党同伐异之功"①。其实,这样的批评并没有击中要害,因为吕祖谦编书本不是要以文辞取胜。而且,有些作品的收录,也不完全是党同伐异的问题,而是确能见出吕祖谦的编选眼光。比如,《宋文鉴》中收了不少理学家的诗歌,其中有些索然无味的说理诗,或写景抒情附上一可有可无的理学的尾巴,固然是不可取,然说理而有机趣,耐人寻味,说理而能见理学家澄澈洒脱的胸襟,便同样是好诗,何况理学家的诗也并非都是说理。以理学诗人邵雍为例,其《冬至》诗曰:"何者谓之几,天根理极微。今年初尽处,明日未来时。此际易得意,其间难下辞。人能知此意,何事不能知。"②诗本写节序,却借题说见微知著的道理,也是写得巧。是书第二十五卷中,收入邵雍诗数十首,其中像《仁者》《答人语名教》《观三皇》《观五帝》之类的作品,多枯燥无味,但其中《观盛化》二首其一,描绘北宋王朝的盛世景象:"纷纷五代乱离间,一旦云开复见天。草木百年新雨露,车书万里旧山川。寻常巷陌犹簪绂,取次园林亦管弦。人老太平春未老,莺花无害日高眠。"③《闲行吟》写理学家体道悟理的心得:"长忆当年扫弊庐,未尝三径草荒芜。欲为天下屠龙手,肯读人间非圣

---

① [宋]李心传:《建炎以来朝野杂记》乙集卷五《文鉴》条,第597页。
② [宋]邵雍:《冬至》,《皇朝文鉴》卷二十三,《吕祖谦全集》,第12册,第429页。
③ [宋]邵雍:《观盛化》二首其一,《皇朝文鉴》卷二十五,《吕祖谦全集》,第12册,第479页。

书。否泰悟来知进退,乾坤见了识亲疏。自从会得环中意,闲气胸中一点无。"①《安乐窝》《懒起》,抒发理学家的寻常生活情趣。前者曰:"安乐窝中三月期,老来才会惜芳菲。自知一赏有分付,谁让万金无子遗。美酒饮教微醉后,好花看到半开时。这般意思难名状,只恐人间都未知。"②后者曰:"半记不记梦觉后,似愁无愁情倦时。拥衾侧卧未忺起,帘外落花撩乱飞。"③都平易自然,而别有意趣。再像程颢的《秋日偶成》:"闲来无事不从容,睡觉东窗日已红。万物静观皆自得,四时佳兴与人同。道通天地有形外,思入云烟变态中。富贵不淫贫贱乐,男儿到此是豪雄。"④《偶成》:"云淡风轻近午天,望花随柳过前川。旁人不识予心乐,将谓偷闲学少年。"⑤也都是能见出理学家胸襟和气象的好诗。至于另外一些文章,如苏轼的《吕惠卿责授建宁军节度副使本州安置不得签书公事》和吕惠卿自己的《建宁军节度使谢表》等,文笔工巧,同样有所可取。

六、《宋文鉴》对北宋文学面貌的呈现

吕祖谦的诗文创作,今见于《东莱集》者,数量并不多,然如四库馆臣所称,"虽豪迈骏发,而不失作者典型,亦无语录为文之习,在南宋诸儒之中可谓衔华佩实"⑥,是大致符合实际的。吕祖谦又编有《古文关键》一书,讨论文章作法,辨析文章源流,自南宋以来,影响极广。所

---

① [宋]邵雍:《闲行吟》,《皇朝文鉴》卷二十五,《吕祖谦全集》,第12册,第473页。
② [宋]邵雍:《安乐窝》,《皇朝文鉴》卷二十五,《吕祖谦全集》,第12册,第480页。
③ [宋]邵雍:《懒起》,《皇朝文鉴》卷二十八,《吕祖谦全集》,第12册,第539页。
④ [宋]程颢:《秋日偶行》,《皇朝文鉴》卷二十五,《吕祖谦全集》,第12册,第486页。
⑤ [宋]程颢:《偶成》,《皇朝文鉴》卷二十八,《吕祖谦全集》,第12册,第542页。
⑥ [清]永瑢等:《四库全书总目》,第1370页。

以,他编《宋文鉴》,不但显示出很高的文学识鉴水平,而且也是主张文质兼备、事辞相称的。

吕祖谦最初不满意江钿所编的《圣宋文海》,认为"名贤高文大册尚多遗落,遂具札子,乞一就增损"①,在编选《宋文鉴》的过程中,他选录了大量的名家之作,而这些作品,是大致能够反映北宋一代文学创作的总体面貌和成就的。以诗而论,书中所选,如林逋《小园梅花》《梅花》,清丽工巧。杨亿《汉武》、钱惟演《禁中庭树》等,典赡雅丽。欧阳修《明妃曲》《庐山高赠同年刘中允归南康》《紫石屏歌寄苏子美》《水谷夜行寄子美圣俞》等,因为多为赠答之作,所以风格虽不似其他作品平易自然,然纡徐婉转的议论,仍是欧阳修诗的本色。梅尧臣的《泛溪》《闻雁》《发匀陵》等,平淡而有蕴藉,在梅诗中有相当的代表性。苏舜钦的《永叔月石砚屏歌》《淮中晚泊犊头》《夏意》,前一首风格豪迈,显示出其风格的主要倾向,后二首是其政治上遭受失挫折后的所作,风格清幽冷峻,自与前者不同。王安石的诗,吕祖谦选得较多的是古体和绝句,像《桃源行》《食黍行》《杜甫画像》《虎图》等,议论风生,古拙拗峭,都是王安石的代表作。而《题舒州山谷寺石牛洞》《题西太一宫》《金陵即事三首》《杏花》等,或为写景,必婉丽精妙;或为咏史,则必以议论取胜。苏轼的诗,书中选得最多。其中像《法惠寺横翠阁》《书王定国所藏烟江叠嶂图》《司马君实独乐园》《和钱安道寄惠建茶》《韩幹马十四匹》《虢国夫人夜游图》《郭熙画秋山平远(潞公为跋尾)》《新城道中》《雪后书北台壁二首》《祭常山回小猎》《六月二十日夜渡海》《陈季常所蓄朱陈村嫁娶图二首》《望湖楼醉书二首》《题澄迈驿通潮阁》等,纵横捭阖,恣意抒写,而无所不可。黄庭坚的诗,书中选得也比较

---

① [宋]吕祖谦:《东莱吕太史文集》卷三《进编次文海札子》,《吕祖谦全集》,第 1 册,第 60 页。

多。如《和子瞻粲字韵二首》《题竹石牧牛》《次韵杨明叔见饯十首》《送范德孺知庆州》《武昌松风阁》《书磨崖碑后》《和答钱穆父咏猩猩毛笔》《赠杨明叔》《寄黄幾复》《蚁蝶图》《病起荆江亭即事》等，奇崛拗峭，颇能代表山谷诗的特色和成就。① 还有刘敞的《离忧赋》《小孤山》诗，陈师道的《妾薄命》《别三子》《示三子》等，也无不是流传甚广的佳作。凡此，皆可见吕祖谦编选眼光的高明和文学思想的取向。

再以文而论，如王禹偁《待漏院记》《竹楼记》、范仲淹《岳阳楼记》《桐庐郡严先生祠堂记》、韩琦《定州阅古堂记》、欧阳修《朋党论》《丰乐亭记》《醉翁亭记》《相州昼锦堂记》《与尹师鲁书》《答吴充秀才书》、苏舜钦《沧浪亭记》、王安石《论本朝百年无事》《书洪范传后》《读孟尝君传》《书刺客传后》、司马光《独乐园记》、苏洵《张尚书画像记》《木山记》、曾巩《筠州学记》、苏轼《墨君堂记》《净因院画记》《李氏山房藏书记》《文与可画篔筜谷偃竹记》《黄州再祭文与可文》《表忠观碑》《文与可飞白赞》、苏辙《黄州快哉亭记》、黄庭坚《大雅堂记》《与王观复书》等等，不胜枚举，亦可略见北宋散文发展的成就。

吕祖谦不但在《宋文鉴》中多收名家名作，而且还特别注意选收记载这些名臣、名儒生平行事的制诰、章表、传记、行状、墓志等文章。例如卷三十四至三十六为制文，所收多为名臣除授制词，像赵普、吕蒙正、文彦博、韩琦、吕公弼、曾公亮、王德用、富弼、陈升之、司马光、吕公著、范纯仁、曾布等，皆在其内。又如卷一百三十三至一百三十五所收祭文类，收欧阳修所撰《祭尹师鲁文》《祭苏子美文》《祭范公文》《祭石曼卿

---

① 吕本中就推崇苏轼、黄庭坚的文学创作，认为"诗文必以苏黄为法"（《晦庵集》卷三十三《答吕伯恭》"示喻曲折"）。吕祖谦亦然。这与朱熹的观点是不同的。朱熹曾一再批评吕祖谦"出入苏氏父子波澜，新巧之外更求新巧，坏了心路，遂一向不以苏学为非，左遮右拦，阳挤阴助，此尤使人不满意"（《晦庵集》卷三十一《与张敬夫》，《景印文渊阁四库全书》集部第1143册，第680页）。由此亦可见吕氏的学术倾向。

文》诸文、曾巩《祭欧阳少师文》《祭王平甫文》、苏轼《祭欧阳文忠公文》《黄州再祭文与可文》、苏辙《祭亡兄端明文》等。卷一百三十六行状类,收宋祁《张文定公行状》、苏轼《司马温公行状》、程颐《程伯淳行状》等。卷一百三十九至一百四十八计十卷,亦多为名臣名儒的墓志铭和神道碑铭。其编选倾向显而易见。

史称"祖谦之学,本之家庭,有中原文献之传"①。而吕祖谦编《宋文鉴》,亦表现出明显的保存文献的意识。他不仅在书中选录了大量的名家名作,而且还选了一些不以文章名世的士人的作品。如种放、杜衍、司马池、孙复、范纯仁、王安国、陆佃、李常、孙觉、李觏等人,虽多为北宋名臣或名儒,却少有人注意其亦时有诗文佳作,吕祖谦让人们看到了他们的另一面。如司马池的诗《行色》:"冷于陂水淡于秋,远陌初穷见渡头。赖得丹青无画处,画成应遣一生愁。"②可谓能状难写之景。周敦颐《同宋复古游大林寺》、陈尧佐《松江》等,写景亦多清丽工整。另有一些士人,名位或不振,创作或不多,然其作倘有可取,书中也尽量收入,以诗存人。像鲍钦止《雨余》、林敏修《张牧之竹溪》、曹纬《山行》、叶涛《望旧庐有感》、鲍当《酬阮逸诗卷》、马存《村老》、曹纬《自齐山借舟泛湖还家》等,都是其例。

吕祖谦保存文献的意识,还突出地表现在选收一些对前人或时人著述和书画进行评价的诗文,尤其是序跋之文,如欧阳修的《水谷夜行寄子美圣俞》《读徂徕集》《重读徂徕集》、苏轼的《书王定国所藏烟江叠嶂图》《书晁说之考牧图后》、黄庭坚的《跋子瞻和陶诗》《陪谢师厚游百花洲槃礴范文正公祠……》、张耒的《孙彦古画风雨山水歌》、高荷

---

① [元]脱脱等:《宋史》卷四百三十四《吕祖谦传》,第12872页。
② [宋]司马池:《行色》,《皇朝文鉴》卷二十七,《吕祖谦全集》,第12册,第522页。司马光《温公续诗话》称其能"状难写之景"([清]何文焕辑《历代诗话》,第276页)。

的《见黄太史》等。书中收各类"序"文多达八卷(卷八十五至卷九十二),其中绝大多数为书序,此不赘举。其中一些后来失传的著作,仅赖此以存其相关信息。如陈抟《龙图序》、张景《柳如京文集序》、欧阳修《秘演诗集序》《惟俨文集序》、宋祁《庆历兵录序》、李淑《邯郸图书十志序》、苏轼《凫绎先生诗集序》《钱塘勤上人诗集序》、陈师道《仁宗御书后序》、游酢《孙莘老易传序》、王回《故迹遗文序》等,所言著作多已不可见,其序便尤为珍贵。

七、《宋文鉴》与南宋文化"绍兴"

吕祖谦受命编纂《宋文鉴》,前后虽不过一年,然他"穷日翻阅,它事皆废"①,甚费心思,并曾与朱熹、叶适等人往来商讨。所以,他自己颇为看重。而叶适也认为"后有欲明吕氏之学者,宜于此求之矣"②。其实,是书所反映的,不仅仅是吕祖谦以理学为宗而博大、务实的思想学术倾向,而且还蕴含着一层更深刻的用意。

淳熙四年,吕祖谦在上呈宋孝宗的《轮对札子》中曾说过这样一段话。他说:

> 臣窃惟国朝治体,有远过前代者,有视前代犹未备者。以宽大忠厚,建立规摹;以礼逊节义,成就风俗。当傲扰艰虞之后,其效方见。如东晋之在江左,内难相寻,曾无宁岁。自驻跸东南以来,逾五十年,无纤毫之虞,则根本至深可知矣。此所谓远过前代者也。文治可观,而武绩未振;名胜相望,而干略未优。虽昌炽盛大之时,

---

① [宋]吕祖谦:《东莱吕太史别集》卷八《与朱侍讲》"某馆下碌碌",《吕祖谦全集》,第1册,第424页。

② [宋]叶适:《习学记言序目》卷五十,下册,第756页。

此病已见。如西夏元昊之难，汉唐谋臣，从容可办。以范仲淹、韩琦之贤，皆一时选，曾莫能平殄，则事功不竟可知矣。此所谓视前代犹未备者也。

陛下慨然念仇耻之未复，版图之未归，故留意功实，将以增益治体之所未备，至于本朝立国之根本，盖未尝忘也。……其视前代未备者，固当激厉而振起；其远过前代者，尤当爱护而扶持。①

吕祖谦既希望宋孝宗能"留意功实"，"激厉而振起"，以补"前代未备者"，更认为他应该不忘"宽大忠厚""礼逊节义"的立国之本，并"爱护而扶持"之，以"建立规摹""成就风俗"，承继和超越前代之治。由此看来，吕祖谦之编纂《宋文鉴》，实在是蕴含了他期望以此来承继、建构和发扬自北宋以来所形成和确立的以文为治、宽大仁厚的政治与思想文化传统的良苦用心的。而这与南宋绍兴以来的朝廷上下的一系列中兴举措是完全吻合的。

绍兴十二年宋金和议初成，宋高宗便曾诏臣下讨论"祖宗故事"②，一再申言要恪守祖宗家法，以仁义治国，以礼治国，并要以汉文帝为师法对象。③ 待到高宗生母、皇太后韦贤妃自金国返回临安，徽宗、显肃皇后、懿节皇后梓宫亦南归，朝野上下，一片颂扬之声。当时献赋颂者

---

① ［宋］吕祖谦：《东莱吕太史文集》卷三《淳熙四年轮对札子二首》其二，《吕祖谦全集》，第1册，第59—60页。

② ［宋］李心传：《建炎以来系年要录》卷一百四十四，绍兴十二年正月庚戌："令吏、礼部、太常寺讨论祖宗故事，申尚书省取旨。"（第3册，第2307页）

③ ［宋］李心传：《建炎以来系年要录》卷一百四十四，绍兴十二年二月辛未："上谓大臣曰：《诗》《书》所载二帝三王之治，皆有其意，而不见其施设之详。太祖以英武定天下，仁宗以惠养结天下，此朕家法。其施设之详，可见于世者也。朕当守家法，而求二帝三王之意，则治道成矣。"（第3册，第2310页）卷一百四十六绍兴十二年八月甲戌："上谕大臣曰：'和议既定，内治可兴。'秦桧对曰：'以陛下圣德，汉文帝之治不难致。'上曰：'朕素有此志，但寡昧不敢望前王。'"（第3册，第2343页）

第十七章　南宋文化"绍兴"与《宋文鉴》的编纂

千余人,至有称其"大功巍巍,超冠古昔"者,有献《绍兴圣德颂》者。①于时,高宗下诏兴办太学②,多次下令访求遗书,以实三馆③,更"诏中外

---

① ［宋］李心传:《建炎以来系年要录》卷一百四十七,绍兴十二年十月己亥、辛丑,绍兴十三年十一月癸丑。第3册,第2367、2415页。

② 有关记载甚多,稍罗列如次。绍兴十二年十一月己亥,"诏太学养士权于临安府学措置曾展。先是,言者屡请复太学,以养人才,上以戎事未暇。至是,谓宰执曰:'太学教化之源,宜复祖宗旧法。'程克俊曰:'东晋设学于鼎沸之中,今兵息矣,兴学正其时也。'秦桧曰:'久有此议,今当举行。'乃命礼部讨论取旨"(《建炎以来系年要录》卷一百四十七,绍兴十二年十一月,第3册,第2366页)。

③ 绍兴初,宋高宗已诏臣下搜集遗书。据《宋会要》记载,绍兴二年二月二日,"诏:'御前图籍以累经迁徙,散亡殆尽。访闻平江府贺铸家所藏,见行货之于道涂。可委守臣尽数收买,秘书省送纳。'已而将仕郎贺廪以所藏书籍五千卷上之。诏与本家将仕郎恩泽一名,廪仍令吏部先次注,合入近便差遣"(《宋会要辑稿·崇儒》四,第5册,第2827页)。绍兴和议后,更屡屡下诏搜求遗书。绍兴十三年四月庚寅,"上谕大臣曰:'近右朝请大夫吴说上殿,言湖北之士大夫家多藏书者,缘未立赏,故不肯献。卿等可求太宗朝请遗书故事,依仿行之'";同月,又"诏绍兴府臣即直秘阁陆寘家录所藏书,以实三馆"。(《建炎以来系年要录》一百四十八,绍兴十三年四月庚寅、己亥,第3册,第2389—2390页。)绍兴十三年七月戊午,"上谓大臣曰:'昨访遗书,今犹未有至者。朕观本朝承五代之后,文籍散逸。太宗留意于此,又得孟昶、李煜两处所储益之,一时始备。南渡以来,御府旧藏皆失,宜下诸路搜访。其献书者,或宠以官,或酬以帛。盖教化之本,莫先于此也'"(《建炎以来系年要录》一百四十九,第3册,第2401页)。是月,再下"诏求遗书"(第3册,第2402页)。绍兴十四年七月戊寅,"上曰:'秘府书籍尚少,宜广求访。'桧曰:'陛下崇儒尚文,是宜四方翕然向化。'李文会曰:'若非千戈偃息,此事亦未易举。'"李心传注引《中兴圣政》载留正等亦谓:"国初削平僭乱,收诸国之书,而三馆之制,犹仍五代简陋。太宗皇帝见之,慨然曰:'是岂足以蓄天下图书,延四方之士耶?'遂亲为规画,一新轮奂,大书飞白,焜耀榜题,銮舆临观,以幸多士。圣圣相继,有加无损。文明之治,跨越汉唐。廊庙之材,皆自是乎取之。兹诚有国之先务,而治化之本原也。中遭难厄,太上皇帝开中兴之运,首求遗书,追祖宗之秘藏;崇建三馆,还祖宗之旧观。亲御榜题,幸临多士。袭祖宗之盛典,行幸之语。又曰:'士习于空文,而不为有用之学尔。其强修术业,益励猷为,一德一心,丕承我祖宗之大训。'是又欲幸多士,而作成之,以收祖宗得人之盛也。猗欤盛哉!虽周宣复古,何以尚兹?是宜圣子永永万年得以持循也欤。"(《建炎以来系年要录》卷一百五十二,第3册,第2445—2446页。)绍兴十五年二月丁亥,"兵部郎中叶庭珪转对,言:'陛下比者专尚文德,天下廓廓无事。然芸省书籍未富。切见闽中不经残破之郡,士大夫藏书之家,宛如平时。如兴化之方、临彰之吴,所藏尤富,悉是善本。望下逐州搜(转下页)

臣民,自今月(即绍兴十二年十月)丙寅后,并许用乐。初以梓宫未还,故辍乐以待迎奉。至是,太母还宫,将讲上寿之礼,故举行焉"①。绍兴十三年五月,"太常寺言,郊祀仗内鼓吹八百八十四人,今乐工全阙,乞下三司差拨。从之"②。到了绍兴十四年,被罢省近二十年的教坊,也重新设置起来。③这些措施所反映的,当然都是南宋统治者与士大夫试图重建自北宋以来的礼乐秩序和思想文化统绪的努力。

围绕吕祖谦《宋文鉴》的编纂,在当时曾引起过不少争论,然事实却证明,《宋文鉴》和吕祖谦的编纂宗旨与思想,稍后即为人们所接受,《宋文鉴》也得到广泛的流传。吕祖谦《宋文鉴》编成后,因受臣僚非议,宋孝宗命崔敦诗对其中的奏疏进行删削,并未刊印。但崔敦诗的删改本并未流传,而吕祖谦原编本却从宫中流出④,不胫而走,由

(接上页)访抄录。'从之"(《建炎以来系年要录》卷一百五十三,第 3 册,第 2465 页)。绍兴十五年闰十一月戊寅,"提举秘书省秦熺言秘府多阙书,诏本省即诸路藏书之家借书录本,且访先贤墨迹"(《建炎以来系年要录》卷一百五十三,第 3 册,第 2494 页)。绍兴十六年七月乙酉,"右朝奉大夫、新知奉化县陈泰初进神宗、哲宗御集百有十八册。上因谕大臣曰:'书籍未备,宜有以劝之。可令秦熺立定赏格,重则进官,轻则赐帛。'于是进泰初一官。"壬辰,"提举秘书省秦熺奉诏立定献书赏格,诏镂板行下。应有官人献秘阁阙书善本及二千卷,与转官,士人免解。余比类增减推赏。愿给直者听。诸路监司守臣访求晋、唐真迹及善本书籍准此"(《建炎以来系年要录》卷一百五十五,第 3 册,第 2511 页)。凡此,皆可见绍兴和议之后,朝廷文化绍兴的导向。

① [宋]李心传:《建炎以来系年要录》卷一百四十七,绍兴十二年十月,第 3 册,第 2359 页。又见《宋史》卷二百四十二《韦贤妃传》。
② [宋]李心传:《建炎以来系年要录》卷一百四十八,绍兴十三年五月,第 3 册,第 2393 页。
③ [宋]李心传:《建炎以来系年要录》卷一百五十一,绍兴十四年二月辛卯:"复置教坊,凡乐工四百六人,以内侍充钤辖。"(第 3 册,第 2426 页)
④ [宋]张端义《贵耳集》卷上载:"东莱修《文鉴》成,独进一本于上前,满朝皆未得见,惟大珰甘昺有之。"(第 8 页)或最初此书即由甘氏传出。另,周必大在《玉堂杂记》中也说在当时士大夫间即有传本。

坊间和官府一再刊刻。至今所知,在南宋即有吕氏家塾本、麻沙刘将仕宅刊本、庆元六年太平府刊本、嘉泰四年新安郡斋刊本、嘉定十五年(1222)重修新安郡本、端平元年(1234)再次重修新安郡本等。① 可以说为数众多。这种情况,在南宋除三苏诗文的刊刻之外,几无书能比。元明以后,各种翻刻本更是层出不穷。而经吕祖谦《宋文鉴》所选录的许多作品,此后也不断地为其他诗文选本所接受,名家名作不必说,尤其是那些理学家和其他原不以文名世的士人作品,如张载、程颢、程颐、邵雍、晏殊、种放、寇准、王珪、司马池、叶清臣等人的作品,多是如此。还有一些原来虽有文名然后世却影响不广的作家作品,也因此选而渐为人所知。如郑文宝、张咏、崔伯易、刘敞兄弟、郭祥正、王安国、王令、韩维、黄庶、米芾等人的作品。此外,有些无文集传世的作家作品,更是赖此书以传。如梁周翰的《五凤楼赋》、夏侯嘉正《洞庭赋》、钱惟演《春雪赋》、王回《事君赋》、崔伯易《感山赋》以及周邦彦的《汴都赋》等,皆为其例。后来清人编《宋诗纪事》等大型宋人总集,也多对其加以利用。凡此,皆可见《宋文鉴》在后世流传与接受的大致情形。

总之,此书的编纂宗旨虽是"以道为治,而文出于其中",但吕氏所谓"道",实内涵丰富,并不仅限于理学一端;其所谓"治",不仅限于北宋新旧党争的是非恩怨,还寓含着编者对国家社稷的前途与命运的忧患意识;其所谓"文",也不只是论道议政之文,而是主张文质兼备、事辞相称,以选录名家名作为主,而兼及其他,注意保存文献,反映了其对北宋文学发展整体面貌的认识。因此,《宋文鉴》既体现了吕祖谦以理学为宗而主张经世致用、兼综文史的思想学术倾向,更寄托了他期望以此来承继、建构和发扬自北宋以来所形成和确立的

---

① 详参祝尚书《宋人总集叙录》卷三,中华书局,2004年,第113—119页。

以文为治、宽大仁厚的政治与思想文化传统的良苦用心,反映了南宋统治者与士大夫试图重建自北宋以来的礼乐秩序和思想文化统绪的努力。

第十八章 《唐宋八大家文钞》的编选及其文学史意义

茅坤所编《唐宋八大家文钞》,自明清以来,刊行甚广,"家弦户诵",不但使"唐宋八大家"之名因以确立,而且,也使得古文在中国文学史上的地位日益上升,影响甚大。然而,其书编纂的源流如何,所选作品又反映了选家怎样的思想学术、文学主张和艺术眼光,其文学史地位又如何等,学术界尚关注不够。① 本章拟对上述问题作初步探讨。

一、从《古文关键》到《唐宋八大家文钞》

"唐宋八大家"之名,始见于明代中期茅坤所编《唐宋八大家文钞》,然而这种将唐韩愈、柳宗元与北宋欧阳修、苏洵父子、王安石和曾巩合称的做法,却早在南宋初已经酝酿了。

南宋孝宗乾道、淳熙之际,时居婺州(今浙江金华)守父丧的吕祖谦,编纂《古文关键》,收入唐韩愈、柳宗元和宋欧阳修、"三苏"②、曾巩

---

① 目前学术界的研究,多集中在对是书的整理(如高海夫主编《唐宋八大家文钞校注集评》,三秦出版社,1998年)和对此书中有关唐宋八大家具体评论资料的利用上,或有论及者(如袁震宇、刘明今《中国文学批评通史·明代卷》,上海古籍出版社,1996年),多限于体例,以概论为主。

② 吕祖谦又有《东莱标注三苏文集》,分别选苏洵文十一卷、苏轼文二十六卷、苏辙文二十二卷,也是将"三苏"作为一个整体来看待的。

和张耒计八位古文家的六十二篇作品(其中韩愈文入选十三篇、柳宗元八篇、欧阳修十一篇、苏洵六篇、苏轼十六篇、苏辙二篇、曾巩四篇、张耒二篇),并对诸家古文创作的渊源、特色和风格,分别作了评论。吕祖谦认为,韩愈的文章"一本于经,亦学《孟子》",其风格"简古"而不乏"法度"。① 柳宗元的文章"出于《国语》","反复""雄辩"。② 欧阳修文"平淡"。苏轼文"出于《战国策》《史记》",最有"波澜"。曾巩文"专学欧,比欧文露筋骨"。秦观、张耒、晁补之等"皆学苏",得其一体。书中虽然没有收王安石的文章,然在卷首总论《看古文要法》中却也有对王氏古文的评价,指出王文"纯洁"。③ 吕祖谦的看法,实已确立"唐宋八大家"的总体格局。他的许多批语也是颇具识见的。

韩愈观"三代两汉之书",存"圣人之志"④,"思古人而不得见,学古道则欲兼通其辞"⑤,于文风既衰之后,倡古道,辟佛老,习古文,奖后进,"文起八代之衰,而道济天下之溺"⑥,树立道统与文统,何止一代文宗,在中国文化史上亦占有重要地位⑦。柳宗元主张通经致用,并参与了永贞革新。在文章创作上,他与韩愈一样,倡导文以明道,主张道德修养充盈于内,经史百家,"旁推交通"⑧,"遭世之理,则呻呼踊跃以求知于世","感激愤悱,思奋其志,略以效于当世,故形于文字,伸于歌

---

① [宋]吕祖谦:《古文关键·看古文要法》,《吕祖谦全集》,第11册,第1页。
② 同上书,第1—2页。
③ 以上俱见《古文关键·看古文要法》,《吕祖谦全集》,第11册,第3页。
④ [唐]韩愈撰,马其昶校注:《韩昌黎文集校注》卷三《答李翊书》,第170页。
⑤ 同上书卷五《题哀辞后》,第304—305页。
⑥ 张志烈、马德富、周裕锴主编:《苏轼全集校注·苏轼文集校注》卷十七《潮州韩文公庙碑》,第12册,第1864页。
⑦ 参陈寅恪先生《论韩愈》,《金明馆丛稿初编》,第319—332页。
⑧ [唐]柳宗元:《柳宗元集》卷三十四《答韦中立论师道书》,第873页。

第十八章 《唐宋八大家文钞》的编选及其文学史意义

咏"①。其为文"泛滥停蓄,为深博无涯涘","衡湘以南为进士者,皆以子厚为师,其经承子厚口讲指画为文词者,悉有法度可观"②,与韩愈共同推进了唐代古文创作的发展。然自晚唐五代至宋初,骈文势力仍大。"文章专以声病对偶为工,剽剥故事,雕刻破碎,甚者若俳优之辞。……修始年十五六,于邻家壁角破簏中得本学之,后独能摆弃时俗故步,与刘向、班固、韩愈、柳宗元争驰逐。是时,尹洙与修亦皆以古文倡率学者,然洙材下,人莫之与,至修文一出,天下士皆向慕,为之唯恐不及。一时文章大变,庶几乎西汉之盛者,由修发之。"③神宗朝《国史》中欧阳修本传中的这段话,道出了欧阳修在唐宋古文创作发展过程中所起的重要作用,由韩、柳倡导的古文传统自此逐渐得以确立。韩、柳皆喜奖掖后进,欧阳修亦然。他曾选后进之士的文章,编成《文林》,一时文士"无贤不肖,不谋而同,曰:'欧阳子,今之韩愈也'"④。主持风会,成为文坛盟主。其后三苏、曾巩、王安石等等,无不受其影响。宋仁宗嘉祐初,苏洵偕二子苏轼、苏辙至京。洵以文谒欧阳修,修大为赞赏,称其"论议精于物理而善识变权,文章不为空言而期于有用。其所撰《权书》《衡论》《机策》二十篇,辞辨闳伟,博于古而宜于今,实有用之言,非特能文之士也"⑤。荐之于朝,"一时后生学者皆尊其贤,学其文,以为师法"⑥。苏轼、苏辙则于嘉祐二年参加进士考试,为主持礼部考试的

---

① [唐]柳宗元:《柳宗元集》卷二十四《娄二十四秀才花下对酒唱和诗序》,第644页。
② [唐]韩愈撰,马其昶校注:《韩昌黎文集校注》卷七《柳子厚墓志铭》,第511—512页。
③ 见《欧阳文忠公文集》附录四《神宗旧史本传》,《四部丛刊》初编集部缩元刊本,第198册,第1280页。
④ 张志烈、马德富、周裕锴主编:《苏轼全集校注·苏轼文集校注》卷十《六一居士集叙》,第2册,第978页。
⑤ [宋]欧阳修:《欧阳文忠集》卷一百十《荐布衣苏洵状》,《景印文渊阁四库全书》集部第1103册,第127页。
⑥ 同上书卷三十四《故霸州文安县主簿苏君墓志铭序》,第272页。

欧阳修所识拔,皆中高第。苏轼平生快意于文章,自评其文"如万斛泉源,不择地皆可出。在平地滔滔汩汩,虽一日千里无难,及其与山石曲折,随物赋形,而不可知也。所可知者,常行于所当行,常止于不可不止。如是而已矣,其他虽吾亦不能知也"①。苏辙之文,时人称其"汪洋澹泊,深醇温粹,似其为人。文忠尝称之,以为实胜己。其所为诗、骚、铭、颂、书、记、论、撰,与夫代言之作,率大过人"②。苏氏一门三父子在散文创作上用力颇勤,成就卓著,在文学史上占有重要地位。三人之中,又以苏轼的贡献和影响为最大。正是他以其非凡的个人魅力,卓越的创作实绩,继欧阳修之后,成为文坛的领袖,在其身边聚集起一大批文士。像"苏门四学士"或"苏门六君子"和"后四学士"等,他们相互推毂,扬波助澜,共同为推动古文创作的发展作出了贡献。就中,张耒师承苏轼,论文崇尚自然,主张"满心而发,肆口而成,不待思虑而工,不待雕琢而丽"③,文风闳肆。晁补之"古文波澜壮阔,与苏氏父子相驰骤。诸体诗俱风骨高骞,一往俊迈。并驾于张、秦之间,亦未知孰为先后"④。李廌亦"才气横溢,其文条畅曲折,辩而中理,大略与苏轼相近"⑤。可谓各有成绩。三苏文章的影响很大,流风所被,至南宋遂有"人传元祐之学,家有眉山之书"⑥的盛况。曾巩也出于欧阳修门下,与苏轼、苏辙为同榜进士,能传欧阳修的学术与文章。史称其"上下驰骋,愈出而愈工,本原六经,斟酌于司马迁、韩愈","立言于欧阳修、王

---

① 张志烈、马德富、周裕锴主编:《苏轼全集校注·苏轼文集校注》卷六十六《自评文》,第10册,第7422页。
② [宋]章谦语,见《苏文定公谥议》,《栾城集》附录一,第1764页。
③ [宋]张耒:《张耒集》卷四十八《贺方回乐府序》,下册,第755页。
④ [清]永瑢等:《四库全书总目》卷一百五十四《鸡肋集》提要,第1334页。
⑤ 同上书卷一百五十四《济南集》提要,第1331页。
⑥ 见宋孝宗《苏文忠公赠太师制》,《经进东坡文集事略》卷首,第1页。

安石间,纡徐而不烦,简奥而不晦,卓然自成一家"①。这个评价大致是恰当的。王安石是一位特立独行的思想家和政治家,在文学创作上,他是主张重道崇经、文以致用的。王安石自己的文章,一如其人,简严峻洁,笔力雄健,不管在思想或政治上与其意见有何分歧,时人对其文章的成就都无不认可。

由此看来,吕祖谦在《总论看文字法》中论及韩、柳、欧、苏、曾、王等人,并选入除王安石之外的七位作家的作品,应该说是比较客观地反映了唐宋古文创作和文学史发展的实际的。实至名归,这为后人对诸家文章的接受,从总体上奠定了坚实的基础。

吕祖谦编《古文关键》,原为启迪初学,有利举业。故所选唐宋古文既以论体居多,于教人读习之外,尤重写作。其书卷首有《总论看文字法》,其次又有《论作文法》。书中于所选文章皆有具体评点,将作者为文之用意、创作手法、结构次第、波澜开合、警策句法等等,一一拈出,开创了文章评点的先河。而若就书中所选具体的文章篇目和所作的评论而言,也为后人学习和接受唐宋古文提供了重要的参考。

上承《古文关键》,吕祖谦的弟子楼昉编有《崇古文诀》,其编纂宗旨和编纂体例虽相似,都是为了指导初学,但在对作家、作品的选择上,其标准、视野和范围都已超出了吕氏原书。陈振孙为此书作序,即指出"其用意之精深,立言之警拔,皆探索而表章之,盖昔人所谓为文之法备矣",又谓:"观公之去取,至于伊川先生讲筵二疏与夫致堂、澹斋、二胡公所上高庙书,彼皆非蕲以文著者也,而顾有取焉。毋亦道统之传接续孔孟,忠义之气贯通神明,殆所谓有本者非耶!然则公之是编,岂徒文而已哉。昔之论文者曰'文以气为主',又曰'文者,贯道之器也',学

---

① [元]脱脱等:《宋史》卷三百十九《曾巩传》,第 10392、10396 页。

者其亦以是观之,则得所以为文之法矣。"①而其《直斋书录解题》卷十五亦著录是书,并评曰:"大略如吕氏《关键》,而所取自《史》《汉》而下至于本朝,篇目增多,发明尤精当,学者便之。"②这些评论,揭示出《崇古文诀》的编纂倾向和特点,都是很正确的。《古文关键》收入唐、北宋作家八位,与之相比,虽然《崇古文诀》所收唐、北宋作家的范围更为广泛,然选文在一卷及以上者,除韩、柳、欧、(三)苏③、曾、张耒之外,则王安石亦在其中④。欧阳修书、序二体《古文关键》选收三篇,《崇古文诀》收入其中的两篇。苏洵文《古文关键》收入论体文四篇,其中两篇为《崇古文诀》收录,书信选收两篇,《崇古文诀》则与之全同。从中皆可见吕祖谦《古文关键》的影响。

  其后理学家真德秀编《文章正宗》和《续文章正宗》,其主旨虽"以明义理,切世用为主"⑤,与《古文关键》不同,然所选之作家则仍以唐宋八家为主,选王安石文的数量既已超过张耒等人,而所选文章亦多有与《古文关键》相合者。元代以降,理学兴盛,成为主流的意识形态,故此书的影响又有出于《古文关键》等文章选本之外者。

  至元末明初,士大夫如宋濂、方孝孺等,多以道统、文统为论,于是对唐宋八家的认识,又有深化,那就是开始从文章发展的统绪上去评价唐宋八家。其代表人物则为朱右。他在《文统》中说:"唐韩愈上窥姚姒、驰骋马、班,本经参史,制为文章,追配古作。宋欧阳修又起而继之。文统,于是乎有在。其间柳宗元、王安石、曾巩、苏轼,亦皆远追秦汉,羽

---

① 此据祝尚书《宋人总集叙录》卷五引,中华书局,2004年,第251页。
② [宋]陈振孙:《直斋书录解题》卷十五《迂斋古文标注》提要,第452页。
③ 就中选录苏辙文将近一卷,同卷尚有程颐文一篇。
④ 另,选李清臣文一卷。
⑤ [宋]真德秀:《文章正宗纲目》,《景印文渊阁四库全书》集部第1355册,第5页。

翼韩、欧，然未免互有优劣。"①由此出发，朱右晚年教诲子弟，编为《六先生文集》，其序曰："邹阳子右编《六先生文集》，总一十六卷。唐韩昌黎文三卷六十一篇，柳河东文二卷四十三篇，宋欧阳子文二卷五十五篇，见《五代史》者不与，曾南丰文三卷六十四篇，王荆公文三卷四十篇，三苏文三卷五十七篇。""韩文公上接孟氏之绪，而又翼之以柳子厚。至宋庆历且二百五十年，欧阳子出，始表章韩氏而继响之。若曾子固、王介甫及苏氏父子，皆一时师友渊源，切偲资益，其所成就，实有出于千百世之上。故唐称韩柳，宋称欧曾王苏，六先生之文断断乎足为世准绳，而不可尚矣。"②视三苏为一，所谓六家，实已是八家了。

在朱右之后，唐顺之批点《文章正宗》，编纂《文编》，选录自先秦至北宋古文六十四卷，其中，于唐宋古文家的选录，大致亦远承宋人的文章选本，而近法《六先生文集》，于唐宋几乎全选八家之文。③待到茅坤《唐宋八大家文钞》出，"唐宋八大家"之名，终至成立。

二、茅坤编纂《唐宋八大家文钞》的理论新创及其思想背景

茅坤编纂《唐宋八大家文钞》，有其明确的指导思想和宗旨。

这种指导思想和宗旨，若就其理论新创而言，则首先是他将道统与文统融合为一，明确提出"文特以道相盛衰，时非所论"的观点。他认为，孔子所谓辞文旨远之教是天下后世为文的根本，"孔子没而游夏辈各以其学授之诸侯之国，已而散逸不传。而秦人燔经坑学士，而六艺之旨几辍矣。汉兴，招亡经，求学士，而晁错、贾谊、董仲舒、司马迁、刘向、

---

① ［明］朱右：《白云稿》卷三，《景印文渊阁四库全书》集部第1228册，第36页。
② 同上书卷五《新编六先生文集序》，第64—65页。
③ 唐顺之《文编》偶亦杂有八人之外的作家，如卷六十四选入白居易《哀陆长源郑通诚文》。

扬雄、班固辈始乃稍稍出，而西京之文号为尔雅。崔、蔡以下，非不矫然龙骧也，然六艺之旨渐流失。魏、晋、宋、齐、梁、陈、隋、唐之间，文日以靡，气日以弱，强弩之末，且不及鲁缟矣，而况于穿札乎。昌黎韩愈首出而振之，柳柳州又从而和之，于是始知非六经不以读，非先秦两汉之书不以观。其所著书论叙记、碑铭颂辩诸什，故多所独开门户，然大较并寻六艺之遗略相上下而羽翼之者。贞元以后，唐且中坠。沿及五代，兵戈之际，天下寥寥矣。宋兴百年，文运天启。于是欧阳公修从隋州故家覆瓿中偶得韩愈书，手读而好之，而天下之士始知通经博古为高，而一时文人学士彬彬然附离而起。苏氏父子兄弟及曾巩、王安石之徒，其间材旨小大，音响缓亟，虽属不同，而要之于孔子所删六艺之遗，则共为家习而户眇之者也。由今观之，譬则世之走骥衮骐骥于千里之间，而中及二百里、三百里而辍者有之矣，谓涂之蓟而辕之粤，则非也。世之操觚者往往谓文章与时相高下，而唐以后且薄不足为。噫！抑不知文特以道相盛衰，时非所论也"①。追溯文章创作发展的源流，把文统附于道统，认为文与道相盛衰，唐宋八家通经博古，振起士风，虽成就各有不同，然文与道俱，其古文创作的地位，并不因时代先后而低于前人。这就对此前以时论文、以拟古相尚的前后七子提出了驳正。

文统与道统合一的结果，是把文辞看作了一种像日月星辰般的自然而然的存在。茅坤又论道：

> 孔子之系《易》曰：其旨远，其辞文。斯固所以教天下后世为文者之至也。然而，及门之士颜渊、子贡以下，并齐鲁间之秀杰也。或云身通六艺者七十余人，文学之科并不得与，而所属者仅子游、子夏两人焉何哉？盖天生贤哲各有独禀，譬则泉之温、火之寒、石

---

① [明]茅坤：《唐宋八大家文钞·序》，《景印文渊阁四库全书》集部第1383册，第13—14页。

第十八章 《唐宋八大家文钞》的编选及其文学史意义

之结绿、金之指南,人于其间以独禀之气,而又必为之专一以致其至。伶伦之于音,禆灶之于占,养由基之于射,造父之于御,扁鹊之于医,辽之于丸,秋之于奕,彼皆以天纵之智,加之以专一之学,而独得其解。斯固以之擅当时而名后世,而非他所得而相雄者。……其间工不工,则又系乎斯人者之禀,与其专一之致否何如耳。如所云则必太羹玄酒之尚,茅茨土簋之陈,而三代而下,明堂玉带、云罍牺樽之设,皆骈枝也已。孔子之所谓其旨远,即不诡于道也;其辞文,即道之灿然,若象纬者之曲而布也。斯固庖牺以来人文不易之统也,而岂世之云乎哉?①

由此而论,能文与否便被归之于人的先天禀赋,而才性气质因素得到了空前的重视和强调,至于文之工拙与否,则取决于作者是否专一。这也就为其编纂《唐宋八大家文钞》,授人以法,提供了理论依据。

茅坤对人之才性的重视,原受到王阳明心学的影响。

明正德、嘉靖间,王阳明提出"心即理"②的观念和"无善无恶是心之体,有善有恶是意之动,知善知恶是良知,为善去恶是格物"③的四句教,盛行于时,不但深刻影响了中国思想史发展的进程,而且也对中晚明文学思想的演变起了重要的推动作用。唐宋派的主将王慎中、唐顺之、归有光和茅坤等,莫不受其影响。王慎中自谓:"由是以知《大学》之所谓致知者,信在内而不在外,系于性而不系于物,而龙溪君之言为益可信矣。"④唐顺之说:"盖尝验得此心天机活泼,其寂与感,自寂自

---

① [明]茅坤:《唐宋八大家文钞·序》,第13—14页。
② [明]王阳明:《王文成全书》卷一《传习录》上,《景印文渊阁四库全书》集部第1265册,第6页。
③ 同上书卷三《传习录》卷下,第103页。
④ [明]王慎中:《遵岩集》卷二十一《与唐荆川》,《景印文渊阁四库全书》集部第1274册,第518页。

感,不容人力。吾与之寂、与之感,只自顺此天机而已,不障此天机而已。障天机者莫如欲,若使欲根洗尽,则机不握而自运,所以为感也,所以为寂也。天机即天命也,天命者,天之所使也。故曰天命之谓性。立命在人,人只是立此天之所命者而已。"①归有光曰:"天下之理,自然而无已,无容于矫。……理者,天下之人所有,天下之人所不相及者也。当取当与,各全其天。……故天下之理,求之于我恒不穷,求之于物恒有尽;顺之以天恒有余,矫之以人恒不足。盖理在我而不在物,理有天而无人也。"②茅坤则说:"夫所谓学术,无曰世之博闻强记、侈胺词章而已也,须本之身心性情之间,以求其安身立命之端。"③又于《唐宋八大家文钞·论例》中特别声言:"予于本朝独爱王文成公论学诸书,及记学、记尊经阁等文,程、朱所欲为而不能者;江西辞爵及抚田州等疏,唐陆宣公、宋李忠定公所不逮也。"④此皆可见其所受王学影响之大。

于是,回归本心,重视自我,学贵自得,诗抒性情,成为士人普遍的风尚和潮流。比如,王慎中认为:"文之为道固博取而曲陈,惟其所以取之者虽博,而未尝不会于吾之极,故谓之约。其陈之虽曲,而其义有中,则曲而不为杂。"⑤"今之为诗者何止千百人,且各以自矜,然实不得谓之作。所谓作者,盖出于我而无所缘于人者也。"⑥博取固然重要,而仍须自我能够领悟;作诗者虽多,然贵在出于本性,而不袭前人。唐顺

---

① [明]唐顺之:《唐顺之集》卷六《与聂双江司马》,马美信、黄毅点校,浙江古籍出版社,2014年,第278页。

② [明]归有光:《震川别集》卷一《乞酰》,《景印文渊阁四库全书》集部第1289册,第440页。

③ [明]茅坤:《茅坤集》卷五《与甥董进士书》,张梦新、张大芝点校,浙江古籍出版社,2012年,第299页。

④ [明]茅坤:《唐宋八大家文钞·论例》,第16页。

⑤ [明]王慎中:《遵岩集》卷二十三《与项瓯东书》,第542页。

⑥ 同上书卷二十一《与袁永之书》,第520页。

之亦认为"好文字与好诗,亦正在胸中流出,有见者与人自别"①;"盖文章稍不自胸中流出,虽若不用别人一字一句,只是别人字句,差处只是别人的差,是处只是别人的是也。若皆自胸中流出,则炉锤在我,金铁尽镕,虽用他人字句,亦是自己字句。……将理要文字权且放下,以待完养神明,将向来闻见一切扫抹,胸中不留一字,以待自己真见露出,则横说竖说更无依傍,亦更无走作也"②。他又写信给茅坤,论"文字工拙在心源"③,为茅坤所深相赞同。而茅坤评欧阳修《本论》一文,既谓其"议论正大,知见得大头脑处",而又认为自"达磨以下,彼固有一片直见本性之超卓处,故能驱天下聪明颖悟之士而宗其教。欧阳公于佛氏之旨犹多模糊,而所谓修其本以胜之,恐非区区礼文之习而行之之所能胜也"④。又评苏辙《老子论》一篇,曰:"只看子由行文,如神龙乘云于天之上,风雨上下,不可捉摸,不可测识,不可穷诘。学者如能静坐窗几间,将此心默提出来,与此二篇文字打作一片,忽焉而飞于九天之上,忽焉而逐于九渊之下,且令自我胸中亦顿觉变幻飘荡而不可羁制,则文思之悬,一日千里矣。当其思起气溢,如急风骤雨喷山谷,撼丘陵,及其语竭气尽,如雨散云收,山青树绿,尘无一点。嗟乎,此则学者当自得之也。"⑤茅坤虽然对欧阳修所撰之文极为推崇,却并不完全赞同他排佛的观点,因其认为彼"固有一片直见本性之超卓处"。他读苏辙的文章,也特别强调内心的体会和感悟,从中皆不难见出晚明文人自王阳明心学通往文学之路的痕迹。

---

① [明]唐顺之:《唐顺之集》卷七《与莫子良主事书》,第292页。
② 同上书卷七《与洪方洲书》,第297—298页。
③ 同上书,第298页。
④ [明]茅坤:《唐宋八大家文钞》卷四十一,第467、469页。
⑤ 同上书卷一百五十一,第802页。

三、《唐宋八大家文钞》与唐宋八大家地位的确立

对唐宋八家文的评价,在茅坤之前多矣,然对其作完整的论述和评价,则不能不推茅坤《唐宋八大家文钞》,"唐宋八大家"在中国文学史上的地位,亦由此逐渐确立。

首先应特别指出的是,长期以来,中国文学史上的"唐宋八大家",在人们心目中,似乎完全是就八家的古文而论的,其实不然。唐顺之、归有光和茅坤等人,原就是八股文写作的高手,他们固然大力提倡古文,并主张以古文的作法和气魄融入八股文,革除其弊病,但对优秀的骈文,也绝不排斥。茅坤自道:"四六文字予初不欲录,然欧阳公之婉丽、苏子瞻之悲慨、王荆公之深刺,于君臣上下之间,似有感动处,故录而存之。"[1]所以,准确地说,《唐宋八大家文钞》是一部以古文为主而兼收四六的文章选本。所以,茅坤所评也是兼骈散而一的。[2]

唐宋八大家中,对韩愈、柳宗元的文章,自宋初以来,人们已逐渐形成共识,其地位实早就确定,故此可略而不论。且看茅坤对宋六家的评论。

《庐陵文钞引》曰:

> 西京以来,独称太史公迁,以其驰骤跌宕、悲慨呜咽,而风神所注,往往于点缀指次,独得妙解。譬之览仙姬于潇湘洞庭之上,可望而不可近者。累数百年而得韩昌黎,然彼固别开门户也。又三

---

[1] [明]茅坤:《唐宋八大家文钞·论例》,第15页。
[2] 当然,茅坤这样做,也不排除是出于为举业而设的编选目的,观其在《唐宋八大家文钞·论例》中所作的"其间又有文旨不远,稍近举子业者,故并录之"的交代(第15页),可以想见。

第十八章 《唐宋八大家文钞》的编选及其文学史意义

百年而得欧阳子。予览其所序次当世将相、学士大夫墓志、碑、表，与《五代史》所为梁、唐二纪，及他名臣杂传，盖与太史公略相上下者。然欧阳子所与友人论文书，绝不之及，何也。又如奏疏、札子，当其善为开陈，分别利害，一切感悟主上，于汉可方晁错、贾谊，于唐可方魏徵、陆贽。宋仁庙尝谕庭臣曰："欧阳修何处得来？"殆亦由此。序、记、书、论，虽多得之昌黎，而其姿态横生，别为韵折，令人读之一唱三叹，余音不绝。予所以独爱其文，妄谓世之文人学士得太史公之逸者，独欧阳子一人而已。①

在《唐宋八大家文钞·论例》中，他又说：

> 宋诸贤叙事，当以欧阳公为最。何者？以其调自史迁出。一切结构裁剪有法，而中多感慨俊逸处，予故往往心醉。
>
> 遒丽逸宕，若携美人宴游东山，而风流文物，照耀江左者，欧阳子之文也。②

茅坤对欧阳修文的认识，首先是放在"文统"发展的脉络中进行的。从司马迁、韩愈至欧阳修，可谓传承有绪，渊源有自。这无疑是正确的。其次，他称欧文"感慨俊逸"，"遒丽逸宕"，"姿态横生，别为韵折，令人读之一唱三叹，余音不绝"。这种对欧文总体风格的体认也很准确。而他指出欧阳修于墓志、碑表、序记、书论等，各体兼工，叙事尤妙，堪为宋人之最，同样是有识见的。

再看他评王安石文：

> 王荆公湛深之识，幽渺之思，大较并本之古六艺之旨，而于其中别自为调，镂刻万物，鼓铸群情，以成一家之言者也。其尤最者，

---

① [明]茅坤：《唐宋八大家文钞·庐陵文钞引》，第324页。
② [明]茅坤：《唐宋八大家文钞·论例》，第15—16页。

> 《上仁宗皇帝书》与神宗《本朝百年无事》诸札子,可谓王佐之才。此所以于仁庙之镇静博大,犹未能入,而至于熙宁、元丰之间,劫主上而固鱼水之交,譬则武丁之于傅说,孔明之于昭烈,不是过已。惜也,公之学问,本之好古者多……新法既坏,并其文学知而好之者半,而厌而訾之者亦半矣。以予观之,荆公之雄不如韩,逸不如欧,飘宕疏爽不如苏氏父子兄弟,而匠心所注,意在言外,神在象先,如入幽林邃谷,而杳然洞天,恐亦古来所罕者。予每读其碑志、墓铭及他书所指次世之名臣、硕卿、贤人、志士,一言之予,一字之夺,并从神解中点缀风刺,翩翩乎凌风之翩矣,于《史》《汉》外别为三昧也。①

自南宋以来,因为对王安石变法的否定,也连带着影响到对其文章的评价。吕祖谦在《古文关键》中虽对王安石的文章有较高评价,却并不选它。茅坤在政治上也还是否定王安石,但对他才学和文章的认识却不能不说较为公允。茅坤既指出其学好古,又谓其文"别自为调,镌刻万物,鼓铸群情,以成一家之言者也"②,"王之结构裁剪,极多镌洗苦心处,往往矜而严,洁而则"③。皆体会甚深。王安石作为唐宋八大家之一地位的最终确立,在很大程度上不能不归功于茅坤。

又如他评曾巩文:

> 曾子固之才焰虽不如韩退之、柳子厚、欧阳永叔及苏氏父子兄弟,然其议论必本于六经,而其鼓铸剪裁,必折衷之于古作者之旨。朱晦庵尝称其文似刘向。向之文于西京最为尔雅,此所谓可与知

---

① [明]茅坤:《唐宋八大家文钞·临川文钞引》,第1—2页。
② 同上书,第1页。
③ [明]茅坤:《唐宋八大家文钞·论例》,第15页。

第十八章 《唐宋八大家文钞》的编选及其文学史意义

者言,难与俗人道也。①

后人对曾巩文章的接受,有一个过程。从南宋的朱熹、吕祖谦等,到明王慎中、茅坤,曾氏文章本之六经、取法西汉的渊源和结构严谨、文风雅饬的特点,遂逐渐为人们所认识。

"三苏"文章的地位,在明代以前大致已确定,然茅坤的认识,在前人的基础上,显然又深化了。他评苏洵文:

> 苏文公崛起蜀徼,其学本申、韩,而其行文杂出于荀卿、孟轲及《战国策》诸家,不敢遽谓得古六艺者之遗,然其镵画之议,幽悄之思,博大之识,奇崛之气,非近代儒生所及。要之,韩、欧而下,与诸名家相为表里。及其二子继响,嘉祐之文西汉同风矣。②

茅坤并不认同苏洵的学术,但对苏洵文章的"镵画之议,幽悄之思,博大之识"和遒劲之风以及文学史地位,则给予了充分的肯定,尤值得我们注意的是,他不但指出苏洵之文出于《战国策》的渊源,又能注意到苏文与孟、荀的关系,也是卓见。

他又评苏轼文曰:

> 予少谓苏子瞻之于文,李白之于诗,韩信之于兵,天各纵之以神仙轶世之才,而非世之问学所及者。及详览其所上神宗皇帝及代张方平、滕甫谏兵事等书,又如论徐州、京东盗贼事宜,并西羌鬼章等札子,要之,于汉贾谊、唐陆贽不知其为何如者。朱晦庵尝病其文不脱纵横气习,盖特其少时沾沾自喜,或不免耳。入哲宗朝。召为两制,及谪海南以后,殆古之旷达游方之外者已。然其以忠获

---

① [明]茅坤:《唐宋八大家文钞·南丰文钞引》,第190页。
② [明]茅坤:《唐宋八大家文钞·老泉文钞引》,第302页。

罪,卒不能安于朝廷之上,岂其才之罪哉。①

由极赞其才,而服其文,悯其人②,认识逐步加深。他又论苏轼文风,曰:"行乎其所当行,止乎其所不得不止,浩浩洋洋,赴千里之河,而注之海者,苏长公也。"③也是十分准确的。

至于他评苏辙文,认为:"苏文定公之文,其镵削之思或不如父,雄杰之气或不如兄,然而冲和澹泊,逍逸疏宕,大者万言,小者千余言,譬之片帆截海,澄波不扬,而洲岛之芬错,云霞之蔽亏,日星之闪烁,鱼龙之出没,并席之掌上而绰约不穷者已,西汉以来别调也。其《君术》《臣事》《民政》等篇,尤为卓荦。"④那种对苏辙文风格的感受和体认,同样是十分正确和深刻的。

当然,茅坤对宋六家文章的成就和地位给予充分的肯定,并不等于对他们的文章创作就全部认可,实际上除了对欧阳修的各类文章几无保留地加以赞扬之外,对其他人便是有所扬抑了。比如,于王安石多选其表启、书记和碑志墓铭,其他文体选的就少;于曾巩多选其序、记文,其他文体所选较少;于"三苏"多选其论策,而少选其所撰碑志等。其所论自是有理。

总评之外,在对所选文章的具体评论中,茅坤每每能将六家文的特色揭示出来,而这与其文学观念上的"本色论",正相吻合。比如,他选入王安石《本朝百年无事札子》,并论道:"此篇极精神骨髓。荆公所以直入神宗之胁,全在说仁庙处,可谓抟虎屠龙手。"又曰:"自本朝以下,

---

① [明]茅坤:《唐宋八大家文钞·东坡文钞引》,第396页。
② 明万历茅著刊本《唐宋八大家文钞·凡例》引茅坤曰:"八君子者,不多得。其文艺之工,其各各行事节概,多有可观,亦学者所不可不知者。"(此据《历代文话》所收《唐宋八大家文钞评文》引,第2册,第1789页)可以相参。
③ [明]茅坤:《唐宋八大家文钞·论例》,第16页。
④ [明]茅坤:《唐宋八大家文钞·颍滨文钞引》,第719页。

节节议得的确,而荆公所欲为朝廷节节立法措注处,亦自可见。神庙所以以伊傅、周召任之、信之。"①又评其《贵池主簿沈君墓表》一文,曰:"通篇亦无一实事,俱虚语相点缀。荆公所自为本色在此,荆公所自为可喜处亦在此。"②再如,茅坤评苏洵《明论》,指出:"此是老泉本色学问。宋迂斋谓其意脉自《战国策》来,良是。"③其他像评欧阳修《纵囚论》一文,称其"曲尽人情"④。评其史论,谓:"欧阳公于叙事处往往得太史迁髓,而其所为《新唐书》及《五代史》短论,亦并有太史公风度。"⑤评王安石《周礼义序》和《书义序》,指出"其辞简而其法度自典则"⑥。评其书信则曰:"荆公之书,多深思远识,要之于古之道,而其行文处往往遒以婉、镵以刻,譬之入幽谷邃壑,令人神解而兴不穷,中有欧、苏辈所不及处。"⑦又评王安石、曾巩学记,谓学记中以"曾、王二公为最,非深于学不能记其学如此"⑧。评苏洵《上韩枢密书》,认为洵"厌当时兵政之过弱,故劝韩魏公以诛戮,而其行文似西汉,疏宕雄辨可观"⑨。评苏轼《范文正公文集序》,以为其虽似率意而为者,然"于中识度自远"⑩。论及其《方山子传》一文,又曰:"余特爱其烟波生色处,往往能令人涕洟。"而评苏辙《上神宗皇帝书》,则自道读其文"往往如游丝之从天而下,袅娜曲折,氤氲荡漾,令人读之情邕神解而犹不止,

---

① [明]茅坤:《唐宋八大家文钞》卷八十二,第18、20页。
② 同上书卷九十六,第183页。
③ 同上书卷一百十一,第345页。
④ 同上书卷四十二,第480页。
⑤ 同上书卷四十三,第483页。
⑥ 同上书卷八十六,第69页。
⑦ 同上书卷八十四,第42页。
⑧ 同上书卷八十七,评王安石《慈溪县学记》,第77页。
⑨ 同上书卷一百八,第316页。
⑩ 同上书卷一百三十九,第651页。

亦非今人所及处"①。这些论述,都能道出六家文之好处所在。

茅坤评论诸家文,又喜用比较的方法,通过辨析作家作品的异同,揭示出诸家文章的特色。像他比较欧阳修、苏轼二家论体文,就说道:"予览欧苏二家论不同。欧次情事甚曲,故其论多确而不嫌于复。苏氏兄弟则本《战国策》纵横以来之旨而为文,故其论直而鬯,而多疏逸遒宕之势。欧则譬引江河之水而穿林麓灌畎浍,若苏氏兄弟则譬之引江河之水而一泻千里湍者,萦逝者注,杳不知其所止者已。语曰同工而异曲,学者须自得之。"②又比较欧、王、三苏诸家表启之异同,曰:"启表之类,惟欧阳公情多婉曲,王荆公思多镌刻,故工者为多,三苏则往往禁思者少。"③在评价欧阳修《资政殿学士户部侍郎文正范公神道碑铭》一文时,茅坤指出:"欧阳公碑文正公仅千四百言,而公之生平已尽。苏长公状司马温公几万言而上,似犹有余旨。盖欧得史迁之髓,故于叙事处裁节有法,自不繁而体已完。苏则所长在策论纵横,于史家学或短。此两公互有短长,不可不知。"④又,其论苏轼《上神宗皇帝书》,曰:"苏氏父子兄弟所上皇帝书不同。老苏当仁庙时,朝廷方尚安静,鬯德泽,故其书大较劝主上务揽威权,责名实。长公、次公当神庙时,朝廷方变法令,亟富强,故其书大较劝主上务省纷更,持宽大。然而次公之言犹纡徐曲巽,而长公之言,似觉骨鲠痛切矣。然三人中长公更胜。其指陈利害似贾谊,明切事情似陆贽。"⑤似此通过对两家或多家作品的深入体悟和细致比较而作出的分析论断,是令人信服的。

茅坤编选《唐宋八大家文钞》,是为了指导初学,故书中对所选作

---

① [明]茅坤:《唐宋八大家文钞》卷一百四十五,第722页。
② [明]茅坤:《唐宋八大家文钞·论例》,第15页。
③ [明]茅坤:《唐宋八大家文钞》卷一百二十四(东坡文钞表启类),第490页。
④ 同上书卷五十一,第573页。
⑤ 同上书卷一百十八,第426页。

第十八章 《唐宋八大家文钞》的编选及其文学史意义

品的评论,往往角度不一,方法多样,分析具体,大都能予人以启迪。

譬如他往往用知人论世之法。其评欧阳修《通进司上皇帝书》,曰:"览此书反复利害,洞悉事机。欧阳公少时已具宰相之略如此,不可不知。"①又评其《论西贼占延州侵地札子》,曰:"予按当时朝廷狃于用兵之困,故亟亟乘元昊之伪为臣款以要和,而欧阳公之在谏垣,独以不欲急听其和为说。……欧公岂不知西贼通和,稍宽朝廷西顾之忧,而独拳拳以不与通和为计者,盖深见夫国体失之太弱。北既狃于契丹,而南复狃于西夏,不务选将练兵,以伸立国之威,而惟务厚币重贿,以为苟安之计,则天下之势愈不可支。此其所以数絮絮于请和之间,而其执言往往以缘此一事,得绝和议为名。至于尝请五路出师以伐为守之说,欧公之言可谓忠谋远览之至者也。惜也,当时天子与执政皆不之听,甚且韩、范辈亦以在兵间久矣,故亦如健鸟之垂翅,而思解机务以归。已而西夏败亡之后,宋卒为金、辽所困,其亦以此也夫。"②论宋时边事,可谓有识。再如,苏辙《唐论》一篇,既称其文"古今有数",又论道:"今之兵满天下,并不得籍之行伍以折冲御侮,而北自辽阳迄临洮,延袤五千余里,仅得戍守之兵以乘障游徼于其塞耳。然无唐之节度府带甲十万之势以为外重,故北兵得以蹂躏我疆场,杀略我人民,其于南粤一带亦然。至于京师,所籍兵十余万,仅足以供天子之工匠与中官势人者之侵渔而已,又无唐之内设府兵五百以为居重驭轻之威。是所谓内外无以为重者也。故四夷数侵,岁以为常,而中州卒有一夫跳梁,往往衡越不能遽熄,岂非兵政无以制中外之乱与?"③以唐宋而论及明代,皆体会甚深。

茅坤评论六家之文,又常能从对作品的领悟出发,注重对作品所抒

---

① [明]茅坤:《唐宋八大家文钞》卷二十九,第327页。
② 同上书卷三十三,第388页。
③ 同上书卷一百五十一,第798页。

发情感的揭示。书中收欧阳修表、启二十二篇,茅坤论之曰:"欧阳公之文,多遒逸可诵,而于表、启间,则往往以忧谗畏讥之余,发为呜咽涕洟之词,怨而不诽,悲而不伤,尤觉有感动处。"①其收王安石表启多达三十五篇,并云:"荆公结知神宗,于表笺所上多镌画感动处,予故于集内多录。"②其余如评王安石《上相府书》一文,谓"时荆公托为择便地以养母,其书之情旨深厚婉曲"③。评其《祭范颍州文》,认为"多奇崛之气、悲怆之思,令人读之不能以不掩卷而涕洟"④。又评苏洵《名二子说》:"字仅百而无限宛转,无限情思。"⑤评苏轼《乞郡札子》曰:"览此而不为呜咽流涕者,非人情也。"⑥等等。皆可以见其对作品情感抒发的感悟和重视。

茅坤评文,还能注重立意,着眼整体。像他评欧阳修《太常博士周君墓表》,认为其"以孝行一节立其总概,相为感慨始终"⑦。评《江邻几文集序》,曰:"江邻几文今不传,当非其文之至者,而欧阳公序之,只道其故旧凋落之意,隐然可见。"⑧评《释秘演诗集序》道:"多慷慨呜咽之旨,览之如闻击筑者,盖秘演与曼卿游,而欧阳公于曼卿识秘演,虽爱秘演,又狎之。以此篇中命意最旷而逸,得司马子长之神髓矣。"⑨再像他评曾巩《徐孺子祠堂记》说:"推汉之以亡为存,归功于孺子辈。论有

---

① [明]茅坤:《唐宋八大家文钞》卷三十七,第418页。
② 同上书卷八十三,第27页。
③ 同上书卷八十四,第42页。
④ 同上书卷九十六,第186页。
⑤ 同上书卷一百十六,第390页。
⑥ 同上书卷一百二十一,第459页。
⑦ 同上书卷五十八,第654页。
⑧ 同上书卷四十五,第505页。
⑨ 同上书,第509页。

本末。"①评其《赠黎安二生序》道:"子固作文之旨,与其所自任处并已概见,可谓文之中尺度者也。"②评苏轼《留侯论》,称其"只是一意反复,滚滚议论,然子瞻胸中见解,亦本黄老来也。"③等等。都可看出茅坤对文章整体立意的强调。

自然,作为一位有很高艺术眼光的作家和评论家,茅坤对所选文章的评论,又是十分看重文章的法度和结构安排的,何况有益于初学和举业原就是其编纂的目的之一。像他评欧阳修《泗州先春亭记》,指出其"记先春亭,却本堤,次之以宾客之馆,而后及亭。以周单子之言论为案,所谓以经饰吏治。欧阳公之文亦然"④。又评王安石《给事中孔公墓志铭》,称其为"荆公第一首志铭。须看他顿挫纤徐,往往叙事中伏议论,风神萧飒处"⑤。评苏洵《木假山记》曰:"即木假山看出许多幸不幸来,有感慨,有态度。文凡六转入山,末又一转,有百尺竿头之意。"⑥不必说皆是经验之谈。故清四库馆臣谓:"八家全集浩博,学者遍读为难,书肆选本又漏略过甚,坤所选录尚得烦简之中。集中评语虽所见未深,而亦足为初学之门径,一二百年以来家弦户诵,固亦有由矣。"⑦

四、《唐宋八大家文钞》的嗣响

茅坤《唐宋八大家文钞》自编成后即广泛传播,以至"一二百年以

---

① [明]茅坤:《唐宋八大家文钞》卷一百四,第271页。
② 同上书卷一百二,第254页。
③ 同上书卷一百三十,第564页。
④ 同上书卷四十八,第534页。
⑤ 同上书卷九十二,第130页。
⑥ 同上书卷一百十六,第389页。
⑦ [清]永瑢等:《四库全书总目》卷一百八十九《唐宋八大家文钞》提要,第1718页。

来家弦户诵","唐宋八大家"之名亦随之逐渐被接受。即从选本的角度来看,受其影响,各种以八家为主的唐宋文选本便层出不穷。在明代已有锺惺评选《唐宋八大家文选》二十四卷、孙慎行选注《精选唐宋八大家文钞》四卷、王志坚编《古文渎编》二十九卷等。入清则先后有吕留良辑、吕葆中批点《晚村先生八家古文精选》(八卷)、储欣编《唐宋十大家全集录》五十二卷、《唐宋八大家类选》,张伯行选评《唐宋八大家文钞》十九卷,乾隆御选、张照等辑评《唐宋文醇》五十八卷,沈德潜编《唐宋八家文读本》三十卷和高嵣编《唐宋八家钞》八卷,等等。正是在后之各种选本大量涌现及其对八家之文的不断印可中,唐宋八大家终于在文学史上定格。

明代锺惺、孙慎行、王志坚诸书,皆承茅坤《唐宋八大家文钞》而编。其编纂的动机和原因,皆是因为茅氏书卷帙过大,遍读不易,故而缩小篇幅,略加注释,附以评论,"法宜从宽","数以从简"①,以便学者,在对唐宋八大家文的看法上,与茅坤并无不同。像锺惺的《唐宋八大家文选》,就是如此。② 唐宋八大家的名称和文学史地位,在晚明也愈益为人们所认可。如王志坚所说:"文之体裁矩矱,正大畅达,则无逾于唐宋八大家者。"③李长庚序其书也说:"唐宋以来,世所大奉者,惟是八家为最著。"④而王志坚所编《古文渎编》二十九卷,即以江河淮济为喻,"四渎与天地并,而治水者与世推移,是编与武进、归安皆一种疏

---

① [明]锺惺:《唐宋八大家文选·序》,日本静嘉堂藏《唐宋八大家文选》卷首。
② 如倪思辉为此书作序,既完全赞同茅坤"文亦不与时俱下也"的看法(语见是书卷首),论八家文之大者亦略同。又,诸书在编纂体例上也直接影响了吕留良、吕葆中的《晚村先生八家古文精选》等后来的选本。
③ [明]魏说:《古文渎编序》引,[明]王志坚编《古文渎编》卷首,《四库全书存目丛书》集部第336册,第2页。
④ [明]李长庚:《古文渎编序》,《古文渎编》,第4页。

导之法",认为沿此便可引导学者"独与学海会"了①。

《晚村先生八家古文精选》原是吕留良晚年为塾中子弟编选古文时所纂,由其子吕葆中评点,吕留良身后,吕葆中刊刻印行,时在康熙四十三年(1704)。此书的编选既为初学和举业而设,则目的与《唐宋八大家文钞》并无不同,只是其所选篇目较为精粹。因为,在吕留良看来,"今为举业者必有数十百篇精熟文字于胸中以为底本,但率皆取资时文中,则曷若求之于古文乎?夫读书无他奇妙,只在一熟。所云熟者,非仅口耳成诵之谓,必且沉潜体味,反复涵演,使古人之文若自己出,虽至于梦呓颠倒中朗朗在念,不复可忘,方谓之熟。如此之文,诚不在多,只数十篇可以应用不穷"。"又常曰:读书固必熟而后用,亦有用而后熟,此又不可不知也。若必持熟而后用,则遂有难熟而不用者矣。此其法当先勉强用之,用之既久,亦能成熟。"②故其书于八家人各一集,依次选韩文三十三篇、柳文十八篇、欧文四十三篇、曾文二十一篇、苏洵文十一篇、苏轼文三十四篇、苏辙文十篇、王安石文十五篇,计一百八十五篇。所选篇目,就文体来说,论体居多。而于欧阳修文,则各体兼收,于曾巩又多选序、记之文。总之,此书大致可视为《唐宋八大家文钞》的简编本。

吕葆中所作评点,其体例在《凡例》中有交代。他不赞同锺惺、孙慎行批时文式的评点,而主张学习宋明以来吕祖谦、楼昉、茅坤等人的批点,且不但有批有点,更增分段句读,标示纲领、紧要字句等,并往往引录宋、明以来诸家议论,极为详细。吕葆中的批语多平正通达,亦有识见。例如,他评曾巩《战国策目录序》曰:"当观其议论反复处及其转

---

① [明]王志坚:《古文渎编序》,《古文渎编》,第14—15页。
② [清]吕葆中:《晚村先生八家古文精选·序》,[清]吕留良辑,[清]吕葆中批点《晚村先生八家古文精选》卷首,《四库禁毁书丛刊》,北京出版社,1999年,集部第94册,第308页。

换过接之妙。理致甚深,却不露一毫圭角,宋文中之最高古者。"①又评其《赠黎安二生序》,先引唐顺之语:"议论谨密。"复分析道:"因人笑黎生之迂阔,而引以为同病。立言既妙,却又转进一层。言生特以文不近俗,迂之小者及其告以无急解里人之惑。言外又隐然见得黎生尚未迂阔在。一步紧一步。此荆川所谓谨密者也。一篇之中,有诱掖,有锻炼,可为前修接引后进之法。"②

储欣的《唐宋十大家全集录》,则是对茅坤《唐宋八大家文钞》的扩大。

储欣论学,主张"成学治古文",兼重道与文。他认为读书治学,"纵不敢蘄如古人之阅览博极,至若先圣之遗经,诸子之创著,良史氏之纪传,以暨先秦、两汉、晚唐、北宋魁伟奇杰之文章,虽卷策累床,要当驰骋上下……渐之以岁月,文与道必将有得焉"③。所以他于经学之外,颇推崇茅坤《唐宋八大家文钞》,称赞其"表章前哲,以开导后学,述者之功,岂在作者下哉";然读了韩愈、柳宗元等人的全集后,他又改变原来的看法,以为《唐宋八大家文钞》"挂漏各半,适足以掩遏前人之光"④。于是因其书扩而大之,于八家外添入孙樵、李翱,并直接从八家文集中选录作品,其数量"于八先生文所录加倍焉"⑤。像诸家赋作、制诰、四六表启以及苏轼的尺牍、苏辙进策等,都有大量增加。然而储欣在选目上也作了一些删减,尤其是对王安石的某些文章,如《答司马谏

---

① [清]吕留良辑,[清]吕葆中批点:《晚村先生八家古文精选·曾文精选》,第416页。
② [清]吕留良辑,[清]吕葆中批点:《晚村先生八家古文精选·曾文精选》,第425页。
③ [清]储欣:《在陆草堂文集》卷五《四书镜序》,《四库全书存目丛书》(影印清雍正元年储掌文刻本)集部第259册,第468页。
④ [清]储欣:《唐宋十大家全集录·序》,[清]储欣辑《唐宋十大家全集录》卷首,第236、237页。
⑤ 同上书,第237页。

第十八章 《唐宋八大家文钞》的编选及其文学史意义

议书》等,就被删掉了。这种对王安石的偏见,当然是不足取的。

储欣主张评论前人之文应本之知人论世之意,这自然是对的。然而他过于强调"文品与人高下"①,对宋六家的总体看法,不免偏颇。储欣对王安石学术、政事贬抑甚低,几将其排斥出六家,而对曾巩和"三苏"的评价则很高,不但认为欧阳修荐王安石为不识人,"设使英宗在位久,不出十年,东坡相矣,东坡相即韩、富、欧阳之业相延于无穷"②,甚而认为曾巩与王安石相较,"有舜、跖之别"③。所论皆过当不可取。

储欣对茅坤书中的评点似乎也不太满意,批评说:"窥其所用心,大抵为经义计耳。"④又指出他的一些具体的失误。⑤ 所以,他对于前人的评论,"惟精当而妙于言语者始掇之"⑥,他自己的评点也能知人论世,颇为简要,有些文章篇末还附有"备考""辑评"等。如他评苏轼《王安石赠太傅制》和《吕惠卿责授建宁军节度副使本州安置不得签书公事》二文,曰:"传神传神!安石、惠卿,一赠一责,俱使有识旁观代其入地。"⑦又评苏轼《与王定国书》(第四十首):"人之言曰,此东坡得力于禅。余曰:否!否!此政公道理烂熟之效,义精仁至,何止于禅?"⑧都是有见地的。

储欣批评茅坤之书"大抵为经义计耳",没想到自己所选不久就遭到了乾隆帝同样的批评,且要"惩其失"而重编唐宋十家文选。于是,

---

① [清]吴之彦、邢维信:《在陆草堂文集·凡例》,第374页。
② [清]储欣:《唐宋十大家全集录·凡例》,第240页。
③ 同上书,第239页。
④ [清]储欣:《唐宋十大家全集录·序》,第237页。
⑤ 如储欣批评茅坤评曾巩《讲官议》"严紧而峻。必因当时伊川争坐讲,故有此议"云云,以为此"似并南丰史传及家状亦未尝寓目矣"(《唐宋十大家全集录·凡例》,第238页)。
⑥ [清]储欣:《唐宋十大家全集录·凡例》,第239页。
⑦ [清]储欣:《唐宋十大家全集录·东坡先生全集录》卷七,第487页。
⑧ 同上书卷九,第522页。

乾隆以储氏书为基础，以言有物、言有序为编选原则，"录其言之尤雅者若干首，合而编之"①，成《唐宋文醇》五十八卷。

《唐宋文醇》较之《唐宋八大家文钞》，有增有删，增少删多。因为反对为举业而设的做法，乾隆将储氏原书中的策论等，几全部删去，于上书、奏札、表状、书序、碑铭等，亦大半删去，而制诰、表启诸体，则全都不存。其所存多为一些为人习诵熟知的文章，而所增则或是论学或所言平正通达、为文从容不迫、风范温和谦退者。像增选欧阳修的《红鹦鹉赋》《藏珠于渊赋》《帝王世次图序》《诗谱补亡后序》《韵总序》等，增加苏轼的《超然台记》《宝绘堂记》《眉山远景楼记》《李氏山房藏书记》《宸奎阁碑》《富郑公神道碑》等，增入曾巩的《南齐书目录序》《陈书目录序》《说苑目录序》等，增王安石的《游褒禅山记》等，皆不难见出其编选倾向。

沈德潜编纂《唐宋八家文读本》的最初动机，似也是不甚满意茅氏、储氏之书。所以他说"综览两家选本并八家全文，而精神贯注，仍在少时诵习者"②。这也告诉我们，在古文的学习和创作上，沈德潜更倾向于从那些脍炙人口的名篇入手，再进而扩大至茅氏、储氏和八家全文。因此，是书入选作品的数量、选目等，也就大致比较适中，颇宜于初学。虽然沈德潜并不完全认同茅坤之书的编纂，但在大体上仍是承继了茅坤原书编纂的思路的。至于说由八家文"上窥贾、董、匡、刘、马、班，几可纵横贯穿而摩其垒者。夫而后去华就实，归根返约，宋五子之学行且徐驱而輵其庭矣"③。那就是其一种主观的想象和愿望了。

---

① 见清高宗《唐宋文醇序》，《御选唐宋文醇》卷首，《景印文渊阁四库全书》集部第1447册，第100页。

② [清]沈德潜：《唐宋八家文读本序》，此据[清]沈德潜选评、[日]赖山阳增评《增评唐宋八家文读本》引，闵泽平点校，崇文书局，2010年，第7页。

③ [清]沈德潜：《唐宋八家文读本序》，《增评唐宋八家文读本》，第8页。

第十八章 《唐宋八大家文钞》的编选及其文学史意义

沈德潜论文主张有物有序,温柔敦厚,雅正平和,书中所评,也往往从容道来,不立崖岸,有益于读者多。比如他评欧阳修《王彦章画像记》,说:"此与昌黎《书张中丞传后》同是表章轶事,而各极神妙。作记之意,因德胜之战与己用奇取胜之见相合,借此发挥,精采倍加,是为神来之候。"①就多得其实。评苏轼《韩魏公醉白堂记》,曰:"推赞魏公,都酬应语耳。文将韩、白之彼此有无,互相比较,而归本于两贤之所同,则笔墨所到,皆成波澜烟云矣。欧阳公《昼锦堂记》纯乎实说,未免逊此风格。"②并不涉"韩白优劣论"之说。

其他受《唐宋八大家文钞》影响而编、流传较广者,尚有张伯行选评《唐宋八大家文钞》十九卷。其书在茅氏原书的基础上,选收作品三百十六篇。其评语固多可参,然自谓编选旨趣:"不特以资学者作文之用,而穷理格物之功,即于此乎在。"③故评语中多称程、朱,于曾巩文之选亦多达七卷一百二十八篇,自是理学家的眼光了。此不赘论。

选本是中国古代文学批评的重要方式之一,不但直接反映着选家的理论主张和艺术眼光,反映着特定时代的文学思潮,而且从中又往往可见出所选作家作品在后代传播和被接受的情况,意味着其文学史地位的确立和变化。

总之,作为中国古代文学批评方法之一的选本,在中国古代文学的传播和接受过程中,起着极为重要的作用。"唐宋八大家"在中国文学史上的地位,正是通过自宋至清的众多文章选本尤其是明人茅坤所编选的《唐宋八大家文钞》的反复不断地选择和印可,才最终确立的。每一选本的出现,都使得人们对八家的认识和理解加深一步,尽管其编选

---

① 〔清〕沈德潜选评,〔日〕赖山阳增评:《增评唐宋八家文读本》卷十二,第297页。

② 同上书卷二十三,第537页。

③ 〔清〕张伯行:《唐宋八大家文钞序》,〔清〕张伯行选评《唐宋八大家文钞》卷首,中华书局,2010年,第1页。

宗旨或有不同。当然,在后人对唐宋八大家的接受中,也不免有误解,比如将北宋欧阳修等人完全理解为古文家,而不知其原是骈散兼工的,《唐宋八大家文钞》等所选亦兼及四六,就是一例。

综上所述,"唐宋八大家"之名酝酿于宋,而成于明茅坤《唐宋八大家文钞》。茅坤针对明复古派的观点,将道统与文统融合为一,明确提出"文特以道相盛衰,时非所论"的观点,进而认为能文与否取决于人的先天禀赋,文之工拙则取决于作者是否专一。这种对才性气质的强调,深受王阳明心学的影响,而对创作专一的重视,则成为其文章评点的理论依据。茅坤选文以古文为主,而体兼骈散,其书实是一部以古文为主而兼收四六的文章选本。茅坤的文章评点,从"本色论"出发,充分肯定了八家文的文学史地位。其具体的评点,重视对作品的感悟,多用知人论世和比较之法,并不只是提点照应、勾乙截住的标示。受《唐宋八大家文钞》的影响,晚明以降,各种唐宋八大家文章的选本层出不穷。通过自宋至清的众多文章选本尤其是茅坤所编选的《唐宋八大家文钞》的反复不断地选择和印可,"唐宋八大家"的文章及其在中国文学史上的地位,最终得以确立。每一选本的出现,都使得人们对某些文学作品的认识和理解加深一步,"唐宋八大家"也是如此,尽管茅坤的编选宗旨或有不同。

第十九章 《宋诗钞》的编纂及其诗学史意义

在颇经历了一番世态炎凉之后,宋诗至清初逐渐引起人们的关注,其诗学史地位的认定也终于出现转机。作为这种关注和转机的重要标志的,便是大型宋诗选本《宋诗钞》的编纂和流传。

关于《宋诗钞》的编纂及其相关问题,钱锺书先生早有论述①,近年学界关注渐多。比如张仲谋先生所撰《清代文化与浙派诗》一书,便曾指出,在《宋诗钞》的编纂过程中,黄宗羲和吕留良皆曾参与,而吕留良"出力为最多"②。这是很有见地的。蒋寅先生在其《〈宋诗钞〉编纂经过及其诗学史意义》一文中,将是书置于清初诗学背景之下加以考察,进一步指出吕留良在编纂活动中所起的核心作用,并对吴之振的诗学观念、《宋诗钞》编纂的得失及其诗学史意义等问题,作了深入的探讨。③ 申屠青松博士撰有《〈宋诗钞〉与清代诗学》一文,对《宋诗钞》中所体现的宋诗观和其对清代诗学文献的影响,也作了很好的论述。④ 本章在上述研究的基础上,从明末清初江浙藏书之风、明人潘是仁所编

---

① 参钱锺书《谈艺录》,中华书局,1984 年,第 143—145 页。

② 张仲谋:《清代文化与浙派诗》,东方出版社,1997 年,第 93 页。

③ 蒋寅:《〈宋诗钞〉编纂经过及其诗学史意义》,《清代文学研究集刊》第 2 辑,人民文学出版社,2009 年,第 242—259 页。

④ 申屠青松:《〈宋诗钞〉与清代诗学》,《暨南学报(哲学社会科学版)》2010 年第 5 期,第 82—86 页。

《宋元诗集》的影响、黄宗羲和吕留良在编纂中所起的作用、《宋诗钞》编纂的政治和思想学术背景、主要编选倾向以及其在诗学史发展中的地位等,作进一步探讨。

一、明末清初江浙藏书之风与《宋诗钞》的编纂

明末清初,江浙地区的藏书之风很盛,许多著名的藏书家颇注意收藏和传抄宋元人文集。① 像明末的谢肇淛、李开先、祁承㸁、毛晋等,都具有很强烈的保存前代文献的意识,并收藏过很多宋、元人的文集。明人对宋元人别集有意识的保存和刊刻,对清初士人有着直接的影响。比如清初金陵的藏书家黄虞稷,就是一位有意识保存宋元人文集的士人。他曾征刻唐宋秘本书,清康熙年间参与修纂《明史》,撰成《明史·艺文志》稿本,后来刊为《千顷堂书目》,其所编书目虽以录存有明一代文献为主,然而却于集部别集类之后,补录宋金元人别集,足以见其企向。其中所补录的宋人别集总数量达二百四十种之多(包括少量卷帙有残缺的别集)②,其数量是相当可观的。又比如秀水曹溶,其保存宋集的意识就更为明确。曹溶在为钱谦益《绛云楼书目》所作的题词中说:"予又念古人诗文集至夥,其原本首尾完善通行至今者,不过十二三。自宋迄元,其名著集佚者,及今不为搜罗,将遂灭没可惜。故每从他书中随所见剔出,补缀成编,以存大概。如孙明复、刘原父、范蜀公等,颇可观。宗伯地下闻之,必以为寒乞可笑,然使人尽此心,古籍不

---

① 张仲谋曾指出,浙江地区的藏书、刻书,是《宋诗钞》编纂和浙派赖以形成的文献基础,这是很正确的,然惜未深论,且只注意到浙江地区。参其所撰《清代文化与浙派诗》,第27—28页。

② 如加上单行的宋人奏议集十四种,则总数已至二百五十四种。另补宋人总集三十六种、诗文评十七种,别集、总集的数量共计达三百七种。

亡,自今日始矣。"①曹溶所收藏、抄录的宋元人别集的数量很大。据王士禛《池北偶谈》卷十六记载:"秀水曹侍郎秋岳溶,好收宋元人文集,尝见其《静惕堂书目》所载宋集,自柳开《河东集》已下,凡一百八十家;元集自耶律楚材《湛然集》已下,凡一百十有五家,可谓富矣。"②据近人叶德辉统计,《静惕堂书目》中宋集的数量达 196 家,金元人别集的数量也多至 139 家。叶德辉指出:"乾隆时修《四库全书》,此目所载十九著录,斯固两朝文人精爽之所凭依,故得长留天地间也。"③由此可见,曹溶对宋人别集在清代的传播和接受的贡献之大。

曹溶又曾撰《流通古书约》,认为藏书家不仅要保存书籍,还应互通有无,以抄为藏。他提出:"彼此藏书家,各就观目录,标出所缺者,先经注,次史逸,次文集,次杂说,视所著门类同,时代先后同,卷帙多寡同,约定有无相易,则主人自命门下之役,精工缮写,较对无误,一两月间,各赍所钞互换。此法有数善:好书不出户庭也,有功于古人也,己所藏日以富也,楚南燕北皆可行也。"④曹溶的看法得到当时许多著名藏书家的响应。"昆山徐氏、四明范氏、金陵黄氏皆以为书流通而无藏匿不返之患,法最便。"⑤于是,书籍抄存一时蔚成风气。如曹溶、黄虞稷、周在浚、黄宗羲、吴之振、朱彝尊、徐乾学、王士禛等,都曾互相借阅传抄

---

① [清]曹溶:《绛云楼书目题辞》,《绛云楼书目》卷首,《续修四库全书》本,上海古籍出版社,2002 年,史部第 920 册,第 322 页上。

② [清]王士禛:《池北偶谈》卷十六"宋元人集目"条,中华书局,1982 年,第 386 页。

③ 叶德辉:《静惕堂书目序》,见是书卷首,《中国著名藏书家书目汇刊》(明清卷),林夕主编,商务印书馆,2005 年,14 册,第 3 页。

④ [清]曹溶:《流通古书约》,《澹生堂藏书约(外八种)》合刊本,上海古籍出版社,2005 年,第 35—36 页。

⑤ [清]曹溶:《绛云楼书目题辞》,《绛云楼书目》卷首,第 322 页上。

过很多书籍①,其中所抄的宋人别集很多。如王士禛就多次记载过自己从黄虞稷、朱彝尊等抄录宋集的情况。据王士禛《居易录》卷一载,仅康熙二十八年、二十九年两年间,他在京城,就"借朱竹垞钞本宋元人集十数种",并详记其中数种曰:"《谢皋羽年谱游录注》,山阴徐沁埜公撰,余姚黄宗羲太冲先有《西台恸哭记、冬青引注》,徐注黄序之。""宋陈洎亚之诗一卷,仅二十五首,有颜复长道序,司马文正公、文忠、文定二苏公,孙莘老,徐仲车及长乐林希,陈留张徽南,兰陵钱世雄,眉山李埴,皆跋其后。又嘉定丙子眉山任希夷题诗云:'如彼流泉必有源,陈家诗律自专门,后山得法因盐铁,不减唐时杜审言。'亚之,师仲、师道之祖也。""叶石林《建康集》八卷,有嘉泰癸亥孙籥跋。二十代孙万跋云:'秣陵焦氏本也,常熟毛氏尝得宋刻《建康集》,逸第三卷,当未见此。'按《石林全集》一百卷,桑民怿家书目有之,今不可得。此则绍兴八年再帅建康作也。石林,晁氏之甥,及与无咎、张文潜游,为诗文笔力雄厚,犹有苏门遗风,非南渡以下诸人可望。平生邃于《春秋》,集中《答王从一教授》二书可见其梗概。"②其《香祖笔记》卷五亦记曰:"康熙己巳、庚午间,在京师,每从朱锡鬯、黄俞邰借书,得宋元人诗集数十家,就中以长沙陈泰志同为冠,因钞其《所安遗稿》一卷,以周弼伯弜《汶阳稿》、临江邓林性之《皇荂曲》、金华杜旃仲高《癖斋小集》附之。数子者名不甚著,而其诗实足名家。"③类似这样的传抄,不仅对宋集在清初的保存、传播与接受起了积极的推动作用,而且也助成了王士禛本

---

① 参《曝书亭集》卷三十五《曝书亭著录序》,《景印文渊阁四库全书》集部第1318册,第55—56页。
② [清]王士禛:《居易集》卷一,第318页上、319页上—下、第321页上。
③ [清]王士禛:《香祖笔记》,湛之点校,上海古籍出版社,1982年,第84页。王氏以其他方式收藏的宋集尚多,即据今存《池北书目》,其所藏宋集就有九十多种。

第十九章 《宋诗钞》的编纂及其诗学史意义

人中年时期诗风由唐转宋的演进。①

清初士人搜藏、抄刻宋集的同时,往往编有藏书目录,这些目录虽多半比较简单,然其中或注明卷数、册数,或记其版本、序跋,已透露出不少有关宋集在清初传播的信息,尤值得注意的是,他们所撰写的一些藏书或抄刻之书的题跋,更为人们整理宋集提供了直接线索。比如,钱谦益曾藏有施元之、顾禧和施宿合撰的《注东坡先生诗》,其所撰跋语已指出,虽陆游的序题为嘉泰二年,但实际上应"刻于嘉定六年",并论其"考证人物,援据时事,视他注为可观"等特点②,就甚为确切。又,钱氏曾得明抄本汪元量《水云集》,撰两跋记之,指出其所收作品有逸出刘辰翁批点本《湖山类稿》者,稍后汪森取之与《湖山类稿》五卷相互参订,有增有损,由鲍廷博合刊之,遂广为流传。再如,王士禛撰宋集题跋数十条,其中记尹洙、穆修、柳开、郑侠、苏过等人集在清初的流传、记自己得黄庭坚《山谷精华录》的经过,校尹洙《河南集》、谢薖《竹友集》等③,都从多方面为人们整理宋集提供了有价值的信息。

《宋诗钞》编选的参与者黄宗羲和主要编纂人吕留良、吴之振等皆喜收藏、传抄宋人别集。④ 黄宗羲收藏宋集不下百余种,其晚年在编

---

① 关于王士禛诗歌崇尚的变化与文坛风气、藏书等之间的关系等,请参蒋寅《王渔洋与康熙诗坛》第二章"王渔洋与清初宋诗风之消长"、第六章"王渔洋藏书与诗学的关系",中国社会科学出版社,2001年,第26—54、146—181页。

② [清]钱谦益撰,潘景郑辑校:《绛云楼题跋》,上海古籍出版社,2005年,第110页。

③ 参《重辑渔洋书跋》,陈乃乾辑《汲古阁书跋 重辑渔洋书跋》,上海古籍出版社,2005年,第43—65页。

④ 黄宗羲的诗学观念对吕留良、吴之振有重要影响,并参与过《宋诗钞》的编选。吕留良是《宋诗钞》编选的发起者、组织者和主要参与者,并撰写了诗人小传。吴之振、吴自牧则是主要参与和最后编定此书者。关于是书编纂的过程,详请参钱锺书《谈艺录》"明清人师法宋诗"条(第143—145页)、张仲谋《清代文化与浙派诗》第二章第二节(第90—96页)、申屠青松《清初宋诗选本研究》第三章第三节(南京大学博士学位论文,2008年,第80—88页)、蒋寅《〈宋诗钞〉编纂经过及其诗学史意义》等。

选《明文海》的同时,又选编了《宋集略》《元集略》。他在给徐乾学的信中说道:"《宋元集略》尚未钞完,然亦不过旬日,即当送上也。只是未曾检出,及留在京邸者,不知何时得以寓目,弟初意欲分叙记各体,以类编纂,既而思之,以为不可。盖集中文字,亦未必皆佳,只据一集存其大概,使其人不至湮没,若类编之,则恶文盈目,反足为累。又未见之集极多,后来见之,又难于插上,不若一人自为一集,不论多少,随见随选,故名之曰《宋集略》《元集略》。先生以为然否?弟架上亦有百余集,亦一概钞出,以请正也。"① 在《与郑禹梅书》中他又提到,"《明文海》选成,亦一代之书。此外则有《宋集日抄》(又名《续宋文鉴》②——引者)、《元集日抄》"③。可见《宋集略》当时已大致编成,惜今已不传。他所依据的,正是其"架上百余集"的收藏。吕留良与吴之振所藏、所抄宋集亦多。吕留良曾从黄宗羲处借抄宋集④,又客居友人黄虞稷、周在浚处,专力抄录宋集⑤,还向张菊人等借抄宋

---

① [清]黄宗羲:《与徐乾学书》,沈善洪主编,吴光执行主编《黄宗羲全集·南雷诗文集》下,浙江古籍出版社,2005 年,第 11 册,第 68—69 页。

② 全祖望谓其"于《明文案》外,又辑《续宋文鉴》《元文抄》,以补吕、苏二家之阙,尚未成编而卒"([清]全祖望撰,朱铸禹汇校集注:《全祖望集汇校集注·鲒埼亭集》卷十一《梨洲先生神道碑文》,上海古籍出版社,2000 年,第 222—223 页)。

③ [清]黄宗羲:《与郑禹梅书》,《黄宗羲全集·南雷诗文集》下,第 11 册,第 79 页。

④ 吕留良《吕晚村先生文集》卷二《与黄太冲书》曰:"外明人选本及宋元明文集、《易象》廿本、《詹氏小辨》一本、《攻媿集》三本,又《韩信同集》《金华先民传》,俱望简发。"(桐乡市吕留良研究会整理,徐正等点校:《吕留良诗文集》,浙江古籍出版社,2011 年,上册,第 39—40 页)

⑤ 吕留良《答张菊人书》曰:"室中所藏多所未尽,孟浪泛游,实为斯事。至金陵,见黄俞邰、周雪客二兄藏书,欣然借抄,得未曾有者几二十家。行吟坐校,遂至忘归。忆出门时,柳始作绵,今又衰黄矣。"(《吕晚村先生文集》卷一,《吕留良诗文集》上册,第 30 页)又,其《谕大火、辟恶帖》亦谈到此事,曰:"吾所最快者,得黄俞邰、周雪客两家书甚富,而恨不能尽抄耳。今寄归李伯纪《梁溪集》九本,可向曹亲翁处借福建刻本一对,无者方录出,亦可省些工夫。又,晁说之《嵩丘集》七本,书到即为分写校对,速将原本寄来还之。两家极珍惜,我私发归者,当体贴此意,勿迟误,勿污损也。"(《吕晚村先生家训》卷三,《吕留良诗文集》下册,第 104 页)

集①。如此"爬罗缮买,积有卷帙,又得同志吴孟举互相收拾,目前略备"②,从而在文献资料上为《宋诗钞》的编选作了较充分的准备。

宋人文集在清初流传既少,搜寻不易,因此,当黄宗羲、吕留良和吴之振等人在选编《宋诗钞》时,他们对宋集的网罗收藏,就成了他们所主要依据的文献。这客观上为《宋诗钞》的编选提供了重要条件,如果没有他们平日的多方收藏,如果没有保存文献的意识,《宋诗钞》的编选在当时是很困难的,尤其是在明代以来宋诗备遭冷眼、宋集罕见流传的情况下③。

宋人文集的传播在清初之所以会逐渐得到关注,从文学自身发展的线索来看,与清初文坛风气的变化有密切的联系。虽终明之世,文坛拟古之风甚盛,以秦汉文、盛唐诗为准的,宋人之诗文,多遭厌弃,然至明中叶以后,唐宋派、公安派和竟陵派诸家兴起,情况亦渐有改变,及至明末清初,社会、政治上的大变动以及文学自身的发展,都使得明代以来一味崇汉崇唐的习气已难乎为继,而唐宋派之肤浅、竟陵派之幽深,亦已难惬人意,宋人诗文遂又进入更多士人的视野。虽然其时人们心目中的宋人诗文,其内涵并不完全一致,然清初文坛的风气已发生变

---

① 吕留良《答张菊人书》曰:"又闻许示《茶山》《紫微》《斜川》诸集,梦中时乐道之。今读手教,更知其详。如《江西诗派》一书,某求之十余年而未得者也。承许秋后尽简所蓄惠教,某何幸得此于执事哉。谨以所有书目呈记室,外此倘有所遇知,弗惜搜致之力也。"(《吕晚村先生文集》卷一,《吕留良诗文集》上册,第30页)《寄吴孟举书》曰:"前札中云,梁姓者多藏书,许借《杨大年集》,今录上宋集目一纸,幸细问之,有可假者,亦快事也。"(《吕晚村先生文集》卷二,《吕留良诗文集》上册,第74页)《寄黄太冲书》又曰:"近得《程北山集》六本,为宋纸印者。又钞得《诚斋集》一本,则旧本所未见。"(《吕晚村先生文集》卷二,《吕留良诗文集》上册,第38页)皆是从他人借抄者。
② [清]吕留良:《答张菊人书》,《吕留良诗文集》卷一,上册,第29、30页。
③ 如宋荦就说:"明自嘉、隆以后,称诗家皆讳言宋,至举以相訾謷,故宋人诗集,庋阁不行。"(《漫堂说诗》,丁福保辑《清诗话》,上海古籍出版社,1978年,上册,第416页)

化,宋人文集得到了较多的关注,这是无可怀疑的。①

另,从文学外部的环境来看,清初政治上实行高压政策,文字狱不断,凡涉明季事之书多禁之,这在客观上也使得士人们对前代文献的兴趣不得不转向宋元两代。比如朱彝尊在其《曝书亭著录序》中谈到自己藏书聚散的情况时就说道,明末战乱,昔日藏书,尽遭毁弃,"及游岭表,归阅豫章书肆,买得五箱,藏之满一楼。既而客永嘉,时方起《明书》之狱,凡涉明季事者争相焚弃。比还,问囊所储书,则并楼亡之矣"②。即透露出这一消息。

二、晚明潘是仁所编《宋元诗集》及其与《宋诗钞》的关系

明人所编宋诗选本,据申屠青松和谢海林博士的考订,知有十数种。③ 然其中大半已亡佚,今可见者主要有明隆庆间李蓘所编《宋艺圃集》、潘是仁所编《宋元诗》、曹学佺所编《石仓十二代诗选》的宋诗部分、符观所编《宋诗正体》和卢世㴶所编《宋人近体分韵诗钞》(残)五种。后二书只选近体,篇幅既小,流传不广,可以不论。前三种则对《宋诗钞》的编纂有较直接的影响。申屠青松曾指出诸书编选宋诗的主要特点是以唐存宋,同时也分析了其文献价值。其后,王友胜撰《论〈宋艺圃集〉的文献价值与文献阙失》④,许建昆撰《曹学佺〈石仓十二

---

① 此点可参张仲谋《清代文化与浙派诗》第一章"宋诗的重新发现"、蒋寅《清代诗学史》(第一卷)第二章"拨乱反正的努力:江南诗学"(中国社会科学出版社,2012年)等。

② [清]朱彝尊:《曝书亭集》卷三十五《曝书亭著录序》,《景印文渊阁四库全书》集部第1318册,第55页。

③ 申屠青松《明代宋诗选本论略》(《南京师范大学文学院学报》2007年第4期)谓有十五种。谢海林又补数种,见其《明代宋诗选本补录》(《中国诗学》第14辑,人民文学出版社,2009年)。

④ 王友胜:《论〈宋艺圃集〉的文献价值与文献阙失》,《中国韵文学刊》2011年第1期。

代诗选〉再探》①,分别对李蓘《宋艺圃集》和曹学佺《石仓十二代诗选》两书,从文献学的角度,作了较深入的论述。然而,对潘是仁所编《宋元诗》一书及其对《宋诗钞》的影响,尚未予以应有的注意。

潘是仁字讱叔,新安人,主要生活于明神宗万历时期,卒于明熹宗天启二年(1622)。关于他的生平行事,我们只知道他与焦竑、顾起元、袁中道、李维桢、胡应麟等一时名流皆有交往,其余则不详。《宋元诗集》二百七十三卷②,为潘是仁晚年所编,时当明神宗万历后期。在潘氏生前,此书的北宋、南宋和元初三部分应已编成,计收入两宋诗人二十六家,一百三十五卷,金朝诗人一家,十卷,元初诗人十五家,遂有万历四十三年潘氏刊本。书中元末部分潘氏生前未编成,他去世后,由其生前委托的友人鲍山在潘氏原书的基础上续编而成,鲍氏增元末诗人十九家,故又有天启二年重刊本。

关于《宋元诗集》的编纂宗旨和指导思想,潘是仁并没有作过明确的交待,然而他在编纂过程中曾征求过许多人的意见,并请多人为此书作了序。所以,虽然此书的编纂是以潘是仁为主,然从某种意义上也可视为晚明士人集体编纂的成果,它所反映的,是晚明士人对宋诗的共同的看法,从中不难看出其编纂的宗旨所在。据书集前所列"汇定宋元名公诗集姓氏",前后参与是书编订者竟有数十人之多。其中李维桢、焦竑、汤宾尹、顾起元、冯时可、董其昌、李日华、邹迪光、祁承㸁、黄景星、锺惺、袁中道、谭元春等,皆为当日文坛显人,且李维桢、焦竑、鲍山等还为此书写过序。李维桢在《宋元诗序》说道:"顷日二三大家王元美、李子田、胡元瑞、袁中郎诸君以为,有一代之才即有一

---

① 许建昆:《曹学佺〈石仓十二代诗选〉再探》,《励耘学刊(文学卷)》2013年第2期。
② 是书书名颇为参差,或作《宋元诗》,或作《宋元诗集》,因书前有"汇定宋元名公诗集姓氏""北宋诸名公姓氏"等,又作《汇定宋元名公诗集》,今统一作《宋元诗集》。

代之诗,何可废也,稍为摘取评目,而友人潘切叔益搜葺世所不甚传者百余家。"①其中提到"后七子"中的王世贞、"末五子"中的胡应麟(李维桢自己也是"末五子"之一)、"公安派"主将袁宏道和编纂《宋艺圃集》的李蓘。这些人虽都程度不同地受到过复古派的影响,于诗尊崇汉魏、盛唐,但他们论诗既前后有变化,与"前七子"一味拟古的做法就有所不同,对宋诗的态度也不同。

像王世贞,身为"后七子"中的领袖人物,然他与李攀龙的观点并不一致,他在复古的同时,又主张融合古今、融合秦汉与唐宋。他曾提出"用宋"的观点。他说:"当吾之少壮时,与于鳞习为古文辞,其于四家(指宋欧阳修、王安石、曾巩、苏轼——引者)殊不能相入。晚而稍安之。毋论苏公文,即其诗最号为雅变杂揉者,虽不能为吾式,而亦足为吾用。其感赴节义,聪明之所,溢散而为风调才技,于余心时有当焉。"②在为杨慎《宋诗选》所作的序言中,又说:"自杨、刘作而有西昆体,永叔、圣俞思以淡易裁之,鲁直出而又有江西派,眉山氏睥睨其间,最号为雄豪,而不能无利钝。南渡后,务观、万里辈亦遂彬彬矣。……余所以抑宋者为惜格也,然而代不能废人,人不能废篇,篇不能废句,盖不止前数公而已。……虽然,以彼为我则可,以我为彼则不可。子正非求为伸宋者也,将为善用宋者也。"③不再拘执于时代古今,对宋诗采取部分肯定的态度。

再像袁宏道,他反对七子派的一味拟古,主张诗以真为贵,认为"唐自有诗也,不必'选体'也。……赵宋亦然。陈、欧、苏、黄诸人,有

---

① [明]李维桢:《宋元诗序》,《宋元诗集》卷首,中国国家图书馆藏明天启二年重刊本。
② [明]王世贞:《弇州续稿》卷四十二《苏长公外纪序》,《景印文渊阁四库全书》集部第1282册,第558页。
③ 同上书卷四十一《宋诗选序》,第549页。

一字袭唐者乎？又有一字相袭者乎？"①又自谓："近日始遍阅宋人诗文。宋人诗，长于格而短于韵，而其为文，密于持论而疏于用裁。然其中实有超秦汉而绝盛唐者。"②"韩、柳、元、白、欧，诗之圣也；苏，诗之神也。彼谓宋不如唐者，观场之见耳，岂直真知诗何物哉？"③"放翁诗，弟所甚爱，但阔大处不如欧、苏耳。近读陈同甫集，气魄豪荡，明允之亚。周美成诗文亦可人。"④"大概情至之语，自能感人，是谓真诗，可传也。"⑤这比王世贞对宋诗的评价更进一步，虽然这些话主要还是针对复古派说的，但至少他认为一代有一代之诗，宋诗不必不如唐。

李维桢以"事、理、情、景"论诗，认为唐诗之妙，在于情真、事实，"宋元道宋元事，即不敢望《雅》《颂》，于十五《国风》者，宁无一二合耶？"所以，他不但引据王世贞、袁宏道等人"有一代之才即有一代之诗"的观点，而且更具体地论道："宋诗有宋风，元诗有元风，采风陈诗，而政事学术，好尚习俗，升降污隆，具在目前。故行宋元诗者，亦孔子录十五《国风》之指也。闻之诗家云：宋人多舛，颇能纵横；元人多差醇，觉伤局促。然而宋之苍老，元之秀俊；宋之好创造，元之善模拟，两者又何可废也。"⑥元诗此可不论，李维桢这里对宋诗的认识，比起同时代的其他人来说，显然要客观得多了。焦竑在《汇定宋元诗集序》中亦曾引述时人(顾大猷语)"一代有一代之诗"的看法，并谓："新安潘君诩叔所收二代诸名家甚多，至是择而梓之，令学者知诗道取成乎心，寄妍于物，

---

① ［明］袁宏道著，钱伯城笺校：《袁宏道集笺校》卷六《与丘长孺》，上海古籍出版社，2008年，第284页。

② 同上书卷二十一《答陶石篑》，第743页。

③ 同上书卷二十一《与李龙湖》，第750页。

④ 同上书卷二十二《答陶石篑》，第778页。

⑤ 同上书卷四《叙小修诗》，第188页。

⑥ ［明］李维桢：《宋元诗序》，《宋元诗集》卷首，中国国家图书馆藏明天启二年重刊本。

含茹万象,融会一家,譬之桔梗豨苓,时而为帝,何为不可？……然则发今人欲悟之机,回百年已废之学,其在斯人也夫。"①这与李维桢、袁宏道等人所论完全一致。

潘是仁《宋元诗集》的编纂,正是在晚明士人这种反对盲目拟古、主张"一代有一代之诗"的总体认识和特定背景下编纂的,也就是说,他的编纂宗旨和指导思想,并不是要证明宋诗超过了唐诗,也不是要全面展示宋诗的面貌和成就,而是要对自明"前后七子"以来一味拟古的文坛风尚进行反拨,指出宋诗自有其可取之处。尽管如此,此书编纂于明复古派尊唐黜宋之后,正如焦竑所说,对于"回百年已废之学",重新确立宋诗在诗史发展中的地位,无疑仍有着十分重要的意义和影响。黄宗羲论诗谓:"诗不当以时代而论,宋、元各有优长,岂宜沟而出诸于外,若异域然。即唐之时,亦非无蹈常袭故充其肤廓而神理蔑如者,故当辩其真与伪耳。徒以声调之似而优之而劣之,扬子云所言伏其几、袭其裳而称仲尼者也。此固先民之论,非余臆说,听者不察,因余之言,遂言宋优于唐。夫宋诗之佳,亦谓其能唐耳,非谓舍唐之外能自为宋也。于是缙绅先生间谓余主张宋诗。噫,亦冤矣。"②又谓:"天下皆知宗唐诗,余以为善学唐者唯宋。"③并对学唐而有成就的宋诗派别一一加以列举。吕留良、吴之振则在《宋诗钞序》中更明确地提出:"宋人之诗,变化于唐,而出其所自得,皮毛落尽,精神独存。不知者或以为'腐',后人无识,倦于讲求,喜其说之省事,而地位高也,则群奉'腐'之一字,以废全宋之诗。故今之黜宋者,皆未见宋诗者也。"此书的编纂,"非尊

---

① [明]焦竑:《汇定宋元诗集序》,《宋元诗集》卷首,国家图书馆藏明天启二年重刊本。
② [清]黄宗羲:《南雷诗文集》上《张心友诗序》,《黄宗羲全集》第10册,第50页。
③ [清]黄宗羲:《南雷诗文集》上《姜山启彭山诗稿序》,《黄宗羲全集》第10册,第60页。

宋于唐也,欲天下黜宋者得见宋之为宋如此"。① 诸人所论,正是接着晚明公安派和《宋元诗集》编纂者"一代有一代之诗"的话题说的,他们的看法与晚明士人对宋诗的反省和认识一脉相承。②

在《宋元诗集》书前所列的"汇定宋元名公诗集姓氏"中,竟陵派主将锺惺、谭元春的名字也赫然在目,这很值得我们注意。锺惺、谭元春论诗,出入"公安",而自立一宗。锺惺认为:"诗,清物也。其体好逸,劳则否;其地喜净,秽则否;其境取幽,杂则否;其味宜澹,浓则否;其游止贵旷,拘则否,之数者,独其心乎哉?……索居自全,挫名用晦,虚心直躬,可以适己,可以行世,可以垂文。何必浮沉周旋,而后无失哉。"③谭元春则曰:"夫真有性灵之言,常浮出纸上,决不与众言伍。而自出眼光之人,专其力,壹其思,以达于古人,觉古人亦有炯炯双眸,从纸上

---

① [清]吴之振、吕留良、吴自牧选,[清]管庭芬、蒋光煦补:《宋诗钞》卷首,中华书局,1986年,第3—4页。《宋诗钞序》一般作吴之振撰,然康熙五十九年孙学颜编《吕晚村先生古文》题下注"代",似已作吕留良撰。卞僧慧《吕留良年谱长编》(中华书局,2003年,第191页)作吕氏之作。蒋寅亦赞同此说(参其《〈宋诗钞〉编纂经过及其诗学史意义》,《清代文学研究集刊》第2辑)。申屠青松以雍正三年天盖楼吕氏家刻《吕晚村先生文集》未收此文,维持吴撰之说(《清初宋诗选本研究》,第82页)。然观吕留良《答张菊人书》所云:"自来喜读宋人书……因与孟举叔侄购求选刊以发其端,以破天下'宋腐'之说之谬,庶几因此而求宋人之全。"(《吕晚村先生文集》卷一,《吕留良诗文集》,上册,第29、30页)又,《吕晚村先生论文汇钞》曰:"有用古文极熟套头语,而能化腐臭为神奇者,所争在气脉,不在皮毛也。"(《吕留良诗文集》,上册,第472页)与序中语颇似。因此,我以为,此序作吕、吴二人所撰,或更符合实际。

② 个中尚有钱谦益的推动作用。钱谦益诗学受程嘉燧影响,由学唐而兼学宋,对公安派的"性灵说"亦有所取。黄宗羲受其影响而又有所发展。吕留良和吴之振则在不同程度上受黄宗羲诗学的影响。其间的关系,详可参孙之梅《钱谦益与明末清初文学》(齐鲁书社,1996年)、吴宏一《清代诗学初探》(台北,牧童出版社,1977年)、张健《清代诗学研究》(北京大学出版社,1999年)、蒋寅《清代诗学史》(第一卷)(中国社会科学出版社,2012年)等有关章节。

③ [明]锺惺:《隐秀轩集》卷十七《简远堂近诗序》,李先耕、崔重庆标校,上海古籍出版社,1992年,第249—250页。

还瞩人,想亦非苟然而已。"①以清、以适己、以性灵论诗,于是别创深幽孤峭一派。这种对深幽孤峭的审美追求,表现在锺惺和谭元春对待学古的态度上(如编选《诗归》),便是要求古人之真诗,或曰求古人精神之所在。锺惺说:"惺与同邑谭子元春忧之,内省诸心,不敢先有所谓学古不学古者,而第求古人真诗所在。真诗者,精神所为也。"②怎样才能求得古人的真诗呢? 锺惺又说:"侧闻近时君子有教人反古者,又有笑人泥古者,皆不求诸己,而皆舍所学以从之。庚戌以后,乃始平气精心,虚怀独往,外不敢用先人之言,而内自废其中拒之私,务求古人精神所在。"③那就是要将师心与师古相结合,平心静气,虚怀独往,以己之心去揣度古人之心,使古人的心灵和精神与己心相遇合,如此所得,便是真诗。焦竑在《宋元诗集序》中称潘氏此书,可"令学者知诗道取成乎心,寄妍于物,含茹万象,融会一家。……不然,尧行禹趋,而不知心之精神为圣人所重,为西人(此指利玛窦——引者)笑耳"。同样是从求古人真诗或精神的意义上去立论的。而潘是仁在所选诗集的题识中批评复古派,曰:"嘉、隆诸公黜宋音于唐,譬解佩带之垂罗,而悉命被深衣之板折,不第昧乎诗,抑且乖乎人情矣。"④又谓:"诗贵得情。故有苦心雕琢,而读之毫不令人兴起;有矢口而出,而隽永之味反津津不竭者,在情不在学也。"⑤论诗贵情,反对一味模拟古人,这与上引袁宏道所谓"大概情至之语,自能感人,是谓真诗,可传也",与锺惺、谭元春、焦竑的任诸己、重性灵、求真诗的看法,也是相吻合的。它反映的是晚

---

① [明]谭元春:《谭元春集》卷二十二《诗归序》,陈杏珍标校,上海古籍出版社,1998年,第594页。
② [明]锺惺:《隐秀轩集》卷十六《诗归序》,第236页。
③ 同上书卷十七《隐秀轩集自序》,第259—260页。
④ [明]潘是仁:《秦少游诗集题识》,《宋元诗集》,中国国家图书馆藏明天启二年重刊本。
⑤ [明]潘是仁:《雪岩诗集题识》,《宋元诗集》,中国国家图书馆藏明天启二年重刊本。

第十九章 《宋诗钞》的编纂及其诗学史意义

明公安派、竟陵派的文学观念。吕留良虽对竟陵派等人有微词①,然其编纂《宋诗钞》,却仍然自觉不自觉地受到公安派和竟陵派以及《宋元诗集》的影响。如吕留良、吴之振在《宋诗钞序》中所作的著名判断:"宋人之诗,变化于唐,而出其所自得,皮毛落尽,精神独存。"在介绍是书的编选体例时所说:"是选于一代之中,各家俱收;一家之中,各法具在。不著圈点,不下批评,使学者读之而自得其性之所近,则真诗出矣。"②吕留良为《东坡诗钞》作小传,认为"读苏诗者,汰梅溪之注,并汰其过于丰缛者,然后有真苏诗也"。在《安阳集钞》小传中,称韩琦"诗率臆得之,而意思深长,有锻炼所不及。理趣流露,皆贤相识度。其《题刘御药画册》语云:'观画之术,维逼真而已。得真之全者绝也,得多者上也,非真即下矣。'人谓此术不独观画,即可观人物。窃谓惟诗亦然"③。又在戴昺《农歌集钞》小传中引戴昺诗《答妄论宋唐诗体者》云:"安用雕锼呕肺肠,辞能达意即文章。性情元自无今古,格调何须辨宋唐。人道凤筒谐律吕,谁知牛铎有宫商。少陵甘作村夫子,不害光芒万丈长。"并谓"知此,可与言诗矣"④。皆足以为证,只是吕、吴所谓"真诗"的理论内涵更为丰富而已。

钟惺、谭元春编选《诗归》,提出:"虽选古人诗,实自著一书。"⑤

---

① 按,吴之振曾自道初亦学竟陵派诗,后则转学盛唐,学苏、黄(参其《晚树楼诗稿序》,《四库全书存目丛书》影印清康熙刻本,第252册,第131页)。关于竟陵派在清初诗坛的遭遇和影响的消长,可参陈广宏《竟陵派研究》一书结语(复旦大学出版社,2006年,第478—499页);蒋寅《清代诗学史》(第一卷)第一章第一节,第91—98页。虽然竟陵派在清初被批评甚多,但在清初诗坛的影响,依然存在。
② [清]吴之振:《宋诗钞·凡例》,《宋诗钞》卷首,第5—6页。
③ [清]吕留良:《安阳集钞小传》,《宋诗钞》,第99页。
④ [清]吴之振、吕留良、吴自牧选,[清]管庭芬、蒋光煦补:《宋诗钞》第3册,第2758页。
⑤ [明]钟惺:《隐秀轩集》卷二十八《与蔡敬夫》,第469页。

"彼取我删,彼删我取"①,反复斟酌。"每于古今诗文,喜拈其不著名而最少者,常有一种别趣奇理,不堕作家气。"②黜落名篇,标榜奇趣,反映出选家强烈的主观意识。《诗归》在当时影响很大,海内称诗者靡然从之。潘是仁既与锺惺有交往,锺、谭二位又参与过《宋元诗集》的编纂(《诗归》与此书编纂约略同时),潘氏在是书的编纂上,自不免也受锺惺影响。从李维桢所称"益搜葺世所不甚传者百余家"云云,便不难看出这种影响的痕迹。《宋元诗集》所选两宋诗人二十六家,像梅尧臣、苏舜钦、王安石、苏轼、黄庭坚、杨万里、范成大等大家名家皆不入选,而像米芾、蔡襄、文同、王十朋、葛长庚、赵抃、裘万顷、宋伯仁、戴昺、真山民等这些未必以诗名著称的人物,却被选入集中。潘是仁这样做是否也像锺惺那样是为了追求"别趣奇理"呢？我们虽尚难断言,但他在编选过程中表现出其强烈的主观意识或个人色彩,应该是没有问题的。潘是仁曾在所选的十三种宋人诗集前作过题识(占所选诗人的二分之一)。我们看他称唐庚为"偃息衡门,栖心流水,取一丘一壑以自足者也,心窃慕之";谓秦观"中年老于迁徙,多江湖节烈之风,无夜雨牢骚之气";谓王十朋"被诉所黜,遂辟小园,日涉吟咏,悠悠自乐。其所咏诗名《自宽集》,因篝灯校雠,知晋宋人不甚殊辙如此";称葛长庚诗"真若肺腑有烟霞,喉舌有冰雪",称真山民"高襟远韵,具见是帙,自幽寻雅赏之外,绝不作江湖酬应语",以及将林逋诗置于卷首,请王应翼题识,尊之为"才仙",皆足以见出其超然脱俗、高自标置、怀幽慕远的胸襟和崇尚(由此亦可推测其或一生不曾入仕),尤其是他称道真山民的话,与锺惺所云:"夫日取不欲闻之语,不欲见之事,不欲与之人,而以

---

① ［明］谭元春:《谭元春集》卷二十七《奏记蔡清宪公前后笺札》其四,第758页。
② ［明］锺惺、［明］谭元春:《唐诗归》卷十六王季友诗锺惺总评,《四库全书存目丛书》集部第338册,第282页。

孤衷峭性，勉强应酬，使吾耳目形骸为之用，而欲其性情渊夷，神明恬寂，作比兴风雅之言，其趣不已远乎！"①如出一辙。再从具体作品的编选来看，像陆游的诗，他选编了六卷，数量并不算少，然这些作品多题咏山水景物，吟咏生活放逸之趣，而少有抒发忧心恢复、忧心国家社稷的作品。潘是仁所欣赏的，是所谓"处逆境不为所颠倒，反借诗文为鼓吹，其襟趣自足千古"。这种带有较大主观性的选择，我们当然不能认为就是陆游诗歌的主要面貌。

《宋诗钞》的编选，虽不能说是追求"别趣奇理"，然而在具体的编纂过程和小传的撰写中，却在一定程度上受到《宋元诗集》的影响。比如在编选倾向上，翁方纲批评《宋诗钞》"实有过于偏枯处"②，批评时人以"吟咏性灵、掉弄虚机者为宋诗"③，并举《宋诗钞》为例，虽不无夸大，然多少也是看出了吕、吴在编选中表现出的较强的主观色彩，适可为受《宋元诗集》影响之一证。再看选目上，《宋元诗集》中所选二十六位宋代诗人，除了蔡襄、曾幾和王十朋三位，其他二十三位诗人全部入选《宋诗钞》（就中有有目而无诗者，更说明其选目受到过《宋元诗集》的影响）。个中很多人诗作并不多，诗名也未必大，能入选集中，似应有《宋元诗集》的影响。还比如《宋诗钞》所选诗人小传中的一些评语，也来自潘是仁的题识。像前引潘是仁对真山民其人其诗的评论，就为吕留良所采纳。他说："真山民，不传名字，亦不知何许人也，但自呼山民云。李生乔叹以为不愧乃祖文忠西山，以是知其姓真矣。痛值乱亡，深自湮没，世无得而称焉，惟所至好题咏，

---

① ［明］锺惺：《隐秀轩集》卷十七《简远堂近诗序》，第249—250页。

② ［清］翁方纲：《石洲诗话》卷四，《谈龙录 石洲诗话》，陈迩冬校点，人民文学出版社，1981年，第110页。

③ ［清］翁方纲：《石洲诗话》卷四，第123页。

因流传人间。然皆探幽赏胜之作,未尝有江湖酬应语也。"①再像潘是仁题陈与义诗集,曾引刘辰翁"诗道如花。论高品则色不如香,论逼真则香不如色"②的话,吕留良《简斋诗钞》前小传亦引此语,似也未必是巧合。

  吕留良、吴之振在编纂《宋诗钞》时可资利用的宋诗总集,主要有《宋文鉴》《宋艺圃集》、《石仓十二代诗选》(宋代部分)和《宋元诗集》,然而他们对前三种书并不满意,认为《宋文鉴》所选诗歌太少,《宋艺圃集》"漫无足观",《石仓十二代诗选》所录作品亦少,而《宋元诗集》"虽去取未精,然每集所存较多"③,故基本予以肯定。其实,《宋诗钞》不但在编选内容上直接使用了《宋元诗集》中的材料④,而且在编选体例上,也完全承袭了《宋元诗集》的做法,即所选诗人大致以时代先后为序⑤,人各一集,僧人、女性诗人附于后,每集多据别集抄录,先五七言古体,再五七言律绝近体。《宋元诗集》所选部分诗集前有编者题识,略似小传,《宋诗钞》则扩而大之,每集前有小传。这都可见出《宋元诗集》对《宋诗钞》编纂的影响。

---

① [清]吴之振、吕留良、吴自牧选,[清]管庭芬、蒋光煦补:《宋诗钞》,第2919页。
② 刘辰翁语见其《简斋诗集序》,《刘辰翁集》卷十五《补遗》,段大林校点,江西人民出版社,1987年,第440页。
③ [清]吴之振、吕留良、吴自牧选,[清]管庭芬、蒋光煦补:《宋诗钞·凡例》,第5页。
④ 如申屠青松指出,《宋诗钞》中的《四灵诗钞》《真山民诗钞》和《花蕊夫人诗钞》等,皆直接取自《宋元诗集》,参其所撰《明代宋诗选本论略》,《南京师范大学文学院学报》2007年第4期,第78页。
⑤ 当然,《宋元诗集》编排顺序并不严格,时代晚而居前者亦有。这一缺点,也被《宋诗钞》所承袭。

三、《宋诗钞》编选倾向新探

对《宋诗钞》的编选倾向,学者或指出其主变、趋新①,或指出其宗经、尚气、尊崇性灵②,皆有所得。然所论尚不够准确和完整,值得作进一步探讨。

吕留良学根程、朱,严辨夷夏。他认为:"凡朱子之书,有大醇而无小疵,当笃信死守,而不可妄置疑凿于其间。""救正之道,必从朱子。"③而当其时将朱子之学付诸实施,议论躬行,则首"当从出处去就、辞受交接处画定界限,札定脚跟,而后讲致知、主敬工夫。……盖缘德祐以后,天地一变,亘古所未经,先儒不曾讲究到此,时中之义,别须严辨,方好下手入德耳"④。也就是要把"夷夏之辨"放在首要地位,其次才是讲致知、主敬。这当然是生当明清之际、曾遭政局世道剧变的吕留良的深衷苦语。⑤ 正如钱穆先生所说,"其意在发挥民族精神以不屈膝仕外姓为主"⑥。对于吕留良的崇尚朱子,钱先生亦指出:"盖晚村之意,亦曰宋学主义理,斥功利,惟此一端足以警惕人心,复明夷夏之大防,以脱斯民于狐貉耳。"⑦所论皆精确不移。

吕留良编纂《宋诗钞》,亦大有深意。他在《答张菊人书》中曾谓:

---

① 参邬国平、王镇远《中国文学批评通史·清代卷》第五章第四节"宋诗派的理论",第342—349页。
② 参申屠青松《〈宋诗钞〉与清代诗学》,《暨南学报(哲学社会科学版)》2010年第5期。
③ [清]吕留良:《吕晚村先生文集》卷一《与张考夫书》,《吕留良诗文集》上册,第9页。
④ 同上书卷一《复高汇旃书》,《吕留良诗文集》上册,第15—16页。
⑤ "盖缘德祐以后,天地一变,亘古所未经"数语,后来成为清雍正皇帝大加批驳的观点之一。参《大义觉迷录》卷一,《吕留良诗文集》下册,第197—203页。
⑥ 钱穆:《中国近三百年学术史》,商务印书馆,1997年,第84页。
⑦ 同上书,第96页。

> 自来喜读宋人书,爬罗缮买,积有卷帙,又得同志吴孟举互相收拾,目前略备。因念其为物难聚而易散,又宋人久为世所厌薄,即有好事者,亦拣庙烧香已耳。再经变故,其澌灭尽绝,必自宋人书始。今幸于吾一聚焉。不有以备之,流传之,则古人心血,实澌灭自我矣。因与孟举叔侄购求选刊以发其端,以破天下宋腐之说之谬,庶几因此而求宋人之全。盖宋人之学,自有轶汉唐而直接三代者,固不系乎诗也。又某喜论《四书章句》,因从时文中辨其是非离合,友人辄怂恿批点。人遂以某为宗宋诗,嗜时文,其实皆非本意也。近者更欲编次宋以后文字为一书,此又进乎诗矣。①

他编纂《宋诗钞》,批点时文,前者似意在保存文献,后者是为了阐发朱子之学。然而,他却不太愿意别人说他"宗宋诗,嗜时文"。可见编纂《宋诗钞》和批点时文,并非他的主要目的。这里所谓"变故",当然是指的明清易代之事。他不欲宋人之书、宋人之学"再经变故"而"澌灭尽绝",其矫正时俗、匡正世道人心,进而申明夷夏之大防的用意,不难体会。所以,齐治平先生认为吕留良编纂《宋诗钞》,"盖亦寓家国民族之感于其中,与梨洲同"②。张仲谋也认为,其中"还有一种可能的而留良不便明言的特殊心态,就是基于清初特定历史时空的民族意识"③。笔者同意这一看法。

赵园先生曾指出:"明人好说'宋';明清易代之际,更以说宋为自我述说。这也是遗民史通常的叙事策略。明清之际是宋遗民发现时期。出诸明遗民之手的'宋遗民史',不消说是其'当代史'的一种隐喻

---

① [清]吕留良:《吕晚村先生文集》卷一《答张菊人书》,《吕留良诗文集》上册,第29—30页。
② 齐治平:《唐宋诗之争概述》,岳麓书社,1984年,第75页。
③ 张仲谋:《清代文化与浙派诗》,第93页。

形式。"①这对我们研究《宋诗钞》是具有启发意义的。《宋诗钞》所选诗人中,宋遗民诗人十分引人注目。民族英雄文天祥不必说,像谢翱、谢枋得、许月卿、林景熙、真山民、汪元量、郑思肖、何梦桂、梁栋、吕定等,皆在其内(内三人有目无诗)。文天祥的小传在《宋诗钞》中篇幅最大。吕留良在小传中详述其德祐后抗元之事,引其临刑前自赞:"孔曰成仁,孟曰取义,惟其义尽,所以仁至。读圣贤书,所学何事?而今而后,庶几无愧。"并慨然论之曰:"自《指南录》以后,与初集格力,相去殊远,志益愤而气益壮,诗不琢而日工,此风雅正教也。至其集杜句成诗,裁割镕铸,巧合自然,尤千古擅场。今别为一帙,而以《指南录》中十八拍附之。呜呼!去今几五百年,读其诗,其面如生,其事如在眼者,此岂求之声调字句间哉?"②情感一如文天祥自赞,十分激烈。在谢翱的小传中,吕留良详述其宋亡前后以布衣为文天祥谘议参军,登西台恸哭,与方凤、吴思齐等组汐社诸事,并引《登西台恸哭记》中诗句。林景熙小传,载杨琏真伽发宋陵之后,林景熙与唐珏收宋帝遗骨,葬于兰亭,树冬青以记之事。在许月卿小传中,他称其宋亡不仕,"无愧三仁"③。梁栋小传,又称其为"宋遗民之皭然者也"④。等等。皆足见其用心。《宋诗钞》中所选遗民诗,亦多为凄怆悲慨之作。如选谢翱诗,首列《宋铙歌鼓吹曲》十二首、《宋鼓吹曲》十首等,末附《天地间集》。选汪元量《水云集》,像《湖州歌》九十八首、《越州歌》《醉歌》《杭州杂诗和林石田》《钱塘歌》《夷山醉歌》《浮丘道人招魂歌》等亡国悲歌,皆完整地选

---

① 赵园:《明清之际士大夫研究》下编"明遗民研究"第五章"遗民论",北京大学出版社,1999年,第274页。

② [清]吴之振、吕留良、吴自牧选,[清]管庭芬、蒋光煦补:《宋诗钞》,第3册,第2872—2873页。然今集中所见文天祥诗甚少,亦无集杜诗和《指南录》中十八拍,疑为后来所删。

③ 同上书,第2882页。

④ 同上书,第2970页。

录集中。也鲜明地表现出选家的思想政治倾向。吕留良等不但对宋遗民诗人情有独钟,甚至对易代之际由南唐入宋的徐铉、由后蜀入宋的花蕊夫人,似也别有寓意。如评徐铉入宋后诗,说它"气稍衰恭矣,盖情郁为声,凄楚宛折,则难言之意多焉"①。选花蕊夫人宫词,冠以《口占答宋太祖》一首,又感慨其"以亡国失身终,亦异矣哉"②。实别有寄托。

吕留良既崇尚朱子之学,又别有一番政治情怀,那么,他选编《宋诗钞》,于所选之人,必重其名节、功业和理学,而不会仅仅以诗人衡之。像韩琦,吕留良在小传中就历数其"出备两镇,辅三朝,立二帝,决大策,安社稷,制西夏,出入将相"的功业,认为他的诗"理趣流露,皆贤相识度","而意思深长,有锻炼所不及"③。赵抃,吕留良指出他为人之孝和为政的简易、铁面无私,至于诗,"触口而成,工拙随意,而清苍郁律之气,出于肺肝"④。邹浩小传,吕留良仅述其因谏立刘后事一贬再贬,"岭表归后,自辟小园,号曰道乡。故学者称道乡先生"⑤,而不及其诗。沈辽小传,吕留良只是引王安石和苏轼对沈辽的评价:"风流谢安石,潇洒陶渊明。""末路蹭蹬,使人耿耿,求此才韵,岂易得哉!"⑥却并不同意他们对沈辽诗歌的赞扬。其他如称赞王阮于"庆元初,孽臣窃柄,附者如市,阮未尝一蹑其门"⑦,朱槔"少有轶才,自负其长,不肯随俗俯仰。厄穷蹭蹬,有人所难堪,而其节愈厉,其气愈高"⑧。吴儆小

---

① [清]吴之振、吕留良、吴自牧选,[清]管庭芬、蒋光煦补:《宋诗钞》,第1册,第68页。
② 同上书,第3册,第3057页。按《花蕊夫人宫词》,实非花蕊夫人所作,参浦江清先生《花蕊夫人宫词考证》,见《浦江清文录》,人民文学出版社,1989年。
③ 同上书,第1册,第99页。
④ 同上书,第185页。
⑤ 同上书,第2册,第1133页。
⑥ 同上书,第1218页。
⑦ 同上书,第3册,第2629页。
⑧ 同上书,第2册,第1558页。

传,吕留良记其与张栻、吕祖谦、陈亮、叶适、陈傅良等圣贤所交往,又为朱熹所称,亦不言其诗。何梦桂于宋末"知事不可为,遂引疾去。至元,累征不起。筑室小西源,著书,自号潜斋。尤深于《易》学。……志节皎然"①。至如韩维、郑侠、张九成、周必大、薛季宣、王庭珪、林光朝、楼钥、黄公度、黄幹、郑震等,或以功业,或以志节,或以学术为世所称,而皆不以诗名,亦入选集中。甚而因朱熹而选入朱乔年,因戴复古而收入戴敏才,更不是从诗歌创作去作的考量了。

吕留良既然学根朱子,论诗也就主张风雅义理,主张有为而作,反对风花雪月,言不及义。他在给施闰章的信中说道:

> 窃谓古今论诗者,浅之为声调,为格律,深之为气骨,为神理,尽之矣。以此数者论先生之诗,所谓子女玉帛、羽毛齿革,君之余足以波及天下,而何以益之?无已,则六经之义乎?孟子曰:"王迹息而《诗》亡,《诗》亡而后春秋作。"然则《诗》之义,《春秋》之义也。全唐诗人,较量工拙,未必尽让子美,而竟让之者,诸人工于诗,子美得此义也。②

不但"声调格律"不足道,而且,如果不能本之六经、义兼风雅的话,那么,即使有深于"气骨""神理"者,亦无所取。"诗文虽小道,其源流亦出于是。"③这里所谓"《春秋》之义",有学者认为就是辨别夷夏④,此说固然有理,然吕留良所论,实义界宽泛,诸如忠君爱国、通经学古、师法圣贤、志存高远等等,无不包含在内。比如他评价陆游的诗,引宋孝宗

---

① [清]吴之振、吕留良、吴自牧选,[清]管庭芬、蒋光煦补:《宋诗钞》,第3册,第2975页。
② [清]吕留良:《吕晚村先生文集》卷一《与施愚山书》,《吕留良诗文集》上册,第20页。
③ 同上书卷一《答张菊人书》,《吕留良诗文集》上册,第31页。
④ 参包赉先生所撰《吕留良年谱》,台北,台湾商务印书馆,1971年,第91页。

与周必大的对话:"孝宗尝问周必大曰:'今诗人亦有如唐李白者乎?'必大以游对。人因呼为小太白。刘后村谓:'近岁诗人杂博者堆队仗,空疏者窘材料,出奇者费探索,缚律者少变化,惟放翁记问足以贯通,力量足以驱使,才思足以发越,气魄足以陵暴。南渡而下,故当为一大宗。'吾谓岂惟南渡,虽全宋不多得也。宋诗大半从少陵分支,故山谷云:'天下几人学杜甫,谁得其皮与其骨。'若放翁者,不宁皮骨,盖得其心矣。所谓爱君忧国之诚见乎辞者,每饭不忘。故其诗浩瀚崒崔,自有神合。呜呼!此其所以为大宗也与。"①评价极高。原因正在于其诗歌中所表现出的"爱君忧国之诚"。再如他论石介:"所为诗文皆根抵至道,排斥佛老及奸臣宦女,庶几圣人之徒。……今读其诗,嶙峋硉矹,挺立千寻。温厚之意,存于激直,得见风人之遗。然正学忤时,直道致黜,千古一辙,其可哀也。"②称其诗有"风人之遗",原因则在于"根抵至道"。尤其值得我们注意的是,他在戴复古小传中的一段话:

> 或语复古:"宋诗不及唐。"曰:"不然。本朝诗出于经。"此人所未识,而复古独心知之。故其诗正大醇雅,多与理契;机括妙用,殆非言传。③

在他看来,不但戴复古诗的正大醇雅、富有理趣,得益于其经学,而且,整个宋诗,一如戴复古所论,亦出于经学。"人所未识,而复古独心知之";人所未识,亦唯有吕留良能知之。这一对宋诗的总体认识,也许未必人皆认同,然而却是体会很深、用意甚深的话。其他如论苏舜钦的

---

① [清]吴之振、吕留良、吴自牧选,[清]管庭芬、蒋光煦补:《宋诗钞》,第2册,第1819页。然观集中所选诗,则陆游表现"爱君忧国之诚"的代表作品并不多见,疑为后来所删。
② 同上书,第1册,第415页。
③ 同上书,第3册,第2646页。

诗,称它"情志忠恻,而议论当理"①。论朱熹的诗歌创作,而说"虽不役志于诗,而中和条贯,浑涵万有,无事模镂,自然声振,非浅学之所能窥。此和顺之英华,天纵之余事也"②,诗能"浑涵万有","自然声振",当然是因为其学术的渊深。再像指出李觏于学"尤长于经制",并引朱熹语称之"李泰伯文字不软帖,气象大段好,实得之经中"③;范浚"著书明道,多本于经学"④;张元幹"所与游皆伟人贤士"⑤;刘子翚"与籍溪胡原仲、白水刘致中为道义交,所学深远。……诗与曾茶山、韩子苍、吕居仁相往还,故所诣殊高。五言幽淡卓炼,及陶、谢之胜,而无康乐繁缛细涩之态,则以其用经学不同,所得之理异也"⑥;薛季宣"为程门再传,而所言经术则浙学也,故浙人宗之。其诗质直,少风人潇洒之致,然纵横七言,则卢仝、马异不足多也"⑦;陈傅良"初从薛氏……复研精经史,贯穿百氏,以斯文为己任,故其诗格亦苍劲,得少陵一体云"⑧:都是由经学而论诗的例子。如果学非纯粹,则吕留良往往予以批评。如一方面称赞黄庭坚的诗,一方面批评他"惟本领为禅学,不免苏门习气,是用为病耳"⑨;一方面认为张九成"于经学颇多训解",一方面又指出他"习于异学,故议论多偏,诗亦多禅悦空悟习气"⑩:也可见其思想学术倾向。

---

① [清]吴之振、吕留良、吴自牧选,[清]管庭芬、蒋光煦补:《宋诗钞》,第1册,第117页。
② 同上书,第2册,第1651页。
③ 同上书,第1353页。
④ 同上书,第1498页。
⑤ 同上书,第1462页。
⑥ 同上书,第1506页。
⑦ 同上书,第3册,第2315页。
⑧ 同上书,第2015页。
⑨ 同上书,第1册,第889页。
⑩ 同上书,第2册,第1483页。

诗有"《春秋》之义",杜甫最为典范。故对诗能学杜的士人,吕留良每每于小传中特加称道。像王禹偁,吕留良便称他能"为杜诗于人所不为之时"①。王安石为诗,"精严深刻,皆步骤老杜"②。陈师道,"其诗深得老杜之法,今之诗人不能当也"③。晁冲之,"众人学山谷,叔用独专学杜诗;众求生西方时,秀实独求生兜率"④。陈与义"以老杜为师。建炎间,避地湖峤,行万里路,诗益奇壮。造次不忘忧爱。以简严扫繁缛,以雄浑代尖巧。第其品格,当在诸家之上"⑤。黄公度"诗效杜甫,古律格句法逼真"⑥。其他像王庭珪、戴昺等,吕留良也都指出其学杜有得的一面,充分予以肯定。归根结底,他极力推崇杜甫,并称道师法杜甫的人,还在于他们的诗歌创作不同程度上体现了"爱君忧国"的"《春秋》之义"。

对于清初的思想学术,王国维先生曾作过一个判断:"国初之学大。"⑦所谓"大",可理解为博综、融通、自信和具有批判精神,这既包含着对博大的学术和人生境界的追求,也意味着对经世致用责任和文化传承使命的承担。顾炎武、黄宗羲等人是如此,吕留良也是如此。吕留良现存著述主要有《吕晚村诗集》《吕晚村文集》《晚村惭书》《吕晚村先生论文汇钞》《晚村天盖楼偶评》《御儿吕氏昏礼通俗仪节》《东庄医案》《天盖楼砚述》等,并有与吴之振等合编的《宋诗钞》,其范围涉及四部中的经、子、集三部,虽在理论建构上或不及顾、黄,然其在思想学术

---

① [清]吴之振、吕留良、吴自牧选,[清]管庭芬、蒋光煦补:《宋诗钞》,第1册,第13页。
② 同上书,第564页。
③ 同上书引黄庭坚语,第1册,第811页。
④ 同上书引吕本中语,第2册,第1052页。
⑤ 同上书引刘克庄语,第2册,第1279页。
⑥ 同上书引林大鼐语,第3册,第2497页。
⑦ 王国维:《观堂集林》卷二十三《沈乙庵先生七十寿序》,《王国维遗书》,第2册,第583页。

上的博大情怀却并无二致。这表现在其诗论上,态度颇能包容,对不同诗歌风格、流派的作品,往往兼收并蓄,而非"拣庙烧香",高下轩轾。故《宋诗钞》一书所收作品,依风格而论,既有"深远闲淡"之作(梅尧臣),也有"超迈横绝"之诗(苏舜钦);既有"平澹邃美,而趣向博远"者(林逋诗)①,亦有"精严深刻""深婉不迫"者(王安石诗)②;既对纡徐"敷愉"的作品(欧阳修诗),持肯定态度,也很欣赏"法严而力劲,学赡而用变"的作品(陈师道诗)③;既称赞杨万里"落尽皮毛,自出机杼"的"俚噱"之体④,也不拒绝"永嘉四灵""斫思尤奇","横绝欸起,冰悬雪跨"的作品⑤。此不再赘述,总之,都显示出编者审美情趣的多样性和包容性。

四、《宋诗钞》编纂的诗学史意义

《宋诗钞》的编选是否比较全面和客观地反映了宋诗创作和发展的实际了呢?回答是肯定的。宋初三体,除了西昆一派之外,白体和晚唐体的代表诗人和作品都入选了。作为宋诗的开山祖师的梅尧臣,以及同时诗人如苏舜钦、欧阳修等人的诗作,也都已入选。独立于诗坛之外的王安石,元祐诗坛的主要代表诗人苏轼及其门下弟子黄庭坚、张耒、晁补之、秦观、陈师道等,在书中都占有相当的篇幅。黄、陈之外,江西诗派后期作家中的陈与义、韩驹、晁冲之等,皆有较多作品选入。南渡四大家中的陆游、杨万里和范成大的诗作,更是编者重点选编的对

---

① [清]吴之振、吕留良、吴自牧选,[清]管庭芬、蒋光煦补:《宋诗钞》,第 1 册,第 391 页。
② 同上书,第 564 页。
③ 同上书,第 811 页。
④ 同上书,第 3 册,第 2038 页。
⑤ 同上书,第 2460 页。

象。可作为南宋理学和其他学派代表的朱熹、叶适、陈傅良、薛季宣、黄榦、魏了翁等,也都有不少作品入选。"永嘉四灵"和江湖诗派的代表作家刘克庄、戴复古、方岳等以及众多遗民诗人的诗作,同样是选录的重点。此外,一般不为选家注意的士人,像韩琦、余靖、韩维、邹浩、张九成、程俱、周必大等,还有方外诗人道潜、惠洪,女性诗人花蕊夫人、朱淑真等,亦有作品被选录。虽然西昆派诗人未能入选,有些作家入选的作品比例也未必恰当,未必能准确反映其创作成就,编排顺序也未尽合理①,但从总体上看,这无疑是一部大致能全面反映宋诗面貌的、有清一代最为重要的大型宋诗选本。

康熙十年秋,在吴之振、吴自牧叔侄的努力下,《宋诗钞》初集编刻完成,吴之振携之入京,分赠友人,当即产生了轰动的效应和极大的影响。这从当时京师诸人与吴之振往来唱酬之诗,以及次年春他离开京城时诸人饯送的众多诗作中②,从宋荦"近二十年来,乃专尚宋诗。至余友吴孟举《宋诗钞》出,几于家有其书"③的话语中,我们不难想见。

在唐诗盛行了数百年、宋诗几无人问津的诗学情境下,《宋诗钞》的出现,具有重要的意义。这种意义,主要是对清初宗宋诗风和唐宋诗之争论辩的兴起,起了积极的推动作用。由此使人们开始重新认识和评价宋诗,从而为确立宋诗继唐诗之后在中国诗学史上的地位,从观念和文献两方面提供了必要的条件和准备,并深刻影响了清诗发展的进程。如果没有《宋诗钞》的出现,宋诗地位的确立,也许还要延迟许多

---

① 关于《宋诗钞》编纂方面的失误,王友胜《清人编撰的三部宋诗总集述评》(《湘潭师范学院学报》1998年第4期)有所论述,可参看。
② 关于这方面的情形,可参看张仲谋《清代文化与浙派诗》,第108—109页。
③ [清]宋荦:《漫堂说诗》,丁福保辑《清诗话》,上册,第416页。

第十九章 《宋诗钞》的编纂及其诗学史意义

年,而清诗的发展,也可能会呈现为另一种面目。①

吴之振携《宋诗钞》至京,先后与之唱酬赠答的诗人中,有明显宗宋倾向的,有宋琬、施闰章、田雯、宋荦、汪懋麟等,此时王士禛也处在论诗由唐转宋的阶段,诸人彼此呼应,有力地促进了宗宋诗风的兴起。田雯论诗原受钱谦益影响,吴之振离京返浙,田雯有多首诗赠行,可知吴氏至京师后,田雯与之多所来往。田雯论诗主张求真求变,"善学者须变一格,如昌黎、义山、东坡、山谷、剑南之学杜,则湘灵之于帝妃,洛神之于甄后,形体不具,神理无二矣"②。这与黄宗羲、吕留良和吴之振的看法是一致的。宋荦曾自道其诗学历程:"康熙壬子、癸丑间,屡入长安,与海内名宿尊酒细论,又阑入宋人畛域。"所谓壬子、癸丑间,正是吴之振携《宋诗钞》至京并分送友好的时候。宋荦由唐转宋,后来又重金购得残宋本《施注苏诗》,并着人整理刊刻,与他在京城时所受宗宋诗风的影响是分不开的。邵长蘅早与宋荦订交,康熙十八年后多次至京师,后又受宋荦之托,整理修订《施注苏诗》,故在诗学观念上也认为由唐至宋是很自然的趋势。汪琬读到《宋诗钞》后,曾作《读宋人诗五首》。其一曰:"夔州句法杳难攀,再见涪翁与后山。留得紫微图派在,更谁参透少陵关。"③以黄庭坚、陈师道为得杜甫正传,其认识高于时人。④ 汪懋麟本出王士禛门下,然居京师久,受宗宋风气影响,与徐乾

---

① 蒋寅在前举《〈宋诗钞〉编纂经过及其诗学史意义》一文中曾指出,《宋诗钞》的编纂,"大大开阔了诗人们的诗歌史眼界"。这自然是正确的,但似乎还未充分揭示出其在诗学史上的深层含义。
② [清]田雯:《古欢堂集杂著》卷一,郭绍虞编选,富寿荪校点《清诗话续编》,上海古籍出版社,1983年,第692页。
③ [清]汪琬:《尧峰文钞》卷五,《四部丛刊》初编缩刊本,第355册,第57页。
④ 关于汪琬的诗学思想,可参李圣华《汪琬诗学思想管窥》,《中国诗学》第15辑,人民文学出版社,2011年。

学、毛奇龄力辨唐宋诗优劣,对毛奇龄语含讥刺。① 而王士禛称赞他说:"予居扬州,得汪生众人中,时才弱冠耳,与其论诗家流别甚晰。生尝戏谓:王门弟子升堂者众矣,至于入室或难其人,懋麟未敢多让。"② 可见当时宗宋的诗学观念和风气已相当兴盛。

当然,宗宋并不等于抑唐,在清初的许多宗宋者的观念中,宋人仍不过是善学唐者,倒是叶燮能把唐、宋诗的地位放在诗学史发展的进程中去认识。他说:

> 汉魏诗如初架屋,栋梁柱础,门户已具,而窗棂楣槛等项,犹未能一一全备,但树栋宇之形制而已。六朝诗始有窗棂楣槛、屏蔽开阖。唐诗则于屋中设帐帏床榻器用诸物,而加丹垩雕刻之工。宋诗则制度益精,室中陈设,种种玩好,无所不蓄。大抵屋宇初建,虽未备物,而规模弘敞,大则宫殿,小亦厅堂也。递次而降,虽无制不全,无物不备,然规模或如曲房奥室,极足赏心,而冠冕阔大,逊于广厦矣。夫岂前后人之必相远哉!运会世变使然,非人力之所能为也,天也。③

虽然叶燮打的比方未必很恰当,但他认为,时代不同,诗亦不同,后世之诗或规模宏大不及前人,然而踵事增华,各有成就,并不是前代之诗所能取代的,这取决于"运会世变",而非人力所能为。唐诗也好,宋诗也好,都不过是诗歌史发展演进过程中的一个环节。叶燮与吴之振颇多

---

① 王士禛《居易录》卷二载:"萧山毛检讨奇龄大可生平不喜东坡诗。在京师日,汪懋麟季甪举坡绝句云:'竹外桃花三两枝,春江水暖鸭先知。蒌蒿满地芦芽短,正是河豚欲上时。'语毛曰:'如此诗亦可道不佳耶?'毛愤然曰:'鹅也先知,怎只说鸭?'众为捧腹。"《景印文渊阁四库全书》子部第869册,第326页。

② [清]王士禛:《比部汪蛟门传》,[清]汪懋麟《百尺梧桐阁遗稿》卷首,《四库全书存目丛书》集部第241册,第802页。

③ [清]叶燮:《原诗·外篇》下,第62页。

交往，他对宋诗的看法不能说与吴之振没有关系。

《宋诗钞》问世后，受其影响，陆续出现了众多宋诗选本，仅康熙至雍乾之际，就有十数种之多。像吴绮"以己之性情合于宋、合于金、合于元之性情"①的《宋金元诗永》，陈焯以诗存史的《宋元诗会》，吴曹直、储右文欲"去其腐者而得其名理，去其枯者而得其清真"②的《宋诗选》，陈訏自称所选皆宋之"圣于诗""神于诗"③的《宋十五家诗选》，潘问奇、祖应世"知宋人之所以为宋诗者，正风正雅，确有元音"④的《宋诗啜醨集》，周之麟、柴升"犹有新之见者存"⑤的《宋四名家诗钞》，顾贞观"自谓宽于正变，而严于雅俗"⑥的《积书岩宋诗选》，康熙御选"用以标诗人之极致，扩后进之见闻"⑦的《宋金元明四朝诗》，王史鉴"以诗从类，以评附诗"⑧的《宋诗类选》，以及厉鹗"略具出处大概，缀以评

---

① ［清］吴绮:《宋金元诗永叙》，［清］吴绮编《宋金元诗永》，《四库全书存目丛书》影印康熙十七年刊本卷首，集部第393册，第579页。
② ［清］吴曹直:《宋诗选叙》，［清］吴曹直、［清］储右文辑《宋诗选》，清康熙二十六年刊本卷首。
③ ［清］陈訏:《宋十五家诗选叙》，［清］陈訏辑《宋十五家诗选》，《四库全书存目丛书》影印清康熙刊本，集部第410册，第285页。
④ ［清］祖应世:《宋诗啜醨集序》，［清］潘问奇、［清］祖应世辑《宋诗啜醨集》，南京图书馆藏清刻本卷首。
⑤ ［清］柴望:《宋四名家诗钞序》，［清］周之麟、［清］柴升编《宋四名家诗钞》，《四库全书存目丛书》影印清康熙刻本卷首，集部第394册，第584页。
⑥ ［清］张纯修:《积书岩宋诗选序》，［清］顾贞观《积书岩宋诗选》卷首，《四库全书存目丛书补编》影印清康熙刊本，第41册，第312页。
⑦ 见清圣祖《御选四朝诗序》，［清］张豫章等辑《御选宋金元明四朝诗》卷首，《景印文渊阁四库全书》集部第1437册，第2页。
⑧ ［清］王史鉴:《宋诗类选例言》，［清］王史鉴编《宋诗类选》卷首，清道光十九年乐古斋补康熙刊本。

论、本事,咸著于编"①的《宋诗纪事》等,在当日都有较大影响。这些宋诗选本,不管其出于何种动机和目的而编纂,也不管其心目中的宋诗如何,或文献得失、篇帙大小、体例是否合理、评价是否得当②,但有一点可以肯定,那就是都很反对自明初以来对宋诗妄自贬抑的做法,认为一代有一代之诗,宋人虽继唐后,其诗自有长处,自有成就。这就有助于扭转人们以往对宋诗的一些不正确的看法,有助于推动宋诗在诗学史上地位的确立,有助于推动宋诗在清初的传播和清诗面貌的形成。

从选本的角度看,《宋诗钞》当然也有其自身的不足。上述诸选本的出现,在一定程度上就有弥补《宋诗钞》的不足和纠正清初宗宋诗风中的某些偏向的意图。③ 乾隆年间,翁方纲曾对《宋诗钞》作过严厉的批评。比如他说:"《宋诗钞》之选,意在别裁众说,独存真际,而实有过于偏枯处,转失古人之真。如论苏诗,以使事富缛为嫌。夫苏之妙处,固不在多使事,而使事亦即其妙处。奈何转欲汰之,而必如梅宛陵之枯淡、苏子美之松肤者,乃为真诗乎?且如开卷《凤翔八观诗》尚欲加以芟削,何也?余所去取,亦多未当。苏为宋一代诗人冠冕,而所钞若此,则他更何论!"④又说:"吴《钞》云:'元祐文人之盛,大都材致横阔而气魄刚直,故能振靡复古。'其论固是。然宋之元祐诸贤,正如唐之开元、

---

① [清]厉鹗:《宋诗纪事序》,[清]厉鹗辑撰《宋诗纪事》卷首,上海古籍出版社,1983年,第1页。

② 关于这些选本的研究,近年渐为学界注意,并已取得不少成绩,如前举申屠青松博士《清初宋诗选本研究》、谢海林博士《清代宋诗选本研究》(上海古籍出版社,2011年)等,可以参考。

③ 比如潘问奇、祖应世编纂的《宋诗啜醨集》,学者就认为有纠正《宋诗钞》流弊的用意,这是有道理的。然进而以为其宗旨是要"明宋诗不如唐诗"(钱锺书《谈艺录》,第367页),就未必如此了。其书基本倾向仍是肯定宋诗(参谢海林《清代宋诗选本研究》第四章"宋诗啜醨集研究",第113—131页)。关于诸选本的编纂动机,蒋寅就认为"无一例外都是针对宋诗派、从批评的立场出发的"(参其《清代诗学史》第一卷,第516页)。

④ [清]翁方纲:《石洲诗话》卷三,第110—111页。

天宝诸贤,自有精腴,非徒雄阔也。""其细密精深处,则正未之别择。""即东坡妙处,亦不在于豪横。"①翁方纲治宋诗颇有成绩,入室操戈,故对《宋诗钞》所选宋人之诗尤其是东坡诗的批评往往比较尖锐。不过,作为一位诗学理论家,他还是能比较客观地认识《宋诗钞》的编选宗旨和倾向,那就是:"吴《钞》大意,总取浩浩落落之气,不践唐迹,与宋人大局未尝不合。"②这个评价,应该说还是比较公正的。

总而言之,关于《宋诗钞》的编纂及其相关问题,虽近年来关注渐多,然仍存在值得深入探讨的问题。明末清初江浙藏书之风与《宋诗钞》的编纂有密切关系。明末潘是仁所编《宋元诗集》对《宋诗钞》有重要影响。《宋诗钞》的编选,深寓家国民族之感,编者情怀博大,故于所选之人,最重名节、功业和学术,而于所选之诗,各种风格流派兼容并蓄。它的意义,主要是对清初宗宋诗风和唐宋诗之争论辨的兴起,起了积极的推动作用,由此使人们开始重新认识和评价宋诗,为确立宋诗在中国诗学史上的地位,从观念和文献两方面提供了必要条件和准备,并深刻影响了清诗发展的进程。

---

① [清]翁方纲:《石洲诗话》卷三,第112页。
② 同上。

附录一 "与其过而废也,毋宁过而存之"
——也谈《四库全书存目丛书》的编纂出版

程千帆　巩本栋

自从1996年5月16日《光明日报》报道了《四库全书存目丛书》即将开始编纂出版的消息后,关于此书的应否出版,颇引起了学术界的一些争论,讨论文章,屡见报端。《四库全书存目丛书》(以下简称《丛书》)的出版,是一项十分浩大的文化工程,不管哪种意见,无疑都可促使有关方面更细致、更全面地思考一些问题,这对《丛书》出版工作的顺利进行,是有好处的。《丛书》编纂工作委员会的有关同志来信约请我们也就此发表些意见,因撰此文,略述我们对《丛书》编纂出版的粗浅认识。

一、盛世修书

在中国古代历史上,大量的文献资料的搜集整理和刊行,往往是一个政权渐趋稳固,社会比较安定,经济逐步得到发展时的一种常见的文化现象。每一朝代建立伊始,统治者一般总要采取某些偃武修文的措施,以缓解矛盾,安抚人心,维护其封建统治。而这种偃武修文的重要措施之一,便是编纂刊刻各种文化典籍。这一方面固然是要以史为鉴,兼夸耀其文治武功(此中当然也与许多帝王的好文有关),但另一方面也从客观上起了保存和传播中国古代典籍与文化的重要作用。早在曹魏和南北朝时期,魏文帝曹丕就曾集中刘劭、缪袭等一批知名之士,"撰集经传,随类相从,凡千余篇,号曰《皇览》"①,梁武帝萧衍步武曹丕,得位之初,也曾诏修《寿光书苑》《华林遍略》等卷帙较大的类书。唐代开国初年,唐高祖李渊即诏令狐德棻、欧阳询、陈叔达等著名文人学士编撰《艺文类聚》。此后除唐中宗、睿宗立朝年代较短外,唐太宗、高宗、武后、玄宗等朝,都曾利用国家的力量编一些较大规模的图书,而这时,也正是唐王朝走向鼎盛的时期。及至北宋,朝廷以文治国,帝王多热心于前代文献的搜集和整理。"太宗皇帝始则编小说而成《广记》,纂百氏而著《御览》,集章句而制《文苑》,聚方书而撰《神医》;次复刊广疏于'九经',校阙疑于'三史',修古学于篆籀,总妙言于释老,洪猷丕显,能事毕陈。"至宋真宗则"遹遵先志,肇振斯文,载命群儒,共司缀辑"②,编成《册府元龟》一千卷。其中以《太平御览》《太平广记》《文苑英华》和《册府元龟》最为著名,被称为"宋代四大书"。宋以后,修书的规模愈来愈大。明成祖朱棣永乐年间诏修《永乐大典》,卷帙达两万两千余卷,将明以前哲学、史地、文学、艺术等各方面的大量的资料,汇为一编,成为一部百科全书式的巨著。其内容之丰富,气魄之宏大,皆令后人惊叹。清初编《渊鉴类函》《佩文韵府》《古今图书集成》,到乾隆中期,社会稳定,经济繁荣,清高宗更运用政府力量,花费大量人力物力,前后十数载,编成中国古代最大的丛书——《四库全书》。清高宗先是下令在全国征集图书一万余种,然而由于种种原因,最后收入《四库全书》中的,仅三千四百六十一种,七万九千三百零九卷,另有六

---

① [晋]陈寿撰,[南朝宋]裴松之注:《三国志》卷二《魏志·文帝纪》,第88页。
② 曾枣庄、刘琳主编:《全宋文》卷二百六十二宋真宗《册府元龟序》,第7册,第120页。

千七百九十三种,九万三千五百五十一卷①,则只是撰写提要,列为《四库全书》存目,还有一些则多被销毁了。今天,我们国家社会安定,经济发展,人民安乐,政府有关部门十分重视古代典籍的整理和出版,学术发展日趋繁荣。近年来,已有《全宋诗》《全宋文》等一批规模较大的图书陆续编纂出版。现在,有关方面又经过多方筹备,约请海内外百余名专家学者共同参与工作,编纂出版《四库全书存目丛书》,将清人摒弃于《四库全书》之外而仅存其目的六千多种书籍(据统计,今尚存四千余种),搜集整理成书。这不仅是理所应当的,而且也完全应当比我们的前人做得更好。

二、《四库全书》修纂的功与过

随着国泰民安、经济发展而出现的大规模的文献资料的搜集整理,虽是历史上一种较普遍的文化现象,但这种现象的产生,仍各有其不尽相同的时代与文化背景,因而其修书的具体条件和情形,也不尽相同。一般说来,明以前对各种文献资料的整理,往往带有总结前代文化成果的性质,而清代《四库全书》的修纂,情况则有所不同。它既有集文化大成的一面,但同时又有着破坏和摧残文化的一面。

清高宗下令在全国征集图书,设置四库全书馆,招揽诸如纪昀、陆锡熊等许多当时一流的学者参与其事,整理编纂采集到的各种图书,并采纳安徽学政朱筠的建议,另设校勘《永乐大典》散篇办书处,继全祖望之后,陆续从《永乐大典》中辑出经史子集各类书近四百种,约五千卷,使许多久已失传的重要典籍如唐林宝《元和姓纂》、宋李心传《建炎

---

① 此据中华书局影印组《四库全书总目·出版说明》统计数字,见《四库全书总目》卷首,第3页。

以来系年要录》、陈振孙《直斋书录解题》以及很多宋、元人的文集等，皆赖此以传，从而相当完备地保存了乾隆以前的大量的文化典籍，颇有功于后人。然而，十分可惜的是，清高宗及四库馆臣也利用修书之机，将数量大大超过著录之书的众多典籍，排斥到存目之中，甚而对许多珍贵典籍径作改动、抽毁，以至全毁。

《四库全书》有比较明确的编纂宗旨和著录标准。它的宗旨是："稽古右文，聿资治理"①，"用昭我朝文治之盛"②，且使其书"昭垂久远，公之天下万世"③。因而，其所著录各类典籍的标准是："有阐明性学治法，关系世道人心者"；"发挥传注，考核典章，旁暨九流百家之言，有裨实用者"；"历代名人洎本朝士林宿望，向有诗文专集"，"并非剿说卮言可比"者④，以及能"昭中外一统，古今美备之盛"⑤，能"使天下后世晓然于明之所以亡，与本朝之所以兴"者⑥。而对于所谓"言非立训，义或违经"，与"寻常著述，未越群流"者，对于所谓"异说""空言""百氏杂学"，与"倚声填调之作"⑦，以及道教"青词""教坊致语"、科举"时文"等⑧，则一概置于存目之内。至于所谓有"背理称名"⑨，"谬于是非大义"者⑩，以及"词意抵触本朝"⑪，甚而"于辽、金、元三朝时事，多有

---

① 乾隆三十七年正月初四谕旨，《四库全书总目》卷首，第1页。
② 乾隆三十九年七月二十五日谕，《四库全书总目》，第2页。
③ 乾隆四十六年二月十五日谕，《四库全书总目》，第6—7页。
④ 乾隆三十七年正月初四谕，《四库全书总目》，第1页。
⑤ 乾隆四十五年九月十七日谕，《四库全书总目》，第6页。
⑥ 乾隆四十一年十一月十七日谕，《四库全书总目》，第2—3页。
⑦ 《凡例》，《四库全书总目》，第18—19页。
⑧ 乾隆四十年十一月十七日谕，《四库全书总目》，第3页。
⑨ 乾隆四十二年十月七日谕，《四库全书总目》，第5页。
⑩ 乾隆四十年十一月十七日谕，《四库全书总目》，第3页。
⑪ 乾隆四十一年九月三十日谕，《四库全书总目》，第3页。

议论偏谬及肆行诋毁之处"[1],则又或删或改,或尽行销毁,不肯宽贷。

显然,按照清高宗和四库馆臣的去取标准,凡被认为是"阐圣学,明王道"[2],有利于维护清王朝思想统治的著述,皆可著录,反之则多被排斥。这无疑有其很大的历史上的和认识上的局限性。中国传统思想文化源远流长,丰富多彩,绝非儒家文化一家所能涵括。先秦百家争鸣时期且不必说,即便是自汉武帝"罢黜百家,表章六经"[3],儒家逐渐占据统治思想地位以后,释、道两家亦不断发展,往往能与儒家思想成鼎立之势,而成一多元化格局。因此,所谓"百氏杂学"以及那些与儒家传统观念不相符合的异端之说等,作为传统文化的一部分,自有其历史价值,而不应一概排斥于《四库全书》之外。再如,在中国历史上,每一新朝建立之始,统治者总是对旧朝人士的言语和行为心存戒备,这可以理解。但像清高宗那么敏感,那么严加防范,那么钳制唯恐不及,不但将大批明末清初士人的著述"打入冷宫",而且凡有对清廷稍涉讥讽,或称引违禁之书,或与违禁之书的作者(如钱谦益)有文字往来的人,则必要抽毁其书。这不能不说是反映了清统治者的一种狭隘的民族主义思想,不免失之于偏颇。又如,自明代起,西方文化已通过耶稣教士逐渐传入中国,《四库全书》中亦收有利玛窦等人的著作(如利玛窦所著《乾坤体义》,所译欧几里得《几何》等),但更多的反映西方文化和科技的书籍,则仍遭到排斥。因为在四库馆臣看来,虽然"欧逻巴人天文推算之密,工匠制作之巧,实逾前古",但"其议论夸诈迂怪,亦为异端之尤"[4]。这种看法,则又是由于对西方文化的隔膜而产生的误解。其

---

[1] 中国第一历史档案馆编:《纂修四库全书档案》下,乾隆四十八年,上海古籍出版社,1997年,第1982页。
[2] 《凡例》,《四库全书总目》,第19页。
[3] [汉]班固撰,[唐]颜师古注:《汉书》卷六《武帝纪赞》,第212页。
[4] 《四库全书总目》卷一百二十五《寰有铨》提要,第1081页。

他如以"依托"之名"斥而存目"的《燕丹子》①、宋丁特起《孤臣泣血录》,因疑其作者连带亦疑其书而置入存目的《疮疡经验全书》《谈薮》等等,则又都属考之未详所造成的去取不当。至于那许多因所谓"浅俚"而不能著录的小说、词曲类作品,就更值得商量了。当然,历史总是不断发展的,人的认识也是不断发展的。《四库全书》的著录标准,清高宗和四库馆臣的价值观,今天已难以为我们所完全认可,而后之视今亦犹今之视昔,也许不要很多年,我们的后人便会以新的价值观来重新审视今天的这一切。不过,也正是从这一点出发,我们应当将清人摒弃于《四库全书》之外的大量典籍,编纂出版,使其更好地流传于后世。

清高宗和四库馆臣虽拟有较明确的纂录标准,但这些标准在具体的实施过程中,情况恐怕要复杂得多。著录与存目之间的界限,有时并非十分清楚,把握似也不易。收入《四库全书》中的书并不一定都好,而列于存目之中的也并不就是坏书。《四库全书》是钦定的。清高宗自乾隆三十七年下令各省采进图书,继而开馆纳士,拟定凡例,选汰群书,到书成抄付七阁,谕旨甚多,事无巨细,几乎无一不问。因而对一些书籍的去取,也不免时带个人意志,仅凭一己之见,以致某些书扬之可进为著录,抑之则退至存目,去取何依,四库馆臣也只能悉遵圣旨。比如,《四库全书总目凡例》中既言"文章流别,历代增新。古来有是一家,即应立是一类,作者有是一体,即应备是一格,斯协于全书之名",然而举例却有"石孝友之《金谷遗音》、张可久之《小山小令》,臣等初以相传旧本,姑为录存,并蒙皇上指示,命从屏斥"于存目,故"去取不敢不严"②云云。又如,余嘉锡先生《四库提要辨证》卷十九,曾引孙星衍

---

① 《凡例》,《四库全书总目》,第19页。
② 同上。

《平津馆丛书》本《燕丹子序》曰:"《燕丹子》三卷……纪相国昀既录入《四库书》子部小说类存目中,乃以抄本见付。"并进而指出:"夫纪晓岚于修《四库书》时既斥其书不录,而乃私自抄存,复以其本授人,则知其于此书亦所甚爱。盖虽职为总纂,而于去取群书之际,有为高宗御题诗文所压,不能尽行其志者矣。"①可见,在《四库全书》的修纂过程中,选汰去取,馆臣与清高宗亦时有意见不一的情况,而著录标准也就难以定于一格了。陈垣先生曾据《四库全书》总裁官于敏中致总纂官陆锡熊论四库书手札,指出其"办书要旨,第一求速,故不能不草率;第二求无违碍,故不能不有所删改"②。草率以求速成,删改而避违碍,著录之书的质量不免令人怀疑,著录与存目之间的界限也似乎更模糊了。例如,清高宗为了炫耀自己的文治武功,在修撰《四库全书》期间,曾先后下诏让群臣赶写《满洲源流考》《盛京通志》《历代职官表》《开国方略》《八旬万寿盛典》等一批书籍,并敕立程限,两月一奏,屡屡催促,"上紧赶办,务期如限全竣"③。这些书虽陆续撰成并补入《四库全书》,但其质量则不免要打折扣。再如,《四库全书》修成后,清高宗与四库馆臣又于乾隆五十二年,先后发现四库著录书李清《诸史同异录》、周亮工《读画录》、吴其贞《书画记》中有"违碍"④之处,于是连带将李、周二人所著录的其他书如《南北史合注》《书影》等,一并撤出销毁。而上述书撤出后,由于与《南北史合注》《诸史同异录》同类的存目书尚多,四库馆臣便奏请"另换《尚史》《宋稗类抄》二种抵补"⑤。其他类别中无存

---

① 余嘉锡:《四库提要辨证》卷十九,中华书局,1980年,第1165—1166页。
② 陈垣:《书于文襄论〈四库全书〉手札后》,陈乐素、陈智超编校《陈垣史学论著选》,上海人民出版社,1981年,第354页。
③ 中国第一历史档案馆编:《纂修四库全书档案》下,乾隆四十九年,第1787页。
④ 同上书,乾隆五十三年,第2139页。
⑤ 同上。

目书可补,则在空匣内填入衬纸以充数。《南北史合注》《书影》等书因其著者的其他书有违碍而被撤毁,《尚史》《宋稗类钞》则因《南北史合注》等被撤毁,而从存目书升入著录书,去取之间,愈不分明了。由此可见,无论是著录之书,还是存目之书,其内容优劣、水平高下、价值大小,都只能是相对的,而其去取标准,也只能是相对的。因而在关于《四库存目丛书》应否印行的讨论中,或从存目书中拈出若干内容较差的著作,说明此书不宜印行,或又从存目书中举出一些较好的书,以为应该印行,这种观点针锋相对,而论证方法却十分相似的争论,恐怕也难以争出结果来。

三、"与其过而废也,毋宁过而存之"

我们伟大的中华民族,在两千多年的历史中,创造了光辉灿烂的思想文化,为后人留下了丰富的典籍文献。然而,这些典籍与古人当时的实际著述数量相比,则仍不过是一之于千万。中唐韩愈上距李白、杜甫生活的年代,仅数十年,即曾慨叹李、杜之作:"平生千万篇,金薤垂琳琅。仙官敕六丁,雷电下取将。流落人间者,太山一毫芒。"①即使是古人当日生活中极平常、极普遍的东西,在今天看来,都无疑已是稀世之宝。比如,长沙马王堆汉墓中出土的帛书、敦煌莫高窟中发现的敦煌卷子,在当时恐怕并非珍贵之物,然而现在它们不但为中国人所珍视,后者更已走出国界,成为世界性的文化遗产。马王堆汉墓中出土的《易经》《老子》和天文、相马、医学等帛书,为研究和认识西汉初期的历史、文化艺术、社会民俗等,提供了丰富的资料。而对敦煌卷子中大批宗教典籍、儒家经书、史学、文学艺术、民俗学等方面文献资料的研究,与对

---

① [唐]韩愈著,钱仲联集释:《韩昌黎诗系年集释》卷九《调张籍》,第989页。

敦煌壁画、造像等方面的研究一起,则已成为当世的一门显学——敦煌学。诚然,《四库全书存目》中,确有一些质量并非上乘,价值似乎不大的书,但如上所述,即使是这样,它们难道不仍然是弥足珍贵的吗?何况,据有关方面统计,修纂《四库全书》时入于存目的六千多种典籍,今天仅剩下四千余种,且其中近三成的书已成为海内孤本。如不抓紧抢救,妥为保护,仍一任其自生自灭,其后果可以想象。

由于在《四库全书》的修纂过程中,一些书因所谓违碍而被删改、抽毁、全毁,还有一些书既未著录也未入存目,加之,随着历史和文化学术的发展,乾隆中期以后至辛亥革命前,又涌现出许多重要的成果,故而曾有不少专家学者建议续修《四库全书》。去年,有关方面更成立了《续修四库全书》编纂委员会,且已开始工作。毫无疑问,这与《四库全书存目丛书》的编纂出版一样,都是值得支持和赞同的。

总而言之,"与其过而废也,毋宁过而存之"。虽然要编纂出版这样一些大规模的图书,需要很多资金,而我们的国家现在经济还并不发达,国力有限,但为了大批珍贵的古代文化典籍能得到更好地保存和流传,为了中国学术事业的不断发展和光大,为了中国优秀的传统思想文化能得到更进一步的总结、继承和弘扬,我们相信一定能够出好这套丛书。

附录二　领域的拓展与方法的更新
——论《中国思想家评传丛书》的思想史意义

由已故南京大学校长匡亚明教授任主编、国内众多知名专家学者参与研究和撰写的《中国思想家评传丛书》(共两百卷,约六千万言,以下简称《丛书》),迄今为止,已出版一百三十种。随着这项被认为是自20世纪以来最大的中国传统思想文化研究工作的顺利进行,《丛书》自身的学术成就和价值,尤其是它在中国思想史研究上的重要意义,也日益显示出来。

《丛书》有自己明确的研究对象和宗旨,那就是匡亚明教授在《丛书》总序中所指出的,要从孔子到孙中山这一历史长河中"各个时期、各个领域和各个学科(包括文、史、哲、经、教、农、工、医、政治等等)有杰出成就的人物中,遴选二百余人作为传主(一般为一人一传,少数为二人或二人以上合传),通过对每个传主的评述,从各个侧面展现那些在不同时期、不同领域中有代表性人物的思想活力和业绩,从而以微见著、由具体到一般地勾勒出这段历史中中国传统思想文化的总体面貌"。之所以要把展现中国历史上各个时期和领域的杰出人物的"思想活力和业绩",并进而揭示"中国传统思想文化的总体面貌",作为《丛书》研究的主要对象和宗旨,是因为在匡亚明教授看来,"中国传统思想文化中的核心",不是别的,正是具体体现在这众多杰出人物身上的"生生不息的内在思想活力","在各个不同时代不同领域和学科中取得成就者,大多是那些在当时历史条件下自觉或不自觉地认识和掌握了该领域事物发展规律的具有敏锐思想的人"。因此,为了"抓住问题的核心",《丛书》的研究方法也就必然是要"高屋建瓴地从思想的角度去评述历史人物,以便对每个传主在他所处时代的具体情况下,如何在他所从事的领域中,克服困难,施展才华,取得成功,做出贡献,从思想深处洞察其底蕴"①。由此,决定了《丛书》研究的性质,实为一种以整个中国传统思想文化为研究对象,而又主要着眼于思与行或理论与实践的关系,即侧重"从思想的角度去评述历史人物"的、具有自己鲜明特色的思想史研究。②

这种研究的重要意义,至少可从以下三个方面来认识。

一、研究领域的极大拓展

《丛书》的研究既然是以整个中国传统思想文化为自己的研究对象的,那么,它较之以往的各种思想史研究,就把中国思想史研究的对象和范围空前地扩展了。

人们对中国思想史研究对象和范围的认识,是有一个过程的。

---

① 匡亚明:《中国思想家评传丛书序》,《中国思想家评传丛书》各卷卷首,南京大学出版社,1986—2000年。

② 如果我们依照现代以来一般学科的划分,对《丛书》的研究对象——二百六十余位传主的身份作一个简单的分析,也会发现,这些传主所涉及的领域和学科虽已几乎涵盖了中国传统思想文化的各个方面,但其中的"思想家"传主仍占据多数(在《丛书》的传主中,思想家一百三十余人,占传主总数的50%以上,政治家四十余人,占15%以上,文学艺术家三十五人,约占13%,其他传主约五十人,约占20%)。当然,在中国历史上兼为思想家、政治家或其他家数的杰出人物往往很多,因而这种划分并不十分准确,但即使如此,我们仍可看出"思想家"传主在整个《丛书》中所占的显著位置以及《丛书》由此所具有的思想史研究性质。

中国思想史研究的渊源可以追溯到先秦、两汉。即如《庄子·天下》篇论天下道术、百家之学,涉及儒、墨、名、法、老、庄等诸家,谈的就是今天所说的思想史上的问题。①《荀子·非十二子》批评道、墨、名、法、子思孟子之儒等不同学派的十二子,欲统一天下学术,所论也在思想史的研究范围之内。汉司马谈论儒、墨、道、法等六家学说之要旨,同样是在讨论思想史的问题。至于宋朱熹的《伊洛渊源录》、明周汝登《圣学宗传》以及明末清初黄宗羲编纂的《明儒学案》《宋元学案》,则更可看作是一种思想史研究的雏形,只不过其论述的范围,却反较庄、荀和司马谈为小,而以儒学一家为主。总之,上述诸家所论,在我们今天看来,当然还不能算是一种真正意义上的思想史研究。

进入20世纪,在业已东渐的西学的影响下,现代意义上的中国思想史研究逐渐兴起,人们对思想史研究的对象的认识,逐渐明晰,范围也有所扩大,虽然这些认识还颇有分歧。其中尤值得我们注意的,是梁启超先生对思想史研究对象和范围的看法。1902年,梁启超先生在其《论中国学术思想变迁之大势》一文中,即明确指出:"学术思想之在一国,犹人之有精神也,而政事、法律、风俗及历史上种种之现象,则其形质也,故欲觇其国文野、强弱之程度如何,必于学术思想焉求之。"②以学术思想统驭整个历史与文化,换言之,则是认为思想史的研究对象和范围当包括政治、法律、历史等诸多学科在内,视野可谓极为开阔。其撰《清代学术概论》和《中国近三百年学术史》,既对清代思想学术与政治的关系和经学、实学等有详细的讨论,也注意到清代史学、地理学、历算及其他学科的发展,在一定程度上是贯彻了他自己的上述观点的。

---

① 参张岂之先生《〈中国思想家评传丛书〉的特色与20世纪中国思想史研究回顾》,徐雁、陈效鸿、巩本栋主编《思想家》第一辑《杰出人物与中国思想史》,江苏教育出版社,2000年。

② 梁启超:《饮冰室合集·文集》七,第1页。

只不过稍后他作《中国历史研究法》和《中国历史研究法补编》,谈到学术思想史的研究,虽仍认为思想学术史应包括道术史(即哲学史)、史学史、自然科学史和社会科学史四个方面,并以为未尝不可将四者结合起来研究,然而同时却又认为此四者"性质既各不同,发展途径又异,盛衰时代又相参差,所以与其合并,不如分开"①。较之他以前的看法,反又退缩了。

不管后来的思想史家是否承认自己受到梁启超的影响,也不管他们的看法是否一致,客观上他们对思想史研究对象和范围的认识与研究,其近源都不能不归之于梁启超。20 世纪 30 年代以后陆续刊行的钱穆先生的《中国近三百年学术史》及《中国思想史》、蔡尚思先生的《中国思想史研究法》、陈钟凡先生的《两宋思想述评》、胡适先生的《中国中古思想史长编》、容肇祖先生的《明代思想史》和侯外庐等先生的《中国思想通史》等,其中所标示的观点或对中国思想史研究对象问题的论述,或与梁启超的研究思路相近,或更接近中国传统学术的路数,而其研究范围都较梁氏或多或少地缩小了。比如钱穆先生做《中国思想史》,就认为"中国民族有了四五千年以上的历史,究竟中国人在此四五千年历史文化遥长的演进中,对宇宙人生,曾想些什么,曾有些什么意见","这些便是中国的思想史"。② 因而其思想史研究的范围也就并不比哲学史大。蔡尚思先生主张思想史研究的范围应当扩大,他提出:"我们研究'中国思想史'(侧重中国社会科学方面),主张内容包括经济、政治、教育、伦理各种思想。"③不过,他同时又认为心性、宇宙哲学等不应在思想史的研究范围内。这就又走向了另一极端,似难以为

---

① 梁启超:《中国历史研究法》,上海古籍出版社,1998 年,第 288 页。
② 钱穆:《中国思想史》,台北,台湾学生书局,1982 年,第 2 页。
③ 蔡尚思:《中国思想史研究法》,湖南人民出版社,1988 年,第 48 页。

多数学者所认同。侯外庐、赵纪彬、杜国庠等先生是较早力图运用马克思主义的历史唯物主义原理进行思想史研究的学者,侯先生主编的多卷本《中国思想通史》,将哲学思想、逻辑思想与社会思想结合起来研究,注重社会经济结构与意识形态的关系,同时,在前人研究的基础上,又对一些以往没有引起研究者足够重视的思想家,如嵇康、吕才、刘知幾、刘禹锡、柳宗元、王安石、马端临、何心隐、方以智等人的思想,作了较多的开掘。其研究范围已是相当广泛。继侯外庐先生之后,对思想史研究的对象和范围有着更明确的认识,并将其贯穿于其研究之中的,是张岂之先生。他认为"思想史是理论化的人类社会意识的发展史",研究思想史,"应以反映某一历史时期的社会思潮为主要内容"。[①] 然而实际上,无论是侯先生还是张先生,其研究的范围仍远未能达到梁启超所提出的思想学术史的界限。

后之研究者对中国思想史研究对象和范围的认识较之梁氏不但视野相对狭小,而且亦有分歧,分歧的焦点,则往往集中在对思想史与哲学史关系的把握上。二者的界限本不易分,研究中便不免相互混淆。像钱穆先生的《中国思想史》,便略同于哲学史。再像侯外庐先生的《中国思想史纲》,其上册既以《中国哲学简史》的名称出版过,下册也是在《中国近代哲学史》的基础上补充修改写成的。而另一方面,胡适先生的《中国哲学史大纲》、冯友兰先生的《中国哲学史》及其新编、任继愈先生的《中国哲学史》及其他大量出现的哲学史研究著作,反而大有取代思想史研究之势。于是,至20世纪80年代初,便有《哲学研究》编辑部专就中国思想史与哲学史的关系,实即二者研究的对象和范围问题所组织的笔谈。汤一介、张岂之、周继旨和李锦全等先生在这

[①] 张岂之:《我与中国思想史研究》,张世林编《学林春秋》二编下册,朝华出版社,1999年,第420页。

次笔谈中都曾先后发表各自的看法。其中多数学者通过对二者的研究对象和范围的界定,认为思想史的研究范围较哲学史为大,也有的学者则从研究的性质上着眼,认为思想史是各个历史时期社会矛盾的认识发展史,哲学史则是哲学认识的矛盾发展史。① 所论虽仍有分歧,然认识无疑已逐渐深化。

进入20世纪90年代,试图跳出一般中国思想史研究的窠臼,完全从另一思路来认识中国思想史的研究对象,并重写思想史的,当以葛兆光先生最为代表。他明确提出:"过去的思想史只是思想家的思想史或经典的思想史,可是我们应当注意到在人们生活的实际的世界中,还有一种近乎平均值的知识、思想与信仰,作为底色或基石而存在,这种一般的知识、思想与信仰真正地在人们判断、解释、处理面前世界中起着作用,因此,似乎在精英和经典的思想与普通的社会和生活之间,还有一个'一般知识、思想与信仰的世界',而这个知识、思想与信仰世界的延续,也构成一个思想的历史过程,因此它也应当在思想史的视野中。"②葛先生的看法从另一角度拓宽了思想史研究的视野。而这一看法的提出,显然受到了法国年鉴学派关于历史的"长时段"观念的启发和西方的思想史学家的影响。

西方的思想史的研究,也许是因为更多地受到近代以来文化史研究的影响的缘故,所以其对思想史研究的对象和范围的认识,较之国内学术界,从一开始就开阔得多。20世纪40年代创刊的美国的《思想史

---

① 请参《哲学研究》1983年第10期刊发的汤一介《中国哲学史与中国思想史》、张岂之《试论思想史与哲学史的相互关系》、周继旨《关于中国哲学史研究对象、范围的"纯化"与"泛化"问题》,1984年第1期刊发的刘蔚华《中国思想史的一般与特殊》,1984年第4期刊发的李锦全《试论思想史与哲学史的联系和区别》。

② 葛兆光:《七世纪前中国的知识、思想与信仰世界》,《中国思想史》第一卷,复旦大学出版社,1998年,第13页。

杂志》(Journal of the History of Ideas)即主张思想史应着重研究思想观念的演变及其对历史发展的影响,提倡哲学、宗教、文学艺术和自然与社会科学等多学科的融通与合作。汪荣祖先生在对西方思想史研究的进程作了深入的考察之后,也曾对思想史研究的对象和范围作过一番颇有见地的论述。他认为,思想史研究不仅要重视对思想家思想的研究,而且"最好亦能探讨一般大众之思想"[①];不仅要注重对人的思想的研究,而且还应涉猎对"非思想因素",即社会、经济、政治等物质因素的研究;不仅要研究所谓"正规思想",而且对诸如"成见""假想""信念""希望""欲望"等等所谓"非正规思想"[②],也不应忽视。总之,他认为思想史研究的对象与范围,并"不局限于所谓'思想之历史'(history of ideas),故其视野超越哲学史与学术史之外。思想史亦与'文化史'(cultural history)有别,后者包罗万象,诸如宗教、艺术、文学、科技等,靡有所遗,而前者以整个文化作背景,注重'历史架构'(historical framework)上之思想与行动之关系,以及思想与思想间之关系"[③]。汪先生所谈,不但涉及思想史研究的范围和对象的扩大问题,而且还提出了思想史研究的方法问题。这一看法对我们的思想史研究的启发意义,也是不言而喻的。

然而,真正把中国思想史研究的对象和范围拓展到中国传统思想文化的各个领域和方面,并能依其在思想史发展的理论结构体系中的地位和作用的不同,对其进行全面考察和研究的,是匡亚明教授所主编的《中国思想家评传丛书》。这套《丛书》不但重视研究哲学家、思想家的思想或其他杰出人物思想中的哲学观念,而且也将其他专门家,如政

---

① 汪荣祖:《思潮与时代——思想史研究之范畴与方法》,《学林漫步》,百花文艺出版社,1998年,第51页。

② 同上书,第53页。

③ 同上书,第58—59页。

治、经济、教育、科技、文学艺术等领域专门家的思想或其他杰出人物思想的其他方面,纳入自己的研究视野;不但重视研究思想家和其他专门家的思想面貌和特征,而且注重揭示各种思想之间的相互影响和联系;不但重视对思想家的理论著作的研究,而且特别强调从各学科、各领域杰出人物所创造的业绩和事功中,抽象出其有价值的思想来;不但重视对历史上杰出人物的思想和行为进行研究,而且决不忽视造成某种思想和行为的整个社会的和一般思想文化与知识方面的背景。显然,这是一种研究视野极为开阔、研究领域和范围极为宽广而又具有其自身特点、在很大程度上具有某种集成性质的思想史研究。这种研究理论和观点的提出,并非向壁虚造,也并非要于中国思想史研究诸家之外另立一说,而是从中国传统思想文化本身从来就融而未分的实际出发,从任何时代的思想观念和理论都无不来源于那一时代人们的社会实践的事实出发,从中国思想发展史本身内涵极为丰富、线索极为复杂的特点出发,用一种既包容又扬弃的学术态度,对以往各家各派的思想理论,从理论上和实践上作一番新的清理和整合,充分吸纳、借鉴其优点和长处,而避免其弱点和不足,从而力图使《丛书》的研究能够尽可能地达到一个更为符合中国思想史研究实际、更为深刻、更加广泛也更具特色的理论高度和层次。

二、《丛书》的理论结构和体系

《丛书》的思想史意义,又可以从其所试图构建的理论结构和体系上来看。

《丛书》对中国传统思想文化的总体面貌、发展脉络和理论体系的探索和研究,既然是从思想评述的角度进行的,那么它所揭示出的这一理论体系,同时也就是一部中国思想发展史的理论体系。注重中国思想史上各种思想、理论和观念之间的联系,注重揭示思想史的理论体系和内在发展规律,是《丛书》不同于其他思想史研究论著的又一特色所在。关于这一理论体系,早在 1991 年,匡亚明教授便作过一个概括。他认为,中国优秀的传统思想文化,或曰"在数千年文明演化进程中逐步形成的,用以指导中国人民实际,维系中华民族繁衍、生存、自强不息的那些共同的、有生命力的行为准则和文化模式",主要是一个"以'人学'思想为中心,贯穿于政治、经济、文化、教育、科学、技术、军事诸领域中的博大精深且丰富多彩的思想文化体系"①。这一颇富启发意义的论断,在其后围绕《丛书》的研究和撰写过程中,不断得到了证明、深化与推衍,逐渐形成了一种"结构派"的思想史观。这一思想史观被蒋广学教授概括为:"中国思想史是研究中国人思想观念及其存在结构演变的过程。这一过程,就其思想观念的演变而言,它表现为以天人合一为主体的政治观念和人生观念的形成、发展、衰落,最后被融合于当代科学与民主观念之中的历史;而就其存在结构演变而言,则表现为以《易经》为体、以其他经史为用,和以儒为本、以其他子学为末的结构形式形成、发展、衰落,最后解体而被各学科的平等发展所代替的历史。天人合一的思想观念与《易经》为体、儒学为本的存在结构共生、共荣、共衰,共被新思想、新学科所融解。合此二者,就是中国思想史。"②这是一个十分注重结构、层次与联系,具有极大的包容性、开放性而又能够自我说明、自我调适的思想理论体系。它不但把中国传统思想文化的各个学科和各个领域,按照其在思想文化发展理论层面中的主、辅地

---

① 匡亚明:《"中国传统思想文化与二十一世纪"国际学术研讨开幕词》,南京大学思想家研究中心编《中国传统思想文化与廿一世纪国际学术研讨会论文选集》,南京大学出版社,1992 年,第 1—2 页。

② 蒋广学:《"结构派"思想史观的初步展示》,《书与人》2000 年第 3 期。又见其《中国思想史研究的"结构派"主张》,《中国社会科学文摘》2000 年第 4 期。

位和作用等,有序地排列、整合了起来,而且十分注重揭示各种思想之间的相互冲突和融合的关系以及这种冲突、融合的发展演变的总体趋势和规律。这一观点和理论的提出,也许还会引起某些争议,但毫无疑问,它不仅是《丛书》研究,同时也是近年来中国思想史研究的一个极为重要的创获,而且随着时间的推移,这一观点和理论在中国思想史研究上的意义,也必将越来越为人们所认识。

三、研究方法和角度的更新

《丛书》的思想史意义,还在于随着其研究对象和范围的扩大所带来的研究方法和角度的更新。

匡亚明教授在《丛书》总序中论及其研究的指导思想和方法时曾指出:"历史上各个时代富有思想因而能在有关方面取得成就的人,直接阐述自己思想观点的论著虽亦不少,但大量的则是其思想既来自实践(包括对前人、他人实践经验的吸取)、又渗透在自己创造性实践之中,集中凝聚在他自己的业绩和事功上,而没有留下论著。"思想史研究当然要注重评价思想家的思想论著,然"评价思想和评价业绩,两者不应偏废"①。这种注重从思想的角度来评价历史人物,注重从人的业绩和事功(特殊)中抽象出思想和理论(一般),注重各学科、各领域的融合与交叉,注重思想史发展的理论结构和层次的研究方法,不仅使我们的思想史研究的对象和范围得到了极大的拓展,更重要的,它使得这种拓展,或者说使得整个中国传统思想文化之成为思想史研究的对象,真正成为可能,而不至于当你面对这片极为广袤的研究领域和空间时,

---

① 匡亚明:《中国思想家评传丛书序》。

感到束手无策和难以驾驭与操作①,或者使上述研究流于一种简单、机械的拼凑与组合。

每一时代的思想家的思想,都是在特定历史环境下对某些自然界现象和社会现实问题所作出的一定的解答和反映。这些解答,反映了人们对当时各种自然和社会现象的思想认识水平,是各种人物的不同的社会实践的产物,只不过思想家的思想一般是以理论著作的形式表述和记载下来的,而政治家或其他专门家的思想,则是通过其具体的事功和业绩来展示的,这些所谓事功和业绩,并非无目的的偶然行为的产物,而同样是在某种思想和理论的指导下的成功的社会实践,就中当然也就蕴含着某种先进的、可资抽象和归纳的思想和观念。因此,把一大批并无思想理论著作传世,然而却在历史的发展进程中有过杰出贡献、在各自的领域中有过伟大成就的人物(如政治家、文学家等),纳入思想家的行列,把对他们的业绩和事功中所包含的思想要素的研究,与对思想理论著作的研究结合起来,在方法上就具有了重要的意义,而这也就无异于为我们的思想史研究提供了一个足供开采的、别一样式的思想史资料的丰富矿藏。

比如汉武帝刘彻这样的杰出政治家,并没有为后世留下什么思想理论著作,然而从他所采取的强调法制、统一货币、盐铁专卖、内平诸侯王、外击匈奴以及罢黜百家、独尊儒术等一系列思想、政治措施和制度中,我们却不难看出其强烈的大一统和加强中央集权的思想政治观念。而这种思想政治观念,不但极大地影响了思想史由子学向经学的发展转变,而且实是当日新天道论等思想重新整合、发展的大趋势的一个组

---

① 比如,葛兆光先生就曾提出过这样一个疑问,他说:"思想史真的是可以包容哲学、意识形态、逻辑学说乃至政治、法律、科学的一个'大历史'吗?如果是这样,那么科林伍德所说的一切历史都只是思想史就真的成立了,但是,又有谁能写出这样包罗万象的思想史呢?"(《七世纪前中国的知识、思想与信仰世界》,《中国思想史》第一卷,第7页)

成部分。再比如,我们论述王安石的思想,当然要依据其现存文集、《字说》(佚文)等许多资料,但他的许多诗歌(如《试院中》《详定试卷二首》其二、《元丰行示德逢》等等)、有关熙丰变法的各种历史文献,也同样是我们分析其变法思想所不可或缺的。如果我们能够结合关于"农田水利法"等变法措施的一些具体记载,来论述其为天下理财的经济思想,无疑就可使我们对其思想的理解和把握准确和丰满得多。而王安石所采取的一系列为天下理财或曰以义理财的措施以及其中所体现的民"不加赋而国用足"的思想①,也正是对桑弘羊以来许多杰出人物的经济思想的继承和发展。

又如许多被列入《丛书》研究行列的文学家,像韩愈、柳宗元、刘禹锡、欧阳修等已获公认的杰出思想家,自不必说,即以屈原、李白、杜甫、辛弃疾、吴敬梓、曹雪芹等这些历来不被人们看作是思想家的人物而论,从他们的文学作品中,仍可抽象和归纳出许多在思想史发展进程中堪称新质的思想观念。例如,我们可以从伟大的爱国主义诗人屈原的文学作品中,总结、归纳出其以形象思维方式表现出的既包含科学探求精神又有不平情感宣泄成分的怀疑的天道观,效法尧舜、重民利民、举贤授能、以德治统一中国、以法治限制贵族利益的政治思想,以及体现为对国家与民族的前途、命运的强烈的责任感和忧患意识的爱国主义思想和精神,等等。这些思想观念,无疑也是在我们讨论先秦思想时所不应忽略的。再像清代的优秀小说家吴敬梓,他也并没有系统表述其思想政治见解的理论著作传世,但一部《儒林外史》,却生动形象地勾勒出一幅封建末世士人心态的画图,而就中所反映的,则正是吴敬梓那一代士大夫对自身命运和出路不断思索、不断探求的新的思想发展因素。

---

① [元]脱脱等:《宋史》卷三百三十六《司马光传》,第10764页。

提倡"从思想的角度评价历史人物",又意味着应当从思想理论的层面来深入把握和揭示各学科、各领域之间的相互融合与交叉的关系,这本身也同样具有方法论的意义。中国古代的绝大多数士人,他们的生活理想几乎无不在于匡时济俗、建功立业,而少有以立言自居的。所谓"大上有立德,其次有立功,其次有立言。虽久不废,此之谓不朽"①,实为中国古代的多数士人所信奉。从历史上看,许多在某些领域成就杰出的人物,也往往是以一身而兼数任的,他们的思想大多受到多方面复杂因素的影响,他们也大多对宇宙自然和世事人生有着自己独特的思想见解。像唐代的韩愈、柳宗元、刘禹锡,宋代的欧阳修、王安石、苏轼等,皆是如此,因而对他们的研究也就应当是多方面、多角度相结合的综合性研究。再从客观上看,中国古代思想史上当然有各家各派,但这些不同的思想派别却并不是完全孤立的,在他们彼此之间、在他们各自发展的进程中,往往有着或隐或显的、程度不同的相互影响和联系。如司马谈所云:"'天下一致而百虑,同归而殊涂。'②夫阴阳、儒、墨、名、法、道德,此务为治者也,直所从言之异路,有省不省耳。"③便指出了先秦诸子思想之间的异同与联系;而如苏轼所言:"孔、老异门,儒、释分宫。又于其间,禅律相攻。我见大海,有北南东,江河虽殊,其至则同。"④则又道出了儒、释、道三家思想既相冲突又相融合的事实。因此,《丛书》强调不同思想学派、不同学科的融合,强调综合性研究,正是为了更准确、更全面地认识和把握中国古代思想家的思想面貌和特

---

① 杨伯峻编著:《春秋左传注》襄公二十四年,第1088页。
② 此语出《周易・系辞下》,原作:"天下同归而殊涂,一致而百虑。"
③ [汉]司马迁撰,[南朝宋]裴骃集解,[唐]司马贞索隐,[唐]张守节正义:《史记》卷一百三十《太史公自序》,第3965页。
④ 张志烈、马德富、周裕锴主编:《苏轼全集校注・苏轼文集校注》卷六十三《祭龙井辩才文》,第7067页。

征以及思想史发展的规律,而且,这种把握和对学科之间界限的破除,显然并非认为在哲学思想与其他思想、儒家思想与释道思想之间便没有了层次之分,而是为了要更清楚地揭示出它们在不同的历史时期和人物身上发展和表现的变化与差异。即如在对韩愈的研究中,学界主张将其儒学思想、政治观念与文学思想结合起来考察,以便更清楚地了解他在复兴儒学、承续道统上的努力,怎样积极影响和推动了中唐古文运动的创作和发展,而古文运动的发展又怎样作为儒学复兴的一个重要组成部分而反过来促进了儒学的发展。因为韩愈自己就曾一再地说要"修其辞以明其道"①,"愈之为古文,岂独取其句读不类于今者邪? 思古人而不得见,学古道则欲兼通其辞。通其辞者,本志乎古道者也"②。柳宗元也认为:"圣人之言,期以明道。学者务求诸道而遗其辞","道假辞而明,辞假书而传。要之,之道而已耳;道之及,及乎物而已耳"。③ 他们的话都说明了这种道与文的密切联系。但这种研究并不等于说韩愈的道论就是他的文论(或曰他的文论就是他的道论),他所大力推尊的"道"与其所作的文之间也不能画等号。

"人能弘道,非道弘人。"除了注重从思想的角度评价历史人物之外,《丛书》在具体的研究中还采取了评传的方式,即通过对历史人物的具体评述,来展示其思想的面貌和特征。这种研究方法,就中国思想史的研究来说,也是颇具特色的。评传写作的形式,可以溯源到由司马迁的《史记》所开创的纪传体通史的编纂体例和史学传统。这种形式的运用,使得人们可以更清楚地了解某种思想是在什么条件下产生的,其发展演变的过程与历史人物的生平行事、命运和精神又有何种联系。

---

① [唐]韩愈:《争臣论》,《韩昌黎文集校注》卷二,第113页。
② [唐]韩愈:《题哀辞后》,《韩昌黎文集校注》卷五,第304—305页。
③ [唐]柳宗元:《报崔黯秀才论为文书》,《柳宗元集》卷三十四,第886页。

思想的抽象性与历史的具体性,在这里得到了有机的融合,研究是立体化的而非平面和呆板的。梁启超先生论历史研究法,谈到作人物的专史,曾提出须在每一时代寻出一些代表人物,"把种种有关的事变都归纳到他身上,一方面看时势及环境如何影响到他的行为,一方面看他的行为又如何使时势及环境变化"。"这种作法有两种好处:第一,可以拿着历史主眼。历史不外若干伟大人物集合而成。以人作标准可以把所有的要点看得清清楚楚;第二,可以培养自己的人格,知道过去能造历史的人物素养如何,可以随他学去,使志气日益提高,所谓'奋乎百世之上,百世之下闻者莫不兴起也'。"[①]可以说,《丛书》所进行的研究,正具备了梁启超所指出的史传写法的上述优点和长处。例如,唐代的刘晏和杨炎虽都是在中国历史的发展上起过重要作用的著名的政治家和经济思想家,但又并无理论著作传世。因此要论述他们的经济思想,除了应注重从其策划和制定的经济措施(如榷盐法、两税法等)中分析归纳其思想之外,如果能在论述方式上,以其生平活动为主线,把对他们所拟定和实施的一些经济改革政策和措施的讨论,与对经历了安史之乱重大事变后的唐帝国的社会经济状况的总体把握,对当日统治阶级内部激烈政治斗争和人事纠纷的详尽了解,以及对刘晏、杨炎二人的思想性格及其彼此之间的关系的考察等结合起来,理论的抽象、评骘与事件的描述,有机地融合在一起,那么,对刘晏致力唐王朝财赋体制的调整与重构,并建立以榷盐法为核心的新的间接税体系,对杨炎废止积弊已深的租庸调制度,改行两税法,完成从直接税体系的税人向税地的转变等一系列重要的经济思想的揭示,自然会更有说服力和更生动具体。

总之,中国思想史不是中国哲学的发展史,也不是各学科发展史的

[①] 梁启超:《中国历史研究法》,第 174 页。

无序的排列和汇合,它是中国历史上不同时期、不同领域和学科中的杰出人物,以其创造性的理论著述、业绩和事功融汇而成的、无比丰富和充满活力的中华民族的思想发展的历史。由匡亚明教授主编的《中国思想家评传丛书》所力图向人们展示的,正是这样一幅生动的、波澜壮阔的中国思想史的长卷及其所蕴含的中国古代思想的内在理论结构体系与发展演变的规律。

征引书目

白敦仁.周邦彦词赏析集.成都:巴蜀书社,1988.

班固.汉书.北京:中华书局,1962.

包赍.吕留良年谱.台北:台湾商务印书馆,1971.

勃兰兑斯.十九世纪文学主流.张道真,等译.北京:人民文学出版社,1980.

蔡涵墨.1079年的诗歌与政治:乌台诗案新论//中国古典文学研究的新视镜:晚近北美汉学论文选译.卞东波,编译.合肥:安徽教育出版社,2016.

蔡涵墨.乌台诗案的审讯:宋代法律施行之个案//卞东波.中国古典文学研究的新视镜:晚近北美汉学论文选译.合肥:安徽教育出版社,2016.

蔡尚思.中国思想史研究法.长沙:湖南人民出版社,1988.

蔡世明.欧阳修生平与学术.台北:台湾文史哲出版社,2003.

蔡絛.铁围山丛谈.北京:中华书局,1983.

蔡襄.蔡襄集.福州:福建人民出版社,1999.

沧州樵叟.庆元党禁//知不足斋丛书.北京:中华书局,1990.

曹道衡.中古文学史论文集.北京:中华书局,2002.

曹溶.静惕堂书目//中国著名藏书家书目汇刊:明清卷.北京:商务印书馆,2005.

曹旭.诗品集注.上海:上海古籍出版社,1994.

曾枣庄,金成礼.嘉祐集笺注.上海:上海古籍出版社,1993.

曾枣庄,刘琳.全宋文.成都:巴蜀书社,1990.

曾枣庄.苏氏易传和三苏的道家思想.道家文化研究:第12辑.北京:生活·读书·新知三联书店,1998:432-452.

晁补之. 鸡肋集//影印文渊阁四库全书:第1118册. 台北:台湾商务印书馆,1985.

晁说之. 晁氏客语//影印文渊阁四库全书:第863册. 台北:台湾商务印书馆,1984.

车天辂. 五山集//韩国文集丛刊:第61册. 首尔:韩国景仁文化社,1993.

陈匪石. 宋词举. 南京:金陵书画社,1983.

陈广宏. 竟陵派研究. 上海:复旦大学出版社,2006.

陈广宏. 中国文学史之成立. 上海:上海古籍出版社,2016.

陈广胜. 吕祖谦与宋文鉴. 史学史研究,1996(4):54-59.

陈乐素,陈智超. 陈垣史学论著选//吴泽. 中国当代史学家丛书. 上海:上海人民出版社,1981.

陈亮. 陈亮集. 增订本. 北京:中华书局,1987.

陈桥驿. 水经注校释. 杭州:杭州大学出版社,1999.

陈师道. 后山集//影印文渊阁四库全书:第1114册. 台北:台湾商务印书馆,1985.

陈师道. 后山居士文集. 上海:上海古籍出版社,1984.

陈寿. 三国志. 北京:中华书局,1982.

陈思. 清真居士年谱//辽海丛书:第6集. 沈阳:辽海出版社,2009.

陈铁民. 岑参集校注. 上海:上海古籍出版社,1981.

陈讦. 宋十五家诗//四库全书存目丛书:第410册. 济南:齐鲁书社,1997.

陈洵. 海绡说词//唐圭璋. 词话丛编,北京:中华书局,1986.

陈延杰. 诗品注. 北京:人民文学出版社,1961.

陈耀南. 文心风骨群说辨疑//曹顺庆. 庆贺杨明照教授八十寿辰:文心同雕集. 成都:成都出版社,1990.

陈寅恪. 金明馆丛稿初编. 北京:生活·读书·新知三联书店,2001.

陈寅恪. 元白诗笺证稿. 上海:上海古籍出版社,1978.

陈应行. 吟窗杂录. 北京:中华书局,1997.

陈振孙. 直斋书录解题. 上海:上海古籍出版社,1987.

成林,程章灿. 西京杂记译注. 贵阳:贵州人民出版社,1993.

程珌. 洺水集//影印文渊阁四库全书:第1171册. 台北:台湾商务印书馆,1985.

程颢,程颐. 二程集. 北京:中华书局,1981.

储欣. 唐宋十大家全集录//四库全书存目丛书:第404册. 济南:齐鲁书社,1997.

储欣. 在陆草堂文集//四库全书存目丛书:第259册. 济南:齐鲁书社,1997.

崔敦礼. 宫教集//影印文渊阁四库全书:第1151册. 台北:台湾商务印书馆,1985.

戴鸿森. 姜斋诗话笺注. 北京:人民文学出版社,1981.

戴震. 屈原赋注. 上海:商务印书馆,1933.

丹纳. 艺术哲学. 傅雷,译. 北京:人民文学出版社,1963.

邓广铭. 邓广铭治史丛稿. 北京:北京大学出版社,1997.

邓广铭. 稼轩词编年笺注. 上海:上海古籍出版社,1993.

邓广铭. 辛稼轩年谱. 增订本. 上海:上海古籍出版社,1997.

董诰,等. 全唐文. 北京:中华书局,1983.

董其昌. 画禅室随笔. 上海:华东师范大学出版社,2012.

范文澜. 文心雕龙注. 北京:人民文学出版社,1958.

范晔. 后汉书. 北京:中华书局,1965.

方师铎. 传统文学与类书之关系. 天津:天津古籍出版社,1986.

房玄龄. 晋书. 北京:中华书局,1974.

费衮. 梁溪漫志. 上海:上海古籍出版社,1985.

傅幹. 注坡词. 成都:巴蜀书社,1993.

傅杰. 夏敬观著作集. 上海:复旦大学出版社,2019.

傅绍良. 盛唐气象的误读与重读. 陕西师范大学学报(哲学社会科学版),1999(1):128-135;177.

傅璇琮,孙钦善,倪其心,等. 全宋诗. 北京:北京大学出版社,1991.

高海夫. 唐宋八大家文钞校注集评. 西安:三秦出版社,1998.

高亨. 周易古经今注. 北京:中华书局,1984.

葛晓音. 诗国高潮与盛唐文化. 北京:北京大学出版社,1998.

葛兆光. 七世纪前中国的知识思想与信仰世界:中国思想史:第1卷. 上海:复旦大学出版社,1998.

巩本栋. 北宋党争与文学. 文献,1991(4):64-78.

巩本栋. 论唱和诗词的渊源发展及特点:唱和诗词研究之一. 中国诗学,1991(1):

73-82.

顾随. 顾随全集. 石家庄:河北教育出版社,2000.

顾永新. 欧阳修学术研究. 北京:人民文学出版社,2003.

顾贞观. 积书岩宋诗选//四库全书存目丛书补编:第41册. 济南:齐鲁社,2001.

归有光. 震川别集//影印文渊阁四库全书:第1289册. 台北:台湾商务印书馆,1985.

郭伯恭. 宋四大书考. 上海:商务印书馆,1940.

郭庆藩. 庄子集释. 北京:中华书局,1981.

郭绍虞. 沧浪诗话校释. 北京:人民文学出版社,1983.

郭绍虞. 宋诗话考. 北京:中华书局,1979.

韩非子校注组. 韩非子校注. 修订本. 周勋初,南京:凤凰出版社,2009.

韩琦. 安阳集//影印文渊阁四库全书:第1089册. 台北:台湾商务印书馆,1985.

韩元吉. 南涧甲乙稿//影印文渊阁四库全书:第1165册. 台北:台湾商务印书馆,1985.

何天行. 何天行文集. 杭州:浙江大学出版社,2014.

何文焕. 历代诗话. 北京:中华书局,1981.

洪本健. 欧阳修诗文集校笺. 上海:上海古籍出版社,2009.

洪迈. 容斋随笔. 上海:上海古籍出版社,1978.

洪适. 隶释//影印文渊阁四库全书:第681册. 台北:商务印书馆,1984.

洪兴祖. 楚辞补注. 北京:中华书局,1983.

胡适. 胡适全集. 合肥:安徽教育出版社,2003.

胡小石. 胡小石论文集. 上海:上海古籍出版社,1982.

胡应麟. 诗薮. 上海:上海古籍出版社,1979.

胡仔. 苕溪渔隐丛话. 北京:人民文学出版社,1962.

胡震亨. 唐音癸签. 上海:上海古籍出版社,1981.

皇甫煃. 唐代以诗赋取士与唐诗繁荣的关系. 南京师范学院学报(社会科学版),1979(1):36-39.

黄晖. 论衡校释. 北京:中华书局,1990.

黄进德.欧阳修评传.南京:南京大学出版社,1998.

黄侃.文心雕龙札记.上海:中华书局.1962.

黄宽重.南宋史研究集.台北:新文丰出版公司,1985.

黄霖.文心雕龙汇评.上海:上海古籍出版社,2005.

黄灵庚,吴战垒.吕祖谦全集.杭州:浙江古籍出版社,2008.

黄灵庚.楚辞与简帛文献.北京:人民出版社,2011.

黄昇.唐宋诸贤绝妙词选//唐宋人选唐宋词.上海:上海古籍出版社,2004.

黄省曾.申鉴注校补.北京:中华书局,2012.

黄叔琳.文心雕龙辑注.上海:上海古籍出版社,2015.

黄苏.蓼园词选//清人选评词集三种,济南:齐鲁书社,1988.

黄宗羲,全祖望.宋元学案.北京:中华书局,1986.

黄宗羲.黄宗羲全集.杭州:浙江古籍出版社,2005.

江少虞.宋朝事实类苑.上海:上海古籍出版社,1981.

蒋广学.结构派思想史观的初步展示.书与人,2000(3):83-88.

蒋骥.山带阁注楚辞.上海:上海古籍出版社,1984.

蒋寅.关于中国古代文章学理论体系:从文心雕龙谈起.文学遗产,1986(6):1-9.

蒋寅.清代诗学史:第1卷.北京:中国社会科学出版社,2012.

蒋寅.宋诗钞编纂经过及其诗学史意义.清代文学研究集刊,2009(2):242-259.

蒋寅.王渔洋与康熙诗坛.北京:中国社会科学出版社,2001.

金锡胄.息庵遗稿//韩国文集丛刊:第145册.首尔:韩国景仁文化社,1995.

荆门市博物馆.郭店楚墓竹简.北京:文物出版社,1998.

孔凡礼.范成大佚著辑存.北京:中华书局,1983.

孔平仲.孔氏谈苑.北京:中华书局,2012.

孔文仲,孔武仲,孔平仲.清江三孔集//影印文渊阁四库全书:第1345册.台北:商务印书馆,1985.

匡亚明.中国传统思想文化与廿一世纪国际学术研讨会开幕词//南京大学中国思想家研究中心编.中国传统思想文化与廿一世纪国际学术研讨会论文选集.南京:南京大学出版社,1992.

莱辛.拉奥孔.朱光潜,译.北京:人民文学出版社,1979.

郎晔.经进东坡文集事略.香港:中华书局香港分局,1979.

黎靖德.朱子语类.北京:中华书局,1986.

李壁.王荆文公诗笺注.上海:上海古籍出版社,2010.

李崇志.人物志校笺.成都:巴蜀书社,2001.

李道平.周易集解纂疏.北京:中华书局,1994.

李德寿.西堂私载//韩国文集丛刊:第186册.首尔:韩国景仁文化社,1997.

李昉,等.太平御览.北京:中华书局,1960.

李昉,等.文苑英华.北京:中华书局,1966.

李锦全.试论思想史与哲学史的联系和区别.哲学研究,1984(4):58-63.

李明滨.世界第一部中国文学史.文史知识,2003(1):118-127.

李圣华.汪琬诗学思想管窥.中国诗学,2011(15):189-200.

李焘.续资治通鉴长编.北京:中华书局,2004.

李晓黎.百家注和施顾注中的乌台诗案.西南交通大学学报(社会科学版),2016(2):32-36.

李心传.建炎以来朝野杂记.北京:中华书局,2000.

李心传.建炎以来系年要录.北京:中华书局,1988.

李心传.旧闻证误.北京:中华书局,1981.

李延寿.南史.北京:中华书局,1975.

李攸.宋朝事实//影印文渊阁四库全书:第608册.台北:商务印书馆,1984.

李裕民.乌台诗案新探.宋代文化研究,2009(17):277-293.

李泽厚,刘纲纪.中国美学史.合肥:安徽文艺出版社,1999.

李珍华,傅璇琮.河岳英灵集研究.北京:中华书局,1992.

梁超然.就唐诗繁荣原因提几个问题:向余冠英王水照同志求教.广西民族学院学报,1978(3):19-24.

梁令娴.艺蘅馆词选.上海:中华书局,1936.

梁启超.辛稼轩先生年谱//梁启超全集.北京:北京出版社,1999.

梁启超.饮冰室合集.北京:中华书局,1998.

梁启超.中国历史研究法.上海:上海古籍出版社,1998.

廖栋梁.灵均余影:古代楚辞学论集.台北:里仁书局,2010.

廖仲安.唐代文学繁荣的政治思想背景.北京师院学报,1980(4):2-7.

林云铭.楚辞灯//四库全书存目丛书:第2册.济南:齐鲁书社,1997.

刘辰翁.刘辰翁集.南昌:江西人民出版社,1987.

刘德重.关于苏轼乌台诗案的几种刊本.上海大学学报(社会科学版),2002(6):5-9.

刘开扬.高适诗集编年笺注.北京:中华书局,1981.

刘克庄.后村诗话.北京:中华书局,1983.

刘祁.归潜志.北京:中华书局,1983.

刘若愚.欧阳修研究.台北:台湾商务印书馆,1989.

刘师培.刘师培辛亥前文选.北京:生活·读书·新知三联书店.1998.

刘师培.左庵外集//刘申叔先生遗书:第53册.宁武南氏印本.1923.

刘蔚华.中国思想史的一般与特殊.哲学研究,1984(1):57-58;74.

刘文典.淮南鸿烈集解.北京:中华书局,1989.

刘咸炘.刘咸炘学术论集.桂林:广西师范大学出版社,2007.

刘修明,吴乾兑.试论唐代文化高峰形成的原因.学术月刊,1982(4):51-57.

刘昫,等.旧唐书.北京:中华书局,1975.

刘扬忠.辛弃疾词心探微.济南:齐鲁书社,1990.

刘扬忠.周邦彦传论.西安:陕西人民出版社,1991.

刘永翔.清波杂志校注.北京:中华书局,1994.

刘子健.欧阳修的治学与从政.香港:新亚研究所,1963.

柳宗元.柳宗元集.北京:中华书局,1979.

龙榆生.龙榆生词学论文集.上海:上海古籍出版社,2009.

楼钥.攻媿集//影印文渊阁四库全书:第1152册.台北:台湾商务印书馆,1985.

卢盛江.文镜秘府论汇校汇考.北京:中华书局,2006.

鲁迅.鲁迅全集.北京:人民文学出版社,2005.

陆侃如,冯沅君.陆侃如冯沅君合集.合肥:安徽教育出版社,2011.

陆游.避暑漫抄//丛书集成初编.上海:商务印书馆,1939.

逯钦立.先秦汉魏晋南北朝诗.北京:中华书局,1983.

罗璧.识遗//影印文渊阁四库全书:第854册.台北:台湾商务印书馆,1984.

罗根泽.中国文学批评史.上海:上海古籍出版社,1985.

罗忼烈.词曲论稿.香港:中华书局香港分局,1977.

罗忼烈.清真集笺注.修订本.上海:上海古籍出版社,2008.

罗濬.宝庆四明志//宋元浙江方志集成.杭州:杭州大学出版社,2009.

罗仲鼎.艺苑卮言.济南:齐鲁书社,1992.

骆玉明.论不歌而诵谓之赋.文学遗产,1983(2):36-41.

吕留良.八家古文精选//四库禁毁书丛刊:第94册,北京:北京出版社,1999.

吕留良.吕留良诗文集.杭州:浙江古籍出版社,2011.

吕陶.净德集//丛书集成初编.上海:商务印书馆,1939.

马德富.苏轼论语说钩沉.四川大学学报(哲学社会科学版),1992(4):59-68.

马其昶.韩昌黎文集校注.上海:上海古籍出版社,1986.

茅坤.茅坤集.杭州:浙江古籍出版社,2012.

茅坤.唐宋八大家文钞//影印文渊阁四库全书:第1383册.台北:台湾商务印书馆,1986.

蒙默.中国现代学术经典·廖平蒙文通卷.石家庄:河北教育出版社,1996.

孟启.本事诗//丁福保.历代诗话续编.北京:中华书局,1983.

莫砺锋.漫话东坡.南京:凤凰出版社,2008.

牟巘.牟氏陵阳集//影印文渊阁四库全书:第1188册.台北:台湾商务印书馆,1985.

缪文远.战国策新校注.成都:巴蜀书社,1998.

缪钺.缪钺全集.石家庄:河北教育出版社,2004.

内山精也.传媒与真相:苏轼及其周围士大夫的文学.上海:上海古籍出版社,2005.

聂崇岐.太平御览引得.北京:哈佛燕京学社,1935.

欧阳修.六一诗话.北京:人民文学出版社,1962.

欧阳修.诗本义//影印文渊阁四库全书:第70册.台北:台湾商务印书馆,1983.

欧阳修.文忠集//影印文渊阁四库全书:第1102册.台北:台湾商务印书馆,1985.

欧阳询.艺文类聚.北京:中华书局,1982.

潘是仁.宋元诗集.国家图书馆藏明天启二年刊本.

潘问奇,祖应世.宋诗啜醨集.清刻本.南京图书馆藏.

裴普贤.欧阳修诗本义研究.台北:东大图书股份有限公司,1981.

彭百川.太平治迹统类//影印文渊阁四库全书:第408册.台北:商务印书馆,1984.

彭定求,等.全唐诗.北京:中华书局,1960.

浦江清.浦江清文录.北京:人民文学出版社,1989.

齐治平.唐宋诗之争概述.长沙:岳麓书社,1984.

祁承㸁,等.澹生堂藏书约(外八种).上海:上海古籍出版社,2005.

钱伯城.袁宏道集笺校.上海:上海古籍出版社,1981.

钱大昕.潜研堂文集//续修四库全书:第1438册.上海:上海古籍出版社,2002.

钱穆.中国近三百年学术史.北京:商务印书馆,1997.

钱穆.中国思想史.台北:台湾学生书局,1982.

钱谦益.绛云楼书目//续修四库全书:第920册.上海:上海古籍出版社,2002.

钱谦益.绛云楼题跋.上海:上海古籍出版社,2005.

钱锺书.管锥编.北京:中华书局,1979.

钱锺书.旧文四篇.上海:上海古籍出版社,1979.

钱锺书.谈艺录.北京:中华书局,1984.

钱仲联.韩昌黎诗系年集释.上海:上海古籍出版社,1984.

钱仲联.剑南诗稿校注.上海:上海古籍出版社,1985.

卿三祥.苏轼论语说钩沉.孔子研究,1992(2):112-123.

清高宗.御选唐宋文醇.张照,等辑//影印文渊阁四库全书:第1447册.台北:台湾商务印书馆,1986.

清圣祖.御选宋金元明四朝诗.张豫章,等辑//影印文渊阁四库全书:第1437册.台北:台湾商务印书馆,1986.

屈万里.书佣论学集.台北:台湾开明书局,1969.

屈兴国. 白雨斋词话足本校注. 济南:齐鲁书社,1983.

饶宗颐. 澄心论萃. 上海:上海文艺出版社,1996.

任渊,史容,史季温. 山谷诗集注. 上海:上海古籍出版社,2003.

荣格. 探索心灵奥秘的现代人. 黄奇铭,译. 北京:社会科学文献出版社,1987.

邵伯温. 邵氏闻见录. 北京:中华书局,1983.

邵博. 邵氏闻见后录. 北京:中华书局,1983.

申屠青松. 明代宋诗选本论略. 南京师范大学文学院学报,2007(4):75-79.

申屠青松. 宋诗钞与清代诗学. 暨南学报(哲学社会科学版),2010(5):82-86;162.

沈德潜. 唐宋八家文读本. 武汉:崇文书局,2010.

沈括. 梦溪笔谈. 北京:中华书局,2015.

沈尹默. 书法论丛. 上海:上海教育出版社,1978.

十三经注疏整理委员会. 礼记正义//十三经注疏整理委员会. 十三经注疏. 北京:北京大学出版社,1999.

十三经注疏整理委员会. 毛诗正义//十三经注疏整理委员会. 十三经注疏. 北京:北京大学出版社,1999.

十三经注疏整理委员会. 尚书正义//十三经注疏整理委员会. 十三经注疏. 北京:北京大学出版社,1999.

十三经注疏整理委员会. 周易正义//十三经注疏整理委员会. 十三经注疏. 北京:北京大学出版社,1999.

释普济. 五灯会元. 北京:中华书局,1984.

释文莹. 湘山野录. 北京:中华书局,1984.

舒大刚. 苏轼论语说辑补. 四川大学学报(哲学社会科学版),2001(3):97-99.

司马光. 涑水纪闻. 北京:中华书局,1989.

司马光. 资治通鉴. 北京:中华书局,1956.

司马迁. 史记. 北京:中华书局,2013.

宋荦. 漫堂说诗//王夫之,等. 清诗话:上册. 上海:上海古籍出版社,1978.

宋敏求. 春明退朝录. 北京:中华书局,1980.

苏轼.东坡书传//影印文渊阁四库全书:第54册.台北:台湾商务印书馆,1983.

苏轼.东坡易传.上海:上海古籍出版社,1989.

苏轼.东坡志林;仇池笔记.上海:华东师范大学出版社,1983.

苏雪林.楚赋论丛.武汉:武汉大学出版社,2007.

苏辙.栾城集.上海:上海古籍出版社,1987.

孙国栋.唐宋史论丛.增订本.香港:香港商务印书馆,2000.

孙虹.清真集校注.北京:中华书局,2002.

孙猛.郡斋读书志校证.上海:上海古籍出版社,1990.

孙启治.中论解诂.北京:中华书局,2014.

孙奭(旧题).孟子正义.北京:北京大学出版社,1999.

孙诒让.墨子间诂.北京:中华书局,2001.

孙之梅.钱谦益与明末清初文学.济南:齐鲁书社,1996.

孙作云.孙作云文集.开封:河南大学出版社,2003.

谭家健.唐勒赋残篇考释及其他.文学遗产,1990(2):32-39;143.

谭元春.谭元春集.上海:上海古籍出版社,1998.

汤一介.中国哲学史与中国思想史.哲学研究,1983(10):61-63.

唐顺之.唐顺之集.杭州:浙江古籍出版社,2014.

陶道恕.乌台诗案新勘.文学遗产增刊,1982(14):290-217.

田雯.古欢堂集杂著//郭绍虞.清诗话续编.上海:上海古籍出版社,1983.

佟培基.辛弃疾与史正志.文学遗产,1982(4):66-71.

涂光社.势与中国艺术.北京:中国人民大学出版社,1990.

脱脱,等.宋史.北京:中华书局,1985.

万曼.辞赋起源:从语言时代到文字时代的桥.国文月刊,1947(59):19-21.

汪俊.两宋之交诗歌研究.北京:旅游教育出版社,2001.

汪荣祖.学林漫步.天津:百花文艺出版社,1998.

汪容宝.法言义疏.北京:中华书局,1987.

汪师韩.苏诗选评笺释//汪氏遗书.长沙,1886(光绪十二年).

汪涌豪.范畴论.上海:复旦大学出版社,1999.

汪涌豪.风骨的意味.南昌:百花洲文艺出版社,2001.

汪瑗.楚辞集解//四库全书存目丛书:第1册.济南:齐鲁书社,1997.

王称.东都事略//影印文渊阁四库全书:第382册.台北:商务印书馆,1984.

王夫之.楚辞通释//船山全书.长沙:岳麓书社,1996.

王巩.闻见近录//.影印文渊阁四库全书:第1037册.台北:台湾商务印书馆,1985.

王国维.王国维遗书.上海:上海书店出版社,1983.

王利器.颜氏家训集解.北京:中华书局,1993.

王明清.挥麈录.上海:上海书店出版社,2001.

王辟之.渑水燕谈录.北京:中华书局,1981.

王钦若.册府元龟.南京:凤凰出版社,2006.

王慎中.遵岩集//影印文渊阁四库全书:第1274册.台北:台湾商务印书馆,1985.

王十朋.增刊校正王状元集注分类东坡先生诗//四部丛刊初编:第156-157册.上海:上海书店出版社,2015.

王士禛.池北偶谈.北京:中华书局,1982.

王士禛.居易录//影印文渊阁四库全书.第869册.台北:台湾商务印书馆,1985.

王士禛.香祖笔记.上海:上海古籍出版社,1982.

王世贞.弇州续稿//影印文渊阁四库全书:第1282册.台北:台湾商务印书馆,1985.

王水照.历代文话.上海:复旦大学出版社,2007.

王水照.情理·源流·对外文化关系:宋型文化与宋代文学之再研究//王水照自选集.上海:上海教育出版社,2000.

王水照.苏轼研究.石家庄:河北教育出版社,1999.

王肃.孔子家语//影印文渊阁四库全书:第695册.台北:商务印书馆,1985.

王先谦.荀子集解.北京:中华书局,1988.

王晓毅.王弼评传.南京:南京大学出版社,1996.

王学泰.宋文鉴的编刻与时政.传统文化与现代化,1993(4):51-58.

王阳明.王文成全书//影印文渊阁四库全书:第1265册.台北:台湾商务印书馆,1985.

王尧臣.崇文总目//影印文渊阁四库全书:第674册.台北:台湾商务印书馆,1984.

王应麟.玉海//影印文渊阁四库全书:第943册.台北:商务印书馆,1985.

王友胜.论艺圃集的文献价值与文献阙失.中国韵文学刊,2011(1):9－13.

王友胜.清人编撰的三部宋诗总集述评.湘潭师范学院学报,1998(4):70－73.

王元化.文心雕龙创作论.上海:上海古籍出版社,1979.

王运熙,顾易生.中国文学批评通史.上海:上海古籍出版社,1996.

王运熙.汉魏六朝唐代文学论丛.上海:上海古籍出版社,1981.

王质.雪山集//影印文渊阁四库全书:第1149册.台北:台湾商务印书馆,1985.

魏收.魏书.北京:中华书局,1974.

魏说.古文溇编//四库全书存目丛书:第336册.济南:齐鲁书社,1997.

魏徵,等.群书治要//阮元.宛委别藏.南京:江苏古籍出版社,1988.

闻一多.闻一多全集.武汉:湖北人民出版社,1993.

翁方纲.石洲诗话.北京:人民文学出版社,1981.

吴绮.宋金元诗永//四库全书存目丛书:第393册.济南:齐鲁书社,1997.

吴锡麒.有正味斋骈体文集//续修四库全书.上海:上海古籍出版社,2002.

吴则虞.辛弃疾词选.上海:上海古籍出版社,1993.

吴兆骞.秋笳集//续修四库全书.上海:上海古籍出版社,2002.

吴之振,吕留良,吴自牧.宋诗钞.管庭芬,蒋光煦,补.北京:中华书局,1986.

夏承焘.词源注.北京:人民文学出版社,1963.

向宗鲁.说苑校证.北京:中华书局,1987.

萧驰.船山以势论诗和中国诗歌艺术本质.中国文哲研究集刊,2011(18):189－229.

萧统.文选.上海:上海古籍出版社,1986.

萧云从.钦定补绘离骚全图//影印文渊阁四库全书:第1062册.台北:台湾商务印书馆,1985.

萧子显.南齐书.北京:中华书局,1972.

谢海林.明代宋诗选本补录.中国诗学,2009(14):19－24.

辛更儒.刘克庄集笺校.北京:中华书局,2011.

辛更儒.辛稼轩诗文笺注.上海:上海古籍出版社,1995.

徐培均.淮海集笺注.上海:上海古籍出版社,1994.

徐松.宋会要辑稿.上海:上海古籍出版社,2014.

徐兴无.刘向评传.南京:南京大学出版社,2005.

徐雁,陈效鸿,巩本栋.杰出人物与中国思想史//思想家:第 1 辑.南京:江苏教育出版社,2000.

徐自明.宋宰辅编年录.北京:中华书局,1986.

许富宏.鬼谷子集校集注.北京:中华书局,2010.

许建昆.曹学佺石仓十二代诗选再探.励耘学刊:文学卷,2013(2):190-210.

许结.剧秦美新非谀文辨.学术月刊,1985(6):72-78.

许慎.说文解字.北京:中华书局,1963.

许维遹.韩诗外传集释.北京:中华书局,1980.

许维遹.吕氏春秋集释.北京:中华书局,2016.

许逸民.金楼子校释.北京:中华书局,2011.

亚理斯多德.诗学.罗念生,译.北京:人民文学出版社,1962.

严可均.全上古三代秦汉三国六朝文.北京:中华书局,1958.

严寿澂,黄明,赵昌平.郑谷诗集笺注.上海:上海古籍出版社,1991.

杨丙安.十一家注孙子校理.北京:中华书局,1999.

杨伯峻.春秋左传注.北京:中华书局,1981.

杨慎.词品.上海:上海古籍出版社,2009.

杨士宏.唐音//影印文渊阁四库全书:第1368册.台北:台湾商务印书馆,1986.

杨士奇.历代名臣奏议.台北:台湾学生书局,1964.

杨新勋.宋代疑经研究.北京:中华书局,2007.

姚宽.西溪丛语.北京:中华书局,1993.

叶国良.宋人疑经改经考.台北:台湾大学出版委员会,1980.

叶适.习学记言序目.北京:中华书局,1977.

叶适.叶适集.北京:中华书局,1961.

叶燮.已畦文集//四库全书存目丛书:第244册.济南:齐鲁书社,1997.

叶燮.原诗.北京:人民文学出版社,1979.

叶寘. 爱日斋丛抄. 北京:中华书局,2010.

佚名. 宣和画谱//影印文渊阁四库全书:第813册. 台北:台湾商务印书馆,1985.

永瑢. 等. 四库全书总目. 北京:中华书局,1965.

游国恩,王起,萧涤非,等. 中国文学史. 北京:人民文学出版社,1963.

游国恩. 离骚纂义. 北京:中华书局,1980.

余冠英,王水照. 唐诗发展的几个问题. 文学评论,1978(1):59-68.

余嘉锡. 世说新语笺疏. 上海:上海古籍出版社,1993.

余嘉锡. 四库提要辨证. 北京:中华书局,1980.

余嘉锡. 余嘉锡论学杂著. 北京. 中华书局,1963.

余英时. 士与中国文化. 上海:上海人民出版社,1987.

元好问. 中州集. 北京:中华书局,1959.

元稹. 元稹集. 北京:中华书局,1982.

袁珂. 山海经校注. 上海:上海古籍出版社,1980.

袁枚. 小仓山房文集//续修四库全书:第1432册. 上海:上海古籍出版社,2002.

袁行霈. 盛唐诗歌与盛唐气象. 高校理论战线,1998(12):32-38.

袁行霈. 中国文学史. 北京:高等教育出版社,1999.

岳珍. 碧鸡漫志校证. 北京:人民文学出版社,2015.

詹锳. 文心雕龙的定势论. 文学评论丛刊,1980(5):172-186.

詹锳. 文心雕龙义证. 上海:上海古籍出版社,1989.

张伯伟. 禅与诗学. 杭州:浙江人民出版社,1992.

张伯伟. 全唐五代诗格汇考. 南京:江苏古籍出版社,2002.

张伯行. 唐宋八大家文钞. 北京:中华书局,2010.

张丑. 清明书画舫. 影印文渊阁四库全书:第817册. 台北:商务印书馆,1985.

张涤华. 类书流别. 北京:商务印书馆,1985.

张端义. 贵耳集. 上海:中华书局上海编辑所,1958.

张国星. 潘岳其人与其文. 文学遗产,1984(4):28-38.

张惠言. 茗柯词选. 南昌:江西人民出版社,1984.

张健. 欧阳修之诗文及文学评论. 台北:台湾商务印书馆,1973.

张健.清代诗学研究.北京:北京大学出版社,1999.

张健.宋四家文学批评研究.台北:联经出版事业有限公司,1975.

张鉴.眉山诗案广证.清刻本.苏州:江苏书局,1884(光绪十年).

张耒.张耒集.北京:中华书局,1998.

张岂之.试论思想史与哲学史的相互关系.哲学研究,1983(10):63-67.

张岂之.我与中国思想史研究//张世林.学林春秋:二编下册.北京:朝华出版社,1999.

张栻.南轩集//影印文渊阁四库全书:第1167册.台北:台湾商务印书馆,1985.

张舜民.画墁集//影印文渊阁四库全书:第1117册.台北:台湾商务印书馆,1985.

张维.溪谷集//韩国文集丛刊:第92册.首尔:韩国景仁文化社,1994.

张彦远.历代名画记.北京:人民美术出版社,1963.

张震泽.孙膑兵法校理.北京:中华书局,1984.

张志烈,马德富,周裕锴.苏轼全集校注.石家庄:河北人民出版社,2010.

张仲谋.清代文化与浙派诗.北京.东方出版社,1997.

章太炎.国故论衡.上海:上海古籍出版社.2003.

章太炎.国学讲演录.北京:中华书局,2013.

赵昌平.赵昌平自选集.桂林:广西师范大学出版社,1997.

赵殿成.王右丞集笺注.上海:上海古籍出版社,1984.

赵逵夫.屈原与他的时代.北京:人民文学出版社,2002.

赵汝愚.国朝名臣奏议//影印文渊阁四库全书:第431册.台北:台湾商务印书馆,1984.

赵升.朝野类要.北京:中华书局.2007.

赵翼.廿二史札记.北京:中华书局,2013.

赵翼.瓯北诗话.北京:人民文学出版社,1963.

赵园.明清之际士大夫研究.北京:北京大学出版社,1999.

真德秀.文章正宗//影印文渊阁四库全书:第1355册.台北:台湾商务印书馆,1986.

郑樵.通志//影印文渊阁四库全书:第374册.台北:台湾商务印书馆,1984.

郑永晓.黄庭坚全集辑校编年.南昌:江西人民出版社,2008.

中共中央马克思 格斯 列宁 斯大林著作编译局.马克思恩格斯选集.北京:人民出版社,1972.

中国第一历史档案馆.纂修四库全书档案.上海:上海古籍出版社,1997.

中国科学院文学研究所中国文学史编写组.中国文学史.北京:人民文学出版社,1962.

锺惺.唐宋八大家文选.明刊本.日本静嘉堂文库藏.

锺惺.隐秀轩集.上海:上海古籍出版社,1992.

周邦彦.片玉词//影印文渊阁四库全书:第1487册.台北:台湾商务印书馆,1986.

周本淳.唐才子传校正.南京:江苏古籍出版社,1987.

周必大.二老堂诗话//何文焕.历代诗话.北京:中华书局,1981.

周必大.文忠集//影印文渊阁四库全书:第1147册.台北:台湾商务印书馆,1985.

周策纵.诗歌·党争与歌妓:周邦彦兰陵王词考释.中国文哲研究集刊,1994(4):37–83.

周孚.蠹斋铅刀编//影印文渊阁四库全书:第1154册.台北:台湾商务印书馆,1985.

周济.宋四家词选//清人选评词集三种.济南:齐鲁书社,1988.

周继旨.关于中国哲学史研究对象范围的纯化和泛化问题.哲学研究,1983(10):67–68.

周密.浩然斋雅谈.沈阳:辽宁教育出版社,2000.

周汝昌.诗词赏会.广州:广东人民出版社,1987.

周勋初.文心雕龙解析.南京:凤凰出版社,2015.

周勋初.周勋初文集.南京:江苏古籍出版社,2000.

周一良.魏晋隋唐史论集:第2辑.北京:中国社会科学出版社,1983.

周振甫.文心雕龙注释.北京:人民文学出版社,1981.

周之麟,柴升.宋四名家诗钞//四库全书存目丛书:第394册.济南:齐鲁书社,1997.

周紫芝.太仓稊米集//影印文渊阁四库全书:第1141册.台北:台湾商务印书

馆,1985.

朱东润.梅尧臣集编年校注.上海:上海古籍出版社,1980.

朱东润.朱东润文存.上海:上海古籍出版社,2014.

朱刚.苏轼苏辙研究.上海:复旦大学出版社,2019.

朱光潜.朱光潜美学文集.上海:上海文艺出版社,1982.

朱杰人,严佐之,刘永翔.朱子全书.上海:上海古籍出版社,2010年.

朱谦之.老子校释.北京:中华书局,1984.

朱熹.楚辞集注.上海:上海古籍出版社,2001.

朱熹.四书章句集注.北京:中华书局,1983.

朱彝尊.曝书亭集//影印文渊阁四库全书:第1318册.台北:台湾商务印书馆,1985.

朱右.白云稿//影印文渊阁四库全书:第1228册.台北:台湾商务印书馆,1985.

祝穆.古今事文类聚//影印文渊阁四库全书:第925册.台北:台湾商务印书馆,1985.

祝尚书.宋人总集叙录.北京:中华书局,2004.

左丘明.国语.上海:上海古籍出版社,1978.

后 记

南京大学中文系古代文学专业的教学,似乎有一个传统,那就是要求任课老师教文学史要能讲通史。教研室主任根据需要排课,一般并不问你的研究专长和方向是什么。某一学期安排你上魏晋南北朝隋唐五代文学,下一学期可能又会排你上明清和近代文学。回想在南大中文系任教的二十多年里,从先秦两汉文学史到明清文学史,从中国诗歌史到中国小说史,我都上过。也许是由于这个原因,自20世纪90年代以来,由我们专业举办的许多学术会议,不管涉及哪一段文学史,不管会议主题如何,大家往往都能拿出有一定分量的学术论文来参加会议。这在某种程度上应是得益于上述要求和锻炼的。本书所呈现给读者的,实际上便是笔者多年来在文学史教学与研究方面的一点心得。

先师程千帆先生在谈到文学史教材的编写时,曾说过这样一段话。他说:"我觉得,文学史实,好像是一个八面玲珑的宝塔,周围还有其他环境风景的点染。在观赏者和描摹者看来,主体会由于视角的不同而有异,环境北方同西方不一样,高处与低处也不同,站在一个角度写同站在另一个角度写可能大不一样。"(《老学者的心声——程千帆先生访谈录》)本书虽不是文学史,然撰写的目的,正是想尽可能地从一些不同的角度,为展示文学史这座"八面玲珑的宝塔"及其周围的风景,作出自己微薄的努力。本书取名"思想与文学:中国文学史及其周边",其意也在于此。

本书得以顺利出版,应该感谢徐丹丽博士!是她在第一时间欣然接受这部书稿,并对书稿的整体结构和修改,提出了很好的建设性意见。在具体的编辑出版过程中,责任编辑徐迈博士审核书稿,查对引文,校改文字,极其认真细致,使书稿减少了许多不应有的错误。谨在此向她表示由衷的谢意!门人李由博士帮助查找文献,校补出处,为书稿的早日出版,付出了很多劳动,我也要向她表示感谢。

明年(2022年),是母校南京大学建校120周年的华诞,谨以此书献给120岁的南京大学,愿她永葆青春,如日方暾!

巩本栋

辛丑孟春记于金陵有容斋